水滸戲曲集成

一

孫琳 輯校

鳳凰出版社

圖書在版編目（CIP）數據

水滸戲曲集成 / 孫琳輯校. -- 南京 : 鳳凰出版社,
2022.12
ISBN 978-7-5506-3838-9

Ⅰ. ①水… Ⅱ. ①孫… Ⅲ. ①水滸戲－戲劇文學－文學研究－中國 Ⅳ. ①I207.37

中國版本圖書館CIP數據核字(2022)第231478號

書　　名	水滸戲曲集成
輯　　校	孫　琳
策劃編輯	李相東
責任編輯	蘭淑坤
特約編輯	蔣李楠　張淑婧
裝幀設計	徐　慧
出版發行	鳳凰出版社(原江蘇古籍出版社) 發行部電話025-83223462
出版社地址	江蘇省南京市中央路165號,郵編:210009
照　　排	南京凱建文化發展有限公司
印　　刷	南京新洲印刷有限公司 江蘇省南京市六合區雨花路2號,郵編:211500
開　　本	880毫米×1230毫米　1/32
印　　張	93.5
字　　數	2603千字
版　　次	2022年12月第1版
印　　次	2022年12月第1次印刷
標準書號	ISBN 978-7-5506-3838-9
定　　價	1500.00圓(全五册)

前　言

小説《水滸傳》的作者及成書時間等雖仍存争議，但其爲“世代累積”之作已成共識，意即它是在宋元説話、戲曲、民間傳説等水滸故事的基礎上，由某一位或多位作者①共同完成的一部小説，其間經歷了數百年時間，有一個“歷史生成”的過程。故從一定程度上來説，小説《水滸傳》只能算作“水滸”的一部分，二者之間絶非簡單的等同關係。自“水滸”故事傳播伊始，“水滸戲”便是水滸故事流變的一種重要媒體形式，亦是水滸故事傳播的重要推動方式，更是我國傳統戲曲文化中不可或缺的重要組成部分。然而相對於小説《水滸傳》廣受閲讀者和研究者關注而言，“水滸戲”的受關注度相對不足，甚至於“水滸戲”的内涵還比較模糊，很有必要闡述一番。

自宋至今，“水滸戲”一直活躍在我國的戲曲舞臺上。當然，關於某些戲曲是否屬於“水滸戲”，迄今仍存在争議。比如説以李逵爲主要角色的元代“旋風戲”，有的學者認爲因大部分戲曲的情節與小説《水滸傳》關係不甚密切乃至毫無關係，僅有兩種或三種被引入小説之中②，故不應歸屬於“水滸戲”；有的學者則認爲既然有水滸人物出現，理應屬於“水滸戲”③。異議所在是“水滸戲”的範疇應該如何確定。以筆者之意，“水滸”是一個較大的範疇，作爲世代累積型的小説作品《水滸傳》固然影響最大，但在“累積”過程中，不可或缺的史實、民間傳説、戲劇、説話等，理應亦隸屬於“水滸”之中，故有關“水滸”人

① 其中評點者、出版者亦參與了小説成書的某些環節。

② 董國炎：《論元雜劇黑旋風戲多數不是水滸戲》，《吉林師範大學學報》（人文社會科學版），2019 年第 6 期。

③ 如傅惜華先生主編《水滸戲曲集》是將《黑旋風雙獻功》等視爲“水滸戲”而收録其中的。

物或事迹的戲曲，無論是否爲小説《水滸傳》所吸納，或者是否借鑒了小説的内容，均應被作爲"水滸戲"來看待。

所謂"水滸戲"，是指以水滸題材、水滸人物爲中心的戲曲創作，不但包括與小説《水滸傳》關係不甚直接的戲曲，如《同樂院燕青博魚》《大婦小妻還牢末》《王矮虎大鬧東平府》等，還應包括以續作形式創作的戲曲，像《九陽鐘》《打漁殺家》《宣和譜》等。簡言之，"水滸戲"即是"水滸"題材的戲曲形式。當然，在具體研究的時候，可以將小説《水滸傳》作爲一種坐標，將"水滸戲"與《水滸傳》之間的異同、互動納入研究範疇，以推動"水滸"研究的整體深入。

一、"水滸戲"的相關研究

自宋元時期①已有相關"水滸戲"出現，元雜劇中的"旋風戲"更是占據相當比例，深具水滸特色，至明清之際産生了大篇幅的傳奇《寶劍記》《水滸記》《忠義璇圖》和活躍於舞臺的大量折子戲等，其社會影響日益增大，乃至延續至當下仍不斷有新的水滸題材劇作或者劇種出現，足可見其旺盛的生命力和極大的文化傳承功能。同時由於我國古代教育形式的單一和普及面的狹窄，在某些方面，"水滸戲"的民間影響力還稍勝於文字形式的小説，在一定程度上"水滸戲"亦更能體現水滸故事在不同時代的不同精神。

"水滸戲"的相關研究包括著録、評點、整理、研究等不同方面，在不同的歷史時期表現亦有所不同。

（一）古代的"水滸戲"研究

"水滸戲"産生自宋元，最早的研究和記載多見於著録。如《録鬼

① 南宋周密《武林舊事》所載"官本雜劇段數"及元代陶宗儀《南村輟耕録》所載"院本名目"中未見水滸題材的戲文著録，元鍾嗣成《録鬼簿》、明賈仲明《續録鬼簿》等方著録元代水滸戲多種。僅存佚曲的《宣和遺事》《張順水裏報冤》等有人認爲是宋代戲文，亦有人認爲是元代戲文，兼之内容是否屬於"水滸戲"亦尚存争議，在此暫時存疑。以常理論，自南宋時期水滸故事大量傳播，除話本形式外，在南宋瓦子勾欄較爲普遍的情況下，甚有可能會有水滸故事以戲曲形式進行呈現，因此籠統地將最早出現水滸戲的時間定在宋元時期。

簿》著録元代水滸戲有二十一種,《續録鬼簿》另收録元、明間無名氏作品五種,另《太和正音譜》《元曲選目》《曲品》《遠山堂曲品》《今樂考證》等戲曲曲目著作中皆有相關水滸戲的著録。

明代起即有人展開對水滸戲的評論與研究,涉及範疇有題材、結構、曲白、音律、人物形象等方面,但多爲蜻蜓點水式的評論。如祁彪佳在《遠山堂曲品》中評李開先的《寶劍記》:

> 此公不識煉局之法,故重複處頗多。以林冲爲諫諍,而後高俅設白虎堂之計,末方出俅子謀冲妻一段,殊覺多費周折。李自負在康對山、王渼陂之上,問王元美曰:"此《記》何如《琵琶》?"王謂:"公辭之美,不必言,第令吴中教師十人唱過,隨腔字字改妥,乃可耳。"①

祁彪佳此評論涉及情節(煉局)、音律,并以《琵琶記》作爲對照,在一定程度上亦反映了當時《寶劍記》影響之大。此外還有一些評論仿照詩詞品評進行戲曲分類,將某些"水滸戲"歸於"能品""具品""雅品""逸品"等,標準不統一,帶有一定的隨意性。除對具體戲曲藝術方面的評論外,清代還有借戲曲形式對"水滸戲"的思想影響進行批判的:

> (丑白)不瞞老爺説,那日在戲場裏,遇到著了王海二、陳老金,大家説苦境,正在没得商量,偏偏戲臺上,做出梁山水滸熱鬧好戲。晁蓋、宋江,在忠義堂上稱大哥哥,做一個公道大王,打劫王綱銀子,殺害貪官污吏,犯法的到算英雄,時遷、白勝,偷雞賊也算好漢,一時耀武揚威,無人抵敵。看到此時,大家有點眼熱。王海二説:"如此看來,要想發財,除非要到梁山。"陳老金説:"不差。可惜没得這個地方。"小的原説道:"作不得的,做出來,恐防官府捉拿問罪的。"王海二説:"梁山好漢,官府那一個不怕?誰

---

① [明]祁彪佳:《遠山堂曲品》,轉引自朱一玄:《水滸傳資料彙編》,南開大學出版社 2012 年版,第 525、526 頁。

敢來捉？即便捉了去，我也好學梁山好漢，劫監牢，劫法場。”小的又説：“作强盗恐防被人恥笑，没面目，難爲情格。”王海二説道：“呸！你真個不懂事。梁山都是英雄好漢，天罡地煞，萬古留名，那個人來笑我？”小的被他一説，心中一想，做了强盗，倒稱英雄好漢，既得了名，又得了利，又没有害處，這場生意也樂得做做。遂不覺一時錯了念頭，連聲説好。王海二説：“既大家説好，我們今朝戲場裏吃三斤酒，一言爲定。大家搭兩個兄弟，明日到烏龍山上去做做便了。”小的因此同了王海二、陳老金一班兄弟，在烏龍山立寨。剛剛做了一賬，没有傷人，得了一百多兩銀子。到了第二賬，不料上陣失機，被這位客人捉到此地。求大老爺念小人實實窮極無奈，上了梁山戲子當了。求大老爺開恩，下次不敢啦！（小生）哇！你這狗頭，你看了梁山戲文，你便眼熱，就作强盗，你可曉得梁山强盗，後來被張叔夜殺得乾乾净净？可見得做凶人終無結局。咳，可憐你這班懵懂人，可惱吓可惱！①

此劇叙施大山等三人因看“水滸戲”，羨慕大塊吃肉、大碗喝酒的豪爽，故模仿梁山好漢搶劫客商，二人被打死，一人被捉拿判處斬刑，縣衙下令禁演梁山戲文。劇名爲《英雄譜總講》，而“英雄”所指却非梁山之人，而是擒捉劫匪的趙文雄，顯出清代“禁水滸”“懲誨盗”的某些時代特徵。

（二）近現代以來的“水滸戲”研究

近現代以來，關於水滸戲的研究仍多以劇目著録爲主，亦有涉及“水滸戲”與《水滸傳》關係的探討，并創造出許多新式“水滸戲”。據不完全統計，民國期間新創“水滸戲”有近二十種，如歐陽予倩的《潘金蓮》、田漢的《林冲》、黄鶴的《潘巧雲》等，與程善之的《殘水滸》等小説水滸續作相映成趣，對水滸故事和人物的解讀呈現出諸多嶄新的現代因素。

---

① ［清］無名氏《英雄譜總講》，首都圖書館編輯：《清車王府藏曲本》(12)，學苑出版社 2001 年影印版，第 229、230 頁。全劇詳見本書第四編。

1949年以後"水滸戲"的研究呈現出許多新的變化，主要體現在兩個方面：

一是文獻整理方面。傅惜華先生早在20世紀50年代起就開始"水滸戲"的收集與整理工作，整理的《水滸戲曲集》兩册，收集現存元、明、清三代各類"水滸戲"計二十一種，并對每個劇本之作者、著録書目、版本都作了詳盡的考證，爲"水滸戲"的研究發展積累了豐富資料，可謂居功甚偉。《古本戲曲叢刊》亦將部分"水滸戲"影印出版，對於文獻的保存與傳播起到了極好的推動作用。1989年王曉家先生出版的《水滸戲考論》收録自宋元至1986年"水滸戲"二百九十餘種①，其中雖多已佚失，僅可見著録，但在文獻搜集方面可説集前此研究之大成，只是在選擇和界定"水滸戲"時有所重複。另有《全元戲曲》《元人雜劇選》《綴白裘》《中國戲曲選》《清代雜劇選》《清車王府藏戲曲全編》等戲曲選集中亦多有"水滸戲"的收録，并多經整理，比較適合現代人閱讀和研究。2016年北京大學出版社出版了一套"清代宫廷大戲叢刊初編"，其中收録點校整理的二百四十齣本《忠義璇圖》，雖屬宫廷戲，其中不可避免地存在一些當時官方色彩，但作爲"水滸戲"的集大成者，畢竟汲取了不少元明水滸戲的精華，且是現存唯一一部演繹整個水滸故事的戲曲作品，對於"水滸戲"的研究和傳播大有裨益。

二是"水滸戲"研究方面。各版本的文學史著作中大多提及"水滸戲"，將"水滸戲"作爲元曲的傑出代表多有褒揚。劉靖之的《元人水滸雜劇研究》②對元代十種水滸雜劇進行了全面論述；謝碧霞所著《水滸戲曲二十種研究》③對多部現存水滸戲的内容、結構、主題、角色、音律均進行了全面的勾勒，惜并未深入到對戲曲與小説、戲曲與時代之間關係的探究；筆者近期所著《清代水滸戲三種考論》④，通過

① 其中將不少折子戲單獨算作一種，故數目統計時有所重複。

② 劉靖之：《元人水滸雜劇研究》，香港三聯書店1990年版。

③ 謝碧霞：《水滸戲曲二十種研究》，臺灣大學出版委員會1981年版。

④ 孫琳：《清代水滸戲三種考論》，新華出版社2020年版。

對《宣和譜》《虎囊彈》《忠義璇圖》三種清代"水滸戲"版本、作者、創作時間、内容、主題等的考論，探究清代水滸戲與元明水滸戲的聯繫與區别。另有涉及水滸戲劇研究的多篇論文，既有人物形象的論述，亦有藝術特色的探討，更有主題思想的争鳴，表現出在各個領域的開拓，足見"水滸戲"研究的日漸展開。"水滸戲"的研究雖無法與小説《水滸傳》研究相媲美，但漸成爲古典戲曲研究中的重要組成部分。

（三）"水滸戲"研究面臨的問題

綜觀當下"水滸戲"研究，繁華的背後是資料整理的尚不全面，傅惜華先生整理的《水滸戲曲集》雖將大部分元、明、清三代的"水滸戲"聚於一處，但至少像《宣和譜》《翠屏山》以及清代的大量"折子戲"等未曾收録。再者同一戲曲往往因版本不同，無論是曲詞還是内容都有不同，如《黑旋風仗義疏財》有的版本有四齣，有的則五齣，僅看一種版本的話，恐難全面認識和評價某一戲曲。另《古本戲曲叢刊》雖影印有多種水滸戲，但因發行量有限，且未加校點，不單對研究者有一定的限制，更造成了普通讀者閲讀和接受的重重障礙。此外，明清之際尚有多種殘缺本"水滸戲"未加整理而散存於各地圖書館中，如《忠義璇圖》除二百四十齣本外，還有兩種殘本足可代表戲曲編寫過程中的不同階段，如果單看某一版本的話，難以探究戲曲的改編原則與創作主旨。清代水滸戲曲的創作處於小説《水滸傳》廣泛傳播的背景下，既有戲曲形式方面的創新，又有水滸故事新的主題闡釋傾向的影響，尤其是清初的幾種"水滸戲"更是呈現出一種"反水滸"①的傾向，還有清代大量"折子戲"更是新舊戲曲形式變更的良好例證，雖多有著録，但整理、收集極爲有限且相對分散，亟待加以彙輯整理。

二、水滸戲與《水滸傳》的關係

在中國古代，戲曲與小説同爲通俗文學的優秀代表，同題材的作

① 此種"反"并非簡單的"反叛"或"批判"，而更多是呈現出一種反思的態勢，如《宣和譜》對宋江的"僞忠義"進行揭示，《忠義璇圖》對《水滸傳》内容的取捨，《虎囊彈》對魯達故事的另類闡發等。

品之間既有不同的表現形式，又有相互交融、相互借鑒的密切聯繫。"水滸戲"是水滸文化傳播中的一個重要途徑，以往學界普遍認爲"水滸戲"與小説《水滸傳》之間是借鑒與被借鑒的先後關係，即小説産生之前的水滸戲是小説文本的重要來源，而小説産生之後的水滸戲又大多借鑒於小説文本。此種觀點有一定的合理性，指明了小説與戲曲之間的某種互動，然而忽視了"水滸戲"本身的獨立性與自足性，從而導致對某些戲曲文本的主旨闡釋失於偏頗。

（一）《水滸傳》對水滸戲的借鑒

1. 小説産生之前的水滸戲

就明初之前的"水滸戲"而言，現可見於著録的有三十種左右①，其中大部分已佚，然從其劇名亦可大略知其内容梗概。

元雜劇簡名	作　者	著録文獻
黑旋風雙獻功（存）	高文秀	《録鬼簿》《太和正音譜》等
同樂院燕青博魚（存）	李文蔚	《録鬼簿》《太和正音譜》等
梁山泊黑旋風負荆（存）	康進之	《録鬼簿》《太和正音譜》等
大婦小妻還牢末（存）	李致遠（疑）	《太和正音譜》等
争報恩三虎下山（存）	無名氏	《録鬼簿》《録鬼簿續編》等
魯智深喜賞黄花峪②（存）	無名氏	《録鬼簿續編》等
黑旋風大鬧牡丹園	高文秀	《録鬼簿》《太和正音譜》等
黑旋風借屍還魂	高文秀	《録鬼簿》《太和正音譜》等
黑旋風詩酒麗春園	高文秀	《録鬼簿》《太和正音譜》等
黑旋風敷演劉耍和	高文秀	《録鬼簿》《太和正音譜》等
黑旋風喬教學	高文秀	《録鬼簿》《太和正音譜》等

① 因各種著録中題名有所不同，是否同一部戲曲以及如《木梳記》和元、明間幾部作品的時代歸屬尚存争議，故統計數字不能做到完全精確。

② 另有輯録於《八能奏錦》中的《木梳記》部分唱詞，似是出自《魯智深喜賞黄花峪》。

續表

元雜劇簡名	作　者	著録文獻
黑旋風窮風月	高文秀	《録鬼簿》《太和正音譜》等
黑旋風鬥雞會	高文秀	《録鬼簿》《太和正音譜》等
雙獻頭武松大報仇	高文秀	《也是園書書目》
黑旋風喬斷案	楊顯之	《録鬼簿》《太和正音譜》等
燕青射雁	李文蔚	《録鬼簿》《太和正音譜》等
黑旋風老收心	康進之	《録鬼簿》《太和正音譜》等
全火兒張弘	紅字李二	《録鬼簿》等
折擔兒武松打虎	紅字李二	《録鬼簿》《太和正音譜》等
板踏兒黑旋風	紅字李二	《録鬼簿》《太和正音譜》等
窄袖兒武松	紅字李二	《録鬼簿》等
病楊雄	紅字李二	《録鬼簿》《太和正音譜》等
張順水裹報冤	無名氏	《録鬼簿續編》①《太和正音譜》等
魯智深大鬧消災寺	無名氏	《録鬼簿續編》等
一丈青鬧元宵	無名氏	《録鬼簿續編》②《太和正音譜》等
梁山五虎大劫牢(存)	無名氏	《孤本元明雜劇》《也是園書目》等
梁山七虎鬧銅臺(存)	無名氏	《孤本元明雜劇》《也是園書目》等
王矮虎大鬧東平府(存)	無名氏	《孤本元明雜劇》《也是園書目》等

① 《録鬼簿續編》中作“水裹報冤”。

② 《録鬼簿續編》中作“鬧元宵”,或與此不同。

續表

元雜劇簡名	作 者	著録文獻
宋公明排九宫八卦陣(存)	無名氏	《孤本元明雜劇》《也是園書目》等

《録鬼簿》《録鬼簿續編》《太和正音譜》等雖有不同版本,著録内容亦有差異,但上表中前二十五種爲元代創作還是較爲明確的,表中最後四種現存戲曲雖甚有可能創作於元、明之間,但與元雜劇形式甚爲接近,其内容亦叙水滸人物聚義之後事迹,但參與人數較多,舞臺規模相對較大。就現存的幾種"水滸戲"來説,《黑旋風雙獻功》《同樂院燕青博魚》《大婦小妻還牢末》《争報恩三虎下山》《魯智深喜賞黄花峪》《王矮虎大鬧東平府》的内容與小説相差較遠,只有《梁山泊李逵負荆》《梁山七虎鬧銅臺》《宋公明排九宫八卦陣》與小説内容相似性較大,《梁山五虎大劫牢》中的韓伯龍出現於小説中,情節類似於盧俊義上山故事,但戲曲與小説因體裁的不同而表現各有側重,畢竟不是簡單的移植與吸納。

元代"水滸戲"因傳播的時代及戲曲形式的特殊,故事多發生在宋江等人聚義梁山之後,多以李逵、魯智深、燕青等人的打抱不平爲主,凸顯將梁山作爲一個"替天行道"機構的寄寓。這些"水滸戲"既没有演繹梁山隊伍如何形成與發展,即"逼上梁山"的前因,也没有提及與朝廷、方臘等勢力之間的團體對抗或者招安等結局,是處於時間停滯的静態世界中。鄭振鐸先生在《〈水滸傳〉的演化》一文中對元代水滸戲評價相對較低:

> 各劇裏所用的情節,往往雷同;《雙獻功》《還牢末》《争報恩》以及《燕青博魚》所寫的四劇,其事實幾乎是完全相同的。全都是正人被害,英雄報恩,而以姦夫淫婦授首爲結束。此可見劇作家想像力的缺乏,更可見他們是跟了當時的民間嗜好而走去的。民間喜看李逵戲,作者便多寫李逵,民間喜看殺奸報仇的戲,作者便多寫《雙獻功》一類的戲。至於其他很可取爲劇材的"水滸

故事”，他們却不大肯過問了。①

里面提到各劇情節相似，劇作者迎合民間嗜好，這是甚有道理的，但由此判斷“劇作家想像力缺乏”則失之偏頗。正因元代的種族制度規定，漢人、南人處於被“合法”壓迫的地位，搶男霸女、隨意侵占百姓的權貴以“法”難以報復，元代百姓纔樂於看“李逵”們以“法”外之力“報仇”；正因爲衙門無意於主持“正道”，元代百姓纔樂於接受梁山的“替天行道”。李逵、燕青只是代號，水滸只是寄託，這正體現了法外機構“梁山泊水滸寨”的特殊時代價值。

小説《水滸傳》中甚爲精彩的衆人上梁山事迹，甚少出現在元代戲曲題材②中，而在明清之時《寶劍記》《靈寶刀》《義俠記》《水滸記》《翠屏山》等涉及小説前七十回故事的戲曲大量湧現。從這個角度來看，戲曲對小説的模擬遠大於小説對戲曲的借鑒。然而實際情況又絶非如此簡單，情節没有被小説采納的幾部戲曲的人物特徵，如李逵的粗蠻、燕青的精細、王矮虎的詼諧等，與小説中的人物造型呈現出異曲同工之妙，尤其是戲曲中李逵與燕青的組合、王矮虎與扈三娘的夫妻關係等亦多體現在小説之中，其中李逵形象的延續與變化甚具代表性。

2. 小説對戲曲李逵形象的借鑒

“水滸故事”對於文本的完成者而言，并不是可以隨心所欲處置的“素材”，作爲“前創作”，它既爲小説文本的創造和完成提供了觸發靈感、想象的原型，同時又無形地構成了一種先在的規定和制約，小説《水滸傳》文本的創作無疑充滿了作者與“水滸故事”乃至歷史記載的協商、對話、妥協乃至搏鬥。而小説對水滸戲的借鑒中，往往伴隨諸多的改編與選擇。下面以小説對戲曲李逵形象的借鑒爲例作一簡

① 鄭振鐸:《中國文學論集·〈水滸傳〉的演化》，岳麓書社 2011 年版，第 116 頁。

② 已佚的《雙獻頭武松大報仇》《折擔兒武松打虎》《病楊雄》與水滸人物上梁山之前的故事有關，但相對數量較少。

單論述。

從現在著録的元雜劇曲目上來看，黑旋風是水滸戲戲曲演繹的主角，但絶非正統的英雄形象，而是頗帶喜感的民間莽夫，“窮風月”“大鬧牡丹園”“詩酒麗春院”“喬教學”乃至“鬥雞會”“敷衍劉耍和”等，均體現了一種遊戲人生的文人心態，然而這種遊戲又是一種“苦中作樂”，是對現實深感不滿和無力的狀態下一種精神自我愉悦，亦是一種另類的精神解脱。

但主人公又是“黑旋風”這種頗具勇力的江湖人物，民間故事中的“以力抗法”者。而在宋元之際的水滸故事中，當不乏此類不法之事，如關漢卿《魯齋郎》中即將仗勢欺人的魯齋郎比作“梁山泊賊”；只是在高文秀的筆下，李逵等水滸人物形象表面的搞笑與實質的反抗形成一種獨特的張力，即便是“以力抗法”也偏重於替天行道的仗義而爲，故深深契合於那個朝代，亦爲民衆所喜聞樂見。

元代普通文人因民族立場和朝廷政策，難於謀求出身，多有沉淪下層爲戲曲作家者。像戲曲《誶范雎》借范雎之口，表達了元代文人的普遍心聲：

> 自古書生多命薄，端的可便成事的少，你看幾人平步躡雲霄？便讀得十年書，也只受的十年暴；便曉得十分事，也抵不得十分飽。至如俺學到老，越着俺窮到老。想詩書不是防身寶，剗地着俺白屋教兒曹。……自古來文章，可便將人都誤了。①

作者的憤懣、壓抑借筆下人物作一抒發，甚至以“抗法”的形式“替天行道”，盛行一時的“旋風戲”可被視作時代之音。

尤爲值得注意的是，雖同爲水滸戲，甚至同爲李逵戲或智深戲，但緣於不同作者，每一部中的人物形象都有所區别，故可稱每一部戲曲作品中的李逵均與其他作品不同；而《水滸傳》雖説是世代累積而

① ［元］高文秀：《誶范雎》，［明］臧晉叔：《元曲選》，中華書局 1989 年版，第 1202 頁。

成，但一旦作爲一部小説呈現於讀者面前，便會刻意地令人物形象前後相對一致，而不令其出現較大的差異，其叙事結構是完整而統一的，金聖歎雖然稱其“一心所運，而一百八人各自入妙”①，但每個人的性格都是服務於小説整體架構的。

像《雙獻功》中的李逵詼諧幽默且有智謀，爲救人而入囚牢與獄卒虚以委蛇，最終誘使獄卒吃下混有蒙汗藥的羊肉泡飯，絶非簡單的好勇鬥狠之輩；而《李逵負荆》中的李逵則以剛正爲性格主體，在聽聞宋江搶親之時，其對宋江的態度與其説是譴責，毋寧説是憤怒；《宋公明排九宫八卦陣》中的李逵則敢於争先，甚至與楊志急搶征遼先鋒一職；《黑旋風仗義疏財》中的李逵有理有節，勇於擔當，勸服燕青將爲梁山采購的糧食贈予偶遇之百姓。總體而言，戲曲中的李逵形象劇劇不同，而小説中的李逵形象雖對戲曲有所借鑒，但却呈現出粗魯、蠻横、慣於惹事的完整樣態。

另外，現今可見著録的水滸戲畢竟還是少數，如《魯智深喜賞黄花峪》第二折李逵有唱詞：

> 小可如我鄆州東平府帶着枷披着鎖，我跳三層家那死囚牢，比那時節更省我些氣力。②

可見此劇中有李逵曾在東平被囚并大鬧死囚牢的情節，甚有可能此前有此劇上演，并爲觀衆所熟知。《還牢末》故事亦以東平爲背景，寫史進、劉唐在東平的活動。

《豹子和尚自還俗》中魯智深對李逵的唱詞：

> 你道我年紀大，我道是膽氣剛，我也曾黄花峪大鬧把强人擋，也

① ［明］施耐庵著，［清］金聖歎評：《貫華堂第五才子書水滸傳·序三》，黑龍江人民出版社 1997 年版，第 10 頁。

② ［元］無名氏：《魯智深喜賞黄花峪雜劇》，傅惜華編：《水滸戲曲集》(1)，上海古籍出版社 1985 年版，第 86、87 頁。全劇詳見本書第一編。

曾共黑旋風夜劫把猱兒喪，也曾共赤髮鬼悄地把金釵颻。①

據此可知元代水滸故事中李逵有與魯智深共同夜劫并把猱兒喪的事迹。

戲劇中的李逵打抱不平，性格粗魯却又不失精細，總體上來説其形象頗接地氣，幽默詼諧。

《三朝北盟會編》《宋史》等史書中有李逵的相關記載，其爲密州節級，却最終背叛宋朝而降金，此李逵雖與水滸人物同名，但事迹相差過大，定非一人。羅燁《醉翁談録》記載與水滸相關的話本目録有"石頭孫立""青面獸""花和尚""武行者"，在宋代戲文和話本裏，少見李逵痕迹，在龔開《宋江三十六贊》中雖有黑旋風李逵的贊詞，但僅限於綽號，其形象并不鮮明。

高文秀創作的大量旋風戲，塑造了一位頗具喜劇性的緑林人物形象，既具有一定的正義感，又有插科打諢、充憨扮傻的喜劇感，這一點在小説《水滸傳》中有一定遺存。康進之、紅字李二亦直接或間接地與東平有關，他們的旋風戲創作或多或少受到一定地域文化的影響，這也是毋庸置疑的。

元雜劇中的李逵與小説《水滸傳》中的是有較大不同的，胡適在《〈水滸傳〉考證》中曾指出，雖然大部分雜劇作品已佚，"但我們從這些戲名裏，也就可以推知許多事實出來：第一，元人戲劇裏的李逵（黑旋風）一定不是《水滸傳》裏的李逵。細看這個李逵，他居然能'喬教學'，能'喬斷案'，能'窮風月'，能玩'詩酒麗春園'！這可見當時的李逵一定是一個很滑稽的脚色，略像蕭士比亞戲劇裏的佛斯大夫（Falstaff）——有時在戰場上嘔人，有時在脂粉隊裏使人笑死。至於'借屍還魂'，'敷演劉耍和'，'大鬧牡丹園'，'老收心'等等事，更

① ［明］朱有燉：《豹子和尚自還俗》，傅惜華編：《水滸戲曲集》(1)，上海古籍出版社1985年版，第117頁。全劇詳見本書第一編。

是《水滸傳》的李逵所没有的了。①

簡要來看，與小説相比，水滸戲大多過濾了現實中的暴力和血腥，留下了仗義疏財的英雄作爲；減弱了某些傳奇色彩，而增添了市井的生活氣息。正如王國維所言："元曲之佳處何在？一言以蔽之，曰：'自然而已矣。'"②

戲劇往往只選取某一事件，且以某一個或幾個人物爲叙事中心，一人主唱的形式亦易於充分表達人物的心理活動，性格表現往往更爲突出。如"負荆"一劇中李逵因賞風景而喜、因聽聞宋江搶親而怒、因見宋江而譏、因知真相而愧、因認罪負荆而羞，表現得淋漓盡致，相對而言宋江等人的性格表現就相對呆板和固化。元雜劇中的旋風戲雖然未必與小説《水滸傳》直接相關，但却是李逵人物形象日漸豐富的重要環節，必然是"世代累積"中的重要一環。

3.《水滸傳》對水滸戲的另類借鑒

元代"水滸戲"中的李逵、燕青等人正是腐朽社會秩序的反抗者，他們以"公正"爲行事準則，不計個人利害得失，視社會秩序如無物，借助緑林豪傑的法外之行，"替天行道"以伸百姓之冤，梁山泊這一法外之地成爲"替天行道"的依仗與象徵。胡適在《〈水滸傳〉考證》中明確指出此點：

> 梁山泊漸漸變成了"替天行道救生民"的忠義堂了！這一變化非同小可。把"替天行道救生民"的招牌送給梁山泊，這是水滸故事的一大變化，既可表示元朝民間的心理，又暗中規定了後來《水滸傳》的性質。③

---

① 胡適：《〈水滸傳〉考證》，《胡適文存》(1)，華文出版社 2013 年版，第 367—368 頁。

② 王國維：《宋元戲曲史・元劇之文章》，上海人民出版社 2014 年版，第 85 頁。

③ 胡適：《〈水滸傳〉考證》，《胡適文存》(1)，華文出版社 2013 年版，第 371 頁。

朝廷無道而百姓期盼“有道”,梁山泊作爲朝廷的對立面成爲“替天行道”的機構便順理成章了。還有小説《水滸傳》中被逼上梁山的林冲的故事,亦依然可見元雜劇中衙内霸占民女、奪人之妻的影子。

總而言之,小説《水滸傳》成書過程中不可避免地參考了部分“水滸戲”的内容,有的地方是直接借鑒了戲曲情節,有的則是借鑒了戲曲對人物的刻畫,還有的則是對戲曲中“替天行道”主旨的借鑒。

（二）水滸戲對《水滸傳》的演繹

以傳播方式而言,小説以書面文字形式爲主,戲曲則是以舞臺演出爲主、文字記録爲輔。小説一旦出現,雖也有版本的演化與異同,但較戲曲更爲固定,傳播範圍相對較廣,延續時間較長。以《水滸傳》爲例,雖有繁、簡系統的不同,百回本、七十回本等的差異,但整體故事框架變化不大,尤其是自明末以後,雖有文字的差異,但常見的數種版本基本上固定下來。“水滸戲”則變化較大,往往還隨具體演出環境的變化而産生新的變種,如同樣以“宋江殺惜”爲題材的戲曲,即有傳奇《水滸記》、皮黄《烏龍院》、崑腔《殺惜》、子弟書《坐樓殺惜》等數種變體,其故事雖大同小異,但演出形式、具體唱詞、對白等均有不同,人物性格變異明顯。

《義俠記》《水滸記》《偷甲記》《宣和譜》《翠屏山》《金蘭譜》等創作於小説《水滸傳》廣泛傳播之後,其對小説情節的借鑒顯而易見,如武松殺嫂、宋江殺惜、時遷偷甲、石秀殺嫂等大體依小説,然而又絶非簡單的模擬與抄襲。其變化一則體現爲曲詞的創作,二則體現爲情節和人物的另類刻畫。如《義俠記》中武松未婚妻賈氏的出現,雖戲份不多,但旦角除了潘金蓮之外,畢竟有了正面形象;《水滸記》中閻婆惜死後魂招張文遠一齣,將二人對情感的不同追求展現得尤爲突出;《偷甲記》中時遷、湯隆與公孫勝在招安前夕紛紛出走求道,體現了戲曲創作者對招安問題的不同傾向;《宣和譜》以“反水滸”的主旨重新塑造“假忠假義”的宋江角色,借樂廷玉、王進、扈文姬、扈成喻示忠、孝、節、義等。

除此之外,大量“水滸戲”中均有丑角類人物的出現,有的是李逵、時遷等梁山人物,有的則是店小二、貨郎等,呈現出戲曲更加貼近生活的通俗化色彩。如在武松怒斥潘金蓮心邪後，武大歸來，小説《水滸傳》中是如此描述的：

> 天色却早，未牌時分，武大挑了擔兒歸來。推門，那婦人慌忙開門。武大進來歇了擔兒，隨到廚下，見老婆雙眼哭得紅紅的。武大道："你和誰鬧來？"那婦人道："都是你不争氣，教外人來欺負我！"武大道："誰人敢來欺負你？"婦人道："情知是有誰！争奈武二那厮，我見他大雪裏歸來，連忙安排酒，請他吃；他見前後没人，便把言語來調戲我！"武大道："我的兄弟不是這等人，從來老實。休要高做聲，喫鄰舍家笑話。"①

武大表現出愛弟怕妻、極力維護家庭穩定的普通人一面。而傳奇《義俠記》中武大則是丑角，其表現是唱白相間，帶有一些搞笑成分，但相對雅化：

> （小丑推開門，跌倒白）你看我這老婆，故意悄悄開了門，閃我一跌。常言道"跌跌長"，有何不可？且進去看。（見生不語科）
>
> 【南吕過曲】【五更轉】（小丑）呀，二哥，你甚時來家裡，點心兒想是尚未喫。呀，緣何頻問都不對，敢是嫂嫂跟前慢憎着你？若不是呵，難説你却惹着官司氣，若還怪我，我就先陪禮。②

更具舞臺表現性的《戲叔全串貫》中武大的對白則充滿蘇州地域色彩，俗言俗語隨口而來：

> 呢、呢、呢！吓个賊狗腿，狗骨頭，欺老个，嚇小人，縣里太爷

① ［明］施耐庵、羅貫中著：《水滸傳》，人民文學出版社 1997 年版，第 298 頁。

② ［明］沈璟：《義俠記傳奇》，傅惜華編：《水滸戲曲集》（2），上海古籍出版社 1985 年版，第 175 頁。全劇詳見本書第二編。

欢喜,呸應該欺瞞我作阿哥个,倗老虎呢,不呸打殺了,我做阿哥个汗毛阿敢拔一拔?呸阿,記得小時節,拖了兩管鼻涕,坐拉門檻浪了撈鷄糖屎吃。今日脚哉,乞我一記硬磔勒,攢得來脱脱哭。那間長大了,長了兩片毛力,自道人能介,欺瞞我做阿哥个,倗?咻,啊呀,且住!我里兄弟,往長日脚弗是介个,今日罵哩弗開口,打哩弗動手,是倗意思吓?往常日罵脚,阿哥長,阿哥短,無話有謊,爲倗了蓋个光景吓?有數説勾,若要好,大作小。我哩兄弟,反受劬个,讓我不一句,你使使没哉,無得眼泪,没那處吓,有礼哉,免吐來哩。啊呀,兄弟吓!同胞同兄弟,看娘面,千朵桃花一樹生。就是做阿哥有倗弗到之處,萬百事体,要看爷爷面上。弗看爷爷面上,要看阿姆面上。就弗看阿姆面上,喲,要看呸丢阿嫂面上。①

同一情節,從小説至傳奇,再至專門適合舞臺演出的折子戲,變化是明顯的。從文體角度來看,小説一旦成書,重新演繹的難度較大,變化相對較小;戲曲演出過程中則隨時調整,變化較大。

(三)水滸戲與《水滸傳》之間的互文關係

“水滸戲”與小説《水滸傳》之間絶非簡單的模擬與前後借鑒關係,而是一種異常複雜的“互文”關係。從跨文本角度展開對“水滸戲”的系統研究十分必要。“跨文本”建立於“互文性”理論基礎之上,此理論歷經巴赫金孕育,由克利斯蒂娃提出,再經巴特、德里達、熱奈特等結構主義及後結構主義理論大師的發揚光大,逐漸成爲一個龐大的文藝理論體系。其基本内涵是任何一個單獨的文本既是自足的,又是其他文本的鏡像,每一文本都是對其他文本的吸收與轉化,它們互相參照,相互指涉,相互補充,形成一個潛力無限的開放結構。而我國古代文論話語中的“擬史”“擬詩”“如畫”等術語與此甚爲相似。

---

① [清]無名氏:《戲叔全串貫(崑腔)》,首都圖書館編輯:《清車王府藏曲本》(13),學苑出版社 2001 年影印版,第 382 頁。全劇詳見本書第四編。

小説《水滸傳》與水滸戲各文本既有獨特的傳播路徑，又有相互映照、相互借鑒之處，尤其是在入清之後，小説《水滸傳》頻受禁毀，而某些"忠義水滸傳"的版本就此絶迹，民間"水滸戲"的傳播在某些方面起到了輔助"水滸"傳播的功用，但其無論是表現形式還是主旨内容，均與小説文本存在較大差異。

中國古代小説與戲曲的關係非常密切，很多傑出的小説作爲世代累積型作品之所以能够問世并擁有衆多讀者，本身即受到相關戲曲題材的深刻影響，同時亦催生了大量的同題材戲曲。從跨文本角度研究水滸戲與《水滸傳》文本之間的關係，深入研究小説與戲曲之間相輔相承的關係，至少可以從三個層面進行："水滸戲"與《水滸傳》文本的對話、"水滸戲"作者與《水滸傳》作者主體的對話以及不同時代文化的對話。這三種對話實則是戲曲與小説之間關係的梳理、不同文學樣式創作異同的比較和不同時代文化的衝突、彙融研究。在占有豐富資料的基礎之上，相信可以更好地推動《水滸傳》與"水滸戲"研究的深入。

三、彙輯整理水滸戲的初衷

我國的戲曲文化深具民族特色，與西方戲劇相比，無論是表演還是主題表達都存在着較大差異。在堅定文化自信、傳承和弘揚優秀傳統文化的背景下，傳統戲曲文本、演出的研究方興未艾。如對"三國戲""水滸戲""西遊戲""紅樓戲"等的研究，既可以深化對不同戲曲形式之間互滲影響的理解，又可以增强對小説與戲曲之間互文關係的把握，是一個比較有意義的研究領域。近年來，《三國戲曲集》《西遊戲曲集》整理并出版，作爲基本資料的彙輯和整理，大大推動了文學和戲曲研究的進程，很多新問題被發現，很多新觀點由此而生發，對於學術傳承和研究功莫大焉，同時也反映出學界還是非常迫切需要這類彙輯比較齊全、整理比較完善、便於閲讀和研究的相關資料的。

傅惜華先生早自 20 世紀 50 年代起就開始從事"水滸戲"的收集與整理工作，其整理的《水滸戲曲集》影響深遠。但由於條件所限，當時傅先生的收録尚不完備，明清之際尚有多種未曾收録其間，尤其是像很多折子戲之類，雖與明清傳奇關係密切，但畢竟經歷了從案頭到舞臺以及傳播區域的變化，兼之部分尚以抄本形式存在的戲曲作品，如不加以整理，很有可能會漸漸散佚。在現有文獻搜集和整理條件日益完善的情況下，在傅先生工作的基礎上，將現存的“水滸戲”彙輯并加以點校、整理，既有文獻傳承的重大價值，亦將對我國經典名著的傳承起到巨大的推動作用。

筆者因個人興趣，近些年浸淫於“水滸”小説和戲曲之中，曾廣泛閲讀“水滸”題材的作品，包括小説、戲劇和相關評論等，并出版著作《〈水滸傳〉續作研究》①。攻讀博士學位期間又多次到中國國家圖書館、北京大學圖書館、上海圖書館、南京圖書館等處廣泛接觸水滸戲文獻，偶有發現。在業師袁世碩先生的鼓勵和指導下，博士論文題目即圍繞“老舊”題目“水滸”展開，其中有相當一部分涉及“水滸戲”，對《宣和譜》《忠義璇圖》《虎囊彈》的研究即是以一定的資料考證爲基礎，其間有所創獲，蒙答辯委員會諸位師長厚愛，博士論文被評爲優秀等次。

業師袁世碩先生曾在指導筆者博士論文寫作時談到：“涉及水滸題材的元明雜劇、傳奇和清代的戲劇（包括崑曲、亂彈）、曲藝（講唱文學）甚爲繁富，各有取捨向背，頗值得彙編起來，做番深入具體的研究。”在此激勵之下，筆者不揣冒昧，旨在繼傅惜華先生之後稍進一步，爲學界提供一種可供深入研究的彙輯本“水滸戲曲集成”出來。此舉最大的期望是在彙輯整理完成《水滸戲曲集成》的基礎上，借拋磚引玉之舉，對《水滸傳》和水滸戲的傳播、衍化研究有一定深化，對我國傳統戲曲文化的繼承與發揚有一定推動，於願足矣！

本書大致分爲四編，第一編以雜劇爲主，第二編以傳奇爲主，第三編爲《忠義璇圖》的三個版本，第四編以折子戲爲主。當然此類劃分只是爲了方便讀者和研究者閲讀，或者有不合理之處，如《曾頭市頭本》《水滸金蘭譜頭本總綱》《射紅燈》等具有較明顯的舞臺演出特

① 孫琳：《〈水滸傳〉續作研究》，中國社會科學出版社 2014 年版。

徵，但齣數相對較多，暫歸到第二編中；而《借茶》《拾巾》《前誘》《後誘》《殺惜》《活捉》同屬宋江故事，但各齣有一定獨立性，且舞臺表演意味較濃，暫歸到第四編中。

學術的些微進步，永遠離不開甘爲人梯的前輩們的指引和幫助。此書整理過程中，參考了前輩學者整理的相關文獻和研究資料，并多方咨詢和請教多位專家，在此一并致以衷心的感謝。

"戰戰兢兢，如臨深淵，如履薄冰"，一而不知，遑論其他，是筆者此時真實的内心感受。實因筆者學力所限，魯魚亥豕之類的舛誤、錯訛在所難免，懇請諸方家不吝賜教。

孫　琳

庚子年冬

於思學齋

凡　例

一、本書旨在爲專業研究者和一般讀者提供一種收録較全、可讀性較强、方便比較研究的“水滸戲”彙輯校點本。主要以中國國家圖書館、上海圖書館、南京圖書館等處館藏善本爲底本，參校《古本戲曲叢刊》《善本戲曲叢刊》以及鄭振鐸、傅惜華、吴曉鈴等先生曾收藏的古本戲曲，進行彙輯、校點整理。所收録戲曲創作時代的截止時間爲清代，其中少數民國時期的鈔本和刻本，因創作時代爲清代，亦作收録。

二、輯録大致按戲曲類别編排，分雜劇、傳奇、折子戲等類，每類之中如時代較明確，則按時代先後排列；如時代不明確，則按在《水滸傳》中對應情節先後大致排列。其中《忠義璇圖》將二百四十出全本與兩種殘本編排一處，以體現異同。

三、同一戲曲的不同版本如果曲文差異不大，則以時代較早、保存較全者爲底本，以其他版本爲校本，標注出其曲文的差異之處；如果差異較大，則將不同版本同時收録，以便於研究者的進一步比較研究。

四、在力求尊重底本原貌的基礎上，進行必要的整理。凡底本漫漶、抄寫或印刷不清之字，以“□”代替，如猜測其爲某字，則以頁下注的形式進行標注。凡底本中原有的注釋、音釋，盡皆照録，只是將原來夾注、頁上注者皆統一爲頁下注。凡底本中的異體字、避諱字等，一般統一爲規範漢字；部分異體字，存在體現版本衍化過程中字體的變化等情況，則酌情予以保留。

五、凡底本存在的錯訛、脱衍、别字等，正文照録原貌，以頁下注的形式注明應予更正之處。

六、曲牌號皆以“【　】”標注，曲文皆以大字號加粗形式予以突出。凡曲文斷句，文意和格律俱可通者，從格律；如按格律明顯不通者，從文意。曲文正襯字一仍其舊。

七、賓白按文意斷句。科介和脚色名目皆以“（ ）”標注。賓白中的詞、曲名用“[ ]”標注。

八、每部戲曲均設劇目簡介，側重介紹作者、版本選擇、主要内容及與小説《水滸傳》的大致關係等。因百二十回本《水滸全傳》内容相對較全面，故所提及回目以百二十回本爲底本，以備研究者參考。

目　録

第一册

第二册

第二編

第三册

第三編

第四册

第五册

第四編

第一编

黑旋風雙獻功雜劇（脈望館本）

【劇目簡介】

雜劇，元代高文秀作。《録鬼簿》《太和正音譜》《元曲選目》《也是園書目》《曲海目》《今樂考證》《曲録》《曲海總目提要》等多有著録，現存脈望館趙清常鈔本和《元曲選》本，兩個版本曲文相異之處頗多。小説《水滸傳》中無此劇情。

萬曆時脈望館趙清常鈔本，僅題正名"黑旋風雙獻功雜劇"，不載題目，亦未署作者名氏。四折一楔子，每頁十二行，每行二十四字①。

劇演鄆城縣司吏孫榮攜妻子郭念兒前去泰安神州還香愿，事先上梁山尋求護臂以保平安，山兒李逵主動請纓。郭念兒與衙内白赤交有私情，趁孫榮和李逵外出時與白衙内私奔而走。孫榮前去官府告狀，却被借占衙門的白赤交趁機關入死牢，命在旦夕。李逵扮成無知村夫，用計入獄救出孫榮，并將白衙内和郭念兒的人頭雙獻至忠義堂上。

頭　折

（冲末扮孫孔目、搽旦扮郭念兒同上）（孫孔目云）

人道公門不可入，我道公門好脩行。

---

① 爲方便計，"頁"指現代意義上雙面印刷的一面，"行"指豎列，"字"因曲、白字號區别較大，且涉及手鈔本等情况，其數目多爲約數。其後皆爲此類情况，不贅。

若將曲直無顛倒，脚踏蓮花步步生。

小生本處人氏，姓孫名榮，渾家姓郭，是郭念兒，嫡親的兩口兒家屬。我在這衙門中做着箇把筆司吏。我許了這泰安神州三年香願，今年第三年也。我這渾家要跟隨將我去，争柰小生平昔間軟弱，泰安神州謊子極多，哨子極廣，怎生得一個護臂跟隨將我去方可。大嫂，你在家中安排下茶飯，我去長街市上尋一箇護臂，走一遭去。

長街尋護臂，神州去燒香。

渾家身無事，還家謝穹蒼。

（下）（搽旦云）孔目，你尋了護臂，早些兒來，休着我憂心也。

衙内性兒乖，把他叫將來。

説些私情話，必定稱心懷。

（下）

（宋江同吴學究領小僂儸上）（宋江云）

幼小爲司吏，結識英雄輩。

姓宋本名江，綽名“順天呼保義”。

某姓宋名江，字公明，綽名“順天呼保義”。幼年曾爲鄆州鄆城縣把筆司吏，因帶酒殺了閻婆惜，脚踢翻蠟燭臺，沿燒了官房，致傷了人命，被官軍捕盜，捉拏的某緊，我自首到官，脊杖六十，迭配江州牢城去。因打此梁山過，有我八拜交的哥哥晁盖，知某有難，領僂儸下山，將押解人打死，救某上山，就讓某第二把交椅坐。哥哥晁盖三打祝家庄身亡，衆兄弟拜某爲頭領。某聚三十六大夥，七十二小夥，半垓來小僂儸，威鎮梁山，寨名水滸，泊號梁山，縱横河港一千條，四下方圓八百里。東連大海，西接濟陽，南通巨野、金鄉，北靠青、齊、兖、鄆。有七十二道深河港，屯數百隻戰艦艨艟；三十六座宴臺，聚百萬軍粮馬草。聲傳宇宙，五千鐵騎敢争先；名達天庭，聚三十六員英雄將。風高敢放連天火，月黑提刀去殺人。我有個八拜交的哥哥，姓孫，是孫孔目。許下泰安神州燒香三年，燒了二年也，今年是第三年，問某討個護從的人。小僂儸，寨門首望者，若哥哥來時，報復某知道。（僂儸云）理會的。

(孫孔目上。云)小生孫孔目的便是。我離了家中,我瞞着我渾家,則説街市上尋個護臂去。我這里離梁山至近,宋江哥哥是我舊交的朋友,我問他討一個護臂去。可早來到也。休放冷箭,報復去,道有孔目孫榮特來拜見哥哥來。(小僂儸云)理會的。(報科云)喏!報的哥哥得知,有孔目孫榮來拜見哥哥來。(宋江云)道有請。(小僂儸云)理會的。有請。(孔目做見科。云)哥哥,多時不見,受您兄弟兩拜。(宋江云)哥哥免禮。此一來莫非爲討護臂麽?(孫孔目云)哥哥,我則爲這三年香願,今年是第三年也,要將帶媳婦兒前去。那泰安神州謊子極多,哨子極廣,特來問哥哥這里告一個護臂來。(宋江云)學究哥,這庄事難以點差。小僂儸,踏着山岡,傳着某的將令,道三十六大夥,七十二小夥,半垓來小僂儸,那一個好男子好漢保着孫孔目哥哥上泰安神州燒香去?可是有也是無?(小僂儸云)理會的。我出得這門來。兀的三十六大夥,七十二小夥,半垓來小僂儸,那個好男子好漢跟着孫孔目上泰安神州燒香去?可是有也是無?(三科了)

(正末扮李逵上。云)有、有、有,我敢去!我敢去!

【正宫】【端正好】者莫待渡關河登途逕,把哥哥直送上泰嶽山城。將我這夾鋼斧綽清泉、觸石上,擂擂的新磨掙,放心也,我和那合死的官軍併。

(正末云)報復去,道有山兒李逵來了也。(小僂儸云)理會的。喏!報得哥哥得知,有山兒李逵來了也。(宋江云)着他過來。(小僂儸云)理會的。過去。(正末做見科。云)宋江哥哥,喏!學究哥哥,喏!你兄弟來了也。(宋江云)兄弟也,有個客人在此。你和他廝見咱。(正末做見孔目科。云)您兄弟知道。客人,喏!(孫孔目驚科。云)是人也那是鬼?(宋江云)兄弟休驚莫怕,則他是十三個頭領,山兒李逵。山惡人善也。

【滚繡毬】我這里見客人將我這禮數來迎,把我這兩隻手插定。哥也,他見我這威凛凛的身似碑亭,他也可慣聽我這莽壯聲諕他一箇癡掙,諕得他驚急力的膽戰心驚。

(帶云)哥也,他不怕我别,(唱)

他見我這風吹眼欠，我這鼻凹裹黑，他見我這血漬得腌臢，呸，是我這衲襖腥，審問個叮嚀。

(宋江云)山兒，這庄事我可不曾點差你，可是你要去，你這個名字不好，誰不知你是李山兒？你更了名改了姓者。(正末云)哥也，你兄弟去則去，我改了這名字者？(宋江云)你改了者。(正末云)我改做山兒者波。(宋江云)誰不知你是山兒？(正末云)改做李逵者波。(宋江云)誰不知你是李逵？(正末云)你兄弟老爺、老娘家姓王，改做王重義者波。(宋江云)雖然更了名，改了姓，你這般茜紅巾，猩衲襖，乾紅褡膊，腿綳護膝，八答麻鞋，恰便似那煙薰的子路，墨灑的金剛。休道是白日里，夜晚間揣摸着你呵，也不是箇恰好的人。(正末云)您兄弟打扮做庄家後生，可是如何？(宋江云)這等便堪可去的，那淂庄家的衣服來？(正末云)有、有、有，您兄弟下的山去，在那官道傍邊候在一壁掩映着，等那庄家過來：哥阿，衣服借與我使一使兒。那厮與我，萬事罷論；他但説箇不與，我一隻手揪住衣領，一隻手搭住脚腕，滴溜撲摔箇一字交。闊脚板踏着那厮胸膛，舉起我這夾鋼板斧來，覷着那厮嘴縫鼻凹，恰待砍。哥阿，休道是衣服，那厮連鐵鋤也與您兄弟也。

【倘秀才】我今日改換了山寨的醜名，我打扮做箇庄家後生。我着那捕盜官軍摸不着我影，忒搊殺好相争，我和他鬬迎。

(宋江云)山兒，泰安神州，天下英雄都在那里。你休與人厮推厮打、打家截道、殺人放火也。

【伴讀書】泰安州須雖無那千千丈陷虎池，萬萬尺迷魂陣，我與你擺着手横行。

(带云)趓了，(唱)

若是抹着我的無乾净，保護的俺哥哥不許生疾病。若我失了軍情政，哥也，我便情願輸了燕頸。

(正末云)哥也，您兄弟這一去，保護得哥哥無事無非還家來。若有些兒失錯呵，願輸我項上這顆頭。(宋江云)兄弟下山去，則要你忍事饒人者。(正末云)哥也，假似有人駡您兄弟呵呢？(宋江云)忍了。(正末云)有人唾在你兄弟臉上呵呢？(宋江云)揩了。

(正末云)有人打你兄弟呵呢?(宋江云)你少還他些兒。(正末云)還他這些兒?(宋江云)少。(正末云)還他這些兒?(宋江云)少。(正末云)還到這里怕做什麽?(宋江云)可打殺人也。則要你輕道重德,兄弟也,是和非休争競。

【耍孩兒】是和非誰共你閑争競,假若是買物件,多共少我和他分毫也那不争。若有醉漢每罵我一千場,

(正末云)哥也,你罵的是。(唱)

我則索忙陪笑臉兒相迎。那厮他口中殘唾望着我鼻凹裏噀,那厮鼻凹内的腌臢,

(正末云)没也,哥也,(唱)

他望着他這臉上搵,誰共他閑争競。

(正末云)我和哥哥半步兒不敢厮離也。(宋江云)假似哥哥上馬處呵?(唱)

上馬處與哥哥擎鞭墜鐙,

(宋江云)哥哥喫酒處呵呢?(唱)

喫酒處與哥哥綽鏇提瓶。

(宋江云)兄弟也,便好道"恭敬不如從命"也。

【哨篇】"恭敬不如從命",我可便既蒙俺箇哥哥令,若有人把哥哥厮欺負,我和他兩白日便見那簸箕星。則我這兩條臂攔關扶碑,則我這兩隻手我可敢直鈎缺丁。理會的山兒情性,我從來路見不平,爱與人當道撅坑。我喝一聲骨都都江海沸,撼一撼赤力力山嶽崩。世惱犯我咱情性,千方百計翻過來做一箇可弔盤的煎餅。

(宋江云)便好道:"弓硬絃長断,剛强惹禍殃。"你若保着孫孔目回來時,我自有重賞。小心在意,則要你忍事饒人者!(正末云)哥哥,你放心也。

【尾聲】我去呵,一隻手攬住巔嶮峰,揪住村峭領。泰安州主張的我身周正,我可敢搬倒了那嵯峨,

(帶云)放心也,哥,(唱)

那一座泰山頂。

(同孫孔目下)(宋江云)孫孔目去了也。學究哥,無甚事,咱後山

中飲酒去來。

眾小校聽某分付，今日箇該您巡捕。

伏路處悄語低言，不要您語笑喧呼。

人人要擐甲披袍，箇箇要開弓登弩。

逡巡間違了將令，斬首級決無輕怒①。

（同下）

楔　子

（搽旦上。云）

昧已瞞心事，恣情縱意馬。

世人不能曉，惟有老天知。

妾身是孫孔目的渾家郭念兒的便是。有孫孔目街市上尋護臂去了，我瞞着他，我和這白衙内兩箇有些不伶俐的勾當。我着人尋他了，可怎生這早晚還不見他來也？

（净扮白衙内𨏽竹馬兒上。云）

村入骨頭挑不出，俏從胎裏帶將來。

自家白赤交的便是，官拜衙内之職。我是那權豪勢要之家，打死人不償命，常川則是坐牢。有這孫孔目的渾家是郭念兒，和我兩箇有些不伶俐的勾當。他着人來尋我，我如今到他家裏，若是无他夫主，我和他説幾句話。可早來到門首也。孫孔目在家麼？（搽旦云）這個是他來了。不在家，你進來。（白衙内做見科）（旦兒云）我着人尋你，你在那里來，這早晚纔來？（白衙内云）我也忙。你唤我做甚麼？（搽旦云）如今孫孔目同我要往泰安神州燒香去，他説在火爐店裏安下。我有一計，你便先去那里等着我。有兩句兒唱，你則聽着，我便道"眉兒鎮常圪皺"，你便唱"夫妻每醉了還依舊"，我説"衙内"，你説"念兒"，我和你兩箇跳上馬便走。（白衙内云）此計大妙。你先到那里，你便等我；我先到那

① 應爲"恕"。

里,我便等你。若見了你呵,跳上馬牙不約兒赤便走。

火爐店上等着你,跳上抹鄰一道煙。

(下)(搽旦云)他也去了也。這早晚孫孔目敢待來也?

(孫孔目同正末上。云)兄弟也,來到我家門首也。你過去與嫂嫂厮見咱。(正末云)哥也,請嫂嫂厮見咱。(孫孔目云)大嫂,我尋了箇護臂,是重義,你和他厮見咱。(正末見旦兒科。云)嫂嫂休怪也,恕生面少拜識。(搽旦云)臉腦兒恰似箇賊。(孫孔目云)你好歹口也,他聽着里。(正末云)哥哥,你兄弟有一句話,可是敢説麽?(孫孔目云)兄弟有是麽話説?(正末云)俺嫂嫂敢不和哥哥是兒女夫妻麽?(孫孔目云)你好眼毒也。你怎麽便認將出來?(正末云)哥也,我便認出來也。

【金蕉葉】你看他那説話處呵,

(帶云)"恕生面少拜識",(唱)

他做多少丟眉弄眼色。

(搽旦云)你看我這幾步兒走,(唱)

你看他那行動處呵,

(帶云)哎約,娘也,又不是那小脚兒,豎里一尺,横里五寸,(唱)

哎約,姐姐做多少家鞋弓襪窄,可怕不打扮得十分像胎?

(帶云)哥也,不是你兄弟口歹也,(唱)

你可敢記着一場天來大小利害。

(孫孔目云)大嫂,收拾行李,喒燒香去來。(同下)

(净店小二上。云)

買賣歸來汗未消,上牀猶自想來朝。

爲甚當家頭先白,一夜起來七八遭。

小可人是這火爐店上一箇賣酒的,但是南來北往官員士庶人等進香的,都在我這店中安下。我今日開開板搭,燒的鏇鍋兒熱,看有是麽人來。

(正末同孫孔目、搽旦上)(正末云)哥也,來到這火爐店也。小二哥有麽?(店小二云)官人每,打了夥過去?(正末云)有乾净房兒麽?俺住一住。(店小二云)官人,請裏边來,有頭一間房子乾净,正好老官兒們住。(孫孔目云)小二哥,把俺這大嫂寄在這里,俺兩箇泰安州占房子便來也。大嫂,你則在這店中頭一間房子裏等着,我和兄弟占了房子便來也。(搽旦云)你可早些兒來,我可害怕。(正末云)嫂嫂,你則在這里,我和俺哥哥占了房子便來也。哥也,去來波。(搽旦云)孔目,你可早些兒回來。(孫孔目云)我知道。(正末云)阿,這箇嫂嫂,我恰纔不説來,和哥哥占了房子便來也。(搽旦云)孔目,你是必早些兒來,休着我憂心也。(正末云)去也。這箇嫂嫂,你直這般割捨不的那!

【金蕉葉】哎,你嫂嫂莫得見責,也則是看覷俺爲人在客,我恰纔囑付了三回五解。

(搽旦扯孔目科。云)孔目,你早些兒回來。(孫孔目云)我便來也。(正末扯孔目走科。唱)

嫂嫂不索説,我和哥哥便來也。我恰纔屬付了店家,安撫了嫂嫂,天色晚也。則去兀那泰安州,尋一箇家頭房子裏喒去來。

(同下)

(白衙内上。云)自家白衙内的便是。有郭念兒約我在這火爐店内相等,我便來到這里。他不知在那里?(搽旦云)不知那白衙内來了也不曾?我是唱一聲咱。(唱)

眉兒鎮常圪皺。

(白衙内唱)

夫妻每醉了還依舊。

(白衙内云)念兒。(搽旦云)衙内,快上馬,俺去來。(同下)(店小二云)怎麽了?恰纔那官人寄下的女人,平白地唱了一聲,外前一人也唱了一聲,他兩箇私奔走了。如今他那弟兄兩箇來時,我可怎麽回他的話?

(孫孔目上。云)我與兄弟泰安神州占了房子,我想我那大嫂他獨自一箇在那店肆中,我放心不下。我撇了我那兄弟,看我那渾家去。來到這店肆中,我那大嫂也?(店小二云)哥,是我。(孫孔目尋科。云)你怎麽在這里?店小二,我渾家那里去了?(店小二云)我説則説,你休煩惱。你兩個占房子去了,你那嫂嫂平白的他要唱唱是麽"眉兒鎮常圪皺",外前一箇人也唱了一聲"夫妻每醉了還依舊",一箇説"念兒",一箇道"衙内",無三念無兩念,則一念他就念的走了。(孫孔目云)我兒也,你死也!我的渾家寄在這里,着人拐的走了。我倒由閑可,等我兄弟來時,他便和你説話也。

渾家好妍貌,生得十分俏。

被人拐了去,須索把狀告。

(同下)

第二折

(正末上。云)自家山兒的便是。和俺哥哥草參亭上占房子去來。三轉身不見了俺哥哥,想必去那店肆中望俺那嫂嫂去了也。時遇春天,是好景致也!

【仙吕】【點絳唇】柳絮飛花亂,飄葉紛紛謝。鶯燕調舌,此景堪遊冶。

【混江龍】春光明曄,路行人拂袖撲蝴蝶。你覷那推車打擔客旅人絶,墻角畔滴溜溜草稃兒挑,茅簷外踈剌剌日偏斜。你覷那做買賣的人家業,人煙熱鬧買賣宜别。

(正末云)是好景致也。

【油葫蘆】二月春光景物别,好着我難弃捨,你覷那佳人士女醉扶者,你看那桃花杏花都開徹,更和兀那梨花初放如銀葉。

(白衙内同搭①旦上)(白衙内云)大姐,喒行動些。(唱)

我這里七留七林行,他那里叨叨絮絮説,又被這夥喬男喬女將咱來拽,

(白衙内撞倒正末科)(白衙内云)不中,走、走、走!(同下)(唱)

田地上赤留兀剌那時節。

(正末云)甚麽人絆我這一交?不是趕俺哥哥忙呵,我不道的饒了你也。

---

① 應爲"搽"。

【天下樂】打得那一馬匹不剌剌走不迭，

(孫孔目同店小二上)(孫孔目云)我那渾家那里去了也？(唱)

我這里便覷也波絶，他那里無話説，我見他自推自跌自哽咽。我和你便一處行，我和你便一處歇，哥也，不知道你煩惱因甚也？

(正末云)哥也，怎麼撇了我先來了那？怎生不見俺嫂嫂？(孫孔目云)兄弟，你休問我，你則問店小二去。(正末云)兀那店小二，俺嫂嫂呢？(店小二做怕科)(孫孔目云)你則問店小二！(正末云)兀那厮，俺嫂嫂呢？(店小二云)着人拐的去了。(正末云)怎生着人拐將去了也？(正末做打店小二科。云)哥也，你放手。

【醉中天】則俺這拳起處如刀切，恨不得打塌這厮太陽穴。

(孔目搬正末科。云)兄弟也，干他甚麼事？(正末云)哥也，你放手。(唱)

你將我這臂膊休搬放了者，

(正末云)我不打這厮别，(唱)

打這厮强奪人妻妾。

(帶云)兀那厮，可不道"寄在不寄失"？(唱)

你是個小主人家，可不道管着一個甚也？我恨不的一把火刮刮匝匝燒了您這村房舍！

(正末云)哥也，我見來，我見來！一箇男子漢，一箇婦女人，兩個疊騎着馬。我正行走着里，被那馬撞了我一交。我待要趕去來，不曾赶。哥也，打與你一個模狀兒，我見那厮穿的那衣服、鞍馬，看是也不是？(孫孔目云)店小二，着我兄弟説他穿的衣服，和你兩箇對看，是他麼？(店小二云)哥，你説將來，看是也不是。

【後庭花】那厮緑羅衫綠似玉結，皂頭巾環是減鐵。

(店小二云)正是。(唱)

他戴着箇玉頂子新梭笠，穿着對錦沿边乾皂靴。

(店小二云)正是。(唱)

那厮常好是忒鏖鏊，架着那鵵兒小鷂，馬兒上更馱着一箇女豔質。

(孫孔目云)眼見得他是一箇權豪勢要之家，着他拐了去了罷？(正末云)哥也，那厮走的也不遠，我與你赶去。(孫孔目云)兄弟你休去。你這一去,則是你獨自一箇,他那里人手極多,你手里又無兵器,則怕你近不的他也。

【尾聲】我去呵,也不用一條槍,也不用三尺鐵,則俺這壯士怒目前見血。東泰嶽相逢磕塔的揪住玉結,把那廝滴溜撲馬上活挾。他若是與時節萬事都休,不與,山兒放會劣缺。惱起我這草坡前倒拖牛的性格,强逞我些敵官軍勇烈,我把那廝脊梁骨各支支生撧做兩三截!

(下)(孫孔目云)兀那廝,你認的拐了我渾家的那箇人麼?(店小二云)他是那白衙内,又唤做甚麽白赤交。(孫孔目云)既然是這等,我去大衙門裏告這廝走一遭去。我那大嫂也,則被你想殺我也!(下)(店小二云)怎麽了?那一箇赶那廝去了,這一箇告狀去了。他這一去,赶不上,回來我可怎了?我關上門,我也家去了罷。

今日造化低,其實把心虧。
別人得懽喜,我便請是非。

第三折

(白衙内領張千上。云)

小子白衙内,平生好奪翠。
拐了郭念兒,一日七箇醉。

自家白衙内的便是。自從我拐了那郭念兒來,我則怕那孫孔目來告狀,因此上我借這大衙門坐三日,他若來告狀,我自有箇主意。張千,門首覷者,若有告狀的,放他過來。(張千云)理會的。(孫孔目上。云)小生孫孔目的便是。被白衙内拐了我渾家去了。我來到這大衙門裏,我告他一狀。冤屈也!(白衙内云)甚麽人叫冤屈?張千,與我拏將過來!(張千云)理會的。當面。(白衙内云)兀那廝,告是麽?(孫孔目云)大人,我告着白衙内白赤交拐了我渾家去了。望大人可憐見,與小人做主。他人妻、良人婦拐了,則這等罷了?那廝少不得車碾馬踏,該殺該剮。(白衙内云)這廝,你怎麽這等駡他,假似他聽的呵呢?(孫孔目云)

他有偌長耳朵?(白衙内云)這廝無禮,拏枷來,上了枷,下在死囚牢裏去。(孫孔目云)大人,我是原告!(白衙内云)我這衙門裏則枷原告。(張千云)你如今告誰?(孫孔目云)我告白衙内。(張千云)你原來不認的白衙内?則他便是白衙内。(孫孔目云)原來他便是白衙内。我告了關門狀了,可着誰人救我那!(下)(白衙内云)如何?我道他來告狀麽。如今把這廝下在死囚牢内,我直牢死他,他渾家便屬了我。憑着我這片好心腸,天也與我半碗飯喫。(同下)

(張千扮牢子上。云)

有福之人人扶侍,無福之人扶侍人。

小可人張千的便是。今日該我當直,有孫孔目孫榮下在死囚牢裏,拏出那孫孔目來。

(孫孔目帶枷上)(牢子云)入牢先喫三十殺威棍。(孫孔目云)兄弟也,我也曾照顧你來。(牢子云)罷,罷,罷!犯法身無主,將軍柱上拴了頭髮,上了脚鐐手杻,擡上匣床,使上滚肚索,拽、拽、拽!(孫孔目叫科)(牢子問科。云)你怎的?(孫孔目云)大家要一會。(牢子云)你燈油錢也無,免苦錢也無,倒吃着死囚的飯?關上門,看有甚麽人來。

(正末上。云)哥也,這里也無人。山兒也,子要前思,免劳後悔。當此一日,小僂儸踏着山岡,問了三聲,道:"有好男子好漢跟的孫孔目哥哥往泰安神州燒香去?"你正是囊裏盛錐,尖者自出。我便道:"我敢去,我敢去。"你則去罷波,宋江哥根前説下大言,保護的孔目哥哥無事無非還家來。若有些失錯呵,願輸項上這顆頭,又立了軍令狀。和俺孔目下的山來,到的那火爐店内,我和俺哥哥草參亭上占房子去,不知甚麽人把俺嫂嫂拐的去了。我説:"哥哥,你則在這里,我不問那里赶上那廝,奪的嫂嫂來。"我則赶嫂嫂去了,誰想俺哥哥正告在刁了俺嫂嫂的白衙内根前,如今把哥哥下在死囚牢裏也。山兒也,你有是麽面目見俺宋江哥?我無計可施,我打扮做箇庄家呆後生,提着這飯罐兒。我則能勾入那牢裏去呵?我自有箇主意也。

【雙調】【新水令】我可便爲俺哥哥打扮的醜容儀,

(正末云)有那等不認的我的,他道我是箇呆厮,呆厮;有那等認的我的,他便道我那里是箇真的呆厮,道我是箇真賊。(唱)

你可便怎知道我是那宋公明的兄弟?我可也不許着外人知。將我這飯罐兒忙提,山兒也,可用着你那賊見識入牢内。

(正末云)哥哥,哥哥,那里是那牢?

(外雜當上。云)高墻兒矮門兒,棘針屯着的便是。(正末云)哦,高墻兒矮門兒,一週遭兒棘針屯着的便是。多謝了哥哥。(三科。云)我來到這牢門首也。放下這飯罐兒,我拽動這牽鈴索。山兒也,你尋思波,着那牢子便道:“你既是箇庄家呆後生,便怎生認的這箇是牽鈴索?”可不顯出來了?傍边有這半頭甎,我拾將起來,我是敲這門咱。叔待,叔待,你家裏有人麽?(牢子云)甚麽人?敢是提牢官來了。住者,若是提牢官呵,拽動這牽鈴索。可是甚麽人,打得這牢門鼕鼕的響?我開了這門看咱。(正末與牢子撞,倒科)(牢子云)我打你箇弟子孩兒。(正末云)叔待,你爲是麽打我那?(牢子笑科。云)原來是箇庄家呆厮。

【落梅風】我這里高聲的唤,唤到那五六回;哥哥你便開開門,呆厮可便與哥哥便支揖。

(卒子打科。云)這呆厮好無禮也,你怎麽抱我這兩條腿?我打這箇弟子孩兒。(唱)

做是麽惡哏哏怒從您那心上起?叔待,呆厮不曾湯着你,不索你没來由這般叫天吖地。

(牢子云)你是是麽人?(正末云)叔待,孩兒每是箇庄家。(牢子云)你這庄家每至受用快樂。(正末云)叔待,俺這庄家至受苦多也。

【夜行船】俺家裏便打水澆畦,

(正末云)打罷那水,澆罷那畦,俺娘道:“呆厮,你不去田里去怎麽?”我到那田地里打打倈倈。(唱)

我又索與他壓耙扶犁。

(牢子云)好也,他把我當耕牛使用。(唱)

俺家裏便砍柴，刈葦編席，緝麻上布，倒杍翻機。俺做庄家忒老實，俺可也不謊詐不虛脾。

(牢子云)兀那厮，你來這里做是麽？(正末云)叔待，你家裏有我箇孫孔目哥哥麽？(牢子云)這弟子孩兒不知是牢，他説是我家裏。他姓孫，你可姓是麽？(正末云)我姓李。(牢子云)我打這箇弟子孩兒！他姓孫，你姓李，怎麽是兄弟？(正末云)叔待，我可知和他不親里。這孔目跟的那官人到俺那鄉里勸農去來，見我家房子乾凈，也則在俺家裏下。俺娘見他是箇孔目，將那好茶兒好飯兒這般管待他。因説起那話兒來，他問俺娘姓是麽，俺娘道："我姓孫。"那孔目道："我也姓孫。"孔目他拜俺娘做姑姑。俺娘道："俺家裏别無是麽人，止則有這箇呆厮，早晚去那城裏面納些秋粮那，納些夏税兒，你便照顧他。"俺是這般親，俺那里是那真箇的親眷來那。(牢子云)原來是這等。

【甜水令】俺那時節因納税當差，曾來城内，

(牢子云)這箇也是認的兄弟，打是麽不緊？(唱)

因此上認義我做相識。

(牢子云)燈油錢、免苦錢與我些。(唱)

我待要送些茶飯與俺哥哥且充饑，俺兩箇又不是那真個親戚。

【德勝令】便問我要些東西。叔待，則你那没梁桶兒便休提，不比您那城市裏的財主每，嗏，量俺這窮庄家有甚的？俺可便端的，俺家裏孩兒每卧土坑，披着麻被您争知？

(帶云)低頭精腿無箇袴兒穿。(唱)

誰有那閑錢補笊籬？

(牢子云)你看這箇弟子孩兒，他把我頭搬過來，驀過去，一陣尿臊臭。我如今開開這牢門，我着他先進去，等他低下頭，我一脚蹬倒這厮，我取一面笑。兀那呆厮，你先進牢裏去，看您哥哥去。(正末云)叔待，你先行波。(牢子做蹬正末科)(正末云)叔待，你怎麽來？(牢子云)我腿轉筋。(正末云)叔待，你休怪呆厮説，俺家裏箇老驢也是這麽抽蹄抽脚的。(牢子云)走，走，走！(正末云)叔待，你又怎麽的？(牢子云)我腿上一箇瘡。(正末云)早看

早看,覷的遲了,則怕變做了疔瘡也。(牢子云)這厮罵的我巧也。(正末云)叔待,你將我的來波?(牢子云)甚麽東西?(正末云)俺娘與了我一貫鈔,着我路上做盤纏,我就揣在我懷裏,則在這里弔了。俺大家尋一尋兒。(牢子云)等我替你尋。(牢子低頭科)(正末蹬科)(牢子跌倒科)(正末入門科。云)叔待,我可先進來了也。叔待,你家裏怎生這般黑洞洞的?(牢子云)一箇傻弟子孩兒!休要呆看,跟將我來。(正末云)叔待,你家裏人一定不老實,可怎生高墻矮門兒,一週遭棘針兒屯着?(牢子云)呆厮,跟的我來,這是牢裏。(正末笑科。云)呵、呵、呵,我知是牢裏。

【歸塞北】他前面引者,我背後把他跟隨。我將這田地兒來踏罷,窩坨兒來記,呀!我行行里撒踏下坨田地。

【鴈兒落】那坨兒里墻較低,那坨兒里門不閉,那坨兒里得空便,那一坨兒里無尋覓。

(牢子云)呆厮,跟着我入牢裏去。

【川撥棹】跟的他入牢内,使盡我這賊見識。哭哭啼啼,切切悲悲。則俺那孔目哥哥在那里?你知道我誰是誰?

(正末云)孔目哥待。(孫孔目應科。云)哎喲,唤我的是誰?

【七兄弟】我這里唤你,你問我是誰?唤你的是重義。

(正末云)哎約,哥哥也。(孫孔目云)兄弟也,你在那里來?(牢子打科。云)休要大驚小怪的!(唱)

關不住兩眼恓惶淚,俺哥哥含冤負屈有誰知?則這高低遠近街墻内?

【梅花酒】哥也,可便你自知使不着你精細,使不着你伶俐,嗏,這的是誰是誰非,有關防無勢力,把平人下在牢内,可便你自知,告押獄休疑惑,别辯一箇是和非。

【喜江南】你説波俺哥哥又不是打家截道的殺人賊,

(牢子云)干我甚麽事,把飯喂你哥哥些。(正末云)叔待,與俺哥哥些飯兒喫。(正末做解手科)(牢子打科。云)你喂他飯便罷,你怎麽解他手?(正末云)你休打波,休打,叔待,不要鬭我耍,你將我的來波。(牢子云)敢又是那一貫鈔?

【歸塞北】俺哥哥三朝的五日,可便忍餓躭饑。五六日不曾嘗着水米,常言道饑飽勞逸。

(正末云)叔待,你將我的來波。

【鴈兒落】他煙支支的撒滯殢,涎鄧鄧相調戲,別無人則有你,

(正末云)你這箇神道是甚麽神道?(牢子云)這箇是獄神。(正末云)你跪者我也跪者。(唱)

喒兩箇説取一個牙疼誓。

(牢子云)你弔了是麽,你想?(正末云)等我想咱。

【鮑老兒】我恰纔送些兒茶飯與俺哥哥且充饑,

(正末云)你恰纔你開開那門,你那頭撞着我這頭。叔待,有倈?(唱)

把一張匙却插在這里,這露天地下不似你個坌東西?叔待,我將你便跪了可便重還跪。

(牢子云)打是麽不緊?你喂你哥哥飯去。(正末云)哥哥,你喫些兒波。(孫孔目云)我喫不的了也。(正末云)哥哥不喫,我自家喫。(牢子云)兀那呆厮,是甚麽東西?(正末云)一罐子羊肉泡飯。哥哥不喫,我自家喫。(牢子云)你哥哥這幾日喫死囚的飯。他不喫,拏來我喫。(正末云)你真個要喫?管山的燒柴,管水的喫水,管牢的喫我脚後根。(牢子云)這厮他倒傷了我,將來我喫。(正末背科。云)我隨身帶着這蒙憨藥、硍霜、巴豆,我攪在這飯裏。他喫了呵,明日這早晚也還不醒里。叔待,你喫,你喫。(牢子云)將來我喫。(做吹科)(正末云)叔待,吹是麽里?(牢子云)我吹了些硍霜、巴豆。(牢子喫飯科。云)倒好飯兒。鄉里人家着的那地椒多了,喫下去麻撒撒的。哎約,麻撒撒的。(牢子倒科)(正末云)兀那牢子起來!這厮麻倒了也,到明日也還不醒里。我解放了俺哥哥,則不俺哥哥一箇人,我把這滿牢裏人都解放了。我開開這門,你各自逃生去。哥哥,我指與你一條大路,哥哥,你先上梁山寨,見俺宋江哥哥去。我晚間殺了白衙内,哥哥行獻功去也。

【鴛鴦煞】這厮他兩三番會使拖刀計,安排下答救俺哥哥智。今日明

朝,擂鼓奪旗。暢道大膽矗心是是非非。想這厮肉眼愚眉,把一箇黑旋風爹爹您可也認不得。

(下)(牢子起身慌科。云)麻撒撒的。(下)

第四折

(白衙内同搽旦上)(白衙内云)

朝朝携手同懽笑,步步相隨樂有餘。

自家白衙内的便是。我將孫孔目下在牢中,早晚便是死的人也。俺夫婦永遠團圓到老,大嫂,兀的不快樂殺俺也!正好飲酒,我使的伴當去同知家裏取酒去了,這早晚怎生不見來?

(正末扮祗候上。云)自家山兒的便是。我昨日救了俺孫孔目哥哥,今夜晚間殺白衙内。我打扮做箇祗候人,提着這瓶酒,我則能勾到的那厮根前,我自有箇主意。天色晚了也,行動些,行動些。

【中吕】【粉蝶兒】酒果做緣由,安排下這塲歹鬬,兩事家不肯干休。打這厮,損別人,安自己,他直喫到上燈時候。猛可里覷眸,助殺氣冷風吹透。

【醉春風】想賊子濫如猫,潑烟花淫似狗,我想那潑無徒賊子,更和那浪包婁,出盡了醜、醜。情理難容,殺人可恕,怎生能勾。

(做見科。云)兀的不是酒?(白衙内云)放下酒,你出去。(正末云)這厮赶將我出來,我則在這窻子外聽者,看他説是麽。(搽旦云)衙内,你坐的,我去看些好菜蔬來,俺喫酒。(正末揪住旦科。云)潑子弟,你認的我麽?則我便是李重義。休言語,但開口額子上則一刀!(搽旦云)嘆性命,

【上小樓】不要你將没作有,則要你依前如旧。我則見他那一來一往,一上一下,敢他那里擺腦摇頭。則爲你一箇潑賤婁,和你一箇喫劍頭,雙雙的成就。

(正末云)我不殺你,你可唱波。(搽旦云)唱是麽那?(唱)

可唱你那"眉兒鎮常坨皺"。

(正末殺搽旦科。云)我把這一顆頭且放在這里,我可殺白衙内去。這廝醉了也,强似我不明不暗殺了這廝,他這里有凉酒,噴醒這廝,我慢慢的殺他。(做噴科)(白衙内云)蓋了天窻,猫溺下尿來了。(做見正末科。云)你是誰?

【么篇】争知道他在我前,不隄防我在他背後。我見他手脚張狂,左右攔當,不肯干休。則爲這箇喫劍頭,送得俺哥牢内囚,風也不透。

(正末云)我不殺你,你唱波。(白衙内云)唱是麽?(唱)

可唱你那"夫妻醉了還依舊"。

(正末殺白衙内科)(正末云)我把這兩顆頭都放在這里,衣服上扯下一塊來,撚做箇紙撚,去腔子裏蘸着熱血,白壁子上寫下"宋江手下第十三個頭領黑旋風殺了白衙内",是我來,是我來。我將着這兩顆頭上梁山宋江哥哥根前獻功走一遭去。

【尾聲】今日箇草參亭上雙獻頭,這廝好模樣出盡醜,抹断咽喉鋼刀透,眉兒圪皺浪包婁,翻做鬼狐猶。

(宋江冲上。云)某乃宋江是也。山兒李逵,你成了功也。(正末云)哥哥,您兄弟殺了姦夫姦婦也。(宋江云)今日與孫孔目報了冤讎也,你聽者,則爲那:

白衙内倚勢挾權,害良人施逞兇頑。
孫孔目含冤負屈,遭刑憲累受熬煎。
黑旋風拔刀相助,劫囚牢虎窟龍潭。
秉直正替天行道,衆頭領與孔目慶賀開筵。

黑旋風雙獻功雜劇(《元曲選》本)

【劇目簡介】

雜劇,元代高文秀作。小説《水滸傳》中無此劇情。

《元曲選》丁集下收録。刻本,署"元高文秀撰""吴興臧晉叔校",篇前題目作"黑旋風雙獻功雜劇",文中頁側簡名作"黑旋風雜劇",題目作"及時雨單責狀",正名作"黑旋風雙獻功"。四折一楔子,每頁九行,每行十九字。每折後面有音釋。

劇情與脈望館鈔本基本相同,但細節處多有差異。

第一折

(冲末扮孫孔目、搽旦扮郭念兒同上)(孫孔目)詩云:人道公門不可入,我道公門好脩行。若將曲直無顛倒,脚踏蓮花步步生。小生鄆城縣人氏,姓孫名榮,渾家姓郭,是郭念兒,嫡親的兩口兒家屬。我在這衙門中做着個把筆司吏。我許了這泰安神州三年香願,今年第三年也。這渾家要跟隨將我去,争奈小生平昔間輭弱,泰安神州謊子極多,哨子極廣,怎生得一個護臂跟隨將我去方可。大嫂,你在家中安排下茶飯,我去長街市上尋一箇護臂,走一遭去來。(下)(搽旦云)孔目,你尋了護臂,早些兒來波。這裏也無人,我心上只想着那白衙内,和他有些不伶俐的勾當。我已央人叫他去了,只等來時,自有説話。詩云:衙内性兒乖,把他叫將來。説些私情話,必定稱心懷。(下)

(外扮宋江、吴學究領僂儸上)(宋江)詩云:家住梁山泊,平生不種田。刀磨風刃快,斧蘸月痕圓。强劫機謀廣,潛偷膽力全。弟兄三十六，個個敢争先。某姓宋名江，字公明，綽號“及時雨”者是也。幼年曾爲鄆州鄆城縣把筆司吏，因帶酒殺了閻婆惜，被告到官，脊杖六十，迭配江州牢城。因打此梁山經過，有我八拜交的哥哥晁蓋，知某有難，領僂儸下山，將解人打死，救某上山，就讓我第二把交椅坐。哥哥晁蓋三打祝家庄身亡，衆兄弟拜某爲頭領。某聚三十六大夥，七十二小夥，半垓來小僂儸，寨名水滸，泊號梁山，縱横河港一千條，四下方圓八百里。東連大海，西接濟陽，南通鉅野、金鄉，北靠青、齊、兖、鄆。有七十二道深河港，屯數百隻戰艦艨艟；三十六座宴樓臺，聚幾千家軍糧馬草。風高敢放連天火，月黑提刀去殺人。我有個八拜交的兄弟，姓孫，是孔目。許下泰安神州燒香三年，燒了二年也，今年是第三年，問某討個護臂的人。小僂儸，寨門首望着，若兄弟來時，報復某知道。（僂儸云）理會的。

（孫孔目上。云）小生孫孔目的便是。我離了家中，瞞着我渾家，則説街市上尋個護臂的人去。我這裏離梁山至近，宋江哥哥是我舊交的朋友，我問他討一個護臂去。可早來到也。你們休放冷箭，報復去，道有孔目孫榮特地拜見哥哥來。（僂儸报科。云）喏！報的哥哥得知，有孔目孫榮到此求見。（宋江云）道有請。（僂儸云）請進。（孔目做見科。云）哥哥，多時不見，受你兄弟兩拜。（宋江云）兄弟免禮。此一來莫非爲討護臂麼？（孫孔目云）哥哥，我則爲這三年香願，今年是第三年也，要帶媳婦兒前去。那泰安神州謊子極多，哨子極廣，特來問哥哥這裏告一個護臂來。（宋江云）學究兄弟，這椿事難以點差。小僂儸，踏着山岡，傳着某的將令，道三十六大夥，七十二小夥，半垓來小僂儸，那一個好男子保着孫孔目上泰安神州燒香去？可是有也是無？（僂儸云）理會的。我出得這門去。兀那三十六大夥，七十二小夥，半垓來小僂儸，那個好男子保着孫孔目上泰安神州燒香去？可是有也是無？（做三科）

（正末扮李逵上。云）有、有、有，我敢去！我敢去！（唱）

【正宫】【端正好】遮莫待渡關河登途徑，把哥哥直送上泰嶽山城。將我這夾鋼斧綽清泉、觸白石,搵搵的新磨浄,放心也,我和那合死的官軍併。

(云)報復去,道有山兒李逵來了也。(僂儸云)喏,報得哥哥得知,有山兒李逵來了也。(宋江云)着他過來。(僂儸云)着過去。(正末做見科。云)宋江哥哥,喏!學究哥哥,喏!你兄弟來了也。(宋江云)兄弟,有個客人在此。你和他厮見咱。(正末做見孔目科。云)你兄弟知道。客人,喏!(孫孔目驚科。云)是人也那是鬼?(宋江云)兄弟休驚莫怕,則他是第十三個頭領,山兒李逵。這人相貌雖惡,心是善的。(正末唱)

【滚繡毬】我這裏見客人將禮數迎,把我這兩隻手插定。哥也,他見我這威凛凛的身似碑亭,他可慣聽我這莽壯聲諕他一個癡挣,諕得荆棘律的膽戰心驚。

(帶云)哥也,他不怕我别的,(唱)

他見我風吹的齬齪是這鼻凹裏黑,他見我血漬的腌臢是這衲襖腥,審問個叮嚀。

(宋江云)山兒,這樁事我還不曾點差,你可是要去?只你這個名字不好,誰不知你是李逵?你更了名改了姓者。(正末云)哥也,你兄弟去便去,要改這名字怎的?(宋江云)你改了着。(正末云)既要我改,我改做山兒者波。(宋江云)誰不知你是山兒?(正末云)改做李逵者波。(宋江云)誰不知你是李逵?(正末云)你兄弟老爺、老娘家姓王,改做王重義者波。(宋江云)雖然更了名,改了姓,你這般茜紅巾,腥衲襖,乾紅褡膊,腿繃護膝,八答麻鞋,恰便似那烟薰的子路,墨染的金剛。休道是白日裏,夜晚間揣摸着你呵,也不是箇好人。(正末云)你兄弟打扮做庄家後生,可是如何?(宋江云)這等便堪可去,只是那得庄家的衣服來?(正末云)有、有、有,你兄弟下得山去,在那官道傍邊一壁掩映着,等那庄家過去:"哥,你那衣服借與我使一使兒。"那厮與我,萬事罷論;他但説個不與,我一隻手揪住衣服領上,一隻手揝住脚腕,滴溜撲摔個一字交。闊脚板踏着那厮胸膛,舉起我這夾鋼板斧來,覷着那厮嘴縫鼻凹,恰待砍下。哥,休道是衣服,那厮連

鐵鋤都與你兄弟了也。(唱)

【倘秀才】我今日改換了山寨的醜名,我打扮做個庄家後生。我着那捕盜官軍摸不着我影,忒搊殺好相争,我和他鬬迎。

(宋江云)山兒,泰安神州,天下英雄都在那裏。你休與人厮丢厮打,做那打家截道、殺人放火的勾當。(正末唱)

【伴讀書】泰安州便有那千千丈陷虎池,萬萬尺牢龍阱,我和你待擺手去横行。管教他抹着我的無乾净,保護得俺哥哥不許生疾病。若是有差遲失了軍中令,哥也,我便情願納下一紙兒軍狀爲憑。

(宋江云)山兒,你要寫文書最好。只是你輸着甚麽?(正末云)哥也,您兄弟這一去,保護得哥哥無是無非還家來。若有些失錯呵,我情願輸三兩銀子。(宋江云)這箇少哩。(正末云)哦,我再做箇東道,請你那一班落保的都吃一個爛醉何如?(宋江云)也還少哩。(正末云)罷、罷、罷,我情願輸了這六陽魁首。(唱)

【笑和尚】你、你、你道我調着嘴不志誠,我、我、我打着手多承領,管、管、管他壯着膽無徯倖。倘、倘、倘若是到泰安州敗了興,敢、敢、敢指梁山誓不回程。來、來、來我情願輸了我吃飯的這一顆頭和頸。

(宋江云)山兒,你便寫得是了。只要你下山去,常忍事饒人者。(正末云)哥也,假似有人罵您兄弟呢?(宋江云)忍了。(正末云)有人唾在兄弟臉上呢?① (宋江云)你也還他些。(正末云)還他這些兒?(宋江云)少。(正末云)還他這些兒?(宋江云)少。(正末云)還到這裏怕做甚麽?(做打拳科)(宋江云)可不打殺人也?則要你把是和非少争競些兒纔好。(正末唱)

【耍孩兒】是和非誰共你閒相競,假若是買物件,多和少也不和他争。若有醉漢每駡我一千場,

(帶云)哥也,你駡的是。(唱)

我只索忙陪着笑臉兒相迎。那厮鼻中殘涕望着我這耳根邊噴,那厮口内頑涎望着我面上零,再不和他親折證,我只是吞聲忍氣、匿跡潛形。

---

① 此處脈望館本中有"(宋江云)揩了。(正末云)有人打你兄弟呵呢?"一句。

(宋江云)那泰安山神州廟,有一等打擦臺賭本事的,要與人厮打。你見他山棚上擺着許多利物,只怕你忍不過,就要厮打起來,也不見得。(正末唱)

【一煞】有那等打擦臺、使會能、擺山棚、博個贏,占場兒没一個敢和他争施逞。拳打的南山猛虎難藏隱,脚踢的北海蛟龍怎住停。我也只緊閉口不放些兒硬,我只做没些本領,再不應承。

(宋江云)如今你怎生打扮去纔好?(正末唱)

【二煞】我將烟氊帽遮了眼睛,粗布帛縛了腿脡,着誰人識破我喬行逕?

(宋江云)孫孔目哥哥到那山上,要點燭燒香,回錢了願,都是你與他當值來。(正末唱)

他上山時,我與他備點燭燒香的事;下山時,我與他供回錢了願的情,一步步跟隨竟。

(宋江云)假似哥哥上馬呵,(正末唱)

上馬處,就與他執鞭墜鐙,

(宋江云)假似哥哥吃酒呵,(正末唱)

吃酒處,就與他綽鏇提觥。

(宋江云)那一個孫大嫂,可也生得大有顔色,只怕那一夥閑漢跟着他走,不好意思。(正末唱)

【三煞】那大嫂年又青,貌又整,則被他一班兒惡少相纏定。似這等天寬地蕩的清平世,怎容得女縱男淫潑賤精?觸犯我真無幸,請大嫂輕輕移步,和哥哥慢慢同行。

(宋江云)山兒,我教道你一句話兒,你聽者,是"恭敬不如從命"。(正末唱)

【哨篇】可便道"恭敬不如從命",今日裏奉着哥哥令。若有人將哥哥厮欺負,我和他兩白日便見那簸箕星。則我這兩條臂攔關扶碑,則我這兩隻手可敢便直釣缺丁。理會的山兒性,我從來個路見不平,愛與人當道撅坑。我喝一喝骨都都海波騰,撼一撼赤力力山嶽崩。但惱着我黑臉的爹爹,和他做場的歹鬬,翻過來落可便弔盤的煎餅。

(宋江云)便好道:"弓硬絃長斷,人强禍必隨。"你若保着孫孔目

回來時,我自有重賞。小心在意,則要你忍事饒人者!(正末云)哥哥,你放心也。(唱)

【煞尾】我去呵,兩隻手忙揪住巔嶮峰,兩隻脚牢踏住村峭嶺。主張的我神州廟裹身周正,我可敢揙倒那嵯峨,

(帶云)放心也,哥,(唱)

這一座泰山頂。

(同孫孔目下)(吴學究云)李山兒與孫孔目去了也。恐怕有失,還該差神行太保戴宗尾着他去,打探消息,我們方好接應他。(宋江云)這説的是。小僂儸,傳令與神行太保戴宗,着他星夜下山,打聽李山兒消息,疾來回報者。(卒子云)理會的。(宋江)詩云:孫孔目要護臂燒香,李山兒怕惹事遭殃。因此上差神行太保,將消息早報取堤防。(同下)①

楔　子

(搽旦上。云)妾身是孫孔目的渾家郭念兒的便是。孫孔目街市上尋護臂去了,我瞞着他,着人尋那白衙内來,有緊要的説話。可怎生這早晚還不見他來也?

(凈扮白衙内上)詩云:五臟六腑剛是俏,四肢八節却無才。村入骨頭挑不出,俏從胎裹帶將來。自家白赤交的便是,官拜衙内之職。我是那權豪勢要之家,打死人不償命的。有這孫孔目渾家是郭念兒,和我兩箇有些不伶俐的勾當。他着人來尋我,我如今到他家裹,若是他夫主不在家,我和他説幾句話。可早來到門首

① 【音釋】鄆,云去聲。輭,即軟字。稱,去聲。蘸,音湛。難,去聲。濟,上聲。屯,音豚。艦,音檻。艨,音蒙。艟,音同。離,去聲。綽,超上聲。搘,抽支切。相,去聲。聽,平聲。齷,於角切。凹,汪卦切。腤,音庵。臢,音簪。茜,阡去聲。繃,音崩。搊,音炒。興,去聲。應,平聲。鏇,去聲。觥,姑横切。簸,音播。撼,含去聲。嶮,與險同。揙,音班。嵯,倉梭切。按:底本中有個别字迹不清者未録。

也。孫孔目在家麽?(搽旦云)這個是他來了。孔目不在家,你進來。(白衙内做見科)(搽旦云)我着人尋你,你在那裏,這早晚纔來?(白衙内云)我也忙。你唤我做甚麽?(搽旦云)如今孫孔目同我要往泰安神州燒香去,他説在火爐店裏安下。我有一計,你便先去那裏等着我。我有兩句兒唱,你則聽着,我便道"眉兒鎮常扢皺",你便唱"夫妻每醉了還依舊",我叫"衙内",你叫"念兒",我和你兩個跳上馬便走。(白衙内云)此計大妙。你先到那裏,你便等着我;我先到那裏,我便等着你。若見了你呵,跳上馬牙不約兒赤便走。(搽旦云)衙内去了也。這早晚孫孔目爲甚不來?

(孫孔目同正末上。云)兄弟,來到我家門首也。你過去與嫂嫂厮見咱。(正末云)哥也,請嫂嫂厮見咱。(孫孔目云)大嫂,我尋了個護臂,是王重義,你和他厮見咱。(正末見旦兒科。云)嫂嫂休怪,恕生面少拜識。(搽旦云)呸,臉腦兒恰似個賊。(孫孔目云)你好歹口也,他聽着哩。(正末云)哥哥,你兄弟有一句話,可是敢説麽?(孫孔目云)兄弟有甚話説?(正末云)這嫂嫂敢不和哥哥是兒女夫妻麽?(孫孔目云)你好眼毒也。你怎麽便認將出來?(正末云)我便認出來也。(唱)

【越調】【金蕉葉】你看他那説話處呵,

(帶云)我纔説道"恕生面少拜識",(唱)

他做多少丢眉弄色。

(搽旦云)你看我這幾步兒走,(正末唱)

你看他那行動處呵,

(帶云)娘也,又不是那小脚兒,豎裏一尺,横裏五寸,(唱)

做多少家鞋弓襪窄,可怕不打扮得十分像胎?

(帶云)哥哥,不是你兄弟口歹也,(唱)

你可敢記着一場天來大小利害。

(孫孔目云)大嫂,收拾行李,喒燒香去來。(同下)

(丑扮店小二上)詩云:買賣歸來汗未消,上牀猶自想來朝。爲甚當家頭先白,一夜起來七八遭。小可是這火爐店上一個賣酒的,但是南來北往官員士庶人等進香的，都在我這店中安歇。我今日開開板搭，燒的鏇鍋兒熱，着①是有甚麽人來。

(正末同孫孔目、搽旦上)(正末云)哥也，來到這火爐店。小二哥有麽？(店小二云)官人每，打了火過去？(正末云)有乾净房兒麽？俺住一住。(店小二云)官人，請裏邊來，有頭一間房子乾净，正好住。(孫孔目云)小二哥，把俺這大嫂寄在這裏，不許放甚麽閒雜人等到來攪擾。大嫂，你則在這店中頭一間房子裏等着，我和兄弟占了房子便來也。(搽旦云)你可早些兒來，我可害怕。(正末云)嫂嫂，你則在這裏，我和俺哥哥占了房子便來也。(搽旦云)你可早些兒來，我可害怕哩。(正末云)嫂嫂，你在這裏，青天白日害甚麽怕？哥哥去波。(搽旦云)孔目，你則早些兒回來。(孫孔目云)我知道。(搽旦云)孔目，你是必早些兒來，休着我憂心也。(正末云)哦，這個嫂嫂，你直這般割捨不得那！(唱)

【么篇】哎，你個嫂嫂莫得見責，也則是虧着俺爲人在客，我恰纔囑付了三回五解。

(搽旦扯孔目科。云)孔目，你早些兒回來。(孫孔目云)我就回來也。(正末扯孔目做走科。云)嫂嫂不索説，我和哥哥便來。我恰纔囑付了店家，安撫了嫂嫂，天色將晚也。(唱)

則去兀那泰安州，尋一個家頭房子去來。

(同下)

(白衙内上。云)自家白衙内的便是。有郭念兒約我在這火爐店内相等，我便來到這裏。他不知在那裏？(搽旦云)不知那白衙内來了也不曾？我自唱一聲咱。(唱)

眉兒鎮常扢皺。

(白衙内唱)

夫妻每醉了還依舊。

(做叫科。云)念兒。(搽旦云)衙内，快上馬，俺和你去來。(同

① 應爲“看”。

下)(店小二云)怎麼了?恰纔那官人寄下的女人,平白地唱了一聲,外邊一個人也唱了一聲,他兩個私奔走了。如今他那弟兄兩個來時,我可怎麼回他的話?

(孔目上。云)我與兄弟泰安神州占了房子,我想我的大嫂獨自一個在那店肆中,我放心不下。我撇了我那兄弟,看我那渾家去。來到這店肆中,我那大嫂呢?(店小二云)哥也,是我在這裏。(孫孔目尋科。云)你怕不在這裏?只問你我渾家那裏去了?(店小二云)我説則説,你休煩惱。你兩個占房子去了,你大嫂平白的唱甚麽"眉兒鎮常扢皺",外邊一個人也唱了一聲,道是"夫妻每醉了還依舊",一箇叫"念兒",一箇叫"衙内",無三念無兩念,則一念他就念得走了。(孫孔目云)我兒,你死也!我這渾家寄在這裏,着人拐的走了。我到由閒可,等我兄弟來時,他便和你説話。詩云:渾家好容貌,生得十分俏。被人拐去了,須索把狀告。(同下)①

第二折

(正末上。云)自家山兒的便是。和俺哥哥草參亭上占房子去來。三轉身不見俺哥哥,想必去那店肆中望俺那嫂嫂去了。你看時遇春天,是好景致也呵!(唱)

【仙吕】【點絳唇】柳絮堪撦,似飛花引惹,紛紛謝。鶯燕調舌,此景宜遊冶。

【混江龍】春光明曄,路行人拂袖撲蝴蝶。你覷那往來不斷車馬相接,牆角畔滴溜溜草稕兒挑,茅簷外疏剌剌布帘兒斜。可知道你做營運的家家業大,古裏人烟熱鬧買賣稠疊。

【油葫蘆】三月春光景物别,好着我難棄捨,怎當這佳人士女醉扶者?你看那桃花杏花都開徹,更和那梨花初放如銀葉。

(白衙内同搽旦上)(衙内云)大姐,喒行動些。(正末唱)

---

① 【音釋】色,篩上聲。窄,齋上聲。責,齋上聲。客,音楷。拐,乖上聲。

我這裏七留七林行，他那裏必丢不搭説，又被那夥喬男喬女將咱來拽，

(白衙内做撞正末科)(白衙内云)不中，走、走、走！(同下)(正末唱)

這田地上赤留兀刺那時節。

(云)甚麽人絆我這一脚？不是趕俺哥哥忙呵，我不道的饒了你也。(唱)

【天下樂】打得那一匹馬不刺刺走不迭，

(孫孔目同店小二上)(孫孔目云)我那渾家到那裏去了？(正末唱)

我這裏便覷也波絶，那裏無話説，我見他自推自攧自哽咽。我與你便一處行、一處歇，哥也，不知道你煩惱因甚些？

(云)哥也，怎麽撇了我先來了那？(孫孔目云)我因放我大嫂不下，我先回來看他。誰想這店中不見了大嫂也！(正末云)哥也，可怎生不見俺嫂嫂麽？(孫孔目云)兄弟，你休問我，你則問店小二去。(正末云)兀那店小二，俺嫂嫂呢？(店小二做怕科)(孫孔目云)你則問店小二！(正末云)兀那廝，俺嫂嫂呢？(店小二云)着人拐的去了。(正末云)怎生着人拐將去了也？(正末做打店小二，孫孔目勸科)(正末云)哥也，你放手。(唱)

【醉扶歸】則俺這拳起處如刀切，恨不得打塌這廝太陽穴。

(孔目攔正末科。云)兄弟也，干他甚麽事？(正末云)哥也，你放手。(唱)

你將我這臂膊休攔住了者，

(帶云)我不打這廝别的，(唱)

只打這廝强奪人妻妾。

(帶云)兀那廝，可不道"寄在不寄失"？(唱)

你是個小主人家，可不道管着一個甚也？我恨不得一把火刮刮匝匝燒了你這村房舍！

(云)哥也，我見來，我見來！一個男子漢，一個婦人，兩個疊騎着馬。我正行走着裏，被那馬撞了我一脚。我待要趕去來，因爲趕

着哥哥,不曾去得。哥也,打與你一個模狀兒,我見那廝的衣裳、鞍馬,説起來看是也不是?(唱)

【一半兒】我適纔途中馬上見他些,那一個婦人疊坐着鞍兒把身體趄,那一個喬才橫捽着鞭兒穿插的别。我打個模狀兒説,可不道有一半兒朦朧倒有一半兒切!

(孫孔目云)店小二哥,你只聽我兄弟説他穿的衣服,和你兩個對着,可是他麽?(店小二云)哥,你説將來,看是也不是。(正末唱)

【後庭花】那廝緑羅衫絛是玉結,皂頭巾環是減鐵。

(店小二云)正是!正是!(正末唱)

他戴着個玉頂子新椶笠,穿着對錦沿邊乾皂靴。

(店小二云)這個一發是了,他叫做甚麽衙内。(正末唱)

那廝暢好是忒嗶嗻,且莫説他鵊兒小鷂,吹筒粘竿有諸般來擺設,只他馬兒上更馱着一個女豔冶。

(孫孔目云)眼見得他是一箇權豪勢要之家,着他拐了我渾家去,可怎了也?(正末云)哥也,那廝走得也不遠,我和你趕將去。(店小二云)哥,我對你説,那個婦人在店裏面唱一聲道"眉兒鎮常扢皺",那一箇衙内在店外面唱一聲道"夫妻每醉了還依舊",一個叫道"衙内",一個叫道"念兒",無三念無兩念,只一念便念得走了。(正末唱)

【醉扶歸】那婦人呵他唱一句爲關節,那喬才呵他應一句到來也。兩下裏慌速速怕甚麽途路賒,必然個寬打着大週摺。我和你疾忙趕上者,將他一雙的在馬前拽。

(孫孔目云)兄弟你休去。你這一去,則是你獨自一個,他那裏人手極多,你手裏又無兵器,則怕你近不得他。(正末唱)

【賺煞尾】我也不用一條槍,也不用三尺鐵,則俺這壯士怒目前見血。東嶽廟磕塔的相逢無話説,把那廝滴溜撲馬上活挾。他若是與時節萬事無些,不與呵,山兒待放會劣懒。惱起我這草坡前倒拖牛的性格,强逞我這些敵官軍勇烈,我把那廝脊梁骨各支支生攧做兩三截!

(下)(孫孔目云)兀那廝,你認的拐了我渾家的那個人麽?(店小二云)他是那白衙内,又唤做甚麽白赤交。(孫孔目云)既然是這等，我去大衙門裏告這厮走一遭去。我那個大嫂也，則被你想殺我也！（下）（店小二云）怎麽了？那一個趕那厮去了，這一個告狀去了。他這一去，若是趕不上，回來我可怎了？我關上門，也不開這酒店罷。詩云：今日造化低，惹場大是非。不如關了店，只去吊水雞。（下）①

第三折

（白衙内領張千上）詩云：小子白衙内，平生好倚翠。拐了郭念兒，一日七箇醉。自家白衙内的便是，自從我拐了那郭念兒來，我則怕那孫孔目來告狀，因此上我借這大衙門坐三日，他若來告狀，我自有個主意。張千，門首覷着，若有告狀的，放他過來。（張千云）理會的。

（孫孔目上。云）小生孫孔目的便是。被白衙内拐了我渾家去了。我來到這大衙門裏，我告他一狀。冤屈也！（白衙内云）甚麽人叫冤屈？張千，與我拿將過來！（張千云）當面。（白衙内云）兀那厮，告甚麽？（孫孔目云）大人，我告着白衙内白赤交拐了我渾家去了。望大人可憐見，與小人做主。他把良人婦女拐了，則這等干罷？那厮少不得車碾馬踏，該殺該剮。（白衙内云）這厮，你怎麽這等罵他，假似他聽得呢？（孫孔目云）他有偌長耳朵？（白衙内云）這厮無禮，拏枷來，上了枷，下在死囚牢裏去。（孔目云）大人，我是原告！（白衙内云）我這衙門裏則枷原告。（張千云）你如今告誰？（孫孔目云）我告白衙内。（張千云）你原

① 【音釋】撦，音車。舌，繩遮切。曄，音夜。蝶，音爹。接，音姐。稕，音準。剌，音辣。帘，音廉。業，音夜。疊，音爹。別，邦爺切。者，音遮。徹，昌惹切。葉，音夜。説，書惹切。拽，音夜。節，音姐。迭，音爹。絶，藏靴切。攧，與跌同。咽，衣也切。結，饑也切。切，音且。穴，希耶切。妾，音且。也，音耶。趄，青夜切。鐵，湯也切。笠，音利。唓，音奢。嗻，音遮。駥，音鬆。設，商者切。摺，音者。血，希也切。挾，希爺切。撇，邦也切。格，饑也切。烈，郎夜切。撧，疽雪切。截，藏斜切。

來不認得白衙内?則這便是白衙内。(孫孔目云)原來他便是白衙内。我告了闞門狀,可着誰人救我那!(下)(白衙内云)如何?我道他來告狀麽。如今把這厮下在死囚牢裏,我直牢死他,他渾家便屬了我。憑着我這片好心腸,天也與我條兒糖吃。(同下)

(丑扮牢子上)詩云:有福之人人服侍,無福之人服侍人。小可牢子的便是。今日該我當直,有孔目孫榮下在死囚牢裏,不免拏他出來。

(孫孔目帶枷上)(牢子云)入牢先吃三十殺威棍。(孫孔目云)大哥,則望你照顧我來。(牢子云)罷,罷,罷!且入牢去,將軍柱上拴了頭髮,上了脚鐐手杻,擡上匣牀,使上滚肚索,拽、拽、拽!(孫孔目叫科)(牢子云)你燈油錢也無,免苦錢也無,倒要吃着死囚的飯,有這等好處,你也帶挈我去走走。

(正末上。云)這裏也無人。山兒也,事要前思,免勞後悔。當此一日,小僂儸踏着山岡,問了三聲,道:"有好男子跟的孫孔目哥哥往泰安神州燒香去?"你正是囊裏盛錐,尖者自出。我便道:"我敢去!我敢去!"又立了軍狀,在宋江哥哥根前説下大言,保護得孫孔目無事還家來。若有些失錯呵,願輸項上這顆頭。同孔目下的山來,到得火爐店内,我和他草參亭上占房子去,不知甚麽人把大嫂拐的去了。我説:"哥哥,你則在這裏,我不問那裡趕上那厮,奪得大嫂回來。"我則趕他去了,誰想那哥正告在刁了俺大嫂的白衙内根前,如今把哥下在死囚牢裏。山兒也,你有甚麽面目見俺宋江哥哥?我無計可使,權打扮做箇庄家呆後生,提着這飯罐兒。我怎能勾入的那牢裏去呵?我自有個主意也。(唱)

【雙調】【新水令】我可便爲哥哥打扮個醜容儀,

(帶云)有那等不認得我的,他道我是個呆厮,呆厮;有那等認得我的,他便道我那裏是真呆厮,倒是箇真賊。(唱)

怎知道我是那宋公明的兄弟?可也自有咱心上事,不許外人知。將我這飯罐兒忙提,山兒也,可用着你那賊見識入牢内。

(做向古門問科。云)大哥,那裏是那牢哩?(内應云)高牆兒矮門，棘針屯着的便是。（正末云）哦，高牆兒矮門兒，一週遭棘針屯着的便是。多謝了大哥。（做走科。云）此間是牢門首也。放下這飯罐兒，我拽動這牽鈴索。山兒也，你尋思波，着那牢子便道："你既是做庄家呆後生，便怎生認得個是牽鈴索?"可不顯出來了？傍邊兒有這半頭甎，我拾將起來，我是敲這門咱。叔待，叔待，你家裏有人麽？（牢子云）甚麽人？敢是提牢官來了。住着，若是提牢官呵，拽動這牽鈴索。可是甚麽人，打得這牢門鼕鼕的響？我且開開這門看咱。（正末與牢子撞，倒科）（牢子云）我打您個弟子孩兒。（正末云）叔待，你爲甚麽打我那？（牢子笑科。云）原來是個庄家呆厮。（正末唱）

【落梅風】我這裏高聲的叫，叫到那五六回；哥哥你便開門，呆厮可便與哥哥支揖。

（牢子打科。云）這呆厮好無禮也，你怎麽抱住我兩隻手臂？我打這個弟子孩兒。（正末唱）

做甚麽惡哏哏怒從你那心上起？叔待，呆厮不曾湯着你，不索你没來由這般叫天吖地。

（牢子云）你是甚麽人？（正末云）叔待，孩兒每是個庄家。（牢子云）你這庄家們倒會受用快樂。（正末云）叔待，俺這庄家至受苦惱也。（唱）

【夜行船】俺家裏要打水澆畦，

（帶云）打罷那水，澆罷那畦，俺娘道："呆厮，你還不往田裏去。"（唱）

我又索與他壓耙扶犁。

（牢子云）好也，他把我當耕牛使用。（正末唱）

我家裏還待要打柴刈葦、織屨編席，倒杍翻機。俺做庄家忒老實，俺可也不謊詐不虚脾。

（牢子云）兀那厮，你來這裏做甚麽？（正末云）叔待，你家裡有我個孫孔目哥哥麽？（牢子云）這弟子孩兒不知是牢，他說是我家裏。他姓孫，你可姓甚麽？（正末云）我姓王。（牢子云）我打這個弟子孩兒！他姓孫，你姓王，怎麽是兄弟？（正末云）叔待，我可知和他不親哩。這孔目跟的那官人到俺那鄉里勸農去來,見我家房子乾浄,他就在俺家裏下。俺娘見他是箇孔目,將那好茶好飯兒這般管待他。因問俺娘姓甚麽,俺娘道:"我姓孫。"那孔目道:"我也姓孫。"他拜俺娘做姑姑。俺娘道:"俺家裏别無甚麽人,只則有這個呆厮,早晚去那城裏面納些秋糧兒,納些夏税兒,你便照顧他。"俺是這般親,俺那裏是那真個的親眷來那!(牢子云)原來是這等。(正末唱)

【甜水令】俺那時節因納税當差,曾離鄉下到來城内,

(牢子云)這個也是認的兄弟,打甚麽緊?(正末唱)

因此上認義我做相識。

(牢子云)若是要見他,須是替他將油燈錢、苦惱錢都與我些。(正末唱)

我待要與俺哥哥送些茶飯見些情義,俺兩個又不是那真個親戚。

【得勝令】呀,便問我要東西。叔待,則你那没梁桶兒便休提,不比你財主們多周濟,量俺這窮庄家有甚的?俺真個堪嗤,俺孩兒每卧土坑披麻被,你可也争知?

(帶云)還有精着腿,無個袴兒穿的。(唱)

誰有那閒錢補笊籬?

(牢子云)你看這個弟子孩兒,把這頭扭過來,蕎過去,一陣尿臊臭。如今開開這牢門,我着他先進去,等待低下頭,我一脚蹬倒這厮,我取一亩①笑。兀那呆厮,你先進牢裡去,看你哥哥那。(正末云)叔待,你先行波。(牢子做不走科。云)我腿轉筋。(正末云)叔待,你休怪呆厮説,俺家裏個老驢也是這麽抽蹄抽脚的。(牢子云)哇!(正末云)叔待,你又怎麽的?(牢子云)我腿上一個瘡。(正末云)早看覷着,不要遲了,怕變做疔瘡哩。(牢子云)你看這厮罵得我好。(正末云)叔待,你將我的這件東西波?(牢子云)甚麽東西?(正末云)俺娘與了我一貫鈔,着我路上做盤纏,我就揣在懷裏,怎麽的吊了?俺大家尋一尋還我。(牢子云)

① 應爲"回"。

等我替你尋。(牢子低頭科)(正末蹬科)(牢子跌倒科)(正末入門科。云)叔待,我先進來了也。叔待,你家裏怎生這般黑洞洞的?(牢子云)一個傻弟子孩兒!休要呆着,跟將我來。(正末云)叔待,你家裏人一定不老實,可怎生高牆矮門兒,一週遭棘針兒屯着?(牢子云)呆廝,跟的我來,這是牢裏。(正末笑科。云)呵、呵,我怎知是牢裏?(唱)

【歸塞北】他前面引只,我背後把他跟隨。我將這田地兒踏,窩坨兒來記,呀!誰知道一步步走入那棘針根底。

【鴈兒落】那坨兒裏牆較低,那坨兒裏門不閉,那坨兒裏得空便,那坨兒裏無尋覓。

(牢子云)跟着我入牢裏去。(正末唱)

【川撥棹】跟着他入牢内,使盡我這賊見識。哭哭啼啼,切切悲悲。則俺那孔目哥哥在那裏?你可也思量些甚飯食?

(云)孔目哥哥。(孫孔目應科。云)哎喲,唤我的是誰?(正末唱)

【七兄弟】我這裏唤你,倒問我是誰?唤你的是王重義。

(云)哎喲,哥哥也。(孫孔目云)兄弟也,你在那裏來?(牢子打科。云)休要大驚小怪的!(正末唱)

閣不住兩眼恓惶淚,俺哥哥含冤負屈有誰知?兀的不斷送在高牆厚壁矮門内?

【梅花酒】哥這罪也自省的,使不着你精細,使不着你伶俐,竟不知你甚日脱離?告押衙休疑惑,辨别個是和非。有關防無勢力,把平人下在死田地。

【喜江南】呀!俺哥哥又不是打家截道的殺人賊,倒賠了個如花似玉的好嬌妻,送與你這倚權挾勢白衙内。到今朝這日,纔得我非親是親的送那碗飯兒喫。

(牢子云)你看這呆廝,口裏只管篤篤喃喃的説着許多説話。既然有飯,快拏將來餵他些罷。(正末云)叔待,與俺哥哥些飯兒吃。(做解手科)(牢子打科。云)你餵他飯便罷,你怎麼解他的手?(正末云)你休打波,叔待,不要鬬我耍,你將我的來波。(牢子云)敢又是那一貫鈔?(正末唱)

【歸塞北】俺哥哥三朝的五日,可便忍餓躭饑。五六日不曾嘗着水米,常言道饑飽勞役。

(云)叔待,你將我的來波。(唱)

【鴈兒落】他烟支支的撒滯殢,涎鄧鄧相調戲,别無人則有你,

(云)你這個神道是甚麼神道?(牢子云)這箇是獄神。(正末云)你跪着我也跪着。(唱)

喒兩個説取一個牙疼誓。

(牢子云)你爲甚麼也跪着神道,要我説誓來?(正末唱)

【小將軍】我恰纔送些茶飯與俺哥哥且點饑,

(帶云)你恰纔開門時節,你那頭撞着我這頭。叔待,有倈?(唱)

明白的把一張匙却插在這裏,這路天地下不是你個坌東西?叔待,我將你來跪了可便重還跪。

(牢子云)你便這一張匙打甚麼不緊?你餵你哥哥飯去。(正末云)哥哥,你吃些兒波。(孫孔目云)我吃不得了也。(正末云)哥哥不吃,我自家吃。(牢子云)兀那呆厮,是甚麼東西?(正末云)一罐子羊肉泡飯。哥哥不吃,我自家吃。(牢子云)你哥哥這幾日吃死囚的飯。他不吃,拏來我吃。(正末云)你真個要吃?管山的燒柴,管水的吃水,管牢的吃我脚後根。(牢子云)這厮他倒傷着我,將來我吃。(正末背科。云)我隨身帶着這蒙汗藥,我如今攪在這飯裏。他吃了呵,明日這早晚他還不醒哩。叔待,你吃,你吃。(牢子云)將來我吃。(做吹科)(正末云)叔待,吹甚麼哩?(牢子云)將來,我吹去了些砒霜、巴豆。(牢子吃飯科。云)倒好飯兒。鄉里人家着得那花椒多了,吃下去麻撒撒的。哎喲,麻撒撒的。(牢子倒科)(正末云)兀那牢子起來!這厮麻倒了也,到明日也還不醒哩。我解放了俺哥哥,則不俺哥哥一個人,我把這滿牢裏人都放了。我開開這門,你每各自逃生去。哥哥,我指與你一條大路,你一徑先上梁山寨,見俺宋江哥哥去。我晚間殺了白衙内,回來獻功也。(唱)

【鴛鴦煞】這厮他兩三番會使掩刀計,喒安排下搭救哥哥智。只在今日明朝,得勝而歸。暢道天理難欺,人心怎昧?則他這肉眼愚眉,把

一個黑旋風爹爹敢來也認不得。

(下)(牢子起身慌科。云)哎喲,麻撒撒的。(下)①

第四折

(白衙内同搽旦上。白衙内)詩云:借坐衙内放告牌,引得他人插狀來。專待囚牢身死後,方纔做了永遠夫妻大稱懷。自家白衙内的便是。我將孫孔目下在死囚牢中,早晚便是死的人也。俺夫妻永遠團圓到老,兀的不快樂殺我也!正好飲酒,争奈無有了。我使的伴當去那同知家裏取酒去,這早晚怎生不見來?

(正末扮祗候上。云)自家山兒的便是。我昨日救了俺孫孔目哥哥,今夜晚間殺白衙内。我打扮做個祗候人,提着這瓶酒,我則能勾到那厮根前,我自有個主意。天色晚了也,行動些,行動些。(唱)

【中吕】【粉蝶兒】酒果做緣由,安排下這場歹鬬,兩事家不肯干休。打這厮,損别人,安自己,他直吃到上燈前後。猛可裏擡頭,不覺的助殺氣冷風吹透。

【醉春風】我想那一個濫如猫,這一個淫似狗,端的是潑無徒賊子,更和着浪包婁,出盡了醜、醜。情理難容,殺人可恕,怎生能彀。

(做見科。云)兀的不是酒?(白衙内云)放下酒,你自出去。(正末云)這厮趕將我出來,我則在這窻兒外聽着,看他説甚麽。(搽旦云)衙内,你坐着,我去看些好菜蔬來,再吃酒哩。(正末揪住旦科。云)潑弟子,你認得我麽?則我是王重義。休言語,但開口脖子上則一刀!(搽旦云)好漢饒我性命。(正末唱)

---

① 【音釋】碾,年上聲。剮,音寡。鐐,音遼。杻,音丑。盛,音成。呆,音爺。哏,狠平聲。吖,音鴉。畦,音奚。刈,音乂。席,星西切。杼,音注。實,繩知切。識,傷以切。戚,食洗切。的,音底。驀,音陌。傻,商鮓切。拕,音陀。覓,忙閉切。食,繩知切。重,平聲。惑,音回。力,音利。賊,則平聲。日,繩知切。吃,音耻。役,銀計切。殢,音膩。倈,離靴切。坌,滂悶切。

【上小樓】不要你將没作有,則要你貪花戀酒。我則見那一來一往,一上一下,擺腦摇頭。則爲你這個不識羞,和那個賊禽獸,雙雙的成就。

(云)我不殺你,你可唱波。(搽旦云)唱甚麼那?(正末做揪搽旦科。唱)

可唱你那“眉兒鎮常扢皺”。

(正末殺搽旦科。云)我把這一顆頭且放在這裏,我可殺白衙内去。這廝醉了,我怎麽肯不明不暗殺了這廝?不免將涼酒噴醒他來,我慢慢的殺他未遲。(做噴科)(白衙内云)蓋了天窻,猫溺下尿來了。(做見正末科。云)你是誰?(正末唱)

【么篇】争知道他在我面前,不隄防我在他背後。只見他手脚張狂,左右攔當,何處奔投?則爲這喫劍頭,送得俺哥哥牢内囚,風也不透。

(做揪白衙内科。云)我不殺你,你唱波。(白衙内云)着我唱甚麼?(正末唱)

可唱你那“夫妻每醉了還依舊”。

(正末殺白衙内科。云)我把兩顆頭都拏將來,做一搭裏放者。再將他衣服上扯下一塊來,撚做箇紙撚,去腔子裏蘸着熱血,在白粉壁上寫道是“宋江手下第十三個頭領黑旋風李逵殺了這白衙内”來。詩云:從來白衙内,做事忒狡猾。拐了郭念兒,一步一勾搭。惱犯黑旋風,登時火性發。隨你問傍人,該殺不該殺?寫是寫了,不免將着這二顆頭,到梁山泊上宋江哥哥根前獻功去來。(唱)

【小梁州】誰着你一世爲人將婦女偷,見不得皓齒星眸,你道有閒茶浪酒結綢繆,天緣輳,不枉了好風流。

【么篇】雖則是婚姻注定前生有,到的我黑爹爹一筆都勾。那裏也月下客,冰上叟,多管是殺人的領袖,

(云)俺如今回去見宋江哥哥,他問道:“山兒,你那泰安山的事怎麽了?”我可也不説别的,(唱)

則獻上這血瀝瀝兩顆活人頭!

(下)

(宋江引吴學究、孫孔目,同卒子上)(宋江云)某乃宋江是也。因

爲神行太保戴宗打探李山兒消息，説孫孔目兄弟到得泰安神州廟半山裏草參亭子上，回來早不見了他的渾家，元來是被白衙内拐騙去了。想這廝是箇有權有勢的人，李山兒一個如何近傍得他？爲此與吴學究星夜領一枝人馬前來接應。幸喜孫孔目兄弟已先來了，單不知李山兒的下落。大小僂儸，作速與我趲上去者。

（正末上。云）兀那來的軍馬不是我宋江哥哥也？（宋江云）那挑着兩箇人頭的不是李山兒麽？（正末云）俺李山兒獻功來！（擲人頭科。唱）

【滿庭芳】奉哥哥元戎帥首，着我山兒、孔目同去泰嶽神州。又誰知草參亭上剛回後，早不見了潑賊淫囚。

（帶云）元來他與白衙内呵，（唱）

他兩個笑吟吟成雙做偶，背地裏悄促促設計施謀。

（宋江云）他可設甚計謀來？（正末云）此時孫孔目哥哥趕上去，正要尋個大衙門告他下來，豈知白衙内那廝早借一座大衙門坐着，專等他來告狀，就一把拏住，發下死囚牢裏。指望將他禁死了，與他渾家做了永遠夫婦，可不好那。（唱）

專等待來追究，便將他牢監固守，只落得盡場兒都做了鬼胡由。

（云）我想當日在哥哥根前立下軍政文書，若不救的孫孔目出來，豈不怕輸了我李山兒這一顆頭那？（唱）

【十二月】因此上裝一個送飯的沾親帶友，那一個管牢的便不亂扯胡揪。他見了咱拏着的是飯羹羊肉，就待要一氣兒呷上兩盞三甌。他怎知道下的有砒霜巴豆，但喫着早麻撒撒害得個魄喪魂丢。

【堯民歌】那時節先打發了孫家孔目出牢囚，我就直到他衙門裏面報冤讎。只見他兩個醉中情意正相投，更遇着我爲他取到沽來酒。清也波謳，清謳樂未休，只這兩句是他死時候。

（宋江云）他每兩個唱着的是甚麽曲兒，你就殺了他來？（正末云）當日那淫婦姦夫暗地期約，一箇唱道“眉兒鎮常扢皺”，一個唱道“夫妻每醉了還依舊”，兩個跳上馬，牙不約兒赤便走。今日撞着俺黑爹爹李山兒，一把揝住頭髻，按翻地上，着他仍舊唱這

兩句曲兒。聲未絶口,早磕擦的一板斧一個,劈下頭來。(唱)

【隨尾】他、他、他也會一騎馬雙馱着走,怎知俺兩板斧劈下了頭。這都是親身作業親身受,不枉了立軍狀的山兒果應了口。

(宋江云)今日梟了姦夫、淫婦之首,都是李山兒之功也。小僂儸,將此兩個首級掛號梁山泊前,警諭衆庶。一面就忠義堂上,窨下酒,卧番羊,與孫孔目、李山兒共做一個慶喜筵席者。詞云:白衙内倚勢挾權,潑賤婦暗合團圓。孫孔目反遭縲絏,有口也怎得伸冤? 黑旋風拔刀相助,雙獻頭號令山前。宋公明替天行道,到今日慶賞開筵。①

題目:及時雨單責狀

正名:黑旋風雙獻功

① 【音釋】溺,尼叫切。撚,音碾。輳,倉救切。肉,柔去聲。縲,音雷。絏,音屑。

同樂院燕青博魚雜劇(脈望館本)

【劇目簡介】

雜劇,元代李文蔚作。《録鬼簿》《太和正音譜》《元曲選目》《也是園書目》《曲海目》《今樂考證》《曲録》《曲海總目提要》等多有著録,現存脈望館鈔校本、《元曲選》本和《酹江集》本。小説《水滸傳》中無此劇情。

萬曆時脈望館趙清常鈔本,卷首題"元李文蔚"作,題目作"楊衙内倚勢行兇",正名作"同樂院燕青博魚"。四折一楔子,每頁十行,每行十七字。

劇演爲慶重陽九月九,梁山放假,燕青誤假十日,按律當斬,在衆頭領請求下,宋江將其杖打六十並要趕下山去,燕青氣怒交加,一時目盲。梁山衆人贈其金釵,宋江令其下山治眼,允諾治好後仍可回梁山。汴梁人燕大之妻王臘梅與楊衙内有私情,百般用計,逼燕大之弟燕二離開家門,並與姦夫約定在同樂院相會。燕青因目盲被楊衙内騎馬撞倒,偶遇燕二,被其治好眼睛。之後燕青在同樂院與燕大博魚失利,但燕大同意將魚還於燕青,此時楊衙内來赴王臘梅之約,被燕青暴打一頓,燕大邀燕青至家同住。中秋之夜,楊衙内來燕大家與王臘梅約會,被燕青撞破,遂帶人將燕大、燕青關入死囚牢中。燕青、燕大逃出牢獄,恰遇欲來搭救二人的燕二,遂共同擒住姦夫、淫婦,梁山衆人同飲喜宴。

楔　子

(冲末扮宋江,同吴學究領僂儸上)(宋江云)

幼小鄆城爲司吏,因殺娼人遭迭配。

姓宋名江字公明,綽號"順天呼保義"。

某姓宋名江字公明,綽號"順天呼保義"。曾爲鄆州鄆城縣把筆司吏,因帶酒殺了閻婆惜,脚踢翻蠟燭臺,延燒了官房,官軍捉拏某到官,脊杖了六十,迭配江州牢城營。因打梁山逕過,遇着晁盖哥哥,打開枷鎖,救某上山,就讓某第二把交椅坐。哥哥晁盖三打祝家庄身亡。衆第①兄就讓某爲頭領,聚三十六大夥,七十二小夥,半垓來的小僂儸。某喜的是兩節令:清明三月三,重陽九月九。時遇九月九重陽節令,某放衆頭領下山,三日假限,悮了一日笞四十,悮了二日杖八十,悮了三日處斬。有燕青告了一箇月假限,去了四十日,悮了某十日,更待干罷?小僂儸,踏着山岡望者,若燕青來時,報復我知道。(僂儸云)理會的。

(正末扮燕青上。云)悮了假限也。

【端正好】則我這白氈帽半搶風,則我這破㲢衫我可也權遮雨,誰曾住半霎兒程途!

(帶云)報復去,道有燕青來了也。(僂儸云)理會的。喏!報的哥哥得知,有燕青來了也。(宋江云)着他過來!(僂儸云)理會的。過來。(正末做見科。云)報,報,報,喏!(唱)

我這里便暴雷喏罷我擡頭覷,

(宋江怒科。云)燕青,你來了也!(唱)

呀!則見我保、保、保義哥哥怒。

(宋江云)燕青,你告了幾時假限也?(正末云)哥哥與了您弟一箇月假限。(宋江云)你去了幾時?(正末云)我去了四十日。(宋江云)你悮了我幾日假限?(正末云)悮了哥哥十日假限。

---

① 應爲"弟"。

(宋江云)悮了我一日假限呵呢?(正末云)笞四十。(宋江云)悮了兩日呵呢?(正末云)杖八十。(宋江云)悮了三日呵呢?(正末云)處斬。(宋江云)你悮了幾日?(正末云)悮了哥哥十日假限。(宋江云)你悮了十日假限,更待干罷!小僂儸,推出去,斬訖報來!(正末云)衆弟兄每,勸一勸兒波。(吴學究做跪下勸科。云)住,住,住!哥哥息怒,想燕青在於梁山上,也多有功勞來,怎生看俺衆弟兄之面,且饒過項上之罪,望哥哥杖子裏教道您兄弟,不敢自專,望哥哥尊鑑不錯也。(宋江云)衆兄弟每請起。論理呵,饒不過,看着衆弟兄每的面皮,饒免他項上之罪,脊杖六十者!(僂儸云)理會的。(做打科。云)四十!五十!六十!(宋江云)搶出去,不用他也。(正末云)哥哥,打了您兄弟罷波,可怎生不用您兄弟,趕下山去?(僂儸用推出門科)(正末做没眼科。云)您衆兄弟每,可怎生不見您一箇那?呀、呀、呀!壞了我這眼也。(僂儸云)可不早説。喏!燕青被哥哥打了六十,感了一口氣,内瘴氣壞了眼也。(宋江云)學究哥,可惜了一箇好漢也!小僂儸,將燕青與我扶上山來者!(僂儸云)理會的。(扶正末做見宋江科)(正末云)哥哥,壞了我這眼也。(宋江云)兄弟也,某一時間致怒打了你幾下,不想壞了你這眼。衆弟兄每,看我面皮,每人一隻短金釵,與你下山去尋箇良醫。治的好了,上山來,依舊用你也。(正末云)索是謝了哥哥也。

【么篇】阿,罷波!我一声長嘆雙無目,可不道誰養贍我這七尺之軀。則俺那弟兄每各罷了他這山東路,則這箇無廉耻不幹事淂他這箇燕青去。

(下)(宋江云)燕青去了也。等他若醫的眼好了,上山來某依舊用他。學究哥,無甚事俺後山中飲酒去來。大小頭領,聽某的將令!

衆小校聽咱分付,今夜箇該您巡捕。
伏路處悄語低言,不要您笑語喧呼。
人人要慣甲披袍,箇箇要開弓蹬弩。
若違了某的將令,斬首級决無輕恕!

頭　折

(燕青①、燕二浄、搽旦同上)

耕牛無宿料,倉鼠有餘糧。

萬事分已定,浮生空自忙。

小可人汴梁人氏,姓燕是燕大,嫡親的三口兒家属。渾家王臘梅,不是我自小里的兒女夫妻,他是我後娶的。兄弟是燕二。不知我這兄弟他這兩眼裏不待見他這嫂嫂也。(燕二云)怎麽我不待見他那?(搽旦云)燕大,你這兄弟見我便是駡我。我不才殺,也是你哥哥的渾家,有這等道理也!(燕二云)哥哥,俺是甚麽等人家,着他辱門敗户?你頂着屎頭巾走,你還不知道?(燕大云)兄弟也,我怎生頂着屎頭巾也?(搽旦云)你哥哥更是鏖糟頭。(燕二云)我不敢打你?(搽旦云)燕大!你看你兄弟打我里。(燕大云)兄弟也,你休打你嫂嫂,你打我來波。(燕二云)罷、罷、罷,俺一答裏也難住,則今日辭别了哥哥,我離了家中,凍死、餓死再也不上你門來了。嫂嫂,好生侍奉哥哥,俺哥哥若有些好歹呵,我不道你輕饒素放了你里也!(茶②旦云)你哥哥纔三歲兒也?(燕二云)我出的這門來。燕二也離了家中,可也耳乾清浄,則今日街市上謁托幾箇相識朋友,走一遭去。(下)(燕大云)我兄弟也搬出去了。你心中可快活了也!(搽旦云)燕大,你如今怎的也?(燕大云)大嫂,时遇三月三,多將着些錢鈔,嗒去同樂院喫酒去來。

融融麗日長,爛熳百花香。

賞春同快樂,休負好時光。

(下)(搽旦云)燕大去了也。且慢者,我雖然嫁了這燕大,我和這楊衙内有些不伶俐的事。我着人尋他去了。這早晚怎生不見

① 據上下文意,此處應爲“燕大”。

② 應爲“搽”。

來也?

(净扮楊衙内上云)

花花太歲爲第一,浪子丧門世無對。

街下小民聞吾怕,則我是勢力並行的楊衙内。

自家楊衙内的便是。我打死人不償命,常則在兵馬司裏坐牢。我如今和這燕大的渾家王臘梅,有些不伶俐的勾當,俺兩箇争柰則是不能稱心。如今他使人來尋我,我走一遭去。來到門首也,我不敢過去,我則在門首説話,他裏頭自有人出來。下次小的,將那馬與我拴的遠着。(搽旦見科。云)衙内! 你入屋裏來。(楊衙内云)家裏没人?(搽旦云)都不在家,你進來。(楊衙内入門科。云)姐姐,想殺我也! 你叫我來,有甚麽勾當也?(搽旦云)我雖然嫁了燕大,我真心只在你身上。明日是三月三日,俺兩口兒燒香去,在同樂院裏喫酒。我在那里等,你疾些兒去,早些兒來。(楊衙内云)你明日和燕大在同樂院裏喫酒? 你先去,便等我;我先去,便等你。喒去來。(同下)

(净店小二上云)

買賣歸來汗未消,上床由自想來朝。

爲甚當家頭先白,曉夜思量計萬條。

自家店小二的便是。俺這店裏下着箇雙無目的大漢,房宿飯錢都無,大主人家怪我。我今日唤他出來,我自有箇處置。兀那無眼的大漢,店門首有你箇鄉中人唤你里。你出來。

(正末上。云)哥哥,你唤我做甚麽那?(店小二云)門口有你箇親眷來也。(正末云)哥也,我那里得那親眷來那? 你休𨶳我耍。在那里也?(店小二云)在店門首里。(做推正末科。云)你出去也! 我𨶳上這門,凍殺餓殺,不敢我事也。(下)(正末云)好大雪也! 哥哥,開開門兒波,再住一夜兒去。真箇不開門那?(正末做打聽科。云)這里也無人,自家燕青的便是。自從壞了我這一雙目,下的山來,來到這店肆中安下,房宿飯錢都少下他的。那大主人家埋怨那小二哥,小二哥今日把我這趕將出來。便好道"男兒不得便,刺頭泥裏陷",長街市上盤街兒叫化去咱。

【大石調】【六国朝】我揣巴些殘湯剩水，打疊起浪酒閑茶，我着這氣呵煖我這對凍拳頭，唾揩光我這冷鼻凹。多應是黑瘦了雕青臂，渾減動硃砂。則我這窮骨上衣服破，則今冬少不的凍殺。我不見那昏慘慘雲遮了銀漢，則聽那淅零零的雪摻瓊砂，我着這鞋底兒去这淺中踏，綽的這棒頭來我去这深處插。

(正末云)長街市上盤街兒叫化去咱。

【喜秋風】我與你便慢慢行，我與你便磨磨擦。我爲甚將這脚尖兒那?我只恐怕這路兒滑。

(正末云)我這箇模樣，(唱)

似那前街後巷我便宜盤卦，恰呵的我這手温和，哎吻吻吻可又凍的我這脚腕麻。

【歸塞北】天那！您不肯道是相齎發，專與俺這穷漢受波查。似這雪呵，他如柳絮不添我身上絮，似梨花却變做了眼前花，則我這拄杖凍難拏。

(正末云)有那等人道:"兀那君子也，那南京城中有的是買賣营生，你尋些做可不好那便?"我道:"哥也，你豈知我無眼那?"他便道:"尋你那無眼营生做去波。"哥也，您那里知道也——(唱)

【鴈過南樓】我是一箇混海龍摧鱗波去甲，我是一隻爬山虎也囉到如今都削了爪敲牙。往常時我習武藝學兵法，到如今半籌也不納，則我這拏雲手怕不待尋覓那等瞎生涯？我能舞劍偏不能道是敲笋板，會輪槍須不會撥琵琶，着甚度年華?

(正末云)長街市上盤街兒叫化咱。

(净楊衙内躧竹馬冲上。云)好大雪也！望那王臘梅大姐去咱。(做撞着正末科)(正末云)爺須瞎，兒須不瞎！(楊衙内云)這厮無礼，他撞着我馬頭，靠後！

【六国朝】我不敢去梁山泊裹東路，我則拖的你開封府南衙，你眼睁睁的當翻了人?

(正末云)那去咪！(唱)

我與你手摩挲揪住馬。

(楊衙内云)放手！這厮好大膽也，敢這等無礼那！(唱)

你又不是官街窄，你故意的把人踏踏。你有甚娘忙公事，莫不去雲陽中赴法？一隻手將鑣環來緊搭，那廝多應是兩隻脚將寶鐙來牢踏，

(楊衙内上)我打這廝！(做打三科了)(唱)

哎喲！那廝那雨點也似馬鞭子，丟那去咪偏不的我風團般着這拄杖打。

(楊衙内云)去也，走、走、走！(下)

(燕二冲上。云)弟兄每少罪，改日還席也。(正末揪住燕二科。云)好阿，清平世界，浪蕩乾坤，你怎麽當街里打人那？(燕二云)呸！你看我那命波。兀那君子，我是箇步行的人，打你的是箇騎馬的也。(正末云)哥也，我須無眼也。(燕二云)住、住、住！君子，你這眼是從小里壞了，可是半路里壞了的也？(正末云)哥也，我這眼是半路里内瘴氣壞了這眼也。(燕二云)君子也，你倒可也有緣，我善會神針法灸。我醫你這眼，你意下如何也？(正末云)索是多謝哥哥也。(燕二云)你跟的我鋪兒裏來。可早來到也。我開開這門。君子請穩便，等你這血氣定了時，我與你下針咱。

【憨貨郎】千化身觀世音菩薩，救了這雙無目惡义的神煞。針法兒通灵，聖心無假。多謝仁兄厮救拔，又不是攀睛内發，可憐見穷漢瞎。

(燕二云)我取出我這針來。君子坐正着，我下針也。我這針上至泥丸宫，下至湧泉穴，太陽穴不敢下針，少陽穴下兩針，咳嗽三里下兩針。咳嗽，我取出這藥來，聖餅子菩薩水調的藥。君子，張口喫藥。這一會兒針藥相投也，我起針也，吸氣，吸氣。君子，將你那手呵熱着，揉你那眼，我着你復舊如初也。

【歸塞北】纔針罷，則我這瘡口兒未着痂。將我這兩隻手揉開我這一對眼，

(正末云)是好手段也！(唱)

他則一針挑了一重沙，恰便似日月退了殘霞。

(正末云)是誰醫好我這眼來？(燕二云)是我醫好了你这眼來。(正末云)哥也，你請坐，你是我重生的父母，再長我的爺娘，受你兄弟八拜咱。(正末做八拜科)(燕二做扯正末科。云)住，住，

住！我纔醫好了的眼，不争你拜下去，這血脉往上行，我難醫了也。(正末云)恁的呵，一跪權爲八拜咱。(燕二云)壯士，你那里鄉貫？姓字名誰也？(正末云)哥，您兄弟不是歹人也！(燕二云)壯士，誰道你是歹人里？(正末云)哥也，則我是宋江手下第十五箇頭領——"浪子"燕青。哥也，您兄弟不是歹人那！(燕二云)你是賊的阿公里！你多大年紀也？(正末云)您兄弟二十五歲也。(燕二云)我癡長你兩歲，我認義你做箇兄弟，你意下如何也？(正末云)哥哥不棄嫌呵，願情與哥哥做箇兄弟也。(燕二云)我聽的説，宋江哥哥手下三十六頭領，多有功劳。你試説一遍咱。(正末云)我多曾與哥哥出氣力來也。(唱)

【初問口】俺也曾那草坡前曾把濫官來拏，俺是那梁山泊裏的宋江，不比那洞庭湖方臘。你將這螻蟻殘生厮救拔，我把哥哥那山海也似恩臨厮報答。從今後拜辭了主人家，我過了您這行旅招商①父子店，美也可俺殺人放火蓼兒凹，早晚待入丹霞。

(正末云)哥也，您兄弟有句話，可是敢問哥哥麽？那大雪裏打我的那厮，是甚麽人那？(燕二云)住，住，住！兄弟，休要大驚小怪的，則他便是楊衙内，他是有楣勢的人，打死人如同那房簷上揭一塊瓦相似。俺要傷着他，就帶鎖披枷也。(正末云)哥也，你説的差了也！

【尾声】你道是他打了我呵房簷上揭瓦，不信道我打了他呵則我這脖項上披枷。調動我這莽拳頭，搧動我這長梢靶，我去那前街後巷裏便尋他。

(正末云)若見了他呵，(唱)

我一隻手揪住那厮黄頭髮，把那厮昆靶牢掐，我可敢滴溜撲活攛在……

(正末云)放心也，哥也。(唱)

那厮那馬直下。

(下)(燕二云)兄弟去了也。我收拾些盤纏，上梁山見宋江哥哥，

① 應爲"商"，手寫多有作"商"者。

走一遭去。(下)

第二折

(净店小二上,云)

高陽公子休空過,不比尋常賣酒家。

自家是這同樂院賣酒的。我燒的這鏇鍋兒熱,看有甚麽人來?(燕大同净搽旦上)(燕大云)自家燕大的便是,渾家王臘梅。今日是三月三日,一切人等都來這同樂院賞心樂事,我與大嫂同去賞玩。可早來到同樂院也。(做見店小二科。云)賣酒的,有乾净閣子兒麽?(店小二云)官人、娘子請坐,這間閣子乾净也。(燕大云)大嫂,俺在這間閣子裏坐。賣酒的,打二百錢酒來。(店小二云)有,理會的。(做拏酒科)(店小二云)有了酒也。君子你慢慢的飲也。(搽旦云)燕大,這同樂院是好眼寬也。酒便儘有,可没些案酒。你也出門去尋些時新的果品、新鮮的案酒,俺再喫幾杯,怕做是麽那?(燕大云)大嫂,你説的是。你則在這閣子裏坐,我買案酒去也。

(正末挑魚擔上。云)這裏無人。自家燕青的便是。自從醫好了我這眼,問人借了些小本錢,販買了些鮮魚。時遇着三月三,同樂院裏博魚去咱。

【仙吕】【點絳唇】俺這等閑賤的營生,借人資本全憑信,但得一箇慇懃,則他這兩字"衣食"准。

【混江龍】他每都可憐咱貧困,恰纔那打魚人賒與俺這等賣魚人。憑着我這六文家銅鏝,我博的是這三尺錦鱗。魚也,你在這荷葉盤中猶跌尾,再不去桃花浪裏不翻身。我去這新紅盒子内,拏的這常占勝不曾輸,舀富貴的馬杓,明滴溜的六文頭錢問。錢那!我若是告一塲響豁,便是我半路裏落的這慇懃。

(正末云)博魚!博魚!(燕大云)一尾好鮮魚。你這魚是賣的也,可是博的?(正末云)這魚也博,也賣。(燕大云)這尾魚重多少斤兩?要多少錢鈔?你説一遍咱。

【那吒令】這箇鯉魚重七斤八斤,問老兄博五純六純,着小人覓一文半文。

(正末云)主人家有麽?(唱)

你與我抹下淺盆,你與我磨下刀刃,喒端的切鱠如新。

(燕大云)將頭錢來,我和你博這尾魚咱。(正末云)哥也,你真箇要博魚,喏,喏,喏!

【金盞兒】比及問五陵人,先頂礼二郎神,哥也,你博一千博,我這肐膊也無些困兒。我將這竹根的蠅拂子綽了這地皮上塵,

(正末云)哥也,老實博也。(燕大云)我知道!(唱)

不要你蹲着腰虚土裏縱,疊着指漫磚上墩,則要你平着身往下撇,不要你探着手可都往前分。

(燕大云)你拏頭錢來我看咱。(正末云)哥也,這箇是頭錢也。

(燕大云)這錢昏,字鏝不分也。(正末云)哥也,這錢不昏也。

【油葫蘆】則這新染來的頭錢不甚昏,可不筭先道的准,手心裏一枚一鏝,排定一文文明。

(正末云)哥也,頭博過乾喫了。(燕大做博科。云)我博了六箇鏝兒,我贏了也。(唱)

呀、呀、呀,我則見五箇鏝兒乞丢磕塔穩,更和一箇字兒急留骨碌滚。諕的我咬定下唇,掐定指紋,又被這箇不防頭爱撇的瓶兒來隱,可是他便一過六文純。

(燕大云)我贏了也。大嫂,我贏了一尾好鮮魚,你看!(搽旦云)是一尾好鮮魚也。(正末跪科。云)哥也,魚便與哥哥,則争奈我這本錢是借來的,怎生問哥哥借這一尾魚出的門,贏了呵,可來還哥也。(燕大云)大嫂,你聽的他説麽?他這尾魚是借的本錢。他問俺借這魚,他贏了時,可來還我也。(搽旦云)燕大也,把這尾魚煎一半兒,煑一半兒,留着一半兒將的家去,可不好也。(燕大云)大嫂,你則依着我,將來與他罷。(搽旦云)這尾魚是你贏的,又不是你偷他的,搶他的,又不是白要他的。好漢識好漢,輸也輸了,又來討!我不還他,不還他!饒一箇小不還他也!(燕大見正末科。云)我心裏要還你這尾魚,俺大嫂他不肯里。

【醉中天】這君子心兒順，那妮子意兒嗔。

（正末云）我着幾句言語哺獎他咱。嫂嫂，（唱）

你是那南海南觀音，你是那第一尊，

（搽旦云）他糖食我，説我是“南海南觀音第一尊”。我比觀音，則少箇夜瓶兒。饒你明説到夜，夜説到明，我不還你，不還你，則是不還你也！（唱）

你將俺這小本經紀來揩。

（搽旦云）燕大也，你依着我，將這尾魚煎一半兒，煑一半兒，留一半兒將的家去也。（正末云）煎一半兒，煑一半兒，留一半兒將家去。（唱）

可不道這姐姐今年箇断葷。休將你那精神來使盡，

（正末云）常言道“十分惺惺使九分”，（唱）

可不道留一分與您兒孫。

（燕大云）大嫂，將來還他。艱難的人，可憐見他無本錢也。（搽旦云）我本待不還他來，罷、罷、罷，看看你的面上，還了他罷。（燕大云）還你這尾魚，你將的去。（正末云）多謝了，哥哥恩義也！（正末挑擔兒走科）

（净楊衙内冲上，做撞正末科。云）弟兄每少怪來，我喫了幾鍾酒，大姐這早晚等我許多時了也。（見正末，做打撞科。云）這箇村弟子孩兒無礼，怎麽敢撞着我？你是甚麽人？（正末云）呀，呀，呀！小人是箇做買賣的人也。（楊衙内云）你既是做買賣的，將那擔子挑過一邊，你怎生攔着這路？（做踢倒擔子科。云）怎麽見我來不趓開也？

【醉扶歸】我將一箇喜臉兒將他來搵，他將那惡字兒把咱來嗔。

（楊衙内云）把這兩箇筐子要做是麽？我踢碎了！（唱）

呀、呀、呀，把我箇竹眼籠的毬樓登折四五根。

（楊衙内云）把這條匾擔來剁折了罷！（唱）

把我條黄桑擔生踏損，

（楊衙内云）把这持魚的盆子來摔了！（唱）

把我一箇設口樣圙圙的淺盆，

(正末云)是借來的波,爺也!(唱)

可是他打一道通長壘。

(楊衙内云)這廝敢這等無礼!你恰好不聞我的名兒。我饒了你箇弟子孩兒,快走!我同樂院裏尋那王臘梅去也。(正末云)悮撞着那壁官人來。(楊衙内做見搽旦,云科)姐姐休怪,我來遲了也。相識朋友每請我喫酒來。(正末見店小二科。云)哥也,我將這擔兒寄在這里。敢問哥也,這廝是甚麽人?(店小二云)休胡説!則他便是楊衙内也。(正末云)我那大雪裏打我的,正是這廝來!

【後庭花】不親呵難道是親,怎知恩不報恩,調動我這三尺攔關臂,努一千條歹鬬筋。將我這布衫來輪着,這廝試嘗咱一頓。我割捨了發會村,

【金盞兒】我這里搶起折支巾,拽起夜叉裙,

(正末做搬楊衙内科。云)哥也,唱惹里着去!(做打楊衙内科)(楊衙内做倒科)(唱)

拳着處撲的塵埃中挺。

(燕大云)你打死他了也!(唱)

哥哥你休怕,這廝正着昏,我將這大拇指去這廝人中裏掐。

(正末云)主人家,有水麽,將水來。(唱)

新拔水去這廝面皮上噴。

(楊衙内做嘆氣科)(正末云)哥也,他死不的里!(唱)

那廝熱吐吐的纔出氣,

(楊衙内舒身科)(燕大云)他不死了也!(正末云)哥也,更是死不的里!(唱)

那廝他趺蹬蹬的恰還魂。

(楊衙内起身,做嘴臉調旦科)(正末做搬楊衙内科)(楊衙内做怕科)(正末做降科)(楊衙内做嘴臉發科。打哨子下)(燕大云)若不是哥哥,那得我那性命來?哥哥姓字名誰,那里人氏?(正末云)哥也,您兄弟不是歹人也。(燕大云)哥哥,誰道你是歹人里?(正末云)則我是宋江手下第十五箇頭領,則我是"浪子"燕青。

哥也，您兄弟不是歹人那！（燕大云）你是賊的阿公里！兄弟，你也姓燕，我也姓燕，你多大年紀也？（正末云）您兄弟二十五歲也。（燕大云）我可三十五歲也。你肯與我做箇兄弟也？（正末云）哥哥不棄嫌呵，願與哥哥做箇兄弟也。（燕大云）好、好、好！大嫂，與兄弟厮見咱。（搽旦云）這幾年我不曾見你説有甚麼兄弟，今日可可的就認的是你兄弟，着我與他相見。我怕見生人，羞人答答的。（做拜見正末科。云）恕生面少拜識。（正末拜科。云）嫂嫂，恕生面少拜識。（搽旦云）呸！兩箇眼恰似賊一般的。（燕大云）大嫂，你好歹嘴也。（正末云）哥也，你兄弟有一句話，敢説麼？（燕大云）兄弟，你有甚麼話？你説。（正末云）敢問哥哥，這嫂嫂敢不和哥哥是兒女夫妻麼？（燕大云）兄弟，你好眼毒也。你怎生便認出來是半路裏娶的也？（正末云）哥也，我便認出來也。

【尾声】你看那鬏髻上扭下那棘針油，面皮上刮的下那桃花粉，兩件事送了你箇哥哥的禍根。穿着些素淡衣服索，大體天生的羅袂裳裙。我這里便扭回身，我見他抖擻下精神，則他那眼角眉尖断送了春。

（正末做打耳喑科。云）哥也，可是這般？（燕大云）我知道了也。（唱）

我恰纔舌貼着你那耳輪，我一言難盡，哎，哥也，你是一箇好男兒，你可便休戴屎頭巾。

（下）（燕大云）大嫂，天色將晚也，俺回家去來。（同下）

第三折

（搽旦上。云）自從同樂院裏見了衙内，又不曾得説一句梯氣話。回到家中，我心裏則想着衙内。今日是八月十五日中秋節令，我恰纔和燕大、燕青在前廳上翫月飲酒。我偷酒在懷，我冷一鍾、熱一鍾、冷一碗、熱一碗，灌的燕大、燕青都醉了。我又打發他兩箇在房中都歇息了。可是爲何？我心中不待與他喫酒，我則想着衙内。藏下些好案酒、果品，留着我和衙内相約定去后花園喫幾杯,就説幾句梯氣的話。我着人叫他去了,這早晚還不見來。

(浄楊衙内上。云)自家楊衙内的便是。自從大姐相約我在同樂院裏,着那箇人打了我一頓,我再也不曾見他,不知那廝是甚麽人。如今大姐着人來尋我,相約晚間在他家説話,可早來到也。(做見搽旦科。云)他是甚麽人,被那廝打死我也。(搽旦云)衙内,燕大醉了,我打發他在房中睡里。你進家裏來。(楊衙内云)爲你着那廝打我這一頓,你又叫我怎的?(搽旦云)我恰纔冷一鍾、熱一鍾、冷一碗、熱一碗,灌的燕大醉了,我那里有真心與他喫酒,我一心則想着你來,藏下些稀奇的酒食,我和你去後花園中亭子上喫酒去來。(楊衙内云)你那里是我姐姐,倒是我的姑娘里!你可道的准着。(搽旦云)俺兩箇喫酒去來。(楊衙内云)俺去來!(同搽旦下)

(正末拏席上。云)自從來到哥哥家中,可早半年光景也。時遇八月十五日中秋節令,我和俺哥哥前廳上飲了幾杯酒。我去那後花園亭子歇息去咱。

【中吕】【粉蝶兒】鼓打初更,是誰人推出這一輪明鏡,原來是趁金烏玉兔東生,賽銀河欺碧漢,這早晚恰正是夜闌人静,月白風清,我則見明滴溜倒垂着斗柄。

【叫声】我恰纔便横飲到兩三巡,灌得我來酩酊,酩酊猶未醒,脚趔趄身倒褪尚兀自不曾驚,原來這一盞盞都是甕頭清。

(正末云)我來到這亭子上也。

【醉春風】我鋪的這艾葉紋藤席浄,掇過這桃花瓣石枕冷,醉魂兒偏喜月波凉,就這答兒裏挺挺。滿鼻凹清風,拍胸膛爽氣,美也就着這徹骨毛索性。

(正末云)我是聽這上衙更鼓咱。(外做打二更科)

【倘秀才】鼓打到一更也那二更,犬吠到三声也那四声。

(搽旦同楊衙内上)(搽旦云)衙内,俺兩箇往那黑地裏走,休要往月亮處行,着人瞧見説是非。休厮離了,喒兩箇打着"赤、赤、赤"走!(楊衙内、搽旦做跳過正末身科)(唱)

我這里呵欠罷翻身打箇意挣,

（楊衙内、搽旦做走着打“赤赤”科）（搽旦云）赤、赤、赤！（楊衙内云）赤、赤、赤！（唱）

驀見箇女娉婷他引着箇後生。

（楊衙内、搽旦又打“赤赤”科）

【叫声】這的也八九分是姦情，這等家小民，小民饒着越逞。

（搽旦云）穿的那衣服，拖天掃地的，一脚躧着，險不絆倒了？摟起衣服來走！赤、赤、赤！（楊衙内云）赤、赤、赤！（唱）

我見他破步撩衣往前行。

【滚繡毬】圓將我這怪眼睁，

（搽旦云）把脚擡的輕着些兒，不要走的響了，着人聽見，又捏舌也。（唱）

那厮擡的脚步兒輕，他若是但回身，我在這背陰中掩映。

（楊衙内扯搽旦科）（搽旦云）折了你那手爪子，走便走，這麽扯扯拽拽的做是麽？（唱）

那厮行揪行扯行行。

（楊衙内云）赤、赤、赤！（搽旦云）赤、赤、赤！（唱）

那厮赤的唤了一声，那妮子赤的應了一声。早是這喫敲才膽硬，

（搽旦云）喒來到這亭子上也，推開這門進來了。關上門，打開吊窗，把這芭蕉扇合着這酒，把這梨花樣磁缽遮着暗燈。但有人來，你打吊窗里走，喒兩箇自在喫幾鍾，怕做甚麽咱？（楊衙内云）俺两箇横飲數杯那！（正末云）這厮去亭子上去了也。（唱）

我見他笑吟吟的推入門桯，比及着我唾潤開窗紙偷睛覷，我與你便背靠定毬樓側耳聽，

（搽旦云）我這般赤心相待你，你若忘了我好處，你就説箇誓也。（楊衙内云）我若負了你的心呵，燈草打折臁刃骨，負心的該死也。（唱）

他説是麽海誓也那山盟。

（搽旦云）你再喫一鍾，我也喫一鍾。（正末云）這事不中，唤俺哥哥去來。（做唤燕大科。云）哥哥，你出來！

（燕大云）兄弟，你更深半夜，唤我做是麽？（正末云）哥哥，俺嫂

嫂有姦夫也。(燕大云)兄弟也,您嫂嫂不是這般人。姦夫在那里也?(正末云)在後花園中亭子上,喒拏去來!(燕大云)兄弟,拏他做是麽?他喫了酒,好歹去也。(正末云)我踏開這門咱。(正末做踏開門科)(燕大云)快拏住姦夫!(楊衙内做慌科。云)我與你走、走、走!(下)(正末云)我踏開門,這厮可走了也!(燕大云)好、好、好!走了倒是場乾净。你怎生與姦夫在這里飲酒?(搽旦云)姦夫在那里?姓張姓李?姓趙姓王?可是長也矮?瘦也胖?你拏住來?天氣暄熱,我來這里歇凉來,那里有箇姦夫來?

【滚繡毬】你撇清。我曾慣經,可是他隔斜裏把人傒倖。

(正末云)你道無人來呵?(唱)

誰推開這分星破半窗櫺?

(搽旦云)我支開亮窗,這里套偷饞的猫來,我就在这里趁風歇凉來。(唱)

誰揉的你這鬢角兒鬆?

(搽旦云)我恰纔赶猫,是花枝兒抓着來。(唱)

誰捏的你這腮斗兒的?

(搽旦云)我恰纔睡着了,是鬼捏青來。(唱)

可也不須你折證,見放着一箇不語先生。誰着這芭蕉葉紙扇翻合着這酒?誰着這箇梨花樣磁缽倒暗着燈?這公事要辯分明。

(正末云)哥也,這等婦人要做是麽?與我殺了者。(燕大云)兄弟,我便殺他,也無刃器。(正末云)兀的不是刃器也?(燕大做殺搽旦科)(搽旦云)我那親哥哥也,如今天氣熱,你便殺了我,到那十冬臘月里害脚冷,誰與你煱脚?(燕大云)兄弟,不争我殺壞了他,誰與我煱脚?我下不的手也。(正末云)哥也,你殺不的,我替你殺。(搽旦云)有殺人賊也!

(楊衙内領祗候冲上。云)這厮無故殺人,令人拏住這兩箇殺人的,都下在死囚牢裏去者!(祗候做拏住正末、燕大科)(搽旦云)着也!你再殺我,都綁了下在牢裏去者。(燕大云)兄弟也,似此可怎了!(正末云)哥也,我説是麽來!

【尾声】比及你成泥燒瓦罐拔乾了井，更和那生鐵打就的鋼鍬可我也撅就了坑。哥你品的簫、吹的笙，迓的篥、搊的箏，提是麼瓦包髻磁腿綳，易安頭蘇小卿，不值錢王桂英。正是病僧勸患僧，那其間手抵着牙兒，你可便恁時節省。

(同燕大下)(楊衙内云)大姐，你可放心了，把這兩箇放在牢中牢死了，俺兩箇常遠做夫妻，可不快活也！(搽旦云)明日結果了他，喒兩箇長遠做夫妻，再也没人管着俺了。憑着這一片好心，天下與俺半碗飯喫。(同下)

第四折

(燕二上。云)

散金碎玉年年有，慷慨英雄聚會難。

自家燕二的便是。自與燕青酌别之後，到於梁山上，見了宋江哥哥，招安我做頭領。聽知的俺哥哥落在勾中也，燕青着絆也。我問宋江哥哥告了一箇月假限，背着一包袱金珠財寶，救兄弟走一遭去。

拜辞了宋江哥哥，不辞憚碌碌波波。

則今日忘生捨死，救燕青出地網天羅。

(下)

(净楊衙内上。云)誰想燕大下在牢中，他兩箇劫了牢走了。更待干罷！我領着弓兵，不問那里趕將去。(下)

(正末拏枷，燕大背衣服同上)(燕大云)兄弟，這早晚往那里去也？(正末云)哥哥，走、走、走！

【雙調】【新水令】正風清月朗霧雲高，

(正末云)好怪那！(唱)

可怎生打獨磨覓不着官道？

(燕大云)兄弟也，我可趓在那里也？(唱)

你去那大北坡裹踉蹌走，

(燕大云)兄弟你呢？(唱)

喒則去那小道兒上隔斜抄。行不到半里其高，則聽的腦背後喊声鬧。

(燕大云)兄弟,這早晚黑洞洞的,可往那里趓去那!(正末云)哥也,我支分與你趓那厮咱。(燕大云)兄弟,可在那里趓去也?

【沉醉東風】你去這白草坡潛蹤躡脚,

(燕大云)兄弟也,你呢?(唱)

我在這黄葉林屈脊低腰。我曲躬躬的地皮上伏,立欽欽的把松樹來靠,我與你直挺挺按定枷稍。我這裏聽沉了多時凈①悄悄,我則見火把和那燈籠可都去了。

(正末云)哥也,你則在這里,我迎的那厮每去咱。(燕大云)我則在這里等你也。(正末下)

(凈楊衙内同搽旦上)(搽旦云)衙内,兀的不是燕大?(楊衙内云)兀的不是燕大!拏繩子來掤了他。(打科。云)把這厮掤在這里。還有一箇里,㕘尋那箇去來!(同搽旦下)(燕大云)天那!着誰人救我也。

(正末冲上科)(燕大云)兄弟!被姦夫姦婦將我掤在這里,若不是你來呵,怎了也?(正末云)哥也,

【攪箏琶】好着我無着落,心似熱油澆。我見他硬吐着舌頭,可是他不鄧着箇眼腦?冷鼻氣熱涎潮,量度是誰人活,套頭勒上易麻縧,好着我心痒難撓。

(燕大云)兄弟也,若不是你來呵,險些兒不丢了我性命也!(正末云)哥也,㕘迎那厮每去來。

(燕二冲上。云)接應燕青哥哥走一遭去。來者何人?(正末云)我行不更名,坐不改姓,則我是"浪子"燕青也。(燕二云)誰是燕青?(正末云)則我便是。(燕二云)你認的我麽?(正末云)你是誰?(燕二云)兄弟也,則我便是燕二。我來接應你來也。(正末同燕大做打報科)(燕大云)報、報、報,喏!(燕二云)怎的?(燕大云)大家耍一會。(正末云)哥也,這里有箇大恩人,你和他厮見咱。(燕二云)在那里也?(做見燕大科。云)兀的不是哥哥?(燕大云)原來是燕二兄弟!(燕二云)哥哥,爲是麽來?(燕大

① 應爲"静"。

云)都爲那姦夫姦婦來。(燕二云)俺同共拏姦夫去來。

【離亭宴歇指煞】半合兒歇息在牛王廟,一直兒走到梁山泊。若見俺太保分付,與俺石榴色茜紅巾,柳葉砌烏油甲,荷葉樣的白氈帽,白褡膊換了這走纏絲,緑羅衫換了這香綿襖,俺可也少不的去那梁山泊裏送老,上稍里不眠花,下場頭少不的落一會草。

(外打住排棒科)

(拏楊衙内、搽旦上科)(燕二云)拏住姦夫姦婦了也!

(宋江領僂儸冲上。云)某乃宋江是也。今有燕青着絆,某領衆頭領下山去半途中接應燕青去來。(燕二云)拏住姦夫了也。(宋江云)燕青,我盡知也。將這姦夫姦婦,背掷繩纏,拏上山去,縛在花標樹上,殺壞了者! 敲牛宰馬,殺羊造酒,做一箇慶喜的筵席。

俺三十六勇耀罡星,一箇箇正直公平。
爲燕大主家不正,將親兄弟趕離門庭。
楊衙内敗壞風俗,與王臘梅暗約偷情。
將二人繩纏索掷,到梁山明正典刑。

題目:楊衙内倚勢行兇
正名:同樂院燕青博魚

附:

同樂院燕青博魚雜劇穿關

楔　子

宋江

萬字巾　蟒衣曳撒　項帕　直纏　褡膊　帶　帶劍　三髭髯

吴學究

唐巾　補子圓領　帶　三髭髯

僂儸

萬字巾　錦襖　項帕　法墨䟕　直纏　褡膊　劍

正末燕青

萬字巾　皂補納　錦襖　項帕　如意裙　直纏　褡膊　腿綳護膝　布襪　八答鞋　三髭髯

頭　折

燕大

一字巾　圓領　縧兒　三髭髯

燕二

一字巾　圓領　縧兒　三髭髯

搽旦

鬏髻手帕　比甲襖兒　裙兒　布襪　鞋

楊衙内

雙簷綱义帽　膝襴曳撒　比甲　鑾帶

店小二

雙簷氈帽　綿布襖　綿布䟕　花手巾

正末燕青

攢頂　補納直身　絛兒　三髭髯　拄杖

楊衙内又上

同前　灑馬兒

燕二又上

同前

第二折

店小二

同前

燕大、搽旦

同前

正末燕青

同前　挑魚擔

楊衙内

同前

第三折

搽旦

同前

楊衙内

同前

正末燕青

同前　拏席

搽旦、楊衙内又上

同前

燕大

同前

楊衙内又上

同前

祇候

攢頂　圓頂　項帕　褡膊

第四折

燕二

萬字巾　膝襴曳撒　項帕　直纏　褡膊　帶　三髭髯

楊衙内

同前

正末燕青

同楔子　拏枷背衣服

燕大

帽兒　藍布袿　藍絹褲　喬兒　褡膊　三髭髯　拏枷背衣服

楊衙内、搽旦又上

同前

正末燕青又上

同前

燕二又上

同前

拏楊衙内、搽旦又上

同前

宋江、僂儸

同前

同樂院燕青博魚雜劇(《元曲選》本)

【劇目簡介】

雜劇,元代李文蔚作。小説《水滸傳》中無此劇情。

《元曲選》本,題"元李文蔚撰""明吴興臧晉叔校",題目作"梁山泊宋江將令",正名作"同樂院燕青博魚"。四折一楔子,每頁九行,每行二十字。每折後有音釋。

劇情與脈望館鈔校本大同小異,細節處多有區别。

楔　子

(冲末扮宋江,同外扮吴學究領僂儸上)(宋江)詩云:

幼小鄆城爲司吏,因殺閻婆遭迭配。

宋江表字本公明,人號"順天呼保義"。

某姓宋名江字公明,綽號"順天呼保義"者是也。曾爲濟州鄆城縣把筆司吏,因帶酒殺了閻婆惜,一脚踢翻燭臺,延燒了官房,被官軍拏某到官,脊杖了六十,迭配江州牢城軍營。因打梁山經過,遇着晁蓋哥哥,打開枷鎖,救某上山,就讓某第二把交椅坐了。不幸哥哥晁蓋三打祝家庄中箭身亡。衆弟兄就推某爲首,聚三十六大夥,七十二小夥,半垓來的小僂儸。某喜的是兩個節令:清明三月三,重陽九月九。目今正是九月重陽節令,某放衆頭領下山,三十日假限,悮了一日笞四十,悮了二日杖八十,悮了三日處斬。有燕青去了四十日,至今未回,悮了某十日假限。常言道"軍令無私",怎好饒免?小僂儸,踏着山岡望者,若燕青來時,報復我知道。(僂儸云)理會的。

(正末扮燕青上。云)嗨! 早悮了假限十日也。(唱)

【仙吕】【端正好】則我這白氈帽半搶風,則我這破搭膊落可的權遮雨,誰曾住半霎兒程途!

(云)報復去,道有燕青來了也。(僂儸云)喏! 報的哥哥得知,有燕青來了也。(宋江云)着他過來! (僂儸云)着過去。(正末做見科。云)哥哥,喏! (唱)

我這裏便爆雷也似喏罷我擡頭覷,

(宋江怒科。云)燕青,你來了也! (正末唱)

呀! 則見我保、保、保義哥哥怒。

(宋江云)燕青,你告了幾時假限也? (正末云)哥哥與了您兄弟一個月假限。(宋江云)你去了幾時? (正末云)我去了四十日。(宋江云)你悮了我幾日假限? (正末云)悮了哥哥十日假限。(宋江云)你知道我的軍令,悮了我一日假限,該咱處? (正末云)笞四十。(宋江云)悮了兩日呵呢? (正末云)杖八十。(宋江云)悮了三日呢? (正末云)處斬。(宋江云)你悮了幾日? (正末云)我悮了哥哥十日假限。(宋江云)你悮了十日假限,更待干罷! 小僂儸,與我將燕青推出去,斬訖報來! (正末云)衆弟兄每,勸一勸兒波。(吴學究做跪下勸科。云)刀下留人! 哥哥息怒,想燕青在於梁山泊上,也多有功來,怎生看俺衆弟兄之面,饒過他這一次咱。(宋江云)衆兄弟每請起。論法呵,饒不過,看着衆弟兄每的面皮,姑免他項上之罪,脊杖六十者! (吴學究云)燕青兄弟,軍中事容不得情,你且受杖者。(僂儸做打科。云)四十! 五十! 六十! (宋江云)小僂儸! 將燕青搶出去! 自今日爲始,再也不用他了也。(正末云)哥哥,打了您兄弟也罷,可怎生不用,就趕下山去? (僂儸做推出門科)(正末做没眼科。云)您兄弟每,可怎生不見您一箇那? 呀、呀、呀! 壞了我這眼也。(僂儸云)可不早説。報的哥哥得知,燕青被打了六十,感了一口氣,壞了眼也。(宋江云)學究兄弟,可惜了一箇好漢! 小僂儸,將燕青與我扶上山來者! (僂儸云)理會的。(扶正末做見宋江科)(正末云)哥哥,壞了我這眼也。(宋江云)兄弟也,某一時間致怒打了你幾下,不想壞了你這眼。衆兄弟每,看我面皮,每人一隻短金釵,與你下山去尋箇良醫。治的好了,上山來,依舊用你也。(正末云)索是謝了哥哥也。(唱)

【么篇】罷波!枉捨了火也似熱熱的一丹心,早没了我鏡也似朗朗的雙明目,可着誰養贍我這七尺之軀。想弟兄每虎據了山東路,則撚了個不出力的燕青去。

(下)(宋江云)燕青去了也。等他醫的眼好了,上山來某依舊用他,亦未爲遲。大小頭領,聽某將令!詩云:

從小校聽咱分付,今夜個該誰巡捕?
黑地裏悄語低言,不要您頭藏尾露。
遇官軍須當殺退,若經商便將拏住。
但違了某家將令,斬首級決無輕恕!

(同下)①

第一折

(冲末扮燕大、搽旦扮王臘梅、外扮燕二同上)(燕大)詩云:

耕牛無宿料,倉鼠有餘糧。
萬事分已定,浮生空自忙。

小可人汴梁人氏,唤做燕和,嫡親的三口兒家屬。渾家王臘梅,元不是我自小裏的兒女夫妻,他是我後娶的。兄弟是燕順,生的鬚髮蓬鬆,只因性子粗糙,衆人起他一箇混名,叫做"捲毛虎"。不知我這兄弟爲着那一件來,偏生兩個眼裏見不的我那嫂嫂。(燕二云)怎麼我見不的那?(搽旦云)燕大,你這兄弟見我便是駡。我便歹殺者波,也是你哥哥的渾家,怎麼這等輕薄!(燕二云)哥哥,俺是甚等樣人家,着他辱門敗户?頂着屎頭巾走,你還不知道?(燕大云)兄弟也,我怎生頂着屎頭巾走?(搽旦云)你哥哥更是鏖糟頭。(燕二云)你道我打不的你麼?(搽旦云)燕

---

① 【音釋】曾音層。霎音殺。爆音豹。目音暮。贍,傷佔切。撚,尼蹇切。

大！你看你兄弟打我哩。(燕大云)兄弟也,你休打你嫂嫂,你打我來波。(燕二云)罷、罷、罷,俺一搭裏也難住,則今日辭别了哥哥,我離了家中,凍死、餓死再也不上你門來了。嫂嫂,好生侍奉哥哥,俺哥哥若有些好歹,我不道的輕饒素放了你也!(搽旦云)你要去自去,你哥哥纔三歲兒也?(燕二云)我出的這門來。燕順也離了家中,可也耳根清浄,則今日街市上投托幾箇相識朋友,走一遭去來。(下)(燕大云)我兄弟搬出去了。大嫂,你心中可快活了也!(搽旦云)燕大,你如今却要怎的?(燕大云)大嫂,今日是三月三清明節令,多將着些錢鈔,喒要同樂院喫酒去來。詩云:

　　春天日正長,爛熳百花香。

同樂院裏吃酒去也,等人稱讚我家裏有這好嬌娘。(下)(搽旦云)燕大去了也。我雖然嫁了這燕大,私下裡和這楊衙内有些不伶俐的勾當。今着人尋他去了,這早晚怎生還不見來?且磕些瓜子兒,等着他者。

(浄扮楊衙内上)詩云:

　　花花太歲我爲最,浪子喪門世無對。

　　滿城百姓盡聞名,唤做有權有勢楊衙内。

自家楊衙内的便是。我和這燕大的渾家王臘梅,有些不伶俐的勾當,争奈俺兩個則是不能勾稱心。如今他使人來尋我,不知有甚的説話,須索走一遭去。此間正是,不好便過去,我則在門首么喝,他裏頭自有人出來。下次小的每,將那馬與我拴的遠着。(搽旦見科。云)這是衙内的聲氣,他來了也。待我唤他。衙内!你進屋裏來。(楊衙内云)家裏没人麽?(搽旦云)没人在家,你進來。(楊衙内入門科。云)姐姐,想殺我也!你唤我來,有甚麽勾當?(搽旦云)我雖然嫁了燕大,我真心只在你身上。明日是清明三月三,俺兩口兒燒香去,在同樂院裏吃酒。我在那裡等,你疾些兒去,早些兒來。(楊衙内云)你明日和燕大在同樂院吃酒去?你先去,便等我;我先去,便等你。只不要哄我。(同下)

(丑扮店小二上)詩云:

百般買賣都會做，及至做酒做了醋。

筭來福氣不如人，只是守着本分做豆腐。

自家店小二的便是。俺這店裏下着箇瞎大漢，欠下房宿飯錢，一些没有，被大主人家怪我。今日唤他出來，我自有個處置。兀那没眼的大漢，店門首有你個鄉親唤你哩。

(正末上。云)哥哥，你唤我做甚麽那？(店小二云)門口有你個親眷尋哩。(正末云)哥也，我那裏得那親眷來？你休闘我耍。(店小二云)兀的不在店門首！(做推科。云)你出去！我關上這門，凍殺餓殺，不干我事也。(下)(正末云)好大雪也！哥哥，開門波，再住一夜兒去。真箇不開門那？這裏也無人，自家燕青的便是。自從壞了我這一雙眼，下的山來，來到這店肆中安下，房宿飯錢都少下他的。那小二哥被大主人家埋怨，今日把我趕將出來。便好道"男兒不得便，刺頭泥裏陷"，捹的長街市上盤街兒叫化去咱。(唱)

【大石調】【六國朝】我揣巴些殘湯剩水，打疊起浪酒閒茶，我着些氣呵煖我這凍拳頭，再着些唾揩光我這冷鼻凹。瘦的來我這身子兒没個麻稭大，兀的不消磨了我刺繡的青黛和這硃砂。眼見的窮活路覓不出衣和飯，怕不道酷寒亭把我來凍餓殺。全不見那昏慘慘雲遮了銀漢，則聽的淅零零雪糝瓊沙，我、我、我待踮着個鞋底兒去揀那淺中行，先綽的這棒頭來向深處插。

(帶云)前街上討不得一些兒，再往後巷裏去。(唱)

【喜秋風】我與你便吖吖叫，我與你便磨磨擦。我爲甚將這脚尖兒細細踏？我怕只怕這路兒有些步步滑。

(帶云)似我這模樣，像箇甚的？(唱)

將那前街後巷我便如盤卦，剛纔個漸漸裏呵的我這手温和，可又早切切裏凍的我這脚麻辣。

【歸塞北】天那！您不肯道是相齎發，專與俺這窮漢做冤家。這雪呵，他如柳絮不添我身上絮，似梨花却變做了眼前花，則我這拄杖凍難拏。

(帶云)有那等人道："兀的君子那，那東京城裏有的是買賣營生，

你尋些做可不好那?”我道:“哥也,你豈知我無眼那?”他便道:“尋你那無眼營生做去。”哥也,您那裏知道咱——(唱)

【鴈過南樓】我是一個混海龍摧鱗去甲,我是一隻爬山虎也囉奈削爪敲牙。往常時我習武藝學兵法,到如今半籌也不納,則我這拏雲手怕不待尋覓那等瞎生涯。我能舞劍偏不能疙蹅蹅敲象板,會輪鎗偏不會支楞楞撥琵琶,着甚度年華?

(楊衙内躧馬領隨從上。云)好大雪也!尋那王臘梅大姐去來。(做撞倒正末科)(正末做起籠住馬科。云)爺須瞎,兒須不瞎!(楊衙内云)這厮無禮,他撞着我馬頭,倒把説話傷着我哩。(正末唱)

【六國朝】我不向梁山泊裏東路,我則拖的你去開封府的南衙,你做甚麽眼睁睁當翻了人?

(帶云)兒,我與你去來!(唱)

我把手摩挲揪住馬。

(楊衙内云)放手!這厮好大膽也,敢如此無禮!(正末唱)

又不是官街窄,怎故意的把人欺壓!你有甚娘忙公事,莫不去雲陽將赴法?我一隻手把銅環來緊揢,那厮多應是兩隻脚把寶鐙來牢踏。

(楊衙内云)我打這厮!(做打科)(正末唱)

哎喲!那厮雨點也似馬鞭子,丢不俫偏不的我風團般着這拄杖打。

(楊衙内云)這厮手脚倒也來的。我與他纏什麽?我自尋那王臘梅姐姐去,走、走、走!(下)

(燕二冲上。云)弟兄每少罪,改日還席也。(正末揪住燕二科。云)好呵,清平世界,浪蕩乾坤,你怎麽當街裏打人?(燕二云)呸!你看我那命波。兀那君子,我是個步行的人,打你的是個騎馬的。(正末云)哥也,我須無眼那!(燕二云)住、住、住!君子,你這眼是從小裏壞了的,可是半路裏壞了的?(正末云)哥也,我這眼是半路裏氣壞了的。(燕二云)君子也,你倒有緣,我善會神針法灸。我醫好你這眼,你意下如何也?(正末云)若得如此,我感恩非淺。(燕二云)你跟的我鋪兒裏來。(做行科。云)這裡便是。我開開這門,君子請穩便,等你這血氣定了時,我與你下針

咱。(正末唱)

【憨貨郎】莫不是千化身觀音菩薩,救了我這雙無目沿街的叫化。他道是妙手通靈,聖心無假。哥也,多謝你箇良醫肯把金針下,我又没甚的米麥絲麻,哥也,你則可憐見我這窮漢瞎。

(燕二云)我取出我這金針來。君子坐正着,我下針也。我這針上至泥丸宫,下至湧泉穴,太陽穴不敢下針,少陽穴下兩針,咳嗽三裏下兩針。我取出這藥來,是聖餅子用菩薩水調的。君子,張開了口吃藥。這一會兒針藥相投了也,我起針波,吸氣,吸氣。君子,將你那手摩的熱着,揉你那眼,我着你復舊如初也。(正末唱)

【歸塞北】他把我眼角兒纔針罷,則我這瘡口兒未結痂。早將我兩隻手揉開了這一對眼。

(正末云)是好手段也!(唱)

則當一枚針挑去了一重沙,恰便似日月退殘霞。

(正末云)是誰醫好我這眼來?(燕二云)是我醫好了你的眼來。(正末云)哥也,你請坐,你是我重生的父母,再養我的爺娘,請受您兄弟八拜咱。(正末做八拜科)(燕二做扯正末科。云)住,住,住!我纔醫好了的眼,不争你拜下去,這血脉往上行,就也無效了。(正末云)恁的呵,等我跪一跪,權當作八拜。(燕二云)君子,你那裏鄉貫?姓字名誰?(正末云)哥,您兄弟不是歹人。(燕二云)誰道你是歹人哩?(正末云)哥也,則我是宋江手下第十五個頭領——"浪子"燕青。哥也,您兄弟不是歹人!(燕二云)你不是歹人,是賊的阿公哩!君子,你多大年紀也?(正末云)您兄弟二十五歲了。(燕二云)我癡長你兩歲,我認義你做箇兄弟,你意下如何?(正末云)哥哥不棄嫌呵,情愿與哥哥做個兄弟。(燕二云)我聽的説,宋江哥哥手下三十六個頭領,多有本事。你試説一遍咱。(正末云)我在梁山上多曾與宋頭領出氣力來。(唱)

【初問口】俺也曾那草坡前把濫官拏,則俺那梁山泊上宋江,須不比那幫源洞裏的方臘。你將我這螻蟻殘生厮救拔,我把哥哥那山海也似恩臨厮報答。從今日拜辭了主人家,綽着這過眼齊眉的棗子棍,依舊到殺人放火蓼兒洼,須認的俺狠那吒。

(云)哥也,您兄弟有句話,可是敢問哥哥麽?適纔那大雪裏打我的那厮,是什麽人?(燕二云)兄弟,休要大驚小怪的,則他便是楊衙内,是個有權有勢的人,打死人如同那房簷上揭一塊瓦相似。你和他打了這一操,他如今不來尋你,就是你的造化了。(正末云)哥也,你説那裏話!

【尾聲】你道是他打了我呵似房簷上揭瓦,不信道我打了他呵就着我這脖項上披枷。調動我這莽拳頭,搧動我這長梢靶,我向那前街後巷便去爪尋他。

(帶云)若見了他呵,(唱)

我一隻手揪住那厮黄頭髮,一隻手把腰脚牢掐,我可敢滴溜撲活攛那厮在馬直下。

(下)(燕二云)兄弟去了也。我也收拾些盤纏,上梁山見宋江哥哥,走一遭去來。(下)①

第二折

(净扮店小二上)詩云:

隔壁三家醉,開埕十里香。

可知多主顧,稱咱活杜康。

自家是這同樂院前賣酒的。我燒的這鏇鍋兒熱,看有甚麽人來。(燕大同搽旦上)(燕大云)自家燕大的便是,渾家王臘梅。今日是三月三,清明節令,那同樂院前遊春的王孫士女,好不華盛,我

---

① 【音釋】鏖,襖平聲。當,去聲。分,去聲。措,楷平聲。凹,汪卦切。稍,音皆。刺,音七。黛,音代。辣,那架切。賫,將西切。發,方徒切。法,方雜切。窄,齋上聲。壓,羊架切。倈,梨靴切。灸,音九。薩,殺賈切。瞎,看假切。重,平聲。長,間掌。臘,那架切。拔,邦加切。答,音打。那,音挪。吒,音渣。靶,音霸。髮,方雅切。掐,强雅切。

與大嫂也去賞玩一賞玩。可早來到了也。(做見店小二科。云)賣酒的,有乾浄閣子兒麽?(店小二云)官人、娘子請坐,這間閣子乾浄。(燕大云)大嫂,俺在這間閣子裏坐。賣酒的,打二百錢酒來。(店小二云)有、有、有,酒在此。(搽旦云)燕大,這同樂院是好景致也。酒便有了,可没些殽饌,這寡酒如何吃的?你出門去尋些時新的果品、各色的鮮味來,等我寬心的吃幾杯兒,可不好那?(燕大云)大嫂,你説的是。你則在這閣子裏坐,我買案酒去也。

(正末挑魚擔上。云)這裏也無人,自家燕青的便是。自從醫好了我這眼,問人借了些小本錢,販買了些鮮魚。時遇着三月三清明佳節,到同樂院裏博魚去咱。(唱)

【仙吕】【點絳唇】剛留的我這没影孤身,借人資本,爲營運避不得艱辛,則要這兩字"衣食"准。

【混江龍】可憐咱十分貧窘,恰纔那打魚人賒與俺這賣魚人。憑着我六文家銅鏝,博的是這三尺金鱗。魚也,你在荷葉盤中猶跌尾,怎不想桃花浪裏一翻身。我去那新紅盒子内,拏着這常占勝不占輸,只愁富不愁窮,明丢丢的幾個頭錢悶。錢那!我若是告一場響豁,便是我半路裏落的這殷勤。

(叫科。云)博魚!博魚!(燕大云)一尾好鮮魚。你這魚是賣的,可是博的?(正末云)這魚也博,也賣。(燕大云)這尾魚重多少斤兩?要多少錢鈔?你則實説咱。(正末唱)

【那吒令】這魚呵,重七斤八斤,你若是博呵,要五純六純,着小人呵,也覓一文半文。

(正末云)主人家有麽?(唱)

快與我抹下淺盆,磨下刀刃,你看我雪片也似批鱗。

(燕大云)將頭錢來,我和你博這尾魚咱。(正末云)哥也,你真個要博魚呵!(唱)

【金盞兒】比及問五陵人,先頂禮二郎神,哥也,你便博一千博,我這肐膊也無些兒困。我將那竹根的繩拂子綽了這地皮塵。

(云)哥也,老實的博。(燕大云)我只是博耍子,有甚麽老實不老

實!(唱)

不要你蹲着腰虚土裏縱,疊着指漫磚上墩,則要你平着身往下撇,不要你探着手可都往前分。

(燕大云)你拏頭錢來我看咱。(正末云)哥也,這箇是頭錢。(燕大云)這錢昏,字鏝不好。(正末云)哥也,這錢不昏,你則睁眼兒看者。(唱)

【油葫蘆】則這新染來的頭錢不甚昏,可不算先道的准,手心裏明明白白擺定一文文。

(燕大做博科。云)我博了六箇鏝兒,我贏了也。(正末唱)

呀、呀、呀,我則見五箇鏝兒乞丢磕塔穩,更和一箇字兒急留骨碌滚。諕的我咬定下唇,掐定指紋,又被這個不防頭愛撇的甎兒隱,可是他便一博六渾純。

(燕大云)我贏了也。大嫂,我贏的一尾好鮮魚,你看!(搽旦云)是一尾好鮮魚也。(正末跪科。云)哥也,魚便與哥哥,則可憐我這本錢是别人的,可怎生借這一尾魚出去,贏了呵,我就拏來還你。(燕大云)大嫂,你聽的他説麽?他這尾魚是借的本錢。他問俺借這魚,去與人博,若他贏了時,就來還我也。(搽旦云)燕大説那裏話?快將這尾魚煎一半兒,煑一半兒,留着一半兒將的家去,我要吃哩。(燕大云)大嫂,你則依着我,將來借與他罷。(搽旦云)這尾魚是你贏的,又不是偷他的,搶他的,又不是白要他的。好漢識好漢,輸也輸了,又來借!我不還他,不還他!(燕大云)這魚我要還你,争奈俺大嫂不肯哩。(正末唱)

【醉中天】這君子心兒順,那妮子意兒嗔。

(帶云)我着幾句言語奬奉他咱。嫂嫂,(唱)

你是那南海南觀音的第一尊,

(搽旦云)他糖食我,説我是"南海南觀音第一尊"。我比觀音,則少個浄瓶兒。饒你明説到夜,夜説到明,我不還你,則是不還你!(正末唱)

怎將俺這小本經紀來掯。

(搽旦云)燕大,你依着我,將這尾魚煎一半兒,煑一半兒,留一半

兒將的家去。(正末云)他待煎一半兒,賫一半兒,留一半兒將的家去。(唱)

可不道這姐姐今年個斷葷。休將那精神來使盡,

(帶云)常言道"十分惺惺使五分"。(唱)

可不道留一分與您兒孫。

(燕大云)大嫂,將來還他。艱難的人,可憐見他無本錢也。(搽旦云)我本待不還他來,罷、罷、罷,看你的面上,還了他罷。(燕大云)還你這尾魚,你將的去。(正末云)多謝了,哥哥。(正末挑擔兒走科)

(楊衙内冲上。云)我被那惡弟兄每抵死的留着吃酒,可不辜負了王大姐?這早晚等我許多時了也。(做撞正末科。云)這個村弟子孩兒無禮,怎麼敢撞着我?咄!你是什麽人?(正末云)小人是個做買賣的人。(楊衙内云)你既是做買賣的,將那擔子挑過一邊,你怎生攔着這路?(做踢倒擔子科。云)怎麼見我來也不趓開?(正末唱)

【醉扶歸】我粧一個喜臉兒將他來搵,他將那惡性兒把咱哏。

(楊衙内云)把這兩箇筐子要做什麽?左右,與我踹碎了!(正末唱)

呀、呀、呀,把我個竹眼籠的毬樓蹬折了四五根。

(楊衙内云)連這條匾擔也屈折了罷!(正末唱)

把我這一條黄桑擔生踏損,

(楊衙内云)那持魚的盆子也拏來摔碎了!(正末唱)

把我這一個設口樣囫圇的淺盆,

(云)這是借來的波,爺饒了我罷!(唱)

可早是打一條通長璺。

(楊衙内云)這廝敢這等無禮!想是不曾聞我的名兒。且饒了你箇弟子孩兒,快走!我要同樂院裏尋那王臘梅去也。(正末見店小二科。云)小二哥,我將這擔兒寄在這裏。敢問適纔來的這是什麼人!(店小二云)你還不懂的?則他便是楊衙内也。(正末云)哦,原來那大雪裏打我的,正是這廝!(唱)

【後庭花】難道我不親呵認是親，既知恩不報恩，調動我這三尺攔關臂，努起一千條歹鬬觔。誰着你惱了我惡魔神，試嘗咱這精拳一頓。我割捨的發會村，怒吽吽使會狠，便做道佛世尊，這回家也怎地忍?

【金盞兒】我這裏搶起折支巾，拽起夜叉裙，

(楊衙内做見搽旦科。云)姐姐休怪，我來遲了也。(正末做揪楊衙内科。云)哥也，唱着喏去！(做打楊衙内科)(楊衙内打觔斗科)(正末唱)

拳着處早可撲的精磚上吨。

(燕大云)你打死他了也！(正末云)哥，你休怕者！(唱)

看那厮眼朦朧正着昏，我將這大拇指去那厮人中裏掐。

(帶云)主人家，有水將的些來。(唱)

新汲水那厮面皮上歕。

(楊衙内做嘆氣科)(正末云)哥也，他不死哩！(唱)

那厮熱拖拖的纔出氣，

(楊衙内舒身科)(燕大云)他早翻過身哩！(正末云)他怎麽肯死！(唱)

那厮他趺蹬蹬的恰還魂。

(楊衙内做嘴臉，調旦科)(正末云)待我再打這厮。(楊衙内做怕、打哨子下)(燕大云)我倒看不出你這箇博魚的，有恁般好手脚，倒不如只打拳去。我問你，委實是那裏人氏?姓甚名誰?(正末云)我三更不改名，四更不改姓。哥，我實對你説，我須不是歹人。(燕大云)你不是歹人，可是甚人?(正末云)則我是宋江手下第十五個頭領，"浪子"燕青的便是。(燕大云)壯士，你也姓燕，我也姓燕，你多大年紀了?(正末云)我今年二十五歲也。(燕大云)不是我要便宜，我可三十五歲。你肯與我做個兄弟麽?(正末云)若不棄嫌呵，願與哥哥做個兄弟。(燕大云)好、好、好！大嫂，與兄弟厮見咱。(搽旦云)這幾年我不曾見你説有甚麽兄弟，今日可可的就認的是你兄弟，着我與他相見。我怕見生人，羞答答的。(做見科)(正末拜科。云)嫂嫂，恕生面少拜識。(搽旦云)呸！兩箇眼恰似賊一般的。(燕大云)大嫂，你好歹嘴也。

(正末云)哥也,你兄弟有一句話,敢説麽?(燕大云)兄弟,你有甚麽話?你説。(正末云)敢問哥哥,這嫂嫂敢不和哥哥是兒女夫妻麽?(燕大云)兄弟,你好眼毒也。你怎生便認的出來?(正末唱)

【賺煞尾】你看這鬏髻上扭的出那棘針油,面皮上刮的下那桃花粉,只這兩樁兒管做了你個哥哥的禍根。穿着些素淡衣服越風韻,兀的不是天生成玉軟香温。我見他扭回身,抖擻下精神,則被他那眼角眉尖斷送了春。

(正末做打耳喑科。云)哥也,可是這般?(燕大云)我知道了也。(正末唱)

我恰纔舌貼着你那耳輪,敢可也一言難盡,哎,哥也,你是個好男兒,休戴着這一頂屎頭巾。

(下)(燕大云)大嫂,天色將晚也,俺和你回家去來。(同下)①

第三折

(搽旦上。云)自家同樂院裏見了衙内,又不曾説的一句梯氣話。回到家中,我心裏則自想着。今日是八月十五日中秋節令,我纔和燕大、燕青在前廳上飲酒翫月。我將那酒冷一鍾、熱一鍾、冷一碗、熱一碗,灌的他兩個爛醉。我如今打發他在房中都歇息去了。可是爲何?我心中不待與他吃酒,我則想着衙内。我藏下些好案酒、果品,只等衙内到來,我和他悄悄的自到後花園吃幾杯兒。我已多時着人叫他去了,這早晚敢待來也。

(楊衙内上。云)自家楊衙内的便是。自從王大姐相約我在同樂院裏,着那個人打了我一頓,我再也不曾見他,不知那厮是什麽人。如今王大姐着人來尋我,相約晚間在他家説話,須索走一遭去。(做見搽旦科。云)大姐,你可記的,當日同樂院前那漢子是

① 【音釋】鏝,音漫。刃,仁去聲。揹,肯去聲。葷,音昏。揾,温去聲。哏,狠平聲。蹬,音鄧。璺,音問。吽,音烘。盹,敦上聲。歕,噴平聲。

什麽人?險些兒被他打死我也!如今你家燕大在那裏?(搽旦云)衙内,燕大醉了,我打發他在房中睡哩。你進家裏來。(楊衙内云)我單爲你着那厮打了這一頓,你又叫我怎的?(搽旦云)這也是你自家的悔氣,着那厮打了,我好不心疼哩!我如今整備下好酒好食,與你到後花園亭子上吃幾杯兒酒,一來就與你陪話,二來和你取一回快樂。(楊衙内云)你那裏是我姐姐,就是我的娘哩!你只不要耍我。(搽旦云)我怎麽耍你?我和你吃酒去來。(楊衙内云)去,去,去!(同下)

(正末拏席上。云)自從來到哥哥家中,可早半年光景也。時遇八月十五日中秋節令,我和俺哥哥前廳上多飲了幾杯酒,覺的身上煩熱。我到那後花園亭子乘涼去咱。(唱)

【中吕】【粉蝶兒】鼓打初更,是誰人推出這一輪明鏡,原來是配金烏那兔魄東生。這早晚玉繩高銀河淺,恰正是夜闌人静。端的這月白風清,我則見滴溜溜倒垂着斗柄。

【叫聲】我恰纔便横飲到兩三巡,灌得我來酩酊,酩酊猶未醒,

(帶云)怪道我這里脚趔趄身倒退,

原來這一盞盞都是甕頭清。

(帶云)來到這月臺上,將席子展開,待我睡一覺咱。(唱)

【醉春風】我鋪的這艾葉紋藤席浄,掇過這桃花瓣石枕冷,醉魂兒偏喜月波凉,就這搭兒裏挺挺。滿鼻凹清風,拍胸膛爽氣,落的這徹骨毛索性。

(帶云)我是聽這上衙更鼓咱。(做打二鼓科)(唱)

【倘秀才】鼓打到一更也那二更,犬吠到三聲也那四聲。

(搽旦同楊衙内上)(搽旦云)衙内,喒兩個往那黑地裏走,休往月亮處,着人瞧見,要説短説長的。喒兩個打着個暗號:赤、赤、赤!(楊衙内、搽旦做跳過正末身科)(正末唱)

我這裏呵欠罷翻身打個噻掙,

(搽旦云)赤、赤、赤!(楊衙内云)赤、赤、赤!(正末唱)

驀見個女娉婷引着個後生。

(搽旦叉楊衙内行科。云)赤、赤、赤!(正末唱)

【叫聲】眼見的八九分是姦情，是誰家鬼精、鬼精，做出這喬行徑。

(搽旦云)穿的那衣服，拖天掃地的，一脚踹着，不險些兒絆倒了？攞起衣服來，走、走、走！赤、赤、赤！(楊衙内云)赤、赤、赤！(正末唱)

怎知道黑影裏偏撞着俺這潑燕青。

【滚繡毬】俺這裡將怪眼睁，

(搽旦云)把脚擡的輕着些兒，不要走的響了，着人聽見，又揑舌也。(正末唱)

他那裏擡的脚步兒輕，他若是但回身，我在這背陰中掩映。

(楊衙内扯搽旦科)(搽旦云)折了你那手爪子，走便走，這麽扯扯拽拽的做什麽？(正末唱)

則見他厮扯拽悄地前行。

(楊衙内云)赤、赤、赤！(搽旦云)赤、赤、赤！(正末唱)

那厮"赤"的唤了一聲，那妮子"赤"的應了一聲。早是這吃敲才膽硬。

(搽旦云)喒來到這亭子上也，推開這門進來了。關上門，打開吊窻，把這芭蕉扇合着這酒，把這梨花樣磁缽遮着暗燈。但有人來，你就打吊窻裏跳出去，怕做甚麽，喒兩箇自在吃幾鍾兒。(楊衙内云)好，好，我和你吃的醉了，方纔有興。(正末云)這厮亭子上去了也。(唱)

我見他笑吟吟推入門桯，比及我唾潤開窻紙偷睛覷，他可也背靠定毬樓側耳聽。

(搽旦云)我這般赤心的待你，只怕你忘了我好處，我要你説箇誓來。(楊衙内云)我若負了你的心呵，燈草打折脚古拐，現報在你眼裏。(正末唱)

他説什麽海誓也那山盟。

(搽旦云)你再吃一鍾，我也吃一鍾。(正末云)這事不中，唤俺哥哥去來。(做唤燕大科。云)哥哥，你出來！

(燕大上。云)兄弟，深更半夜，你唤我做什麽？(正末云)哥哥，俺嫂嫂有姦夫也。(燕大云)兄弟，您嫂嫂不是這般人。有姦夫，在那裏？(正末云)在後花園中亭子上，正在那裏吃酒哩。喒和你拏去來!(燕大云)兄弟,拏他做什麽?他吃了酒,好歹去也。(正末云)我踏開這門咱。(正末做踏開門科)(燕大云)快拏住姦夫!(楊衙内做慌科。云)有人來了!我打這吊窻裏跳出去,走、走、走!(下)(正末云)嗨,這厮可走了也!(燕大云)好!走了倒是場乾浄。你這賤人,我且問你,怎生與姦夫在這裏吃酒?(搽旦云)姦夫在那裏?姓張姓李?姓趙姓王?可是長也矮?瘦也胖?你拏住了來?天氣暄熱,我來這裏歇涼,那裏討的姦夫來?常言道:捉賊見贓,捉姦見雙。燕大,你既要拏姦,如今還我姦夫來便罷;若没姦夫,怎把這様好小事贓誣着我?我是個拳頭上站的人,肐膊上走的馬,不帶頭巾男子漢,丁丁當當響的老婆。燕大,我與你要見一個明白!(正末唱)

【么篇】你這箇養漢精,假撇清。你道是没姦夫抵死來瞞定,恰纔個誰推開這半破窻櫺?

(搽旦云)我支開亮窻,这裏趁風歇涼來。(正末唱)

誰揉的你這鬢角兒鬆?

(搽旦云)我恰纔呼猫,是花枝兒抓着來。(正末唱)

誰捏的你這腮斗兒的青?

(搽旦云)我恰纔睡着了,是鬼捏青來。(正末唱)

可也不須你折證,見放着一個不語先生。誰着這芭蕉葉紙扇翻合着酒?誰着這梨花様磁缽倒暗着燈?這公事要辯個分明。

(正末云)哥也,這等婦人要做什麽?與我殺了者。(燕大云)兄弟,我便要殺他,也没的刀那!(正末拔刀科。云)兀的不是刀?(燕大做殺搽旦科)(搽旦云)我那親哥哥,如今天氣熱,你便殺了我,到那寒冬臘月裏害脚冷,誰與你焐脚?(燕大云)兄弟,不争我殺壞了他,誰與我焐脚?我委實下不的手。(正末云)哥也,你殺不的,我替你殺。(搽旦叫科。云)有殺人賊也!

(楊衙内領隨從冲上。云)這厮無故殺人,令人與我拏住這兩個殺人的,都下在死囚牢裏去者!(隨從做拏住正末、燕大科)(搽旦云)好也,好也!如今都綁下在死囚牢裏去了,看你可有本事再來殺我?(燕大云)兄弟也,似此可怎了!(正末云)哥,我恰纔

不説來?(唱)

【煞尾】則你個紙做的瓶兒怎拔乾的井,蠟打的鍬兒怎撅就的坑?你道他有體態、有聰明,知你的意、會你的情,有他時春自生,没他時坐不寧。怎知他欠本分、少至誠,忒淫濫蘇小卿,不值錢王桂英。拏住了姦夫你又殺不成,倒被他拖入囚牢死狗似撐。也不是我病僧勸患僧,有一日押向雲陽市上行,只等的高叫開刀和那聲,方纔道悔不當初你可便恁時節省。

(同燕大下)

(楊衙内云)大姐,你方纔放心了,把這兩箇放在牢中牢死了,俺兩箇做了永遠夫妻,可不快活也!(搽旦云)衙内,只等結果了他,喒就没人管的着了。憑着我這一片好心,天也與俺這條兒糖吃。(同下)①

第四折

(燕二上。云)自家燕順的便是。自與燕青分别之後,到於梁山泊上,投見宋江哥哥,就收留了我做個頭領。聽知的俺哥哥燕和落在那婦人彀中,連兄弟燕青也着絆了。我問宋江哥哥告了一箇月假限,背着一包袱金珠財寶,救兩個兄弟走一遭去來。詩云:

拜辭了宋江哥哥,不辭憚碌碌波波。

爲兄弟忘生捨死,早救出地網天羅。

(下)

(楊衙内上。云)誰想燕大下在牢中,他兩個劫了牢走了。更待干罷!我領着衆弓兵,不問那裏趕將去。(下)

(正末拏枷,燕大背衣服同上)(燕大云)兄弟,這早晚往那裏去

---

① 【音釋】酩,音茗。酊,丁上聲。趔,劣平聲。趄,且平聲。甕,翁去聲。辦,音扮。索,音嫂。藝,音異。掙,争去聲。驀,音陌。娉,批明切。攞,羅,去聲。缽,音撥。興,去聲。桯,音刑。聽,平聲。焐,烏去聲。鋃,粗消切。

好?(正末云)哥哥,走、走、走!(唱)

【雙調】【新水令】正風清月朗碧天高,

(帶云)好怪那!(唱)

可怎生打獨磨覓不着官道?

(燕大云)兄弟,若有人追來時,我可趓在那裏?(正末唱)

你去那大北坡跟蹌走,

(燕大云)兄弟你呢?(正末唱)

喒則去那小道兒上隔斜抄。行不到半里其高,則聽的腦背後喊聲鬧。

(燕大云)兄弟,背後有人追來了。這早晚黑洞洞的,可往那裏趓去?(正末云)哥也,我支分與你趓那廝咱。(唱)

【沉醉東風】你去這白草坡潛踪躡脚,

(燕大云)兄弟也,你呢?(正末唱)

我在這黄葉林屈脊低腰。我曲躬躬的向地皮上伏,立欽欽的把松樹來靠,直挺挺按定枷稍。我這裏聽沉了多時静悄悄,我則見火把和那燈籠可都去了。

(云)哥也,你則在這裏,我迎的那廝每去咱。(燕大云)兄弟,我則在這裏等着你也。(正末下)

(楊衙内同搽旦引弓兵上)(搽旦云)衙内,兀的不是燕大?(楊衙内云)正是燕大!拏繩子來綁了他。(綁科。云)把這廝綁在這裏。還有一個哩,喒尋那個去來!(同搽旦下)(燕大云)天那!着誰人救我也?

(正末再上科)(燕大云)兄弟!被姦夫淫婦將我綁在這裏,你救我咱。(正末唱)

【攪箏琶】急的我心兒跳,好一似熱油澆。爲甚麽乾支剌吐着舌頭,呆不騰瞪着個眼腦?鼻凹裏冷氣出,咽喉内熱涎潮,元來是一縷麻縧,誰把個活套頭將他拴住了。

(帶云)我若來的遲呵,(唱)

争些兒一命難逃。

(燕大云)兄弟,我被那姦夫淫婦險些兒斷送了也。(正末云)哥也,喒和你趕那廝去來。(同下)

(燕二云)我趁着這月色微明,連夜趲到汴梁,救拔我那燕青兄弟去也。

(正末上,做撞見科。喝云)咄,那裏來的是什麼人?(燕二云)你説你是那個?(正末云)則我梁山泊好漢,燕青的便是。(燕二云)兄弟,我便是"捲毛虎"燕順。(燕大云)喏,報,報,報!(燕二云)怎的?(燕大云)元來是我兄弟燕二,大家耍一會。(正末唱)

【喬木查】俺撩開衣拽起脚,剛轉過這林薄。只聽的可磕擦閃出個人來到,元來是俺哥哥厮撞着。

(云)哥哥,我問你,黑夜裏到那裏去?(燕二云)兄弟,我如今也在梁山泊上做箇頭領了。聞知你和大哥被楊衙内拏下死囚牢裏,只在早晚要釘壞你兩箇,因此上告了一個月假限,特來救你。(正末唱)

【甜水令】我則道你法灸神針周流湖海發賣醫藥,元來你也要弄俺這家刀。可怎生在曠野荒郊,月黑時光風高天道,獨自個背着衣包?

(燕二云)我這包裹裏都是些金珠寶貝,要將來上下使用,救拔你兩個的。(正末唱)

【折桂令】我有甚犯法違條,只爲那淫婦姦夫,險送了你個共乳同胞。你待要使用金銀打通關節救拔囚牢,則俺燕青呵,須不是鷹心雁爪,早跳出虎穴狼巢。

(燕二云)且喜兄弟今日逍遥無事了也!(正末唱)

你説甚無事逍遥,争知我怒氣難消。我若不殺的這兩個無徒也,怎顯的我半世英豪!

(楊衙内同搽旦引弓兵上。云)黑洞洞的不知那個死囚那裏躲了?大姐,我們且結果了那個綁的去,與你拔了這眼中的釘子哩。(正末喝云)兀的不是姦夫淫婦!你往那裏走?(做拏住科)(衆弓兵云)不好了,我每走了罷。將軍不下馬,各自奔前程。(下)(楊衙内云)我要拏他,倒被他拏了我也!(搽旦云)元來是我兩個叔叔,我道你是好人那!(正末云)將這兩個賊男女都執縛定了,押回山寨,見我宋江哥哥去來。(唱)

【離亭宴歇指煞】半合兒歇息在牛王廟,一直的走到梁山泊。若見俺公明太保,還了俺這石榴色茜紅巾,柳葉砌烏油甲,荷葉樣烟氈帽,百煉鋼打就的長朴刀,五色絨刺下的香綿襖。

(帶云)便是俺大哥也,(唱)

一齊的去那皖子城中送老,上稍裹不眠花,下場頭少不的落一會草。

(宋江領僂儸冲上。云)某乃宋江是也。今有兄弟燕青着絆,有燕順告假救他去了。某如今親領一枝軍馬,接應燕青去來。(做見科)(宋江云)燕青兄弟,這樁事我遣神行太保戴宗打探明白,早已知道了也。小僂儸,將這姦夫淫婦,與我繩纏索綁,拏上山去,縛在花標樹上,殺壞了者!一面敲牛宰馬,殺羊造酒,做一個慶喜的筵席。詞云:則俺三十六勇耀罡星,一個個正直公平。爲燕大主家不正,親兄弟趕離家庭。楊衙内敗壞風俗,共淫婦暗約偷情。將二人分屍斷首,梁山上號令施行。這的是與民除害,不枉了浪子燕青。①

題目:梁山泊宋江將令

正名:同樂院燕青博魚

① 【音釋】彀,音搆。踉,音涼。蹌,音鎗。脚,音皎。剌,音辣。瞪,音呈。咽,音烟。薄,巴毛切。着,池燒切。藥,音耀。巢,鋤昭切。泊,巴毛切。茜,阡,去聲。浣,喚上聲。罡,音剛。離,去聲。

燕青博魚(《酹江集》本)

【劇目簡介】

雜劇,元代李文蔚作。小説《水滸傳》中無此劇情。

《酹江集》本署"元李文蔚著""明孟稱舜評點""劉啓胤訂正",正目作"梁山泊宋江將令,同樂院燕青博魚"。四折一楔子,每頁九行,每行二十字。有眉批。

劇情與脈望館鈔校本、《元曲選》本大同小異,細節處有所不同。

楔　子①

(沖末扮宋江同外扮吴學究領僂儸上。云)幼小鄆城爲司吏,因殺閻婆遭迭配。宋江表字本公明,人號"順天呼保義"。某姓宋名江字公明,綽號"順天呼保義"者是也。曾爲濟州鄆城縣把筆司吏,因帶酒殺了閻婆惜,一脚踢翻燭臺,延燒了官房,被官軍拿某到官,脊杖了六十,迭配江州牢城軍營。因打梁山經過,遇着晁蓋哥哥,打開枷鎖救某上山,就讓某第二把交椅坐了。不幸哥哥晁蓋三打祝家庄中箭身亡,衆弟兄就推某爲首。聚三十六大

---

① 【眉批】文章之妙,在因物賦形,矧詞曲尤爲其人寫照者,男語似女是爲雌樣,女語似男是爲雄聲,他如此類,不可悉數,至曲中尤忌者則酸腐打油腔也。元人之高在用經典子史而愈韻愈妙,無酸腐氣;用方言俗語而愈雅愈古,無打油氣,其大概也。若此劇作燕青語,又粗莽又精細,似是蔘兒洼上人口氣,固非名手不辦。

夥,七十二小夥,半垓來的小僂儸。某喜的是兩個節令:清明三月三,重陽九月九日。今正是九月重陽節令,某放衆頭領下山,三十日假限,悮了一日笞四十,悮了二日杖八十,悮了三日處斬。有燕青去了四十日,至今未回,悮了某十日假限。常言道"軍令無私",怎好饒免?小僂儸,踏着山岡望者,若燕青來時,報復我知道。(僂儸)理會的。

(正末扮燕青上。云)嗨,蚤悮了假限十日也!

【仙吕】【端正好】則我這白氊帽半搶風,則我這破搭膊落可的權遮雨。誰曾住半霎兒程途。

報復去,道有燕青來了也。(僂儸)喏!報的哥哥得知,有燕青來了也。(宋江)着他過來。(僂儸)着過去。(正末做見科)哥哥,喏!

我這里便爆雷也似喏罷擡頭覷,

(宋江怒云)燕青,你來了也?(正末)

呀!則見我保、保、保義哥哥怒。

(宋江)燕青,你告了幾時假限也?(正末)哥哥與了您兄弟一個月假限。(宋江)你去了幾時?(正末)我去了四十日。(宋江)你悮了我幾日假限?(正末)悮了哥哥十日假限。(宋江)你知道我的軍令,悮了我一日假限該咱處?(正末)笞四十。(宋江)悮了兩日呢?(正末)杖八十。(宋江)悮了三日呢?(正末)處斬。(宋江)你悮了幾日?(正末)我悮了哥哥十日假限。(宋江)你悮了十日假限,更待干罷?小僂儸,與我將燕青推出去,斬訖報來。(正末)衆弟兄每,勸一勸兒波。(吴學究做跪,勸云)刀下留人,哥哥息怒,想燕青在於梁山泊上,也多有功來,怎生看俺衆兄弟之面,饒過他這一次咱。(宋江)衆兄弟每請起,論法呵,饒不過;看着衆兄弟每的面皮,姑免他項上之罪,脊杖六十者。(吴學究)燕青兄弟,軍中事容不得情,你且受杖者。(僂儸做打,云)四十,五十,六十。(宋江)小僂儸,將燕青搶出去,自今日爲始,再也不用他了也。(正末)哥哥,打了您兄弟也罷,可怎生不用,就赶下山去?(僂儸做推出門科)(正末做没眼科。云)您兄弟每,可怎生不見您一個那？呀，呀，呀，壞了我這眼也！（僂儸）可不蚤説，報的哥哥得知，燕青被打了六十，感了一口氣，壞了眼也。（宋江）學究兄弟，可惜一個好漢。小僂儸，將燕青與我扶上山來者。（僂儸）理會的。（扶正末見宋江科）（正末）哥哥，壞了我這眼也！（宋江）兄弟也，某一時間致怒，打了你幾下，不想壞了你這眼。衆兄弟每，看我面皮，每人一隻短金釵，與你下山去尋個良醫。待醫治的好了，你上山來，依舊用着你也。（正末）索是謝了哥哥也。

【么】罷波我枉捨了火也似熱熱的一丹心，蚤没了我鏡也似朗朗的雙明目。可着誰養贍我這七尺之軀，想弟兄每虎據了山東路，則撇了個不出力的燕青去。

（下）（宋江）燕青去了也。等他醫得眼好了，上山來某依舊用他，亦未爲遲。大小頭領，聽某將令，衆小校聽咱分付：今夜箇該誰巡捕，黑地裡悄語低言。不要您頭藏尾露，遇官軍須當殺退，若經商便當拿住，但違了某家將令，斬首級決無輕恕。（同下）

第一折

（沖末扮燕大，搽旦扮王臘梅，外扮燕二同上）（燕大云）耕牛無宿料，倉鼠有餘粮。萬事分已定，浮生空自忙。小可汴梁人氏，唤做燕和，嫡親的三口兒家屬：渾家王臘梅，元不是我自小裏的兒女夫妻，他是我後娶的；兄弟是燕順，生的鬅髮鬔鬆，只因性子粗糙，衆人起他一箇混名，叫做"捲毛虎"。不知我這兄弟爲着那一件來，偏生兩個眼裡見不的我那嫂嫂。（燕二）怎麽我見不的那？（搽旦）燕大，你這兄弟，見我便是駡，我便歹殺者波，也是你哥哥的渾家。怎麽這等輕薄？（燕二）哥哥，俺是甚等樣人家，着他辱門敗户，頂着屎頭巾走，你還不知道？（燕大）兄弟也，我怎生頂着屎頭巾走？（搽旦）你哥哥便是鏖糟頭。（燕二）你道我打不的你麽？（搽旦）燕大，你看，你兄弟打我哩！（燕大）兄弟也，你休打你嫂嫂，你打我波。（燕二）罷，罷，罷！俺一搭裡也難住，則今日辭别了哥哥,我離了家中,凍死餓死再也不上你門來了。嫂嫂好生侍奉哥哥,俺哥哥若有些好歹,我不道的輕饒素放了你也!(搽旦)你要去自去,你哥哥纔三歲兒哩?(燕二)我出的這門來。燕順也,離了家中,可也耳根清淨。則今日街市上投托幾個相識朋友,走一遭去來。(下)(燕大)我兄弟搬出去了。大嫂,你心中可快活了也?(搽旦)燕大,你如今却要怎的?(燕大)大嫂,明日是三月三清明節令,多將着些錢鈔,咎要同樂院喫酒去來。春天日正長,爛熳百花香。同樂院裡喫酒去,也等人稱讚我家裡有這好嬌娘。(下)(搽旦)燕大去了也。我雖然嫁了這燕大,私下裡和這楊衙内有些不伶俐的勾當。我着人尋他去了,這蚤晚怎生還不見來?且磕些瓜子兒等着他者。

(净扮楊衙内上。云)花花太歲我爲最,浪子喪門世無對。滿城百姓盡聞名,唤做有權有勢楊衙内。自家楊衙内的便是。我和這燕大的渾家王臘梅有些不伶俐的勾當。争奈俺兩個則是不能勾稱心,如今他使人來尋我,不知有甚的説話,須索走一遭去。此間正是,不好便過去,我則在門首幺喝,他裡頭自有人出來。下次小的每,將那馬與我拴的遠着。(搽旦見科。云)這是衙内的聲氣,他來了也,待我唤他。衙内,你進屋裡來。(楊)家裡没人麽?(搽旦)没人在家,你進來。(楊做入門科。云)姐姐,想殺我也!你唤我來,有甚麽勾當?(搽旦)我雖然嫁了燕大,我真心兒只在你身上。明日是清明三月三,俺兩口兒燒香去,在同樂院裡喫酒。我在那里等你,疾些兒去,蚤些兒來。(楊)你明日和燕大在同樂院喫酒去?你先去便等我,我先去便等你,只不要哄我。(同下)

(丑扮店小二上。云)百般買賣都會做,及至做酒做了醋。算來福氣不如人,只是守着本分做豆腐。自家店小二的便是。俺這店裡下着個瞎大漢,欠下房宿飯錢一些没有,被大主人家怪我。今日唤他出來,我自有個處置。兀那没眼的大漢,店門首有你個鄉親唤你哩。

(正末上。云)哥哥,你唤我做甚麽那?(丑)門口有你個親眷尋哩。(正末)哥也,我那里得那親眷來?你休鬬我耍。(丑)兀的不在店門首?(做推出門科)你出去,我關上這門,凍殺餓殺,不干我事。(下)(正末)好大雪也。哥哥開門波,再住一夜兒去。真箇不開門那?這里也無人,自家燕青的便是。自從壞了我這雙眼,下的山來,到這店肆中安下,房宿飯錢都少下他的。那小二哥被大主人家埋怨,今日把我趕將出來。便好道"男兒不得便,刺頭泥裡陷"。搲的長街市上盤街兒叫化去咱。

【大石調】【六國朝】①我揣巴些殘湯剩水,打叠起浪酒閒茶,我着些氣呵煖我這凍拳頭,再着些唾揩光我這冷鼻凹。瘦的來我這身子兒没個麻稭大,兀的不消磨了我刺繡的青黛和這硃砂。眼見得窮活路覓不出衣和飯,怕不道酷寒亭把我來凍餓殺,全不見那昏慘慘雲遮了銀漢,則聽的淅零零雪糝瓊沙。我、我、我待跐着箇鞋底兒去揀那淺中行,先綽的這棒頭來向深處插。

前街上討不得一些兒,再往後巷裡去。

【喜秋風】我與你便吖吖叫,我與你便磨磨擦,我爲甚將這脚尖兒細細踏,我怕只怕這路兒有些步步滑。

似我這模樣像個甚的,

將那前街後巷我便如盤卦,剛纔個漸漸裡呵的我這手温和,可又蚤切切裡凍的我這脚麻辣。

【歸塞北】天那您不肯道是相齎發,專與俺這窮漢做冤家。這雪呵他如柳絮不添我身上絮,似梨花却變做了眼前花,則我這拄杖凍難拏。

有那等人道:"兀的君子,那東京城裡有的是買賣營生,你尋些做可不好那?"我道:"哥也,你豈知我無眼那?"他便道:"尋你那無眼營生做去。"哥也,您那里知道咱——

【雁過南樓】我是一個混海龍摧鱗去甲,我是一隻爬山虎也囉奈削爪

---

① 【眉批】或云北劇以"仙吕"爲首唱,似自全劇引子,故元曲俱以"點絳唇"起,用别調者爲非格。今觀此劇以"大石調"起,而《西厢》二十折分作五本,末本"賞花時"下即繼以"商調集賢賓",則"仙吕"之説似不必拘,特作者相沿頗多,人遂以爲定格耳。

敲牙。往常時我習武藝學兵法,到如今半籌也不納,則我這拿雲手,怕不待尋覓那等瞎生涯。我能舞劍偏不能疙蹅蹅敲象板,會輪鎗偏不會支楞楞撥琵琶,着甚度年華?

(楊衙内躧馬領隨從上。云)好大雪也,尋那王臘梅大姐去來。(做撞倒正末科)(正末做起,籠住馬科。云)爺須瞎,兒須不瞎。(楊)這厮無禮,他撞着我馬頭,倒把説話傷着我哩。

【六國朝】(正末)我不向梁山泊裏東路,我則拖的你去開封府的南衙。① 你做甚麼眼睁睁當翻了人,

兒,我與你去來,

我把手摩挲揪住馬。

(楊)放手!這厮你好大膽也,敢如此無禮!(正末)

又不是官街窄,怎故意的把人欺壓?你有甚娘忙公事,莫不去雲陽將赴法?我一隻手把銅環來緊揝,那厮多應是兩隻脚把寶鐙來牢踏。

(楊)我打這厮!(做打科)(正末)

哎喲!那厮雨點也似馬鞭子丢,不倈偏不的我風團般着這拄杖打。

(楊)這厮手脚倒也來得,我與他纏什麽?我自尋那王臘梅姐姐去。走,走,走。(下)

(燕二沖上。云)弟兄每少罪,改日還席也。(正末揪住燕二科。云)好呵,清平世界,浪蕩乾坤,你怎麽當街裡打人?(燕二)咗!你看我那命波,兀那君子,我是個步行的人,打你的是個騎馬的。(正末)哥也,我須無眼那!(燕二)住,住,住。君子,你這眼是從小裡壞了的,可是半路裡壞了的?(正末)哥也,我這眼是半路裡氣壞了的。(燕二)君子也,你倒有緣,我善會神針法灸,我醫好你這眼,你意下如何?(正末)若得如此,我感恩非淺。(燕二)你跟的我鋪兒裡來。(做行科)這裡便是,我開開這門,君子請穩便,等你這血氣定了時,我與你下針咱。

【憨貨郎】(正末)莫不是千化身觀音菩薩,救了我這雙無目沿街的叫化,他道是妙手通靈聖心無假,哥也多謝你箇良醫肯把金針下,我又

---

① 【眉批】爽氣逼人。

没甚的米麥絲麻,哥也你則可憐見我這窮漢瞎。

(燕二)待我取出這金針來。君子坐正着,我下針也。我這針,上至泥丸宫,下至湧泉穴,太陽穴不敢下針,少陽穴下兩針,咳嗽三裡下兩針,我取出這藥來,是聖餅子用菩薩水調的。君子張開了口喫藥,這一會兒針藥相投了也,我起針波。吸氣,吸氣,君子將你那手摩的熱着,揉你那眼,我着你復舊如初也。

【歸塞北】(正末)他把我眼角兒纔針罷,則我這瘡口兒未結痂,蚤將我兩隻手揉開了這一對眼。

是好手段也!

則當一枚針挑去了一重沙,恰便似日月退殘霞。

是誰醫好我這眼來?(燕二)是我醫好了你的。(正末)哥也,你請坐,你是我重生的父母,再養的爺娘,請受您兄弟八拜咱。(做拜科)(燕二扯科。云)且住,我纔醫好了的眼,不争你拜下去,這血脉望上行,就也無效了。(正末)恁的呵,等我跪一跪,權當做八拜。(燕二)君子,你那里鄉貫,姓甚名誰?(正末)哥,您兄弟不是歹人。(燕二)誰道你是歹人哩?(正末)哥也,則我是宋江手下第十五個頭領——"浪子"燕青。哥也,您兄弟不是歹人!(燕二)你不是歹人,是賊的阿公哩!君子,你多大年紀也?(正末)您兄弟二十五歲了。(燕二)我痴長你兩歲,我認義你做箇兄弟,你意下如何?(正末)哥哥不棄嫌呵,情願與哥哥做個兄弟。(燕二)我聽的説宋江哥哥手下三十六個頭領,多有本事,你試説一遍咱。(正末)我在梁山上多曾與宋頭領出氣力來。

【初問口】俺也曾那艸坡前把濫官拏,則俺那梁山泊上宋江,須不比那幫源洞裡的方臘。你將我這螻蟻殘生厮救拔,我把哥哥那山海也似恩臨厮報答。從今日拜辭了主人家,綽着這過眼齊眉的棗子棍,依舊到殺人放火蓼兒洼,須認的俺狠那吒。

哥也,您兄弟有句話可是敢問哥哥麽?適纔那大雪裡打我的那厮是什麽人?(燕二)兄弟休要大驚小怪的,則他便是楊衙内,是箇有權有勢的人,打死人如同那房簷上揭一塊瓦相似。你和他打了這一操,他如今不來尋你就是你的造化了。(正末)哥也,你說那里話?

【尾聲】你道是他打了我呵似房簷上揭瓦,不信道我打了他呵就着我這脖項上披枷。調動我這莽拳頭,搧動我這長梢靶,我向那前街後巷便去爪尋他。

若見了他呵,

我一隻手揪住那廝黄頭髮,一隻手把腰脚牢掐,我可敢滴溜撲活攛那廝在馬直下。

(下)(燕二)兄弟去了也,我也收拾些盤纏,上梁山見宋江哥哥走一遭去來。(下)

第二折

(浄扮店小二上。云)隔壁三家醉,開埕十里香。可知多主顧,稱咱活杜康。自家是這同樂院前賣酒的。我燒的這鏇鍋兒熱,看有甚麽人來?

(燕大同搽旦上。云)自家燕大的便是,渾家王臘梅。今日是三月三清明節令,那同樂院前遊春的王孫士女,好不華盛!我與大嫂也去賞玩一賞玩,可蚤來到了也。(做見浄科)賣酒的,有乾浄閣子兒麽?(浄)官人、娘子請坐,這間閣子乾浄。(燕大)大嫂,俺在這間閣子裡坐。賣酒的,打二百錢酒來。(浄)有,有,有,酒在此。(搽旦)燕大,這同樂院是好景致也。酒便有了,可没些餚饌,這寡酒如何喫的?你出門去尋些時新的果品、各色的鮮味來,等我寬心的喫幾杯兒,可不好那?(燕大)大嫂,你説的是。你則在這閣子裡坐,我買案酒去也。

(正末挑魚擔上。云)這里也無人,自家燕青的便是。自從醫好了我這眼,問人借了些小本錢,販買了些鮮魚。時遇着三月三清明佳節,到同樂院裡博魚去咱。

【仙吕】【點絳唇】剛留的我這没影孤身,借人資本,爲營運,避不得艱辛,則要這兩字"衣食"准。

【混江龍】可憐咱十分貧窘,恰纔那打魚人賒與俺這賣魚人。憑着我六文家銅鏝,博的是這三尺金鱗,魚也你在荷葉盤中猶跌尾,怎不想桃花浪裡一翻身?我去那新紅盒子内拏着,這常占勝不占輸,只愁富不愁窮,明丢丢的幾個頭錢問。錢那我若是告一塲響豁,便是我半路裡落的這殷勤。

(叫科)博魚,博魚!(燕大)一尾好鮮魚!你這魚是賣的,可是博的?(正末)這魚也博也賣。(燕大)這尾魚重多少斤兩?多少錢鈔?你則實説咱。

【那吒令】(正末)這魚呵重七斤八斤,你若是博呵要五純六純,着小人呵也覓一文半文。

主人家有麽?

快與我抹下淺盆,磨下刀刃,你看我雪片也似批鱗。

(燕大)將頭錢來,我和你博這尾魚咱。(正末)哥也,你真個要博魚呵?

【金盞兒】比及問五陵人,先頂禮二郎神。哥也你便博一千博,我這肐膊也無些兒困,我將那竹根的蠅拂子,綽了這地皮塵。

哥也,老實的博。(燕大)我也只是博耍子,有什麽老實不老實?(正末)

不要你蹲着腰虚土裹縱,叠着指漫磚上墩,則要你平着身往下撇,不要你探着手可便往前分。

(燕大)你拏頭錢來我看咱?(正末)這箇是頭錢。(燕大)這錢昏,字鏝不好。(正末)哥也,這錢不昏,你則睁眼兒看者:

【油葫蘆】則這新染來的頭錢不甚昏,可不算先道的准,手心裹明明白白擺定一文文。

(燕大做博科。云)我博了六箇鏝兒,我贏了也!(正末)

呀、呀、呀,我則見五箇鏝兒乞丢磕塔穩,更和一箇字兒急留骨碌滚,諕的我咬定下唇,掐定指紋,又被這個不防頭愛撇的甎兒隱,可是他便一博六渾純。

(燕大)我贏了也!大嫂,我贏的一尾好鮮魚,你看!(搽旦)是一尾好鮮魚也!(正末跪云)哥也,魚便與哥哥,則可憐我這本錢是别人的,可怎生借這尾魚出去,贏了呵,我就拿來還你。(燕大)

大嫂,你聽的他説麼?他這尾魚是借的本錢,他問俺借這魚去與人博,若他贏了時,就來還我也。(搽旦)燕大,説那里話?快將這尾魚煎一半兒,煮一半兒,留着一半兒將的家去,我要喫哩。(燕大)大嫂,你則依着我,將來借與他罷。(搽旦)這尾魚是你贏的,又不是偷他的、搶他的,又不是白要他的,好漢識好漢,輸也輸了,又來借?我不還他,不還他!(燕大)這魚我要還你,争奈俺大嫂不肯哩。

【醉中天】(正末)這君子心兒順,那妮子意兒嗔。

我着幾句言語獎奉他咱。嫂嫂,

你是那南海南觀音的第一尊,

(搽旦)他糖食我,説我是南海南觀音第一尊,我比觀音則少個浄瓶兒。饒你明説到夜,夜説到明,我不還你,則是不還你!(正末)

怎將俺這小本經紀來揞?

(搽旦)燕大,你依着我,將這尾魚煎一半兒,煮一半兒,留一半兒將的家去。(正末)他待煎一半兒,煮一半兒,留一半兒將的家去。

可不道這姐姐今年個斷葷,休將那精神來使盡,

常言道十分惺惺使五分,

可不道留一分與您兒孫。

(燕大)大嫂,將來還他,艱難的人,可憐見他無本錢也。(搽旦)我本待不還他來,罷,罷,罷!看你的面上,還了他罷。(燕大)還你這尾魚,你將的去。(正末)多謝了哥哥。(做挑擔兒走科)(楊衙内沖上。云)我被那惡弟兄每抵死的留着喫酒,可不辜負了王大姐這番晚等我許多時也。(做撞正末科。云)這個村弟子孩兒無禮,怎麽敢撞着我?咄!你是甚麽人?(正末)小人是個做買賣的人。(楊)你既是做買賣的,將那擔子挑過一邊,你怎生攔着這路?(做踼倒擔子科)怎麽見我來,也不趓開?

【醉扶歸】(正末)我粧一個喜臉兒將他來揾,他將那惡性兒把咱哏。

(楊)把這兩箇筐子要做什麽?左右,與我踹碎了。(正末)

呀、呀、呀，他把我個竹眼籠的毬樓，蹬折了四五根。

(楊)連這條匾擔也屈折了罷。(正末)

把我這一條黄桑擔生踏損。

(楊)那持魚的盆子，也拏來摔碎了。(正末)

把我這一個設口樣圝圇的淺盆，

這是借來的波，爺饒了我罷。

可蚤是打一條通長璺①。

(楊)這厮敢這等無禮，想是不曾聞我的名兒。且饒了你箇弟子孩兒，快走，我要同樂院裡尋那王臘梅去也。(正末見浄科。云)小二哥，我將這擔兒寄在這里，敢問適纔來的這是什麽人?(浄)你還不懂的，則他便是楊衙内。(正末)哦，原來那大雪裡打我的，正是這厮!

【後庭花】難道我不親呵認是親，既知恩不報恩，調動我這三尺攔關臂，努起一千條歹鬭觔，誰着你惱了我惡魔神，試嘗咱這精拳一頓，我割捨的發會村，怒吽吽使會狠，便做道佛世尊，這回家也怎地忍?

【金盞兒】我這里搶起折支巾，拽起夜叉裙。

(楊做見搽旦科。云)姐姐休怪，我來遲了也。(正末做揪楊科。云)哥也，唱着喏去。(做打楊科)(楊做打觔斗)(正末)

拳着處蚤可撲的精磚上盹。

(燕大)你打死他了也!(正末)哥，你休怕者，

看那厮眼朦朧正着昏，我將這大拇指去那厮人中裡掐，

主人家有水，將的些來。

新汲水那厮面皮上歕。

(楊做嘆氣科)(正末)哥也，他不死哩!

那厮熱拖拖的纔出氣。

(楊做舒身科)(燕大)他蚤翻過身哩!(正末)他怎麽肯死?

那厮他趺�園蹉的恰還魂。

(楊做嘴臉，調旦科)(正末)待我再打這厮。(楊做怕科。打哨子

① 【眉批】璺，音問。

下)(燕大)我倒看不出你這個博魚的,有恁般好手脚,倒不如只打拳去。我問你委實是那里人氏?姓甚名誰?(正末)我三更不改名,四更不改姓,我實對你説,我須不是歹人。(燕大)你不是歹人,可是甚人?(正末)則我是宋江手下第十五個頭領,“浪子”燕青的便是。(燕大)壯士,你姓燕,我也姓燕,你多大年紀了?(正末)我今年二十五歲也。(燕大)不是我要便宜,我可三十五歲,你肯與我做個兄弟麽?(正末)若不棄嫌呵,願與哥哥做個兄弟。(燕大)好、好、好,大嫂與兄弟厮見咱。(搽旦)這幾年我不曾見你説有甚麽兄弟,今日可可的就認的是你兄弟,着我與他相見,我怕見生人,羞答答的。(見科)(正末拜云)嫂嫂,恕生面少拜識。(搽旦)呸!兩箇眼恰似賊一般的。(燕大)大嫂,你好歹嘴也。(正末)哥也,你兄弟有句話敢説麽?(燕大)兄弟,你有甚麽話,你説。(正末)敢問哥哥,這嫂嫂敢不和哥哥是兒女夫妻麽?(燕大)兄弟,你好眼毒也,你怎生便認的出來?

【賺煞尾】(正末)你看這鬏髻上扭的出那棘針油,面皮上刮的下那桃花粉,只這兩椿兒管做了你個哥哥的禍根。穿着些素淡衣服越風韻,兀的不是天生成玉軟香温。我見他扭回身,抖擻下精神,則被他那眼角眉尖斷送了春。

(打耳喑科)哥也,可是這般?(燕大)我知道了也。(正末)

我恰纔舌貼着你那耳輪,敢可也一言難盡。哎,哥也你是個好男兒,休戴着這一頂屎頭巾。

(下)(燕大)大嫂,天色將晚也,俺和你回家去來。(同下)

第三折

(搽旦上。云)自家同樂院裡見了衙内,又不曾説的一句梯氣話。回到家中,我心裡則自想着。今日是八月十五日中秋節令,我纔和燕大、燕青在前廳上飲酒翫月。我將那酒汵①一鍾、熱一鍾,

---

① 應爲“泠”。下同。

泠一碗、熱一碗，灌的他兩個爛醉。我如今打發他在房中都歇息去了，可是爲何？我心中不待與他喫酒，我則想着衙内。我藏下些好案酒果品，只等衙内到來，我和他悄悄的自到後花園喫幾杯兒。我已多時着人叫他去了，這蚤晚敢待來也。

（楊衙内上。云）自家楊衙内的便是。自從王大姐相約我在同樂院裡，着那個人打了我一頓，我再也不曾見他，不知那厮是什麽人？如今王大姐着人來尋我，相約晚間在他家説話，須索走一遭去。（做見搽旦科）大姐，你可記的當日同樂院前那漢子是什麽人？險些兒被他打死我也！如今你家燕大在那里？（搽旦）衙内，燕大醉了，我打發他在房中睡哩。你進家裡來。（楊）我單爲你着那厮打了這一頓，你又叫我怎的？（搽旦）這也是你自家的悔氣，着那厮打了，我好不心疼哩！我如今整備下好酒好食，與你到後花園亭子上喫幾杯兒酒。一來就與你陪話，二來和你取一回快樂。（楊）你那里是我姐姐，就是我的娘哩。你只不要耍我。（搽旦）我怎麽耍你？我和你喫酒去來。（楊）去，去，去！（同下）

（正末拿席上。云）自從來到哥哥家中，可蚤半年光景也。時遇八月十五日中秋節令，我和俺哥哥前廳上多飲了幾杯酒，覺的身上煩熱，我到那後花園亭子上乘涼去咱。

【中吕】【粉蝶兒】鼓打初更，是誰人推出這一輪明鏡，原來是配金烏那兔魄東生。這蚤晚玉繩高，銀河淺，恰正是夜闌人静，端的這月白風清。我則見滴溜溜倒垂着斗柄。

【叫聲】我恰纔便横飲到兩三巡，灌得我來酩酊酩酊猶未醒。

怪道我這脚趔趄，站不定呵，

原來那一盞盞都是甕頭清。

來到這月臺上，將席子展開，待我睡一覺咱。

【醉春風】我鋪的這艾葉紋、藤席净，掇過這桃花瓣、石枕泠，醉魂兒偏喜月波涼就這搭兒裹挺挺，滿鼻凹清風，拍胸膛爽氣，落的這徹骨毛索性。

我是聽這上衙更鼓咱。（做打二鼓科）

【倘秀才】鼓打到一更也那二更，犬吠到三聲也那四聲。

(搽旦同楊衙内上。云)衙内,昝兩個往那黑地裡走,休往月亮處着人瞧見,要説短説長的。昝兩個打着個暗號,赤、赤、赤!(楊同搽旦做跳過正末身科)(正末)

我這里呵欠罷翻身打個囈挣。

(搽旦)赤、赤、赤!(楊)赤、赤、赤!(正末)

驀見個女娉婷引着個後生。

(搽旦又楊行科)赤、赤、赤!

【叫聲】(正末)眼見的八九分是姦情,是誰家鬼精鬼精,做出這喬行徑?

(搽旦)穿的那衣服拖天掃地的,一脚踹着,不險些兒絆倒了?攞起衣服來,走、走、走!赤、赤、赤!(楊)赤、赤、赤!(正末)

怎知道黑影裡偏撞着俺這潑燕青。

【滚繡毬】俺這里將怪眼睁,

(搽旦)把脚擡的輕着些兒,不要走的响了,着人聽見又揑舌也。(正末)

他那里擡的脚步兒輕,他若是但回身,我在這背陰中掩映。

(楊扯搽旦科)(搽旦)折了你那手爪子,走便走,這麽扯扯拽拽的做什麽?(正末)

則見他廝扯拽悄地前行。

(楊)赤、赤、赤!(搽旦)赤、赤、赤!(正末)

那廝"赤"的唤了一聲,那妮子"赤"的應了一聲,蚤是這喫敲才膽硬。

(搽旦)昝來到這亭子上也,推開這門進來了,關上門,打開吊窻,把這芭蕉扇合着這酒,把這梨花樣磁鉢遮着暗燈,但有人來,你就打吊窻裡跳出去,怕做甚麽?喒兩箇自在喫幾鍾兒。(楊)好,好,我和你喫的醉了,方纔有興。(正末)這厮亭子上去了也。

我見他笑吟吟推入門桯,比及我唾潤開窻紙偷睛,覷他可也背靠定毬樓側耳聽。

(搽旦)我這般赤心的待你,只怕你忘了我好處,我要你説箇誓來。(楊)我若負了你的心呵,燈艸打折脚古枴,現報在你眼裡。(正末)

他説什麽海誓也那山盟。

(搽旦)你再喫一鍾,我也喫一鍾。(正末)這事不中,唤俺哥哥去來。(做唤燕大科)哥哥你出來。

(燕大上。云)兄弟,深更半夜,你唤我做什麽?(正末)哥哥,俺嫂嫂有姦夫也!(燕大)兄弟,您嫂嫂不是這等人,有姦夫在那里?(正末)在後花園中亭子上,正在那里喫酒哩,喒和你拏去來。(燕大)兄弟,拏他做什麽?他喫了酒,好歹去也。(正末)我踏開這門咱。(做踏開門科)(燕大)快拏住姦夫!(楊做慌科。云)有人來了,我打這吊窻裡跳出去,走、走、走!(下)(正末)嗨,這厮可走了也!(燕大)好,走了倒是場乾净。你這賤人,我且問你,怎生與姦夫在這里喫酒?(搽旦)姦夫在那里?姓張、姓李,姓趙、姓王?可是長也矮?瘦也胖?被你拏住了來?天氣暄熱,我來這里歇涼,那里討的姦夫來?常言道"捉賊見贜,捉姦見雙",燕大,你既要拏姦,如今還我姦夫來便罷,若没姦夫,怎把這様好小事兒贜誣着我?我是個拳頭上站的人,肐膊上走的馬,不帶頭巾男子漢,丁丁當當響的老婆。燕大,我今與你要見一箇明白。

【幺】(正末)你這個養漢精假撇清,你道是没姦夫抵死來瞞定,恰纔個誰推開這半破窻欞?

(搽旦)我支開亮窻,這里趁風歇涼來。(正末)

誰揉的你這髩角兒鬆?

(搽旦)我恰纔呼猫,是花枝兒抓着來。(正末)

誰捏的你這腮斗兒的青?

(搽旦)我恰纔睡着了,是鬼捏青來。(正末)

可也不須你折證,見放着一個不語先生①。誰着這芭蕉葉紙扇翻合着酒,誰着這梨花様磁鉢倒暗着燈,這公事要辯個分明。

哥也,這等婦人,要做什麽,與我殺了者!(燕大)兄弟,我便要殺他,也没的刀那!(正末拔刀科。云)兀的不是刀?(燕大做殺搽旦科)(搽旦)我那親哥哥,如今天氣熱,你便殺了我,到那寒冬臘月裡害脚冷,誰與你焐脚?(燕大)兄弟,不争我殺壞了他,誰與

① 【眉批】快爽語,又且韻。

我焐脚?我委實下不的手。(正末)哥也,你殺不的,我替你殺。(搽旦叫,云)有殺人賊也!

(楊衙内領隨從沖上。云)這廝無故殺人,令人與我拿住。這兩個殺人的,都下在死囚牢裏去者。(隨從做拿住正末、燕大科)(搽旦)好也,好也!如今都綁下在死囚牢裡去了,看你可有本事再來殺我?(燕大)兄弟也,似此可怎了?(正末)哥,我恰纔不説來?

【煞尾】則你個紙做的瓶兒怎拔乾的井?蠟打的鍬兒怎撅就的坑?①你道他有體態有聰明,知你的意會你的情,有他時春自生,没他時坐不寧,怎知他欠本分少至誠,忒淫濫蘇小卿,不值錢王桂英,拏住了姦夫你又殺不成,倒被他拖入囚牢死狗似撑。也不是我病僧勸患僧,有一日押向雲陽市上行,只等的高叫開刀和那聲,方纔道悔不當初你可便恁時節省。

(同燕大下)(楊)大姐,你方纔放心了,把這兩個放在牢中牢死了,俺兩個做了永遠夫妻,可不快活也!(搽旦)衙内,只等結果了他,咱就没人管的着了。憑着我這一片好心,天也與俺這條兒糖喫。(同下)

第四折

(燕二上。云)自家燕順便是。自與燕青分别之後,到於梁山泊上投見宋江哥哥,就收留我做個頭領。聽知的俺哥哥燕和落在那婦人彀中,連兄弟燕青也着絆了,我問宋江哥哥告了一箇月假限,背着一包袱金珠寶貝,救兩個兄弟走一遭去來。拜辭了宋江哥哥,不辭憚碌碌波波。爲兄弟忘生捨死,蚤救出地網天羅。(下)

(楊衙内上。云)誰想燕大下在牢中,他兩個劫了牢走了。更待干罷!我領着衆弓兵不問那里趕將去。(下)

(正末拏枷、燕大背衣服同上)(燕大)兄弟,這蚤晚往那里去好?

---

① 【眉批】一襟爽氣。

(正末)哥哥,走、走、走!

【雙調】【新水令】正風清月朗碧天高,

好怪那,

可怎生打獨磨覓不着官道?

(燕大)兄弟,若有人追來時,我可趓在那里?(正末)

你去那大北坡跟蹌走。

(燕大)兄弟,你呢?(正末)

喒則去那小道兒上隔斜抄。行不到半里其高,則聽的腦背後喊聲鬧。

(燕大)兄弟,背後有人追來了,這蚤晚黑洞洞的,可往那里趓去?

(正末)哥也,我支分與你趓那廝咱。

【沉醉東風】你去這白艸坡潛踪躡脚,

(燕大)兄弟也,你呢?(正末)

我在這黄葉林屈脊低腰。我曲躬躬的向地皮上伏,立欽欽把松樹來靠,直挺挺按定枷梢,我這里聽沉了多時静悄悄,我則見火把和那燈籠可都去了。

哥也,你則在這里,我迎的那廝每去咱。(燕大)兄弟,我則在這里等着你也。(正末下)

(楊衙内同搽旦引弓兵上)(搽旦)衙内,兀的不是燕大?(楊)正是燕大,拏繩子來綁了他。(綁科)把這廝綁在這里。還有一個哩,昝尋那個去來。(同搽旦下)(燕大)天那,着誰人救我也?

(正末再上科)(燕大)兄弟,被姦夫淫婦將我綁在這里,你救我咱。

【攪箏琶】(正末)急的我心兒跳,好一似熱油澆,爲甚麽乾支剌吐着舌頭,呆不騰瞪着個眼腦,鼻凹裏泠氣出,嗞喉内熱涎潮。元來是一縷麻絲,誰把個活套頭,將他拴住了,

我若來的遲呵,

争些兒一命難逃。

(燕大)兄弟,我被那姦夫淫婦險些兒斷送了也!(正末)哥也,昝和你趕那廝去來。(同下)

(燕二上。云)我趁着這月色微明,連夜趲到汴梁,救拔我那燕青

兄弟去也。

(正末上,做撞見科。喝云)咄! 那里來的是什麽人? (燕二)你說你是那個? (正末)則我梁山泊好漢燕青的便是。(燕二)兄弟,我便是“捲毛虎”燕順。(燕大)喏,報、報、報! (燕二)怎的? (燕大)元來是我兄弟燕二,大家要一會。

【喬木查】(正末)俺撩開衣拽起脚,剛轉過這林薄,只聽的可磕擦閃出個人來到,元來是俺哥哥廝撞着。

哥哥,我問你,黑夜裏到那里去? (燕二)兄弟,我如今也在梁山泊上做箇頭領了。聞知你和大哥被楊衙内拏下死囚牢裡,只在蚤晚要殺壞你兩個,因此上告了一箇月假限,特來救你。

【甜水令】(正末)我則道你法灸神針、周流湖海、發賣醫藥,元來你也要弄俺這家刀,可怎生在曠野荒郊,月黑時光風高天道,獨自個背着衣包。

(燕二)我這包裹都是些金珠寶貝,要將來上下使用,救拔你兩個的。

【折桂令】(正末)我有甚犯法違條,只爲那淫婦姦夫,險送了你個共乳同胞。你待要使用金銀、打通關節、救拔囚牢,則俺燕青呵須不是鷹心雁爪,蚤跳出虎穴狼巢。

(燕二)且喜兄弟今日逍遥無事了也! (正末)

你說甚無事逍遥,争知我怒氣難消。我若不殺的這兩個無徒,也怎顯的我半世英豪?

(楊衙内同搽旦引弓兵上。云)黑洞洞的,不知那個死囚那裡躲了? 大姐,我們且結果了那個綁的,去與你拔了這眼中的釘子哩。(正末喝云)兀的不是姦夫淫婦? 你往那里走! (做拏住科)(衆弓兵)不好了,我每走了罷。將軍不下馬,各自奔前程。(下)(楊)我要拏他,倒被他拿了我也! (搽旦)元來是我兩個叔叔,我道你是好人那! (正末)將這兩個賊男女都執縛定了,押回山寨,見我宋江哥哥去來。

【離亭宴歇指煞】半合兒歇息在牛王廟,一直的走到梁山泊。若見俺公明太保,還了俺這石榴色茜紅巾,柳葉砌烏油甲,荷葉樣煙氊帽,百煉鋼打就的長朴刀，五色絨刺下的香綿襖。

便是俺大哥也，

一齊的去那皖子城中送老，上梢裡不眠花下塲頭少不得落一會艸。

(宋江領僂儸沖上。云)某乃宋江是也。今有兄弟燕青着絆，有燕順告假救他去了。某如今親領一枝軍馬，接應燕青去來。(做見科)(宋江)燕青兄弟，這樁事我遣"神行太保"戴宗打探明白，蚤已知道了也。小僂儸，將這姦夫淫婦與我繩纏索綁，拏上山去，縛在花標樹上殺壞了者。一面敲牛宰馬，殺羊造酒，做一箇慶喜的筵席。則俺三十六勇耀罡星，一個個正直公平。爲燕大主家不正，親兄弟趕離家庭。楊衙内敗壞風俗，共淫婦暗約偷情。將二人分屍斷首，梁山上號令施行。這的是與民除害，不枉了"浪子"燕青。(同下)

梁山泊李逵負荆雜劇(《元曲選》本)

【劇目簡介】

雜劇,元代康進之作。《録鬼簿》《太和正音譜》《元曲選目》《也是園書目》《曲海目》《今樂考證》《曲録》《曲海總目提要》等多有著録,現存《元曲選》本和《酹江集》本,兩個版本曲文相異之處頗多,故同時收録。小説《水滸傳》第七十三回《黑旋風喬捉鬼 梁山泊雙獻頭》有類似劇情。

《元曲選》本,題"元康進之撰""明吴興臧晉叔校",篇前題目作"梁山泊李逵負荆雜劇",文中頁側簡名作"李逵負荆雜劇",題目作"杏花莊王林告狀",正名作"梁山泊李逵負荆"。四折,每頁九行,每行十九字。每折後有音釋。

劇演清明三月三,梁山放假三天,李逵在山下王林酒店喝酒時,聽聞宋江、魯智深搶走其女滿堂嬌,勃然大怒,承諾要助其尋回女兒。李逵奔至聚義堂上,怒斥宋江劫色一事,并欲砍倒"替天行道"杏黄旗,宋江與其賭頭立下軍令狀,攜魯智深同去杏花莊以辨真僞。經王林辨認,得知搶滿堂嬌者非宋江,李逵自負荆杖認錯,宋江定欲行使軍令。此時假冒梁山豪傑者宋剛、魯智恩又來到杏花莊,王林上山報信,宋江遂派李逵將功贖罪,將假冒者擒上梁山梟首示衆,梁山共飲慶功宴。

第一折

(冲末扮宋江同外扮吴學究、浄扮魯智深,領卒子上)(宋江)詩云:澗水潺潺繞寨門,野花斜插滲青巾。杏黄旗上七箇字,"替天行道救生民"。某姓宋名江字公明,綽號"順天呼保義"者是也。曾爲鄆州鄆城縣把筆司吏,因帶酒殺了閻婆惜,迭配江州牢城。路經這梁山過,遇見晁蓋哥哥,救某上山。後來哥哥三打祝家莊身亡,衆兄弟推某爲頭領。某聚三十六大夥,七十二小夥,半垓來的小僂儸,威鎮山東,令行河北。某喜的是兩箇節令:清明三月三,重陽九月九。如今遇這清明三月三,放衆弟兄下山上墳祭掃。三日已了,都要上山,若違令者,必當斬首。詩云:俺威令誰人不怕,只放你三日嚴假。若違了半個時辰,上山來决無乾罷。(下)

(老王林上。云)曲律竿頭懸草稕,綠楊影裏撥琵琶。高陽公子休空過,不比尋常賣酒家。老漢姓王名林,在這杏花莊居住,開着一個小酒務兒,做些生意。嫡親的三口兒家屬,婆婆早年亡化過了,止有一個女孩兒,年長十八歲,唤做滿堂嬌,未曾許聘他人。俺這裡靠着這梁山較近,但是山上頭領都在俺家買酒吃。今日燒的鏇鍋兒熱着,看有甚麼人來。

(净扮宋剛、丑扮魯智恩上)(宋剛云)柴又不貴,米又不貴。兩個油嘴,正是一對。某乃宋剛,這個兄弟叫做魯智恩。俺與這梁山泊較近,俺兩個則是假名托姓,我便認做宋江,兄弟便認做魯智深,來到這杏花莊老王林家,買一鍾酒吃。(見王林科。云)老王林,有酒麽?(王林云)哥哥,有酒,有酒! 家裡請坐。(宋剛云)打五百長錢酒來。老王林,你認得我兩人麽?(王林云)我老漢眼花,不認的哥哥們。(宋剛云)俺便是宋江,這個兄弟便是魯智深。俺那山上頭領,多有來你這裡打攪。若有欺負你的,你上梁山來告我,我與你做主。(王林云)你山上頭領,都是替天行道的好漢,並没有這事。只是老漢不認的太僕,休怪,休怪。早知太僕來到,只合遠接。接待不及,勿令見罪。老漢在這裏,多虧了頭領哥哥照顧老漢。(做遞酒科。云)太僕,請滿飲此盃。(宋剛飲科)(王林云)再將酒來。(魯智恩飲酒科。云)哥哥,好酒!(宋剛云)老王,你家裏還有甚麽人?(王林云)老漢家中並無甚麽人。有個女孩兒,唤做滿堂嬌,年長一十八歲,未曾許聘他人。

老漢别無甚麽孝順,着孩兒出來與太僕遞鍾酒兒,也表老漢一點心。(宋剛云)既是閨女,不要他出來罷。(魯智恩云)哥哥怕甚麽?着他出來。(王林云)滿堂嬌孩兒,你出來。

(旦兒扮滿堂嬌云)父親,唤我做甚麽?(王林云)孩兒,你不知道,如今有梁山上宋公明親身在此,你出來遞他一鍾兒酒。(旦兒云)父親,則怕不中麽?(王林云)不妨事。(旦兒做見科)(宋剛云)我一生怕聞脂粉氣,靠後些。(王林云)孩兒,與二位太僕遞一鍾兒酒。(旦做遞酒科)(宋剛云)我也遞老王一鍾酒。(做與王林酒科)(宋剛云)你這老人家,這衣服怎麽破了?把我這紅絹褡膊與你補這破處。(老王林接衣科)(魯智恩云)你還不知道,纔此這杯酒是肯酒,這褡膊是紅定。把你這女孩兒與俺宋公明哥哥做壓寨夫人。只借你女孩兒去三日,第四日便送來還你。俺回山去也。(領旦下)(王林云)老漢眼睛一對,臂膊一雙,只看着這個女孩兒,似這般可怎麽了也?(做哭科)

(正末扮李逵做帶醉上。云)吃酒不醉不如醒也。俺梁山泊上山兒李逵的便是。人見我生得黑,起個綽號叫俺做“黑旋風”。奉宋公明哥哥將令,放俺三日假限,踏青賞翫,不免下山去老王林家再買幾壺酒,吃個爛醉也呵!(唱)

【仙吕】【點絳唇】飲興難酬,醉魂依舊。尋村酒,恰問罷王留。

(云)俺問王留道:“那裡有酒?”那厮不説便走。俺喝道:“走那裡去?”被俺趕上,一把揪住張口毛,恰待要打。那王留道:“休打,休打。爹爹,有!”(唱)

王留道兀那裡人家有。

【混江龍】可正是清明時候,却言風雨替花愁,和風漸起暮雨初收。俺則見楊柳半藏沽酒市,桃花深映釣魚舟。更和這碧粼粼春水波紋縐,有往來社燕、遠近沙鷗。

(云)人道我梁山泊無有景致,俺打那厮的嘴。(唱)

【醉中天】俺這裏霧鎖着青山秀,烟罩定緑楊洲。

(云)那桃樹上一個黄鶯兒,將那桃花瓣兒啗阿啗阿,啗的下來,落在水中,是好看也。我曾聽的誰説來?我試想咱。哦!想起

來了也，俺學究哥哥道來，(唱)

他道是輕薄桃花逐水流。

(云)俺綽起這桃花瓣兒來，我試看咱，好紅紅的桃花瓣兒。(做笑科。云)你看我好黑指頭也！(唱)

恰便是粉襯的這胭脂透。

(云)可惜了你這瓣兒，俺放你趁那一般的瓣兒去。我與你趕，與你趕，貪趕桃花瓣兒。(唱)

早來到這草橋店垂楊的渡口。

(云)不中，則怕悞了俺哥哥的將令，我索回去也。(唱)

待不吃呵，又被這酒旗兒將我來相迤逗，他、他、他舞東風在曲律杆頭。

(云)兀那王林，有酒麽？不則這般白吃你的，與你一抄碎金子，與你做酒錢。(王林做採淚科。云)要他那碎金子做甚麽？(正末笑科。云)他口裡説不要，可揣在懷裡。老王將酒來。(王林云)有酒，有酒。(做篩酒科)(正末云)我吃這酒在肚裡，則是翻也翻的。不吃，更待乾罷？(唱)

【油葫蘆】往常時酒債尋常行處有，十欠着九。

(帶云)老王也，(唱)

則你這杏花莊壓盡他謝家樓。你與我便熟油般造下春醅酒，你與我花羔般煮下肥羊肉。一壁厢肉又熟，一壁厢酒正篘。抵多少錦封未拆香先透，我則待乘興飲兩三甌。

【天下樂】可正是一盞能消萬種愁，

(云)老王也，喒吃了這酒呵，(唱)

把煩惱都也波丟，都丟在腦背後，這些時吃一個没了休。

(帶云)我醉了呵。(唱)

遮莫我倒在路邊，遮莫我臥在甕頭，

(做吐科。云)老王倈，(唱)

直醉的來在這搭裏嘔。

(云)老王，這酒寒，快鏇熱酒來。(王林云)老漢知道。(做換酒科。哭云)我那滿堂嬌兒也！(正末云)快釃熱酒來。(王林又哭。云)我那滿堂嬌兒也!(正末云)老王,我不曾與你酒錢來,你怎麽這般煩惱?(王林云)哥哥,不干你事,我自有撇不下的煩惱哩,你則吃酒。(正末唱)

【賞花時】喒兩個每日尊前語話投,今日呵爲甚將咱佯不倸?

(王林云)你不知道,我自嫁我的女孩兒,爲此着惱。(正末唱)

哎!你箇呆老子暢好是忒搊搜,

(云)比似你這般煩惱,休嫁他不的。(王林哭科。云)哎喲!我那滿堂嬌兒也!(正末唱)

你何不養着他到蒼顔皓首?

(云)你曉的世上有三不留麽?(王林云)哥,是那三不留?(正末云)蠶老不中留,人老不中留,(唱)

呆老子常言道女大不中留。

(云)我問你那女孩兒,嫁了箇甚麽人?(王林云)哥,我那女孩兒嫁人,我怎麽煩惱?則是悔氣,被一箇賊漢奪將去了。(正末做打科。云)你道是賊漢,是我奪了你女孩兒來?(唱)

【金盞兒】我這裡猛睁眸,他那裡巧舌頭,是非只爲多開口。但半星兒虚謬,惱翻我怎干休!一把火將你那草團瓢燒成爲腐炭,盛酒甕摔成碎瓷甌。

(帶云)綽起俺兩把板斧來,(唱)

砍折你那蟠根桑棗樹,活殺您那闊角水黄牛。

(云)兀那老王,你説的是,萬事皆休;説的不是,我不道的饒你哩!(王林云)太僕停嗔息怒,聽老漢漫漫的説與你聽。有兩個人來吃酒,他説:“我一箇是宋江,一箇是魯智深。”老漢便道:“正是梁山泊上太僕,我無甚孝順,我只一箇十八歲女孩兒,叫做滿堂嬌,着他出來拜見,與太僕遞一杯兒酒,也表老漢的一點心。”我叫出我那女孩兒來,與那宋江、魯智深遞了三杯酒。那宋江也回遞了我三鍾酒,他又把紅褡膊揣在我懷裏。那魯智深説:“這三鍾酒是肯酒,這紅褡膊是紅定。俺宋江哥哥有一百八箇頭領,單只少一箇人哩。你將這十八歲的滿堂嬌,與俺哥哥做箇壓寨夫人。則今日好日辰,俺兩箇便上梁山泊去也。”許我三日之後,便送女孩兒來家。他兩箇説罷，就將女孩兒領去了。老漢偌大年紀，眼睛一對，臂膊一雙，則覷着我那女孩兒。他平白地把我女孩兒强搶將去，哥，教我怎麽不煩惱？（正末云）有甚麽見証？（王林云）有紅絹褡膊便是見証。（正末云）我待不信來，那箇士大夫有這東西？老王，你做下一瓮好酒，宰下一箇好牛犢兒。只等三日之後，我輕輕的把着手兒，送將你那滿堂嬌孩兒來家，你意下如何？（王林云）哥，你若送將我那女孩兒來家，老漢莫要説一瓮酒，一箇牛犢兒，便殺身也報答大恩不盡。（正末唱）

【賺煞】管着你目下見讎人，則不要口似無梁斗，一句句言如劈竹。

（帶云）宋江倈，（唱）

不争你這一度風流，倒出了一度醜。暫今番潑水難收，到那裡問緣由，怎敢便信口胡噣？則要你肚囊裡揣着狀本熟，不要你將無來作有，則要你依前來依後。

（云）我如今回去見俺宋公明，數説他這罪過，就着他辭了三十六大夥，七十二小夥，半垓來小僂儸，同着魯智深一徑離了山寨，到你莊上。那時節我若叫你出來，你可休似烏龜一般，縮了頭再也不肯出來。（王林云）老漢若不見他，萬事休論；我若見了他，我認的他兩箇，恨不的咬掉他一塊肉來，我怎麽肯不出見他？（正末云）老王，兀的不是俺宋江哥哥？他道没也。老兒，俺闘你耍哩。（唱）

你可也休翻做了鑞鎗頭。

（下）（王林云）李逵哥哥去了。我也收拾過鋪面，專等三日之後，送滿堂嬌孩兒來家。滿堂嬌孩兒，則被你痛殺我也！（下）①

---

① 【音釋】潺，鋤山切。滲，森去聲。鄆，云去聲。稕，音準。鄰，音鄰。罩，嘲去聲。瓣，旁慢切。襯，初艮切。迤，音移。逗，音豆。醅，音胚。肉，柔去聲。熟，裳由切。篘，叉搜切。盛，音成。竹，音肘。噣，音鄒。

第二折

(宋江同吴學究、魯智深領卒子上)(宋江)詩云:旗幟無非人血染,燈油盡是腦漿熬。鴉嗛肝肺扎煞尾,狗咽骷髏抖搜毛。某乃宋江是也。因清明節令,放衆頭領下山踏青賞翫去了,今日可早三日光景也。在那聚義堂上,三通鼓罷,都要來齊。小僂儸,寨門首覷者,看是那一箇先來?(卒子云)理會得。

(正末上。云)自家李山兒的便是。將着這紅褡膊,見宋江走一遭來。(唱)

【正宫】【端正好】抖搜着黑精神,扎煞開黄髭髯,則今番不許收拾。俺可也磨拳擦掌,行行裡按不住莽撞心頭氣。

【滚綉毬】宋江唻,這是甚所爲?甚道理?不知他主着何意?激的我怒氣如雷。可不道他是誰,我是誰,俺兩箇半生來豈有些嫌隙?到今日却做了日月交食。不争幾句閑言語,我則怕惡識多年舊面皮,展轉猜疑。

(云)小僂儸報復去,道我李山兒來了也。(卒子做報科。云)喏!報的哥哥得知,有李山兒來了也。(宋江云)着他過來。(卒子云)着過去。(做見科)(正末云)學究哥哥,喏!帽兒光光,今日做箇新郎;袖兒窄窄,今日做箇嬌客。俺宋公明在那裡?請出來和俺拜兩拜,俺有些零碎金銀在這裡,送與嫂嫂做拜見錢。(宋江云)這廝好無禮也!與學究哥哥施禮,不與我施禮。這廝胡言亂語的,有什麽説話?(正末唱)

【倘才秀①】哎!你箇刎頸的知交慶喜,

(宋江云)慶什麽喜?(正末唱)

則你那壓寨的夫人在那裡?

(指魯智深科。云)秃驢,你做的好事來!(唱)

打乾凈毬兒不道的走了你!

---

① 應爲"倘秀才"。

(宋江云)怎麼?智深兄弟,也有你那?(正末唱)

强賭當硬支持,要見個到底。

(宋江云)山兒,你下山去,有什麼事,何不就明對我説?(正末做惱,不言語科)(宋江云)山兒,既然不好和我説,你就對學究哥哥根前説波。(正末唱)

【滚綉毬】俺哥哥要娶妻,這秃厮會做媒。

(宋江云)智深兄弟,説你曾做什麼媒來?(魯智深云)你看這厮,到山下去噇了多少酒?醉的來似踹不殺的老鼠一般,知他支支的説甚麼哩?(正末唱)

元來個梁山泊有天無日,

(做拔斧斫旗科。唱)

就恨不斫倒這一面黄旗。

(衆做奪斧科)(宋江云)你這鐵牛,有甚麼事也不查個明白,就提起板斧來,要斫倒我杏黄旗,是何道理?(學究云)山兒,你也忒口快心直哩!(正末唱)

你道我忒口快、忒心直,還待要獻勤出力。

(做喊科。云)衆兄弟們都來。(宋江云)都來做甚麼?(正末唱)

則不如做箇會六親慶喜的筵席,

(宋江云)做甚麼筵席?(正末唱)

走不了你箇撮合山師父唐三藏,更和這新女婿郎君。哎!你箇柳盗跖,看那個便宜。

(宋江云)山兒,你下山在那裡吃酒?遇着甚人?想必説我些什麼?你從頭兒説,則要説的明白。(正末唱)

【倘秀才】不争你搶了他花朵般青春豔質,這其間抛閃殺那艸橋店白頭老的。

(宋江云)這事其中必有暗昧。(正末唱)

這樁事分明甚暗昧,生割捨痛悲悽,

(帶云)宋江唻,(唱)

他其實怨你。

(宋江云)元來是老王林的女孩兒,説我搶將來了。休道不是我,

便是我搶將來,那老子可是喜歡也是煩惱?你説我試聽。(正末唱)

【叨叨令】那老兒一會家便哭啼啼,在那茅店裏,

(帶云)覷着山寨,宋江好恨也!(唱)

他這般急張拘諸的立。那老兒一會家便怒吽吽在那柴門外,

(帶云)哭道:"我那滿堂嬌兒也!"(唱)

他這般乞留曲律的氣。

(宋江云)他怎生煩惱那?(正末唱)

那老兒一會家便悶沉沉在那酒甕邊,

(帶云)那老兒拿起瓢來,揭開蒲墩,舀一瓢泠酒來,汩汩的嚥了。(唱)

他這般迷留没亂的醉。那老兒托着一片席頭便慢騰騰放在土坑上,

(帶云)他出的門來,看一看,又不見來,哭道:"我那滿堂嬌兒!"(唱)

他這般壹留兀淥的睡。似這般過不的也麽哥,似這般過不的也麽哥,

(宋江云)這厮怎的?(正末唱)

他道俺梁山泊水不甜人不義。

(宋江云)學究兄弟,想必有那依艸附木,冒着俺家名姓,做這等事情的,也不可知。只是山兒也該討個顯証,纔得分曉。(正末云)有、有、有!這紅褡膊,不是顯証?(宋江云)山兒,我今日和你打箇賭賽:若是我搶將他女孩兒來,輸我這六陽會首;若不是我,你輸些甚麽?(正末云)哥,你與我賭頭?罷!您兄弟擺一席酒。(宋江云)擺一席酒?到好了你,須要配得上我的。(正末云)罷、罷、罷!哥,倘若不是你,我情願納這顆牛頭。(宋江云)既如此,立下軍狀,學究兄弟收着。(正末云)難道花和尚就饒了他?(魯智深云)我這光頭不賭他罷,省的你叫不利市。(做立狀科)(正末唱)

【一煞】則爲你兩頭白麪搬興廢,轉背言詞説是非。這厮敢狗行狼心、虎頭蛇尾,不是我節外生枝、囊裏盛錐。誰着你奪人愛女逞己風流被咱都知?

(宋江云)你看黑牛這村沙樣勢那!(正末唱)

休怪我村沙樣勢,平地上起孤堆。

(宋江云)若不是我呵,我不道的饒了你哩!(正末唱)

【黄鍾尾】那怕你指天畫地能瞞鬼,步線行針待哄誰? 又不是不精細,又不是不伶俐。

(宋江云)我和你就下山去。(正末唱)

下山寨到那裏,李山兒共質對,認的真覷的實,割你頭塞你嘴。

(宋江云)這鉄牛怎敢無禮?(正末唱)

非鉄牛敢無禮,既賭賽怎翻悔? 莫説這三十六英雄,一個個都是弟兄輩。

(云)衆兄弟每都來聽着。(宋江云)你着他聽甚麽?(正末云)俺如今和宋江、魯智深同到那杏花庄上,只等那老王林道出一箇"是"字兒,你那做媒的花和尚,休要怪我一斧分開兩箇瓢,誰着你拐了一十八歲滿堂嬌? 單把宋江一個留將下,待我親手伏侍哥哥這一遭。(宋江云)你怎生伏侍我?(正末云)我伏侍你,我伏侍你,一隻手揪住衣領,一隻手搭住腰帶,滴留撲摔箇一字;闊脚板踏住胸脯,舉起我那板斧來,覷着脖子上,可叉!(唱)

便跳出你那七代先靈,也將我來勸不得。

(下)(宋江云)山兒去了也。小僂儸,鞴兩匹馬來,某和智深兄弟親下山寨,與老王林質對去走一遭。詩云:老王林出乖露醜,李山兒將没做有。如今去杏花庄前,看誰輸六陽魁首。(同下)①

第三折

(王林做哭上。云)我那滿堂嬌兒也,則被你想殺我也! 老漢王

---

① 【音釋】嗛,與啣同。咽,坤上聲。㓠,音利。拾,繩知切。唻,郎爹切。隙,音豈。食,繩知切。刎,文上聲。當,去聲。噇,音床。日,人智切。直,征移切。力,音利。席,星西切。跖,張耻切。便,平聲。質,張耻切。的,音底。立,音利。吽,音烘。舀,音杳。汩,音谷。實,繩知切。揞,簪上聲。摔,升擺切。得,當美切。鞴,音備。

林,被那兩箇賊漢將我那女孩兒搶將去了,今日又是三日也。昨日有那李逵哥哥去梁山上尋那宋江、魯智深,要來對証這一樁事哩。老漢如今收拾下些茶飯,等候則箇。(做哭科。云)我那滿堂嬌兒,説道今日第三日,送他來家,不知來也是不來?則被你想殺我也!

(宋江同智深、正末上)(宋江云)智深兄弟,喒行動些。你看那山兒,俺在頭裡走,他可在後面。俺在後面走,他可在前面。敢怕我兩個逃走了那?(正末云)你也等我一等波,聽見到丈人家去,你好喜歡也。(宋江云)智深兄弟,你看他那厮迷言迷語的,到那裡認的不是,山兒,我不道的饒了你哩!(正末唱)

【商①調】【集賢賓】過的這翠巍巍一帶山崖脚,遥望見滴溜溜的酒旗招。想悲歡不同昨夜,論真假只在今朝。

(云)花和尚,你也小脚兒,這般走不動?多則是做媒的心虚,不敢走哩。(魯智深云)你看這厮!(正末唱)

魯智深似窟裹拔蛇,

(云)宋公明,你也行動些兒。你只是拐了人家女孩兒,害羞也不敢走哩。(宋江云)你看他波!(正末唱)

宋公明似氊上拖毛。則俺那周瓊姬,你可甚麽上王子喬,玉人在何處吹簫?我不合蹬翻了鶯燕友,拆散了這鳳鸞交。

(云)我今日同你兩個,來這杏花庄上呵,(唱)

【逍遥樂】倒做了逢山開道,

(魯智深云)山兒,我還要你遇水搭橋哩。(正末唱)

你休得順水推船,偏不許我過河拆橋。

(宋江做前走科)(正末唱)

當不的他納胯挪腰。

(宋江云)山兒,你不記得上山時,認俺做哥哥,也曾八拜之交哩。(正末唱)

哥也,你只説在先時有八拜之交,元來是花木瓜兒外看好,不由咱不

---

① 應爲“商”。下同。

回頭兒暗笑。待和你争甚麽頭角，辯甚的衷腸，惜甚的皮毛？

(云)這是老王林門首。哥也，你莫言語，等我去唤門。(宋江云)我知道。(李逵叫門科)老王！老王！開門來。(王林做打盹)(正末又叫科。云)老王！開門來，我將你那女孩兒送來了也！(王林做驚醒科。云)真箇來了？我開開這門。(做抱正末科。云)我那滿堂嬌兒也！呸！元來不是。(正末唱)

【醋葫蘆】這老兒外名唤做半槽，就裡帶着一杓。是則是去了你那一十八歲這箇滿堂嬌，更做你家年紀老。

(云)俺叫了兩三聲不開門，第三聲道："送將你那滿堂嬌女孩兒來了。"他開開門，摟着俺那黑膊子，叫道："我那滿堂嬌兒也！"(唱)

老兒也似這般煩惱的無顛無倒，越惹你揉眵抹淚哭嚎啕。

(云)哥也，進家裡來坐着。(宋江、魯智深做入坐科)(正末云)他是一箇老人家，你可休唬他，我如今着他認你也。老王，你過去認波。(王林云)老漢正要認他哩。(宋江云)兀那老子，你近前來，我就是宋江。我與你説，那箇奪將你那女孩兒去，則要你認的是者。我與山兒賭着六陽會首哩。(正末云)老王，你認去，可正是他麽？(王林做認科。云)不是他！不是他！(宋江云)可如何？(正末云)哥也，你等他好好認咱，怎麽先睁着眼嚇他？這一嚇他還敢認你那？兀的老王，只爲你那女孩兒，俺弟兄兩箇賭着頭哩。老王，兀那箇不是你那女婿，拐了滿堂嬌孩兒的宋江？(王林做再認摇頭科。云)不是！不是！(宋江云)可何如？(正末唱)

【么篇】你則合低頭就坐來，誰着你掙睛先去瞧？則你個宋公明威勢怎生豪，剛一瞧，早將他魂靈嚇掉了。這便是你替天行道，則俺那無情板斧肯擔饒？

(云)老王，你來，兀那秃厮，便是做媒的魯智深，你再去認咱。(魯智深云)你快認來。(王林做再認科。云)不是！不是！那兩箇一箇是青眼兒長子，如今這箇是黑矮的；那一箇是稀頭髮臘梨，如今這箇是剃頭髮的和尚。不是！不是！(魯智深云)山兒，我可是哩？(正末云)你這秃厮，由他自認，你先么喝一聲怎麽？(唱)

【么篇】誰不知你是鎮關西魯智深,離五臺山纔落草。便在黑影中摸索也應着,只被你爆雷似一聲先唬倒。那呆老子怕不知名號,

(帶云)適纔間他也待認來。(唱)

只見他摇頭側腦費量度。

(宋江云)既然認的不是,智深兄弟,我們先回山去,等鐵牛自來支對。(正末云)老王,我的兒,你再認去。(王林云)哥,我説不是他,就不是他了,教我再認怎的?(正末做打王林科)(王林云)可憐見,打殺老漢也!(正末唱)

【後庭花】打這老子没肚皮攬瀉藥,偏不的我敦葫蘆摔馬杓。

(宋江云)小僂儸,將馬來,俺與魯家兄弟先回去也。(正末云)你道是"弟兄每將馬來,先回山寨上去"。我道:"哥也,你再坐一坐,等那老子再細認波。"(唱)

哥哥道鞴馬來還山寨,

(帶云)哎!哥也,羞的你兄弟,(唱)

恰便似牽驢上板橋。惱的我怒難消,踹匾了盛漿鉄落,轆轤上截井索,芭棚下瀽副槽,攧碎了舀酒瓢,砍折了切菜刀。

【雙鴈兒】就恨不一把火,刮刮搒搒燒了你這艸團瓢。將人來險中倒,氣得咱一似那鯽魚跳。可不道家有老敬老,家有小敬小。

(宋江云)智深兄弟,喒和你回山寨去。詩云:堪笑山兒忒慕古,無事空將頭共賭。早早回來山寨中,舒出脖子受板斧。(同魯智深下)(正末做歎科。云)嗨!這的是山兒不是了也!(唱)

【浪裏來煞】方信道人心未易知,燈臺不自照,從今後開眼見箇低高。没來由共哥哥賭賽着,使不的三家來便厮靠,則這三寸舌是俺斬身刀。

(下)(王林云)李逵哥哥去了也。他今日果然領將兩個人來,着我認道是也不是。元來一個是真宋江,一個是真魯智深,都不是拐我女孩兒的。不知被那兩個天殺的拐了我滿堂嬌兒去,則被你想殺我也!

(宋剛做打嚏,同魯智恩、旦兒上。云)打嚏耳朵熱,一定有人説。可早來到杏花庄也。我那太山在那裏?我每原許三日之後,送

你女孩兒回家。如今來了也。(王林做相見,抱旦哭科。云)我那滿堂嬌兒也!(宋剛云)太山,我可不説謊,准准三日,送你令愛還家。(王林云)多謝太僕擡舉!老漢只是家寒,急切裏不曾備的喜酒。且到我女兒房裏吃一杯淡酒去,待明日宰個小小雞兒請你。(魯智恩云)老王,我那山寨上有的是羊酒,我教小僂儸赶二三十個肥羊,擡四五十擔好酒送你。(王林云)多謝太僕!只是老漢没的謝媒紅送你,惶恐殺人也。(宋剛云)俺們且到夫人房裏去吃酒來。(下)(王林云)這兩個賊漢,元來不是梁山泊上頭領。他拐了我女孩兒,左右弄做破罐子,倒也罷了。只可惜那李逵哥哥,一片熱心,賭着頭來,這須不是耍處。我如今將酒冷一碗,熱一碗,勸那兩個賊漢吃的爛醉。到晚間等他睡了,我悄悄驀上梁山,報與宋公明知道,搭救李逵,有何不可?詩云:做甚麼老王林夜走梁山道?也則爲李山兒恩義須當報。但愁他一湧性殺了假宋江,連累我滿堂嬌要帶前夫孝。(下)①

第四折

(宋江同吴學究、魯智深領卒子上。云)某乃宋江是也。學究兄弟,頗柰李山兒無禮,我和他打下賭賽,到那裡,果然認的不是。我與魯家兄弟先回來了,只等山兒來時,便當斬首。小僂儸,踏着山崗望者,這早晚山兒敢待來也。

(正末做負荆上。云)黑旋風,你好是没來由也,爲着别人,輸了自己。我今日無計所柰,砍了這一束荆杖,負在背上,回山寨見俺公明哥哥去也呵。(唱)

【雙調】【新水令】這一場煩惱可也遶人來,没來由共哥哥賭賽。袒下我這紅衲襖,跌綻我這舊皮鞋。心下量猜,

---

① 【音釋】脚,音皎。杓,繩昭切。眵,抽支切。諕,音夏。瞅,楚九切。著,池燒切。爆,音豹。度,多勞切。藥,音耀。落,音澇。索,音嫂。中,去聲。嚏,音替。驀,音陌。

(帶云)到山寨上,哥哥不打,則要頭。(唱)

怎發付脖項上這一塊?

【駐馬聽】有心待不顧形骸,

(帶云)這碧湛湛石崖,不得底的深澗,我待跳下去,休説一箇,便是十箇黑旋風也不見了。(唱)

兩三番自投碧湛崖。敬臨山寨,行一步如上嚇魂臺。我死後墓頂頭誰定遠鄉牌?靈位邊誰咒生天界?怎擘劃但得箇完全屍首,便是十分采。

【攪箏琶】我來到轅門外,見小校鴈行排。

(帶云)往常時我來呵,(唱)

他這般退後趨前,

(帶云)怎麼今日的,(唱)

他將我佯呆不採?

(做偷瞧科。云)哦!元來是俺宋公明哥哥和衆兄弟都升堂了也。(唱)

他對着那有期會的衆英才,一個個穩坐擡頦。我説的明白,道莽撞的廉頗請罪來,死也應該。

(見科)(宋江云)山兒,你來了也?你背着甚麼哩?(正末云)哥哥,恁兄弟山澗直下砍了一束荆杖,告哥哥打幾下。您兄弟一時間没見識,做這等的事來。(唱)

【沉醉東風】呼保義哥哥見責,我李山兒情願餐柴。第一來看着咱兄弟情,第二來少欠他膿血債。休道您兄弟不伏燒埋,由你便直打到梨花月上來,若不打這頑皮不改。

(宋江云)我元與你賭頭,不曾賭打。小僂儸,將李山兒踹下聚義堂,斬首報來。(正末云)學究哥,你勸一勸兒!智深哥,你也勸一勸兒!(學究同魯智深勸科)(宋江云)這是軍狀。我不打他,則要他那顆頭。(正末云)哥,你道甚麼哩?(宋江云)我不打你,則要你那顆頭。(正末云)哥哥,你真箇不肯打?打一下是一下疼,那殺的只是一刀,倒不疼哩。(宋江云)我不打你。(正末云)不打!謝了哥哥也!(做走科)(宋江云)你走那裡去?(正末云)

哥哥道是不打我。(宋江云)我和你打賭賽,我則要你那六陽會首。(正末云)罷、罷、罷! 他殺不如自殺。借哥哥劍來,待我自刎而亡。(宋江云)也罷,小僂儸將劍來遞與他。(正末做接劍科。云)這劍可不元是我的? 想當日跟着哥哥打圍獵射,在那官道傍邊,衆人都看見一條大蟒蛇攔路。我走到根前,並無蟒蛇,可是一口太阿寶劍。我得了這劍,獻與俺哥哥懸帶。數日前我曾聽得支楞楞的劍響,想殺别人,不想道殺害自己也。(唱)

【步步嬌】則聽得寶劍聲鳴,使我心驚駭,端的個風團快。似這般好器械,一柞來銅錢,恰便似砍麻稭。

(帶云)想您兄弟十載相依,那般恩義都也不消説了。(唱)

還説甚舊情懷,早砍取我半壁天靈蓋。

(王林衝上,叫科。云)刀下留人! 告太僕,那個賊漢送將我那女孩兒來了。我將他兩個灌醉在家裏,一徑的來報知太僕,與老漢做主咱!(宋江云)山兒,我如今放你去,若拿得這兩個棍徒,將功折罪;若拿不得,二罪俱罰。您敢去麽?(正末做笑科。云)這是揉着我山兒的痒處。管教他甕中捉鱉,手到拿來。(學究云)雖然如此,他有兩副鞍馬,你一個如何拿的他住? 萬一被他走了,可不輸了我梁山泊上的氣概? 魯家兄弟,你幫山兒同走一遭。(魯智深云)那山兒開口便駡我秃厮會做媒,兩次三番要那王林認我,是甚主意? 他如今有本事自去拿那兩個,我魯智深决不幫他。(學究云)你只看"聚義"兩個字,不要因這小忿,壞了大體面。(宋江云)這也説的是。智深兄弟,你就同他去拿那兩個頂名冒姓的賊漢來。(魯智深云)既是哥哥分付,您兄弟敢不同去?(同下)

(宋剛、魯智恩上。云)好酒,俺們昨夜都醉了也。今早日高三丈,還不見太山出來,敢是也醉倒了。

(正末同魯智深、王林上。云)賊漢! 你太山不在這裏?(做見就打科)(宋剛云)兀那大漢,你也通個名姓,怎麽動手便打?(正末云)你要問俺名姓? 若説出來,直諕的你尿流屁滾! 我就是梁山泊上黑爹爹李逵,這個哥哥是真正花和尚魯智深。(做打科。唱)

【喬牌兒】你頂着鬼名兒會使乖,到今日當天敗。誰許這滿堂嬌壓你那鶯花寨?也不是我黑爹爹忒性歹。

(宋剛云)這是真命强盜,我們打他不過,走、走、走!(做走科)(正末云)這廝走那裏去?(做追上,再打科。唱)

【殿前歡】我打你這喫敲材,直著你皮殘骨斷肉都開。那怕你會飛騰就透出青霄外,早則是手到拿來。你、你、你好一個魯智深不喫齋,好一箇呼保義能貪色。如今去親身對証休嗔怪,須不是我倚强淩弱,還是你自攬禍招灾。

(做拿住二賊科)(正末云)這賊早拿住了也!(王林同旦兒做拜科)(魯智深云)兀那老頭兒不要拜,明日你同女兒到山寨來,拜謝宋頭領便了。(同正末押二賊下)(王林云)他們拿這兩個賊漢去了也,今日纔出的俺那一口臭氣。我兒,等待明日牽羊擔酒,親上梁山去,拜謝宋江頭領走一遭。(旦兒做打戰科)(王林云)我兒不要苦,這樣賊漢有什麽好處?等我慢慢的揀一個好的嫁他便了。(同下)

(宋江同吴學究領卒子上。云)學究兄弟,怎生李山兒同魯智深到杏花庄去了許久,還不見來?俺山上該差人接應他麽?(學究云)這兩個賊子到的那裏?不必差人接應,只早晚敢待來也。(卒子做報科。云)喏!報的哥哥得知,兩位頭領得勝回來了也。(正末同魯智深押二賊上。云)那兩個賊漢擒拿在此,請哥哥發落。(宋江云)好宋江!好魯智深!你怎麽假名冒姓,壞我家的名目?小僂儸,將他綁在那花標樹上,取這兩副心肝,與咱配酒。梟他首級,懸挂通衢警衆。(卒子云)理會的。(拿二賊下)(正末唱)

【離亭宴煞】蓼兒洼裡開筵待,花標樹下肥羊宰,酒盡呵拚當再買。涎鄧鄧眼睛剜,滴屑屑手脚卸,磣可可心肝摘。餓虎口中將脆骨奪,驪龍頷下把明珠握,生擒他一場利害。

(帶云)智深哥哥,(唱)

我也則要洗清你這强打掙的執柯人,

(帶云)公明哥哥,(唱)

出脱你這乾風情的畫眉客。

(宋江云)今日就聚義堂上,設下賞功筵席,與李山兒、魯智深慶喜者。詩云:宋公明行道替天,衆英雄聚義林泉。李山兒拔刀相助,老王林父子團圓。①

題目:杏花庄王林告狀

正名:梁山泊李逵負荆

① 【音釋】劃,胡乖切。行,音杭。白,巴埋切。頗,平聲。應,平聲。責,齋,上聲。蟒,音莽。阿,何哥切。柞,音詐。稭,音皆。揉,與橈同。色,篩上聲。磣,初錦切。摘,齋上聲。握,歪上聲。客,音楷。

李逵負荆(《酹江集》本)

【劇目簡介】

雜劇,元代康進之作。小説《水滸傳》第七十三回《黑旋風喬捉鬼　梁山泊雙獻頭》有類似劇情。

《酹江集》本署"元康進之著""明孟稱舜評點""劉啓胤訂正",正目作"杏花莊老王林告狀,梁山泊黑旋風負荆"。四折無楔子,每頁九行,每行二十字。有眉批。

劇情與《元曲選》本大同小異,細節處有所不同。

第一折

(沖末扮宋江,外扮吴學究,浄扮魯智深,同上)(宋江云)①澗水潺潺遶塞門,野花斜插滲青巾。杏黄旗上七箇字,替天行道宋公明。某姓宋名江字公明,綽號"順天呼保義"。某曾爲鄆州鄆城縣把筆司吏,因帶酒殺了閻婆惜,迭配江州牢城營。路打這梁山過,遇見晁蓋哥哥救某上山。哥哥三打祝家莊身亡,衆兄弟推某爲頭領。某聚三十六大夥,七十二小夥,半垓來的小嘍囉,威鎮梁山。某喜的是兩箇節令:清明三月三,重陽九月九。時遇這清明三月三,放衆兄弟下山上墳祭掃。三日已了,都要上山;若違令者,必當斬首。作威福將令傳罷,都要你三日嚴假。若違了某的將令,上山來決無干罷。(下)

---

① 【眉批】曲語句句當行,手筆絶高絶老,至其摹像李山兒,半麤半細,似獃似慧,形景如見,世無此巧丹青也。

(老王林上。云)曲律竿頭懸艸稕①,緑楊影裏撥琵琶。高陽公子休空過,不比尋常賣酒家。老漢姓王,名是老王林,在這杏花莊居住。嫡親的三口兒家屬,婆婆蚤年亡化了,止有一個女孩兒,長年十八歲,唤做滿堂嬌,未曾許聘他人。老漢在這杏花莊,開着一箇小酒務兒。俺這里靠着這梁山較近,但是山上頭領都在俺這里買酒喫。今日燒的鏇鍋兒熱着,看有甚麽人來。

(浄扮宋剛、魯智恩上)(宋剛云)柴又不貴,米又不貴。兩個油嘴,正是一對。某乃宋剛,這箇是魯智恩。俺與這梁山較近,俺兩個則是假名托姓,我便認是宋江,兄弟便認是魯智深。來到這杏花莊老王林家,買一鍾酒喫。(做見王林。云)老王林,有酒麽?(王林)哥哥,有酒。家裡請坐。(宋剛)打二百錢酒來。老王林,你認得我兩個麽?(王林)我不認的哥哥每。(宋剛)俺便是宋江,這個便是魯智深。我那頭領多有來你這里打攪,若有欺侮你的,上梁山來告我,我與你做主。(王林)這個並没有,只是老漢眼花,一時不認的太僕,休怪,休怪。蚤知太僕來到,只合遠接,接待不着,勿令見罪。老漢在這里多虧了頭領哥哥們照顧。(做遞酒科)太僕,請滿飲此杯。(宋剛飲科)(王林)再將酒來。(魯智恩飲科)哥哥,好酒!(宋剛)老王,你家裡有甚麽人?(王林)老漢家中並無甚麽人,只有個女孩兒,唤做滿堂嬌,長年一十八歲,未曾許聘他人。老漢别無甚麽孝順,着孩兒出來,與太僕遞一鍾酒,也是我孝順的心。(宋剛)不中,不要出來!(魯智恩)哥哥怕甚麽?着他出來。(王林)滿堂嬌孩兒,你出來。

(旦兒上,見老王。云)父親,唤我做甚麽?(王林)孩兒,你不知道,如今有梁山上宋江哥哥、魯智深兩個在這里,你出來見他一見。(旦)父親,則怕不中麽?(王林)不妨事。(旦兒做見科)(宋剛)我一生怕聞脂粉氣,靠後些。(王林)孩兒,與二位太僕遞一杯酒。(旦做遞酒科)(宋剛)我也替老王遞一鍾酒。(做與老王

---

① 【眉批】稕,音準。

遞酒科了)(宋剛)你這老人家,這衣服怎麽破了?把我這紅絹褡膊與你補這破處。(老王接衣科)(魯智恩)你還不知道?纔則這三杯酒是肯酒,這褡膊是紅定,把你這女孩兒與宋江哥哥做壓寨夫人。你還不知道哩?只借你女兒去三日,第四日便送將來。俺回山去也。(領旦同下)(王林哭科)老漢眼睛一對,臂膊一雙,則看着這個女孩兒,似這般怎了也?看有甚麽人來。

(正末扮李逵帶醉上。云)害酒不如死也。俺梁山泊上"黑旋風"李逵的便是。奉宋公明哥哥將令,放俺每三日假限,踏青遊賞,如今限滿回山,喫的爛醉。不免再到老王林家買一碗酒,投一投去。

【仙吕】【點絳唇】飲興難酬,醉魂依舊,尋村酒,恰問罷王留。

我問王留,那里有酒?那厮不説便走,走那去!趕上揪住張口毛,恰待打,王留道:"休打,爹爹,有,爹爹,有。"

王留道兀那里人家有。

【混江龍】可正是清明時候,却言道風雨替花愁,和風漸起暮雨初收。我則見楊柳青青沽酒市,桃花流水釣魚舟。我則見碧粼粼春水波紋縐,往來社燕舉目沙鷗。

人道我梁山無景致,我打了那厮嘴!

【醉中天】俺這里霧鎖着青山秀,煙罩定緑楊洲。

桃花樹上一箇黄鶯兒,將那桃花瓣兒咍啊咍的咍下來,落在水中,是好看也①。我曾聽的誰説來?我是想咱,哦!想起來了也!俺學究哥哥道來,

正是這"輕薄桃花逐水流"。

我綽起這桃花瓣兒來,我是看咱,好紅桃花瓣兒!(做笑科)好黑指頭也!

恰便是粉襯的這胭脂透,

强似可惜了你,趁你那一般的瓣兒去,我與你趕,與你趕,貪趕桃花瓣兒,

---

① 【眉批】描寫黑斯一派天趣,妙,妙。

蚤來到這艸橋店垂楊的渡口。

不中！則怕悮了俺哥哥的將令，我索回去。待不喫來呵，

又被這酒旗兒將我來相迤逗，他、他、他舞東風在這曲律杆頭。

兀那王林，有酒麼？不則這般白喫你的，與你一抄碎金子，與你做酒錢。（老王做揣科）要他做甚麼？（末笑科）他口裏説不要，可揣在懷裡。老王將酒來。（王林）有酒，有酒！（做篩酒科）（末）我喫了這酒，在肚裡則是翻也翻的；不喫，更待干罷了。

【油葫蘆】酒債尋常行處有，十欠着九。老王也，則你這杏花莊壓盡他這謝家樓，你與我便熟油般造下春醅酒，你與我花羔般煮下肥羊肉，一壁廂肉又熟，一壁廂酒正篘，抵多少錦封未拆香先透。我則待乘興飲兩三甌。

【天下樂】可正是一盞能消萬種愁。

老王林也，喒喫了這酒呵，

把煩惱都也波丢都丢在腦背後，這些時喫的來無一箇了休。我醉了呵，遮莫我倒在路邊，遮莫我臥在甕頭。老王林咪，直喫的這堝兒敢坐化休。

老王，這酒寒，釃熱酒來。（王林）老漢知道。（篩酒科。哭云）我那滿堂嬌兒也！（三科云）哥哥，酒熱了也。（又哭云）我那滿堂嬌兒也！（末）老王，我不曾與你酒錢來也？你怎麽這般煩惱？（王林）哥哥，不干你事。我這里有些事，你則喫酒。

【賞花時】（末）喒兩個每日尊前語話投，你今日爲甚將咱佯不倸？

（王林）你不知道，我自嫁我的女孩兒，爲此煩惱。（末）

哎你個呆老子常好是細追逐，

你比似休嫁了不的？（王林）哎喲，我那滿堂嬌兒也！（末）

似你長的這般蒼顔皓首，

世上有三不留。（王林）哥哥，是那三不留？（末）蠶老不中留，人老不中留，呆老子，

常言道女大不中留。

我問你女兒嫁了個甚麽人？（王林）哥哥，我那女兒嫁了人，我怎麽煩惱？被個賊漢奪將去了！（末做打科）

【金盞兒】我這里猛睁眸,他那里巧舌頭,是非只爲多開口,若是半星兒虚謬,惱翻我做怎干休? 一把火將你那艸團瓢,燒做腐炭盛醅甕,摔破了碎磁甃,

綽起俺兩把板斧來,

砍折你那竝根桑棗樹,活殺您那闊角水黄牛。

兀那老子,你説的是,萬事皆休;説的不是了,我不道的饒你哩!(王林)太僕停嗔息怒,聽老漢漫漫的説一遍。有兩個人來喫酒,他説:"我一個是宋江,一個是魯智深。"老漢便道:"正是梁山上太僕,我無甚孝順,我則一個一十八歲女孩兒,是滿堂嬌,着他出來拜見太僕,與太僕遞一杯酒,也是老漢的心腸。"我叫出我那女兒來,與那宋江和魯智深遞了三杯酒。那宋江也替我遞了三鍾酒,他把那紅褡膊揣在我懷裡。那魯智深説:"這三鍾酒是肯酒,這紅褡膊是紅定,俺宋江哥哥山上百件都有,單少一個壓寨夫人。你將這一十八歲的滿堂嬌女孩兒,與俺宋江哥哥做個壓寨夫人罷。則今日好日辰,俺兩個便上梁山去也,三日之後送你滿堂嬌孩兒來家。"他兩個説罷,就領將孩兒去了。老漢偌大年紀,眼睛一對,臂膊一雙,則覷着我那女孩兒,他平白地把我的孩兒搶將去了。哥哥,我怎麽不煩惱?(末)有甚麽顯証?(王林)有紅絹褡膊,便是顯証。(末)我待不信來,那個士大夫有這箇東西? 老王林,你做下一瓮好酒,宰下一箇好牛犢兒,三日之後我把着手兒,掇掇的送將你那女孩兒來。你意下如何?(王林)哥哥,你若送將我那女孩兒來家,老漢殺身報答哥哥。

【尾聲】(末)我着你目下見仇人,不要你口似無梁斗。一句句言如劈竹,宋江㖸,喒兩個一度可喜兩度醜,誓今番潑水難收,到那里問箇緣由,你可休信口胡謅,則要你肚囊裡揣着狀本熱,不要你將没來作有,則要你來依前來依舊。①

俺那宋公明,三十六大夥,七十二小夥,半垓來小僂儸,圍着這山寨,你若到的那里,若是叫將你出來,你可休不出來。(王林)老

---

① 【眉批】數語囑付王林,又見黑廝細膩處。

漢若不見他，萬事罷論；我若見了，認的他兩箇，我恨不的咬掉他一塊肉，怎麽説不出來？（末）老王林也，兀的不是俺宋江哥哥來？（王林慌顧科）（末）没也，老兒，鬬你耍哩。

你可休番做了蠟鎗頭！

（下）（王林）哥哥去了，我也收拾了鋪面。滿堂嬌孩兒，則被你痛殺我也！（下）

第二折

（宋江同吴學究、魯智深上）（宋江云）旗幟無非人血染，燈油盡是腦漿熬。鴉嗛人肉扎煞尾，狗咽骷髏抖搜毛①。某乃宋江是也。因清明節令，放衆頭領下山踏青賞玩去了。今日三日光景也，在那聚義堂上，三通鼓罷，都要來全。小嘍儸，寨門首覷者，看是那一個先來。（卒子）理會得。

（末上云）自家山兒的便是。將着紅定，見宋江走一遭去。

【正宫】【端正好】抖搜着黑精神，扎煞開黄髭髩，則今番不許收拾，我這里磨拳擦掌，行行里按不住莽撞心頭氣②。

【滚綉毬】宋江唻你可也甚所爲，甚道理，主着何意？自從見日月交食，可不道他是誰我是誰，俺兩個半生來豈有箇言氣？我是箇好鬬智比喻棋勢，不争幾句閒言語，我則怕枉惡了多年舊面皮，兀自猜疑。

小嘍儸，報復去，道有山兒來了也。（卒子）喏，山兒來了也。（宋江）着他過來。（卒子）着過去。（見科）（末）學究哥，喏！哥也，帽兒光光，今日做個新郎；袖兒窄窄，今日做個嬌客。俺宋公明在那里？請出來拜俺兩拜，俺有些碎金銀與嫂嫂做拜見錢。（宋江）這厮無禮也！與學究哥哥施禮，不與我施禮。這厮來迷言迷語的，有甚麽説話？

【倘秀才】（末）哎，你個刎頸的知交慶喜，

---

① 【眉批】嗛、啣同；咽，坤上聲。

② 【眉批】髩，音利。

(宋江)慶甚麽喜?(末)

則你那壓寨的夫人在那里?

(指魯智深云)

打乾浄毬兒,

秃驢,敢扎你那眼,

不道的走了你。

(宋江)怎麽,智深兄弟,也有你那!(末)

强打睁硬支持,要見個到底。

(宋江)山兒,你下山在那里喫酒?想必有人説我些甚麽?你對着學究哥哥跟前説的個明白。

【滚綉毬】(末)俺哥哥要娶妻,這秃厮能做媒。

(宋江)智深兄弟,説你做什麽媒來?(魯智深)這厮跟着哥哥,在馬前馬後,恰似捋不殺蒼蠅也似的,支支的知他説甚麽哩?(末)

元來個梁山泊有天無日,

(做拔斧斫旗科)

就恨不斫倒這一面黄旗①。

(衆做奪斧科)(宋江)你這厮有甚麽事,也不查個明白,擅自斫倒我杏黄旗,是何道理?(學究)山兒,你也忒口快心直哩!(末)

你道我忒口快忒心直,還待要獻勤買力。

(喊科)衆兄弟每都來。(宋江)都來做甚麽?(末)

則今日做一個會六親慶喜的筵席。

(宋江)做甚麽筵席?(末)

走不了你個撮合山和尚唐三藏,更和這新女壻郎君。哎!你個柳盗跖,看那個便宜?

(宋江)山兒,你下山在那里喫酒,遇着甚麽人,想必説我些甚麽?你從頭兒説,則要説得明白。

【倘秀才】(末)不争你搶了他花朵般青春艷質,這其間哭殺那杏橋店白頭老的。

---

① 【眉批】數語依吴興改本。

(宋江)這事其中暗昧。(末)

冤屈事誰人與他做主意,每日家淚悲啼。宋江俫,他其實怨你。

(宋江)我山兒,元來是老王林的女孩兒,説我奪將來了。休道不是我,便是我拿將來,那老子可是喜歡也煩惱?你説我試聽。

【叨叨令】(末)那老兒一會家哭啼啼,在那野店上①,

覷着山寨,宋江哥,好恨也,

他這般乞張屈勢的立,那老兒一會家便慢騰騰在那柴門外,

我那滿堂嬌兒也!

他這般乞留曲律的氣。

(宋江)他怎生煩惱那?(末)

他一會家便悶騰騰在那酒甕邊,

那老兒拿起瓢來,揭開蒲敦,舀一瓢酒來支支的嗾了,丢了瓢泠酒兒後,

便氣的來迷留没亂的醉,醉了也,他托着一片席頭放在土坑上,

出的門來看一看,又不見來了滿堂嬌兒也,

他這般壹留兀淥的睡,似這般過不的也麼哥,似這般過不的也麼哥。

(宋江)這廝怎的?(末)

他道俺這梁山泊水不甜人不義!

(宋江)學究兄弟,想必有那依艸附木的,冒俺這個名姓做這勾當的。只是山兒,你可也有甚顯証?(末)有、有、有!這紅褡膊不是顯証?(宋江)山兒,我今日和你打箇賭賽:若是我拿將他女孩兒來,輸我這六陽會首;若不是我,你輸些甚麼?(末)哥,你賭頭?罷,罷,罷,您兄弟擺一席酒。(宋江)道好了你也不要,要配上我的者。(末)罷,罷!哥也,若不是你,我情願納這夥牛頭。(宋江)立了軍狀,學究哥哥收着。(末)難道花和尚就饒了他?(魯智深)我這光頭,不賭他罷,省的你叫不利市。(做立軍狀科)

【一煞】(末)則爲你兩頭白麵搬興廢,一面詞兒説是非。這廝便狗行狼心虎頭蛇尾,不是我節外生枝囊裡盛錐,誰着你奪人愛女逞己風

---

① 【眉批】畫出老王林景像,又繪出李山兒口角,此絶妙丹青手也。

流,剗地胡爲,怪不的我傍光水氣平地上起孤堆。

(宋江)若不是我呵,我不道的饒了你哩。

【**黄鍾尾**】(末)那怕你指天畫地能瞞鬼,步線行針待哄誰?又不是不精細,又不是不伶俐。

(宋江)就下山去。(末)

下山寨到那里,認的真覷的實,可便割你頭塞你嘴。

(宋江)這廝敢這等無禮!(末)

非山兒,敢無禮,既賭賽怎翻悔?我對着這三十六英雄,我可便説得知。

衆兄弟每,都來聽着!(宋江)你着他聽什麽?(末)俺如今和宋江、魯智深,同到那杏花莊上,只等那老王林道出一箇"是"字兒,你那做媒的花和尚休要怪我,一斧分開兩個瓢,誰着你拐了一十八歲滿堂嬌?單把宋江一箇留將下,待我親手伏侍哥哥這一遭。(宋江)你怎生伏侍我?(末)我伏侍你,我伏侍你,一隻手揪住衣領,一隻手撘住腰帶,滴留撲摔箇"一"字,闊脚板踏住胸脯,舉起我那板斧來,覷着脖子上可叉,

便跳出你那七代先靈,也將我來勸不得。

(同下)

第三折

(老王林哭上。云)①我那滿堂嬌兒也!則被你想殺我也!老漢王林被那兩個賊漢將我那女孩兒搶將去了,今日又是三日也。昨日有那李逵哥哥,去梁山上尋那宋江、魯智深,要來對証這一樁事哩。老漢如今收拾下些茶飯,等候則箇。(做哭科)我那滿堂嬌兒!説道今日第三日送他來家,不知來也是不來?則被你想殺我也!

---

① 【眉批】三折、四折,曲白多依吴興本增改,并前二折亦偶有同異,不及盡標出。

(宋江同智深、正末上)(宋江云)智深兄弟,喒行動些,你看那山兒,俺在頭裡走,他可在後面;俺在後面走,他可在前面。敢怕我兩個逃走了那!(末)你也等我一等波,聽見到丈人家去,你好喜歡也!(宋江)智深兄弟,你看他那廝,迷言迷語的!到那里認的不是,山兒,我不道的饒了你哩!

【商調】【集賢賓】(末)過的這翠巍巍一帶山崖脚,遥望見滴溜溜的酒旗招。想悲歡不同昨夜,論真假只在今朝。

花和尚,你也小脚兒?這般走不動,多則是做媒的心虚不敢走哩!(魯智深)你看這廝!(末)

魯智深似窟裡拔蛇①,

宋公明你也行動些兒,你只是拐了人家女孩兒,害羞也不敢走哩!(宋江)你看他波!(末)

宋公明似氈上拖毛,則俺那周窮姬,你可甚麽王子喬,玉人在何處吹簫,我不合蹬翻了鶯燕友,拆散了這鳳鸞交。

我今日同你兩個來這杏花莊上呵,

【逍遥樂】倒做了逢山開道。

(魯智深)山兒,我還要你遇水搭橋哩!(末)

你休得順水推船,偏不許我過河拆橋,

(宋江做前走科)(末)

當不的他納胯挪腰。

(宋江)山兒,你不記得上山時認俺做哥哥,也曾有八拜之交哩!(末)

哥也,你只説在先時有八拜之交,元來是花木瓜兒外看好,不由咱不回頭兒暗笑。待和你争甚麽頭角,辯甚的衷腸,惜甚的皮毛?

這是老王林門首。哥也,你莫言語,等我去唤門。(宋江)我知道。(末叫門科)老王,老王,開門來。(老王做打盹)(末又叫科)老王開門來,我將你那女孩兒送來了也!(王林做驚醒科)真箇來了?我開開這門!(做抱末科)我那滿堂嬌兒也!呸,元來不是!

---

① 【眉批】畫出疑景。

【醋葫蘆】(末)這老兒外名喚做半槽,就裡帶着一杓,是則是去了你那一十八歲這個滿堂嬌,更做你家年紀老。

俺叫了兩三聲不開門,第三聲道"送將你那滿堂嬌女孩兒來了",他開開門,摟着俺那黑膊子,叫道"我那滿堂嬌兒也"。

老兒也似這般煩惱的無顛無倒,越惹得揉眵抹淚哭嚎咷①。

哥也,進家裡來坐着。(宋江、魯智深做入坐科)(末)他是一個老人家,你可休諕他。我如今着他認你也。老王,你過去認波。(王林)老漢正要認他哩。(宋江)兀那老子,你近前來。我就是宋江,我與你説,那個奪將你那女孩兒去,則要你認的是者,我與山兒賭着六陽會首哩。(末)老王,你認去,可正是他麽?(王林做認科)不是他,不是他!(宋江)可如何?(末)哥也,你等他好好認咱,怎麽先睁着眼嚇他這一嚇,他還敢認你那?兀的老王,只爲你那女孩兒,俺弟兄兩個賭着頭哩。老王,兀那個不是你那女壻,拐了滿堂嬌孩兒的宋江?(王林做再認,摇頭科)不是,不是!(宋江)可何如?

【幺】②(末)你則合低頭就坐來,誰着你掙睛先去瞧,則你個宋公明威勢怎生豪,剛一瞅蚤將他魂靈嚇掉了。這便是你替天行道,則俺那無情板斧肯擔饒?

老王你來,兀那秃厮便是做媒的魯智深,你再去認咱。(魯智深)你快認來。(王林做再認科)不是,不是!那兩個一個是青眼兒長子,如今這個是黑矮的;那一個是稀頭髮臘梨,如今這個是剃頭髮的和尚。不是,不是!(魯智深)山兒,我可是哩?(末)你這秃厮,由他自認,你先幺喝一聲怎麽?

【幺】誰不知你是鎮關西魯智深,離五臺山纔落艸,便在黑影中摸索也應着,只被你爆雷似一聲先諕倒,那呆老子怕不知名號?

適纔間他也待認來,

只見他摇頭側腦費量度。

---

① 【眉批】眵,抽支切。

② 【眉批】二枝元本所无,係吴興本增入。

(宋江)既然認的不是,智深兄弟,我們先回山去,等鐵牛自來支對。(末)老王,我的兒,你再認去。(王林)哥,我説不是他,就不是他了,教我再認怎的?(末做打王林科)(王林)可憐見打殺老漢也!

【後庭花】(末)打這老子没肚皮攬瀉藥,偏不的我敦葫蘆摔馬杓。

(宋江)小僂儸將馬來,俺與魯家兄弟先回去也。(末)你道是弟兄每將馬來,先回山寨上去。我道哥也,你再坐一坐,等那老子再細認波。

哥哥道鞴馬來還山寨,

哎,哥也,羞的您兄弟,

恰便似牽驢上板橋,惱的我怒難消。踹匾了盛漿鐵落,轆轤上截井索,芭棚下瀽了副槽,擲碎了舀酒瓢,砍折了切菜刀。

【雙鴈兒】就恨不一把火刮刮撈撈燒了你這舺團瓢①,將人來險中倒。氣得咱一似那鯽魚跳,可不道家有老敬老,家有小敬小。

(宋江)智深兄弟,咎和你回山寨去。堪笑山兒忒慕古,無事空將頭共賭。蚤蚤回來山寨中,舒出脖子受板斧。(同魯智深下)(末做歎科)嗨,這的是山兒不是了也!

【浪裏來煞】方信道人心未易知,燈臺不自照,從今後開眼見箇低高,没來由共哥哥賭賽着,使不的三家來便斷靠,則這三寸舌是俺斬身刀。

(下)(王林)李逵哥哥去了也。他今日果然領將兩個人來,着我認道是也不是。元來一個是真宋江,一個是真魯智深,都不是拐我女孩兒的。不知被那兩個天殺的拐了我滿堂嬌兒去,則被你想殺我也!

(宋剛做打嚏,同魯智恩、旦兒上。云)打嚏耳朵熱,一定有人説。可蚤來到杏花莊也。我那太山在那里,我每原許三日之後送你女孩兒回家,如今來了也。(王林做相見,抱旦哭科)我那滿堂嬌兒也!(宋剛)太山,我可不説謊,准准三日送你令愛還家。(王

---

① 【眉批】怒景少不得。

林)多謝太僕擡舉,老漢只是家寒,急切裡不曾備得喜酒,且到我女兒房裡喫一杯淡酒去,待明日宰個小小雞兒請你。(魯智恩)老王,我那山寨上有的是羊酒,我教小僂儸趕二三十箇肥羊,擡四五十擔好酒送你。(王林)多謝太僕,只是老漢没的謝媒紅送你,惶恐殺人也。(宋剛)俺們且到夫人房裏去喫酒來。(下)(王林)這兩個賊漢,元來不是梁山泊上頭領。他拐了我女孩兒,左右弄做破罐子倒也罷了,只可惜那李逵哥哥,一片好心,賭着頭來,這須不是要處。我如今將酒冷一碗、熱一碗,勸那兩個賊漢喫的爛醉,到晚間等他睡了,我悄悄驀上梁山,報與宋公明知道,搭救李逵,有何不可?做甚麽老王林夜走梁山道,也則爲李山兒恩義須當報。但愁他一湧性殺了假宋江,連累我滿堂嬌要帶前夫孝。(下)

第四折

(宋江同吴學究、魯智深領卒子上。云)某乃宋江是也。學究兄弟,叵耐李山兒無禮,我和他打下賭賽,到那里果然認的不是,我與魯家兄弟先回來了,只等山兒來時便當斬首。小僂儸,踏着山岡望者,這蚤晚山兒敢待來也。

(末做負荆上。云)黑旋風,你好是没來由,也爲着别人輸了自己。我今日無計所奈,砍了這一束荆杖,負在背上,回山寨見俺公明哥哥去也呵。

【雙調】【新水令】這一場煩惱可也逩人來,没來由共哥哥賭賽。袒下我這紅納襖,跌綻我這舊皮鞋,心下量猜,

到山寨上哥哥不打則要頭,

怎發付脖項上這一塊。

【駐馬聽】有心待不顧形骸,

這碧湛湛石崖,不得底的深澗,我待跳下去,休説一箇,便是十個黑旋風,也不見了。

兩三番自投碧湛崖敬臨山寨,行一步如上嚇魂臺,我死後墓頂頭誰定

遠鄉牌，靈位邊誰咒生天界，怎擘劃但得箇完全屍首便是十分采。

【攪箏琶】我來到轅門外，見小校鴈行排。①

往常時我來呵，

他這般退後趨前，

怎麽今日的，

他將我佯呆不採？

(做偷瞧科)哦，元來是俺宋公明哥哥和衆兄弟都升堂了也。

他對着那有期會的衆英才，一個個穩坐擡頦，我説的明白，道莽撞的廉頗請罪來，死也應該。

(見科)(宋江)山兒，你來了也，你背着甚麽哩？(末)哥哥，您兄弟山澗直下砍了一束荆杖，告哥哥打幾下。您兄弟一時間没見識，做這等的事來。

【沉醉東風】呼保義哥哥見責②，我李山兒情願餐柴。第一來看着咱兄弟情，第二來少欠他膿血債，休道您兄弟不伏燒埋，由你便直打到梨花月上來，若不打這頑皮不改。

(宋江)我元與你賭頭，不曾賭打。小僂儸，將李山兒揣下聚義堂，斬首報來。(末)學究哥，你勸一勸兒，智深哥，你也勸一勸兒。(學究同魯智深勸科)(宋江)這是軍狀，我不打他，則要他那顆頭。(末)哥，你道甚麽哩？(宋江)我不打你，則要你那顆頭。(末)哥哥，你真個不肯打？打一下是一下疼，那殺的只是一刀，倒不疼哩。(宋江)我不打你。(末)不打？謝了哥哥也！③(做走科)(宋江)你走那里去？(末)哥哥道是不打我。(宋江)我和你打賭賽，我則要你那六陽會首。(末)罷、罷、罷！他殺不如自殺，借哥哥劍來，待我自刎而亡。(宋江)也罷！小僂儸，將劍來遞與他。(末做接劍科)這劍可不元是我的？想當日跟着哥哥打圍獵射，在那官道傍邊，衆人都看見一條大蟒蛇攔路，我走到跟

---

① 【眉批】景像亦真。

② 【眉批】口氣極似。

③ 【眉批】又寫出天趣。

前並無蟒蛇,可是一口太阿寶劍。我得了這劍,獻與俺哥哥懸帶,數日前我曾聽得支楞楞的劍响,想殺别人,不想道殺害自己也!

【步步嬌】則聽得支楞楞寶劍聲鳴,使我心驚駭。

好劍也!

可端的利水吹毛快,似這般好器械,一柞①來銅錢,恰便似砍麻稭。

(宋江)山兒,你説誰是?(末)

自駡山兒潑無才,

想着你兄弟,十年故友,舊日恩情,今都罷了,

則蚤砍取我半壁天靈蓋。

(王林衝上。叫云)刀下留人!告太僕:那個賊漢送將我那女孩兒來了,我將他兩個灌醉在家裡,一徑的來報知太僕,與老漢做主咱!(宋江)山兒,我如今放你去,若拿得這兩個棍徒,將功折罪;若拿不得,二罪俱罰。你敢去麽?(末做笑科)這是揉着我山兒的痒處,管教他甕中捉鱉,手到拿來。(學究)雖然如此,他有兩副鞍馬,你一個如何拿的他住?萬一被他走了,可不輸了我梁山泊上的氣槩?魯家兄弟,你幫山兒同走一遭。(魯智深)那山兒開口便駡我秃厮會做媒,兩次三番要那王林認我,是甚主意?他如今有本事自去拿那兩個,我魯智深決不幫他。(學究)你只看"聚義"兩個字,不要因這小忿壞了大體面。(宋江)這也説的是。智深兄弟,你就同他去拿那兩個頂名冒姓的賊漢來。(魯智深)既是哥哥分付,您兄弟敢不同去?(同下)

(宋剛、魯智恩上。云)好酒,俺們昨夜都醉了也。今蚤日高三丈,還不見太山出來,敢是也醉倒了?

(正末同魯智深、王林上。云)賊漢,你太山不在這裏!(做見就打科)(宋剛)兀那大漢,你也通個名姓,怎麽動手便打?(末)你要問俺名姓,若説出來,直諕的你尿流屁滾。我就是梁山泊上黑爹爹李逵,這個哥哥是真正花和尚魯智深。(做打科)

① 【眉批】柞,音詐。

【喬牌兒】①你頂着鬼名兒會使乖，到今日當天敗。誰許這滿堂嬌壓你那鶯花寨，也不是我黑爹爹忒性歹。

(宋剛)這是真命强盗，我們打他不過，走、走、走！(做走科)(末)這廝走那里去？(做追上，再打科)

【殿前歡】我打你這喫敲材，直着你皮殘骨斷肉都開，那怕你會飛騰就透出青霄外，蚤則是手到拿來。你、你、你好一個魯智深不喫齋，好一個呼保義能貪色，如今去親身對証休嗔怪，須不是我倚强凌弱，還是你自攬禍招灾。

(做拿住二賊科)(末)這賊蚤拿住了也！(王林同旦兒做拜科)(魯智深)兀那老頭兒不要拜，明日你同女兒到山寨來，拜謝宋頭領便了。(同末押賊下)(王林)他們拿這兩個賊漢去了也，今日纔出的俺那一口臭氣。我兒，等待明日牽羊擔酒，親上梁山去拜謝宋江頭領走一遭。(旦兒做打戰科)(王林)我兒不要苦，這樣賊漢有甚麽好處？等我慢慢的揀一個好的嫁他便了。(同下)

(宋江同吴學究領卒子上。云)學究兄弟，怎生李山兒同魯智深到杏花庄去了許久，還不見來？俺山上該差人接應他麽？(學究)這兩個賊子到的那里？不必差人接應，只蚤晚敢待來也。(卒子做報科)喏，報的哥哥得知，兩位頭領得勝回來了也。

(末同魯智深押二賊上。云)那兩個賊漢擒拿在此，請哥哥發落。(宋江)好宋江，好魯智深！你怎麽假名冒姓，壞我家的名目？小僂儸，將他綁在那花標樹上，取這兩副心肝，與咱配酒。梟他首級，懸挂通衢警衆。(卒子)理會的。(拿二賊下)

【離亭宴煞】(末)蓼兒洼裡鶯花寨，花標樹下肥羊宰，酒盡呵拚當再買，涎鄧鄧眼睛剜，滴屑屑手脚卸，磣可可心肝摘，餓虎口中將脆骨奪，驪龍頷下把明珠握，生擒他一場利害。②

智深哥哥，

我也則要洗清你這强打掙的執柯人，

---

① 【眉批】此二枝亦係吴興本增入。

② 【眉批】收場亦出吴興改本，妙甚。

公明哥哥,

出脱你這乾風情的畫眉客。①

(宋江)今日就聚義堂上設下賞功筵席,與李山兒、魯智深慶喜者。宋公明行道替天,衆英雄聚義林泉。李山兒拔刀相助,老王林父子團圓。(同下)

① 【眉批】磣,初錦切。㨪,歪上聲。

大婦小妻還牢末(脈望館本)

【劇目簡介】

雜劇,或爲元代李致遠①作。《太和正音譜》《元曲選目》《也是園書目》《曲海目》《今樂考證》《曲録》《曲海總目提要》等多有著録,現存脈望館鈔校本、《元曲選》本、《古名家雜劇》本。小説《水滸傳》中無類似劇情。

"脈望館鈔校本古今雜劇"本,標題爲"大妻小婦還牢末",題目作"烟花則説他人過,僧住賽娘遭折挫",正名作"山兒李逵大報恩,鎮山孔目還牢末",在首頁標題下方注"别作馬致遠,非也,依《太和正音》作無名氏"。未分折,每頁十一行,每行約二十四字。

劇演宋江派李逵下梁山,到東平府招納劉唐、史進入伙,誰知李逵却因路見不平失手殺人,被拘拿至官衙。孔目李榮祖助李逵將罪情減輕,李逵逃脱後至李家説明真相,并留下金環以表謝意。李榮祖的小妾蕭娥得知此事,與奸夫趙令史合謀,以金環爲證,舉發李榮祖私通梁山。李榮祖被捉入獄,其妻一氣身亡,兒女孤苦無依。劉唐因前日與李榮祖因事生隙,并受蕭娥賄賂,欲加害李榮祖。他將李榮祖拖出獄外,誰知李榮祖未死,復被他捉回。此時阮小五持書挾金來招劉唐、史進,并遇李逵,衆人共同救出李榮祖,并擒奸夫、淫婦,同歸山寨。

(冲末宋江領卒子上。云)幼年鄆城爲小吏,因殺娼人遭迭配。姓宋名江字公明,綽號"順天呼保義"。某宋江是也,山東鄆城縣

① 或云無名氏作,亦有記爲馬致遠者。

人。幼年爲把筆司吏,因帶酒殺了娼妓閻婆惜,迭配江州牢城。路打梁山泊所過,有我結義哥哥晁蓋,知我平日度量寬洪,但有不得已的英雄好漢,見了我,便助他些錢物,因此天下人都叫我做“及時雨”宋公明。今晁蓋哥哥并衆弟兄讓我坐第二把交椅。哥哥三打祝家莊身亡之後,衆弟兄讓我爲頭領。今東平府有二人,乃是劉唐、史進,此二人好生英勇,他二人有心待要上梁山泊來,争柰不曾差人招安去。我今差山兒李逵下山,去請劉唐、史進走一遭去。小校,説與山兒李逵,着他小心在意,疾去早來。囑付你兩次三番,休悮限便索回還。招安了劉唐、史進,一齊的同上梁山。(下)

(扮官人引張千上。云)寒蛩秋夜忙催織,戴勝春歸苦勸畊。人若無心治家國,不如虫鳥是何情。小官姓尹名亨,字伯通。幼年進士及第,累蒙擢用,今陞東平府府尹之職。今日陞廳,坐起早衙。張千,説與六房吏典,有該僉押的文案,將來小官發落。

(正末扮李榮祖同史進上。云)小生東平府人氏,姓李名榮祖。幼年頗看詩書,今在東平府做着箇把筆六案都孔目。這箇兄弟是史進,在這衙門中爲五衙都首領。兄弟,今日相公坐起早衙,有合稟的事務,須索見相公走一遭去。(正末見官施礼科)(官云)李孔目,有該僉押的文案將來僉押。(正末云)這一宗文卷,是李得見箇年紀小的打那年紀老①的,路見不平,打死了年紀小的。大人,這件也則是誤傷人命,則等大人發落。(官云)將那李得拿上來。(正末云)史進,與我拿上廳來。(史云)拿將李得來者。

(邦老扮李得上。云)岩前虎瘦雄心在,男子身貧志未貧。某李得是也。這里也無人,某乃山兒李逵的便是,奉宋江哥哥的將令差我下山,來請劉唐、史進上梁山泊。我更改了名字爲李得,不想打街市所過,見一箇年紀小的打那年紀老的,我心中不忿,將那年紀小的搬過來只一拳,誰想拳頭上没眼,把他打死了。被巡

① 底本無“老”字,據上下文補。

捕官軍將我拿住，解在東平府内。今日大人要結断，怎生是好？(做見科)(正末云)李得，你來了也。(邦云)孔目哥哥，怎生可怜見！(正末云)李得，你本是致傷人命。我心裡見你英雄好漢，我好歹要救你，你心下如何？(邦云)哥哥若救了小人一命，生死難忘。(正末云)如今相公若問你呵，你番了案者，改做誤傷人命，不該死罪，你則依着我者。(邦云)多謝了哥哥。(史云)兀那李得，你依着孔目哥哥的言語，要救你性命里。(邦云)若是救了小人的性命，我今生今世報答不的你，我轉生來世，做驢做馬報答孔目哥哥。(邦見官，跪科)(官云)這箇便是李得？(正末云)這箇便是。(官云)兀那李得，你怎生打死人來，説你那根因。(邦云)大人可怜見！小人見長街市上一箇年紀小的打那年紀老的，小人路見不平，搬過那小的來，則一拳打死了那年紀小的。素無讎隙，誤傷其命，望大人可怜超生。(官云)這正是誤傷人命。免他一死，杖脊大①十，迭配沙門島去。(正末云)去了他那枷，杖断八十者。(張千行杖科。云)六十、七十、八十。(官云)便差箇快走的解子，解赴沙門島去。(張千云)理會的。(邦云)我出的這門來，多虧了孔目哥哥救了我性命！哥哥，孔目姓甚麽？那里居住？(張千云)他是李榮祖，在這大街街東里居住。(邦云)小人知道了。我出的這門來，嗨，李逵也，你好嵈也！若不是孔目哥哥救了我這性命呵，可怎生了的？我如今先到李孔目哥哥門首等候着，此恩必當重報也。正是虎着重箭難展爪，魚遭鐵网怎番身。運去遭逢無義漢，放心時來答報有恩人。(下)(官云)李孔目，再有甚麽文案，將來我看。(正末云)這一宗文卷，是衙門中五衙都首領劉唐，悮了一箇月假限。(官云)張千，與我拿過劉唐來者。(張千云)領鈞旨。

(劉唐上。云)自家劉唐的便是。悮了一月限期，大人呼唤，須索見去咱。(正末云)劉唐，你來了也。見大人去。(劉云)哥哥，怎生大人跟前方便劉唐咱？(正末云)你悮了一箇月假限，則怕大

---

① 應爲"八"。

人怪你,一時間分説不過,你休怪我。張千,拿見大人去。(劉唐見,跪科)(官云)那劉唐,你怎生悮了一箇月限期?(劉云)小人則俱①了二十日假限。(官云)李孔目,他悮了多少時假限?(正末云)有他假帖在此。大人看咱。(官看帖科。云)假帖上悮了一箇月限,這厮説謊。(劉云)大人,路途交遠,風雨阻隔,因此上悮了假限,大人可怜見!(官云)李孔目,劉唐説風雨阻隔,路途交遠悮限,你心下恁麽説?(正末云)小人不敢張主,任大人决断。(官云)休説他誤了假限,論説謊也該打四十。張千,拿下去杖脊四十!(張千打科。云)一十、二十、三十、四十。(官云)張千,搶出這厮去!(劉唐出門科。云)哎喲,打了我這一頓!大人有心要饒我,李孔目不肯説箇方便。你度我爲冤,我麽②你爲讎。你便是廳上的孔目。我便是泥對窄襪走隸公人?李孔目,你當踏着吉地行里。有朝一日,文卷有些差池,大人見怪,拿下孔目,嗒兩箇休軸頭厮抹着!冤讎若不分明報,枉作堂堂大丈夫。(下)(官云)李孔目,再有甚麽文卷?(正末云)别無文卷。(官云)既無文卷,張千,牽馬來,小官回家去也。(下)(正末云)史進兄弟,衙門中無甚事,今日是你嫂嫂生辰之日,我回家去與他遞一盃壽酒去來。(同下)

(正末同正旦、外旦、倈兒上)(正末云)小生李榮祖,見爲東平府都孔目。嫡親的五口兒家屬,大嫂趙氏,二嫂蕭娥,他原是箇中人,我替他礼案上除了名字,棄賤從良,就嫁了我爲妻;這孩兒叫做僧住,女兒叫做賽娘。今日是大嫂生辰之日。小的每,安排酒來,我與大嫂遞一杯酒者。(做把盞科。云)大嫂,飲一杯壽酒,家私裡外多虧了你。(大旦云)孔目,官府上下多生受你。孔目先飲。(正末云)大嫂請。(大旦做飲酒科)(正末云)二嫂也飲一杯。家中前後看管多住受你。(外旦背云)一般都是夫妻,如何“也飲一盃”!(向孔目云)孔目,早起晚息,衙門中用心。(外旦

① 應爲“悮”。

② 應爲“度”。

飲科)(正末云)慢慢的飲酒,看有甚麼人來。

(邦上。云)某行不更名,坐不改姓,自家是宋江手下第十三箇頭領,山兒李逵便是。宋江哥哥的將令差我下山來請劉唐、史進。誰想拳頭上没眼,拔刀相助打死了平人,被巡軍拿送東平府,本該抵命。若不是孔目哥哥救了我呵,那得山兒這性命來?我如今到他家申①,拜謝孔目走一遭去。問人來,這箇門兒便是。孔目哥哥在家麼?(正末云)是誰喚門里?僧住開門去。(俫做開門科。云)我開開這門,你是甚人?(邦云)小大哥,這里敢是李孔目宅上麼?(俫云)這里便是。(邦云)小哥,報伏去,有一朋友來拜望。(俫報云)父親,有一位朋友在門首。(正末云)道有請。(俫云)有請。(邦進,見科)(正末云)呀,呀,我道是誰?原來是李得!你來怎麼?(邦云)孔目哥哥,李得是該死之人,多虧哥哥救了性命,杖了八十,特來拜謝哥哥。(正末云)你也姓李,我也姓李,道不的一般樹上兩般花,五百年前是一家。你多大年紀了?(邦云)小人二十五歲也。(正末云)我三十歲也。不是我要便益,我有心待認你做箇兄弟,作②意下如何?(邦云)哥哥,您兄弟願隨驢把馬也。(正末云)兄弟,你表德喚做甚麼?(邦云)您兄弟不是歹人,我不是李得。(正末云)你不是李得,可是誰?(邦云)您兄弟是梁山泊宋江手下第十三箇頭領,則我便是山兒李逵。(外旦背聽科。云)嗨,原來李孔目結交梁山泊强盜!我聽者,看他再説甚麼。(正末背云)嗨,原來是梁山泊好漢!我待番悔來,則怕兄弟心中不穩實,到如今也,兄弟,我無甚麼相送。大嫂,將你那一隻金釵與兄弟權爲路費。(做與釵科)(邦云)量你兄弟有何德能,受哥哥路費,恩義難忘也。(正末云)兄弟,拜義如親,礼輕義重,權爲一信,笑納爲幸。(邦云)多謝了哥哥。兄弟無物回答,這一對匾金環與哥哥權爲謝礼。(正末云)兄弟,我不要,你拿去做盤纏。(邦背云)哥哥是不要,則除是這般。

① 應爲"中"。
② 應爲"你"。

（云）則今日辭別了哥哥，便索回去也。（正末云）兄弟也，慢去，慢去。（邦云）我出的這門來，哥哥，你放心，後日有事，必當重報。請史進離了梁山，李孔目又賜盤纏。若劉唐歸於山寨，我暗留下一對金環。（下）（王①末云）僧住，關上門去。（倈云）我關上門去。（做見環科。云）地下一對環子，我拾將起來，與俺爹爹看去。（做見正末科。云）爹爹，我纔關門去，拾得一對金環。爹爹試看咱。（正末云）將來我看。（做看科）（正末云）嗨，誰想李逵見我不受這匾金環，故意丢下去了。僧住，你將着這環子，不論前街後巷，尋着交與他去。（倈云）理會的。我出的這門來，我可往那里赶那人去？（外旦云）僧住，你手里拿的甚麽物件？（倈云）姨娘，恰纔俺爹爹認義的那人，弔下一雙匾金環子，交我赶上送與他去。（外旦云）僧住，將來我與你爹爹説去。（做見正末科。云）孔目也，你好没正經，小孩子家拿着金環子那里赶那人去？僧住説赶不上，回家來了。（正末云）我欲待再着他赶去，兄弟去遠了。二嫂，你且收着這金環，待他來時，交付與他。（外旦云）理會的。（正末見正旦。云）大嫂，我在衙門中断了一樁事：李得打死平人，我救了性命，杖了八十，他無甚麽謝我，將着一雙匾金環子與我。他見我不受，丢下去了。我交僧住赶他不上，拿回來了。（外旦云）我在這窗外，聽他兩口兒再説甚麽？（大旦云）那匾金環在那里？（正末云）遞與二嫂收了。（大旦云）他到俺家幾日光景，怎生與他收着？孔目也，你尋思咱，你取回來者。（正末云）若取回來，不生分了他心？過幾日慢慢取來。（正旦云）孔目你説的是。（正末云）婦人家，那里知道呢？（唱）

【賞花時】請俸衙中案牘勤，無事街頭飲數巡，與妻子作生辰，更和箇相識的認親，他可便得脱離來報俺大恩人。

（同下）

（外旦上。云）兩行詩酒客，烟花伏子頭。妾身蕭娥，在此處做着箇上廳行首，爲當還不過官身，我納了官衫帔子，礼案上除了名

① 應爲“正”。

字，脱賤爲良，嫁了李孔目，做第二箇渾家。我這舊性子不改，這府衙里有箇典吏姓趙，我瞞着孔目和他暗暗的來往。我着人叫他去了，這早晚还不見來。

(净扮趙令史上。云)官人倩①似水，典吏白似麵。水麵打一和，糊塗做一片。自家姓趙，在這東平府做箇典吏。有這李孔目第二箇渾家蕭娥，他是箇中人，他原舊和我作伴。他今日又着人來唤我，須索走一遭去。可早來到也。(做咳嗽科)(外旦見科。云)趙先生，你來了也，進來家里坐。(净云)李孔目在家麼？(外旦云)孔目往衙門中去了。(净云)今日叫我來你家做甚麼？(外旦云)這里也無人，我有一件小事，請你來，喒兩箇計議。(净云)二嫂有甚麼事，説來我替你分解。(外旦云)令史别無甚事，近日李孔目衙門中断了一件事，説是一人打死了平人，本該抵命，孔目救了他性命，杖了八十。那人來相謝，孔目就認他做兄弟，與了他一隻短金釵做盤纏，那人回奉了一雙匾金環子。(净云)一嫂②，何水無魚？何官無私？孔目既然救了他性命，那人怎得不來相謝？(外旦云)令史，我聽的那人説來，他是梁山泊好漢宋江手下第十三箇頭領山兒李逵便是。(净云)原來孔目結交賊人！二嫂，你記的説，拿賊要臓，拿奸要雙。如今那匾金環子在誰人收着？(外旦云)李孔目交與我收着里。(净云)將來我看咱。(外旦出環科。云)令史，你看咱。(净云)好一雙匾金環，可不是梁山泊賊人帶的？那人怎生模樣，你試説咱。(外旦云)那人身材長大，面皮黑色，一部髯髯。(净云)可不是梁山泊賊人“黑旋風”山兒李逵！如今上司畫影圖形、排門粉壁，捉拿他里！你如今將着這環子，衙門中出首去，我在大人案下，替你分説。二嫂，我在那里等，你疾便早來。(外旦云)令史，你也説的是，你如今先去衙門中等着，我便來出首。正是：金風未動蝉先覺，暗送無常死不知。(净云)我先去，你快些來。(下)(外旦云)令史去了

① 應爲“清”。
② 應爲“二嫂”。

也,我將着金環子衙門中出首去來。(下)

(官人引趙令史、劉唐、史進上。云)小官東平府府尹是也。今日陞廳,坐起早衙。張千,喝攛箱①。(張千云)理會的!

(外旦上。云)來到衙門首了。冤屈也!(官云)張千,拿過那婦人來。(外旦見官,跪科)(官云)兀那婦人,你告甚麽?(外旦云)小的是李孔目第二箇渾家。李孔目結勾梁山泊賊人山兒李逵,俺孔目與他一隻短金釵,那賊漢回了四兩重一雙匾金環子。大人不信呵,則這便是金環。(官云)這環子正是梁山泊賊人帶的。(净云)相公,李孔目他是執法吏結勾强賊!相公勾將他來,仔細推問。他做的箇執法犯法,據此情由,欺瞞上司,拿來好生究治。(官云)便與我拿將來。今日該誰當直?(史進云)該史進當直。(劉唐打史進科。云)該劉唐當直。(史進云)劉唐哥,是兄弟當直。(劉云)史進,你與他同罪也。(史云)哥,是你當直罷。(官云)劉唐,便與我拿將李孔目來者。(劉云)理會的。我出的這門來。李孔目也,原來你也犯下了,便好道"讎人相見,分外眼明"。領着大人的言語,拿李孔目走一遭去。(下)(史云)劉唐挾那舊讎,拿哥哥去了。争柰嫂嫂染病,我親自看哥哥走一遭去。(下)(净云)相公,衙門無事,相公且轉廳。(官云)趙令史,我且轉廳,等拿將李孔目來,快報我知道。(同下)

(正末同大旦抱病上。云)小生李孔目,不想大嫂染其病症,服藥不效,不知是甚麽症候?(大旦云)孔目,我這病覷天遠,入地近,眼見的無那活的人也。(正末云)大嫂,你省可里憂心,將息你那身子,我好是煩惱也呵!(唱)

【仙吕】【點絳唇】刷卷結歸,按察省會來家内。大嫂又染病躭疾,空着我兩下里難應對。

【混江龍】則爲這虚名薄利,生憂的髩邊白髮故人稀。孩兒又語言焦聒,大嫂又性命顛危。都則爲一二載烟花新眷爱,送了俺二十年兒女

① 亦作"攛厢",宋元時官衙開庭理案時,設箱在衙門以接納狀紙,告狀者要投狀於箱内,稱爲"攛箱"。

舊夫妻。他與我生男長女立計成家,如今便眼睜睜親見守着別人,他便是鐵石人,休道不氣,覷大嫂又心中不快,娶小婦的飽病難醫。

(大旦云)孔目,我這病是憂思愁慮上得的。(正末唱)

【油葫蘆】俺家積趲下乾柴糴下米,喒可便少甚的?

(云)大嫂,這病若痊可了呵,(唱)

我可便謝天謝地謝神祇。我不愁金玉重重貴,只願的兒女長百歲。我這里自暗約多半日,便有城中房店田中地,我可便愁着不愁衣。

【天下樂】想喒人不喫不穿,等甚的我這里尋思多半日。

(云)僧住兒也,(唱)

你姨姨這早晚在那里?

(倈云)敢是請太醫去了也?(正末云)多早晚去了?(倈云)早辰間去了。(正末唱)

我晝卯呵來的早,請太醫直恁般遲,我着①他請不來説箇甚的?

(大旦云)孔目也,你如今娶了這箇婦人,將俺那二十年兒女情分都拋撇的無了,你則是向那婦人。(正末唱)

【那吒令】你看你害的來直恁背悔,我不敢但開口説順着小的。他可便雖不中,你也不是箇善的。那婆娘重一斤,你十六兩無偏墜,不由我冷笑微微。

【鵲踏枝】你駡他潑東西,我心知您兩箇等秤稱來都一般輕重高低。誰與你挑唇科嘴,別辨箇誰是誰非?

(云)怎生這早晚不見二嫂來?

(劉唐、史進同上)(史云)劉唐哥,李孔目哥哥一時間不是了,哥哥休記舊讎。(劉云)史進,你那里知道?便好道恨消②非君子,無毒不丈夫。他不是今日也犯下了也!來到他門首,我喚門去。(史云)等兄弟喚門去。哥哥開門來。(劉怒云)男不男,女不女,怕驚了他家産婦?過來,等我叫。李孔目,開門!開門!(正末云)甚麽人這等大驚小怪的?我開開這門。(做見科)(正末云)

---

① 應爲"看"。

② 應爲"小"。

劉唐、史進,你做甚麽大驚小怪的?(劉云)怎生大驚小怪的,你家里不敢那?(正末唱)

【寄生草】哎,你箇狠公吏,

(云)你休要唱叫,靠前來,你看波,(唱)

俺家里有不快的。

(劉云)衙門中勾你里。(正末唱)

你那里厖眉努目干淘氣,揎拳捋袖無些礼?你來我去胡支對,暢好是坐而不覺立而饑。

(云)有一日到衙門中呵,(唱)

我敢粗棍子拷的你腰節碎!

(云)劉唐,你將鐵鎖鎖誰?(劉云)我來鎖你。(正末云)我伸與你脖子,你敢鎖我麽?(劉云)我怎麽不敢鎖你?(正末云)鎖可容易開可難。大嫂,只怕我有錯了的文案,折証的明白,我便來家也。(劉云)俺見大人去來。(同下)(正旦云)孔目不知爲甚麽勾當,只怕那小婦告下狀來。我又不快,眼見的無那活的人也!小的每,我後堂中去來。(下)

(官人引趙令史上。云)差的劉唐勾李孔目去了,這早晚還不見來。

(劉唐、史進拿正末上)(劉云)可早來到也。喒見大人去來。(做見科)(劉云)大人,勾將李孔目來了也。(官云)張千,拿過那婦人來。

(張千拿外旦上。跪科)(正末云)大人,罪坐家長,有的事,小人自認,怎生勾的二嫂來?(做跪科。云)二嫂。(外旦云)大嫂迷了眼,怎生叫二嫂?(正末云)你荒麽?(外旦云)我不荒,你荒!(正末云)放着我里。(外旦云)你犯下的事,怕走了你那?(官云)李孔目,你知罪麽?(正末云)小人不知罪。(官云)李孔目,有你第二箇渾家首告你結强人,受了匾金環一付。你是執法的人,怎生犯下這等勾當?(正末云)大人可怜見,小人是知法的人,怎敢結交賊人?並無,不敢!(净云)大人,不打不招。(官云)與我打着者。(劉唐打正末科)(官云)你從實招了者。(正末)

【醉中天】那里有令史每結勾强賊理,如今世上媳婦論丈夫的稀！這金環在我家權寄,只我應當喫不出首的官司罪。他把我亂打拷交我招承箇甚的？一壁厢官司又臨逼,我可甚家有賢妻！

(官云)劉唐,與我打着者。(做打科)(正末云)我那里受的這般苦楚。我知道了,這婦人當初與趙令史有奸,也娶要①他來。這是我的不是了也。(唱)

【後庭花】告你箇掌王法的党太尉,告你箇葫蘆提的包待制。哎,你箇有丈夫的蕭行首,天色②,送了我的匾金環柳盜蹠。一杖起一層皮,常好是腕頭着力。可正是官不威牙爪威,直恁般有氣勢？打到有五六十,你休學俺做小的。將普天下小婦每拘刷來,在一處砧刀上剁做肉泥,大鍋裡熬做汁。

(云)您不信,試嘗波。(唱)

【青哥兒】他則是一般、一般滋味,我喫了六問、六問三推,我如今手摑着胸膛悔後遲。我當初憑着良媒取到我家里,换套兒穿衣,揀口兒喫食。這婆娘飽病難醫,把贓物拿只送入衙内。我勸你這一火良吏,再休把妓女娼人娶爲妻,則我是傍州例。

(净云)李孔目,休閑説,你招了罷！(正末云)罷！罷！罷！是我結勾强人來。(官云)既如此,將李孔目下入死囚牢中去者。(劉云)理會的。上了枷,送入牢中去。(做枷科)(做押正末出門科)(街坊領倈兒上。云)李孔目在衙門中,我送這一雙兒女去,可早來到也。(做見科。云)李孔目,你大渾家亡化過了,這是他一雙兒女,我交付與你,我回去也。(下)(正末云)多謝街坊。只因這婦人呵,氣死我兒女夫妻。罷、罷、罷！(唱)

【賺煞】折倒了銅斗兒好家緣,錦片似莊宅地。他一劾的瞞心昧己,湛湛青天不可欺。誰承望財散人離,見兒女哭啼啼。

(云)我眼見的無那活的人也,這兩箇孩兒要在他手里過日子,只得回嗔作喜,哀告他一告。二嫂,(唱)

---

① 應爲“也要娶”。

② 應爲“也”。

我則索把你來央及,你是必擡舉的到大只。

(外旦云)你放心的死,我知道。(正末唱)

誰承望匾金環事起,則爲我貪圖些小利,李孔目也,今日箇得便宜番做了落便宜。

(下)(官云)兀那婦人,你隨衙聽候。(外旦云)理會的。(下)(官云)將馬來,我回私宅去也。(下)

(劉唐上。云)手拿無情棒,懷揣滴泪錢。曉行狼虎路,夜伴死尸眠。自家劉唐便是。今日李孔目結勾梁山泊强賊山兒李逵,受了他一付匾金環,招狀已定,下在牢里。當初我悮了假限,直廳打了我四十;今日他也犯下來了,下在牢里。與我拿出來!

(史進拿正末上)(劉唐云)入牢先喫三十殺威棒。(史云)這三十殺威棒就打死了。看史進面皮,饒了孔目哥罷。(劉云)他今日有哀告我的日子?(正末云)哥哥休記舊恨。(劉云)我不和你一般見識,入牢去。(正末入牢科)(劉云)兀那李孔目,我這一回有些悶倦,你唱箇些①兒我聽。(正末云)我有甚麼心腸且唱曲兒?(劉云)你若不唱,我一頓棍就打死你!(正末云)哥哥,小曲兒也罷。(劉云)你不要唱舊的,你説你當初怎生上花臺做子弟,你這小渾家怎生出首,你都唱在裡面。(正末云)哥哥,我唱!(唱)

【普天樂】劉唐你是狠爹爹,整折倒了我三箇月!都則爲偷寒送煖,我和他義斷恩絶,那婆娘銜一味嫉妬心,無半米着疼熱。指望和意同心成家業,到送的俺子父每兩處分別。那婆娘這其間知他是醒也醉也?我如今知他是死也活也?僧住、賽娘兒呵,知他是有也無也?

(劉云)史進,我如今喫飯去,你休解了他繩索,我便來。(下)(史云)哥哥,你當初上花臺,做子弟,怎生受用快活?你説一徧,我試聽咱。(正末云)兄弟,一言難盡。我説你聽:(唱)

【商調】【集賢賓】想着俺二十年把筆將儒業學,

(云)兄弟,我爲這婦人呵,(唱)

折倒了銅斗兒好窠巢。怎承望浪包婁官司行出首,送的箇李孔目坐

① 應爲"曲"。

禁囚牢。豈不聞天網恢恢,也是我自受自作。赤緊的有疼熱大渾家亡過了,想俺那小冤家苦痛嚎啕。我不合赤心娶妓女,到將犯法罪名招。

【逍遥樂】送的俺一家兒四分五落,又不敢聲揚,我則索心中暗喲。没來由惹下風雹,撞着這冤業難逃。又不曾把神靈觸犯着,遭着這犯法違條。我如今身纏鐵鎖,項帶沉枷,你交我怎得消摇?

(云)兄弟也,我且歇息一會咱。(做睡科)(史云)哥哥睡了,我也歇息則。

(二倈送飯上。云)我是李孔目的孩兒,與俺爹爹送飯,哥①早來到也。爹爹,爹爹!(正末醒科。云)兀的不是僧住、賽娘的聲音?史進兄弟!(史醒科。云)哥哥怎的?(正末唱)

【醋葫蘆】我恰纔困騰騰盹睡着,牢門外誰唱叫?聽多時認的語聲高。爲甚兩三番把兄弟厮定攪?必定是小冤家來到,告兄弟休得怕勤勞。

(史云)這叫門的不是你兩箇孩兒那?(正末云)兄弟,是僧住、賽娘送飯來。(史云)我出去開開這門。(做見科。云)真箇是孩兒送飯來。(倈云)牢子哥哥把門開,怎不交我泪盈腮?兩箇冤家别無事,負屈親爺送飯來。(史哭云)孩兒,痛殺我也!你在這里,將飯來我拿與你老子喫去。我關上這門,哥哥,孩兒來送飯,你喫些。(做喂科)(正末唱)

【醋葫蘆】我將這一匙飯口内挑,孩兒在牢門外心内焦。我爲甚兩下里自量度?

(倈叫云)爹爹!(正末唱)

孩兒那裡叫爹爹,我應一聲猛搶②了。

(做噴史身上科)(唱)

兄弟展污了衣服休得焦躁,告兄弟可怜見且躭饒。

(史云)污了衣服不打緊。哥哥,你有甚麼言語?(正末云)兄弟,我眼見的無那活的人也。着孩兒過來,我看一看,死也死的甘

---

① 應爲"可"。

② 用同"嗆"。

心。(史云)哥哥,我着孩兒進來。我開開這門。孩兒,跟我進來,看你父親去。(史引倈見正末科)(倈云)我送飯來。(正末哭云)孩兒,兀的不痛殺我也!僧住,你那頭上怎麽破了來?(倈云)是堯婆打破了來。(正末哭云)孩兒也,兀的不痛殺我也!(唱)

【梧葉兒】把孩兒相凌辱,折倒的黄瘦了,使不的你家富小兒驕。頭上蝨如噴飯,我心中如刀刃攪。把衣服扯得似紙提條,

(云)哎喲!僧住、賽娘,兒也,(唱)

這是兒女每没爺娘下稍。

(劉唐上。云)吃了幾杯酒,牢中看賊去來。開門來!(史云)劉唐來了也,交孩兒且躲在一壁者。(做縣①科)(史云)我開開這門,哥哥來了也。(劉云)史進,你敢把囚人放了繩索來?(史云)您兄弟怎麽敢?(劉云)我試看去。(做看科。云)兀的不鬆了繩索也?這兩箇小的,是誰家的業種?(做打正末、打倈科)(正末唱)

【後庭花】你着我痛煞煞怎動摇?脊梁上粗棍子楞。

(劉云)這兩箇業種是那里的?(正末唱)

把僧住支殺的拖將去,連賽娘合撲的帶了一交。哥哥你休心焦,把往事從頭還報。白日裡不同草草,衙獄里鬧炒炒。將軍柱釘頭髪稍,十字下了滚肚索,緊邦邦匣定脚。

【雙鴈兒】我可甚上牀猶自想來朝,養小來防備老。不想哥哥又來到,哥哥你休躁暴,孩兒也無處逃。

(外旦上。云)我在家中打那兩箇業種,一會不見了他。我往牢里看李孔目去。牢子哥哥,開門。(劉云)甚麽人叫門?我開開這門。(外旦云)哥哥。我來看李孔目里。(劉云)你進去。你那兩箇小的也在這里。(外旦見科。云)好也,你兩箇小業種,原來在這里!(正末唱)

【柳葉兒】又是俺後堯婆來到把孩兒打楞,搊揉狠牢子又來添繩索,送的我家零落!哎!你箇女多嬌,天也!我遭逢着惡限難逃。

---

① 應爲“躲”。

(劉云)史進,把李孔目下在後牢里去。(史云)理會的。(史牽正末科)(正末唱)

【浪里來煞】少不得一命歸,扭回頭他行坊。孩兒也你則去衙坊鄰里宿今宵,赤緊的着疼熱的親娘亡化早。送的人七顛八倒,哎!你箇狠公人,拖遶的我入死囚牢。

(押正末下)(外旦云)劉唐哥哥,我央及你,我與你兩定銀子,你把李孔目盆弔死了可不好?(劉云)你放心,都在我身上。(外云)哥哥,你若盆弔死了李孔目,我再相謝。若死了時,和我說一聲兒。(下)(劉云)要活的難,要死的可容易。我如今喫幾鍾酒來,盆弔死了李孔目,称了我平生願足。我且到家中看看來。(下)

(劉唐上。云)自家劉唐便是。我把李孔目盆弔死了,我如今拖他出去,丢在亂葬坑里。(做拖尸出,放下科。云)把李孔目尸首丢在這坑里。兀的不下雨了?我回去罷。(下)

(正末做醒科。唱)

【雙調】【新水令】一靈真性離了軀腔,又被這雨和風半空飄蕩。我這里頭懶擡眼獐狂,七魄俱亡,悠悠的五魂喪。

(倈上。云)説俺爹爹死了,我看去。(做見科。云)兀的不是俺爹爹!(正末唱)

【胡十八】是誰人扳我脊梁?更摸着我胸膛?頭髮來揪眼獐狂?高叫在耳邊廂?原來是僧住和賽娘!他救到有半餉,我實丕丕入地獄,虚飄飄上天堂。

(外旦上。云)劉唐弔死了李孔目,則怕説謊,我是①看去。兀的不是李孔目?孔目也,我來看你里。(做哭科)(正末唱)

【沽美酒】那婆娘泪兩行,怎覷他這趨蹌。

(外旦云)孔目也,我送衣服與你來。(正末唱)

你待古是送千里寒衣女孟姜,我可是荒也那不荒,穿不的你那好衣裳!

【太平令】令史賽張鼎提控主張,哎,你箇蕭行首八步周行。想劉唐似

---

① 應爲"自"。

不的司公馬漢,怎覷他輕狂勢相,我這里左想右想,不見了僧住和賽娘。

(外旦云)這不是僧住、賽娘?(正末唱)

兒也似和李孔目一般模樣。

(外旦叫科。云)劉唐!劉唐!

(劉上。云)孔目娘子,你叫我怎麽?(外旦云)我央你盆弔死李孔目,怎生又活了?(劉云)要活的難,要死的容易,我着他還牢去。(外旦云)若死了呵,我再與你一定銀子。(下)(劉唐拖正末科)(正末唱)

【鴛鴦煞】横拖倒拽牢門上,前合後偃回頭望。嘱付了僧住,遺留與賽娘。暢道拖出我牢門,和你娘墳院中葬,燒一陌紙瀽一碗涼漿。欲要俺父子每團圓,則除是夢中想。

(劉唐拖正末下)

(邦老上。云)踏山皮鞋響,澗下厮鑼鳴。陌聞一陣血,正是俺强人。某山兒李逵是也。今有李孔目哥哥爲我下在死囚牢中。我問宋江哥哥告了一箇月假限,將着一包袱金珠財寶,下山去搭救李孔目走一遭去。拜辭了宋江哥哥,並不辭碌碌波波。我今日亡生舍死,答救李孔目出地網天羅。(下)

(史進上。云)自家史進便是。如今李孔目被劉唐盆弔死了,誰想又活了,復還入牢中,我且回家中去。

(阮小五上。云)澗水潺潺繞寨門,野花斜插滲青巾。帶糟渾酒輪盆飲,葉子黄金整秤分。某乃宋江平不①頭領阮小五的便是。奉宋江哥哥將令,着我持兩紙書招安史進、劉唐。我遠遠的跟着,説這箇人是史進,我是②問咱。(做見科。云)敢問尊兄貴姓?(史云)在下史進。(阮云)既是史大哥,俺宋江哥哥着我送書來,請哥哥上山。(史接書科)

(劉唐撞上,扯史進。云)好也,你原來結交梁山泊好漢!(史荒

① 應爲"手下"。
② 應爲"試"。

科。云)不是,不是!(阮云)此位是誰?(劉云)在下劉唐。(阮云)宋江哥哥也有書與哥哥。(史扯劉科。云)好也,你原來結勾梁山泊强人!(劉云)罷、罷、罷!俺一同到牢中救了李孔目,同上梁山見宋江哥哥去來。(同下)

(劉唐、史進扯正末上)(正末唱)

【中吕】【粉蝶兒】躲難逃災,行行里兩步一陌,行不動東倒西歪。則我這五魂絶七魄散。撇在九霄雲外。流泪傷懷,恰便似胡蝶兒滚成一塊。

【醉春風】則我這兩隻脚似飛梭,魂靈兒安在哉!想劉唐一片狠心腸,暢好是歹、歹!史進你救了我殘生,都是劉唐使的見識,争些兒把咱殺壞!

(邦冲上。云)留下買路錢者!(劉、史躲科)(正末云)兀的不諕殺我也!(唱)

【上小樓】我可便恰纔到來,他便待將咱殺壞。諕的我戰戰兢兢、悠悠蕩蕩、跪在塵埃,猛擡頭覷覷了失驚打怪,

(云)我道是誰?(唱)

原來是匾金環故人安在。

(云)太保,你認的我麽?(邦云)你是誰?(正末云)我是李孔目。(邦云)誰是李孔目?(正末云)則我便是李孔目。(邦云)我聽言罷笑盈腮,荒忙扶上土坡臺。雲影萬重疑是夢,月明千里故人來。哥哥,你認的兄弟麽?則我便是山兒李逵。(正末唱)

【十二月】這一場天來大利害,則爲那匾金環横禍非災。都是那劉唐的見識,史進他救了我的尸骸。今日得遇你箇英雄劍客,恰便似鬼使神差。

(邦云)哥哥,這事怎生犯了來?(正末唱)

【堯民歌】則被那浪包婁出首事明白,

(邦云)不想今日遇着您兄弟也。(正末唱)

今日箇月明千里故人來。

(邦云)那小婦好狠也!(正末唱)

爲受了些磣可可濕肉伴乾柴。

(邦云)不想今日還有性命也!(正末唱)

恰便似九重天飛下紙赦書來,好教我傷懷。誰想你到來,今日跳出這連環寨。

(邦云)哥哥,你怎生得出這牢門來?(正末云)兄弟,這里有兩箇大恩人,你和他相見咱。(邦云)在那里?(正末云)兩箇兄弟,來與李逵兄弟相見者。

(劉、史上,見科)(邦云)二位是誰?(正末云)這箇便是劉唐、史進。(邦云)兩位哥哥,宋江哥哥將令,着我下山招安你來。(劉云)俺一齊上梁山見宋江哥哥去。看有甚麽人來。

(趙令史、外旦、倈兒同上)(外旦云)趙令史,有這兩箇業種,你與我勒死了罷。(净云)我知道。(做勒科)(邦云)兀的不有人來也,俺赶將去。(净云)有人來了,俺走、俺走!(同外旦下)(邦同劉、史赶下)(正末見二倈。云)兀的不是僧住、賽娘,被奸夫、淫婦勒死了!我索救孩兒咱。(唱)

【快活三】我連忙將繩解開,早是我快疾來。猛然見了覷的明白,諕的我魂飛着天外。

【朝天子】早是我到來,把繩子快擡,怎着您死住他鄉外。則那淫婦奸夫其情忒歹,他將那慢麻繩咽喉上挨,他指望絶了我後代。有這場横災,則俺那賢惠嫂今何在?

(邦同劉、史拿净、外旦上)(邦云)哥哥,拿住奸夫、淫婦也。將他兩箇剖腹剜心,俺做按酒。(劉云)將這兩箇潑男女拿到梁山上殺壞。與李孔目同見宋江哥哥去。(同下)

(宋江一行上。云)某宋江是也。昨差阮小五招安劉唐、史進去了,又差山兒李逵救李孔目,都不見上山來。小校,看看來時,報伏我知道。

(正末同劉唐、史進、李逵、阮小五、趙令史、外旦、倈兒同上。見宋江科)(邦云)哥哥,您兄弟來了也。(宋云)您都來了也。誰是李孔目、劉唐、史進?(邦云)這箇是李孔目,這箇是劉唐,這箇是史進。(宋云)兀那綁縛的是誰?(邦云)哥哥,這婦人是出首您兄弟的,他是李孔目的小渾家;那厮是趙令史,是這婦人的奸夫。

(宋云)李孔目、劉唐、史進,都爲頭領。將這兩箇潑男女剖腹剜心,與李孔目雪恨報讎。殺羊造酒,做箇慶喜筵席。(正末云)多謝了哥哥。(唱)

【煞尾】謝仁兄拔救死離塵埃,似枯枝得雨花再問①。將奸夫淫婦都殺壞,方顯義氣仁風播四海。

(宋云)你聽我説,俺粱山聚集豪英,要替天行道公平。忠義堂施呈氣槩,結交的天下賢能。差李逵下山探聽,到東平不敢胡行。有二人閑爭鬬毆,李山兒路見不平。一拳將平人打死,巡捕官怎敢容精②。將李逵擒拿捉住,到官司栲打招承。論律法本該抵命,李孔目回護詳刑。李榮祖怜其好漢,搭救了李逵殘生。李山兒知恩來報,與孔目結爲弟兄。李逵送金環一付,孔目將金釵奉呈。被小婦首到當官,將孔目栲杻無停。阮小五入牢打探,去請您二位英雄。將小婦量决一刀,趙令史號令施行。今日箇英雄聚會,便是俺豪傑相逢。做一箇慶喜筵席,方顯的天理分明。

題目:烟花則説他人過,僧住賽娘遭折挫。
正名:山兒李逵大報恩,鎮山孔目還牢末。

---

① 應爲"開"。
② 應爲"情"。

大婦小妻還牢末(《古名家雜劇》本)

【劇目簡介】

雜劇,或爲元代李致遠①作。小説《水滸傳》中無類似劇情。

《古名家雜劇》本,署"元馬致遠撰",標題爲"大婦小妻還牢末",題目正名作"烟花則説他人過,僧住賽娘遭折挫。山兒李逵大報恩,鎮山孔目還牢末",内頁簡稱"還牢末"。四折無楔子,每頁十行,每行約二十一字。正文後注"此一回是勸人仗義好行方便一節也"。

劇情與脈望館鈔校本大同小異,細節有所不同。

第一折

(冲末宋江領卒子上)幼年鄆城爲司吏,因殺娼人遭迭配。姓宋名江字公明,綽號"順天呼保義"。我乃宋江是也,山東鄆城縣人。幼年爲把筆司吏,因帶酒殺了娼妓閻婆惜,迭配江州牢城。路打梁山泊所過,有我結義哥哥晁盖,知我平日度量寬洪,但有不淂已的英雄好漢,見了我,便助他些錢物,因此天下人都叫我做"及時雨"宋公明。今晁盖哥哥并衆頭領讓我坐第二把交椅。哥哥三打祝家庄身亡之後,衆兄弟讓我爲頭領。今東平府有二人,乃是劉唐、史進,二人好好②英勇,他二人有心待要上梁山泊來,争奈不曾差人招安去。我今差山兒李逵下山,去請劉唐、史

① 或云無名氏作,亦有記爲馬致遠者。

② 應爲"漢"。

進走一遭去。小校，説與山兒李逵，着他小心在意，疾去早來。囑付你兩次三番，休悮限便索回還。招安了劉唐、史進，一齊的同上梁山。（下）

（孤扮官人引張千上）寒蛩秋夜忙惟①織，戴勝春歸苦勸畊。人若無心治家国，不如虫鳥是何情。小官姓尹名亨，字伯通。幼年進士及第，累蒙擢用，今陞東元②府府尹之職。今日陞廳，坐起早衙。張千，説與六房吏典，有該僉押的文案，將來小官發落。

（正末扮李榮祖同史進上）小生東平府人氏，姓李名榮祖。幼年頗看詩書，今在東平府做着個把筆六案都孔目。這個兄弟是史進，在這衙門中爲五衙都首領。兄弟，今日相公坐起早衙，有合稟的事務，須索見相公走一遭去。（正末見官施礼科）（官）李孔目，有該僉押的文案將來僉押。（正末）這一宗文卷，是李淂見個年紀小的打那年紀老的，路見不平，打死了年紀小的。大人，這件也則是誤傷人命，則等大人發落。（官）將那李淂拿上來。（正末）史進，與我拿上廳來。（史）拿將李淂來者。

（邦老扮李淂上）岩前虎瘦雄心在，男子身貧志未貧。某李淂是也。這里也無人，某乃山兒李逵的便是，奉宋江哥哥的將令，差我下山，來請劉唐、史進上梁山泊。我更改了名字爲李淂，不想打街市所過，見一個年紀小的打那年紀老的，我心中不忿，將那年紀小的搬過來只一拳，誰想拳頭上没眼，把他打死了。被巡捕官軍將我拿住，解在東平府内。今日大人要結断，怎生是好？（做見科）（正末）李淂，你來了也。（邦）孔目哥哥，怎生可怜見！（正末）李淂，你本是致傷人命。我心里見你英雄好漢，我好歹要救你，你心下如何？（邦）哥哥若救淂小人一命，生死難忘。（正末云）如今相公若問你呵，你番了案者，改做誤傷人命，不該同罪，你則依着我者。（邦）多謝了哥哥。（史）兀那李淂，你依着孔目哥哥的言語，要救你性命里。（邦）若是救了小人的性命，我今

① 應爲“催”。

② 應爲“平”。

生今世報答不淂你,我轉生來世,做驢做馬報答孔目哥哥。(邦見官,跪科)(官)這個便是李淂?(正末)這個便是!(官)兀那李淂,你怎生打死人來?說你那根因。(邦)大人可怜見!小人見長街市上一個年紀小的打那年紀老的,小人路見不平,搬過那小的來,則一拳打死了那年紀小的。素無讎隙,誤傷其命,望大人可怜超生。(官)這正是誤傷人命。免他一死,杖脊八十,迭配沙門島去。(正末)去了他那枷,杖断八十者。(張千行杖科)六十、七十、八十。(官)便差個快走的解子,解赴沙門島去。(張千)理會的。(邦)我出的這門來,多虧了孔目哥哥救了我性命!哥哥,孔目姓甚麽?那里居住?(張千)他是李榮祖,在這大街街東里居住。(邦)小人知道了。我出的這門來,哎,李逵也,你好食①也!若不是孔目哥哥救了我這性命呵,可怎生了的?我如今先到李孔目哥哥門首等候着,此恩必當重報也。正是虎着重箭難展爪,魚遭鉄網怎番身。運去遭逢無義漢,時來答報有恩人。(下)(官)李孔目,再有甚麽文案,將來我看。(正末)這一宗文卷,是衙門中五衙都首領劉唐,悮了一個月假限。(官)張千,與我拿過劉唐來者。(張千)領鈞旨。

(劉唐上)自家劉唐的便是。悮了一月限期,大人呼唤,須索見去咱。(正末)劉唐,你來了也。見大人去。(劉)哥哥,怎生大人跟前方便劉唐咱?(正末)你悮了一個月假限,則怕大人怪你,一時間分說不過,你休怪我。張千,拿見大人去。(劉唐見,跪科)(官)那劉唐,你怎生悮了一個月限期?(劉)小人則悮了二十日假限。(官)李孔目,他悮了多少時假限?(正末)他有假帖在此。大人看咱。(官看帖科)假帖上悮了一個月限,這厮說謊。(劉)大人,路途遥遠,風雨阻隔,因此上悮了假限,大人可怜見!(官)李孔目,劉唐說風雨阻隔,路途遥遠悮限,你心下怎麽說?(正末)小人不敢張主,任大人决断。(官)休說他悮了假限,論說謊也該打四十。張千,拿下去,杖脊四十!(張千打科)一十、二十、

① 或欲寫作"滄"字,應爲"慘"。

三十、四十。(官)張千,搶出這廝去!(劉唐出門科)哎喲,打了我這一頓!大人有心要饒我,李孔目不肯説個方便。你度我爲冤,我度你爲讎。你使①是廳上的孔目,我便是泥鞋窄襪走隸公人?李孔目,你常踏着吉地行里。有朝一日,文卷有些差錯,大人見怪,拿下孔目。喒兩個休佃頭廝抹着!冤讎若不分明報,枉作堂堂大丈夫。(下)(官)李孔目,再有甚麽文卷?(正末)别無文卷。(官)既無文卷,張千,牽馬來,小官回家去也。(下)(正末)史進兄弟,衙門中無甚事,今日是你嫂嫂生辰之日,我回家去與他遞一盃壽酒去來。(同下)

(正末同正旦、外旦、倈兒上)(正末)小生李榮祖,見爲東平府都孔目。嫡親的五口兒家属,大嫂趙氏,二嫂蕭娥,他原是個中人,我替他礼案上除了名字,棄賤從良,就嫁我爲妻,這孩兒叫做僧住,女兒叫做賽娘。今日是大嫂生辰之日。小的每,安排酒來,我與大嫂遞一杯酒者。(做把盞科)大嫂,飲一杯壽酒,家私裡外多虧了你。(大旦②)孔目,官府上下多生受你。孔目先飲。(正末)大嫂請。(正旦做飲科)(正末)二嫂也飲一杯。家中前後看管多生受你。(外旦背云)一般都是夫妻,如何"也飲一盃"!(向孔目云)孔目,早起晚息,衙門中用心。(外旦飲科)(正末)慢慢的飲酒,看有甚麽人來。

(邦上)某行不更名,坐不改姓,自家是宋江手下第十三個頭領,山兒李逵便是。宋江哥哥的將令差我下山來請劉唐、史進。誰想拳頭上没眼,拔刀相助打死了平人,被巡軍拿送東平府,本該抵命。若不是孔目哥哥救了我呵,那淂山兒這性命來?我如今到他家中,拜謝孔目走一遭去。問人來,這個門兒便是。孔目哥哥在家麽?(正末)是誰唤門里?僧住,開門去。(倈做開門科)我開開這門,你是甚人?(邦)小大哥,這里敢是李孔目宅上麽?

---

① 應爲"便"。

② 大旦爲元代雜劇旦角的一種,除了正旦以外,是旦角中的高齡者,此處指"正旦"。

(俫)這俚①便是。(邦)小哥,煩你去報,有一朋友來拜望。(俫報云)父親,有一位朋友在門首。(正末)道有請。(俫)有請。(邦進,見科)(正末)呀,呀! 我道是誰? 原來是李湋! 你來怎麼?(邦)孔目哥哥,李湋是該死之人,多虧哥哥救了性命,杖了八十,特來拜謝哥哥。(正末)你也姓李,我也姓李,道不的一般樹上兩般花,五百年前是一家。你多大年紀了?(邦)小人二十五歲也。(正末)我三十歲也。不是我要便益,我有心待認你做個兄弟,你意下如何?(邦)哥哥,您兄弟願隨驢把馬也。(正末)兄弟,你表德②唤做甚麽?(邦)您兄弟不是歹人,我不是李湋。(正末)你不是李湋,可是誰?(邦)您兄弟是梁山泊宋江手下第十三個頭領,則我便是山兒李逵。(外旦背聽科。云)哎,原來李孔目結交梁山泊强盜! 我聽者,看他再説甚麽。(正末背云)哎,原來是梁山泊好漢! 我待番悔來,則怕兄弟心中不穩实,到如今也罷。兄弟,我无甚麽相送,大嫂,將你那一隻金釵兒與兄弟,權爲路費。(做與釵科)(邦)量兄弟有何德能,受哥哥路費,恩義難忘也。(正末)兄弟,拜義如親,礼輕義重,權爲一信,笑納爲幸。(邦)多謝了哥哥。兄弟無物回答,這一對匾金環與哥哥,權爲謝礼。(正末)兄弟,我不要,你拿去做盤費。(邦背云)哥哥是不要,則除是這般。(云)則今日辞别了哥哥,便索回去也。(正末)兄弟也,慢去,慢去。(邦)我出的這門來,哥哥,你放心,後日有事,必當重報。請史進離了梁山,李孔目又賜盤纏。若劉唐歸于山寨,我暗留下一對金環。(下)(正末)僧住,關上門去。(俫)我關上門去。(做見環科。云)地下一對環子,我拾將起來,與俺爹爹看去。(做見正末科)爹爹,我纔關門去,拾湋一對金環。爹爹試看咱。(正末)將來我看。(做看科)(正末)哎,誰想李逵見我不受這匾金環,故意丢下去了。僧住,你將着這環子,不論前街

① 應爲"里"。

② 表德,古人用來指姓名中的表字或别號。一般名用來表明本身,字用來表示德行。

後巷,尋着交與他去。(倈)理會的。我出的這門來,我可往那里赶那人去?(外旦)僧住,你手里拿的甚麽物件?(倈)姨娘,恰纔俺爹爹認義的那人,弔下一雙匾金環子,教我趕上送與他去。(外旦)僧住,將來,我與你爹爹説去。(做見正末科)孔目也,你好没正經,小孩子家拿着金環子,那里赶那人去?僧住説赶不上,回家去了。(正末)我欲待再着他赶去,兄弟去遠了。二嫂,你且收着這金環,待他來時,交付與他。(外旦)理會的。(正末見正旦)大嫂,我在衙門中断了一樁事:李淂打死平人,我救他的性命,杖了八十,他無甚麽謝我,將着一雙匾金環子與我。他見我不受,丢下了。我教僧住赶他不上,拿回來了。(外旦)我在這窗外,聽他兩口兒再説甚麽?(大旦)那匾金環在那里?(正末)遞與二嫂收了。(大旦)他到俺家幾日光景,怎生與他收着?孔目也,你尋思咱,你取回來者。(正末)若取回來,不生分了他心?過几日慢慢取來。(正旦)孔目你説的是。(正末)婦人家,那里知道呢?

【賞花時】請俸衙中案事勤,無事街頭飲數巡,與妻子作生辰,更和箇相識的認親,他可便淂脱離來報俺大恩人。

(同下)

第二折

(外旦上)兩行詩酒客,烟花伏子頭。妾身蕭娥,在此處做着個上廳行首,爲當不過官身,我納了官衫帔子,礼案上除了名字,脱賤爲良,嫁了李孔目,做第二個渾家。我這舊性子不改,這府衙里有個典吏姓趙,我瞞着孔目和他暗暗的來往。我着人叫他去了,這早晚進①不見來。

(净扮趙令史上)官人清似水,典吏白似麵。水麵打一和,糊塗做一片。自家姓趙,在這東平府做個典吏。有這李孔目第二個渾

---

① 應爲"還"。

家蕭娥,他是個中人,他原舊和我作伴。他今日又着人來喚我,須索走一遭去。可早來到也。(做咳嗽科)(外旦見科)趙先生,你來了也,進來家里坐。(净)李孔目在家麼?(外旦)孔目往衙門中去了。(净)今日叫我來你家做甚麼?(外旦)這里也無人,我有一件小事,請你來,喒兩個計議。(净)二嫂有甚麼事,説來我替你分解。(外旦)令史,别無甚事,近日李孔目衙門中断了一件事,説是一人打死了平人,本該抵命,孔目救了他性命,杖了八十。那人來相謝,孔目就認他做兄弟,與了他一隻短金釵做盤纏,那人回奉了一雙匾金環子。(净)二嫂,何水無魚?何官無私?孔目既然救了他性命,那人怎淂不來相謝?(外旦)令史,我聽的那人説來,他是梁山泊好漢宋江手下第十三個頭領,山兒李逵便是。(净)原來孔目結交賊人!二嫂,你記的説,拿賊要賍,拿奸要雙。如今那匾金環子在誰人收着?(外旦)李孔目交與我收着里。(净)將來我看咱。(外旦出環科)令史,你看咱。(净)好一雙匾金環,可不是梁山泊賊人帶的?那人怎生模樣,你試説咱。(外旦)那人身材人大,面皮黑色,一部鬍髯。(净)可不是梁山泊賊人"黑旋風"山兒李逵!如今上司畫影圖形、排門粉壁,捉拿他里。你如今將着這環子,衙門中出首去,我在大人案下,替你分説。二嫂,我在那里等,你疾便早來。(外旦)令史,你也説的是,你如今先去衙門中等着,我便來出首。正是:金風未動蟬先覺,暗送無常死不知。(净)我先去,你快些來。(下)(外旦)令史去了也,我將着金環子衙門中出首去來。(下)

(官人引趙令史、劉唐、史進上)小官東平府府尹是也。今日陞廳,坐起早衙。張千,喝攛箱。(張千)理會的!

(外旦上)來到衙門首了。冤屈也!(官)張千,拿過那婦人來。(外旦見官,跪科)(官)兀那婦人,你告甚麼?(外旦)婦人是李孔目第二個渾家。李孔目結勾梁山泊賊人山兒李逵,俺孔目與他一隻短金釵,那賊漢回了四兩重一双匾金環子。大人不信呵,則這便是金環。(官)金環子正是梁山泊賊人帶的。(净)相公,李孔目執法吏結勾强賊!相公勾將他來,仔細推問。他做的個執法犯法，據此情由，欺瞞上司，拿來好生究治。（官）便與我拿將來。今日該誰當直？（史進）該史進當直。（劉唐打史進科）該劉唐當直。（史進）劉唐哥，是兄弟當直。（劉）史進，你與他同罪也。（史）哥，是你當直罷。（官）劉唐，便與我拿將李孔目來者。（劉）理會的。我出的這門來。李孔目也，原來你也犯下了，便好道"讎人相見，分外眼明"。領着大人的言語，拿李孔目走一遭去。（下）（史）劉唐挾那舊讎，拿哥哥去了。争奈嫂嫂染病，我親自看哥哥走一遭去。（下）（净）相公，衙門无事，相公且轉廳。（官）趙令史，我且轉廳，等拿將李孔目來，快報我知道。（同下）

（正末同正旦抱病上）小生李孔目，不想大嫂染其病症，服藥不効，不知是甚麽症候？（正旦）孔目，我這病覷天遠，入地近，眼見的無那活的人也。（正末）大嫂，你省可里憂心，將息你那身子，我好是煩惱也呵！

【仙吕】【點絳唇】刷卷結歸，按察省會來家内。大嫂又染病躭疾，空着我兩下里難應對。

【混江龍】則爲這虚名薄利，生憂的鬢邊白髮故人稀。孩兒又語言焦聒，大嫂又性命顛危。都則爲一二載烟花新眷爱，送了俺二十年兒女舊夫妻。他與我生男長女立計成家，如今便眼睜睜親見守着别人，他便是鐵石人，休道心不氣，覷大嫂又心中不快，娶小婦的飽病難醫。

（正旦）孔目，我這病是憂思愁慮上淂的。（正末）

【油葫蘆】俺家積攢下乾柴糴下米，喒可便少甚的？

大嫂，這病若痊可了呵，

我可便謝天謝地謝神祇。我不愁金玉重重貴，只願的兒女長百歲。我這里自暗約多半日，便有城中房店田中地，我可便愁着不愁衣。

【天下樂】想喒人不喫不穿，等甚的我這里尋思多半日。

僧住兒也，

你姨姨這早晚在那里？

（倈）敢是請太醫去了也？（正末）多早晚去了？（倈）早辰間去

了。(正末)

我晝卯呵來的早,請太醫直恁般遲,我看他請不來説箇甚的?

(正旦)孔目也,你如今娶了這個婦人,將俺那二十年兒女情分都抛撇的无了,你則是向那婦人。(正末)

【那吒令】你看你害的來直恁般背悔,我不敢但開口説順着小的。他可便雖不中,你也不是箇善的。那婆娘重一斤,你十六兩無偏墜,不由我冷笑微微。

【鵲踏枝】你駡他潑東西,我心知您兩箇等秤稱來都一般輕重高低。誰與你挑唇料嘴,辨别箇誰是誰非?

怎生這早晚不見二嫂來?

(劉唐、史進同上)(史)劉唐哥,李孔目哥哥一時間不是了,哥哥休記舊讎。(劉)史進,你那里知道?便好道恨小非君子,无毒不丈夫。他不是今日也犯下了也?來到他門首,我唤門去。(史)等兄弟唤門去。哥哥,開門來。(劉怒云)男不男,女不女,怕驚了他家産婦?過來,等我叫。李孔目,開門!開門!(正末)甚麼人這等大驚小怪?待我開開這門。(做見科)(正末)劉唐、史進,你做甚麼大驚小怪的?(劉)怎生大驚小怪的,你家里不敢那?(正末)

【寄生草】哎,你箇狠公吏,

你休要唱叫,靠前來,你看波,

俺家里有不快的。

(劉)衙門中勾你里。(正末)

你那里龐眉努目干淘氣,揸拳捋袖無些礼?你來我去胡支對,暢好是坐而不覺立而飢。

有一日到衙門中呵,

我敢粗棍子楮的你腰節碎!

刘①唐,你將鉄鎖鎖誰?(刘)我來鎖你。(正末)我伸與你脖子,你敢鎖我麽?(劉)我怎麽不敢鎖你?(正末)鎖可容易開可難。

---

① 底本中“劉”“刘”混用,照依底本。

大嫂，只怕我有錯了的文案，折証的明白，我便來家也。（劉）俺見大人去來。（同下）（正旦）孔目不知爲甚麽勾當，只怕那小婦告下狀來。我又不快，眼見的無那活的人也！小的每，我後堂中去來。（下）

（官人引趙令史上）差的劉唐勾李孔目去了，這早晚還不見來？

（劉唐、史進拿正末上）（劉）可早來到也。喒見大人去來。（做見科）（劉）大人，勾將李孔目來了也。（官）張千，拿過那婦人來。

（張千拿外旦上。跪科）（正末）大人，罪坐家長，有的事，小人自認，怎生勾的二嫂來？（做跪科）二嫂。（外旦）大嫂迷了眼，怎生叫二嫂？（正末）你荒麽？（外旦）我不荒，你荒！（正末）放着我里。（外旦）你犯下的事，怕是了你那？（官）李孔目，你知罪麽？（正末）小人不知罪。（官）李孔目，有你第二個渾家首告你結强人，受了匾金環一個。你是執法的人，怎生犯下這等勾當？（正末）大人可怜見，小人是知法的人，怎敢結交賊人？並然不敢。（净）大人，不打不招。（官）與我打着者！（劉唐打正末科）（官）你從實招了者！（正末）

【醉中天】那里有令史每結勾强賊理，如今世上媳婦論丈夫的稀！這金環在我家權寄，只我應當喫不出首的官司罪。他把我亂打拷教我招承箇甚的？一壁厢官司又臨逼，我可甚家有賢妻！

（官）劉唐，與我打着者！（做打科）（正末）我那里受的這般苦楚。我知道了，這婦人當初與趙令史有奸，也要娶他來。這是我的不是了也！

【後庭花】告你箇掌王法的党太尉，告你箇葫蘆提的包待制。哎！你箇有丈夫的蕭行首，天也！送了我的匾金環柳盜蹠。一杖起一層皮，常好是腕頭着力。可正是官不威牙爪威，直恁般有氣勢？打到有五六十，你休學俺做小的。將普天下小婦每拘刷來，在一處砧刀上剁做肉泥，大鍋裡熬做汁。

您不信，試嘗波。

【**青哥兒**】他則是一般、一般滋味,我喫了六問、六問三推,我如今手搵着胸膛悔後遲。我當初憑着良媒取到我家里,換套兒穿衣,揀口兒喫食。這婆娘飽病難醫,把贓物拿只送入衙内。我勸你這一火良吏,再休把妓女娼人娶爲妻,則我是傍州例。

(净)李孔目,休閑説,你招了罷!(正末)罷!罷!罷!是我結勾强人來。(官)既如此,將李孔目下入死囚牢中去者。(劉)理會的。上了枷,送入牢中去。(做枷科)(做押正末出門科)

(街坊領倈兒上。云)李孔目在衙門中,我送這一雙兒女去,可早來到也。(做見科)李孔目,你大渾家亡化過了,這是他一雙兒女,我交付與你,我回去也。(下)(正末)多謝街坊。只因這婦人呵,氣死我兒女夫妻。罷、罷、罷!

【**賺煞**】折倒了銅斗兒好家緣,錦片似莊宅地。他一剗的瞞心昧己,湛湛青天不可欺。誰承望財散人離,見兒女哭啼啼。

我眼見的無那活的人也,這兩個孩兒要在他手里過日子,只淂回嗔作喜,哀告他一告。二嫂,

我則索把你來央及,你是必擡舉的到大只。

(外旦)你放心的死,我知道。(正末)

誰承望匾金環事起,則爲我貪圖些小利,李孔目也,今日箇淂便宜番做了落便宜。

(下)(官)兀那婦人,你隨衙聽候。(外旦)理會的。(下)(官)將馬家,我回私宅去也。(下)

第三折

(劉唐上)手拿无情棒,懷揣滴泪錢。曉行狼虎路,夜伴死尸眠。自個劉唐便是。今日李孔目結勾梁山泊强賊山兒李逵,受了他一付匾金環,招狀已定,下在牢里。當初我悮了假限,直廳打了我四十;今日他也犯下來了,下在牢里。與我拿出來!

(史進拿正末上)(劉)入牢先喫三十殺威棒。(史)這三十殺威棒就打死了。看史進面皮,饒了孔目哥罷。(劉)他今日有哀告我

的日子?(正末)哥哥休記舊恨。(劉)我不和你一般見識,入牢去。(正末入牢科)(劉)兀那李孔目,我這一回有些悶①倦,你唱個曲兒我聽。(正末)我有甚麽心腸且唱曲兒?(劉)你若不唱,我一頓棍就打死你!(正末)哥哥,小曲兒也罷。(劉)你不要唱舊的,你説你當初怎生上花臺做子弟,你這小渾家怎生出首,你都唱在里面。(正末)哥哥,我唱!

【普天樂】劉唐你是狠爹爹,整折倒了我三箇月!都則爲偷寒送煖,我和他義断恩絶,那婆娘衠一味嫉妬心,无半米着疼熱。指望和意同心成家業,到送的俺子父每兩處分别。那婆娘這其間知他是醒也醉也?我如今知他是死也活也?

僧住、賽娘兒呵,

知他是有也无也?

(劉)史進,我如今吃飯去,你休解了他繩索,我便來。(下)(史)哥哥,你當初上花臺,做子弟,怎生受用快活?你説一遍,我試聽咱。(正末)兄弟,一言難盡,我説你聽,

【商調】【集賢賓】想着俺二十年把筆將儒業學,

兄弟,我爲這婦人呵,

折倒了銅斗兒好窠巢。怎承望浪包婁官司行出首,送的箇李孔目坐禁囚牢。豈不聞天網恢恢,也是我自受自作。赤緊的有疼熱大渾家亡过了,想俺那小冤家苦痛嚎咷。我不合赤心娶妓女,到將犯法罪名招。

【逍遥樂】送的俺一家兒四分五落,又不敢聲揚,我則索心中暗嗷。没來由惹下風雹,撞着這冤業難逃。又不曾把神靈觸犯着,遭着這犯法違條。我如今身纏鐵鎖,項帶沉枷,你教我怎淂消摇?

(云)兄弟也,我且歇息一會咱。(做睡科)(史)哥哥睡了,我也歇息則。

(二俫送飯上)我是李孔目的孩兒,與俺爹爹送飯,可早來到也。爹爹,爹爹!(正末醒科)兀的不是僧住、賽娘的声音?史進兄

① 應爲"悶"。

弟。(史醒科)哥哥怎的?(正末)

【醋葫蘆】我恰纔困騰騰盹睡着,牢門外誰唱叫?聽多時認的語聲高。爲甚兩三番把兄弟厮定攪?必定是小冤家來到,告兄弟休淂怕勤劳。

(史)這叫門的不是你兩個孩兒那?(正末)兄弟,是僧住、賽娘送飯來。(史)我出去開開這門。(做見科)真個是孩兒送飯來。(俫)牢子哥哥把門開,怎不教我泪盈腮?兩個冤家别无事,負屈親爺送飯來。(史哭云)孩兒,痛殺我也!你在這里,將飯來我拿與你老子喫去。我關上這門,哥哥,孩兒送飯來,你喫些。(做喂科)(正末)

【醋葫蘆】我將這一匙飯口内挑,孩兒在牢門外心内焦。我爲甚兩下里自量度?

(俫叫)爹爹!(正末)

孩兒那里叫爹爹,我應一聲猛搶了。

(做噴史身上科)

兄弟展污了衣服休淂焦躁,告兄弟可怜見且躭饒。

(史)污了衣服不打緊。哥哥,你有甚麽言語?(正末)兄弟,我眼見的无那活的人也。着孩兒過來,我看一看,死也死的甘心。(史)哥哥,我着孩兒進來。我開開這門。孩兒,跟我進來,看你父親去。(史引俫見正末科)(俫)爹爹,我送飯來。(正末)孩兒,兀的不痛殺我也!僧住,你那頭上怎麽破了來?(俫)是二娘打破了來。(正末哭)孩兒也,兀的不痛殺我也!

【梧葉兒】把孩兒相凌辱,折倒的黄瘦了,使不的你家富小兒驕。頭上蝨如噴飯,我心中如刀攪。把衣服扯的似紙提條,

哎喲!僧住、賽娘,兒也,

這是兒女每没爺娘下稍。

(劉唐上)吃了幾盃酒,牢中看賊去來。開門來!(史)劉唐來了也,教孩兒且躲在一壁者。(做躲科)(史)我開開這門。哥哥來了也。(劉)史進,你敢把囚人放了繩索來?(史)您兄弟怎麽敢?(劉)我試看去。(做看科)兀的不鬆了繩索也?這兩個小的,是

誰家的業種？（做打正末、打倈科）（正末）

【後庭花】你看我痛煞煞怎動摇？眷①梁上粗棍子栲。

（刘）這兩個業種是那里的？（正末）

把僧住支殺的拖將去，連賽娘合撲的帶了一交。哥哥你休心焦，把往事從頭還報。白日裡不同草草，衙獄里鬧炒炒。將軍柱釘頭髮稍，十字下了滚肚索，緊邦邦匣定脚。

【雙鴈兒】我可甚上床猶自想來朝，養小來防備老。不想哥哥又來到，哥哥你休躁暴，孩兒也無處逃。

（外旦上）我在家中打那兩個業種，一會不見了他。我往牢里看李孔目去。牢子哥哥，開門。（刘）甚麼人叫門？我開開這門。（外旦）哥哥，我來看李孔目里。（刘）你進去。你那兩個小的也在這里。（外旦見科）好也，你兩個小業種，原來在這里！（正末）

【柳葉兒】又是俺後堯婆來到把孩兒打栲，撾揉狠牢子又來添繩索，送的我零落！哎！你箇女多嬌，天也！我遭逢着惡限難逃。

（劉）史進，把李孔目下在後牢里去。（史）理会的。（史牽正末科）（正末）

【浪里來煞】少不淂一命歸，扭回頭他行坊。孩兒也你則去街坊鄰里宿今宵，赤緊的着疼熱的親娘亡化早。送的人七顛八倒，哎！你箇狠公人，拖逩的我入死囚牢。

（押正末下）（外旦）劉唐哥哥，我央及你，我與你兩錠銀子，你把李孔目盆吊死了，可不好？（劉）你放心，都在我身上。（外旦）哥哥，你若盆弔死了李孔目，我再相謝。若死了時，和我説一声兒。（下）（劉）要活的難，要死的可容易。我如今喫几鍾酒來，盆吊死了李孔目，称了我平生願足。我且到家中看看來。（下）

（刘唐上）自家刘唐便是。我把李孔目盆弔死了，我如今拖他出去，丢在亂葬坑里。（做拖尸出，放下科）把李孔目尸首丢在這坑里。兀的不下雨了？我回去罷。（下）

---

① 應爲“脊”。

(正末做醒科)

【雙調】【新水令】一靈真性離了軀腔,又被這雨和風半空飄蕩。我這里頭懶擡眼獐狂,七魄俱亡,悠悠的五魂喪。

(倈上)說俺爹爹死了,我看去。(做見科)兀的不是俺爹爹!(正末)

【胡十八】是誰人扳我脊梁?更摸着我胸膛?頭髮來揪眼獐狂?高叫在耳邊廂?原來是僧住和賽娘!他救到有半餉,我實丕丕入地獄,虛飄飄又上天堂。

(外旦上)劉唐弔死了李孔目,則怕說謊,我自看去。兀的不是李孔目?孔目也,我來看你里。(做哭科)(正末)

【沽美酒】那婆娘泪兩行,怎覷他這趨蹌。

(外旦)孔目也,我送衣服與你穿。(正末)

你待古是送千里寒衣女孟姜,我可是荒也那不荒,穿不的你那好衣裳!

【太平令】令史賽張鼎提控主張,哎,你箇蕭行首八步周行。想劉唐似不的司公馬漢,怎覷他輕狂勢相,我這里左想右想,不見了僧住和賽娘。

(外旦)這不是僧住、賽娘?(正末)

兒也似和李孔目一般模樣。

(外旦叫科)劉唐!劉唐!

(劉上)孔目娘子,你叫我麽?(外旦)我央你盆吊死李孔目,怎生又活了?(刘)要活的難,要死的容易,我着他還牢去。(外旦)若死了呵,我再與你一錠銀子。(下)(刘唐拖正末科)(正末)

【鴛鴦煞】横拖倒拽牢門上,前合後偃回頭望。囑付了僧住,遺留與賽娘。暢道拖出我牢門,和你娘墳院中葬,燒一陌紙潑一碗涼漿。欲要俺父子每團圓,則除是夢中想。

(劉拖正末下)

第四折

(邦老上)踏山皮鞋響,澗下厮鑼鳴。陌聞一陣血,正是俺强人。某山兒李逵是也。今有李孔目哥哥爲我下在死囚牢中。我問宋江哥哥告了一個月假限,將着一包袱金珠財宝,下山去搭救李孔目走一遭去。拜辞了宋江哥哥,並不辞了了波波。我今日亡生舍死,答救李孔目出地網天羅。(下)

(史進上)自家史進便是。如今李孔目被刘唐盆吊死了,誰想又活了,復還入牢中,我且回家中去。

(阮小五上)澗水潺潺繞寨門,野花斜插滲青巾。帶糟渾酒輪盆飲,葉子黄金整秤分。某乃宋江手下頭領阮小五的便是。奉宋江哥哥將令,着我持兩紙書招安史進、刘唐。我遠遠的跟着,説這個人是史進,我試問咱。(做見科)敢問尊兄貴姓?(史)在下史進。(阮)既是史大哥,俺宋江哥哥着我送書,來請哥哥上山。(史接書科)

(劉唐撞上,扯史進。云)好也,你原來結交梁山泊好漢!(史芳①科)不是,不是!(阮)此位是誰?(劉)在下劉唐。(阮)宋江哥哥也有書與哥哥。(史扯劉科)好也,你原來結勾梁山泊强人!(劉)罷、罷、罷!俺一同到牢中救了李孔目,同上梁山見宋江哥哥去來。(同下)

(劉唐、史進扯正末上)(正末)

【中吕】【粉蝶兒】躲難逃灾,行行里兩步一陌,行不動東倒西歪。則我這五魂絶七魄散。撇在九霄雲外。流泪傷懷,恰便似蝴蝶兒滚成一塊。

【醉春風】則我這兩隻脚似飛梭,魂靈兒安在哉!想劉唐一片狠心腸,暢好是歹、歹!史進你救了我殘生,都是劉唐使的見識,争些兒把咱殺壞。

---

① 應爲“慌”。

(邦冲上)留下買路錢者!(劉、史躲科)(正末)兀的不諕殺我也!

【上小樓】我可便恰纔到來,他便待將咱殺壞。諕的我戰戰兢兢、悠悠蕩蕩、跪在塵埃,猛擡頭覷覷了失驚打怪。

我道是誰?

原來是匾金環故人安在。

太保,你認的我麽?(邦)你是誰?(正末)我是李孔目。(邦)誰是李孔目?(正末)則我便是李孔目。(邦)我聽言罷笑盈腮,荒忙扶上土坡臺。雲影萬重疑是夢,月明千里故人來。哥哥,你認的兄弟麽?則我便是山兒李逵。(正末)

【十二月】這一塲天來大利害,則爲那匾金環横禍非災。都是那劉唐的見識,史進他救了我的尸骸。今日淂遇你箇英雄劍客,恰便似鬼使神差。

(邦)哥哥,這事怎生犯了來?(正末)

【堯民歌】則被那浪包婁出首事明白,

(邦)不想今日遇着你兄弟也!(正末)

今日箇月明千里故人來。

(邦)那小婦好狠也!(正末)

爲受了些磣可可濕肉伴乾柴。

(邦)不想今日還有性命也。(正末)

恰便似九重天飛下紙赦書來,好教我傷懷。誰想你到來,今日跳出這連環寨。

(邦)哥哥,你怎生淂出這牢門來?(正末)兄弟,這里有兩個大恩人,你和他相見咱。(邦)在那里?(正末)兩個兄弟,來與李逵兄弟相見者。

(劉、史上,見科)(邦)二位是誰?(正末)這個便是劉唐、史進。(邦)兩位哥哥,宋江哥哥將令,着我下山招安你來。(刘)俺一齊上梁山見宋江哥哥去。看有甚麽人來?

(趙令史、外旦、俫兒同上)(外旦)趙令史,有這兩個業種,你與我勒死了罷。(净)我知道。(做勒科)(邦)兀的不有人來也,俺赶將去。(净)有人來了,俺走,俺走!(同外旦下)(邦同劉、史赶下)(正末見二俫)兀的不是僧住、賽娘,被奸夫、淫婦勒死了！我索救孩兒咱。

【快活三】我連忙將繩解開,早是我快疾來。猛然見了覷的明白,諕的我魂飛着青天。

【朝天子】早是我到來,把繩子快擡,怎着您死住他鄉外。則那淫婦奸夫其情忒歹,他將那慢麻繩咽喉上挨,他指望絶了我後代。有這場横灾,則俺那賢惠嫂今何在?

(邦同劉、史拿浄、外旦上)(邦)哥哥,拿住奸夫、淫婦也！將他兩個剖腹剜心,俺做按酒。(劉)將這兩個潑男女拿到梁山上殺壞。與李孔目同見宋江哥哥去。(同下)

(宋江一行上)某宋江是也。昨差阮小五招安劉唐、史進去了,又差山兒李逵救李孔目,都不見上山來。小校,看着來時,報伏我知道。

(正末同劉唐、史進、李逵、阮小五、趙令史、外旦、俫兒同上。見宋江科)(邦)哥哥,你兄弟來了也。(宋)你都來了也。誰是李孔目、劉唐、史進?(邦)這個是李孔目,這個是劉唐,這個是史進。(宋)兀那綁縛的是誰?(邦)哥哥,這婦人是出首你兄弟的,他是李孔目的小渾家,那厮是趙令史,是這婦人的奸夫。(宋)李孔目、劉唐、史進,都爲頭領。將這兩個潑男女剖腹剜心,與李孔目雪恨報仇。殺羊造酒,做個慶喜筵席。(正末)多謝了哥哥！

【煞尾】謝仁兄拔救離塵埃,似枯枝淂雨花再開。將奸夫淫婦都殺壞,方顯義氣仁風播四海。

(宋)你聽我説,俺梁山聚集英豪,要替天行道公平。忠義堂施呈氣槩,結交的天下賢能。差李逵下山探聽,到東平不敢胡行。有二人閑争鬭毆,李山兒路見不平。一拳將平人打死,巡捕官怎敢容情。將李逵擒拿捉住,到官司拷打招承。論律法本該抵命,李孔目回護詳刑。李榮祖怜其好漢,搭救了李逵殘生。李山兒知恩來報,與孔目結爲弟兄。李逵送金環一付,孔目將金釵奉呈。被小婦首到當官,將孔目拷杻無停。阮小五入牢打探,去請你二位英雄。將小婦量决一刀,趙令史號令施行。今日個英雄聚會,便是俺豪傑相逢。做一個慶喜筵席,方顯的天理分明。

題目正名:

烟花則説他人過,僧住賽娘遭折挫。

山兒李逵大報恩,鎮山孔目還牢末。

都孔目風雨還牢末雜劇(《元曲選》本)

【劇目簡介】

雜劇,或爲元代李致遠①作。小説《水滸傳》中無類似劇情。

《元曲選》本,署"元李致遠撰""明吴興臧晉叔校",題目爲"李山兒生死報恩人",正名爲"都孔目風雨還牢末",比脈望館鈔校本多出數曲。四折一楔子,每頁九行,每行二十字。内頁簡稱"還牢末",每折後有音釋。

劇情與脈望館本大同小異,細節有所不同。

楔 子

(冲末扮宋江領卒子上)詩云:自幼鄆城爲小吏,因殺娼人遭迭配。宋江表字本公明,綽號"順天呼保義"。我乃宋江是也,山東鄆城縣人。幼年爲把筆司吏,因帶酒殺了娼妓閻婆惜,迭配江州牢城。路打梁山泊經過,有我結義哥哥晁蓋,知我平日度量寬洪,但有不得已的英雄好漢,見了我時,便助他些錢物,因此天下人都叫我做"及時雨"宋公明。晁蓋哥哥并衆頭領讓我坐第二把交椅。哥哥三打祝家庄身亡之後,衆兄弟讓我爲頭領。今東平府有二人,乃是劉唐、史進,這兩個都一身好本事。他二人有心待要上梁山泊來,争奈不曾差人招安去。我今差山兒李逵下山,去請劉唐、史進走一遭。小僂儸,説與山兒李逵,着他小心在意,疾去早來。詩云:囑付他兩次三番,休違限便索回還。招安了劉

① 或云無名氏作,亦有記爲馬致遠者。

唐、史進,一齊的同上梁山。(下)

(丑扮孤引張千上)詩云:做官都説要清名,偏我要錢不要清。縱有清名没錢使,依舊連官做不成。小官姓尹名亨,字伯通。幼年進士及第,累蒙擢用,今陞東平府府尹之職。今日陞廳,坐起早衙。張千,説與六房吏典,有該僉押的文案,將來小官發落。

(正末扮李孔目同外扮史進上。云)小生東平府人氏,姓李名榮祖。幼年頗看詩書,今在東平府做着個把筆六案都孔目。這個兄弟是史進,在這衙門中爲五衙都首領。今日相公坐起早衙,有合稟的事務,須索見相公走一遭去。(正末入見科)(孤云)李孔目,有該僉押的文案將來僉押。(正末云)這一宗文卷,是李得打死人命事,看來是個過誤殺傷,不該抵命,則等大人發落。(孤云)將那李得拿上來。(正末云)史進,與我拿上廳來。(史進云)理會的。

(净扮李得上。云)某李得是也。這裏也無人,某乃梁山泊好漢山兒李逵,更改了名字,叫做李得。不想打街市經過,見一個年紀小的打那年紀老的,我心中不平,將那年紀小的揪過來只一拳,誰想拳頭上没眼,把他打死了。被巡捕官軍將我拿住,解在東平府來。今日大人要結斷,怎生是好?(做見科)(正末云)李得,你來了也。(李云)孔目哥哥,怎生可憐見!(正末云)李得,你本是致傷人命。我心裏見你英雄好漢,我好歹要救你。如今相公問你呵,你只説誤傷人命,不該死罪,我就好番案了。(史進云)兀那李得,你依着孔目的言語,要救你性命哩。(李云)若是救了小人的性命,我今生今世報答不得你,我轉生來世,做驢做馬報答孔目哥哥。(李入見,跪科)(孤云)這個便是李得?(正末云)這個便是!(孤云)兀那李得,你怎生打死人來?説你那根因。(李云)大人可憐見!小人見長街市上一個年紀小的打那年紀老的,小人路見不平,揪過那小的來,則一拳打死了。那年紀小的素無讎隙,誤傷其命,望大人可憐超生。(孤云)這正是誤傷人命。免他一死,杖脊八十,迭配沙門島去。(正末云)去了他那枷,杖斷八十者。(張千行杖科)六十、七十、八十。(孤云)便差個快走的解子,解赴沙門島去。(張千云)理會的。(李云)我出的這門來,多虧了孔目哥哥救我性命!哥,我問你,那個孔目姓甚麽?那裏居住?(張千云)他是李榮祖,在這大街街東裏居住。(李云)小人知道了,哎,李逵也,你好莽也!若不是孔目救了我這性命呵,可怎生了的?我如今先到李孔目門首等候着,此恩必當重報。正是虎着重箭難展爪,魚經鐵網怎番身。運去遭逢無義漢,時來報答有恩人。(下)(孤云)再有甚麽文案,將來我看。(正末云)這一宗文卷,是衙門中五衙都首領劉唐,悮了一個月假限。(孤云)張千,與我拿過劉唐來者。(張千云)劉唐那裏?

(浄扮劉唐上。云)自家劉唐的便是。悮了一月限期,大人呼唤,須索見去咱。(正末云)劉唐,你見大人去。(劉唐云)哥哥,怎生方便劉唐咱?(正末云)大人怪你,一時間分説不過,你且見去。(劉唐見跪科)(孤云)劉唐,你怎生悮了一個月限期?(劉唐云)小人則悮了二十日假限。(正末云)他有假帖在此。(孤看帖科。云)假帖上悮了一個月限,這廝説謊!(劉唐云)大人,路途遥遠,風雨阻隔,因此上悮了假限,大人可憐見!(孤云)李孔目,劉唐説風雨阻隔,路途遥遠悮限,這怎麽説?(正末云)小人不敢張主,任大人决斷。(孤云)休説他悮了假限,論説謊也該打四十。張千,拿下去杖脊四十!(張千打科。云)一十、二十、三十、四十。(孤云)搶出去!(劉唐出門科。云)哎喲,打了我這一頓!大人有心要饒我,李孔目不肯説個方便。你妬我爲寃,我妬你爲讎。你便是廳上的孔目,我便是泥鞋窄襪走隸公人?李孔目,你常踏着吉地行哩。有朝一日,文卷有些差錯,大人見怪,拿下你來。喒兩個休軸頭廝抹着!正是恨小非君子,無毒不丈夫。(下)(孤云)李孔目,再有甚麽文卷?(正末云)此外别無文卷。(孤云)既無文卷,張千,牽馬來,我回私宅去也。(下)(正末云)史進兄弟,衙門中無甚事,今日是你嫂嫂生辰之日,我回家去與他遞一杯壽酒去來。(唱)

【仙吕】【賞花時】每日衙中案事勤,無事街頭飲數巡。與妻子作生辰,更和着這幾個弟兄識認,把一杯酒同樂太平春。

(同下)①

第一折

(正末同旦趙氏、搽旦蕭娥、兩倈兒上)(正末云)小生李榮祖,現爲東平府都孔目。嫡親的五口兒家屬,大嫂趙氏,二嫂蕭娥,他原是個中人,我替他禮案上除了名字,棄賤從良,就嫁我做個次妻;這孩兒叫做僧住,女兒叫做賽娘。今日是大嫂生辰之日。小的每,安排酒來,我與大嫂遞一杯酒者。(做把盞科。云)大嫂,飲一杯壽酒,家私裏外多虧了你。(旦云)孔目,官府上下多生受你。孔目先飲。(正末云)大嫂請。(旦做飲科)(正末云)二嫂也飲一杯。(搽旦背云)一般都是夫妻,如何"也飲一盃"!(回云)孔目,我今日不耐煩喫酒也,不吃罷!

(李上。云)某行不更名,坐不改姓,自家是宋江手下第十三個頭領,山兒李逵便是。奉宋江哥哥的將令,差我下山請劉唐、史進同上梁山泊去。誰想打死了平人,本該抵命。若不是李孔目救了我呵,那得山兒這性命來?我如今到他家中,拜謝孔目走一遭去。問人來,這個門兒便是。孔目哥哥在家麼?(正末云)是誰喚門哩?僧住開門去。(倈做開門科。云)我開開這門,你是甚人?(李云)小哥,這裏敢是李孔目宅上麼?(倈云)這裏便是。(李云)小哥,煩你去報,有一朋友來拜望。(倈報云)父親,有一位朋友在門首。(正末云)請進來。(李進見科)(正末云)呀,我道是誰?原來是李得!你來怎麼?(李云)李得是該死之人,多虧哥哥救了性命,特來拜謝哥哥。(正末云)你也姓李,我也姓李,道不的一般樹上兩般花,五百年前是一家。你多大年紀了?(李云)小人二十五歲。(正末云)我三十歲。不是我要便宜,我有心認你做個兄弟,你意下如何?(李云)哥哥,您兄弟願隨驢把馬也。(正末云)兄弟,你表德喚做甚麼?(李云)您兄弟不是歹

---

① 【音釋】鄆,雲去聲。掤,音班。窄,齋上聲。

人,我不是李得。(正末云)你不是李得,可是誰?(李云)您兄弟是梁山泊宋江手下第十三個頭領,則我便是山兒李逵。(搽旦背聽科。云)哎,原來李孔目結交梁山泊强盜!我聽者,看他再説甚麽。(正末背云)哎,原來是梁山泊好漢!我待番悔來,則怕兄弟心中不穩實,到如今也罷!兄弟,我無甚麽相送,大嫂,將你那一隻金釵與兄弟權爲路費。(做與釵科)(李云)量兄弟有何德能,受哥哥路費,恩義難忘。(正末云)兄弟,拜義如親,禮輕義重,笑納爲幸。(李云)多謝了哥哥。兄弟無物回答,這一對匾金環與哥哥權爲謝禮。(正末云)兄弟,我不要,你自拿去做盤費。(李背云)哥哥不要,則除是這般。(回云)則今日辭別了哥哥,便索回去也。(拜别科)(正末云)兄弟,一路上小心在意。(李云)我出的這門來,哥哥,你放心,日後有事,必當重報。詩云:我本爲請史進早赴梁山,遇孔目救我回還。待日後當圖重報,暗留下一對金環。(下)(正末云)僧住,關上門去。(倈云)我關上門去。(做見環科。云)地下一對環子,我拾將起來,與俺爹爹看去。(做見正末科。云)爹爹,我纔關門去,拾得一對金環。爹爹試看咱。(正末云)將來我看。(做看科)(正末云)哎,誰想他見我不受這匾金環,故意丢下去了。僧住,你將着這環子,不論前街後巷,尋着交與他去。(倈云)他去了好多時,那裏尋去?(搽旦云)僧住,你手兒的拿來我看。(做接環見末科。云)孔目,你好没正經,小孩子家拿着金環子那裏趕那人去?(正末云)這等,二嫂你且收着這金環,待他來時,交付與他。(搽旦收環科,下)(正末見旦。云)大嫂,我在衙門中斷了一樁事:李得打死平人,我救他的性命,杖了八十,他無甚麽謝我,將着一雙匾金環子與我。他見我不受,丢下了。我教僧住趕他不上,拿回來了。

(搽旦上。云)我在這窗外,聽他兩口兒再説甚麽。(旦云)那匾金環在那裏?(正末云)遞與二嫂收了。(旦云)他到俺家幾日光景,怎生與他收着?孔目,你尋思咱,你取回來者。(正末云)若取回來,不生分了他心?過幾日慢慢取罷。(同下)

(搽旦上。云)我原是此處一個上廳行首,爲當不過官身,納了官衫帔子,禮案上除了名字,脱賤爲良,嫁了李孔目。争奈舊性不改,這府衙裏有個典吏姓趙,我瞞着孔目和他暗暗的來往。我着人叫他去了,這早晚還不見來。

(浄扮趙令史上。云)自家姓趙,在這東平府做個典吏。有這李孔目第二個渾家蕭娥,他是個中人,他原舊和我作伴。今日又着人來唤,我須索走一遭去。可早來到也。(做咳嗽,搽旦見科。云)趙令史,你來了也,進來家裏坐。(趙令史云)李孔目在家麽?(搽旦云)孔目往衙門中去了。(趙令史云)今日叫我來你家做甚麽?(搽旦云)我有一件小事,請你來,喒兩個計議。近日李孔目衙門中救了一個死罪犯人,就認他做兄弟,與他一隻金釵做盤纏,那人回奉一雙匾金環子。(趙令史云)二嫂,何水無魚?何官無私?孔目既然救了他性命,那人怎得不來相謝?(搽旦云)令史,我聽的那人説來,他是梁山泊好漢宋江手下第十三個頭領山兒李逵便是。(趙令史云)那梁山泊果然有個李逵。原來孔目結交賊人!二嫂,你曉的拿賊要賍,拿姦要雙。如今那匾金環子在誰人收着?(搽旦云)李孔目交與我收着哩。(趙令史云)將來我看。(搽旦出環科)(趙令史云)好一雙匾金環,可不是梁山泊賊人帶的?那人怎生模樣,你記的麽?(搽旦云)那人身材長大,面皮黑色,一部髯髯。(趙令史云)可不是梁山泊賊人黑旋風山兒李逵!如今上司畫影圖形、排門粉壁,捉拿他哩。你如今將着這環子,衙門中出首去,我在大人案下,替你分説。二嫂,我在那裏等,你疾便早來。(搽旦云)令史,你如今先去衙門中等着,我便來出首。(趙令史云)我先去,你快些來,(同下)

(孤引趙令史、劉唐、史進上。云)下官府尹,今日陞廳,坐起早衙。張千,喝攛箱。(張千云)在衙人馬平安!(搽旦云)來到衙門首了。冤屈也!(孤云)張千,拿過那婦人來。(搽旦見跪科)(孤云)兀那婦人,你告甚麽?(搽旦云)婦人是李孔目第二個渾家。李孔目結勾梁山泊賊人山兒李逵,與他一隻金釵,那賊漢回了四兩重一雙匾金環子。大人不信呵,則這便是金環。(孤云)金環子正是梁山泊賊人帶的。

(趙令史上。云)相公,李孔目是執法吏,怎麽交結强賊?相公勾將他來,仔細推問他。果若是執法犯法,此罪非小。(孤云)便與我拿將來。今日該誰當直?(史進云)該史進當直。(劉唐争科。云)該劉唐當直。(史進云)劉唐,該是我。(劉唐云)史進,你須與李孔目是一路人。(史進云)哥,是你當直罷。(孤云)劉唐,便與我拿將李孔目來者。(劉唐云)理會的。我出的這門來。李孔目,原來你也犯下了,便好道"讎人相見,分外眼明"。我領着大人的言語,拿李孔目去來。(下)(史進云)你看劉唐挾那舊讎,拿哥哥去了,争奈嫂嫂染病,我親自看哥哥走一遭去。(下)(趙令史云)相公,衙門無事,請轉廳。(孤云)趙令史,我且轉廳,等拿將李孔目來,快報我知道。(同下)

(正末同旦抱病上。云)我李孔目不想大嫂染病,服藥不効,不知是甚麽症候?(旦云)孔目,我這病覷天遠,入地近,眼見的無那活的人也。(正末云)大嫂,且自將息你那身子,我好是煩惱也呵!(唱)

【仙吕】【點絳唇】刷卷纔回,從頭省會來家内。大嫂又染病躭疾,空着我兩下裏難支對。

【混江龍】則爲這虚名薄利,生憂的鬢邊白髮故人稀。孩兒又語言焦聒,大嫂又性命顛危。都則爲一二載烟花新眷愛,送了俺二十年兒女舊夫妻。他與我生男長女立計成家,如今便眼睁睁親看見摟着别人睡,他便心腸似鐵,怎不的怒氣如雷。

(旦云)孔目,我這病是憂思愁慮上得來的。(正末唱)

【油葫蘆】俺家積趲下乾柴糴下米,喒可便少甚的?

(帶云)大嫂,這病若痊可了呵,(唱)

我可便謝天謝地謝神祇。我不願金玉重重貴,只願的兒女年年會。我這裏自窨約多半日,更有城中房店田中地,我可便愁着不愁衣。

【天下樂】你還待不吃不穿强支持,我只要你將也波息這病體,

(帶云)僧住兒也,(唱)

你姨姨早晚在那裏?

(倈云)敢是請太醫去了也?(正末云)多早晚去了?(倈云)早辰

間去了。(正末唱)

我晝卯呵來的早,他請太醫直恁般遲,我看他請不來説箇甚的?

(旦云)孔目,你如今娶了這個婦人,將俺那二十年兒女情分都抛撇的無了,你則是向那婦人。(正末唱)

【那吒令】你恁般病也是自己害的,我但開口便説順着小的。他雖不中,你也不是箇善的。那婆娘重一斤,你十六兩無偏墜,不由我冷笑微微。

【鵲踏枝】你罵他潑東西,我心知您兩箇等秤稱來,都一般輕重高低。誰與你挑脣料嘴,辨别箇誰是誰非?

(云)怎生這早晚不見二嫂來?

(劉唐拏鎖條)(史進隨上。云)劉唐哥,李孔目哥哥一時間不是了,哥哥休記舊讎。(劉唐云)史進,這是他自犯下來的,教我怎生回護他?早來到他門首,我唤門去。(史進云)等兄弟唤門去。哥哥開門來。(劉唐怒云)怕驚了他家産婦?過來,等我叫。李孔目,開門!開門!(正末云)甚麽人這等大驚小怪?待我開開這門。(做見科)(正末云)劉唐、史進,你做甚麽大驚小怪的?(劉唐云)怎生大驚小怪的,你家裏不敢那?(正末唱)

【寄生草】哎,你箇狠公吏休唱叫,

(帶云)劉唐靠前來,你看波,(唱)

俺家裏有不快的。

(劉唐云)衙門中勾你哩。(正末唱)

爲甚麽苫眉努目閑淘氣,你來我去無些禮,揎拳攞袖喬聲勢?適纔個打門時叫的你嘴皮乾,

(帶云)有一日到衙門中呵,(唱)

我敢粗棍子杵的你腰節碎!

(劉唐云)你要打我?且等我今日鎖你一鎖。(正末云)我伸與你脖子,你敢鎖我麽?(劉唐云)我怎麽不敢鎖你?(正末云)鎖可容易開可難。大嫂,只怕我有錯了的文案,折証的明白,我便來家也。(同下)(旦云)孔目不知爲甚麽勾當,只怕那小婦告下狀來。我又不快,眼見的無那活的人也!(下)

(孤引趙令史上。云)差的劉唐勾李孔目去了,這早晚還不見來?(劉唐、史進拿正末上,做見科)(劉唐云)大人,勾將李孔目來了也。(孤云)張千,拏過那婦人來。(張千拿搽旦跪科)(正末云)大人,有的事罪坐家長,容小人自認,怎生勾的二嫂來?(做問科。云)二嫂。(搽旦云)大嫂迷了眼,怎生叫二嫂?(正末云)你有甚事在這裏?(搽旦云)是你犯下事,怕不連累着我那!(孤云)李孔目,你知罪麽?(正末云)小人不知罪。(孤云)李孔目,有首告你結交强賊,受了匾金環一雙。你是執法的人,怎生犯下這等勾當?(正末云)大人可憐見,小人是知法的人,怎敢結交强賊?並無此事。(趙令史云)大人,不打不招。(孤云)與我打着者!(劉唐打末科)(孤云)你從實招了罷!(正末唱)

【醉中天】那裏有令史每結勾强賊理,如今世上媳婦論丈夫的稀!這金環也只在我家權頓寄,我應當吃不出首的官司罪。他亂打拷教我招承箇甚的?一壁廂官司又臨逼,我可甚家有賢妻!

(孤云)劉唐,與我打着者!(做打科)(正末云)我那裏受的這般苦楚。我知道了,這婦人當初與趙令史有姦,也要娶他來。這是我的不是了也!(唱)

【後庭花】告你箇掌王法的党太尉,告你箇葫蘆提的包待制。哎!你箇有丈夫的蕭行首,天也!送了我的匾金環柳盜蹠。一杖起一層皮,暢好是腕頭着力。可正官不威牙爪威,直恁般有氣勢?打到有五六十,你休學俺做小的。將普天下小婦每拘刷來,一搭裏砧刀上剁做肉泥,大鍋裏熬做汁。

(帶云)您不信,試嘗波。(唱)

【青哥兒】他則是一般、一般滋味,我吃了六問、六問三推,我如今手擱着胸膛悔後遲。我當初憑着良媒取到我家裏,换套兒穿衣,揀口兒吃食。這婆娘飽病難醫,把贓物收執,早報與官知,斷送我頭皮。我勸你這一火良吏,再休把妓女娶爲妻,則我是傍州例。

(趙令史云)李孔目,休閒説,你招了罷!(正末云)罷!罷!罷!是我結勾强人來。(孤云)既如此,將李孔目下入死囚牢中去者。(劉唐云)理會的。上了枷,送入牢中去。(做枷押正末出門科)

(街坊領倈兒上。云)李孔目在衙門中,我送這一雙兒女去,可早來到也。(做見科。云)李孔目,我每是街坊鄰舍。你大渾家亡化過了,這是他一雙兒女,我交付與你,我回去也。(下)(正末云)多謝,多謝!只因這婦人呵,氣死我兒女夫妻。罷、罷、罷!(唱)

【賺煞】折倒了銅斗兒好家緣,錦片似莊宅地。他一剗的瞞心昧己,湛湛青天不可欺。誰承望財散人離,見兒女哭啼啼。

(云)我眼見的無那活的人也,這兩個孩兒要在他手裏過日子,只得回嗔作喜,告他一告。二嫂,(唱)

我則索把你來央及,你是必擡舉他來長大日。

(搽旦云)你放心的死,我知道。(正末唱)

誰承望匾金環事起,則爲我貪圖些小利,

(帶云)李孔目也,(唱)

今日箇得便宜翻做了落便宜。

(下)(孤云)兀那婦人,你隨衙聽候,另日發落。詩云:莫怪咱貪酷王法無私曲,只因趙令史送了李孔目。一對匾金環,入官充罰贖。若是蕭娥没老公,今夜衙裏宿。(衆隨下)①

第二折

(劉唐上)詩云:手拿無情棒,懷揣滴淚錢。曉行狼虎路,夜伴死尸眠。自家劉唐便是。今日李孔目結勾粱山泊强賊山兒李逵,受了他一付匾金環,招伏已定,下在牢裏。當初我悮了假限,直廳打了我四十;今日他也犯下來了,下在牢裏。與我拿出來!

(史進拿正末上)(劉唐云)舊規犯人入牢,先吃三十殺威棒。(史

① 【音釋】帔,音備。刷,雙寡切。疾,精妻切。的,音底。祇,音其。窨,音蔭。約,音杳。日,人智切。息,喪擠切。苫,聲占切。揎,音宣。攞,羅上聲。逼,音彼。蹠,張耻切。力,音利。十,繩知切。砧,音針。汁,張耻切。摑,乖上聲。食,繩知切。執,張耻切。宅,池齋切。剗,音産。及,更移切。

進云)這三十殺威棒就打死了。看史進面皮,饒了他罷。(劉唐云)他今日也有哀告我的日子?(正末云)哥哥休記舊恨。(劉唐云)我不和你一般見識,且入牢去。(正末入牢科)(劉唐云)兀那李孔目,我這一回有些悶倦,你唱個曲兒我聽。(正末云)我有甚麼心腸還唱曲兒?(劉唐云)你若不唱,我一頓棍子就打死你!(正末云)哥哥,小曲兒也罷。(劉唐云)你不要唱舊的,你當初怎生娶那小渾家,他又怎生出首,你都要唱在裏面。(正末云)哥,我唱,我唱!(唱)

【中吕】【普天樂】劉唐你是狠爹爹,整折倒了我三箇月!都則爲偷寒送煖,我和他義斷恩絶,那婆娘衠一味嫉妬心,無半米着疼熱。指望和意同心成家業,到送的俺子父每兩處分别。那婆娘這其間知他是醒也醉也?我如今知他是死也活也?僧住、賽娘兒呵,知他是有也没也?

(劉唐云)史進,我如今吃飯去,你休解了他繩索,我便來。(下)(史進云)哥哥,你當初上花臺,做子弟,怎生受用快活?你説一遍,我試聽咱。(正末云)兄弟,一言難盡。我説你聽:(唱)

【商調】【集賢賓】想着俺二十年把筆將儒業學,

(帶云)兄弟,我爲這婦人呵,(唱)

折倒了銅斗兒好窠巢。怎承望浪包婁官司行出首,送的箇李孔目坐禁囚牢。豈不聞天網恢恢,也是我自受自作。赤緊的有疼熱大渾家亡過了,想俺那小冤家苦痛嚎咷。我不合痴心娶妓女,倒將犯法罪名招。

【逍遥樂】送的俺一家兒四分五落,又不敢聲揚,我則索心中窨約。没來由惹下風雹,撞着這冤業難消。又不曾把神靈觸忤着,怎做的犯法違條。我如今身纏鐵鎖,項帶沉枷,你教我怎得消摇?

(云)兄弟也,我且歇息一會咱。(做睡科)(史進云)哥哥睡了,我也歇息者。

(二俫送飯上。云)我是李孔目的孩兒,與俺爹爹送飯,可早來到也。爹爹,爹爹!(正末醒科。云)兀的不是僧住、賽娘的聲音?史進兄弟!(史進醒科。云)哥哥怎的?(正末唱)

【醋葫蘆】我恰纔困騰騰盹睡着,牢門外誰唱叫?聽多時認的語聲高。爲甚兩三番把兄弟厮定攪?多敢是小冤家來到,告兄弟休得怕勤勞。

(史進云)這叫門的不是你兩個孩兒那?(正末云)兄弟,是僧住、賽娘送飯來。(史進云)我出去開開這門。(做見科。云)真個是孩兒送飯來。(俫哭科)詩云:牢子哥哥把門開,怎不教我淚盈腮?兩個冤家别無事,只爲負屈親爺送飯來。(史進哭科。云)孩兒,痛殺我也!你在這裏,將飯來我拿與你老子吃去。我關上這門,哥哥,孩兒送飯來,你吃些。(做喂科)(正末唱)

【么篇】我將這一匙飯口内挑,孩兒在牢門外叫了幾遭。我爲甚兩下裏自量度?

(俫叫科。云)爹爹!(正末唱)

孩兒我可也剛應的一聲猛搶了。

(做噴史進身上科。唱)

展污了你衣服便休嗔鬧,告兄弟可憐見且躭饒。

(史進云)污了衣服不打緊。哥哥,你有甚麽言語?(正末云)兄弟,我眼見的無那活的人也。着孩兒過來,我看一看,死也死的甘心。(史進云)哥哥,我着孩兒進來。我開開這門。孩兒,跟我進來,看你父親去。(史進引俫見末科)(俫云)爹爹,我送飯來。(正末云)孩兒,兀的不痛殺我也!僧住,你那頭上怎麽破了來?(俫云)是二娘打破了來。(正末哭云)孩兒,兀的不痛殺我也!(唱)

【梧葉兒】把孩兒相凌辱,折倒的黄瘦了,使不的你家富小兒驕。頭上血如噴飯,我心中如刀攪。把衣服扯得似紙提條,

(帶云)哎喲!僧住、賽娘,兒也,(唱)

這是兒女每没爺娘的下稍。

(劉唐上。云)吃了幾杯酒,牢中看賊去來。開門來!(史進云)劉唐來了也,教孩兒且躲在一壁者。(做躲科)(史進云)我開開這門,哥哥來了也。(劉唐云)史進,你敢把囚人放了繩索來?(史進云)您兄弟怎麽敢?(劉唐云)我試看去。(做看科。云)兀的不鬆了繩索也?這兩個小的,是誰家的業種?(做打末、俫科)(正末云)哥哥,只打我罷,饒了這兩個小的。(唱)

【後庭花】你看我痛煞煞怎動摇？脊梁上粗棍子拷。

(劉唐云)這兩個業種是那裏來的？(正末唱)

把僧住支殺的拖將去，連賽娘合撲的帶了一交。哥哥你莫心焦，把往事從頭還報。白日裏非草草，牢獄中鬧炒炒。將軍柱釘頭髮稍，十字下滚肚索，緊邦邦匣定脚。

【雙鴈兒】我可甚上牀猶自想明朝，養小來防備老。不隄防哥哥驀來到，哥哥你休躁暴，孩兒難打熬。

(搽旦上。云)我在家中打那兩個業種，一會兒不見了他。我往牢裏看李孔目去。牢子哥哥，開門。(劉唐云)甚麽人叫門？我開開這門。(搽旦云)哥哥。我來看李孔目哩。(劉唐云)你進去。你那兩個小的也在這裏。(搽旦見科。云)好也，你兩個小業種，原來在這裏！(正末唱)

【柳葉兒】這都是後堯婆兇惡把孩兒打拷，搊揉狠牢子又來添繩索，教我怎禁着！哎，你箇女多嬌，則被你斷送我也地網天牢。

(劉唐云)史進，把李孔目下在後牢裏去。(史進云)理會的。(史牽入科)(正末唱)

【浪裏來煞】我眼見的一命抛，也留不得三更到。孩兒也你則去街坊鄰里宿今宵，赤緊的着疼熱的親娘亡化早。害的人七顛八倒，天那！這都是我五行中惡限怎生逃。

(史進押末下)(搽旦云)劉唐哥哥，我央及你，我與你兩錠銀子，你把李孔目盆吊死了可不好？(劉唐云)你放心，都在我身上。(搽旦云)你若盆弔死了李孔目，我再相謝。若死了時，和我説一聲兒。(下)(劉唐云)要活的難，要死的可容易。那李孔目如今是我手裏物事，搓的圓，捏的匾，拚得將他盆弔死了，一來賺他幾個銀子使用，二來也償了我平生心願。我且吃杯酒去，再來下手，不爲遲哩。(下)①

① 【音釋】月，魚夜切。絶，藏靴切。衕，音肫。熱，仁蔗切。業，音夜。別，皮耶切。學，奚交切。巢，鋤嘲切。作，音早。嚎，音豪。啕，音逃。落，音澇。雹，巴毛切。着，池燒切。盹，頓上聲。度，多勞切。

第三折

(劉唐上。云)我把李孔目盆弔死了,如今拖他出去,丢在死人坑裡。(做背屍出,放下科。云)把李孔目屍首丢在這坑裏。呀,兀的不下雨了!我回去罷。(下)(正末做醒科。唱)

【雙調】【新水令】一靈真性離了軀腔,又被雨和風半空飄蕩。我這裏頭瞑眩眼獐狂,七魄俱亡,剗的醒回來怎承望!

(俫上。云)聽的人説俺爹爹死了,我去看咱。(做見科。云)兀的不是俺爹爹!(做叫科)(正末唱)

【沉醉東風】又不是夢兒中精神惚恍,又不是身死後魂氣悠揚,又不是實丕丕地獄間,又不是虚飄飄天堂上。多喒在鬼門關被叫轉還鄉,待我手摸着心頭暗酌量,畢竟個是真是謊?

(俫叫)(正末做開眼科。唱)

【胡十八】是那個扳我脊梁?是那個摸我胸膛?是那個把頭髮來揪、肐膊來搪?是那個喳喳的高叫在耳邊廂?原來是僧住和賽娘!他救到有半餉,也則爲父子每情切切,因此上兒女每意慌慌。

(俫云)爹爹,你適纔已死了也,是我每叫轉來的。(正末云)兒也,(唱)

【喬牌兒】這幾時在那方?怎不見頻來往?莫不是晨昏茶飯無人掌?瘦的你也損傷。

(俫云)不要説起茶飯,那二娘不打我也還好過。(正末哭科。唱)

【落梅風】苦也囉你没了親娘,偏留着二娘,把你來打的個不成模樣。常言道隔層肚皮隔垛牆,怎想他知疼着痒!

(搽旦上。云)劉唐弔死了李孔目,則怕他説謊,我自看去。兀的不是李孔目?孔目也,我來看你哩。(做哭科)(正末唱)

【沽美酒】他、他、他假提着淚兩行,怎覷他這趨蹌。

(搽旦云)孔目也,我送衣服與你穿。(正末唱)

你大古是送千里寒衣女孟姜,可教我忙也那不忙,穿不的你那好衣裳!

【太平令】令史呵賽張鼎千般智量,哎,你個蕭行首八步周行。儘着你風流情況,做出些輕狂勢相!我這裏左想、右想,不見了僧住、賽娘,

(搽旦云)這不是僧住、賽娘?(正末唱)

兒也和俺李孔目一般悲愴。

(搽旦云)孔目,你敢餓了,我去備些茶飯來與你吃。(下)(正末唱)

【川撥棹】那婆娘,他覷咱如糞壤。公然的作禍爲殃,巴不得中箭着鎗。還有甚心忙意慌。待將咱好供養!

【七弟兄】這場去向,又做出甚商量?浪包婁轉眼機謀廣,惡公人狠似虎和狼,恨不的把我潑殘生逼勒登時喪!

(搽旦叫科)劉唐!劉唐!

(劉唐上。云)孔目娘子,你叫我怎麽?(搽旦云)我央及你盆弔死李孔目,怎生又活了?(劉唐云)要活的難,要死的易,我着他還牢去。(搽旦云)若死了呵,我再與你一錠銀子。(下)(劉唐云)這打不死的賊,果然又活了,你依還牢裏去。(正末云)劉唐哥,我也曾替你同在衙門中來,直這般狠也?(唱)

【梅花酒】哀告你個劉唐,可憐我媳婦先亡,兒女悽惶,我又遭着官防。你也曾共府同堂,豈没半點情腸?只指望旱苗逢澍雨,怎忍教枯草打嚴霜?願哥哥做主張,暫寬我片時光。便今生死甘當,來世裏把恩償。

(劉唐云)你是死罪重犯,則除死罷了。不死怎麽放得你在外面?快還牢去!(做拖末科)(正末唱)

【收江南】呀,他把我死羊般拖遶入牢房,依舊硬邦邦匣定在囚牀,便鐵石人看見也心傷。非是俺口强,則不如早些兒死了落可便早收場。

(劉唐拖正末科)(正末唱)

【鴛鴦煞】横拖倒拽牢門上,前合後偃回頭望。囑咐了僧住,叮嚀與賽娘。暢道拖出我牢門,和你娘墳同葬,燒一陌紙漉一碗涼漿。欲要俺父子每團圓,則除是做一個夢兒想。

(劉唐拖正末同下)①

第四折

(李逵上)詩云:上山鞋履不聞聲,下山鑼鼓便齊鳴。驀然一陣風來處,知是强人帶血腥。某山兒李逵是也。今有李孔目爲我下在死囚牢裏。我問宋江哥哥告了一個月假限,將着一包袱金珠財寶,下山去搭救李孔目走一遭去。詩云:拜辭了宋江哥哥,並不辭道路奔波。此一去亡生捨死,救孔目出地網天羅。(下)

(史進上。云)自家史進便是。如今李孔目被劉唐盆吊死了,誰想又活了,復還入牢中,我須看他走一遭去。

(外扮阮小五冲上)詩云:澗水潺潺繞寨門,野花斜插滲青巾。帶糟渾酒輪盆飲,葉子黄金整秤分。某乃宋江手下頭領,綽號"活閻羅"阮小五的便是。奉宋江哥哥將令,着我持兩紙書招安史進、劉唐。我遠遠的跟着,説這個人是史進,我試問咱。(做見科。云)敢問尊兄貴姓?(史進云)在下史進。(阮小五云)既是史大哥,俺宋頭領着我送書來,請哥哥上山。(史進接書科)

(劉唐撞上,扭住。云)好也,你原來結交梁山泊好漢!(史慌科。云)不是,不是!(阮小五云)此位是誰?(劉唐云)在下劉唐。(阮小五云)宋頭領也有書與哥哥。(史扯劉科。云)好也,你原來結勾梁山泊强人!(劉唐云)罷、罷、罷!俺一同到牢中救了李孔目,同上梁山見及時雨去來。(同下)

(扶末,阮隨上科)(正末唱)

【中吕】【粉蝶兒】躲難逃災,行行裏兩步一驀,行不動東倒西歪。則我這五魂絶七魄散。撇在九霄雲外。流淚盈腮,恰便似蝴蝶兒滚成一塊。

【醉春風】則我這兩隻脚似騰空,魂靈兒如渡海。想着那婆娘一片狠

① 【音釋】瞑,音面。眩,虚眷切。搪,音唐。餉,賞去聲。蹌,音蹡。澍,音樹。迸,本去聲。

心腸，暢好是歹、歹！這都潑令史使的機謀，狠公人出的氣力，争些兒李孔目被他殘害！

(李逵冲上。云)留下買路錢者！(劉、史做躲)(阮小五拔刀科。云)來人休得造次！(正末云)兀的不誠殺我也！(唱)

【上小樓】你可便恰纔到來，他便待將咱殺壞。誠的我戰戰兢兢、悠悠蕩蕩、跪在塵埃，猛擡頭覷覷了失驚打怪，

(帶云)我道是誰？(唱)

原來是匾金環故人猶在。

(云)太保，你認的我麽？(李逵云)你是誰？(正末云)我是李孔目。(李逵云)誰是李孔目？(正末云)則我便是李孔目。(李逵)詩云：我聽言罷笑盈腮，慌忙扶上土坡臺。雲影萬重疑是夢，月明千里故人來。哥哥，你認的兄弟麽？則我便是山兒李逵。(正末唱)

【十二月】這一場天來大利害，則爲那匾金環惹禍招災。

(李逵云)哥哥，你既在牢裏，怎能勾出來？(正末唱)

這都是劉唐打開了牢獄，史進救了我屍骸。今日得遇你箇英雄劍客，恰便似鬼使神差。

(李逵云)哥哥，這事怎生犯了來？(正末唱)

【堯民歌】則被那浪包婁出首不須猜，

(李逵云)官府怎麽就信了他？(正末唱)

則這匾金環早做了我犯由牌。

(李逵云)那小婦好狠也！(正末唱)

爲受了些磣可可濕肉伴乾柴，

(李逵云)不想今日遇着兄弟，還有性命也。(正末唱)

恰便似九重天飛下紙赦書來，好教我傷也波懷。都是命合該，到今朝纔跳出這連環寨。

(李逵云)哥哥，你怎生得出這牢門來？(正末云)兄弟，這裏有兩個大恩人，你和他相見咱。(李逵云)在那裏？(正末云)兩個兄弟，來與李逵兄弟相見者。

(劉、史上，見科)(李逵云)二位是誰？(正末云)這個便是劉唐、

史進。(李逵云)兩位哥哥,當日我到東平府來,改名李得,本奉宋頭領將令,着我下山招安你兩個。不想爲打死了人,是李孔目救我性命,迭配沙門島去,不曾見的你哩。(劉唐云)俺一齊上梁山見宋江哥哥去。

(趙令史、搽旦、倈兒同上)(搽旦云)趙令史,有這兩個業種,被他牽帶不便,不如在這曠野裏,你將他勒死了罷。(趙令史云)我知道。(做勒科)(李逵云)兀的不有人來也,俺趕將去。(趙令史云)有人來了,俺走、走、走!(同搽旦下)(李逵同劉、史趕下)(阮小五云)李山兒趕人去了,有兩個小的,勒死在這裏。想那人也是不良的。(正末做看科。云)兀的不是僧住、賽娘,被姦夫、淫婦勒死了!我索救孩兒咱。(唱)

【快活三】我連忙將繩解開,早是我快疾來。猛然見了覷明白,險些兒活驚殺。

【朝天子】早是我到來,救的你醒來,怎忍見屈死在荒郊外。想着他淫婦姦夫其情忒歹,只待要斬絶了咱家代。他使着毒害,做這場佈擺,據情理難容貸。天也不蓋,地也不載,哎,則俺那賢惠嫂今何在?

(李逵同劉、史拿趙令史、搽旦上。云)哥哥,拿住姦夫、淫婦了也!將他兩個剖腹剜心,俺做按酒。(阮小五云)將這兩個潑男女拿到梁山上殺壞。與李孔目同見我宋頭領去。(正末唱)

【耍孩兒】你將咱做死的般相看待,怎知道還能闇闠?却元來你也自投下捨身崖,倒要我替你扛擡。蕭娥呵你在丈夫面上偏生狠,令史呵你在官府前頭使盡乖。到今日還咱債,可不道讎人相見,分外明白!

【二煞】想着你黑的是心、白的是財,只要圖人性命將人害。且看鬼門關上誰先到,枉死城中那個該。畢竟是行短的天教敗,少不得將你心肝百葉做七事家分開。

(宋江一行冲上。云)某宋江是也。昨差阮小五招安劉唐、史進去了,又差山兒李逵救李孔目,都不見上山來。小僂儸,踏着山岡,看他來時,報復我家知道。

(正末同李、阮、劉、史拿趙令史、搽旦、倈兒上,見宋江科)(李逵云)哥哥,你兄弟來了也!(宋江云)你每都來了也!誰是李孔目、劉唐、史進？（李逵云）這個是李孔目，這個是劉唐，這個是史進。（宋江云）兀那綁縛的是誰？（李逵云）這婦人是出首李家兄弟的，叫做蕭娥。（阮小五云）燒鵝倒也好配酒。（李逵云）那廝是趙令史，是這婦人的姦夫。（宋江云）那兩個小的呢？（李逵云）這叫僧住、賽娘，是李家兄弟一雙兒女。（宋江云）李孔目、劉唐、史進，都做山上頭領。將這兩個潑男女剖腹剜心，與李孔目雪恨報仇。一面殺羊造酒，做個慶喜筵席。（正末同劉、史拜科。云）多謝了哥哥！（唱）

【煞尾】謝仁兄拔救死再生，似枯枝得雨花再開。將姦夫淫婦都殺壞，方顯的義氣仁風播四海。

（宋江）詩云：俺梁山泊遠近馳名，要替天行道公平。忠義堂施呈氣槩，結交盡四海豪英。差李逵下山探聽，到東平偶見相爭。只一拳將人打死，被官司拷打招承。論律法本該抵命，李孔目搭救殘生。李山兒知恩圖報，送金環聊表微情。被小婦當官出首，將孔目熬盡嚴刑。阮小五入牢打探，兼請他劉、史同行。蕭行首剜心剖腹，趙令史號令山城。今日個英雄聚會，一個個上應罡星。早准備慶喜筵席，顯見的天理分明。①

題目：李山兒生死報恩人
正名：都孔目風雨還牢末

① 【音釋】活，音和。殺，音晒。潺，鋤山切。滲，森去聲。貸，音泰。剜，碗平聲。閘，争去聲。閩，音債。罡，音剛。

争報恩三虎下山雜劇(《元曲選》本)

【劇目簡介】

雜劇,元代無名氏作。《録鬼簿》《曲海目》《曲録》《曲海總目提要》等多有著録,現存《元曲選》本。小説《水滸傳》中無類似劇情。

《元曲選》本僅題"元撰""明吴興臧晉叔校",題目作"屈受罪千嬌赴法",正名作"争報恩三虎下山",文中頁側簡名作"争報恩雜劇"。四折一楔子,每頁九行,每行二十字。每折後有音釋。

劇演宋江連派關勝、徐寧至東平府打探消息,皆無回音,只得再派花榮下山接應。濟州通判趙士謙單身赴任,將妻兒權留在客店暫居。因病而陷入困境的關勝因賣狗肉,衝破趙妾王臘梅與丁都官的私情,并將丁都官打倒,王臘梅定要報官捉拿關勝,趙妻李千嬌出面爲關勝解圍,將其認作兄弟。徐寧下山亦患病,只得乞討爲生,偶然撞破王臘梅與丁都官的幽會,被指認爲賊,李千嬌再次出面解圍,將徐寧認作兄弟。花榮被人追趕,無意中躲到李千嬌房中,被趙通判碰到,花榮情急之下將趙刺傷。趙通判令王臘梅狀告李千嬌,致使其被下在死囚牢中。關勝、徐寧、花榮聞聽此訊,請假下山,劫法場救下恩人李千嬌,并將其他人等擒捉回山。李千嬌最終原諒了趙通判,奸夫、淫婦被處死,梁山衆人與李千嬌一家共慶團圓。

楔　子

(冲末扮宋江,引僂儸上)(宋江)詞云:只因悞殺閻婆惜,逃出鄆州城,佔下了八百里梁山泊,搭造起百十座水兵營。忠義堂高搠杏黄旗一面，上寫着“替天行道宋公明”。聚義的三十六個英雄漢，那一箇不應天上惡魔星？綉衲襖千重花艷，茜紅巾萬縷霞生。肩擔的無非長刀大斧，腰掛的盡是鵲畫鵰翎。贏了時，捨性命大道上趕官軍；若輸呵，蘆葦中潜身抹不着我影。某宋江是也。俺這梁山上，離東平府不遠，每月差個頭領下山打探事情去。前者差大刀關勝下山，去了箇月程期，不見回來；第二個月差金鎗教手徐寧下山接應去，也不見回來。小僂儸，便説與弓手花榮，下山接應兩個兄弟去。着他小心在意，休違悮者。詩云：傳軍令豈不分明，偏關勝違悮期程。着花榮速離營寨，下山去接應徐寧。（下）

（外扮趙通判同正旦李千嬌、搽旦王臘梅、净丁都管、倈兒上）（趙通判云）小官姓趙，雙名士謙，今爲濟州通判。嫡親的六口兒家屬，大夫人李千嬌，第二個夫人王臘梅，這個是丁都管，是大夫人陪送過來的。有一雙兒女，是金郎、玉姐。小官要赴任去，有那梁山一帶，道路難行。小官只得先去之任，將家屬留在這權家店上安下。待上任後，另差人馬迎接，一路上也好防護。夫人，你與衆家屬權寓在此，不久我便差人來取你。我如今收拾行裝先去也。（正旦云）相公穩登前路，等雨水晴時節，可來取俺老小每也。（搽旦云）相公，你一路上小心謹慎，早早的睡，遲遲的起。冷的休吃，吃了冷的生冷病；熱的休吃，吃了熱的生熱病；温的休吃，吃了温的生温病。茶也休吃，飯也休吃，酒也休吃，肉也休吃，麵也休吃，投至回家，餓的你娘扁扁的。（趙通判云）二夫人，你須好生看覷一雙兒女。丁都管，你用心伏事兩個妳妳，照顧行李。則今日我就辭别了夫人，上任去也。詩云：梁山路近苦難行，家屬權時旅店停。方信將軍不下馬，也須各自奔前程。（下）

（正旦云）丁都管，相公去了也，你前後執料去，我卧房裏收拾去咱。（下）（丁都管云）下次小的每，仔細火燭，早早的收拾家私停當，歇息了罷。我丁都管，元是大夫人帶過去的陪房。我通判相公又有個二夫人，與我有些不伶俐的勾當。他如今叫我有甚話説，且去問咱。（見搽旦，云）小妳妳，叫我有甚事？（搽旦云）相公去了也。丁都管,我嫁你相公許多年,不知怎麽説,我這兩個眼裏見不得他。我見你這小的,生的乾净濟楚,委的着人。我有心要和你吃幾鍾梯氣酒兒,你心下如何?(丁都管云)小妳妳可憐見,我正要吃幾鍾酒。吃便吃,則不要着大夫人知道,和你多吃幾杯。我若忘了你的恩,就死了過路兒的。我和你慢慢的吃酒。呀!恰似有個什麽人來。(搽旦云)不妨事,你靠着我坐,左右這裡無有外人,喒兩個慢慢的吃。

(關勝在古道。云)賣狗肉,賣狗肉!這裏也無人。某乃"大刀"關勝的便是。奉宋江哥哥的將令,每一個月差一個頭領下山打探事情。那一個月肯分的差着我,離了梁山,來到這權家店支家口,染了一場病,險些兒丢了性命。甫能將息我這病好也,要回那梁山去,争奈手中無盤纏。昨日晚間偷了人家一隻狗,煮得熟熟的,賣了三脚兒,則剩下一脚兒。我賣過這脚兒,便回我那梁山去了。來到這權家店,只見一箇男子搭着個婦人,一坨兒坐着喝酒。我過去賣這狗肉去。(見科。云)官人、娘子,買些香噴噴的狗肉吃可好?(搽旦云)兀那厮,甚麽官人、娘子!我是夫人,他是我的伴當!(關勝云)休鬬我耍,那得箇伴當和娘子一坨兒坐着吃酒?(丁都管云)我坐不坐,干你甚麽事?(關勝怒科。云)這厮好無禮也!我打這厮!(關勝做打)(丁都管做死科)(關勝云)不中,我走了罷。(搽旦云)打死人也!

(店小二上。云)拏住!拏住!(搽旦云)好也!你這厮白白的打死了我家伴當,更待干罷!我叫姐姐去。姐姐你出來,不知那裏走將一個大漢來,打死了俺丁都管也。

(正旦上。云)你叫我怎麽?(搽旦云)姐姐,一個賣狗肉的大漢,打死了俺丁都管也。(正旦云)在那裏?待我看咱。好一個壯士也!兀那漢子,你爲甚麽打死俺家的人?(關勝云)那壁娘子息怒。聽小人分辯。恰纔我道:"官人、娘子,買些香噴噴的狗肉吃。"那厮便道:"我是伴當,他是娘子,你怎麽趕着我叫官人?"我便道:"那箇伴當和娘子一坨兒坐着吃酒來?"那厮不由分説,將我亂打,被我可叉則一拳,丕的打倒在地。這也只是拳頭無眼,過誤打死了人。娘子怎生可憐見！（正旦云）你姓甚名誰？（關勝云）我不是歹人，我是梁山上宋江哥哥手下第十一個頭領，“大刀”關勝的便是。（正旦云）你不是歹人，正是賊的阿公哩！（背云）這濟州是貼近梁山泊的。我一向聞得宋江一夥，只殺濫官污吏，並不殺孝子節婦，以此天下馳名，都叫他做“呼保義”宋公明。不争害他第十一個頭領，那三十五個就肯干罷？他那怕你是官是府，興起兵來，怕不把我一門兒誅盡殺絶？不如做個計較，放了他回去，狹路相逢，安知没有報恩之處？（回云）兀那漢子，你多大年紀也？（關勝云）小人二十五歲。（正旦云）妾身比你却長一歲。兀那漢子，若不棄嫌，我認義你做個兄弟，你意下如何？（關勝云）休道是做兄弟，便籠驢把馬，願隨鞭鐙。（正旦云）兄弟，我是李千嬌，嫁的官人就是濟州通判趙士謙，有一雙兒女金郎、玉姐。這個是俺相公的小夫人，唤做王臘梅。這厮是俺帶過來的陪房，唤做丁都管。他會這閉氣法，但做了虧心的事，他便使這閉氣法詐死了。兄弟，你放心自去，有我在哩。兄弟，也無甚麽與你，這一隻金鳳釵，與你權做壓驚錢，休嫌輕意。（關勝云）多謝了姐姐，兀的不諕殺你兄弟也。（正旦唱）

【仙吕】【賞花時】好鬬打相争俺這厮，

（關勝云）我不曾重打他，則一拳就打倒了。（正旦唱）

但吃虧了些兒他可早推詐死，

（關勝云）倘若死了呵，怎了也？（正旦唱）

遮莫他血泊内倘着横屍。

（關勝云）他是官宦人家伴當，姐姐便放了我去，只怕他還要到官府裏告我哩！（正旦唱）

你安心波壯士，俺可也便怎肯容的到官司？

（下）（店小二云）呸！元來是夫人的兄弟也。要我費這一番力，悮了我做豆腐的工夫。我自去也。（下）（關勝云）關勝，你好險也，若不是千嬌姐姐呵，怎了？兀那厮你聽者，有讎的是丁都管和王臘梅，有恩的是我那千嬌姐姐，切切的記在心上。詩云：正是：虎着痛箭難舒爪，魚遭絲網怎番身。運去打殺無義漢，時來金贈有恩人。(下)(搽旦云)呸！傻弟子孩兒,他每都去了,你還不起來做甚麽?(丁都管做起身科。云)倒一覺好睡也,吃你打攪醒了我。(搽旦云)喒這裏説話,也不是自在處,咱去稍房裏説話去來。(丁都管云)小妳妳也説的是,我和你再吃一杯兒咱。(同下)①

第一折

(徐寧薄藍上。云)行不更名,坐不改姓,某宋江哥哥手下第十二個頭領,"金鎗教手"徐寧是也。俺宋江哥哥每一月差一箇頭領下山,去打探事情。頭一個月差關勝下山,去了個月程期,不見上山。宋江哥哥又差某徐寧接應關勝去。到這權家店支家口,得了一場凍天行的證候,一卧不起,在那店小二哥家安下。房宿飯錢都欠了他的,將我趕將出來。白日裏在那街市上討飯吃,夜晚來在那大人家稍房裏安下。天色晚了也,我掩上這門歇息咱。(做睡科)

(丁都管同搽旦上)(丁都管云)小妳妳,這裏不是説話的所在,俺去稍房裏説話。小妳妳,休大驚小怪的,我有個口號兒,赤、赤、赤！(搽旦云)好丁都管,你跟的我稍房裏去來。赤、赤、赤！(徐寧云)這個好似俺梁山上宋江哥哥的暗號,則怕着人來接應我。

(正旦上。云)這早晚王臘梅還不到房裏歇息,多喒又和丁都管鈎搭去了。那厮待瞞誰也呵！(唱)

【仙吕】【點絳唇】我這裏着眼偷瞧,教人耻笑。

(搽旦做扯浄手、按脖子科。云)偌長的身子,則怕人看見。你低着腰,把那脚擡得輕着。這等的差法,也着人教你?赤、赤、赤。(正旦唱)

怎覷那喬軀老,屈脊低腰,款那步輕擡脚。

---

① 【音釋】重,平聲。茜,阡去聲。分,去聲。坨,音陀。長,音掌。推,退平聲。傻,端鮓切。

【混江龍】有一日官人知道，將這一雙兒潑男女怎躭饒！若知他暗行雲雨，敢可也亂下風雹。那瓦罐兒少不的井上破，夜盆兒刷殺到頭臊。粧體態，弄妖嬈，共伴當做知交，將家長廝瞞着。可正是閻王不在家着，這夥業鬼由他鬧。我今夜着他個火燒袄廟，水淹斷了藍橋。

（下）（搽旦云）來到了也，推開這門者。（做驀過徐寧，絆倒科。云）是甚麽絆我一脚？丁都管。你關了門，等我點個燈來。攞下這窗户上紙來，做個紙撚兒點着，我試看咱。有賊也！拏住賊了，唤俺姐姐去。姐姐，你快出來，稍房裹拏住一個賊了。（丁都管云）正是賊，拏繩子來綁了。

（正旦上。云）唤我做甚麽？（搽旦云）姐姐，俺稍房裹拏住一個摊脊梁不着的大漢，正是個賊。（正旦云）在那裹？（見科云）是一個好大漢也！丁都管，你做什麽這等鬧？（丁都管云）妳妳，您孩兒拏住箇賊了。（正旦唱）

【油葫蘆】你晌午後先吃了人一頓拷，怎又將他來扯拽着？

（搽旦云）妳妳，你倒説的好，他是個賊，見了怎不拏住？（正旦唱）

哎！你個賢婦也不索絮叨叨，則這一條大官道又不是梁山泊，則這一座小店兒又不是沙門島。前面可也下着客人，後面是嗜的老小。

（丁都管云）您孩兒前後執料去，拏住這廝，正是個賊。（搽旦云）我現在稍房裹拏住他，看他那賊鼻子、賊耳䏶、賊臉、賊骨頭，可怎麽還不是賊哩？（正旦唱）

似傾下一布袋野雀般喳喳的叫，大古裹是您人怨語聲高。

（丁都管云）嗨！拏住了賊，倒説不干我事！（搽旦云）我兩箇來這裹收拾，一推開門，就拏住他，怎麽不是賊？（丁都管云）這廝正是賊！（正旦云）且不問他是賊不是賊，我只是問你兩個：（唱）

【天下樂】您做事可甚人不知鬼不覺？他把這房也波門房門可早關閉了，你可便走將來輕將這門扇敲。

（云）你到這稍房兒裹去做甚麽？（搽旦云）我在這裹拌草料喂馬來。（正旦唱）

這裹又無他那盛料盆，又無那喂馬槽，妹子也，你可甚空房中料和草？

(搽旦云)他在這裏正是賊!(正旦云)你道他是賊,知他誰是賊!(唱)

【村裏迓鼓】他又不曾殺人放火,他又不曾打家截道,他這般伏低也那做小,

(搽旦云)姐姐,常言道:“賊漢軟如綿。”休信他。(正旦唱)

他可便緊叉手連忙陪笑。

(搽旦云)他笑裏有刀哩,正是賊。(正旦云)你道他是賊呵!(唱)

他頭頂又不、又不曾戴着紅茜巾、白氈帽,他手裏又不曾拿着䰀檀棍、長朴刀,他身上又不穿着這香綿衲襖。

(搽旦云)丁都管,拏繩子來,綁了送到官府中去來。(丁都管云)拏繩子來,綁得緊緊兒的,休等他挣脱了去。(正旦云)丁都管,你只放了他者。(唱)

【元和令】做甚道使繩子便綁縛?妹子也到官司要發落。

(云)我心裏待要救那壯士,則除是這般。兀那壯士,你姓甚名誰?(徐寧云)我不是歹人,我是徐寧。(搽旦云)哦,徐寧正是賊。(正旦云)你敢是徐勝?(徐寧云)呸!我是徐勝,是徐勝。(正旦唱)

你那裏没來由則把領頭稍,哎!和人尋唱叫,則這徐寧、徐勝兩個字相差較,妹子你莫耳朵背錯聽了。

(云)你近前來,我自認你咱!(唱)

【上馬嬌】我這裏觀了相貌,覷了眼腦,不由我忿氣怎生消!甚風兒今夜吹來到?也是天對付,可教我和兄弟厮尋着。

【勝葫蘆】兄弟,我是你姑舅姐姐李千嬌,你見我怎生來不肯屈軀腰?

(徐寧云)那壁厢是姐姐哩,受你兄弟兩拜咱。(搽旦云)不中,他是徐寧哩!(正旦唱)

喜得間别來身快樂,做甚買賣度的昏朝,敢則是靠些賭官博?

(徐寧云)您兄弟争奈赤手空拳,不曾探望得姐姐,休怪您兄弟也!(正旦唱)

【么篇】你道赤手空拳本利少,怕見我面情薄,往日家私甚過的好。敢

則是十年五載、四分五落，直這般踢騰了些舊窩巢！

(徐寧云)早則不曾衝撞着姐姐，姐姐休怪，受您兄弟兩拜咱。(做拜科)(正旦背云)你那裏人氏？姓甚名誰？(徐寧云)我是梁山泊宋江哥哥手下第十二個頭領，“金鎗教手”徐寧。你兄弟不是歹人那！(正旦云)元來和關勝一夥，都是梁山泊上好漢。救人須救徹！我有心救了關勝，怎好不救他？你今生多大年紀也？(徐寧云)我二十五歲。(正旦云)你二十五歲。我大你一歲，我認義你做個兄弟如何？(徐寧云)休道是做兄弟，便籠驢把馬，願隨鞭鐙。敢問姐姐那裏人氏？姓甚名誰？説與您兄弟知道波。(正旦回云)兄弟，你怎麽忘了那？我是你姑舅姐姐李千嬌，你姐夫是濟州通判趙士謙，一雙兒女金郎、玉姐，他是我相公的小夫人王臘梅，這是俺家裏帶過來的陪房丁都管。兄弟也，你怎麽忘了？妹子，你和兄弟厮見咱。(搽旦云)我不認得，原來是你兄弟哩！你休怪，你休怪。你姊妹兩個生得一般模樣的，你看俺姐姐的鼻子和你的鼻子一般樣的。(正旦云)丁都管，你來拜你舅舅咱。(丁都管云)不認得是舅舅，早是我不曾衝撞着舅舅，我着你老子放箇轡頭。(同搽旦虚下)(正旦云)兄弟也，路途上厮見，無甚麽與你。這一隻金釵兒，倒换些錢鈔，做盤纏去。(徐寧云)恰纔姐姐救了我的性命，又認我做兄弟，又與我一隻金釵兒做盤纏。姐夫趙通判，姐姐李千嬌，兩個孩兒金郎、玉姐，便是印板兒也似印在我這心上。則願得姐姐長命富貴，若有些兒好歹，我少不得報答姐姐之恩。可不道：“路遥知馬力，日久見人心。”(正旦唱)

【賺煞尾】我與你這金釵兒做盤纏，你去那銀鋪裡自回倒，休得嫌多道少。你姐夫那做官處和兄弟厮撞着，這齎發休想是薄。你姐夫雖然他便權豪，向親眷行怎肯粧么？你姐夫從來貧不憂愁富不驕。你可憐見我躭煩受惱，你可憐見我無依少靠。兄弟也你若是得工夫，頻探望兩三遭。

(下)(徐寧云)徐寧，你好險也！恰纔不是千嬌姐姐，那裏得這性命來。我徐寧緊記着：有恩的是千嬌姐姐，有讎的是丁都管、王臘梅。詩云:離了權家店,還俺大蟲窩。見他吴學究,説與宋江哥。儹得黄金盛,重將寶劍磨。金贈千嬌姐,劍斬潑嬌娥。(下)(搽旦同丁都管上)(搽旦云)好造化也!恰好兩處都吃不成酒,只不如靠着壁上,做些勾當,也消遣了這場兒高興去來。赤、赤、赤!(同下)①

第二折

(正旦同俫兒上)(正旦云)自從俺相公上任之後,差夫馬到那權家店上迎取俺們到官。在這後花園中居住,好是幽静也呵!(唱)

【中吕】【粉蝶兒】我生長在大院深宅,便燒個灰骨兒斷不了我這幽閒體態,儘着他放蕩形骸。我可也萬千事不折證,則我這心兒裏忍耐。遮莫他翻過天來,則你那動人情四般兒不愛。

【醉春風】我可也不殢酒、不貪財,我不争氣、不放歹。那妮子閒言長語,我只做耳邊風,那裏也將他來睬睬。且把那潑賤的休提,便聰明的無益,倒不如老實的常在。

(花榮慌上。云)休趕、休趕!一箇來,一箇死;兩箇來,一雙亡。(跳牆科。云)我跳過這牆來,原來是一所花園。遠遠的一箇撮角亭子裏點着明燈蠟燭,亭子下一塊太湖石。我在這太湖石邊掩映着,看是甚麽人來。(正旦云)夜深也,孩兒每都睡了也。我燒香去咱。我開了這門,我掇過這香卓兒來。天也!李千嬌頭一炷香,願天下太平;第二炷香,願通判相公與一雙孩兒身體安康;第三炷香,願天下好男子休遭羅網之災。我燒罷香也,我回卧房中去。關上這門,自歇息咱。(下)(花榮云)嗨!好一個賢達的女子也!頭兩炷香可也不打緊,第三炷香願天下好男子休遭羅網之災。我是逃災避難之人,他説這等吉利的話。我就要

---

① 【音釋】更,音京。教,平聲。那,音挪。脚,音皎。雹,巴毛切。著,池燒切。袄,音軒。泊,巴毛切。覺,音皎。盛,音呈。空,去聲。和,去聲。縛,房包切。落,音澇。博,巴毛切。薄,巴毛切。

上梁山去，不知這娘子姓甚名誰？哦，則除是這般。我如今在房門外走的鞋底鳴，脚步響，料他必然出來。（做走科）

（正旦上。云）這鞋底鳴，脚步響，必定是俺通判相公來了！（唱）

【迎仙客】你不守着那小妮子，閒伴養這死屍骸。夜深的向我房裏、我房裏更做甚麽來？你只恁的好不風流，只恁的不自在。

（帶云）我猜着你也，（唱）

你則道我不肯將門開，多管是你壁聽在這窻兒外。

（云）相公，你在我那門首鞋底鳴，脚步響，你則道我不開這門。相公，你則休趓了我，我自開開這門。（做開門科）（花榮做入門科）（正旦云）可不説來，相公，你躲了我也，到天明你可休尋我的不是。我依舊關上這門者。（做見科。云）兀的不諕殺我也！（花榮云）娘子休驚莫怕，我不是歹人。（正旦云）壯士要的金珠財寶，你都將的去，則留着我的性命咱。（花榮云）娘子，我不是歹人。（正旦唱）

【紅繡鞋】諕的我戰欽欽繫不住我的裙帶，慌張張兜不上我的羅鞋，身難整、脚難那、手難擡。見一個偌來大一條漢，直撞入我這卧房來。

（云）壯士，你從那裏來？（花榮云）我越牆而來。（正旦唱）

可兀的是侯門深似海。

（云）壯士饒命！（花榮云）我不是歹人。（正旦云）你既不是歹人，你通名顯姓咱。（花榮云）我是宋江手下第十三個頭領，“弓手”花榮。我不是歹人。（正旦背云）你不是歹人，可是賊哩！早梁山泊上好漢，遇着三個兒也。（花榮云）那壁娘子，也通一個姓名。（正旦云）妾身李千嬌。敢問壯士多大年紀？（花榮云）小可今年二十四歲。（正旦云）不是我要便宜，我長着你兩歲，我有心認義你做個兄弟，不知你意下如何？（花榮云）休説做兄弟，便籠驢把馬，願隨鞭鐙。（正旦云）兄弟，你牢記者：妾身是李千嬌，夫主是濟州通判趙士謙，一雙兒女是金郎、玉姐，還有俺相公的小夫人王臘梅，伴當丁都管。他兩個數次尋我的不是，則怕久後落在他勾中，你則是早些來救我。（花榮云）姐姐，你放心。李千嬌的姓名，經板兒也似印在我這心上。姐姐若無危難便罷了，若有危有難,我捨一腔熱血,必來答救姐姐。

(丁都管同搽旦上)(丁都管云)二妳妳,俺兩個去花園中亭子上,吃幾杯酒去來。(做聽科。云)二妳妳,你聽大妳妳房裏有人説話哩,一定是姦夫。俺叫出相公來。(搽旦云)呀!夫人房裏真個有人説話。(做喚科,云)相公,相公!

(趙通判上。云)二夫人,你叫我做甚麽?(搽旦云)你向的好夫人,他房裏藏着姦夫説話哩,都像我肯做這等勾當?(趙通判云)你過來,待我聽去。(做聽科。云)是真個。我踏開這門。(趙通判做踏門科)(花榮做一刀科。云)兀的不有人來!不中,走、走、走!(下)(趙通判云)哎喲!好也囉。你背地裏有姦夫,傷了我臂膊也。我和你是兒女夫妻,你這般做下的!(正旦云)天那!可怎生是好也?(搽旦云)你做的好勾當,相公怎麽歹看承你來?你藏着姦夫,將相公臂膊砍傷了。相公,你休要打他,這個是十惡大罪,律有明條,拏着見官去來。(正旦云)相公不要聽他,没甚麽姦夫來。(趙通判云)這事我自家不好問。二夫人,你做狀頭,拖他見官去。(正旦云)天那!兀的不害殺我也!(同下)

(張千上,排衙科。云)在衙人馬平安,擡書案。

(外扮孤上)詩云:農事已隨春雨辦,科差猶比去年稀。矮窻睡足遲遲日,花落閒庭燕子飛。小官姓鄭,雙名公弼。自中甲第以來,屢蒙遷用,現爲濟州知府之職。今日陞廳坐早衙。張千,喝攛箱,擡放告牌出去。(張千云)理會的。

(趙通判上。云)小官趙通判,衙門中告大夫人去來。張千報復去,道有趙通判來見相公。(張千云)有趙通判來見相公。(孤云)道有請。(張千云)請進。(趙通判做見跪科。云)相公,小官特來告狀。(孤云)相公請起。有何事?(通判起身科。云)小官有兩箇夫人。不想大夫人有姦夫在房中説話,小官踏開門,姦夫將刀子傷了我臂膊。相公與我做主咱!(孤云)相公差矣,你的大夫人是你兒女夫妻,豈有此理?便好道:家醜不可外揚。相公自己斷了罷。(趙通判云)相公不斷,我别處告去。(孤云)若别處去告,又不如在本府告。我問相公:誰是原告?(趙通判云)小夫人是原告。(孤云)既如此,相公請回,着家中嫡親的人來首狀。(趙通判云)多謝,多謝!小官就回家去,着親人自來首狀也。(下)(孤云)張千,拏過那一行人來。

(張千做拿正旦、搽旦、倈兒上,見科。云)當面。(搽旦云)大人,我是濟州趙通判第二個夫人,這個是他大夫人。他房中藏着姦夫,俺相公踏開門來,那姦夫拿着刀要殺俺相公。不想殺不中,在俺相公臂膊上砍了一刀,現有傷痕。告大人與俺相公做主咱。(孤云)誰是李千嬌?(正旦云)妾身便是李千嬌。(孤云)噤聲!那個和你排房那?兀那大夫人,你豈不知夫乃身之主?你怎生結搆姦夫,傷了親夫?有乖風化,其罪非輕。當日是多早晚時候,到於卧房中,做出這事?你從實説來,免受打拷。(正旦唱)

【石榴花】昨宵個月明如水浸樓臺,

(孤云)你在那卧房中做什麽來?(正旦唱)

妾身將這單枕倚翠屏挨。

(孤云)初更時候,必是歹人,從實的説來。(正旦唱)

只聽得那履聲款款步閒堦,

(帶云)其時我只道是通判相公。(唱)

妾身可便起來忙把這門開。

(孤云)開了門見甚麽人來?(正旦唱)

見一個碑亭般大漢將這門桯來驀,

(孤云)你見他可是怕人也不怕?(正旦唱)

諕的我魂飛在九霄雲外。

(孤云)他可説甚麽來?(正旦唱)

他道是姐姐你便休驚怪,

(孤云)通判相公怎生便知道來?(正旦唱)

誰承望他將通判唤將來。

(孤云)他説是你結搆的歹人哩。(正旦唱)

【鬬鵪鶉】俺又不曾弄月嘲風,怎攬下這場愁山悶海?

(孤云)那賊漢怎生般中注模樣?(正旦唱)

我則見燈影下英雄,

(孤云)他拏着些甚麼?(正旦唱)

誰知他手中有這器械,

(孤云)他姓甚名誰?(正旦云)知他姓什麼那?(孤云)你不説他名姓?張千揀大棒子來,將他打着者。(正旦云)等我想咱。我想起來了也。(唱)

想起他"弓手花榮"是説來。

(孤云)住、住、住!弓手花榮正是梁山上强盜,便與我拏住。(正旦云)他走了也。(孤云)我則問你要。(正旦唱)

這公事怎剖劃?

(孤云)他走了,更待干罷?便與我畫影圖形,拏捉將來。(正旦唱)

他沿門兒畫影圖形,直着我面皮上可也無顔的這落色。

(孤云)俺這官府中則要你從實的取責,不要你當廳抵賴。你犯下十惡大罪,須饒不得你那!(正旦唱)

【上小樓】你待教我從實取責,我又不敢當廳抵賴。恰待分説又道咱家不伏燒埋。

(孤云)你不招呵,俺這裏必不干罷。(正旦唱)

我但有那撇喉嚨、抹嗓子、裙刀摟帶,就在這受官廳自行殘害。

(搽旦云)大人,這賴肉頑皮,不打不招。拏那大棒子着實的打上一千下,他纔招了也。(孤云)張千,與我打着者。(張千做打科。云)快招!快招!(正旦唱)

【么篇】他、他、他打的來如砍瓜似劈柴,棒子着處血忽淋刺肉綻皮開。這般苦禁持惡搶白,怎生寧奈?

(孤云)這婦人的罪犯情理太重也。(正旦唱)

只索便一刀兩段倒大來迭快。

(搽旦云)你招了罷,不强似你這般吃打?(孤云)張千,打着者。(張千打科。云)招了者,招了者!(正旦做死科)(張千云)相公,打死了也。(孤云)打死了也,將一碗水來噴醒他。(張千做拏水噴科)(搽旦云)相公,你則管打,打死了他,也不干我事。(正旦做醒科。唱)

【快活三】昏慘慘雲霧埋,疏剌剌的風雨篩。我一靈兒直到望鄉臺,猛聽的招魂魄。

【朝天子】我這裏便急待、急待要掙閣,這打拷實難捱。忽然將淚眼猛閃開,誰想道我這殘生在。

(孤云)張千,將他一雙兒女推近前來,叫醒他者。(張千云)理會的。(做推倈兒科。云)你快叫。(倈兒云)妳妳,你甦醒着。(正旦唱)

喚我的原來是痴小嬰孩,

(孤云)採起那廝頭稍來者。(正旦唱)

他把我揪頭稍托下頦。

(孤云)張千,打着那廝叫。(張千云)理會的。(做打倈兒科。云)嘬!你叫,你叫!(倈兒叫科。云)妳妳,妳妳!(做哭科)(正旦唱)

是誰人喳喳的叫妳妳,一齊的舉哀?兒也,可不想便救我離了陰司界。

(孤云)兀那李千嬌,你不招,便待干罷?再打着者。(正旦云)大人可憐見!我是好人家女,好人家婦。我吃不過這打拷,我招了罷。相公,是我李千嬌因姦殺丈夫來。(搽旦云)如何?你早招了也,不吃這般打拷。(孤云)既是招了,張千,上了長枷,下在死囚牢裏去。(張千云)理會的。(做上枷科。云)上了枷也。(搽旦云)好麽,只説獐過鹿過,可不説麂過。每日則捏舌頭説別人,今日可是你還不羞死了哩。毛、毛、毛!(正旦唱)

【耍孩兒】罷、罷、罷,我這裏聲寃叫屈誰瞅睬?原來你小處官司利害。衙門從古向南開,怎禁那探爪兒官吏每貪財。這裏又無那敢爲敢做的尚書省,更有那無曲無私的御史臺。我恰行出衙門外,那妮子舞旋旋摩拳擦掌,叫吖吖拽巷囉街。

(搽旦云)相公,這一雙兒女,我領將家去罷。呸!不識羞的狗骨頭。這個是你的兒,你的女,惱了我,搧你那賊弟子孩兒。(正旦云)這妮子説出來做出來。哎!兒也,則被你痛殺我也!(唱)

【二煞】我可也堪恨這個潑短命,堪恨這個歹賤才,我恨不的一枷稍打碎那厮天靈蓋。他將我那一雙兒女拖將去,苦被那祇候公人把我拽過來。你後來要還我這膿血債!倚仗着你那有官有勢,忒欺負我無靠無挨。

(搽旦云)你這一雙兒女,就擡舉的成人長大,也是個不成器的。等到家我慢慢的結果他。(正旦唱)

【煞尾】那妮子又不知三年乳哺恩,那裏曉懷躭十月胎。他將我這一雙業種陰圖害,可正是拾得孩兒落的摔。

(下)(張千云)牢裏收人。(搽旦云)相公,他大牢去了,我領着這兩個小的回家中去也。(下)(孤云)張千,將那婦人下在牢中,到來日建起法場,拏出來殺壞了他者。詩云:則爲那李千嬌私意傳情,趙通判告到公庭。已問實别無寃枉,赴法場明正典刑。(同下)①

第三折

(店小二賣稀粥上)詩云:我賣稀粥真個稀,誰不與我做相知。由你連喝一百碗,吃了依然肚裏饑。自家是個賣稀粥的,在這權家店支家口賣稀粥。但是南來北往,經商客旅,做買做賣,推車打擔,趕不上城的,都在我這裏買粥吃。土地老子保祐,則願的買賣和合,百事大吉,利增百倍。今日清晨,熬下這一盆稀粥,看有甚麽人來買吃。

(關勝上。云)有粥麽?(店小二云)老叔,有粥,有粥。

(徐寧上。云)有稀粥麽?(店小二云)老叔,有的是稀粥。

(花榮上。云)有粥麽?(店小二云)老叔,有粥,有粥。(關勝奠粥科。云)清天可表,陸地方知。整粥落地,願我那千嬌姐姐早出羅網之災。(徐寧云)一點粥落地,願的俺千嬌姐姐早脱羅網

---

① 【音釋】桯,音刑。蕎,音賣。刵,音擺。劃,胡乖切。色,篩上聲。責,齋上聲。禁,平聲。剌,音辣。魄,鋪買切。闆,音債。捱,去聲。甦,音蘇。頦,音孩。旋,去聲。種,上聲。摔,升擺切。

之災。（店小二云）喏！報、報、報！（衆云）怎的？（店小二云）大家耍子。（店小二做一手拏一碗，口裏一碗，遞科）（徐寧云）哥哥怎生認的千嬌姐姐來？（關勝云）你兩個兄弟不知。前一月奉宋江哥哥的將令，下的山來，到權家店支家口，不幸染了一場重病，不甫能將息的身子較好，要回梁山去。争奈手裏没盤纏。你兩個兄弟休笑，我偷了人家一隻狗，煑的熟了，賣做盤纏。到的這權家店，只見一個男子漢、一個婦人一坨兒坐着吃酒。我便道："官人、娘子，買些狗肉吃。"那厮便道："他是娘子，我是伴當。"我便道："那箇伴當和娘子一坨兒坐着吃酒？"那厮不由分説打將來，着我接住手，可叉則一拳打倒在地。我欲待走，被那王臘梅扯住，請的夫人來。兩個兄弟不知，你説是誰？原來是千嬌姐姐。見我説了那項上事，他就與了我一隻短金釵，認我做兄弟。我回到梁山上，禀知宋江哥哥。如今耳消耳息，打聽的千嬌姐姐有難。我在哥哥根前告了一個月假限，收拾一包袱金珠財寶，下山搭救他去。因此上認的千嬌姐姐。不知您兩個兄弟怎生認的他來？（徐寧云）哥哥，聽您兄弟説，我怎生認的那千嬌姐姐？前一月宋江哥哥差你下山，去了個月期程，不上山來。宋江哥哥道："徐寧，你怎生不接應您關勝去？"以此又差某下山。某到的那權家店支家口，也得了一場凍天行的證候，在那店小二家安下。房宿飯錢都欠少了他的，他將我撚將出來。白日裏在那街上討飯吃，到晚來在那店家稍房裏安下。哥也，你説那稍房可是誰家？（花榮云）是誰家？（徐寧云）就是那千嬌姐姐做下處的這家。您兄弟正歇息着，則聽兩個人道："赤、赤、赤。"我説是梁山泊上的暗號，着人來接應我。我開了門，可是王臘梅、丁都管，他兩個拏住我，説我是賊，叫將千嬌姐姐來。那姐姐放了我去，又認我做兄弟，又與我一隻金釵做盤纏。我問其故，他説恰纔那個是丁都管、王臘梅，他兩箇有些不伶俐的勾當。姐夫是趙通判，姐姐是李千嬌，一對兒女是金郎、玉姐。如今我打聽千嬌姐姐有難，您兄弟問哥哥告了半個月假限，背着些金珠財寶搭救他。因此上您兄弟認的那千嬌姐姐來。（花榮云）哥，我的情節也差不遠。當日宋江哥哥的將令,因爲您兩個違了期限,不上山來。又差我來接應。哥,您兄弟下的山來,到那濟州府城外酒店裏,多飲了幾杯酒。入的城來,被風刮起衣服,露見我這逼綽子。被那捕盜官軍看見:兀的不是梁山上的好漢!趕的我至急,搬的一枝苫牆柳樹,被我跳過牆去。哥,您道你兄弟跳在那裏?正跳在俺千嬌姐姐花園裏。我在那太湖石邊躲着。天色晚了,不想姐姐出來燒香。頭裏兩炷香都不打緊,第三炷香願普天下好男子休遭羅網之災。哥,您兄弟逃災趓難,聽見姐姐説這等吉利之語,我就要上梁山告與宋江哥哥知道。争奈不知姐姐姓字。您兄弟在姐姐房門前鞋底鳴,脚步響。姐姐在房裏聽得,則道是他的通判相公來,開的房門,您兄弟驀進門去。燈燭直下,見了您兄弟身材凛凛,相貌堂堂,教那姐姐可是怕也不怕?我便道:"姐姐休驚莫怕,則我是宋江手下第十三個頭領,'弓手'花榮。"我正與姐姐所説向上事,被那丁都管和王臘梅搬調着通判,説姐姐房裏有姦夫。您兄弟拏着逼綽子奔將出來,不想那逼綽子抹破了姐夫臂膊。如今把姐姐拖到官中,三推六問,屈打成招,早晚押上法場去。您兄弟在哥哥根前告了一個月假限,收拾了些金珠財寶,捨一腔熱血,答救千嬌姐姐。(關勝做拏刀科。怒云)我道千嬌姐姐爲誰來?原來是爲你來!便好道:"蒙人點水之恩,尚有仰泉之報。知恩不報,非爲人也。"詞云:不怕宋江將咱怪,今朝絶早離山寨。救得那千嬌姐姐呵,和你歡歡喜喜無妨礙;若救不得呵,則我這大桿刀劈碎鳥男女天靈蓋。(云)你兩個兄弟慢來,我先去也。(店小二扯科。云)老叔,還稀粥錢去。(關勝云)改日來與你。(下)(徐寧云)兄弟,你聽的關勝哥説麽?他要大桿刀劈碎他天靈蓋。兄弟,徐寧也不是個善的,則我這點鋼鎗可搭搠透他那三思臺。兄弟,你慢來,我先去也。(店小二云)老叔,稀粥錢。(徐寧云)有什麽稀粥錢?(下)(花榮云)兩個哥爲千嬌姐姐打甚麽不緊。詞云:關勝哥大桿刀劈碎天靈蓋,徐寧哥點鋼槍搠透三思臺。休道銀山鐵甕囚牢裏,便是虎窟龍潭我也要救出來。(店小二做扯住。云)老叔,還我稀粥錢去。(花榮云)我有緊要事要去，你個弟子孩兒，百忙裏討甚麽粥錢？（下）（店小二云）哎喲！你看我那造物。清早晨纔開店，走將三個人來吃粥。他吃了粥，我問他討粥錢，一個錢不曾與我，粥又吃了，連碗盞都打破了。難道我造物這等低？我如今也不賣粥了，只賣豆腐去來。（下）

（劊子拏正旦、倈兒上）（劊子云）上了板搭，關了門户，打掃街道。看時辰到了，就好下手。（正旦云）好冤屈也呵！（唱）

【越調】【鬭鵪鶉】我可便項戴着沉枷，身纏着重鎖。鎖押損我身軀，枷磨破我項窩。乾着你六問三推，生將我千刀萬剐。

（劊子云）行動些，布下法場，時辰將次到也。（正旦唱）

我只聽的一下鼓一下鑼，撮枷稍的公吏搊搜，打道子的巡軍每叶和。

【紫花兒序】叫喳喳的大驚小怪，撲碌碌的後擁前推，惡狠狠的倒拽横拖。我實心兒怕死，我可也半步兒剛挪。知麽，兩下裏一齊都簇合，可又早巳時交過。坐馬的將官道踏開，來看的將巷口攙奪。

（劊子做打科。云）嘚！快行動些！（正旦唱）

【小桃紅】告哥哥休打謾評跋，權等待些兒個。負屈銜冤怎生過？不存活，這場煩惱天來大。那妮子把孩兒每斷摞，將女孩兒面皮搊破，你常是下的手狠僂儸。

（劊子云）你若不犯下罪，可也不遭這等刑憲。

（王臘梅上，尋打倈兒科）（正旦唱）

【鬼三臺】往常我清閒坐，列鼎食重裀卧。今日在法場上結末。好事便多磨，我犯了個殺丈夫的罪過。兩下裏看的直這般多，把個十字街擠的没一線兒闊。近了也鬧市雲陽，遠的是蘭堂也那畫閣。

（關勝、徐寧、花榮冲上，劫法場科。云）梁山泊好漢全夥在此！（劊子做見、慌跑科）（王臘梅拖倈兒下）（花榮云）那裏走！（關勝背旦科）（正旦倒科）（花榮云）姐姐，甦醒者！（徐寧云）千嬌姐姐，甦醒者！（正旦唱）

【金蕉葉】我一靈兒悲風内喧喧聒聒，我一靈兒怨雲裏招招磨磨。

（關勝云）姐姐，甦醒者！（正旦唱）

是誰人唤姐姐不離了耳朶，

(花榮云)千嬌姐姐,甦醒着!(正旦唱)

是誰人將我這小名兒呫題着喚我?

(花榮云)千嬌姐姐,是您兄弟救你來。(正旦唱)

【調笑令】是誰將我來救活?原來是您三個。呀!間別來兄弟每安樂波?你刀尖兒抹的他皮膚破,到官司百般摧挫。那妮子一尺水翻騰做一丈波,怎當他只留支剌信口開合。

【禿廝兒】如今這殺丈夫的這般結果,有姦夫的可怎生折磨?兄弟也,我吃了那無情棒可也圖甚麼?如今那做官的,那裏是蕭何也波真個。

【聖藥王】我可也千不合、萬不合,一時間做事忒多羅。没來由結識這個、認義那個。我正是識人多者是非多,苦也羅、平地起風波。

(花榮云)姐姐,當初是您兄弟不是了也!(關勝云)兄弟,如今救了姐姐,可上梁山見我宋江哥哥去來。(正旦唱)

【收尾】則被他送我一場亡身禍,今日個將功勞折過。那一日卧房裏撞着他,

(帶云)好兄弟也,(唱)

今日個法場上救了我。

(同下)

(趙通判引丁都管、王臘梅、倈兒上)(趙通判云)不好了!被梁山泊强盜劫了法場也。快走、快走!(搽旦云)不知怎麽,這一會兒心驚肉戰。這一雙好小脚兒,再走也走不動了。丁都管,你來扶着我走。赤、赤、赤!

(徐寧、花榮上)(花榮云)這不是丁都管、二夫人和趙通判一雙兒女?都與我拏住,休少了一個。都解上山去,等宋江哥哥發落去來。(同下)①

---

① 【音釋】苫,失廉切。三,去聲。合,音何。奪,音多。誢,音波。大,音惰。摑,乖上聲。末,音磨。闊,音顆。閣,哥上聲。

第四折

(關勝同正旦上)(關勝云)某關勝是也。我兄弟每直在法場上面,救得千嬌姐姐脱了今日這場災難。卧番羊,窨下酒,做一個慶喜的筵席。姐姐,有請。(正旦云)誰想有今日也呵!(唱)

【雙調】【新水令】俺只見颭西風這一面杏黄旗,小僂儸更狠如虎狼公吏。今日個宰肥羊斟糯酒,須不是長休飯永别杯。山寨崔嵬,哎,煞强如那一坨慘田地。

(關勝云)將酒來,姐姐滿飲一杯。(正旦云)我不吃這酒。(關勝云)姐姐,你爲甚麽不肯吃酒?(正旦云)不見我一雙兒女,教我怎麽吃的下?(唱)

【沉醉東風】只俺這一雙小兒女如今那裏?知他是死的還是活的?

(關勝云)姐姐,今日這酒是慶喜的酒,專爲姐姐置下的。(正旦唱)

則俺這眼兒邊一剗的愁。心兒上着甚些喜?你道這酒呵是爲咱而置,你便有玉液金波且莫題,其實下俺這喉嚨不得。

(關勝云)姐姐休憂,俺着徐寧兄弟取你一雙兒女去了,這早晚敢待來也。

(徐寧引俫兒上。云)某徐寧,引着這一雙兒女見姐姐去來。(做見科。云)姐姐,你歡喜咱!兀的不是你一雙兒女也?(關勝云)姐姐,你可吃一杯酒?(正旦云)我不吃這酒。(關勝云)姐姐爲甚麽又不吃酒?(正旦云)不見我的讎人,我不吃酒。(唱)

【喬牌兒】這杯酒也非是俺故意的推,只爲出不的俺心頭氣。你若是拏的來那兩個潑奴婢,我就甘心做醉死鬼。

(關勝云)姐姐你放心。有花榮兄弟拏住了丁都管、王臘梅并趙通判。這早晚敢待來也。

(花榮拏丁都管、王臘梅同趙通判上)(花榮云)某花榮,拏着這讎人見姐姐去來。(做見科。云)姐姐,你歡喜咱!拏將你讎人來了也!(搽旦云)姐姐,我説你是個好人麽?自從你下在牢裏,我替你拜斗,直到如今。你饒了俺,我買餅好肉鮓,裝一卓素酒,請你吃。(趙通判云)夫人,這都是他去首狀做下來的,須不干我事。(丁都管云)大妳妳一了是個好人。(正旦唱)

【鴈兒落】我是粉鼻凹柳盜跖,偏愛吃人心肺。把這廝剮割的七事子,判了個十分罪。

【得勝令】呀!我則要乘興兩三杯,做一個家好筵席,休准備別茶飯,

(關勝云)姐姐,你要甚麽茶飯?(正旦唱)

我則待燒一塊人肉吃。

(花榮云)姐姐,看了俺弟兄的面皮,單饒了你姐夫一個罷。(正旦唱)

您兄弟每今日待勸我回心意,自到官來當日,我便與他没面皮。

(花榮云)姐姐,您認了俺姐夫者。(正旦云)我至死也不認他。(花榮云)姐姐,你真個不認他?我將這兩個小的,都丢在澗裏去。(正旦唱)

【側磚兒】只見他揎拳捰袖,生情發意,將兩個小業種領窩來提。我這裏急慌忙那身起,大走到向他根底。

【竹枝歌】好説話將孩兒放了,只當不的他打甕墩盆喬樣勢。我主意兒不認這負心賊,您三人直嚇的俺兩個做夫妻。蹺蹊,這關節兒到來的疾。

(花榮云)將小廝丢在澗裏去。(正旦云)住、住、住!休摔殺孩兒,我認則便了也。(關勝)既姐姐認了姐夫,喒每見宋江哥去來。(同下)

(宋江上。云)某宋江是也。有關勝、徐寧、花榮三個兄弟,問某告了一個月假限,下山去搭救他的千嬌姐姐回來了。今日忠義堂上,分付這一樁公事去來。

(關勝同衆上。云)喏!報哥哥得知,俺兄弟每拏住丁都管、王臘梅也。(宋江云)衆兄弟拏住丁都管、王臘梅,將他綁在花標樹上,碎屍萬段。您一行人聽我下斷者。詞云:您結義在患難之先,受苦楚有口難言。鬧法場報恩答義,救千嬌萬古流傳。將賊婦攢箭射死,丁都管梟首山前。趙通判并兒女發回鄉土,四口兒

寧家住夫婦團圓。(正旦、趙通判、倈兒拜謝科)(正旦唱)

【隨尾】謝得你梁山泊上多忠義,救了喒重生在世。若不是您好弟兄再三央,怎能勾我歹夫妻依舊美?①

題目:屈受罪千嬌赴法

正名:争報恩三虎下山

① 【音釋】窨,音蔭。颭,占上聲。别,皮爺切。的,音底。得,當美切。凹,音妖。跖,張耻切。興,去聲。席,星西切。吃,音耻。日,繩知切。只,張耻切。賊,則平聲。疾,精妻切。

魯智深喜賞黄花峪（脈望館本）

【劇目簡介】

雜劇，元代無名氏作。《録鬼簿續編》《遠山堂劇品》《寶文堂書目》《也是園書目》《今樂考證》《曲録》等多有著録，現存脈望館趙清常鈔校本。小説《水滸傳》無類似劇情。另《八能奏錦》收録有戲曲《木梳記》佚曲，與本劇有相似之處，附録於劇後，以資對照。

脈望館本卷首未署作者名氏，題目作“李山兒打探水南寨”，正名作“魯智深喜賞黄花峪”，卷尾有趙清常題字云“校于過”，爲抄校于小谷藏本。未分折，每頁十行，每行約二十字。

劇演重陽九月九，梁山衆頭領放假三日，去賞黄花。楊雄路上遇到蔡衙内仗勢欺人，向濟州人劉慶甫强借其妻李幼奴，遂仗義而爲，打跑蔡衙内。劉慶甫與李幼奴擔心遭遇不測，約定如有失散，以棗木梳爲信物。蔡衙内果於半途中强搶李幼奴而去，劉慶甫上梁山告狀，李逵主動請纓，攜棗木梳扮作貨郎前往水南寨探聽消息。李逵正在與李幼奴確認信物時，蔡衙内回來，李逵實在忍耐不住羞辱，怒極打跑蔡衙内，并救回李幼奴與劉慶甫相聚。蔡衙内逃往自家佛堂，又遇魯智深前來投宿，二人發生沖突，魯智深將其擒回山寨并斬首示衆。

（冲末扮宋江同吴學究引小娄羅上。云）自小爲司吏，結識英雄輩。姓宋本名江，綽名“順天呼保義”。某姓宋名江字公明，曾爲鄆州鄆城縣把筆司吏。因帶酒殺了閻婆惜，官軍捉拿甚緊，自首到官，脊杖了八十，迭配江州牢城營。因打梁山過，遇着哥哥晁盖，打開了枷鎖，救某上梁山，就讓某第二把交椅坐。哥哥三打祝家庄身亡,衆兄弟拜某爲頭領。我聚三十六大火,七十二小火,威鎮於梁山。俺這梁山,寨名水滸,泊號梁山,縱横河闊一千條,四下方圓八百里。東連大海,西接咸陽,南通鉅野金鄉,北靠青濟兖鄆。有七十二道深河港,屯數百隻戰艘艨艟;三十六座宴臺,聚百萬軍粮馬草。聲傳宇宙,五千鐵騎敢争先;名播華夷,三十六員英雄將。俺這梁山,一年喜的是兩箇節令:清明三月三,重陽九月九。時遇重陽節令,放衆兄弟每下山,去賞紅葉黄花。三日之後,都要來全,若有違禁某的將令的,必當斬首。小娄羅,你去傳了我的將令。學究哥,俺無事,後山中飲酒去也。宋公明武藝堪誇,吴學究又無争差。衆頭領都離寨栅,下去賞紅葉黄花。(下)

(扮店小二上。云)曲律杆頭懸草稕,緑楊影里撥琵琶。高陽公子休空過,不比尋常賣酒家。小人是這草橋店賣酒的便是。今日清晨早間,挑起草稕兒,燒的旋鍋熱,看有甚末人來。

(劉慶甫同旦上。云)黄卷青燈一腐儒,九經三史腹中居。"學而"第一須當記,養子休交不讀書。小生姓劉,名慶甫,濟州人氏,嫡親的兩口兒家属,渾家李幼奴。小生學成滿腹文章,未曾進取功名。争柰許了泰安神州燒香三年,今年是第三年也。燒香已回,到這草橋店上。大嫂,俺去那酒務兒里喫幾杯酒,慢慢的行。兀那賣酒的,有酒末?(店小二云)官人請家里來,這箇閣子干净。(慶甫云)打二百文長錢酒來。(店小二云)有、有、有!我篩的這熱。官人,兀的酒。我再看些甚末好菜蔬來。(慶甫云)賣酒的,休放閑雜人過來,俺慢慢的飲幾杯。(店小二云)官人,您則管飲酒,無甚閑雜人來。

(净扮蔡衙内引張千上。云)花花太歲爲第一,浪子喪門世無對。堦下小民聞吾怕,則我是勢力併行蔡衙内。自家蔡衙内的便是,表字蔡疙疸。我是那權豪勢要的人,嫌官小做不的,馬瘦騎不的,打死人不償命,長在兵馬司里坐牢。我打死人如在房上揭一片瓦相似,不到半年,把瓦都揭净了。一聲下雨,我可在露天地里住。時遇重陽九月九,張千架着小鷂子,郊外踏青賞翫去,可早來到也。兀的不是箇小酒務兒。賣酒的,你有干凈閣子兒?(店小二云)有、有、有! 這閣子干凈。大人請坐。(蔡净云)篩酒來我吃。(店小二云)不是熟酒來了,大人請自在飲酒。(蔡净云)我且吃一鍾。(慶甫云)大嫂,我央及你唱一箇小曲兒。(旦云)我不會唱。(慶甫云)你好歹唱一箇曲兒,我吃不的悶酒。(旦做遞酒科。云)慶甫,你飲這一杯酒,我唱箇曲兒你聽。(唱)

【駐雲飛】南盞落歸臺,不覺的兩朵桃花上臉來。深謝君相待,多謝君相爱。嗏,擎尊奉多才,量如倉海。滿飲一杯,暫把愁懷解,正是樂意忘憂須放懷。

(慶甫云)好、好、好! 我吃一鍾。大嫂,你也吃一鍾。(蔡净云)兀那賣酒的,隔壁是甚末人唱?(店小二云)官人,俺這里無唱的。(蔡净云)弟子孩兒,他那里吃酒唱里。(店小二云)哦,是箇秀才,引着他渾家,在此飲酒唱里。(蔡净云)你道無唱的! 你問那秀才,借他渾家來,與我遞三杯酒,叫我三聲“義男兒”,我便上馬,啞不啞剌步就走。(店小二云)着誰去?(蔡净云)着你去。(打科)(店小二云)我去便了。(慶甫云)賣酒的,你來有甚末話説?(店小二云)不干小人事。那蔡衙的①听的你唱,問秀才借嫂子與他遞三鍾酒,叫三聲“義男兒”,便上馬啞不也。(慶甫打小二科。云)他姑娘肯叫我三聲“義男兒”末?(店小二云)不干我事也。(蔡净云)他肯借末?(店小二云)不肯。我吃他打了幾下,他説你的姑娘,肯叫他三聲“義男兒”末?(蔡净云)我有姑娘,肯受他的氣?(做見科。云)你借與我遞三鍾酒,叫我三聲“義男兒”,又不壞了你的。(慶甫云)他人妻,良人婦,没這等道理!(蔡净云)你不認的我? 我是蔡疙疸! 你怎敢駡我? 將繩子來,吊起他來。(旦云)似此怎了! 大人饒過他者。(蔡净做打科)姐姐休管他,你放心。我直打死他。(慶甫云)天也,着誰人救我也!

① 應爲“内”。

(正末扮楊雄上。云)某宋江手下第七十①箇頭領"病楊雄"是也。俺這梁山,一年有兩箇節令,是清明三月三,重陽九月九。宋江哥放俺三日假限,是好秋景也呵!(唱)

【仙侣】【點絳唇】九月重陽,暮秋霜降閑雲往。滿目山光,對景堪遊賞。

【混江龍】猛然觀望,見賓鴻擺列兩三行。荷枯減翠,衰柳添黄。我則紅葉滿目滴溜溜枝上舞,可這黄菊可都噴鼻香。端的是堪寫在幃屏上,看了這秋天景致,怎不交宋玉悲傷。

(云)那里這般響,我倩着了也。(唱)

【油葫蘆】是這澗水潺潺波浪響,我這里便聽了半晌。元來是這水聲山色趁秋光,則聽啾啾唧唧聒耳山禽唱,諕的那呆呆鄧鄧的麋鹿赤留出律的撞。見人呵急張張屈屈的走,更那堪驚驚鸕鸕的荒。我這里手分開蘆葦吸溜踈剌的黨,

(云)驚起一件好物也,(唱)

驚起那沙暖宿鴛鴦。

(云)報,報喏,金鞭指路,聖手遮攔。(唱)

【天下樂】見一座催塌了山神古廟堂,我這里思也波量,端的着誰上香?你看那它它答答喬供養。

(云)貪看山神廟,悞了我行路也。(唱)

我這里登峻嶺,驀淺崗,見一道放牛羊小徑荒。

(云)遠遠的一箇小酒務兒,好是悽慘人也呵!(唱)

【醉中天】我見一箇小店兒淒凉像,會犬吠汪汪。破蘆席搭在舊水床,將一張無尾的題頭放。醉仙幾曾畫在石灰壁上,草稕兒滴溜溜斜挑在墻頭上。

(云)行説着話。可早來到也。(做入店見科。云)小二哥,有干净閤子末?(店小二云)官人請坐。(正②云)打二百文長錢酒來,我不這般干吃你的。來、來,我與你些碎金銀做本錢。(店小

---

① 應爲"十七"。

② 應爲"正末"的省略。

二做揣入懷里科。云)不要也罷。(正云)這厮口道不要,可揣在懷里。將酒來。(店小二與酒科)(正吃酒科)小二哥,時遇九月九節令,家家正好歡喜飲酒,那里這般啼哭?(店小二云)官人,那厢兩口兒吃酒。這厢箇官人,要那秀才的渾家,替他遞三杯酒,因他不肯,將那秀才吊着打,因此上那秀才啼哭。(正云)你不好勸他一勸!(店小二云)我勸他來,連我打的不着忙。他是箇權豪勢要的人,我不敢勸他。(正云)我將這酒寄在這里,等我勸他去。(店小二云)哥,你休去。(正做採店小二跌科。云)不干你是①,我勸去。(做採衙内科)(蔡浄瞅店小二科)(正做解劉慶甫科。做捱衙内,三科了。云)喏,客官!(蔡衙内云)走到土地廟里來了,怎生喏喏?(正云)官人,我是箇過路的,這箇人是你的伴當?那侵你使數的?你爲何吊着他打?拐帶了你多少銀兩?你若説的是呵,我與你行究。(蔡浄云)一箇好聰明人也。我説起這厮的罪過來,大似狗蚤。這厮和他渾家唱着吃酒,我着賣酒的與他説去,着他渾家替我遞三杯酒,叫我三聲"義男兒",我便上馬回去。這厮説着我姑娘與他遞三杯酒,叫他三聲"義男兒",纔着他渾家來。我若有姑娘呵,肯着他渾家遞酒?你説可是我的是,可是他的是?(正做指蔡浄科。云)恁的呵,是你的不是!(蔡浄做怒科)誰道我的是來?這厮無礼,怎生敢道我的不是!(正唱)

【醉扶歸】你這厮無道理荒淫相,你怎生迤逗人家女紅粧。他别人行路夫妻在旅店上,你是箇大膽的行凶黨。

(云)兀那厮,我和你有箇比喻。(蔡浄云)喻將何比?(唱)

假若是你的媳婦者波,我走將來挨、挨搶,

(云)你若不見呵,萬是都休,你若見了呵,(唱)

你恨不的一跳三千丈。

(蔡浄做跌科。云)哎喲,哎喲!正跌着我這哈嘅兒骨頭。我敢打你也!(正云)你這厮打來!(蔡浄做打正末科)(正末做打浄

① 應爲"事"。

倒科。唱)

【金盞兒】我從來性兒剛,我可也不商量。那里去則我這拳着處撲的塵埃中倘,打這厮鼻凹眼曠抹着處傷。我見他磣可可唇齒縱,血模糊打塌鼻梁。怎禁我搜搜的拳去打,

(蔡净云)不中,我與了你,走、走、走!(下)(正云)這厮走了也。(唱)

急走里撲撲的脚尖仰。

(做解劉慶甫科)(慶甫云)恰纔多虧了哥,救了小生性命。(正云)兀那秀才,你那里人氏?姓字名誰?你慢慢的説一遍咱。(慶甫云)小生濟州人氏,姓劉,雙名慶甫,渾家李幼奴。因泰安神州燒香已回,來到這草橋店上飲酒。撞見這箇權家勢要的蔡衙内,强要我渾家把盞兒。我不肯,他吊起小生來。若不是哥來呵,那的我性命來?敢問哥姓字名誰?(正云)我不是歹人。(慶甫云)誰敢説哥是歹人?(三科了)(正云)則我是宋江手下第十七箇頭領,"病關索"楊雄的便是。哥哎,不是歹人。(慶甫云)你是賊的阿公里。小生則怕到前面又撞見他,怎了?(正云)兀那秀才,你到前面,無事便罷;若有事阿,你上梁山來告俺哥,我與你做主。(慶甫云)謝了哥哥,小生到梁山上告誰?(正唱)

【尾聲】你告俺哥哥宋公明,

(慶甫云)他是哥哥的誰?(正唱)

他是我親兄長,

(慶甫云)哥哥姓字名誰?(正唱)

則我是病關索一身姓楊。

(慶甫云)你生牢記者。(正唱)

着我心中自暗想,

(慶甫云)若不是哥哥呵,那的那性命來?(正唱)

俺端的志氣昂昂,

(慶甫云)多謝了哥哥!(正唱)

我從來本①高强。不是我説短論長,他若欺負你來梁山告俺宋江。

(慶甫云)則怕又撞見他怎了也?(正唱)

那廝更十分不良,將平人屈漾,

(慶甫云)則怕宋江哥哥不肯與我作主末?(正云)投到你去呵,(唱)

我與你對先説話衷腸。

(慶甫云)大嫂,俺休往大路上去,喒往小路上去,則怕撞見蔡衙内,怎了?(旦云)你也説的是。則怕撞見那賊漢,强奪的我去了,不能與你相見。我這里有箇枣木梳兒,與你做信物,久以後見了這梳兒,便和見我一般。(慶甫云)我收了這梳兒,久以後見了這梳兒,便是信物,俺休離了大嫂,俺走、走、走!(下)(店小二云)走將這幾箇人來,酒也賣不成,整穰了這一日。收了鋪兒,往鐘鼓司學行金斗去來。(下)

(劉慶甫同旦做荒上。云)走、走、走!(蔡做冲上,攔住科)好也,那里去?打的我好也!我將他渾家駝在馬上,我拐他去十八層水南寨里去也。走、走、走!(下)(慶甫云)天也,誰想正撞着蔡衙内,將我渾家奪在馬上去了。我别處告,近不的他,直往梁山上告宋江哥哥走一遭去。大嫂,則被你疼殺我也!(下)

(宋江同吴學究引小娄羅上。云)緑樹重重映碧天,遶溪一派水流寒。觀看此景真堪羡,獨占人間第一山。某乃宋江是也。三日前放衆兄弟每下山去賞紅葉黄花去了,今日是第三日也。小娄羅,聚將鼓嚮,衆頭領來時,報伏我知道。(小娄羅云)得令。

(關勝同李俊、燕青、花榮、雷横、盧俊義、武松、王矮虎、呼延灼②、張順③、徐寧上。云)梁山泊出名顯姓,殺官軍無人敢近。三十六結拜爲兄,祖輩傳大刀關勝。某"大刀"關勝是也。俺衆頭領下山,賞紅葉黄花,今日是第三日,俺上山見哥哥去來。可

---

① 疑脱"領"字。

② 底本此字有塗抹痕迹,原爲"綽",後改爲"灼"。

③ 底本此字有塗抹痕迹,原爲"慎",後改爲"順"。

早來到也,小婁羅報伏去,道俺衆頭領來了也。(婁羅云)喏！報的得知,有衆頭領來了也。(宋江云)都着過來。(婁羅云)着過去。(衆做見科)(關勝云)宋江,喏！學究哥,喏！俺衆頭領都來了也。(宋江云)您都來了。小婁羅,門首覷着,看有甚末人來?(劉慶甫上。云)小生劉慶甫是也。被蔡衙内將我渾家奪將去了,上梁山告宋江太僕去,可早來到也。休放冷箭。(小婁羅云)你是那里來的?(慶甫云)小生是箇秀才,敬來告狀。(婁羅云)喏！山下有箇秀才來告狀。(宋江云)着他過來。(婁羅云)下了吊橋。兀那秀才,着你過去。(見科)(宋江云)秀才,你那里人氏?姓字名誰?你有甚末負屈的事?你説一遍。(慶甫云)太僕,小生濟州人氏,姓劉雙名慶甫,渾家李幼奴。因往泰安神州燒香以回,來到草橋店飲酒,遇着箇權豪勢要的蔡衙内,將我渾家强奪的十八層水南寨去了。小生一迳的上山來告太僕。兀的做甚柔軟莫過溪澗水,不平地上也高聲。懷揣萬古千千鏡,照察啣冤負屈人。(宋江云)兀那秀才,你且一壁。學究哥,此事也不可點差,自小婁羅問三聲,誰敢去十八層水南寨打探事情去?(婁羅云)兀那三十六人,那箇好男子漢,敢去十八層水南寨打探事情去?(三科了)

(正末上。云)有、有、有！我敢去！(唱)

【南吕】【一枝花】俺哥哥傳將令三四番,可怎生無一箇承頭的?來一箇燕青將面劈,那一箇楊志頭低。那里也大膽姜維,問着呵一箇箇緘口無人言對,你可便怕相持對壘。

(云)似恁的呵,(唱)

你可便枉住在梁山,兀的不辱末殺俺哥哥保義。

【梁州】聽的道揲水寨多凶少吉,呀,來、來,不是這李山兒囊裹成錐。

(云)可早來到也,小婁羅報伏去,道有山兒李①來了也。(婁羅云)理會的。報,報,喏！有山兒李逵來了也。(宋江云)學究哥,山兒李逵來了也。此人性如烈火,直似弓絃,等他來時,左使機

① 應爲"李逵"。

闢,看他説甚末。小娄羅,着他過來。(娄羅云)着你過去。(正做見宋江科。云)宋江哥,學究哥,喏!衆兄弟每,喏!(宋江云)兄弟也,喒弟兄每都不義了也。(正云)哥,怎生不義了也?(宋江云)我唤着你,怎生來遲?(正唱)

喒雖然不結義在桃園内,

(云)俺哥哥做學幾箇古人?(宋江云)你做學那幾箇人?(正唱)

俺做學那關、張和劉備。

(宋江云)你可似誰?(正唱)

您兄弟一似箇張飛。

(宋江云)有衣呵呢?(正唱)

有衣呵同穿着,

(宋江云)有飯呵呢?(正唱)

有飯呵同喫,

(宋江云)有馬有①呢?(正唱)

有馬呵不剌剌大家同騎。

(宋江云)兄弟也,我使唤你,可肯去末?(正唱)

哥哥你使唤着我怎敢不依隨?

(宋江云)你可敢住②那里去?(正唱)

者末去那西天西大象口敲牙,者未待入南山寨子路,我與你活拔下虎尾。

(宋江云)更呢?(正唱)

可者末待遇敵軍獨自箇相持,

(宋江云)兄弟,則要你道的應的者。(正唱)

我道得應得,

(宋江云)你會是末武藝?(正唱)

十八般武藝咱都會。

(宋江云)少賣弄精細。(正唱)

---

① 應爲“呵”。

② 疑應爲“往”。

不是我賣弄精細，

(宋江云)再有是末本事？(正唱)

舞劍輪鎗并騙馬，則消的我步走如飛。

(宋江云)兄弟也，山下有一箇人，好生英雄，你可敢近他末？(正云)哥也，他比這兩箇古人若何？(宋江云)可是那兩箇古人？(正唱)

【哭皇天】莫不是再生下張車騎？

(宋江云)張車騎是張飛，這箇人又利害似他。(正唱)

莫不是重生下胡敬德？

(宋江云)尉遲敬德也不如他。(正云)哥也，張飛比他如何？(宋江云)張飛不如他。(正云)敬德比他如何？(宋江云)也不如他。(正云)哥，您兄弟比他如何？(宋江云)你也不如他。(正唱)

阿，惱的我磕叉叉斧坎①人，

(宋江云)俺這里敲牛宰馬，做箇慶喜的延②席。(正唱)

你則待穩怕做筵席。

(宋江云)山兒，你怎生强嘴也那？(正唱)

不是李山兒便强嘴，

(云)哥也，您兄弟有功劳來也。(宋江云)你有是末功劳？(正唱)

小可如我鄆州東平府帶着枷披着鎖，我跳三層家那死囚牢，比那時節更省我些氣力。

(宋江云)你三日不殺人呵呢？(正云)我三日不殺人呵，(唱)

我渾身上下拘繫，

(宋江云)三日不放火呢？(正云)我三日不放火呵，(唱)

倚着那石墻下呵盹睡。

(宋江云)我哄他咱。山兒，我着你殺人。(正唱)

【烏夜啼】箅也聽的道殺人放火偏精細，

(宋江云)怎生殺人放火？你說一遍咱。(正唱)

---

① 應爲“砍”。

② 應爲“筵”。

顯出我些英勇神威,輕輕的展放猿猱臂。若是那無知,恰便似小鬼兒見鍾馗。若惱犯放火殺人賊,那去我可便各支支撧的腰截碎。

(宋江云)説你强,誇他會。(正唱)

説我强,誇他會,男兒志氣,顯盡我雄威。

(宋江云)小委羅,唤將那秀才來,與他相見咱。

(劉慶甫上。做見正末科。云)哥哥,他是人也是鬼也?(宋江云)兀那秀才,你不要怕,他是十三太僕山兒李逵。你將那項上事,對山兒説,他便與你做主。(慶甫云)哥,我濟州人氏,姓劉雙名慶甫,渾家李幼奴。來到草橋店上飲酒,被箇權豪勢要的蔡衙内,將我渾家奪的十八層水南寨里去了。哥哥,與小生做主咱!(正云)兀那秀才,你有是末信物?(慶甫云)有這張枣木梳兒是信物。我那渾家若見了呵,他便認的也。(正云)你放心,我知道也。(慶甫云)謝了太僕。(宋江云)山兒,我問你,這一件事,你若到於山下,你怎生打那廝、拿那廝?你説一遍,我是听咱。(正云)哥也,您兄弟怎生拿他?怎生打他?我敷演一遍,哥哥試听咱。(宋江云)你是説,我是听咱。(正唱)

【牧羊關】則我這拳着處,滴溜撲着那廝身占土,

(宋江云)那廝挣起來呵呢?(正唱)

急起來着那廝嘴搵地。

(宋江云)那廝若走了呵呢?(正云)那廝欲待走,走那去?(唱)

我這里破步撩衣,指東畫西,説南也道北。此一隻脚將那廝跳,兩隻乎①將那廝腿脡提。我腕頭齊着力,那去,我叫便攛無徒在這兩下里。

(宋江云)兄弟,你去不的。(正云)哥,您兄弟怎生去不的?(宋江云)看你那茜紅巾、紅納襖、乾紅搭膊、服綳護膝、八答鞋,你便似那烟熏的子路,墨洒的金剛,休道是白日里,夜晚間撲着你,也不是恰好的人。你可怎生打辨了去?(正云)哥也,休道是白日里,晚夕揣摸着,你兄弟也不是箇恰好的人。我更改了這衣服,

---

① 應爲"手"。

打扮箇貨郎兒去。（宋江云）可那里得這衣服鼓兒來？（正云）有，有，山寨在那官道傍邊，躲在一壁等着那做買賣的貨郎兒過來。兀那貨郎兒，借與我鼓兒使一使。説箇"借"時呵，萬事罷論；若説箇"不借"，一隻手揪住那厮衣領，一隻手掐住脚腕，滴溜撲摔箇一字交，闊脚蹦住那厮胸脯，舉我這夾刚板斧來，覷着那厮嘴縫鼻凹里磕叉，我恰待要坎，哥也，休道是鼓兒，他連担兒也與了您兄弟。（宋江云）兄弟也，你好問他要。你下山去，則要你忍事饒人。（正云）哥也，假似别人駡您兄弟呵呢？（宋江云）忍了。（正云）打您兄弟呵呢？（宋江云）忍了。（正云）哥也，他則管里打呵呢？（宋江云）那箇則管里打，你少還他些兒。（正云）哥也，我還他這些兒。（宋江云）忒少。（正云）我還他這些兒。（宋江云）也少。（正云）哥也，我還到這里，怕做甚末？（宋江云）阿，打殺人也，則要你輕着些。兄弟也，你到的水南寨，見了那婦人，怎生説話？你試説一遍我听咱。（正云）哥也，不嫌絮繁，听我説一遍咱。（唱）

【**絮蛤蟆**】我打扮做箇貨郎兒，擔着些零碎去尋那箇艷質，他來買我些東西。

（宋江云）可是甚末物件那？（正唱）

也有挑線領戲，也有釵環頭篦。他若問我是誰，我索將他支對。那厮將我駡毁，我不鄧鄧火起。我見揪住頭稍，挽住衣袂，滴溜撲摔下那厮堦基。拳鎚心窩里，使靴尖踢，打這厮無道理，無見識，羊披着虎皮，打這厮狐架①虎威。

（宋江云）兄弟，你休避驅馳，則今日便索長行也。（正云）哥哥，你放心也。（唱）

【**尾聲**】我與你沿村轉疃親尋覔，四大神州捉逆賊。我若還撞着你，揪住頭稍，揝住領戲，我將那厮滴溜撲摔下那厮堦基。我將那厮死羊兒般，到施將來俺這箇山寨里。

（下）（宋江云）山兒去了也，我便差魯智深接應將去。學究哥，無

① 應爲"假"。

甚事,後山中飲酒去來。衆小校聽咱分付,今日箇該您題捕。伏路處俏①語底言,不許您結笑喧呼。人人要慣甲披袍,箇箇要開弓蹬弩。若違了某的將令,斬首級决無輕恕。(衆下)

(净扮蔡衙内同旦上。云)自從拐的這婦女人,來到這水南寨里,誰來的到這裡?今日我吃酒去也。渾家,你則在家里,你可休出門去,我便來也。我把這地下篩下灰,不許你行動。拿篩過來,着上些灰,我篩下灰者。(做篩科。做看科。云)海!不曾出門,可早蹦下脚印。(外做打科。云)得也末,就來。(蔡净云)呸!是我蹦的。(又做篩科。云)你便走動,我便知道。灰也篩了,我與你一箇馬子,投到我來家,要這一馬子溼溼。你可不要把米湯茶攙在里頭。我着箇干净盞兒舀出來嚐,我若嚐出來,把你那兩條腿還打做兩條腿。(下)(旦云)悶似三江水,涓涓不斷流。有如秋夜雨,一點一聲愁。自家李幼奴的便是。自從被這賊漢將我拐到這水南寨里來,不知我那丈夫劉慶甫在於何處,音信皆無,我心中好是煩惱!那賊漢出去了也,我在這閑坐,看有甚末人來。

(正末上。云)自家黑旋風是也。奉着俺宋江哥哥將令,去水南寨里打探事情,尋劉慶甫渾家唤做李幼奴。須索走一遭走。(唱)

【正宫】【端正好】遶村房,尋門户,一径的打探箇實虚。恰便似竹林寺有影無尋處,我問那蔡衙内在何坊住?

【滚綉毬】希壤忽濃泥又滑,失流踈剌水渲的渠,赤留出律驚起些野鴨鷗鷺,我這里急煎煎整頓了衣服。急周各支蕩散了鎗竿篓,急彪各邦蹅折了劍脊蒲,見一道小路兒荒踈。

【倘秀才】我則見水圍着人家一簇,中間里疊成一道旱路,則聽,則聽的狗兒咬各邦搗碓處。我這里擔着零碎,踐程途,我與你覓去。

(云)買來,買來,賣的是調茶官粉、麝香、胭脂、柏油、燈草,破鉄也换。

(旦上。云)慚愧也!今日可怎主②有箇貨郎兒在於門首?我開

---

① 應爲"悄"。
② 應爲"生"。

開門,我是看。(旦做見正末科。云)是箇貨郎兒,哥哥萬福。(正云)不敢,不敢也。(唱)

【倘秀才】我這里見姐姐忙道好處,

(云)好家人,好家法;惡人家,惡舉動。他也不荒不忙。(唱)

他那里掩着袂,貨郎兒萬福。他那里荒喚箇萬福,我這里問姐姐商量你可也買甚末物?

(旦云)你賣的是那幾件兒物件?你數與我听。(末唱)

我這里一一説,從頭初,聽貨郎兒細數。

(旦云)你是數,我是听咱。(正唱)

【滚綉毬】銅釵兒是鸚鵡,

(旦云)再有是末?(正唱)

膈鐶兒是金鍍,

(旦云)可再呢?

縷帶兒是串香新做,

(旦云)再有甚末希奇的物件?(正唱)

有這箇錦裙襴法墨扮梳。更有這綉領戲絨線鋪,翠絨花是金縷,符牌兒剪成人物,這箇錦鶴袖砌的雙魚。更有那良工打就的純刚剪,

(旦云)可再有甚末物件?(正唱)

有、有,更有那巧匠做成枣木梳,除此外别無。

(旦云)將來我是看咱。(做接梳,哭科。云)便好道:"見鞍思俊馬,視物想情人。"這梳兒是我與劉慶甫的,可怎生到這貨郎手里來?我是問他咱。哥哥,恰才從那里來?你路上可撞見是末人來?這梳兒是甚末人與你來?哥哥,你是説咱。(正云)我見來,我見來。我在那官道傍邊坡子,一壁見一箇秀才,搥胸跌脚,啼天哭地。他問道:"兀那貨郎兒,你往那里做買賣去?"我便道:"去水南寨做買賣去。"他便道:"你替我寄箇信。"我便道:"你寫。"他寫不跌,與了這箇木梳兒,權當一箇信物,交我尋他那渾家。我那里尋的是?(云云)哥哥,那人氏姓字名誰?他渾家可姓是末?動劳哥哥説一遍咱。(正唱)

【倘秀才】那秀才濟州人氏,姓劉名是末慶甫。

(旦云)他媳婦是誰?(正唱)

他媳婦姓李,

(旦云)哥哥,是李甚末?(正云)我把來忘了,我是想咱。(唱)

小名唤做甚末幼奴。

(旦云)他正是我的丈夫!(正云)你好爱便宜,赶着貨郎叫丈夫。

(旦云)那秀才是我的丈夫!(正唱)

我那秀才原來是你的丈夫,

(旦云)何好煩恼人也呵!(正唱)

你可道莫煩惱莫啼哭,我與你做主。

(旦云)是真箇好慚愧也!謝了哥哥!(正云)姐姐,那賊漢那里去了?(旦云)那賊漢不知那里吃酒去了。(正云)姐姐,你收拾下,那賊漢敢早晚敢待來也。

(蔡衙内冲上。云)弟兄每少罪也。五瓶酒酸了三瓶,瀽了兩瓶,吃了些酒脚兒,醉了也。(做見正。云)這厮是甚末人?在俺家門口?村弟子孩兒,精驢禽獸。(正唱)

【叨叨令】他走將來無高低罵到我三十句,

(净云)我打這厮。(做打正末科)(正唱)

哎喲,哎喲!他搜搜捽捽的這棍棒如風雨。

(蔡净云)這箇是甚末撧折了?(正唱)

急周各支撧折我些紅匙筯,

(蔡净云)這鼓子要他怎末蹦破了?(正唱)

壞了買賣也,他則一脚踢破我蛇皮鼓。

(云)俺哥哥説來着,我忍是饒人。(唱)

哎,我其實可便忍不的也波哥,忍不的也波哥,不鄧鄧按不住心頭怒。

(云)兀那厮,你敢打末?(蔡净云)我敢打你這厮!(正做打净)(和唱)

【鮑老兒】打這厮好模樣歹做處,你是箇强奪人家女嬌娥,一隻手便把領窩卒,矗指頭拾雙目。是箇越嶺拔山嘯風虎,豈怕你箇趁霜兔。打這厮將無做有,説長道短,膽大心矗。

(净云)打的我好臈也!我近不的他,走、走、走!(下)(正云)這

廝走了也，姐姐，你我去來。（唱）

【尾聲】我今日尋着你箇李幼奴，分付與你劉慶甫。你兩口兒歡喜重圓聚，我直要拿住無徒報了您那苦。

（同旦下）

（淨扮小和尚上。云）老老禅僧不下堦，娥眉八字似刀裁。有人問我年多少，兩箇耳朵一箇歪。貧僧是這雲岩寺里一箇小和尚，這寺是蔡衙内家佛堂，我今日打掃的僧房干净，看有甚末人來。（蔡净走上）白日不做虧心事，半夜敲門不吃驚。自家蔡衙内的便是。我這兩日有些眼跳，着這梁山泊夥人攪的我不自在。十八層水南寨里住不的了，我如今往雲岩寺里躲避他去。這寺是俺家佛堂，誰敢來打攪？説話中間，可早來到也。小和尚那里？兀那小和尚，有干净僧房末？你打掃一間，我要住里。（和尚云）大人，有。則這頭一間僧房干净，也不必打掃，大人就在這里面安下。（蔡净云）兀那小和尚，打掃我的僧房干净，我如今吃酒去也。我説來也。我若回來，你與我買下些好酒兒、好羊頭，退的干净，煮的爛着，鴨旦買下些，我來便要吃酒。若無呵，我去你秃頭上直打五十箇梨爆。我去了便來也。（下）（和尚云）理會的。老子也好性兒，分付不許多，早是我認下些賣肉的主顧。徒弟連忙打掃，鋪下床，安上帳子，擺下卓棹，安排下酒肉。没柰何，俺正是“在他矮簷下，怎敢不低頭”？煮肥羊肉，我也要咽他些骨頭里。衙内去了也，看有是末人來。

（正末扮魯智深上。云）衆兄弟每，得罪，得罪，改日還席。（唱）

【黄鍾】【醉花陰】酒不醒貧僧怕見走，雲岩寺權爲宿頭。且時住，暫停留，混踐您些兒改日爲友。常言道措大謁儒流，自古道客僧投寺宿。

（云）天色昏晚了也，尋一箇消宿去處。來到這雲岩寺門首，我是唤門咱：小和尚開門來！（和尚做應科。云）來也，來也。我開開這門。（做見）（正末云）問訊，天色以晚，特來一箇消宿。（和尚云）師父，則有頭一間房干净，可有蔡大人在里消宿，吃酒去了，你快休惹他，他利害。他便來也，則怕不中。（正云）不妨事，我不連累你，自歇息去，（和尚云）嗨，可怎了！你仔細着，快休惹

他。天色晚了,我跳墻去來。(下)

(蔡净醉科,上。云)好酒也,好酒也! 雲岩寺里歇息去。和尚每睡了也,這的是我的僧房,推開門,里面黑洞洞的,燈也無有。(做摸着正頭科。云)這和尚無礼也! 我分付着,把羊頭退的干净,上面是毛尾。(正末做打净科)(蔡净又摸科)(正又打科。三科了)(蔡净云)這手脚應了。我點起燈來,我看一看。(做點燈看科。云)阿狗頭上紅,面上黑帶着紅,一箇黑紅和尚。蔡衙内哎!(正做争科。云)是我的僧房。(做叉正科。云)這箇和尚,釘子定住了,你敢争我的僧房?(正云)且休説你的僧房,就是你的僧房,喒兩箇賭厮打,打的過便要僧房。(蔡净云)我這一對拳剪鞭里,你着我單火輪。(正云)你打多少好漢?(净云)我打五十條好漢。(做輪臂膊科。云)右火輪也打五十條好漢。看雙火輪。(做雙火輪科)(正云)則不如單火輪,道好打將來。(净做打正科)(正唱)

【喜遷鶯】這一箇無端禽獸,

(净云)扯了衣服。(唱)

將偏衫袖亂扯胡揪。

(净云)我搊搜也不是善的。(正唱)

賣弄你搊搜,氣冲牛斗,煩惱似長江不断流,打這厮出盡醜。

(蔡云)老子也怎末撞見他?(正唱)

不索你憔憔懒懒,不索你悶悶愁愁。

(净云)我是玲瓏踢①透的人,到怕你?(正唱)

【出隊子】賣弄你玲瓏踢透美也,撞見爱厮打的都領袖。

(云)我打三顆頭。(净云)我還你六條臂那三顆頭!(正唱)

打你箇軟的欺硬的怕臈鎗頭,你是箇無道禮無仁義酒没頭。打你箇强奪人家良人,你是箇喫劍頭。

(净云)這厮利害,一對拳剪鞭相似。我可怎末了?(正唱)

【刮地風】你性命當風秉蠟燭,淹似水上浮漚。病羊兒落在屠家手,喒兩箇怎肯平休? 這厮更胡尋歹鬬,故來承頭。

---

① 應爲“剔”。下同。

(净云)打殺我也！寺里和尚,都來救我！(正唱)

怕有那寺院中埋伏着,您都來答救。我着這莽拳頭,向這廝嘴縫上丢。潑水難收,則一拳打你箇番斤斗,來叫爹爹的呵休。

(净云)我着這莽拳頭,往這廝嘴上丢。潑水難收,則一拳打你箇番斤斗,來叫爹爹有甚末羞。哎約,這秃弟子孩兒,打殺我也！我拐了他渾家,誰和你説來?(正唱)

【四門子】黑旋風與我先説透,

(净云)干你甚末是①?(正唱)

你是箇强奪人家女艷羞。不索你憂,不索你愁,潑浅②合性命不過九。不索憂,不索愁,打這廝將没作有。

【古水仙子】那那女艷羞,你拆措了他鴛交和鳳友。待飛來難飛,待走來怎走?身軀似不纜舟,炎騰騰水上澆油。一隻手便把衣領揪,一隻手揩住衣和袖,滴溜撲捽番一箇肉春牛。

(衆頭領上,做拿住净科)(正云)拿住了蔡衙内也,拿着見宋江哥哥去來。(唱)

【尾聲】叵柰無徒歹禽獸,摘心肝扭下這驢頭,與俺那梁山泊宋公明爲案酒。

(宋江冲上。云)拿住蔡衙内也,與我拿出去,殺壞了者。您一行人聽我下断:則爲你蔡衙内倚勢挾權,李幼奴守志心堅。强奪了良人婦女,壞風俗不怕青天。雖落草替天行道,明罪犯斬首街前。黑旋風拔刀相助,劉慶甫夫婦團圓。雜劇卷終也。

題目:李山兒打探水南寨
正名:魯智深喜賞黄花峪

---

① 即“什么事”。

② 應爲“賤”。

附:

木梳記·宋公明智激李逵

【劇目簡介】

此劇未見著録,僅收録於明人戲曲選集《八能奏錦》卷一。似出自於《魯智深喜賞黄花峪》。小説《水滸傳》無類似劇情。

劇演宋江因楊雄前去擒拿蔡扢搭不成,以激將法派李逵前去營救李幼奴之事。與《魯智深喜賞黄花峪》第二折劇情相似,但曲文頗有不同。

【新水令】(生)殺氣峥嶸,尤如半空展翅。濟困扶危,掃除奸弊,俯仰乾坤無愧。

職掌山寨樂無憂,鏖戰江湖數十秋。蒼天若遂男兒志,一統山河萬萬秋。小將乃宋江是也。只是蔡扢搭這厮强占人妻,前者前楊雄下山擒拿,不能取勝。左右傳令與三十六大營、七十二小營,有能擒得蔡扢搭者上堂聽令。(丑)覆主帥,各營衆將皆云不去。(生)罷、罷、罷! 擒一蔡扢搭,衆兄弟無一人肯去,何况大事乎? 將咱中軍杏黄旗砍倒。(净)叫手下稟主帥,我見。(衆)李爺下馬。(生)此人有勇無謀,只恐不能成事。(吴)兵法云:遣將不如激將,主帥激他一番,必能成功以擒扢搭。

【北調】【滚綉毬】(净)俺大哥傳將令兩三番,却怎的没個當頭漢。打聽得水南寨兇多吉少,待咱前去問個端的。

呀,中軍杏黄旗砍了,大哥又在帳中怒發雷霆,

他何事悶坐中軍帳?

(生)緣何違吾號令?(净)

大哥令敢不依隨? 咱又不曾殺人放火,又不曾擄掠人妻,何故正言作

色將咱罪?

(生)你有甚手段服我不成?(净)

須不比楚重瞳拔山舉鼎,又不及開國興唐胡敬德。

(生)推出轅門!(净)大哥,

你若學得劉玄德桃園三結義,

俺李逵呵,

也不弱似黑臉漢張飛。今日若要忘恩義,便學張飛私行待何如?

你道我無功,

【普天樂】咱也曾争强斗勇爲活計,咱也曾忘生捨死沙場内。咱也曾捉張順打張横無人敵,咱也曾東平府内身遭罪。咱也曾抱大哥脱縲洩出重圍,咱也曾救林冲掃高俅除奸弊。咱也曾擒猛虎保鄉寧安黎庶,咱也曾披掛征衣,受餒躭饑,揮劍持鎗,摸鼓摇旗,只殺得敗殘兵呫喇喇棄甲丢盔。這都是咱李逵奮武揚威。

(生)既如此,我欲差你下山,恐你不能成事,且自猜來。

【粉蝶兒】(净)莫不是交我南山打猛虎?莫不是交我東海拔龍鬚?莫不是交我去敲象牙?莫不是交我扯豹尾?

(生)都不是。(净)

這不是,那不是,兀的不是悶殺我英雄輩。三日不放火,靠著圍墻呵呵睡;三日不殺人,渾身上下皆摻碎。

(生)王叫你去殺人放火。(净)

聽得殺人放火皆伶俐,我把扳斧手内提。不用龍駒胯下騎,全憑李黑兒步走如飛。

(生)轉來聽令:前者楊雄下山擒拿蔡扢搭,不能取勝,反辱於我等。你可將此劉慶甫之木梳,扮作賣貨郎,前往水南寨,救出李幼奴回寨請功,着一丈青中途接應。

【剪飛花】(净)扮作貨郎兒,肩挑零碎,不怕他萬丈威。不用刀去砍、棒去打,只須俺輕輕大拳搥。賊,休想輕輕放過伊。

【餘文】這厮忒無知,輒敢生奸計?平白占人妻,不由人心中忿。大哥,叫你眼望旌捷旗,軍師呵,你耳聽好消息。三軍須努力,齊唱凱歌回。隻手扶社稷,脚踹帝王基,全憑我武藝施爲。

梁山五虎大劫牢雜劇(脈望館本)

【劇目簡介】

雜劇,元、明間無名氏作。《也是園書目》《今樂考證》《曲録》等有著録,現存脈望館鈔校古今雜劇本。小説《水滸傳》中雖有韓伯龍此人,但無類似劇情,不過與小説中的盧俊義故事有相似之處,二者或有一定聯繫。

脈望館本無署名,標題作"梁山五虎大劫牢雜劇",題目作"李應酬恩韓伯龍",正名作"梁山五虎大劫牢"。五折,每頁十行,每行約十七字,後有穿關,文後落款"乙卯年夏三月日校内府清常記"。

劇演宋江派李應下山"招安"灤州韓伯龍上梁山,李應身患重疾,無處安身,只得沿街乞討。韓伯龍收留李應,并結爲異姓兄弟。魯智深、武松、劉唐、阮小五又受令下山,用計將韓伯龍擒上梁山,李應火燒其莊院以絶其歸路,導致韓伯龍妻兒被官府所捉。韓伯龍堅決回灤州,繼而被官府以勾結梁山、放火燒房等罪名關進死囚牢中。李應等五人奉宋江令劫牢救出韓伯龍一家三口,衆人同歸梁山,共飲歡筵。

頭　折

(冲末宋江同吴學究領僂儸上)(宋江云)

寨名水滸住梁山,好漢英雄透膽寒。

四面方圓八百里,三十六里水面蓼花灘。

某姓宋名江字公明,綽號"順天呼保義"。曾爲鄆州鄆城縣把筆司吏，因與閻婆惜作伴，有梁山上"托塔天王"晁盖寫書來招安某上山，某當夜酒醉睡着，閻婆惜盗了書呈，某覺來尋書不見，以知是閻婆惜，恐怕人知，被某殺了閻婆惜，脚踢翻蠟燭臺，沿燒了官房。官軍捕盗，將某拏住，送赴本縣。本是致傷人命，多虧了刑房司吏，出脱某殺人之罪，改做悞傷人命，杖了八十，迭配江州牢城营。路打梁山過，多虧晁盖哥哥，救某上山，讓某第二把交椅坐。晁盖因三打祝家庄身亡，衆弟兄每拜某爲頭領，聚三十六大夥，七十二小夥，半垓來小僂儸嘯聚梁山。學究哥，我有一件事，與哥哥商①議。（吴學究云）哥哥不知有何事也？（宋江云）我打聽的濼州有一人是韓伯龍，此人其家巨富，文武兼濟，使一條鐵棒，打天下無對。我有心招安此人上山，學究哥意下如何？（吴學究云）哥哥，似此英雄好漢，正可招安上山也。（宋江云）哥哥，我如今差點"撲天鵰"李應，此人年小聰俊，着他下山招安韓伯龍，走一遭去，有何不可？小僂儸，唤的李應來者。（僂儸云）理會的。"撲天鵰"李應安在？

（正末扮李應上。云）某乃"撲天鵰"李應是也，在於宋江哥手下爲頭領。正在寨中，宋江哥呼唤，須索走一遭去也呵。（唱）

【仙吕】【點絳唇】則爲我智勇剛强，少年雄壯多才量，憑着這闊劍長鎗，豪氣三千丈。

【混江龍】我端的言無虚誑，我也曾戰官軍迭併數千場，愛的是忠臣孝子，敬的是德行賢良，害的是倚勢挾權豪貴客，救的是無挨困苦受孤孀，端的是誰敢相侵傍，俺可便威名廣大，四海傳揚。

（正末云）可早來到也，小僂儸報復去，道有李應來了也。（僂儸云）理會的，喏！報的哥哥得知，有李應在於寨門首。（宋江云）着他過來。（僂儸云）理會的，過去。（正末見科。云）哥，您兄弟來了也，唤我有何事？（宋江云）某今唤你來，有一件事用你，未知你心下如何，你試②猜咱。（正末云）您兄弟試猜咱。

---

① 應爲"商"。下同。

② 底本中"試"字有塗改，原字可能爲"是"。

【油葫蘆】莫不是濫吏贓官將民業穰?

(宋江云)不是。(唱①)

莫不是姦盜廣?

(宋江云)也不是。(唱)

莫不是近梁山逆子毁爺娘?

(宋江云)也不是。(唱)

莫不是弟兄不肯行謙讓?

(宋江云)衆弟兄尊某爲兄,坐頭一位,誰敢不敬某?也不是。(正末唱)

莫不是競田宅無倚投詞狀?

(宋江云)也不是。(唱)

莫不是山寨中倉廩乏?

(宋江云)不是。(唱)

莫不是權豪將民庶傷?

(宋江云)也不是。(唱)

莫不是蓼兒窪地業新開剏?

(宋江云)也不是。(唱)

莫不是賊寇損農桑?

(宋江云)也不是,你都猜不着。(正末云)好是奇怪也!

【天下樂】空教我腹内尋思論短長,思也波量多半晌,好教我意躊躇悶懷難對當,你這般心慮多,我這裡無伎倆,你與我訴實情,空妄想。

(正末云)哥有甚麼事?與您兄弟説咱。(吴學究云)哥哥,明白説與李應,怕做甚麼?(宋江云)兄弟也,我爲甚麼教你猜,則怕你不會幹事。某打听的灤州有一人,是韓伯龍,此人其家巨富,更文武兼濟,使一条鐵棒,打天下無對。我有心招安此人上山,某今差你下山,招安一遭,你意下如何?(正末云)哥,您兄弟去則便了也。

【醉扶歸】你道他文武多才量,英勇世無雙。

---

① 此以下幾處應爲"正末"唱。

(宋江云)兄弟,俺正意的則是着你招安他去也。(唱)

你教我特意招安到遠方,我可也怎敢道是相違抗,不是我誇稱自奬,穩情取我手裏到梁山上。

(宋江云)兄弟也,你年紀幼小聰俊,此一去必然成功也。辭别了某,便索長行也。(正末云)哥,您兄弟辭别了,便索下山去也。

【後庭花】你可也莫憂愁,自忖量。

(宋江云)兄弟,你若到了灤州,見了韓伯龍,務要招安他上山來。(唱)

我端的便到灤州有義方,我是箇出水金精獸,穩情取檠天架海梁。

(宋江云)説此人使一條鐵棒,好生英勇也。(唱)

你道他不尋常,使一條齊眉鐵棒,善威風,有膽量,能忠義,有主張,普天下人讚揚。

(宋江云)兄弟,此一去則要你着志者。

【柳葉兒】也不索心懷悒快,何須的説短論長。

(宋江云)兄弟,你下山去,則要你幹事的當也。(唱)

我端的平生幹事能的當,這一去心舒暢,那期間却還鄉,休承望心意行唐。

(宋江云)兄弟,此一去小心在意者。(正末云)哥哥放心也。

【尾聲】今日箇辭却宋公明,我又索行色添悽愴,何須要分星擘兩,則我這自己誇談都是枉,何須要説短論長,莫荒唐,憑着我志氣軒昂,也不索晝夜思量心内想,也不索拈斤播兩,顯耀我這英雄猛將,恁時節喜孜孜將士肯伏降。

(下)(宋江云)李應去了也,此一去韓伯龍必然歸伏俺梁山也。

李應今日逞英雄,特下梁山見伯龍。

全憑智勇施藝業,恁時方表見頭功。

第二折

(外扮韓伯龍同旦兒領倈兒、浄興兒上)(韓伯龍云)

弓馬熟閑自幼習,能争好鬬把名馳。

頂天立地英雄漢,博取聲名四海知。

小可灤州人氏,姓韓雙名伯龍,嫡親的三口兒家屬。渾家陳氏,所生一子,喚做京住,這箇小的是俺家生孩兒,喚做興兒。家中頗有資財,是這灤州數一數二的財主。我平昔好弓馬武藝,四方往來好漢,我多曾與他比試,無有不伏。爲人在世,空學成十八般武藝熟閑,争柰不能立身,皆造物所係也。時遇冬暮間天道,紛紛揚揚下着国家祥瑞,風又大,雪又緊,在此看街樓上,何不賞雪飲酒? 興兒,看酒殽來。(旦兒云)興兒,看熱酒來,這般偌大的風雪,正好飲幾杯。(興兒云)理會的,酒在此,妳妳先遞一盃,興兒執壺。(旦兒做遞酒科。云)韓伯龍,你滿飲一杯。(韓伯龍云)興兒,將酒來。大嫂,你也飲一杯。(旦兒做飲酒科)(韓伯龍云)慢慢的飲酒,樓下望者,看有甚麽人來。

(浄店小二上。云)

買賣歸來汗未消,上床由自想來朝。

爲甚當家頭先白,曉夜思量計萬條。

自家店小二的便是。我這店裏,下着一箇客人,害了一場天行證候,房宿飯錢都少下,大主人家埋怨我,着我遣他出去。他又不肯出來,下着這般的大雪,怎麽得賺他出去? 可也好也,則除是這般。兀那君子,門首有人尋你哩,你出來答應他去。

(正末扮李應上。云)哥也,偌大的風雪,你喚我做甚麽? (店小二云)門首有兩箇人尋你,等着你哩,你見他去。(正末云)哥休鬭小人耍。(店小二云)我不鬭你耍,你看去,這不是? (正末云)是真箇? 我出的這門來。(店小二云)出去! 我關上這門,凍死、餓死,不干我事,我則家去也。(下)(正末云)哥也,開門來,偌大的風雪,着我往那裡去的是? 他關上這門,可怎生是好? 這裡也無人,自家李應的便是。自從離了梁山,來到這店肆中,染了一場天行的證候,將次痊可,少下店小二的房宿飯錢,將我遣趕離門。時遇冬天,下着這般大雪,身上無衣,肚裏無食,可怎了也呵?

【中吕】【粉蝶兒】我則見瑞雪紛紛,剪鵝毛片時成陣,你看這應天關密布彤雲，起寒風飄玉粉，却又早秋霜兩鬢，瑞氣氤氲，恰便似糝瓊花片時掃盡。

【醉春風】我則見淅淅雪飄疾，颼颼風越緊，似這般風吹雪緊凍難移，怎生教我忍忍，看别人畫閣重關，翠樓深掩，輪到我有誰瞅問？

（正末云）來到這家兒門首高房子，必然是一箇財主人家。我無計所柰，唱些兒蓮花落咱。（唱科）

一年家春盡，一年家春……

天轉地轉，倒也，倒也！（做倒科）（韓伯龍云）興兒，是麽人門首炒鬧？你試看去咱。（興兒云）理會的。可不早説，俺家門首，凍倒一箇人也。（韓伯龍云）興兒，扶上樓來。（興兒云）理會的，兀那君子，你有福，上樓來，上樓來。（做扶正末上樓科）（韓伯龍云）興兒，生些炭火，着他靠煖處些。可憐人也，將熱酒來，與他喫咱。（興兒云）理會的，你喫些熱酒兒。（正末做喫酒科）（韓伯龍云）兀那君子，你這一會兒覺如何？（正末云）這一會兒身上和煖了也。

【紅繡鞋】若不是乞賜與金波九醖，險些做了北邙山無主孤魂。你這般濟救顛危助窮民，更那堪心寬大，端的是善爲仁。可憐見這小乞兒常受窘。

（韓伯龍云）一箇好年小聰俊的後生也！兀那後生，你那里人氏？姓氏名誰？因甚麽餓倒在這大雪裏來？（正末云）不瞞長者説，小人乃東平人氏，來到這灤州，做些買賣，不想染了這場天行證候。本利傷折，將次痊可，少下店小二房宿飰錢，將我遣赶出來。時遇冬天，紛紛揚揚下着這般大雪，肯分的凍倒在長者門首。若不是那壁長者救了小人，那裡得我這性命來？（韓伯龍云）好可憐也！大嫂，我有心要認義兄弟，結拜他，你意下如何？（旦兒云）韓伯龍，随你主意也。（韓伯龍云）不妨事。兀那君子，我有心認義你做箇兄弟，你意下如何？（興兒云）長者，未知是好人歹人，你省的捍麵杖壓篸兒，你麤操。（正末云）長者休鬭小人耍。（韓伯龍云）我不鬭你耍，從今後則在我家裏住。（正末云）索是謝了哥哥嫂嫂！李應也，這的是睡裡夢裡也！

【石榴花】若不是富家郎德厚惜孤貧，這其間何處得安身。感謝這吾兄寬大志常存，比當時禹鈞，勝似純仁。似這般恤孤念寡憐危困，更那堪布德施恩，寬洪海量行忠信，你端的四海總爲人。

（韓伯龍云）兀那君子，看了你這般動静，也不是受貧的人。

【鬬鵪鶉】似這般性烈忠直，廉能敬謹，小人也乞化終朝，避不的、避不的笑哂，這的事半世飄零不進身。今日箇幸遇親，從今日吐膽傾心，我與你從根至本。

（韓伯龍云）兄弟也，從今已後，則在我家中住也。（正末云）多謝了哥哥嫂嫂也！

【十二月】你將我看承做上賓，險些兒命在逡巡。我做了乞食的劍客，你做了箇慷慨的田文。謝你箇有德行哥哥愛惘，這其間無處安身。

【堯民歌】呀，送的我孤身，不離了瓦窯門，遶街踅户怎安存。今日箇峥嵘得志假成真，得時須報大恩人，慇也波懃，终心報主恩，則在人方寸。

（旦兒云）興兒，收拾了這酒果者。（興兒云）理會的。（韓伯龍云）兄弟，你回後堂中更换衣服去。（正末云）您兄弟理會的。

【尾聲】謝尊兄德性寬，你爲人絶比倫，則這箇結昆朋，纔把親兄認。你看我扶助的哥哥，我可也證了本。

（下）（韓伯龍云）大嫂，誰想今日認着了箇兄弟，我心中好生喜歡。天色晚了也，且回後堂中去來。

今朝結義爲兄弟，異日須知有報時。

（下）

第三折

（宋江同吴學究領僂儸上）（宋江云）某乃宋江是也。自從差李應下山，招安韓伯龍去了，可早半載光景，音信皆無，着某懸懸在心。學究哥，我如今再差頭領下山接應李應去，哥哥意下如何？（吴學究云）哥哥説的是，正當差人接應去也。（宋江云）小僂儸，喚將魯智深①來者。(僂儸云)理會的,魯志深安在?

(魯智深上。云)

敢戰官軍膽氣麤,經文佛法半星無。

袈裟影裏真男子,削髮叢中大丈夫。

某乃魯智深是也,佐於宋江哥麾下爲頭領。小僂儸來報,宋江哥呼喚,不知有甚事?須索走一遭去。可早來到也。小僂儸報復去,道有魯智深來了也。(僂儸云)理會的。喏,報的哥哥得知,有魯智深來了也。(宋江云)着他過來。(僂儸云)理會的。過去。(做見科)(魯智深云)喏!哥,您兄弟來了也。(宋江云)你且一壁有者。小僂儸,喚的武松來者。(僂儸云)理會的。武松安在?

(武松上。云)

性惡麤踈敢自當,梁山寨上顯高强。

幼年勇躍能敵對,雙拳打虎景陽岡。

某乃武松是也,佐於梁山宋公明麾下爲頭領。正在後山演習武藝,小僂儸來報,宋江哥呼喚,不知有甚事,須索走一遭去。可早來到也。小僂儸報復去,道有武松來了也。(僂儸云)理會的。喏!報的哥哥得知,有武松來了也。(宋江云)着他過來。(僂儸云)理會的。過去。(做見科)(武松云)喏!哥,您兄弟來了也。(宋江云)魯智深、武松,喚您二人,别無他事,因爲灤州有一人,是韓伯龍,此人弓馬熟閑,英雄好漢。我着"撲天鵰"李應下山招安韓伯龍,去了半載光景,不見上山,不知爲何,則怕李應着絆。您二人則今日下山,接應李應,招安韓伯龍,走一遭去。則要您小心在意者。(魯志深云)得令。則今日辭别了哥哥,便索下山接應李應,走一遭去。

蒙將令不須停柰,宋公明仁慈寬大。

到灤州打探實情,俺二人同回山寨。

---

① 底本中原作"志深",塗改爲"智深",後大多皆有塗改,個別處仍作"志深"。

(下)(武松云)則今日辭别了哥哥,便索下山,接應李應,招安韓伯龍,走一遭去。

武松不避路迢遥,今朝豈怕受劬劳。

李應不知音信杳,親身接應撲天鵰。

(下)(宋江云)魯智深、武松去了也。學究哥,我再差二人,隨後接應,有何不可?(學究云)哥哥説的是。(宋江云)小僂儸,唤將劉唐來者。(僂儸云)理會的。劉唐安在?

(劉唐云)

慣戰交兵誰可比,斯殺相持能對壘。

梁山好漢有聲名,本姓劉唐"赤髮鬼"。

某乃"赤髮鬼"劉唐是也。正在後山演習武藝,小僂儸來報,宋江哥呼唤,不知有甚事?須索走一遭去。可早來到也。小僂儸報復去,道有劉唐來了也。(僂儸云)理會的。喏!報的哥哥得知,有劉唐來了也。(宋江云)着他過來。(僂儸云)理會的。過去。(做見科)(劉唐云)喏!哥,您兄弟來了也。(宋江云)劉唐,且一壁有者。小僂儸,唤將阮小五來者。

(僂儸云)理會的。阮小五安在?

(阮小五上。云)

騙馬輪刀斧共鎗,人人英勇貌堂堂。

捉虎擒蛟真壯士,好漢聲名播四方。

某乃阮小五是也,在此梁山宋公明麾下爲頭領。小僂儸來報,宋江哥呼唤,不知有甚事,須索走一遭去。可早來到也。小僂儸報復去,道有阮小五來了也。(僂儸云)理會的。喏!報的哥哥得知,有阮小五來了也。(宋江云)着他過來。(僂儸云)理會的。過去。(做見科)(阮小五云)喏!哥,您兄弟來了也。(宋江云)唤您二人來不爲别,因爲灤州有一人,是韓伯龍,此人英雄好漢。我着李應下山招安去了,不覺半載光景,不見上山。我着魯智深并武松接應去了,則怕有失,您二人則今日下山接應,走一遭去,則要您小心在意者。(劉唐云)得令。則今日奉哥哥將令,下山寨接應走一遭去。

疾忙前去不停留，吾兄心下莫憂愁。

速離寨栅登途路，親身接應到灤州。

（下）（阮小五云）則今日辭别了哥哥，接應衆將，走一遭去。

蒙差遣豈敢消停，宋公明囑付叮嚀。

阮小五忙離山寨，下梁山便索登程。

（下）（宋江云）衆將去了也。學究哥，無甚事，喒後山中飲酒去來。

今日親將頭領差，登山驀嶺踐塵埃。

若見李應疾回報，四人絶早上山來。

（同下）

（正末扮李應上。云）自家李應的便是。自下梁山，不想得了一場天行證候，肯分的凍倒在韓伯龍門首，認義爲兄弟。雖然在此受用，宋江哥好是憂心也呵。（唱）

【正宫】【端正好】蒙大德受深恩，謝兄長行寬恕，我如今到家中半載有餘，樂醄醄每日無憂慮，端的是共飲相歡聚。

【滚繡毬】謝仁兄德不孤，將貧困來扶，他有那孟嘗君般心肚，不争你受榮華心意狂圖，惹的這吴學究心内焦，宋公明眉不舒，這其間望佳音旦夕朝暮，好教我急煎煎短嘆長吁，幾時得功成名就還山寨，這的是君子無毒不丈夫，心下躊躇。

（正末云）我在家中悶坐，看有甚麽人來。

（魯智深扮和尚同武松扮行者上）（魯智深云）某魯智深是也，這一位乃是武松。奉着宋江哥的將令，到此灤州接應李應兄弟。問人來這裡是韓伯龍家。門裏有人麽？（正末云）甚麽人唤門？我試看咱。（見科）（正末云）兀的不是魯智深和武松哥？（武松云）不要大驚小怪的。（正末云）您家裏來？（魯智深云）韓伯龍在家麽？（正末云）不在家，你二人則推在此化齋。（武松云）你説的是。（正末云）下次小的每看齋來。

【倘秀才】我敬的是蓮座上如來佛祖，我情願助道粮持齋施主。你可甚麽德重須教龍虎伏，則你那瞞天智，語無虚，你是這當途臥虎。

（魯智深云）這裡也别無人，宋江哥久等多時也。（正末云）哥，不是您兄弟害了一場天行證候,這其間到梁山久矣也。(武松云)你怎生得這病來?

【呆骨朵】則爲我命將危,折倒的身無措,感謝這韓伯龍救困扶危。

(魯智深云)你怎生到這裡來?(唱)

我將他認義爲兄,他覷我似同胞共乳。

(武松云)你戀韓伯龍富貴,忘了宋公明,不肯還於山寨也!(唱)

非是我忘恩義,我可也豈戀家豪富,則這箇有仁心韓伯龍,比着我那宋公明不待古。

(魯智深云)兄弟,論你心下如何?(正末云)二位哥不知,明日是清明節届,韓伯龍往郊外踏青,你二人扮作師徒,與他戰鬭,引他上梁山。我後边放火,燒了他房舍,他必然歸降俺也。(武松云)此計大玅,你小心則在意者。(正末云)哥哥,此大①好生英勇也。

【伴讀書】不是我生奸慮,除此外别無故,你與我鬭打相争行跋扈,俺端的殺人放火爲活路,你是必遮截架解勞防禦,休看的似有如無。

【笑歌賞】他、他、他論英雄有智謀,是、是、是鐵棒起難敵拒,敢、敢、敢但犯着無輕素②,你、你、你自暗伏,我、我、我話從初,來、來、來勾引上梁山去。

(魯智深云)到來日某扮做化緣和尚,武松爲行者,將韓伯龍好共歹勾引上梁山去也。(正末云)你二人小心在意者。(武松云)你放心也。

【尾聲】尋思計策擒彪虎,准備機關打鳳謀,魯智深你英雄世上無,韓伯龍威風武藝熟,宋公明英才有計術,吴學究當權智有餘,俺端的名播清風萬萬古。

(同下)

---

① 應爲"人"。
② 應爲"恕"。

第四折

(韓伯龍同正末、净興兒挑担兒上)(韓伯龍云)

但將酩酊酬佳節,何用登臨怨落暉。

自家韓伯龍便是。自從認義了兄弟李應,可早半載光景也,過日月好疾也。一箇好兄弟,幹家做活,吃辛受苦。時遇清明節令,家家上墳拜掃。興兒將着春盛擔子,紅乾臘肉,俺弟兄二人,到於郊外踏青賞翫。兄弟,是好節令也!(正末云)哥哥,看了這桃紅柳緑,仕女鞦韆,香車寶馬,燒錢烈紙,來往交雜,是好清明節令也呵!

【越調】【鬬鵪鶉】是看這柳緑桃紅,佳人羅綺,更和這紫陌紅塵,青山緑水,寶馬香車,遊人共喜,紅杏邊緑柳堤,共賞春光,香浮緑醅。

【紫花兒序】緑茸茸芳茵繡草,高聳聳仕女鞦韆,錦重重紅杏踈籬,我則見一川景物,四壁屏圍,堪詠堪題,一段春光錦繡堆,真乃是繁華之地,驀聽的一派笙歌,絃管聲齊。

(韓伯龍云)來到這荒郊野外柳陰直下,興兒看酒食來,我與兄弟横飲數杯。(興兒云)這裡正好喫酒,打將這野草來。打着這火石,燒着這草,釃的這酒熱。二叔,你遞一杯。(正末云)興兒將酒來,我与哥哥遞一杯酒。哥哥滿飲此杯。(韓伯龍云)兄弟先請。

【小桃紅】我這裡高擎佳釀捧金盃,慶賞春光媚,百載光陰拚沉醉,莫呆痴人生能幾皆相會,則俺這青春已日,趁着這年華榮貴,我則怕白髮故人稀。

(興兒云)你看那家至户到,燒錢烈紙,啼天哭地,不由的我也煩惱了,我那兒也!(韓伯龍云)兄弟也,你看那大男小女,燒錢烈紙,苦痛哀憐,是好傷感也!(正末云)哥哥,想人生會少離多,争長競短,你死我活,便好道三寸氣在千般用,一日無常萬事休也。

【調笑令】趁風光物美且銜杯,見如今古往今來放過誰,喒人這離多會少空勞力,電光般兔走烏飛,則喒這樽中有酒且莫推,轉頭空百事休題。

(興兒云)二叔好熱酒兒,你再遞一杯。(正末云)哥哥滿飲一杯。(韓伯龍云)將酒來,我再飲一杯。(正末云)哥哥,俺不怕在此飲酒,俺偌大的箇家當,止有嫂嫂和姪兒在家,恐有踈失,可怎了也?哥哥,你慢慢的來,您兄弟先回家中去也。(韓伯龍云)兄弟,你説的是,俺怕不賞春飲酒,家中別無人,止有你嫂嫂和姪兒,無人看管,兄弟,你先回去罷。(正末云)理會的。興兒好生看哥哥,我先回去也。(下)(韓伯龍云)兄弟去了也。興兒,俺在此慢慢的飲幾杯酒,看有甚麽人來。(興兒云)天色還早裡,好熱酒兒,再飲幾杯,喒家去。

(魯智深同武松拏禪杖上)(魯智深云)某乃是魯智深是也。武松,俺打扮做出家兒僧人,則説是師徒二人,來到這郊外也。問人來,兀那柳陰直下飲酒的,他便是韓伯龍。武松,俺向前拖鬬他去來。(武松云)哥,看了此人中珠模樣,是一箇英雄好漢也。俺拖鬬他咱。(做見科)(魯智深云)問訊,貧僧是行路的師徒二人,饑渴之際,一敬的問長者抄化些酒肉食用。(韓伯龍云)好和尚也,那箇出家兒的和尚,吃酒肉來?(魯智深云)長者,酒肉穿腸過,佛在心頭坐,這酒肉你吃的,我也吃的。(武松云)和他説什麽。你姓甚①名誰?(韓伯龍云)兀那和尚,你不認的我?則我便是韓伯龍。(武松云)你便是韓伯龍,敢和那②廝打麽?(韓伯龍云)量你到的那裡,少走!(做拏擔子打科。交鬬三科)(魯智深云)俺走、走、走!(二人同下)(韓伯龍云)這廝走了也,走到天涯,趂到海嶠,不問那裡,趕將去。(下)(興兒慌云)天也,甚麽勾當,平白地走將這兩箇和尚來,就打將起來了,把匾担奪將去,怎了丢下許多家活,着我獨自一箇,怎麽將的去?天也,天也!(做跌脚打滚,起身科。云)都去了,我也家去。(下)

---

① 底本此字原作"字",塗改爲"甚"。

② 應爲"我"。

(旦兒同俫兒上。云)妾身陳氏,俺夫主是韓伯龍,和小叔郊外踏青去了,可怎生這早晚不見來家?

(正末上。云)被我三言兩句話,支過了韓伯龍,我回家中,放一把火去。可早來到也。我與你暗暗的放這火咱。(做放火科)(旦兒同俫兒慌科)(旦兒云)韓伯龍不在家,不知怎生火起,兀的不諕殺我也!

(官軍上。云)救火也,救火也!

【禿厮兒】烈焰生紅光迸起,照天闢電走虹霓。我則見官軍左右前後圍,

(旦兒云)可怎了也,韓伯龍又不在家,兀的不痛殺我也!(唱)

他那裡痛傷悲可便悲啼。

(官軍云)是韓伯龍家火起,將他渾家并孩兒,拏的見官去來。(拏旦兒、俫兒科)(旦兒悲科。云)兀的痛殺我也!(同下)(正末云)我與你走也。

【聖藥王】我這裡行步疾,走似飛,忘生拚命莫延遲。常言道人自欺,天不虧,則爲他才高智勇善勍敵。今日箇獨自一箇落便宜。

(正末云)某不敢久停,回梁山去也。

【尾聲】則這箇英雄漢,若肯向梁山内,衆弟兄齊聲賀喜,成就了宋公明。韓伯龍低首無言,恁時節悔。

(下)

第五折

(宋江同吴學究領僂儸上)(宋江云)

自從差將離山寨,招集英雄久未回。

某乃宋江是也。自從差魯智深、武松、劉唐、阮小五四將,下山接應李應、招安韓伯龍去了,不見上山回報。小僂儸,踏着山崗望者,若四將來時,報復某知道。(僂儸云)理會的。

(魯智深、武松、劉唐、阮小五拏韓伯龍同上)(魯智深云)某乃魯智深是也。俺弟兄四人,拏住韓伯龍,上梁山見宋江哥去,可早

來到也。小僂儸報去,道有魯智深等四人,拏將韓伯龍來了也。(僂儸云)理會的。喏!報的哥哥得知,今有魯智深等,拏將韓伯龍來了也。(宋江云)學究哥,果然拏將韓伯龍來了也,着他過來。(僂儸云)理會的。過去。(衆做見科)(韓伯龍做跪科)(魯智深云)哥也,您兄弟拏將韓伯龍來了也。(宋江云)釋了縛者。韓伯龍,我聞知你是英雄好漢,故意的着衆將招安你上山,就爲頭領,你意下如何?(韓伯龍云)太僕,韓伯龍怕不待投於麾下?争柰妻子牽掛,潑天也似家緣家計,急難棄捨也。(宋江云)你若肯佐於某麾下,不在他人之右,必當重用也。(韓伯龍云)太僕,小人嬌妻幼子,無所歸者。太僕可憐見,放小人回還也。(宋江云)既然堅意不肯,且放你下山去。你若無是無非,亦無話説;若是有危有難,我着衆頭領答救你上山,後會有期也。(韓伯龍云)謝了太僕,不敢久停久住,離了梁山,回我那灤州去也。(下)(魯智深云)哥,俺衆將拏他來,可怎生又放回去了?(宋江云)衆弟兄,您那裡知道,我自有主意。安排酒殽,後山中與兄弟慶功飲酒去來。(同下)

(韓伯龍上。云)某乃韓伯龍是也,多蒙宋江可憐,將某放下山來,回我那灤州去。可早來到本鄉中也,我慢慢的行。

(外扮官軍二人上。云)自家官軍的便是。今有韓伯龍火燒了房舍,結交梁山泊裏好漢,他走了也。如今捉拏他來到這長街市上。兀的不是韓伯龍,拏住者。(做拏住科)(韓伯龍云)哥哥,爲何拏我?(官軍云)爲你火燒了房舍,結交梁山泊裏好漢。拏住你也,下在死囚牢裏去來。(韓伯龍哭科。云)天那,怎生是好也!可着誰人救我也?(同拏下)

(宋江同魯智深、武松、劉唐、阮小五上)(宋江云)某乃宋江是也,自從放韓伯龍回去,他到於灤州,被官軍拏住。不合結交梁山泊好漢,如今下在死囚牢中。魯智深、武松、劉唐、阮小五同李應,您弟兄五人,同下山劫牢,走一遭去。務要搭救韓伯龍上山,則要您幹事成功者。(魯智深云)哥,你但放心,俺弟兄五箇,則今日去灤州劫牢,走一遭去。

人人奮怒逞英豪，官軍捕盗不相饒。

俺便似吊客喪門和太歲，是看這梁山五虎大劫牢。

（同下）（宋江云）衆將去了也，此一去必然救了韓伯龍也。

五員虎將顯英才，好漢遭逢羅網災。

繫獄之囚休心困，便是虎窟龍潭救出來。

（下）

（張千上。云）

手執無情棒，懷揣滴淚錢。

曉行狼虎路，夜伴死屍眠。

自家五衙内都首領張千的便是。如今有韓伯龍，結交梁山泊裏好漢，三口兒都下在牢中。今日該我當直，弟兄每把那韓伯龍拏出來。

（祗候枷韓伯龍同旦兒、俫兒上）（韓伯龍云）哥哥可憐見，小人也是出於無柰也。（張千云）兀那韓伯龍，犯法身無主，天色晚了也，上了刑法，休要大呼小叫的，則怕提牢官來。

（正末同武松、魯智深、阮小五、劉唐上）（魯智深云）天色晚也，俺弟兄每劫牢去來。（正末云）俺行動些也。

【雙調】【新水令】則聽的畫樓中禁鼓可便恰初交，你看這五員將施逞勇躍，威雄如跳澗虎，勢猛似出波蛟，一箇箇豪氣冲霄，則他這冤讎恨眼前報。

（武松云）來到也，這早晚夜深也，俺五將正好劫牢救韓伯龍也。（魯智深云）兄弟你説的是，俺五虎將跳過這墻來，我與你打開這牢門，衆人吶喊咱。（衆人喊叫科）（張千云）不好了，有劫牢的也，俺逃命，走、走、走！（下）（劉唐云）俺將這一牢的人都放了。韓伯龍，你三口跟着俺逃命去來。（正末云）兀那弓兵休來趕，但來趕呵，人人皆死，箇箇身亡。韓伯龍哥哥、嫂嫂、孩兒，跟着俺逃命，走、走、走！（韓伯龍云）多謝衆太僕可憐見，救俺三口兒之難也。

【雁兒落】俺這裡人人施勇驍，箇箇通謀略，存心救濟人，惻隱行公道。

【得勝令】呀，我與你衝破虎狼巢，險些兒失散了鳳鸞交。今日箇父子重完聚,則俺這恩情不憚勞,顯耀些英豪。我這裡勇鬪驅殘暴,怎肯道躭饒。試①看俺威風膽氣高。

(魯智深云)將一牢人都放了也,俺五虎將保着韓伯龍三口兒,親上梁山,見宋江哥哥去來。(同下)

(宋江同吴學究領僂儸上)(宋江云)某乃宋江是也。我差五員虎將劫牢去了,不見來。小僂儸,踏着山崗望者,若來時,報復某知道。(僂儸云)理會的。

(正末同魯智深、武松、劉唐、阮小五、韓伯龍、旦兒領倈兒上)(正末云)哥哥,疾快行動些。(韓伯龍云)若不是衆位太僕,可怎了也?(魯智深云)兄弟,可早來到也。小僂儸報復去,道有俺五虎將同韓伯龍來了也。(僂儸云)理會的。喏!報的哥哥得知,今有五虎將,同韓伯龍來了也。(宋江云)着過來。(僂儸云)理會的。過去。(正末同衆見科。云)哥哥,俺五虎將劫牢,救將韓伯龍來了也。(宋江云)好兄弟,不枉了也。(魯智深云)俺兄弟五人,將牢打開,一牢人都救出來了也。(宋江云)韓伯龍,你今日歸於梁山也。(韓伯龍云)若不是哥哥遣五虎將劫牢搭救俺呵,豈有今日也?(宋江云)某怎肯教兄弟陷於不義也。李應,你五虎將怎生劫牢來?你慢慢的説一遍咱。(正末云)聽李應慢慢的説一遍咱。

【川撥棹】當日我逞纍豪,遇官軍惡戰討,一箇箇舞劍輪刀,忠義堅牢。者莫他四壁下官軍列繞,我仗威風逞躁暴。

(武松云)憑俺弟兄英勇,量那官軍到的那裡也!

【七弟兄】俺可便智略秋高,則聽的鬧鑊鐸劍離匣,扯出沙魚鞘,仗威風英猛立功勞,殺人放火除姦盜。

(宋江云)兄弟,憑着您衆頭領的勇智,量那官軍到的那裡也!

【梅花酒】呀,一箇箇顯六韜,武勝文高,膽量誰學貫滿皇朝。天罡星臨世間,施仁義建功勞,我可便奮氣惡,除奸佞斬兒曹,平生志不虚囂。

---

① 底本中此字原作“是”,塗改爲“試”。

(宋江云)您五虎將劫了牢,救了韓伯龍,又將一牢罪囚盡皆放了,皆是衆兄弟之能也。(正末唱)

【收江南】呀,我將這獄囚人扶策的上青霄,則我這弟兄恩義有誰學。宋公明今日稱心苗,願天長地老,俺須索敲牛慶喜宴佳殽。

(宋江云)因爲韓伯龍文武兼備,不期陷於牢獄之中,某遣魯智深、李應、武松、阮小五、劉唐五虎將下山劫牢,救韓伯龍上山。今日俺敲牛宰馬,殺羊造酒,做一箇慶喜的筵席。

久鎮梁山顯姓名,體天行道有功能。
拔刀相助扶危困,驟馬逢迎敢戰争。
忠義堂前英勇將,扶持寨主宋公明。
點差李應離山寨,親去招安韓伯龍。
李應放火燒房舍,武松四將逞威風。
今日飲罷慶功酒,永息干戈享太平。

題目:李應酬恩韓伯龍
名正[1]:梁山五虎大劫牢

---

① 應爲"正名"。

附:

梁山五虎大劫牢雜劇穿關

頭 折

宋江

萬字巾 蟒衣曳撒 項帕 直纏 褡膊 帶 帶劍 三髭髯

吴學究

唐巾 補子圓領 帶 三髭髯

僂儸

萬字巾 錦襖 項帕 法墨氈 直纏 褡膊 劍

正末李應

萬字巾 膝襴曳撒 項帕 直纏 褡膊 帶 帶劍 三髭髯

第二折

韓伯龍

攢頂 藍直身 項帕 褡膊 三髭髯

旦兒

塌頭手帕 襖兒 裙兒 布襪 鞋

俫兒

銀錠 青衣 項帕 褡膊

興兒

紗包頭 青衣 褡膊

店小二

雙簷氈帽 綿布襖 綿布氈 花手巾 鞝鞋

正末李應

攢頂 手帕 補納直身 項帕 三髭髯

第三折

宋江、吴學究、僂儸

同前

魯智深

僧陀頭　僧衣　錦襖　項帕　法墨搢　直纏　褡膊　行纏　布襪　八答鞋

武松

髯髮陀頭　皂補納　錦襖　項帕　法墨搢　直纏褡膊　猛髯

劉唐、阮小五

萬字巾　膝襴曳撒　項帕　直纏　褡膊　帶　帶劍　三髭髯

正末李應

同前

魯智深

僧帽　僧衣　數珠

武松

僧帽　僧衣

第四折

韓伯龍、正末李應、興挑擔兒、魯智深、武松

同前　拏禅杖

旦兒、倈兒，正末李應又上

同前

官軍

黑氈大帽　青衣　戰裙　手索

第五折

宋江、吴學究、僂儸

同前

魯智深、武松、劉唐、阮小五拏韓伯龍

同前

官軍二人，宋江、魯智深、武松、劉唐、阮小五又上

同前

張千、祗候

攢頂　圓領　項帕　褡膊

韓伯龍、旦兒、俫兒又上

同前　帶枷

正末李應、武松、魯智深、阮小五、劉唐

同前

宋江、吴學究、僂儸又上

同前

正末李應、魯智深、武松、劉唐、阮小五、韓伯龍、旦兒、俫兒又上

同前

梁山七虎鬧銅臺雜劇(脈望館本)

【劇目簡介】

雜劇,元、明間無名氏作。《也是園書目》《今樂考證》《曲録》等有著録,現存脈望館鈔校古今雜劇本。小説《水滸傳》第六十一回《吴用智賺玉麒麟　張順夜鬧金沙渡》有吴用誘使盧俊義上山情節,但與此劇多有不同,二者或有一定聯繫。

脈望館本無署名,標題作"梁山七虎鬧銅臺雜劇",題目作"廣府壯士遭囹圄",正名作"梁山七虎鬧銅臺"。五折一楔子,每頁十行,每行約十七字,後有穿關,文後落款"萬曆四十三年乙卯正月十八日三鼓校内本清常記"。

劇演因梁山缺糧,派張順赴銅臺城中打聽米價,張順與監倉官發生沖突,因衆寡懸殊,不得不跳水而逃。張順偶然進入盧俊義家後花園,遇盧妻賈氏與李固幽會,甚感憤怒,欲殺其二人。恰巧燕青趕到,將張順誤認作賊,遂發射弩箭嚇走張順。吴用扮作賣卜先生,用計引盧俊義上了梁山,李固回家後與賈氏商議出首盧俊義勾結梁山一事。盧俊義離開梁山後被送入死囚牢,燕青、徐寧、雷横、秦明、朱仝、李逵、吴用遂領兵攻打銅臺城,救出盧俊義,處死奸夫淫婦。

楔　子

(冲末扮宋江領僂儸上)(宋江云)

英雄貫滿東京府,曾理兵書習六韜。

報國赤心如皎月,傑士叢中把姓標。

某姓宋名江字公明,祖居鄆城縣人氏。幼而頗習文業,在本縣中當着箇把筆司吏。爲因些過犯在身,投奔梁山入夥,衆弟兄立吾爲首領。建忠義堂,插黄旗一面,上寫着“替天行道”。俺不奪孤兒寡婦之財,不截經商容①旅之物,專一招聚英雄豪傑。今日陞帳,不見兄弟每來。小僂儸,門首望者,若有人來時,報復我知道。(僂儸云)理會的。

(外扮蕭讓上。云)

幼而從習聖賢書,今來山内且潛居。

執掌錢粮爲都管,“勝②手書生”天下知。

某蕭讓是也,今在梁山執掌粮草,人皆稱吾做“勝手書生”。今往忠義堂見俺宋江哥去,可早來到也。兀那小僂儸,報復去,道有蕭讓來了也。(僂儸云)理會的。(做報科。云)喏,有蕭讓來了也。(宋江云)着他過來。(僂儸云)過去。(見科)(蕭讓云)宋江哥,喏!您兄弟來了也。(宋江云)且一壁有者,等衆兄弟每來時,有事計議。

(外扮林冲上。云)

從在東京爲教首,今來山内度時光。

銀甲金盔光閃爍,青驄戰馬紫絲繮。

某林冲是也,今往忠義堂見俺宋江哥去。可早來到也。兀那僂儸,報復去,道有林冲來了也。(僂儸云)理會的。(報科。云)喏!有林冲來了也。(宋江云)着他過來。(僂儸云)過去。(見科)(林冲云)宋江哥,喏!衆弟兄每,喏!您兄弟來了也。(宋江云)林冲你來了。如何不見張順來?(林冲云)張順這早晚敢待來也。

(正末扮張順上。云)某張順是也,恰纔打水寨來,今往忠義堂見俺宋江哥去。可早來到也。兀那小僂儸,報復去,道有張順來了也。(僂儸云)理會的。(報科。云)喏,有張順來了也。(宋江

① 應爲“客”。

② 一般作“聖”。

云)着他過來。(僂儸云)過去。(見科)(正末云)宋江哥,喏! 衆弟兄每,喏! 您兄弟來了也。(宋江云)兄弟每都來了也。蕭讓,我有一事問你,俺這倉廒粮料,還有多少也?(蕭讓云)草料儘有,則是粮食缺欠,稟的大哥知道。(宋江云)既然如此,如今誰敢下山往銅臺城内打聽米價,走一遭去?(正末云)您兄弟願往。(宋江云)既然你要去,路上休欺負那孝子順孫,只除害那不忠不義。小心仔細者。(正末云)宋江哥,你則放心也。

【賞花時】則今日辭別尊兄疾去忙,改姓更名離水鄉,把朴刀暗中藏,打疊起金銀數兩,

(正末云)宋江哥,衆弟兄每,您兄弟去也。(唱)

今日箇離忠義下山崗。

(下)(宋江云)張順下山打聽米價去了也。小僂儸,收拾帳房,俺山後飲酒去來。

今差張順下山崗,只爲山中缺少粮。
倉廩虚亏難度日,不消旬日便回鄉。

(同衆下)

頭　折

(净扮監倉官領弓兵上)(監倉官云)

開倉糶米依時價,拔濟民間行德化。
升斗上面尅除粮,一心瞞上不瞞下。

小官姓臧名軟,字皮混,做着這廣府監倉官是也。今奉上司明文,着我開放義倉,救濟民間。我雖是爲官,幾時得撲的着這一場買賣?今日開倉放米,若有使用到的,我早散與他;但是不與我錢的,遲遲的打發他,當斛一石,則是九斗。我也似不的那懸魚、留犢,學不的包拯、方謙。弓兵,把倉開了者。(弓兵云)理會的。

(正末上。云)某張順是也。自從離了梁山,前來到廣府。下山來時,宋江哥曾説"休惹那孝子順孫,除害不忠不義"。今打聽的

開放義倉,不免街市上看一遭去來。

【仙吕】【點絳唇】信步閑行,遶街穿逕,英雄性,前來到倉廪之中,我可便舉目瞻觀定。

(監倉官云)兀那弓兵,有那話兒的,便先打發他粮;無有那話的,且着他靠後。

【混江龍】忽聽的監倉官弊政,弓兵排列勢猙獰。他説道"有錢的先放、無鈔的您且消停"。猛然聽的他言語,我這裡心中惡怒怎施呈!却不道扶危濟困行公正,他把那上司瞞昧,他一迷裡專把人坑!

(見科)(弓兵云)你這人是買米的?(正末云)我是買米的。(弓兵云)既是買米的,每十石米除一兩銀子,與俺大人做使用錢。(正末云)這厮説話好無禮也!上司着你濟困扶危,救拔百姓,怎許你要錢也?(監倉官云)這箇刁民大膽,你倒挾制我!左右,與我拏了者。(正末做拏刀科。云)我把你這無知贓官,你認的我麽?(監倉官云)我不認的你,你是誰?(正末云)行不更名,坐不改姓,我便是梁山泊宋江手下,"浪裏白跳"頭領張順。因見你不肯替天行道,特差我來殺你這贓官也!(監倉官云)哎約,你原來是梁山泊的賊!左右,與我拏了這賊者!

【油葫蘆】則我這梁山泊英雄不隱名,咱怎肯把姓更!侍君之道必忠誠,侍親之禮相恭敬,守官之道法清正,此三事爲典謨,此三事爲準繩。誰似你瞞官作弊施謟佞!怎如俺濟貧老助朝廷!

(監倉官云)弓兵齊下手,好歹拏住這賊,休教走了他。(弓兵云)理會的。(正末走科。云)我頭裡看見則五六箇弓兵,如今一發多了,若不是走的緊,定遭他人之手。兀的前面一道大河,不如且跳入這水中去者。

【天下樂】則聽的捉拏吾當一片聲,不由咱心也波驚。心驚我便深自警,則我這單身,怎肯敵衆人?見河中水泛濤,我則索獨自省,不免的入河中保性命。

(虚下)(弓兵云)這賊漢下水去了,不免回報大人去。(見科。云)大人,趕的那賊漢跳下河裏去了。(監倉官云)既然他跳下水去了,分付四門上仔細者。

梁山賊漢合成夥，諕的小子無處趓。

不是弓兵護從嚴，顯①些着他殺了我。

（同下）

（正末再上。云）某張順是也。恰纔弓兵趕的我急了，我跳入水中，誰想浮到人家後花園中，金魚池邊。這天氣看有一更之分，將這衣服脱將下來，晾一晾穿了，上梁山去也。

【鵲踏枝】看天氣有初更，不覺的滿天星。潛伏在太湖石邊，竚立空庭。忽聽的人言一聲，猛可裡把我心驚。

（净旦兒上。云）妾身盧俊義之妻賈氏是也。我家中有箇李固，我背着俺夫主，早晚與他私通。若是俺員外早早的死了，我與李固白頭相守，便是我平生願足。今晚約下他在這花園中燒香，李固這早晚敢待來也。

（净李固上。云）

我在盧家度朝夕，惟恐傍人説是非。

多虧嫂子可憐見，此情只有老天知。

小子李固是也，是這盧俊義家的箇義兄弟，早晚多虧員外照顧。不瞞人説，我背着員外與俺嫂子有些不明白的事，忙里偷閑，耍笑一會。今晚説定同嫂子在後花園内取齊，可早來到了也。（見科）（李固云）嫂子，你倒先來了。（旦兒云）着我等了你這一會你纔來！俺上香去來。（李固云）你先上香。（旦兒上香。云）賈氏焚香，神明照鑒：則願的員外早早急病身死，我與李固相守諧老，許清醮三百六十分。你上香。（李固云）神天聽着：則願的員外重風不語死了，俺兩箇自在歡樂到老，就齋三百六十箇僧也罷。（正末云）此處原來有這等奸夫潑婦，正當殺他兩箇也！

【寄生草】李固他無天理，此潑婦不志誠。却不道三從四德存真性，將他那色心一片專偏倖。我將這朴刀出鞘傾他命，不由我急慌忙轉過太湖石，却與那盧員外除了傷身病。

（正末云）兀那奸夫、潑婦，您説是麼裡！我來殺您也！（李固同

---

① 應爲“險”。

旦兒荒走科)(旦兒叫科。云)燕青那裡？有賊了！有賊了！

(燕青拏弩弓上。云)

平生好使三石弩,從在江邊射二鵰。

廣府城内稱浪子,員外家中顯英豪。

某燕青是也,平生善射弩弓。在這盧員外家結爲兄弟,人皆稱我爲“浪子”燕青。正在房中閑坐,忽聽的嫂子唤我,不免見他去。(見科。云)嫂子,叫燕青有何事？(旦兒云)後園中有賊,我叫你出來。(燕青云)賊在那裡？(李固云)在太湖石邊哩。(燕青云)等我射他去。(正末云)聞説燕青能射,原來在此處。明槍易趓,暗箭難防,不如跳入水内,浮出去罷。

【么篇】我本待將他害,誰想他有救星。一箇他欺心悖逆無仁政,一箇他瞞夫作弊無忠鯁。我則待誅殘滅暴把綱常正,聞説道燕青硬弩射雙鵰,我則怕暗箭惟恐傷咱命。

(虚下)(燕青尋科了。云)這嫂子虚驚,那裡有賊？俺且回各各房中去也。(下)(旦兒云)李固,俺也回房中去來。

妾身險些被賊傷,多謝燕青義不忘。

分付家童前後照,總然無賊也隄防。

(同下)

(宋江同雷横領僂儸上)(宋江云)

自從張順離山寨,一去旬朝無信音。

某宋江是也。自從張順下山打聽米價去了,未見回來。僂儸,門首看者,若來時,報復我知道。(僂儸云)理會的。

(正末再上。云)某張順是也。奉宋江哥將令,我下山打聽米價,惹了一場禍。今日上山去,可早來到忠義堂門首也。兀那僂儸,報復去,道有張順來了也。(僂儸云)理會的。(做報科。云)喏！有張順來了也。(宋江云)着他過來。(僂儸云)理會的。着過去。(見科)(正末云)宋江哥,喏！衆弟兄每,喏！您兄弟來了也。(宋江云)張順,你下山打聽的米價如何？(正末云)宋江哥,聽您兄弟告訴一遍咱。

【金盞兒】我那日離山營到銅城,見倉官壞法胡行徑,專瞞天昧地不公平。舉刀要去砍，別立正公明。豈想他弓兵人數廣，教我跳入在浪波汀。

(宋江云)你跳入水去，可浮到那裡來？(正末云)不想浮到盧俊義家花園内金魚池邊，太湖石畔。那時天氣約有一更時分，見一佳人，自言賈氏，與同義兄弟李固私通，夜晚焚香，要害他親夫，被我要殺他。有他家中人叫做"浪子"燕青，拏着弩弓要來射我，着我跳入水中走了也。(宋江云)着你下山打聽米價，你却這等惹禍也！

【尾聲】我則待盡忠誠，切不敢違軍令。驅將校威嚴再整，我教他污吏贓官心内驚，咱不怕禍起傷生，都則要顯英名天下知聞，潑婦奸夫心自省。非是我仗哥哥的英勇，只因他心中不正，得殺了這潑無徒，方顯我名聲。

(下)(宋江云)張順去了也。聞説廣府盧俊義是箇好漢，他的異名叫做"玉麒麟"，又一箇叫做"浪子"燕青，能使三石弩弓。俺怎得他二人來做箇頭領也？(雷横云)宋江哥，這盧俊義委實是箇好漢，寸①鉄在手，有萬夫不當之勇。我如今傳着哥哥將令，着吴學究賺他上山，除是他便去的。未知哥哥意下如何？(宋江云)既然如此，得學究下山，方得成就此事。雷横，你即令傳我的將令，分付吴用，着他疾便下山，智賺盧俊義。小心在意者。(雷横云)兄弟知道。便分付吴學究，教他即時下山，智賺盧俊義、燕青去。

管教他廣府城内難存住，忠義堂前立姓名。

計就水鄉添浪子，鋪謀去賺玉麒麟。

(下)(宋江云)雷横去了也，他分付吴學究下山賺盧俊義去了。我且回後帳去了。

銅臺去賺高門客，學究神機智略通。

分付僂儸山下望，准備鞍馬接英雄。

(同下)

---

① 底本原作"存"，塗改爲"寸"。

第二折

(外扮盧俊義上。云)

廣府城中爲富室,從小生來不怕人。

自家唤作盧俊義,綽名叫做"玉麒麟"。

某盧俊義是也,綽號叫做"玉麒麟",在這廣府居住。别無家屬,的親者止有妻賈氏一人。有認義的兩箇兄弟,一箇是燕青,一箇是李固,早晚在家照顧。因爲前者後園中有賊,我如今叫他每過來,分付他。燕青那裡?

(燕青上。云)某燕青是也。只聽的員外呼唤,須索過去見員外去。(見科。云)員外支揖,唤燕青那裡使用?(盧俊義云)你且一壁有者。李固怎生不來?(燕青云)李固,員外唤你哩。

(净李固上。云)小子李固是也。前日與嫂子後園中燒香,險些兒不弄下了。今日員外叫我,不免見他去。(做見科。云)員外,唤李固那裡使用?(盧俊義云)您兩箇兄弟,前者後園中有賊,兄弟每早晚仔細,照管前後。李固門首看者,有人來時,報復我知道。(李固云)理會的。

(正末扮吴用粧先生領道童上。云)某吴用是也。奉哥哥將令,智賺盧俊義、燕青去。自從離了梁山,可早來到廣府城中。我如今粧做箇貨卜的先生,若還見他,我自有分曉。盧員外,你怎識我這梁山壯士也!

【中吕】【粉蝶兒】滚滚征塵,早來到銅臺城郡。本是箇英雄士、伶俐之人。若還是過高門,見員外就將那語言動問,莫得因循,用機謀運籌方寸。

【醉春風】若將他五形四柱細參詳,論幾句禍福言着他心内忖。我則要梁山又聚一英豪,我道的準、準。我如今粧醉如癡,推聾做啞,待時守分。

(正末云)可早來到也。我恰纔問人來,言説此處就是盧員外家門首。(正末做哭三聲、笑三聲科。云)盧員外哀哉也!(李固云)你這箇先生好是奇怪也！你哭了三聲，笑了三聲，你不風了也？(正末云)你這醜生，聽我説與你也。

【紅繡鞋】哭了笑其中難信，更不曉玄奥真形。只因你宅上有災迍，一逕來除禍患。报復與你主家人，我是箇出家兒真道本。

(李固云)你則在門首，休要去了，等我與員外説去。(正末云)我不去，你與員外説去。(李固報科。云)員外，門首有一箇先生，望着門裏哭了三聲，笑了三聲，又説俺家有災星里。(盧俊義云)你請他過來。(李固云)先生，俺員外請你過去哩。(正末做見科。云)員外稽首。(盧俊義云)先生請坐。你到我門首，哭者何也？笑者何也？(正末云)我笑你萬貫家財絶其嗣，我哭你眼下有一百日大災，則怕你身家不保也！(盧俊義云)先生，這災可趓的也，趓不的？(正末云)此災要趓，方免無憂也。(盧俊義云)左右，拏十兩銀子奉與先生者。(正末云)員外，我是箇雲遊道人，則要去採訪洞府真仙，要你這銀子何用？你記者，逢危時有四句詩，則要你勞①記心中者：

蘆花蕩内一扁舟，俊義身危可去遊。
若肯山中尋保義，那時方斬逆賊頭。

(盧俊義云)先生言語，我怎肯忘了也！

【滿庭芳】心中自謹，即裝行李便離家庭。你休要淹纏留戀，無忠信禍奔臨身。據相貌必然有損，你聽直言莫得生嗔。

(盧俊義云)先生，那一方是吉地也？(唱)

甲乙地宜前進，只今便行，管汝笑欣欣。

(下)(盧俊義云)那先生去了也。我思量起來，真箇奇怪。李固，你即便收拾行李跟我去，燕青在家照顧家事也。(李固云)着燕青跟員外去，留小子在家中扶侍嫂嫂、着②顧家中罷。(盧俊義云)燕青有武藝，着他看家。你跟我去，收拾行李，明日早行也。

先生説罷我心驚，今去山東避災星。

---

① 應爲“牢”。

② 應爲“照”。

百日之中無横禍,那時方顯老先生。

(同下)

(宋江同李逵、雷横、張横領僂儸上)(宋江云)

梁山水泊爲首領,南北東西顯姓名。

某宋江是也,自從吴學究下山智賺盧俊義去了,怎生不見回來也?(李逵云)宋江哥寬心,學究哥敢待來也。(宋江工①)小僂儸,門首着②者,若來時,報復我知道。(僂儸云)理會的。

(正末上。云)某吴用是也。自從到廣府,果然賺的盧俊義往梁山路上來了。我今先往梁山上,回報俺保義哥去。可早來到也。兀那僂儸,報復去,道有吴用來了也。(僂儸云)理會的。(報科。云)喏!有吴學究來了也。(宋江云)道有請。(僂儸云)理會的。有請。(見科)(宋江云)學究,一路上辛苦也。(正末云)爲朋友有甚麽辛苦來。(宋江云)學究,可見盧員外也不曾?

【上小樓】一到的銅臺郡中,賺的他何當欽遜。止用了些小機謀,諕的他手脚慌張,進退無門。咱逕來報與兄。非咱謀論,托賴着衆豪傑弟兄相趁。

(宋江云)好也,賺的他往山東地界來了!學究,怎生做箇擺布,收伏盧俊義,此功非小也!

【幺篇】非是咱機變妙、能用神,也只要扶助英豪,梁山寨内聚義慇懃。非是咱下狠心,無情短幸,則是要忠義堂更添發奮③。

(宋江云)既是這等,怎生得盧俊義上俺梁山來也?(正末云)如今等我支派人馬,下山截他去。李逵安在?(李逵云)您兄弟有。(正末云)你領三百僂儸,在南山大路,等盧俊義來時,你與他相持逗引,賺他往梁山泊來。(李逵云)謹遵學究哥的將令,下山截殺盧俊義走一遭去。

金盔銀甲絳毛纓,統領精兵出泊中。

---

① 應爲"云"。

② 應爲"看"。

③ 底本原爲"憒",塗改爲"奮"。

若還相遇盧員外，活捉將來見老兄。

（下）（正末云）李逵去了也。雷横安在？（雷横云）小弟有。（正末云）你領三百僂儸下山去，等盧俊義趕李逵之時，你便引僂儸搶劫了他行李車輛。（雷横云）謹遵學究將令，下山走一遭去。

埋伏人馬等他來，謹奉公明、學究差。

引領僂儸三百整，征旗一展下山崖。

（下）（正末云）張横安在？（張横云）小弟有。（正末云）你便駕一隻船，在蘆花蕩内，等盧員外在岸邊，就賺他上船，拏了他者。（張横云）謹遵學究將令，駕船走一遭去。

平生則會棹孤舟，每日乘船浪内遊。

若還遇着盧員外，上船與他做敵頭。

（下）（宋江云）學究，此一場擺布，一定賺的他來了也。（正末云）哥也，不愁他不上山來！

【脱布衫】此機謀莫漏風聲，四下裡羅網鋪陳。他若肯投咱入夥，輔皇朝替天發憤①。

（宋江云）説盧員外寸②鐵在手，在③萬夫不當之勇。着兄弟每仔細者。（正末云）哥也，則管寬心，不妨事。

【小梁州】你説他武藝精熟有似神，俺可也布陣排軍，旌旗耀日氣超群，訇雷震軍威將勇，一箇箇顯精神。

（下）（宋江云）學究同衆兄弟去了也。我且回後帳中去。

劍戟光輝武藝精，學究今去顯英名。

不消旬日其程内，山中又聚一英雄。

（同下）

（李逵領僂儸上）（李逵云）某乃李逵是也，奉吴學究哥的將令，着我領僂儸截殺盧俊義去。某在此大路上等候着，這早晚敢待來也。

（雷横領僂儸上）（雷横云）某雷横是也。奉吴學究將令，着我領

---

① 底本原爲“奮”，塗改爲“憤”。

② 底本原爲“存”，塗改爲“寸”。

③ 應爲“有”。

僂儸,等待盧俊義與李逵相持時,就搶他行李車輛。某在此等候着,這早晚敢待來也。

(張横駕船上。云)某張横是也。奉吴學究將令,着我駕着船在蘆花蕩内,等盧俊義到岸邊時,就賺他上船。某在此等候,這早晚敢待來也。

(正末上。云)某吴用是也。筭定今日盧俊義到此也。某接應衆兄弟,走一遭去。

【么篇】我如今排兵設下瞞天陣,不由我喜笑欣欣。非是我用意真,英雄奮,教他有家難奔,無計轉歸門。

(盧俊義領净李固擔行李上)(盧俊義云)

只因八字多乖蹇,且往東南避禍災。

某盧俊義是也。自因那先生説我有百日之災,今往山東去,一來趓災,二來做些買賣。可早來致金沙灘路上了。李固,將車輛行李仔細者。(李固云)員外,則怕梁山泊有賊漢下來,怎了也!(盧俊義云)不妨事。我如今寫一面旗,打將起來,寫着道:

單捉梁山吴學究,生擒鄆縣宋公明。

掃除水泊如翻掌,那時方顯玉麒麟。

將披掛來我披。(李固云)理會的。披掛在此。(盧俊義做披掛科)(李逵云)兀那來的車輛,一定是盧俊義的,都與我留下!你聽者:

有人若過金沙岸,十擔行李留九擔。

如有一擔不肯留,一斧過去休報怨。

兀那來的人,快將行李留下者!(唱科)(盧俊義云)兀那賊漢,休走!你認的我麼?(正末云)李逵休走,我來助你來也。

【十二月】盧俊義聽咱事因,我今日纔辯箇清渾。不怕你英昂似虎,我教你入地無門。你那里持槍來趕,

(盧俊義云)兀那賊漢,喫吾一槍!(做戰科)(李逵云)我及不過你,走、走、走!(下)(唱)

我這裡撥馬回奔。

(盧俊義云)李固看着車輛,等我趕這賊漢去。(正末云)休要來

趕，我及不過你也，走、走、走！（下）（盧俊義做趕科。云）

饒你脚下會騰雲，吾當跨馬也趕上。

（下）（雷横云）果中了俺學究之計也。僂儸每，與我搶、搶、搶！兀那跟盧員外的人，你員外上梁山入夥去了，你都回去罷。俺將他這車輛行李送上山去來。

果然學究賽先賢，妙策神機不可言。

貨物車輛歸水泊，旌旗回轉奔梁山。

（下）（李固云）誰想員外往梁山上入夥去了。我回家與嫂子計較一箇長便的法子，送了員外，我同嫂子早起晚夕快活耍笑。天也，誰想今日稱了我的心願也！

步疾如飛心内想，行行沉吟多半晌。

就去報與上司官，萬貫家財我執掌。

（下）

（盧俊義再上。云）誰想梁山賊漢有這許多的！着我趕的他都不見了。不覺天色晚了，又不知去路，四下裡俱是蘆花水泊，怎生是了？則見前面一隻船，我須投於船上去。兀那撑船的，掌過船來者。（張横云）果然中了學究之計也！你是甚麽人？（盧俊義云）我是盧俊義，被賊漢將我行李都搶去了。我是好人。（張横云）你是好人，那箇是賊？你上船來。（盧俊義上舡科）

（正末再上。云）兀的不是盧員外上船去了。我念在前那四句詩咱：

蘆花蕩内一扁舟，俊義身危可去遊。

若肯山中尋保義，那時方斬逆賊頭。

（盧俊義云）好是奇怪也！這首詩是在家時那先生與我的，可是甚麽人念也？（盧俊義云）不好了，不好了，這船的漏了也！（盧俊義云）可怎生是好也！（張横做番船科）（盧俊義下水科）（張横抱住科）（正末云）張横，拏上岸來者。員外，你認的我麽？（盧俊義云）你不是筭命的先生也？（正末云）員外，我本不是筭命的先生，則我是梁山泊吴學究。俺宋保義請你，故賺到此。員外，俺上山去來。（盧俊義云）太僕，小人家業重大，入不的夥也！（正末云)員外,俺同見宋江哥哥去來。

【堯民歌】呀,俺則要忠心爲國報君恩,並不去鼠竊狗盜費精神。則是要招聚豪傑立功勳,施謀設智細鋪陳。尊也麼兄,今朝到此中,暫且權安分。

(同盧俊義、張橫下)

(宋江領僂儸上)(宋江云)某宋江是也。自從衆兄弟下山,迎接盧俊義去了,未見回來。僂儸,門首看者,若來時,報復我知道。(僂儸云)理會的。

(正末同盧俊義上)(正末云)盧員外,俺説着話,可早來到也。兀那小僂儸,報復去,道有某來了也。(僂儸云)理會的。(做報科。云)喏!有吴學究來了也。(宋江云)道有請。(僂儸云)有請。(做見科)(正末云)宋江哥,您兄弟請將盧員外來了也。(宋江云)盧員外,小寨低微,難藏虎體。左右,安排酒果來者。(盧俊義云)多蒙太僕顧愛。小人家業所重,則是可憐見,放我下山去。若是太僕不肯,我就在此尋箇無常也!(正末云)盧員外,你聽我説與你咱。

【耍孩兒】只因俺梁山缺米差張順,因到你廣府銅城住存,打聽你家中素日歹風聲。非是咱謬語胡云,有那賈氏、李固私配偶,後花園中害你身。賺你到梁山境,與保義盡①忠輔國,行天道保障黎民。

(盧俊義云)告太僕,則是可憐見,放我下山去罷!(宋江云)既是這等,左右,將鞍馬來,打發員外下山去。(正末云)員外,你若家去,但恐有禍臨身。不如且在此處罷。你堅意要去,休道我每不曾留你也。

【一煞】你若是到家中禍到身,把家財四散分,那時有路難回奔。不如早早存山寨,也得芳名天下聞。不把我言來信,倘若是身遭羅網,俺這裡就統三軍。

(盧俊義云)則今辭别衆太僕,小人下山去也。

今日辭别忠義堂,衆兄情分非敢忘。

---

① 底本原爲"進",塗改爲"盡"。

一朝若到銅臺郡，傳與鄉中把姓揚。

(下)(宋江云)學究，他百般的不肯入夥，下山去了。俺可怎生做箇計較？(正末云)哥則管寬心，不愁他不來入夥。此去必然他有大難，俺須索救他去也。

【尾聲】宋保義你放心，我將他明賺引，此去一定遭危困，俺可便搭救仁兄意當謹。

(同衆下)

第三折

(净旦兒同燕青上)(旦兒云)

自從夫主逃災去，曉夜心慌意不寧。

妾身盧員外妻賈氏是也。自從夫主與李固往山東做買賣，去了多時，可怎生不見回來也？(燕青云)嫂嫂，不妨事，有我在家照顧，則放寬心也。

(净李固上。云)自家李固是也。正是那將計就計，到家中就告與上司知道，俺盧員外結交了梁山賊漢，今已入夥去了也，就來家命也不保。等我到家中與嫂子商量咱。可早來到了家也，不免過去。(做見科)(燕青云)李固來了也。(李固云)嫂子在那里？(燕青云)嫂子在房裏。(李固云)我見叟①子去，你休來。(見科)(旦兒云)李固來了也。(李固云)嫂子，且喜俺兩箇好了也。員外原來結交了梁山賊漢。俺如今瞞着燕青，將計就計，廣府上首告去來。(旦兒云)是真箇？(李固云)我怎肯哄你？

嫂子不知我的心，明日清晨把狀行。

且去安排三杯酒，今晚與我洗風塵。

(同下)(燕青云)嗨，誰想李固與嫂子有這等事！恰纔背着我，他兩箇商議要害員外。倘若他首告在官，連我也不保。員外若來，一定遭他毒手。我不如逕投梁山，去報與宋江，教他准備救俺員

① 應爲“嫂”。

外,也是燕青好心也。

賊子無知敗壞家,思量情理淚如麻。

若還説與梁山將,怎肯輕輕放過他。

(下)

(盧俊義上。云)某盧俊義是也。誰想梁山賊子智賺我到山東,着我入夥,被我再三不肯入夥,星夜下山來了。可早來到家門首,我是看咱。可怎生不見一人?李固、燕青都在那裡也?

(净旦兒同净李固上)(李固云)在下李固,正與嫂子在房中叙話,只聽的人叫,我自己看去。(見科。云)好也,你結交了梁山賊,你帶累我們,你又來家!嫂子,俺拏住者,往上司首告去來。(盧俊義云)似此怎了也?(李固云)你還强嘴里!

你在梁山假撇清,吾今與你到公廳。

反賊休想存留命,准定今朝不得生。

(同旦兒、盧俊義下)

(净王太守領弓兵上)(王太守云)

离中皎潔如渾酒,腹内明白似麵湯。

掌管黎民除殘害,可作擎天一棟梁。

小官王太守是也,奉上命除授,在這廣府中掌管人民,與梁中書一同管事。今日開放早衙。弓兵,門首看者,倘有告狀的人,報復我知道。(弓兵云)理會的。

(净李固同净旦兒拏盧俊義上)(李固云)可早來到府門首也。兀那弓兵哥,報復一聲,道有人來告狀。(弓兵云)您且一壁有者,等我報復者。(做報科。云)喏!有人在府門首來告状。(王太守云)着他過來。(弓兵云)着過去。(李固同旦兒、盧俊義做跪科)(王太守云)拏的是甚麼人?(李固云)是盧俊義。他結交梁山强盗,恐怕他帶累俺一家,今來首告也。(王太守云)是實麼?(李固云)是實媽兒哩!(盧俊義云)大人,小人並無此事,他冤枉我哩!望大人察情也!(李固做與太守打耳暗科。云)大人,若把他打的招承了,我在下送白馬一匹、銀一百兩與大人。(王太守云)你休要哄我也。(李固云)小人要説謊,就是賴象的兒子。

並不敢哄大人。(王太守云)你去,你去,我知道了。説的那話兒,早早的送將來。(李固云)嫂子,俺家去來。(旦兒云)今日箇纔稱了我的願也。

結交賊盜累我身,大人在意用慇懃。

不是心毒行無道,我則怕造反之人滅九親。

(同下)(王太守云)也不管他青紅皂白。左右,且拏一面大枷來,把他枷着,送在牢中,再做計較。(弓兵做枷盧俊義科。云)牢裏收人。(盧俊義下)(王太守云)無甚事,且回後堂中飲酒去來。

此等之人豈得容,項帶沉枷且受刑。

饒君就有通天策,難出法司囹圄中。

(同下)

(宋江領僂儸上)(宋江云)某乃宋江是也。前者學究果然賺的盧俊義上山來了,百般的不肯入夥,又放他下山去了。學究不見來,僂儸,門首看者,若來時,報復我知道。(僂儸云)理會的。

(正末上。云)某吴用是也。我想盧員外一節事,宋公明仁德慈心,放他回家去了。某今往忠義堂見宋江哥,走一遭去。

【正宫】【端正好】雖住在野山岡,一心把忠誠辦,會英傑聚友偏難。只因那玉麒麟一片心腸板,全不把俺英雄讚。

(正末云)可早來到忠義堂也。兀那僂儸,報復去,道有某來了也。(僂儸云)理會的。(報科。云)喏!有吴學究來了也。(宋江云)道有請。(僂儸云)理會的。有請。(見科)(宋江云)學究,前者鞍馬上勞神也。

【滚繡毬】何必説馬與鞍,此懃劳莫要言,俺則要會英豪勝如親眷。盧俊義莫得傷殘,他爲家中心内懸,待朋①情意兒懶。就着他掌梁山,委實勇悍。更不知妻妾無端,有一日醜名傳與銅臺郡,羞死英雄一面顔,膽戰心寒。

(燕青上。云)某乃燕青是也。誰想嫂子與李固私通,將員外首告在官,説與梁山結義。王太守受贓,將員外下在牢中。我今往

① 底本原爲"用",塗改爲"朋"。

梁山,報與宋江去。可早來到也。僂儸,休放冷箭,報復去,有箇燕青來見。(僂儸云)理會的。(做報科。云)喏!有箇燕青來見。(宋江云)着他過來。(僂儸云)理會的。着過去。(見科)(宋江云)那里來的?(燕青云)小人是盧俊義兄弟燕青是也。(宋江云)盧員外好麽?(燕青云)自從員外下山去,到的家中,有嫂子賈氏與李固私通,將員外首告於本府。王太守受贓,將俺員外身帶重刑。因此小人上山報與太僕知道,可救俺員外一救也。(正末云)這厮好無禮也!

【叨叨令】攙絨繩寶鞘扯純鋼劍,他百般的不聽我公明勸。回家去豈想他身遭患,眼睁睁受苦難,何人見!兀的可不苦殺人也波哥,兀的可不苦殺人也波哥,倒被他姦夫賊子將身坑陷。

(宋江云)學究,似這等,如之柰何也?(正末云)須索調人馬下山救他去也。(宋江云)學究説的是。(正末云)徐寧安在?

(徐寧上。云)

金花斜插帽簷傍,繡襖盤花繫鬧粧。

官宦名門爲教首,禁軍總管使金槍。

某徐寧是也。學究哥呼唤,不知有甚事,須索走一遭去。(做見科。云)宋江哥,喏!學究哥,喏!唤徐寧那厢使用?(正末云)你今領三千人馬,下山救盧俊義去。倘到銅臺,小心在意。聽我分付你咱。

【倘秀才】你近前來聽咱事端,選精兵三千調遣,遠遠埋伏兩道邊。等他來厮趕,便去搶橋關,你休着他支轉。

(徐寧云)謹遵將令。即今就領人馬下山走一遭去。

埋伏銅臺大道中,鋪謀設智建功勳。

軍師賺動他人馬,就奪銅臺一座城。

(下)(正末云)雷横、秦明安在?

(雷横、秦明上)(雷横云)

明盔鐵甲絳毛纓,坐下驊騮疾似風。

忽聽忠義堂前唤,二人參見宋公明。

某雷横是也,這箇是秦明。學究呼唤,不知有甚事,須索走一遭去。(見科)(秦明云)宋江哥,喏!學究哥,喏!喚俺二人,那廂使用?(正末云)您二將近前來,今差您往銅臺救盧俊義去。您二人先入城,等俺人馬到時,就要接應。聽我分付你咱。

【倘秀才】你兩箇先入城潛身莫言,專聽我將軍兵催趲,裹應相合奪禁關。市前爲戰地,街道往盤桓,都不要意懶。

(雷横云)謹奉學究的令,先往銅臺郡救盧俊義走一遭去。

學究神機有大才,二人先去入銅臺。

打聽城邊人馬到,仗劍横衝殺出來。

(同秦明下)(正末云)小僂儸,與我喚將朱仝來者。(僂儸云)理會的。朱仝安在?

(朱仝上。云)

曾在鄆縣爲捷機①,今歸山内度時光。

一朝聖主招安去,可作擎天架海梁。

某乃朱仝是也。今有學究哥哥呼喚,不知有甚事,須索走一遭去。(見科)(朱仝云)宋江哥,喏!學究哥,喏!喚朱仝來,那廂使用?(正末云)朱仝,你便與燕青領三千人馬,等廣府城開了,入牢救盧俊義去。聽我分付你咱。

【倘秀才】你如今領人馬即便下山,到銅臺休得意闌,救出英雄即便還。此事都在你,莫當等閑看,你切休要怠慢。

(朱仝云)得令。則今日同燕青就點人馬,下山走一遭去。

旌旗閃閃馬如龍,銀甲金盔晃日明。

大喊一聲離水泊,二人去救一英雄。

(同燕青下)(正末云)李逵安在?

(李逵上。云)

天性忠直不怕人,一生慷慨逞英雄。

鎮守梁山爲好漢,異名叫做"黑旋風"。

某乃李逵是也。學究呼喚,不知有甚事,須索走一遭去。(做見科。云)宋江哥,喏!學究哥,喏!喚李逵那廂使用?(正末云)

① 應爲"節級"。

李逵,你領三千人馬,跟我下山走一遭去。(李逵云)得令。則今日領三千人馬同學究哥救盧員外去。

烏龍馬跨繡雕鞍,鐵甲明盔晃日寒。

交鋒輪動夾鋼斧,忿怒劈倒太行山。

(下)(宋江云)學究,今領李逵等到銅臺,小心在意者。(正末云)宋保義不消囑付,俺則今日就領人馬下山走一遭去。

【尾聲】則今日梁山七虎將銅臺盻,捨死忘生一陣間。非擾黎民將百姓殘,只爲英雄心内煩。統領雄兵早下山,教他那污吏贓官心膽寒,俺可也共保那華夷將俺這姓名罕。

(下)(宋江云)衆兄弟每下山救盧員外去了,此一去必然得勝而回。無甚事,且回後寨中去來。

弟兄七箇下山川,擊鼓鳴鑼振動天。

救得英雄歸山泊,爲友名揚宇宙間。

(同下)

第四折

(净王太守領弓兵上)(王太守云)

受人之托總成非,接受贓錢不好題。

事務到今無柰何,捨着性命往前爲。

小官王太守是也。前者盧俊義妻賈氏同李固,首告他夫主盧俊義結交梁山泊賊漢宋江。那李固送了我些銀兩、馬匹,着我將盧俊義苦打承招,下在死囚牢中,則等典刑。若得了當了他,也是箇清潔。這兩日我有些眼跳的緊,不知主何吉凶?弓兵那裡?(弓兵應科。云)有。(王太守云)你衙門首看者,有人來,報復我知道。(弓兵云)理會的。

(鋪兵慌上。云)

鑼鼓喧天喊殺聲,旌旗招颭鬼神驚。

銅臺有甚虧公事,梁山人馬下山中。

小人乃是廣府中箇鋪兵是也。急遞鋪報帖前來,説道梁山泊宋江調人馬下山來救盧俊義。我如今去報與本府王太守知道。説話中間,可早來到也。弓兵報復去,你道有箇鋪兵來稟事。(弓兵云)理會的。(做報科。云)喏!有箇鋪兵來稟事。(王太守云)着他過來。(弓兵云)理會的。過去。(見科)(王太守云)兀那鋪兵,你有甚麽事?(鋪兵云)今有梁山人馬,下來救盧俊義,稟的大人知道。(王太守云)可怎生是了也?左右,跟我點人馬,去將四門關了者。

慌忙急去點軍兵,明朝就去出城中。

若還得見無徒子,拏來府内盡抽筋。

(同下)

(徐寧躧馬兒,領僂儸上)(徐寧云)某徐寧是也。奉學究哥的令,領人馬離銅臺五里田地埋伏。我且此等候也。

(朱仝同燕青上)(朱仝云)某朱仝是也。奉學究哥的令,着我與燕青領人馬,等城門開時,敬①往牢中救盧俊義去。俺且在此等候者。

(正末同李逵躧馬兒,領僂儸上)(正末云)某吴用是也。與李逵同去救盧俊義,可早來到銅臺地方也。李逵當先,你衆人仔細者。(李逵云)學究哥,你放心,不妨事。(正末云)兀的不是衆兄弟人馬都來了也。

(浄王太守躧馬兒,領卒子上)(王太守云)小官王太守是也。今點就人馬出城,捉拏梁山賊漢去。你這軍卒每,聽我將令:

人要喫飯馬喫草,上陣各要識起倒。

當中留條寬寬路,倘若敗了我好跑。

兀那陣面上賊漢聽着,强漢出馬,弱者休來。(見科)(正末云)我曉的你是王太守。三軍,操鼓來。(做戰科)

【南吕】【一枝花】訇雷戰鼓鳴,耀日旌旗動。堂堂人似虎,箇箇馬如龍。蓋世英雄,不怕你軍兵衆,俺軍卒惡勢猛。

(李逵云)大小僂儸,與我用力殺進去。(做趕殺科。唱)

---

① 應爲“逕”。

俺李逵砌龍鱗甲掛秋霜,飛虎豹揚威躍勇。

【梁州】戰馬交升回斗轉,戰塵飛霧鎖雲籠,刀疾斧快全無空。殺的他難分上下,不辨西東,屍山血海,馬倒人横。更有金槍將教首徐寧,又有那霹靂火、猛劣旋風,怒騰騰軍發喊振動天宫,惡叉叉雄赳赳兵威將猛,一會兒倒干戈,敗軍馬滅跡潛踪。

(王太守云)我及不過你也。(唱)

見他大恐,着槍中箭身着痛,尋走路似飛迸,意急奔馳有似風,智淺機窮。

(王太守云)我及不過你也。

梁山賊漢似虎豹,雖然厮殺眼皮跳。

虚掤一槍逃命走,留着撒髅戴紗帽。

大小三軍跟着我,走、走、走!(同卒子下)

(雷横、秦明上)(雷横云)某雷横是也,這位是秦明。奉學究哥的令,着俺先到城中,待俺梁山上人馬來時,殺出去。今日人馬到了,俺打開城門,殺出去來。(正末云)兀的不城門開了也!大小頭領,將盧俊義房子圍了,打開門者。

【隔尾】謹將房屋相圍定,休要教他逃性金①。無大小、無輕重,衆人要急攻,切莫要放鬆,殺的他棄甲抛戈,教他自心恐。

(朱仝云)燕青,俺往牢中救盧俊義去來。(同燕青下)

(净李固同净旦兒上)(李固云)小人李固是也,這箇是盧俊義的渾家,我和他有些不伶俐的勾當。如今惹下禍了,梁山上好漢殺將來了。嫂子,往那裡趓去是好?(李逵云)兀那賈氏、李固,你那裡走!(雷横、秦明、徐寧、李逵做拏住李固、賈氏科)(李固云)衆老叔可憐見,饒了俺兩箇,明日買羊頭烙鏇餅請你罷。

【罵玉郎】則因你姦夫淫②婦傾人命,因此上下水泊救他身,今朝休想得活命。你却又耳不聾,眼不盲,你怎生心狂縱!

(朱仝同燕青、盧俊義上)(朱仝云)某朱仝是也。我同燕青救出

---

① 應爲“命”。

② 底本原爲“逆”,塗改爲“淫”。

盧俊義來了，俺見學究去來。（見科）（朱仝云）喏！報的學究哥知道，俺救的盧俊義來了也！（正末云）盧員外索是驚恐也。（盧俊義云）小弟盧俊義悔不聽學究哥之言，果遭縲紲之苦。若不是衆頭領下山相救，險不性命難保也！（正末云）盧員外，爲你領人馬下山，此一場好相持也。

【感皇恩】呀，殺的他力盡途窮，水斷山空，散軍兵，無歸路，血光紅。只因你運拙、惡曜當逢。你當初莫胡爲，多思慮，豈遭凶！

（盧俊義云）悔不聽學究之言，今朝有此惶愧之事。李大哥，將過那斧來者。（李逵做遞斧科。云）斧在此，那厢使用也？（盧俊義云）賈氏，我萬貫家財着你執掌，今日箇和李固做下這等勾當，玷辱夫名，難以干罷！

姦夫逆婦太不仁，險①把吾身一命傾。

宣花斧過紅光染，碎剁屍骸不称心。

（旦兒同李固做死科。下）

【採茶歌】只因他怎相容，俺可便遠來攻，因此上銅臺境内亂縱横，似這等横禍非災難報怨，他今日天誅地滅理難從。

（正末云）衆頭領，分付僂儸，不許深擾城内軍民之家。如有違令者，必當斬首。（李逵同衆云）謹遵學究的令也。（正末云）把員外家中財物盡搬上梁山去。納喊三聲，俺見宋江哥去來。

【尾聲】班師回轉雄兵擁，搭救英雄有始終，一應家財山中送。壯士每立功，弟兄每奮勇，把一箇合死的姦夫滅除了種。

（同衆下）

第五折

（宋江領僂儸上）（宋江云）

一心剪除不仁事，舉意削平不義情。

某宋江是也。自從衆兄弟每下山救盧俊義去了，未見回還。聞

---

① 底本原爲“顯”，塗改爲“險”。

知學究同衆兄弟得勝,小僂儸門首看者,若來時,報復我知道。(僂儸云)理會的。

(正末同徐寧、朱仝、燕青、李逵、雷橫、秦明、林冲①、盧俊義上)(正末云)某吴用是也。誰想俺則一陣破了銅臺,救了盧俊義。今上山見宋江哥去,我想俺這一起人,英雄並轃,衆虎同心,好一班人物也呵!

【雙調】【新水令】一箇箇能文能武有龍韜,衆豪傑搊搜容貌,秉心行正直,替天輔皇朝,不覺的轉過山腰,遥望見忠義堂早來到。

(李逵云)學究哥,俺到了寨門首也。(正末云)兀那僂儸,報復去,道有某等來了也。(僂儸云)喏! 有學究同衆頭領來了也。(宋江云)等某接去。(見科)(宋江云)學究、衆兄弟每鞍馬上勞神也。(正末云)宋江哥守寨不易也。盧員外,你與宋江哥厮見也。(盧俊義做拜科。云)多蒙保義哥相救,若不是學究同弟兄每下山去,豈有盧俊義之命也?(宋江云)盧員外既然到此,今日你就掌梁山之事也。

【鴈兒落】今日箇盧員外爲故交,掌管俺梁山道。

(盧俊義云)小弟多感活命之恩,怎敢掌梁山之事也?(唱)

你休得要謙遜,言聽保義從頭告。

(宋江云)學究,此事都要依某也。(正末云)左右,將酒來。

【得勝令】呀,高擎着玉盞泛葡萄,淹溼絳征袍,盧員外可掌梁山事,只爲你胸中武藝高。俺一夥英豪,秉忠正行天道,倘身到皇朝,那其間凌煙把姓標。

(盧俊義云)小弟断然不敢掌梁山之事,情願聽從使令也。(正末云)既然盧俊義不肯掌管,宋江哥還掌梁山之事,盧員外坐第二把交椅,餘者照舊而坐也。(徐寧同衆云)學究所言深有理也。(正末云)將酒來,俺今日喜得又添了員外,衆弟兄都要開懷歡飲,盡醉方歸也。

【水仙子】今朝又聚一英豪,水泊威風膽氣高,秉心正直行公道,將無

---

① 第四折下山人物中未出現"林冲",此處出現甚爲突兀。

徒須盡剿,一箇箇文武才高,有一日聖明主招安去掃蠻夷輔聖朝,麒麟閣都把名標。

(宋江云)你衆弟兄每聽者,既將奸夫潑婦俱殺壞了,報了寃讎,又救的盧員外上山來,今在一處結爲刎頸之交,同心合意生死相護。俺衆頭領做箇慶喜的筵席,都要開懷而飲,盡醉方歸。

則俺這梁山豪傑顯高强,仗義踈財心氣剛。
箇箇論文過如曹子建,箇箇論武賽過楚霸王。
安邦護國稱保義,替天行道顯忠良。
一朝聖主招安去,永保華夷萬載昌。

題目:廣府壯士遭囹圄
正名:梁山七虎鬧銅臺

附:

梁山七虎鬧銅臺雜劇穿關

楔　子

宋江

萬字巾蟒衣曳撒　項帕　直纏　褡膊　帶　帶劍　三髭髯

僂儸

萬字巾　錦襖　項帕　直纏　褡膊劍

蕭讓

萬字巾　膝欄曳撒　項帕　直纏　褡䏿①　帶　帶劍　三髭髯

林冲

萬字巾　膝襴曳撒　項帕　直纏　褡膊　帶　帶劍　猛髯

正末張順

萬字巾　皂補納　綿襖　項帕　如意裙直纏　褡膊　藍絹褲腿綳護膝　布襪八答鞋　帶劍　三髭髯

頭　折

監倉官

紗帽　圓領　角帶

弓兵

氈帽　青衣　褡膊

正末張順

攢頂　藍直身　項幀　褡膊　三髭髯

---

① 應爲“膊”。

正末張順又上

同前

旦兒

鬏髻手帕　比甲襖兒　裙兒　布襪　鞋

李固

氈帽　綿布直身　褡膊

燕青

攢頂　藍直身　項帕　褡膊　三髭髯　拏弩弓

宋江、僂儸

同前

雷横

萬字巾　膝襴曳撒　項帕　直纏　褡膊　帶　帶劍　三髭髯

正末張順又上

同前

第二折

盧俊義

一字巾　圓領　鈎子困帶　三髭髯

燕青

同前

李固

同前

正末吴用

散巾　邊襴道袍　絛兒　三髭髯　裙　扇

道童

雙髻髽髮陀頭　邊襴道袍　絛兒

宋江、雷横、僂儸

同前

李逵

萬字巾　皂補納　錦襖　項帕　法墨踅　直纏　褡膊　藍絹褲

腿繃護膝　布襪　八答鞋　猛髯　斧

張横

萬字巾　膝欄曳撒　項帕　直纏　褡膊　帶　帶劍　三髭髯

正末吴用又上

同前

李逵、僂儸又上

同前

雷横、僂儸又上

同前

張横又上

斗笠　蓑衣　駕船　拏篙

正末吴用又上

同前

盧俊義、李固又①

同前　擔行李

盧俊義又上

同前

正末、吴用又上

同前

宋江、僂儸又上

同前

正末吴用、盧俊義又上

同前

第三折

旦兒、燕青

同前

---

① 漏一"上"字。

李固

同前

盧俊義

同前

旦兒、李固又上

同前

王太守

紗帽　圓領　角帶

弓兵

同前

旦兒、李固拏盧俊義

同前

宋江、僂儸

同前

正末吴用

唐巾　補子圓領　帶　三髭髯

燕青又上

同前

徐寧

萬字巾　膝欄曳撒　項帕　直纏　褡膊　帶　帶劍　三髭髯

雷横

同前

秦明

萬字巾　膝欄曳撒　項帕　直纏　褡膊　帶　帶劍　猛髯

朱仝

萬字巾　膝欄曳撒　項帕　直纏　褡膊　帶　帶劍　三髭髯

李逵

同前

第四折

王太守、弓兵

同前

鋪兵

紅氈帽　青衣　戰裙　響鈴　棍

徐寧、僂儸

同前　蹿馬兒

朱仝

同前

燕青

萬字巾　膝攔曳撒　項帕　直纏　褡膊　帶　帶劍　三髭髯

正末吴用、李逵、僂儸

同前　蹿馬兒

王太守

同前　蹿馬兒

卒子

紅碗子盔　青布釘兒甲　褡膊劍

雷横、秦明

同前

李固、旦兒

同前

朱仝、燕青、盧俊義

同前

第五折

宋江、僂儸

同前

正末吴用、徐寧、朱仝、燕青、李逵、雷横、秦明、林沖、盧俊義

同前

王矮虎大鬧東平府雜劇（脈望館本）

【劇目簡介】

雜劇，元、明間無名氏作。《也是園書目》《今樂考證》《曲録》等有著録，現存脈望館鈔校古今雜劇本。小説《水滸傳》中無類似劇情。

脈望館本無署名，標題作“王矮虎大鬧東平府雜劇”，題目作“吕彦彪打擂元宵節”，正名作“王矮虎大鬧東平府”。四折，每頁十行，每行約十七字，後有穿關，文後落款“乙卯三月十二日校内本清常記”。

劇演爲慶賞元宵佳節，王矮虎主動請纓前去東平府采買花燈，遂與徐寧同行。至東平府，聽聞關西吕彦彪擺下擂臺，王矮虎不顧宋江下山前的叮囑和徐寧等的勸阻，上臺打敗吕彦彪并自報名號，被官府追趕。恰遇關勝領兵前來接應，遂將知府、楊衙内、里長、社頭等擒上梁山。宋江問明緣由，寬恕王矮虎，并釋放知府等人，梁山一衆共慶佳節，飲酒賞燈。

頭　折

（冲末扮宋江同吴學究領小僂儸上）（宋江云）

當年把筆爲司吏，奔上梁山集衆多。

信義兼行人懼怕，智謀壓倒漢蕭何。

某姓宋名江字公明，先爲把筆司吏，緣事而奔上梁山，集聚到半垓小僂儸，三十六大夥，七十二小夥，威鎮這梁山。要不義之財，釋有仁之士。時逢正月元宵，俺在梁山縱横自在，酒筵受用，所事皆有,止少的是幾盞兒花燈。帳前擂動聚將鼓,唤那聚衆頭領來。看那箇敢下山,去東平府城中買燈去。擂動聚將鼓者!(小僂儸擂鼓科)

(外扮關勝、呼延綽①、武松上)(關勝云)

風高敢把高墻跳,月黑提刀去殺人。

某乃“大刀”關勝是也,這兩箇兄弟乃是呼延綽、武松。俺都是宋江哥哥手下頭領。擂響聚將鼓也,不知爲何。俺見哥哥去來。可早來到也。小僂儸,報復去,道有俺三人來了也。(小僂儸云)理會的。喏!報的哥哥得知:有關勝等三人來了也。(宋江云)着他過來。(小僂儸云)理會的。過去。(做見科)(宋江云)三箇兄弟來了也。(關勝云)俺來了也,那厢使用?(吴學究云)等衆兄弟都來到時,俺與他每説此事也。(宋江云)哥哥説的是。

(外扮李逵、張青、華榮②上)(李逵云)某乃李逵是也,這兩箇是張青、華榮。同去帳前,聽哥哥將令去來。可早來到也。小僂儸,報復去,道有俺三人來了也。(小僂儸云)理會的。喏!報的哥哥得知:有李逵等三人來了也。(宋江云)着他過來。(小僂儸云)理會的。過去。(做見科)(李逵云)哥哥,俺來了也。(宋江云)李逵,您且一壁有者,衆頭領每敢待來也。

(外扮張順、燕青、徐寧上)(張順云)某乃張順是也,同燕青、徐寧,俺哥哥帳前聽令去。可早來到也。小僂儸,報復去,道有俺三人來了也。(小僂儸云)理會的。喏!報的哥哥得知:有張順等三人來了也。(宋江云)着他過來。(小僂儸云)理會的。過去。(做見科)(宋江云)張順,您來了也。(張順云)哥哥,聞的聚將鼓響,俺都來聽令也。(宋江云)您且一壁有者,尚有幾箇頭領未到哩,待來全時,某一一的分付您也。

(正末扮王矮虎同一丈青上)(正末云)某乃王矮虎是也,這的是

① 多作“呼延灼”。

② 多作“花榮”。

渾身①一丈青，向山寨中昨夜多飲了幾杯酒，起遲了些。哥哥帳前擂動聚將鼓，兀的衆頭領每都上山去了。一丈青，走、走、走！不知有甚麽急事。遠遠的看者，誰似俺哥哥的號令也呵！（唱）

【仙侣】【點絳唇】我這裡破步撩衣，山前竚立，張旗幟，端的是號令嚴齊，則聽的戰鼓鼕鼕擂。

【混江龍】俺哥哥才兼武備，鎮梁山件件虎狼威，端的他心行仁義，不是强賊。每日家糯酒佳殽連夜飲，歌兒舞女列筵席，少甚麽爲官意！到大來無憂少慮，起早眠遲。

（一丈青云）王矮虎，來到帳前也，俺見哥哥去來。（王矮虎云）小僂儸，報復去，道有某來了也。（小僂儸云）理會的。喏！報的哥哥得知：有王矮虎來了也。（宋江云）着他過來。（小僂儸云）理會的。過去。（做見科）（宋江云）您二人來了也。别的頭領都有差使，止有這"大刀"關勝等在此。如今節遇元宵，俺這寨中所事皆有，則少幾盞兒花燈，誰敢下山，去東平府内買取幾盞花燈上山來，以應良辰也？（正末云）哥哥，除是王矮虎敢去。（關勝云）則怕你去不的麽？

【油葫蘆】慶賞元宵山寨裏，端的是少甚的？酒傾東海泛玻瓈，殽陳着美味山堆集，齊歌着妙曲歡聲起。少花燈十數盞，應良辰所事宜。我與你穩拍拍直至東平地，管取教買的異燈回。

（吴學究云）你去則怕買不的燈來麽？

【天下樂】也知道王矮虎英雄天下奇，智量誰及，心細微。者莫待論文論武到那裡，論文呵舌似槍，論武呵拳脚疾，因此上强承頭不暫推。

（一丈青云）夫主也，你則怕失了事，累及妾身，你不要去，着别的箇頭領哥哥去罷。（正末云）噤聲！

【那吒令】男兒家出一言怎生道退悔，婦人家助一言休道是信你，哥哥他發一言似泰山不移，怎肯教失了事情，並不教遲了節日，罪有當歸！

【鵲踏枝】哎，你箇大賢妻，少支持！直着那功顯元宵慶賞佳期。説起

① 應爲"家"。

來心兒中暗喜,定着您賞花燈元夜遊嬉。

(吴學究云)你去自去,到城中休顯出是梁山上的來。(正末云)某知道了。哥哥,您兄弟去也。(宋江云)住、住、住!你去呵,則怕一時間失下事,無人答救。再有誰敢同他去?(徐寧云)哥哥,徐寧同他去。(正末云)也罷,也罷,俺兩箇去來。

【寄生草】着徐寧爲幫手,入城中不可遲,這其間歡喜殺英雄輩,到其間施展胸中計。那其間方顯多才藝,者莫是東平府裏有英豪,直着他一箇箇見俺天靈碎。

(宋江云)則要你買上燈來,不許你與人争鬭;若是犯了,决不輕饒!(正末云)俺知道,俺知道。辭别了哥哥,俺去也。(二人拜科)

【尾聲】拜辭了二仁兄,

(宋江云)若悮了限次,决然斬首。(唱)

再不必言詳細,直走向東平府裏,買取花燈急急回。哎,徐寧緊緊相隨,生怕俺不遵依,向城中惹事招非。假若是悮了期程招罪累,扮做箇鄉村中庶黎,不與人鬭争閑氣,直着那滿城人不識是山賊。

(同徐寧下)(宋江云)王矮虎、徐寧去了也。安排酒殽,大設筵席,到十五日元宵,待他買的燈來,喒慢慢的慶賞。

水滸寨中同宴飲,梁山頂上慶元宵。

(同下)

第二折

(外扮社頭上。云)

謝天謝地好收成,大男小女笑欣欣。

共樂良辰因歲稔,同酬元夜爲時登。

自家是這東平府中一箇社頭。如今年豐歲稔,時遇元宵,家家點放花燈,於此節慶賞三日。在於這大街前、鼓樓下,聚會天下好漢,争籌打擂。今有關西一箇偌大漢,名是吕彦彪,世之無敵、他爲首領,要與人打擂。自家安排下銀碗、花紅、綵段,若有擂翻了

的，這銀碗、花紅就是他的。無甚事，請鄉人每走一遭去。（下）

（外扮店主引净店小二上）（店主云）

門外大書天下館，家中安歇四方人。

自家是這東平府大街西張員外是也，開着一座酒食店，更安歇往來客人。小二哥，打掃了閣子者，看有甚麽人來。（店小二云）老的，昨日土地托夢與我來，説今日有箇人來哩。（店主云）你看這厮，那裡有這箇話説也！

（正末同徐寧上）（正末云）某乃王矮虎是也，同着兄弟徐寧，走、走、走！入的城來，好是鬧嚷也呵！

【中吕】【粉蝶兒】端的是鬧嚷人稠，走的人汗浸浸布衣濕透。比俺那鄉村中事事皆幽，則見酒樓高、街市闊，委實是無出其右。袖手抽頭，休違了俺哥哥學究。

【醉春風】本是箇山寨上打截人，扮做箇村庄裏買辦叟，待要那花燈數盞慶元宵，他這哩有、有，做的是走獸飛禽、神仙人物，描金綵繡。

（徐寧云）哥哥仔細着，不要與人争鬬，忍辱些兒咱。（正末云）我知道。兄弟，腹中有些饑餒，往兀那酒食店中，買些酒飯兒喫，怕做甚麽？（徐寧云）哥哥，喒是買些酒飯兒喫。來到店中也。（做見科）（店主云）請、請、請！兩箇鄉里上來的①！（正末背與徐寧云）休顯出來。（徐寧云）你休分付我，俺索做小伏低者。（正末云）我知道。兀那老的，看酒來與俺喫。（店主云）有、有、有！小二哥，便盪酒與兩箇哥哥喫者。（店小二云）來也，來也！（做拏上酒科）（正末與徐寧笑科）（正末云）好酒也！

【紅繡鞋】正是喒饑渴時候，香噴噴酒勝清油。

（帶云）店小二，將大鍾子來者。（唱）

這時乘興兩三甌，

（徐寧云）哥哥又怎的？（唱）

須臾間心性起。

（店小二云）與您歐子。不許撒酒風！我就打死您。（唱）

---

① 底本中原有二“的”字。

我這裡索央求，休怪俺不達時野外叟。

(正末云)店主人，這城中有些甚麽稀奇的事？(店主云)俺這城中，來日是十四日，鼓樓之下，有箇關西哨子吕彦彪，要與人争籌打擂哩。俺都去看去也。(正末云)是誰？(店主云)是吕彦彪。(正末云)我和他比手，見箇高低，怕做甚麽！(店主云)哥哥，你留着你性命罷，惹不的他。(店小二云)量你這麽一箇腌形像，怎生近的他也？

【普天樂】惱的我眼圓睜，神眉皺。獎別人志氣，滅自己風流！

(店小二云)哥哥，你倒好拽耙扶犁，怎生打的他也？(唱)

看的人似等閑，我端的無紕謬。

(徐寧云)哥哥，俺不要管他這麽閑事也。(唱)

不忿之私難禁受，我和他做一箇敵頭。

(店主云)你恰好不知吕彦彪之名也。(唱)

者莫是英雄彦彪，威風赳赳，争似我氣勇食牛！

(店主云)你可是甚麽人，敢和他争鬬也！(正末云)您可也是不知道俺也。

【快活三】俺家居城外頭，喜元夜景風流，俺特來買燈城内不停留。

(店小二云)你如今要怎的？(唱)

待和他尋敵鬬。

(店主云)哥哥，買了燈回去罷！

【朝天子】老兄也你莫愁，者莫他是教首，看這扶犁叟，多村胄，紛紛怒氣怎生收，

(徐寧云)哥哥，你又怎的？(正末背唱科)

這會兒忘了爲山寇。

(帶云)店主，我打了他，則要你請我一席好酒。(唱)

則要你重擺佳筵，不把你那金銀接受，打的他死臨侵無處走。

(徐寧云)哥哥，俺來買燈來那，厮打來那？(唱)

俺如今暫留店中住一宿，這的是好事偏能輳。

(正末云)我務要和他打擂。(徐寧與正末背題科。云)哥哥，不争你打擂，則怕悮了哥哥山上賞翫的花燈也。(正末云)不得悮

了，明日纔十四日也，不悞了十五日上去罷。（店主云）哥哥，你依着我，不要去打擂。你打不倒他！（正末云）老的也，你休焦躁，俺在這店中歇一夜。到來日晚間，你看我打那哨子。（店主云）既是這等呵，打掃閣子，留他兩箇宿歇一夜，到來日單看你哩！

【耍孩兒】今日箇特來攙攦多生受，單看咱來朝和他比手。者莫他拳疾脚快性狂乖，怎敵這村庄家猛劣搊搜。拳着管取天靈碎，脚踢定教鮮血流，難喫受，便是他人中少有，我做的世上爲頭。

（店小二云）你來納命來？也罷，也罷！天晚了也，來這閣子上安歇，明日看你哩。（徐寧云）俺睡去來。

【尾聲】我須是今朝口應心，來朝心應口。到其間誰把他搭救！

（正末云）我若是打倒他呵呢？（店主云）情願安排酒請您。（唱）來赴您賭勝筵席賽輸酒。

（同徐寧下）（店主云）天晚了也，收拾了酒店，關上門户，到來日看這兩箇庄家與那吕彦彪打雷。若打翻了呵！

安排酒果花紅禮，迎取鄉人壯士回。

（同下）

第三折

（宋江同吴學究領小僂儸上）（宋江云）

就枕方寧息，眠床夢寐瞢。

五更天未曉，日出事還生。

某乃宋江是也，爲因時遇元宵節令，差王矮虎同徐寧下山置買花燈去。怎生還不見回來？（吴學究云）王矮虎關西人決强，則他能遊戲惹事。公明可做箇計較也。（宋江云）學究，如今差兩箇頭領，領些人馬接應他去。可着誰去也？（吴學究云）任從哥哥將令。（宋江云）小僂儸，便唤關勝、呼延綽來。（小僂儸云）得令。關勝、呼延綽安在？

（關勝同呼延綽上）（關勝云）

每日寨前聽號令,人人有勇顯狰獰。

得名頭領三十六,不怕能强百萬兵。

某乃“大刀”關勝是也,這箇是呼延綽。宋江哥哥呼唤,不知有甚事,須索走一遭去。可早來到帳前也。不索報復,俺自過去。(做見科。云)喏!唤關勝、呼延綽那厢使用?(宋江云)您二人領五十騎人馬,輕弓短箭,曉夜前去東平府,接應王矮虎、徐寧。他去置買花燈,連日不見上山,恐有踈失。疾去早來,休得生事損害良民也。(呼延綽云)奉哥哥將令,將人馬埋伏於東平府城外,俺二人隨路打聽,接應他去。(關勝云)不敢久停,引領着五十騎人馬好漢,徑奔東平府路上接應那,走一遭去。

倚仗哥哥威福大,管取教他無事回。

(同下)(宋江云)分付殺羊造酒,安排元宵賞燈筵會。(吴學究云)筵會酒果,都已安排停當也。(宋江云)着他二人去,某已放心了。無甚事,且回山寨中去來。

安排佳宴梁山上,准備元宵慶賞燈。

(同下)

(外扮社頭同净里長、沙三、牛表、王留、伴哥、旦兒伴姑打鑼鼓上)(社頭云)

時逢稔歲樂醄醄!

呵,(衆云)呵,呵,

官清法正少差徭。

呵,(衆云)呵,呵,

民安國泰絶征討

呵,(衆云)呵,呵,

大家歡樂鬧元宵。

呵,(衆云)呵,呵!

自家東平府在城社頭。時逢稔歲,節遇上元,在城内鼓樓下作一箇元宵社會。數日前出了花招告示,俺這社會,端的有馳名的散樂,善舞的歌工,做幾段笑樂院本,般演些節義戲文。更有那魚躍于淵的筋陡，驚眼驚心的百戲。更有一班兒打擂教首，跌打班頭，内有一人吕彦彪，乃是河東鄭州人，天生下箇偌大漢，打天下有名教首。今日正月十四日，頭塲社會，先看打擂，後演古今。你看城裏城外、四村上下、老小男女，都來看社，好事快樂也！擂動鑼鼓，教首着早晚敢待來也。

(外扮吕彦彪同大趕力、小趕力各執槍棒上)(吕彦彪云)

行拳走踢我爲頭，膽氣剛强力敵牛。

全憑拳脚爲活計，打遍南州共北州。

洒家河東鄭州人氏，姓吕名彦彪。三輩兒行教，跌打絶倫，拳法無對。相邀了這各處教首，都是好漢，拜義洒家爲師。聞的東平府一帶有能跌打的好漢，社頭請洒家打擂。衆徒弟，俺走一遭去來。(衆云)俺去來。(吕彦彪云)可早來到也。好熱鬧的社會也！衆徒弟，跟我上露臺來。(做見科)(社頭云)吕教首來了也。俺這裡集聚下大衆，久等多時也，單看你那英豪壯氣哩！(吕彦彪云)四面看社君子，有好漢出來，争籌打擂。(社頭云)大衆數内，四方君子！我備下銀碗、花紅、酒禮，打擂勝者相贈。有好漢出來！(做叫三科了)(社頭云)吕教首，聞你的名，誰敢來賭賽！你師徒搽兩路，熱鬧社會也。(吕彦彪云)也罷，也罷！既無人敢承頭，俺師徒搽兩路。(吕彦彪同衆做搽拳科)(社頭同衆喝采科。云)好教首，名不虚傳也！(打住)(吕彦彪云)四方君子，出來料搽兩路，已見高低。(社頭云)已是無人敢與你打擂了。露臺下安排下酒飯，衆位暫時小歇，用些酒飯咱。(吕彦彪云)索是動勞社頭。衆徒弟，跟洒家喫酒飯去來。(衆下)

(正末同徐寧領小僂儸拏各様花燈上)(正末云)自家是這東平府城南蓼兒凹東庄裏人，同這箇徐大户來城中置買幾盞兒花燈，將去俺村裏應節要子。(背與徐寧云)哥哥，你看那鼓樓下敢是做社處麽？(徐寧云)可知是哩。(正末云)俺則説看社，看那吕彦彪如何。好是熱鬧的社會也呵！

【越調】【鬬鵪鶉】則聽得鑼鼓喧天，人稠物穰。又則見老小争馳，填滿了前街後巷。正值着春首時光,慶賞那太平景象。我如今變了姓名,改了穿張。俺庄家乍入城池,改不了村沙的勢樣。

(徐寧云)兄弟,你顯出來,惹哥哥罪俺也。

【紫花兒序】告尊兄再休閑絮,您小弟把捉軀老,常則是忍耐心腸。自生身偏争好鬬,便死呵倜儻徜徉。休慌,看一箇高低,覷箇穩當,早難道將他輕放。我怎肯失了俺的機關,折了俺的剛强!

(徐寧云)兄弟休言語,俺則看社會耍子罷。(正末做看科。云)分開人,老哥哥,小哥哥,放開路兒,着俺鄉下人靠前看一會兒。休擠了俺的花燈也。

(净扮楊衙内領從人冲上)(從人云)小來下路。(衙内云)某乃楊衙内是也,鼓樓前看社會。可早來到也。怎生這般冷静?(社頭做見科。云)衙内爹爹來了也。(衙内云)怎生不見作戲打擂的?(社頭云)恰纔打擂的下去喫酒飯去了,便來也。打擂教首上露臺來,衙内爹爹唤您打擂哩!

(吕彦彪同衆上。云)來也,來也!喫了酒飯,上的露臺來。(做見科)(社頭云)恰纔衙内爹爹唤您呈幾解耍子里!(吕彦彪云)俺呈解有甚稀罕。四周圍有好漢出來,贏了洒家的,得銀碗、花紅;輸了的,當露臺拜我八拜。(正末云)哥哥,你聽的麼?

【金蕉葉】開大言全然不想!他教人八拜,他花紅受賞,惱的我心勞心嚷。

(徐寧云)兄弟,按納性子者。(唱)

着這箇同伴人,孤噥的我氣夯。

(吕彦彪云)衙内爹爹,無人敢出來承頭。(做打飛脚支架科。云)好漢出來!

(正末做脱剥小打扮,上露臺。云)有、有、有!我和你比試打擂。社頭,銀碗、花紅道定者。(吕彦彪云)入來!(正末做搽拳科)

【調笑令】也不索用槍、大棒,我與你戰一塲。看我這脚快拳疾難堵當,擎着拳托塔天王像,翻身輪杵金剛。我見他拳來架住兩壁廂,脚起處背脊着傷。

(吕彦彪做跌倒科)

【禿厮兒】仰刺杈堦前直倘。

(吕彦彪起身擂科。云)不怕你！不怕你！(唱)

藝低微口兒裏能强！出山饑虎逢着壯羊。

(正末摑一掌科)(吕彦彪云)哎約,着重也！(唱)

摑一掌,中胸膛。

(吕彦彪吐科。云)傷了心也,吐出血來了！(唱)

你便休慌。

【聖藥王】他早則手脚忙,没主張。

(吕彦彪云)住者,洒家輸了也。(唱)

你不好教人八拜你根厢！

(正末云)你跪下,我饒你命。(吕彦彪跪下科。云)好漢！好漢！(唱)

我權時擔待,你須信我情性莽。若不是當着社會受伏降,我這其間着你去見閻王。

(正末云)徐大户,將着花燈,俺去來。(正末做問吕彦彪借槍。云)我饒你性命,借你那槍來,我要一路槍與大衆看。(吕彦彪做問大趕刀,手中取槍與正末科)(正末接科)(社頭云)壯士,銀碗、花紅你收了者。安排酒來！(正末云)收了銀碗、花紅。不用你酒了,悮了我家裏花燈。(社頭云)你姓甚名誰也?(正末同徐寧小僂儸走科)(正末云)將着這桿槍,殺出社會來了。您聽者：

元宵作社爭籌賭,打倒關西身受苦。

社頭要知名和姓,則我是梁山好漢王矮虎。

走、走、走！打開人去來。(同徐寧下)(衙内云)好也,原來是梁山上王矮虎！説與知府,點人馬趕了去。(社頭云)我去告知府大人去也。(同衆下)

(關勝、呼延綽領小僂儸躧馬兒冲上)(關勝云)某乃關勝是也。同呼延綽來到這東平府南關外,將半垓人馬,遠遠的專等兄弟,王矮虎、徐寧二人敢待來也。

(正末同徐寧領小僂儸拏花燈上)(正末云)遠遠的不是關勝、呼延綽兩箇哥哥?小僂儸,行動些,則怕官軍趕將來。(做見科)(關勝云)兄弟也,悮了假限也! 你在那裡來?(徐寧云)且不説裡。整搠人馬,則怕官軍趕將來。(關勝云)小僂儸,牽馬來與兩箇兄弟騎上者。(正末云)將馬來。上的馬,俺慢慢的行。(同衆虚下)

(知府同衙内、里長、社頭領卒子躧馬兒上)(知府云)某乃東平府知府是也。元宵作社,誰想梁山好漢王矮虎直入城中,争籌打擂,奪一根槍在手,於大衆中殺將去。更待干罷! 領着人馬,同衙内務要趕上也。(衙内云)正要拏他哩! 我圖陞箇大官,知府大人,把這功次讓與我罷。(知府云)讓與衙内。走、走、走! 往正南上趕將去來。(同衆虚下)

(正末同關勝、呼延綽、徐寧領小僂儸躧馬兒冲上)(正末云)哥哥,你看後面不是官軍來了也?

(知府同里長、衙内、社頭躧馬兒領卒子冲上)(知府云)山賊少走!(正末云)你快回去。不與你争鬬,悮了我假限也。(衙内云)這厮開大言!(做戰科)(關勝云)量你到的那裡!(知府云)敵不住他,走了罷。(正末云)那裡去! 小僂儸,都與我捉將來。(做拏住知府、衙内、里長、社頭科)(知府云)太僕饒命!(正末云)挷縛了,上梁山見哥哥去來。(唱)

【尾聲】俺根前施展你那兵雄壯,你正是自撞入天羅地網。

(知府云)放了小官罷!(衙内云)饒了小人罷!(唱)

我如今也不殺你,不饒他,見了俺保義的哥哥慢慢的講。

(同下)

第四折

(宋江同吴學究領小僂儸上)(宋江云)

節近元宵最可誇,東風吹暖入梅花。

梁山快樂開佳宴,自在縱横第一家。

某乃宋江是也。學究哥哥。(吴學究云)不敢。(宋江云)今日是元宵節令,怎生王矮虎同衆頭領尚不曾見來,可是爲何?(吴學究云)花燈是晚間用的物,他每必然不敢有悮也。(宋江云)可也過了限期,使某心中憂疑。小僂儸,去請山寨衆頭領。若有差下山不在者,便罷;見在山寨頭領,都請來赴會,以樂元宵佳節也。(小僂儸云)理會的。出的門來,大小僂儸,各分頭向,去請見在頭領赴元宵筵宴也。(外應科)(小僂儸云)衆頭領有請,赴元宵會也。

(李逵同張青、華榮、張順、燕青、武松、一丈青上)(李逵云)某乃李逵是也。同衆頭領每寨中赴宴去來。説話中間,可早來到也。不索報復,俺自過去。(做見科)(宋江云)衆兄弟每,您都來了也。你看俺那酒宴都皆停當了,則是不見王矮虎買的燈來。某更差的人接應他去了,這早晚也不見箇來的。莫非有些踈失麽?(一丈青云)哥哥,不妨事,料他每怎肯失下事?小僂儸,山寨前看者,衆弟兄每這其間敢待來也。

(正末同徐寧挑花燈,關勝、呼延綽領小僂儸挷縛楊衙内、里長、社頭上)(正末云)走、走、走!早是不悮了哥哥的花燈。小僂儸,拏的他每牢着。誰想在城中打輸了吕彦彪,他後來知俺是梁山上好漢,楊衙内同府官相領着人馬追趕出城。不想哥哥差關勝、呼延綽領小僂儸接應將上來,把他每登時就戰退,又擒捉了這楊衙内、里長、社頭,拏的他上山見哥哥去來。好、好、好!天晚了,點着這花燈,兀的不開宴飲酒里也!

【雙調】【新水令】買花燈山上慶元宵,恰今朝,轉回來到。則見他弟兄每排宴飲,山寨裏按笙簫。心下量度,誰似俺這榮耀。

(徐寧云)且休題此事,則怕哥哥見責麽。(正末云)不妨事。(衙内云)太僕饒性命!休殺了俺,寧可與你曬馬糞罷!(關勝云)休言語。王矮虎、徐寧哥哥,您二人先見哥哥去。(正末云)説的是。徐寧,俺兩箇先見去。小僂儸報復去,道有王矮虎等來了也。(小僂儸云)理會的。喏!報的哥哥得知:有王矮虎等來了也。(宋江云)着他過來。(小僂儸云)理會的。過去。(做見科)(宋江云)您可來了也!好也,怎生去了兩三日方纔回來?説的有理呵,將您輕饒;若無理呵,决然斬首。(徐寧云)王矮虎,不説呵,等甚麽?(宋江云)你説!你説!

【駐馬聽】頭領聽着:故向城中顯氣豪,有一箇關西耍操,

(吴學究云)他要操怎的?(正末唱)

當場鬭打在昨朝。也是我胸懷不忿小兒曹,我去那露臺前親把他贏了。

(宋江云)哦,你可與人鬭争來?於理可也難饒。(跪科。唱)

須告饒,

(帶云)非您兄弟惹事,(唱)

也則是故將山上英雄表。

(吴學究云)你可有甚執照?那關勝與呼延綽都在何處?(正末唤科。云)關勝,都與我拏過他每來者。(關勝云)小僂儸,拏過來者。(小僂儸拏衆做見科)(衙内同衆跪科。云)饒性命!(里長云)宋老官兒,我是王里長,我出城來趁打哄耍子兒,他就拏將我來了。(宋江云)關勝,他每端實是怎的?(關勝云)奉哥哥言語,着俺去接應他二人去。到於東平府城外,則見他二人將着兩盞花燈,後面這楊衙内領着人馬趕將來。俺與他當時打退,就擒了他每來,以爲執照。(宋江云)嗄!兀那衙内,是此情麽?(衙内云)太僕,並不虚矣,則是饒命!家中有八十歲老母,則是可憐見咱!(吴學究云)恁的呵,哥哥可也當饒王矮虎和徐寧也。

【喬牌兒】謝哥哥相薦保!非因俺因故違拗,可恨這府官特地將兵調,我和他惡哏哏齊併捉。

(衙内云)太僕,俺今日方知您是英雄好漢。你看那奢華富貴,端的是舉世無如也。(吴學究云)您今日方知俺之富貴也?(宋江云)你這兩盞花燈,可是那裡得來?(正末云)哥哥是不知道。

【甜水令】這花燈人手奪來,當塲打側,不消錢鈔,今日應點慶元宵。諕得他那城市居民癡呆立挣,無着無落。哎,哥哥不必心焦。

(宋江云)這兩盞花燈,也是人手裏奪來的?(衙内云)宋大叔,就是我伴當手裏奪來的。(宋江云)兀那衙内,爾等聽者:某雖爲寇,替天行道,不殺無義,專害奸邪。您一行雖犯在俺手,柰你家有八旬老母,其中頗有義理,俺今不殺您,都放您回去。王矮虎兄弟,你這兩盞花燈於萬人叢中奪來,又將吕彦彪打退,後於城外又擒伏得他衆人上梁山,兄弟,你委果好漢!今日箇正是元宵之夜,斟酒來,俺弟兄每横飲幾杯咱。

【沉醉東風】筵席上歡聲不少，弟兄每慶賞在今朝。酒裏斟香糯浮，痛飲後同舒笑，醉醺醺慢叙知交，不受拘鈐胸次高，

(帶云)將酒來，(唱)

一任教酩酊醉倒。

(吴學究云)哥哥，既是他每見了俺這般受用快活呵，他每既無罪責，怎生看我面饒放起來者。(一丈青云)不要饒他每，都殺了罷，他當時怎麽要拏我丈夫來！(宋江云)既然學究哥哥説呵，都與我解了繩子者。(小僂儸云)理會的。(做解科)(里長云)老子也，你纔是箇人也！(衙内謝科。云)謝了，太僕寬仁厚德也！(宋江云)若無您來呵，某可也不饒這王矮虎、徐寧。(正末云)一丈青將酒來，我與哥哥把一盞咱。(正末把盞科)(衙内云)宋公明，我不家去了。留下我，我也做賊罷，這裡倒好耍子哩！(宋江飲酒科。云)酒勾了，好快樂也！衙内、社頭、里長，都饒您性命，與我下山去者。(衙内同衆謝科。云)謝了太僕也！

【鴈兒落】俺將他喜歡歡，都放却，則落的箇入城裏人稱道。雖是俺爲賊在山澤中，倒强似您仕宦聞邊報。

【得勝令】呀，憑哥哥信義結英豪，也得的敬重似同胞。不争我東平府裏施英勇，顯的這梁山上志氣高。把歲月淹消，到得長安樂。謝哥哥躭饒，捹着箇醉而醒，鬧到曉。

(宋江云)衙内等，您聽者：

俺梁山五夜排尊俎，買花燈親自聽吾語。
到城中奮氣露臺前，打倒人又把花燈取。
您趕他特地向城東，憑接應捉獲難飛舉。
仗仁義不殺放回歸，到今朝方識吾豪富。
今日箇慶賞喜無邊，把清風永播千千古。
這的是吕彦彪打擂元宵節，結末了王矮虎大鬧東平府。

題目：吕彦彪打擂元宵節
正名：王矮虎大鬧東平府

附:

王矮虎大鬧東平府雜劇穿關

頭　折

宋江

萬字巾　蟒衣曳撒　項帕　直纏　褡膊　帶　帶劍　三髭髯

吴學究

唐巾　補子圓領　帶　三髭髯

小僂儸

萬字巾　錦襖　項帕　法墨踼　直纏　褡膊　帶

關勝

萬字巾　膝襴曳撒　項帕　直纏　褡膊　帶　帶劍　三髭髯

呼延綽

萬字巾　膝襴曳撒　項帕　直纏　褡膊　帶　竹節鞭　猛髯

武松

髗髮陀頭　皂補納　錦襖　項帕　法墨踼　直纏　褡膊　猛髯

李逵

萬字巾　皂補納　錦襖　項帕　法墨踼　直纏　褡膊　猛髯　斧

張青、華蒙①、張順、燕青、徐寧

萬字巾　膝襴曳撒　項帕　直纏　褡膊　帶　帶劍　三髭髯

正末王矮虎

萬字巾　皂補納　錦襖　項帕　法墨踼　直纏　褡膊　腿綳護膝　布襪　八答鞋　猛髯

---

① 應爲“花榮”。

一丈青

手帕　結彩襖　褡膊　裙兒　布襪　鞋

第二折

社頭

攢頂　圓領　項帕　褡膊　三髭髯

店主

攢頂　茶褐直身　縧兒　蒼白髯

店小二

雙簷氈帽　綿布襖　綿布韃　花手巾　鞝鞋

正末王矮虎

攢頂　藍直身　項帕　褡膊　猛髯

徐寧

攢頂　玉色直身　項帕　褡膊　三髭髯

第三折

宋江、吴學究、小僂儸、關勝、呼延綽、社頭

同前

里長

方巾　綿布直身　褡膊

沙三

氈帽　綿布襖　綿布韃　花手巾　鞝鞋

牛表

紗包頭　綿布襖　綿布韃　花手巾　鞝鞋

王留

氈帽　綿布襖　綿布韃　花手巾　鞝鞋

伴哥

紗包頭　綿布襖　綿布韃　花手巾　鞝鞋

旦兒

塌頭手帕　襖兒　裙兒　布襪　鞋

伴姑

鬔髻箍兒　比甲　襖兒　裙兒　布襪　鞋

吕彦彪

白氈大帽　銀錠　補納直身　錦襖　項帕　如意裙　直纏　褡膊　猛髯

大趕、小趕

小帽　膝襴貼裡　攣帶　紥腕　執槍

正末王矮虎、徐寧、小僂儸

同前　拏花樣花燈

楊衙内

纓子大帽　膝襴曳撒　比甲　攣帶

從人

攢頂　圓領　項帕　褡膊

吕彦虎①衆又上

同前

關勝、呼延綽、小僂儸又上

同前　蹰馬兒

正末王矮虎、徐寧、小僂儸又上

同前　拏花燈

知府

一字巾　補子圓領　帶　三髭髯　蹰馬兒

衙内、里長、社頭

同前

卒子

紅碗子盔　青布釘兒甲　褡膊劍

正末王矮虎、關勝、呼延綽、徐寧、小僂儸

同前

---

① 應爲“彪”。

知府、里長、衙内、社頭、卒子又上

同前

第四折

宋江、吴學究、小僂儸

同前

李逵、張青、燕青、張順、華榮、武松、一丈青

同前

正末王矮虎、徐寧挑花燈，關勝、呼延綽、小僂儸掷縛楊衙内、里長、社頭、知府

同前

宋公明排九宫八卦陣雜劇(脈望館本)

【劇目簡介】

雜劇,元、明間無名氏作。《也是園書目》《今樂考證》《曲録》等有著録,現存脈望館鈔校古今雜劇本。小説《水滸傳》第七十六回《吴加亮布四斗五方旗　宋公明排九宫八卦陣》是爲贏取童貫而排陣,第八十八回《顔統軍列陣混天象　宋公明夢授玄女法》方爲征遼而得玄女指示而破陣,與此劇有類似劇情,但涉及擺陣人物等細節處多有不同。

脈望館本無署名,標題作"宋公明排九宫八卦陣雜劇",題目作"公孫勝展三略六韜書",正名作"宋公明排九宫八卦陣"。四折一楔子,每頁十二行,每行約二十四字,後有穿關。

劇演宋江等人接受招安後,遼國兀顔受領兵前來索戰,宿元景奉皇帝之命派宋江等出戰,李逵主動承擔先鋒一職。宋江等人順路拜訪羅真人,得九宫八卦陣法。宋江與吴用、公孫勝、朱武等人排成陣勢,一舉大敗兀顔受,宿元景奉命前來嘉獎衆人,封官賜金,皆大歡喜。

頭　折

(冲末扮兀顔統軍領番卒子上)(統軍云)

久鎮遼邦統大軍,六韜三略顯英雄。

四州總領爲頭將,獨占番夷百座城。

(又①)某乃大遼國兀顔統軍是也。爲某文通三略,武解六韜,領大小軍卒,所管各州將校。能知吕望兵文,深曉孫吴戰策,善能排兵布陣,久鎮着北地四州,是澶州、順州、霸州、涿州所屬之地。今聞知宋朝新收了梁山泊宋江等爲將。某想來,這一夥人在梁山之時,某要去收伏,今降了宋國,正好擒拏他去。我有一子,乃是兀顔受。此子善曉兵文,多習戰策,某教他排兵布陣,依諸葛武武②之書,好生英雄。某唤他來計議此事。小番,與我唤將兀顔受來者。(番卒子云)理會的。小將軍安在?

(外扮兀顔受上。云)

善曉黄公三略文,祖居遼國顯威名。

統兵數萬侵州縣,敢勇相持建大功。

(又)某乃兀顔統軍大的箇孩兒兀顔受是也。自小在父親根前,學成兵書戰策,善能排兵布陣。統領各處軍馬,正在教場中操練軍士。今父親呼唤,不知有甚事,須索走一遭去。可早來到也。小番報復去,道有兀顔受來了又。(番卒子云)理會的。報的元帥得知:有小將軍來了又。(統軍云)着他過來。(番卒子云)理會的。過過③去。(兀顔受見科。云)父親,唤您孩兒來,那廂使用?(統軍云)孩兒,某唤你來不爲别,今聞知的大宋收了梁山宋江等,我今要統兵與他交戰去,與你商議,此事如何?(兀顔受云)父親,割鷄焉用牛刀,量這一夥無名之將,何須父親去!您孩兒去走一遭,去與他交戰,去將這一夥人生擒活拏將來。(統軍云)你用多少人馬,我再着那幾員上將跟你去?(兀顔受云)父親,不用别的。您兒部下有兩員上將:一箇是李金吾,一箇戴真慶。着他同您孩兒去,俺三將足已勾了。(統軍云)既然這等,小番,與我唤李金吾、戴真慶來者。(番卒子云)理會的。李將軍、戴將軍安在?

---

① 底本中多有“又”字涂删者,多不影響大意。

② 應爲“侯”。

③ 疑第二個“過”字贅餘。

(净扮李金吾、戴真慶上)(李金吾云)

我做將軍全不知,鐵刀劍戟拏的稀。

閑來所事都不做,帳房後頭打髀殖。

某乃統軍手下李金吾是也,這箇兄弟是戴真慶。俺兩箇平昔一對,所事不通,諸般不會。(戴真慶云)哥哥,憑着俺二人的武藝,若論厮殺,以准不濟。今日元帥唤俺,須索走一遭去。可早來到也。小番報復去,道有俺兩箇來了。(番卒子云)理會的。報的元帥得知:有李金吾、戴真慶來了。(統軍云)着他過來。(番卒子云)理會的。過去。(二净做見科)(李金吾云)元帥,俺來了也,那里使用?(統軍云)您兩箇近前來。你今日同小將軍去薊州劄營,問大宋索宋江等。則要您成功者!(兀顏受云)李金吾、戴真慶,某舉您同俺一處戰索。你先去,某隨後便來。(戴真慶云)李將軍,俺兩箇則今日先去劄营走一遭去。

軍卒將士兩邊排,離了營中定有災。

若還撞見梁山將,以准連命不回來。

(同下)(兀顏受云)父親,您孩兒則今日統領人馬,先去薊州城下劄營,單搦宋江交戰走一遭去。

習黄公妙策高强,顯武藝久鎮遼邦。

憑陣勢施威定計,某務要活捉宋江。

(下)(統軍云)孩兒去了也。此一去,憑他的手策,定要成功。某去操練下軍馬,預備接應孩兒走一遭去。

大遼勢曠占州城,保助山河帝業興。

吾兒此去排兵隊,軍前一陣立成功。

(下)

(宿太尉領卒子上。云)

保助江山顯志能,虔心輔佐定邊庭。

調和鼎鼐爲臣子,扶立乾坤大宋興。

小官姓宿,雙名元景。幼習儒業,頗看詩書。方今大宋聖人在位,四海宴然,八方寧静。今爲梁山泊宋公明等歸順宋朝之後,今有大遼国兀顏統軍,獨占北地四州,着他孩兒兀顏受來索戰,單搦宋江等。今奉聖人的命，着宋江爲帥，就領本部人馬，征進大遼。着人呼喚宋江、盧俊義、吴用、公孫勝有頭領四人，楊志等叫他一人，前來聽命。着人唤去了，這早晚宋江等敢待來也。

（外扮宋江同盧俊義、楊志上）（宋江云）

梁山聚義某爲魁，獨占山東顯姓威。

收伏水泊歸真主，赤心輔佐宋華夷。

某姓宋名江字公明，綽號"順天呼保義"。原是鄆州典吏，犯罪趓上梁山去，聚義招軍，替天行道。有宿太尉頒恩降詔，招安俺衆頭領歸宋。今日宿太尉在帥府中呼唤，不知有甚事？盧俊義，俺走一遭去也。（盧俊義云）哥哥，俺自離梁山，歸降宋國，俺一百單八人發願，同心共扶真主，豈有怠慢也？（楊志云）二位哥哥，雖然離了梁山，到於宋國，未曾有宅舍安下。今日有太尉呼唤，俺走一遭去。（宋江云）小校報復去，道有宋江、盧俊義、楊志來見。（卒子云）理會的。喏！報的太尉得知：有宋江、盧俊義、楊志來見。（宿太尉云）道有請。（卒子云）理會的。有請。（宋江等做見科）（宋江云）太尉，宋江、盧俊義、楊志俺三人特來拜見。（宿太尉）宋將軍、衆位將軍少待，有聖人的命在此。還有吴用、公孫勝，他二人未來里。小校望者，他二人敢待來也。

（吴用同公孫勝上）（吴用云）

幼看兵書六甲文，梁山結義衆群英。

今歸宋國扶真主，保護乾坤宇宙寧。

某姓吴名用字加亮，本貫鄆州東溪村人氏。自同宋公明梁山聚義，則爲俺三敗高太尉之後，有宿元景在大宋聖人根前舉薦。歸宋朝俺未曾定體，各家老小，未曾安頓。今有太尉唤俺衆將，不知有甚事，須索走一遭去。（公孫勝云）兄長，今降宋國以來，俺弟兄每非比梁山放蕩也。今日太尉呼唤，俺須索走一遭去。可早來到也。小校報復去，道有吴用、公孫勝來了也。（卒子云）理會的。喏！報的太尉得知：有吴用、公孫勝來了也。（宿太尉云）道有請。（卒子云）理會的。有請。（吴用、公孫勝見科）（吴用云）太尉，俺二人來了也。有何事商議也？（宿太尉云）宋公明，您衆頭領都來了,聽聖人的命:爲因大遼國兀顔統軍久占北地,攪亂州城,着他孩兒兀顔受統兵來單搦你交戰,着宋江爲征北總兵,盧俊義副總兵,吴用、公孫勝爲軍師,楊志爲副將。止少一箇前部先鋒,誰人堪可也?(吴用云)宿太尉,這先鋒非比其餘,要逢山開道,遇水疊橋。不是吴用僭言自主,論俺梁山衆將,惟有楊志英雄,可做前部先鋒也。(宿太尉云)既軍師主張,楊志,你就爲前部先鋒,同宋公明征大遼,選日行兵。喒慢慢的議事,看有甚麽人來。

(正末扮李逵上。云)某山兒李逵是也。自隨着宋江哥降了大宋,主人着俺在驛亭中居止。今日哥哥往帥府中見大人去了,某須索走一遭去。自離了梁山,來至京師,好是悶倦人也。

【仙吕】【點絳唇】自從俺離了梁山,弟兄每五零星散。忠心憚,受了有多少艱難,我可便勞力曾經慣!

【混江龍】若論這英雄好漢,除了俺梁山頭領忒兇頑。這些時人閑罷戰,馬卧除鞍,則我這鎧甲繩鬆都解散,夾鋼斧上土成斑。這些時更改了喬粧扮。往常我縱横自在,今日箇身受拘拴。

(正末云)可早來到也。小校報復去,道有李逵來了也。(卒子云)理會的。喏!報的大人得知:有李逵來了也。(宿太尉云)宋公明,這李逵來,有何事也?(宋江云)大人,他見俺來了,他有些悶倦,以此自家走將來了也。(宿太尉云)着他過來。(卒子云)理會的。過去。(做見科)(宋江云)李逵兄弟,你來爲何?(正末云)哥也,我半日不見哥哥,特來看哥哥來。你都在這里做甚麽里?(宿太尉云)李逵,你不知道,有兀顔受作亂,奉聖人的命,着宋公明前去征討。如今着楊志做先鋒。李逵,你也走一遭去。(正末云)既着李逵去,我要做先鋒。(楊志云)李逵,你有何强,要做先鋒?(正末云)哥也,今日你不用李逵也?

【油葫蘆】想着俺同上梁山聚會難,到今日無甚罕!我也曾苦争惡戰數千番,但行處忘生捨死何曾慢?我也曾排兵布陣軍前趲。

(宋江云)兄弟也,如今由不的我也。上放着大人里,你休要多言!(唱)

既然你難主張，不如俺聞早還。

（吴用云）兄弟也，既降了大宋，你又往那里去也？（唱）

倒不如歸山且去閑消散，又無那怒氣惱心煩。

（宋江云）李逵，你的性兒全然不曾改了也。（唱）

【天下樂】我從來劣性忠直無甚彎。哥哥，你便心也波煩，將我來忒外看，

（宋江云）李逵兄弟，若有此心，你當初不尊敬我也。（唱）

倒着箇楊志掛印爲將班。

（楊志云）李逵，俺都是山寨上弟兄，何必論你强我弱也？（唱）

非是我比弱强，這言詞都是閑。

（帶云）哥也，我不管您！（唱）

者莫您上天去我隨後趕。

（宿太尉云）宋公明，您休要攘，如今着李逵也做先鋒。但是你手下軍將，都跟你去也。（宋江云）大人，宋江知道了也。（宿太尉云）李逵，你敢與兀顏受交鋒麽？則怕你近不過他也！（正末云）大人，你放心也。

【後庭花】我將那潑無徒忒小看，到來日當先將軍士趲。我從來好鬬偏争氣，則我這斧常在手内挽。兩下里擺旗旛，槍刀光燦，覷的他似等閑，馬到處誰當攔，敗殘軍前後赶，敗殘軍前後赶。

（公孫勝云）李逵兄弟也，則要你着志者。

【柳①葉兒】呀，我是那梁山泊好漢，受盡那多少風僝！者莫他雄兵猛將屯千萬，你看我成功幹，得勝也便回還，俺則待扶持着宋室江山。

（宿太尉云）不枉了英雄好漢！宋公明，你明日辭了朝，同您弟兄每便索長行也。（宋江云）大人，某知道。李逵兄弟，你先收拾器械去也。（正末云）大人勿罪，某先行也。

【尾聲】憑着我敢相持敵軍慣，也不用鋼鞭鐵簡，則我這雙斧輕輪雪刃寒。者莫去驀水登山。俺哥哥左遮攔，則怕我歪語胡纏。須看明朝陣前罕，施展我闊滄州手眼，我着那大營前齊讚，你看我平除奸黨勝回還。

---

① 應爲“柳”。

(下)(宿太尉云)李逵去了也。楊志,既然你相讓這先鋒印與李逵掛了,此是您梁山弟兄每和氣也。宋公明、吴學究、盧俊義、公孫勝,您大小衆將,統兵征大遼去,在陳橋驛取齊。來日行程,您小心在意者。(宋江云)太尉放心,宋江不才,托賴衆將之力,今征遼国,定要成功也。(宿太尉云)既您授了宣命,便索行兵。小官回話,走一遭去。

梁山將顯耀英豪,大宋国忠正明朝。

收衆將赤心輔佐,則一陣定破番遼。

(下)(楊志云)哥哥,宿太尉去了也。恰纔李逵要做先鋒,某不讓他,恐失了俺梁山鋭氣。某讓他爲先鋒,某先去陳橋驛安營,來日行兵征大遼,走一遭去。

俺梁山志氣多雄,奉君命誰敢消停?

宿太尉頒恩降詔,讓李逵做了先鋒。

(下)(公孫勝云)哥哥,既然今日奉命征遼国,俺梁山將士誰敢有違?貧道先去陳橋驛大營中聚下衆將,等哥哥來征遼,走一遭去。

因遼邦興起士馬,梁山將披袍擐甲。

幼年學萬卷經書,全然按五雷正法。

(下)(吴用云)哥哥今日奉命,吴用不敢延遲。某則今日先去陳橋驛營中聚下衆將,來日行兵。哥哥慢來,某先到大營中,走一遭去。

梁山聚百萬征夫,讀經典者也之乎。

征遼邦吴用先去,全憑某足智多謀。

(下)(盧俊義云)哥哥,恰纔太尉降詔,着俺弟兄兩箇,封爲征北總管。我先去陳橋驛大營整點軍士,等哥哥來征遼,走一遭去。

梁山頭領施謀計,輔佐宋朝皆出力。

英雄戰退大遼兵,方顯北京盧俊義。

(下)(宋江云)衆將去了也。某便索起兵,征伐大遼、破兀顔受、取北地州城,走一遭去。

百員虎將敢相争,獨鎮梁山有大功。

今日歸宋征遼国，方顯豪傑宋公明。

（下）

第二折

（兀顔受同净李金吾、戴真慶上）（兀顔受云）

他年曾習孫吴策，今日興師敵宋兵。

某兀顔受是也。奉俺父親的將令，同李金吾、戴真慶二位將軍迎敵宋兵。報到某來，宋江軍馬，不匡就到霸州等處。某今幸來到這涿州，屯住軍馬。李金吾，喒明日怎生與宋江交戰也？（戴真慶云）小將軍，俺明日軍分在三下里，你在中軍，俺兩箇在左右。若是他殺將來，俺兩箇隔斜里走了，也不是人。（兀顔受云）你看他！俺如今軍分三路，某在中軍，你兩箇爲左右救應使先行。明日合兵，小心在意者。（李金吾）俺知道了。戴真慶，俺兩箇依着他先去來。（戴真慶云）你説的是。俺領兵先去左右安營，走一遭去。

金吾快戰雄赳赳，我的武藝諸般有。

若還撞見宋兵來，放心也，各自逃生則顧走。

（同下）（兀顔受云）他兩箇去了也。某然後起兵，並爲一處，來日與宋江交戰，走一遭去。

槍刀晃晃列征旗，遼國英雄占地基。

明日若遇梁山將，不拏無徒誓不回。

（下）

（外扮羅真人領净道童上。云）

養道脩真天地清，任從寒暑轉西東。

陰陽造化居其性，龍虎同宫煉却形。

貧道姓羅道静，號一真人，居於此薊州南宫縣山中虚静庵修行辦道。貧道所受天心法律、太上真文，驅邪斷祟、斬怪除妖，救天下世人之疾病。貧道有一徒弟，乃是公孫勝。此人非凡，上按天罡星，同梁山上宋公明等，今歸大宋，親征大遼，到此薊州山下，説道今日要來拜見貧道。此人若來時,我自有道理也。道童!(道童云)師父,徒弟有。叫我做甚麽?(羅真人云)你庵門首望者,若有一切事,報復我知道。(道童云)理會的。我這師父平日不這等,今日有些瑣碎,我依着他。道可道,非常道;名可名,非常名。看有甚麽人來。

(公孫勝上。云)

幼年學道離鄉去,今日回家拜本師。

貧道覆姓公孫名勝,道號一清,本貫薊州人氏。因上梁山,同宋公明哥哥聚義之後,貧道爲破高雲離家。今歸大宋,奉命征遼,俺梁山頭領成功,取了三處大郡。今到本鄉薊州,家中拜了老母,上山就拜師父羅真人去。可早來到也。道童,師父在庵中麽?(道童云)師父多時不見你,師父在庵中纔説罷。我報復去。報的師父得知:有公孫勝來了也。(羅真人云)着他過來。(道童云)理會的。過去。(公孫勝見科。云)師父,徒弟離家許久,爲因山寨事冗,今日回鄉,特來拜見師父也。(羅真人云)公孫勝,你去之後,你母親我着人侍養。你功業將滿也,宋公明如何?(公孫勝云)宋江哥哥今日要來參見師父哩,敢待來也。(羅真人云)道童,庵門首望者,若來時,報復我知道。(道童云)理會的。

(宋江同吴用、戴宗上)(宋江云)

常懷忠孝志,今日順天朝。

某宋公明是也。這箇是學究先生,這箇是"神行太保"戴宗。俺今歸宋朝,奉命征遼。自那日陳橋驛起兵,托聖人洪福齊天,賴衆弟兄之力,累建大功,取了三處大郡。今到薊州,聞知羅真人師父在此虚静庵。學究,俺見師父去來。(吴用云)哥哥,久聞羅真人大名,説他知過去未來之事,俺見了他,問幾句話,可也放心也。(戴宗云)二位哥哥,您可不曾見這羅真人,您兄弟曾來走了一遭。就是一箇活神仙相似!兩箇哥哥,跟着您兄弟去來。(做走科)(宋江云)戴宗兄弟,這里敢是麽?(戴宗云)這箇便是虚静庵。(宋江云)門首一箇道童。道童報復去,説有宋江、吴用、戴宗特來拜見師父。(道童云)理會的。報的師父得知:有宋江、吴用、戴宗特來拜見。(羅真人云)道有請。(道童云)理會的。有請。(衆見科)(宋江云)師父，宋江久聞大名，今日奉命征遼，敬來上山拜見。得見尊顔，實乃宋江之幸也。(羅真人云)將軍是上界列宿，下方乃国家公卿，貧道山野村叟，何敢當此也！(吴用云)師父的清名，俺聞知久矣，也則是無緣。今日得見師父，也則是俺有緣也。(羅真人云)學究先生，貧道久聞大名久矣，徒弟公孫勝多説也。請坐！(宋江云)師父，某此一來，知師父曉未來之事，宋江一點忠義之心，未知久後如何？(羅真人云)將軍不棄貧道愚言，久後好處甚多，得意濃時，便當退步，勿得久戀也。(宋江云)富貴非宋江之願，只得弟兄常常完聚也。(羅真人云)大限到來，豈容汝留？將軍且請坐。道童，看齋食來。(道童云)理會的。(羅真人云)俺慢慢的説話，看有甚麽人來。

(正末上。云)某李逵是也。自降了大宋聖人，今有大遼兀顔統軍，見俺新降了宋朝，他來單搦俺梁山上名將出馬，我昨日掛了先鋒印。見今大兵至薊州，宋江哥瞞着某參拜羅真人去了，我隨後跟將去，看他説甚麽。來至這二仙山也，離他庵中不遠。時遇着秋天，是好景致也呵！

【正宫】【端正好】引動我故鄉情，感起我這梁山意。你看那帶霜的紅葉芬菲，冷颼颼一陣西風起，香噴噴數畝黄花地。

【滚繡毬】雖是俺梁山上有是非，一箇箇隨心兒任意爲，無事也則去那後山中大醉。今日箇守王條怎敢那移！秉忠心保宋朝，掌三軍施虎威，一心待治家邦盡心竭力，經了那幾千塲厮殺相持。想着俺梁山自在憂愁少，今日在宋国慇懃心不灰，保助着皇基。

(正末云)可早來到他這庵門首也。我不過去，聽他每説甚麽。(羅真人云)宋將軍，你如今再往何處去？(宋江云)師父，俺奉聖命前征兀顔受，就問師父求智來。俺弟兄雖是英雄，還得師父用神機妙策，方纔勝的兀顔受也。(羅真人云)宋將軍，這箇不打緊。則是你弟兄每都好，止有李逵，不可用他。(宋江云)師父，李逵雖是愚魯，處處當先成功也。(羅真人云)依着貧道，不可用他。(正末云)這懶夫好無禮也！

【倘秀才】我這里低着頭聽沉了一會,則俺這衆弟兄則多着李逵。哎,你箇能避懶的村夫有甚見識?不是我忒輕微,問他箇就里。

(正末云)我明破這懶夫去。且住者,這先生他有手段,在前弄了我一遭,我如今見他,自有箇主意。(正末做見科。云)羅真人,你與俺哥哥計議的好也!(宋江云)李逵,你來爲何?(戴宗云)李逵兄弟,俺與師父計議大事,你又來打攪也。(正末云)戴宗哥哥,俺在梁山無有羅真人,怎生也成功來?今日則有羅真人,無有俺弟兄每的情也!

【脱布衫】他無那諸葛亮妙策神機,

(宋江云)兄弟也,我的言語你不聽那!(唱)

你不似劉玄德結義爲魁。你則待躬着身依他所爲,有甚麽動天驚地!

(羅真人云)李逵,你弟兄每是仁義之人,惟有你不遵道理也。

【小梁州】你則會不出茅庵�是非,倒説我不識尊卑!衆人心下自猜疑。您都是英雄輩,好做小,要伏低!

(吴用云)李逵,休你攪①了俺大事也!

【么篇】到來日陣前軍馬相敵對,殺的他四散分離。羅真人有甚强?不如俺驅兵隊。不知您是何主意?我村性不依隨。

(宋江云)李逵,你是前部先鋒,不去整點人馬,來這里攪擾俺衆將計議。你若不回去,必當斬首也!(公孫勝云)李逵兄弟,你先行,俺隨後便來,休教哥哥動意也。(正末云)隨您這里攘,我領兵先行也。

【尾聲】憑着我手中板斧雙輪起,腹内忠心敢去敵。這村夫有甚奇?他將咱忒量欺!到來朝忿怒起,你看我掃滅了狼煙,教你在陣前喜。

(下)(羅真人云)宋將軍,李逵去了也。我與你説,明日兀顔受統軍必來。我傳與你一陣。此陣你須得知,未及貧道之傳授,名唤做“九宫八卦陣”。你九宫上安九箇大將,八卦上安八箇英雄。公孫勝,貧道另有秘法,傳與您此陣變法。將軍,你近前來。(做打耳暗科了)(公孫勝云)貧道得了法旨也。(羅真人云)宋將軍

① 應爲“你休攪”。

如何？(宋江云)師父，宋江謹依尊命也。若是兀顔受來，此陣必定破了他也。則是一件，頭里師父要説幾句話，久後宋江等結末之事，望師父垂訓咱。(羅真人云)將軍既然堅意問貧道未來之事，我寫八句詩與你牢收者，久後有用他處也。(做寫科。云)將軍你聽者：

忠心①者少，義氣者稀。

幽燕功畢，明月輝輝。

始遇冬暮，鴻鴈分飛。

吴頭楚尾，巨緣同回。

此八句詩，久後句句有用也。衆將軍恕罪，貧道回後庵中去也。

宋公明實意心堅，征草寇發願當先。

明指與忠言大道，久以後必應吾言。

(同道童下)(公孫勝云)哥哥，師父回後庵中去了也。貧道再問師父幾句秘法。哥哥，你先回本營中去，貧道明日來陣前相會。我回後庵中，走一遭去。

訪仙師授教威名，羅真人後事皆通。

傳與俺排兵布陣，到來日都要成功。

(下)(宋江云)學究先生，他每去了也。這羅真人的八句詩，不知怎生着里？(吴用云)哥哥，休作疑惑。俺既歸大宋，進心報國，明日陣前，必然成功也。(宋江云)學究，既然這等，將着這詩收牢者，俺同共回營中去來。

離梁山衆將恭心，奉聖命勦捕賊兵。

排陣勢施謀定計，定宋朝天下太平。

(同下)

---

① 底本原作“義”，塗改爲“心”。

第三折

(外扮諸武①領卒子上。云)

廣看孫吴戰策書,深習經典數年餘。

梁山久結英雄輩,今日歸降宋國君。

某"神機軍師"諸武是也,同宋公明聚義,替天行道,以忠正爲念。有宿元景頒恩降詔,俺同共降宋朝。聖人的命,着俺衆將前征大遼國,俺累建大功。某深識陣勢,通曉兵文。今收三處大郡,屯軍於涿州境外,與兀顔受交戰。今日陞帳,宋公明哥哥與衆將敢待來也。

(宋江、吴用、公孫勝同上)(宋江云)

功興宋業江山定,保助家邦統大軍。

某乃宋公明是也,這兩位是吴學究、公孫勝先生。自降宋朝以來,奉命征遼,累累成功。(吴用云)哥哥,今日陞帳,聚俺衆弟兄每來,把羅真人的秘訣施展,决破遼兵也。(公孫勝云)哥哥,師父是再來的活神仙。哥哥依着他的言語,貧道另有驅兵之法。可早來到也。小校報復去,道有俺三人來了也。(卒子云)理會的。喏!報的將軍得知:有宋公明哥哥同學究、公孫勝來了也。(朱②武云)某接待哥哥去。(做見科。云)哥哥來了也。請坐。(宋江云)朱武軍師,今日聚將,要排一陣,大破遼兵。軍師,某與你計議,擺一箇九宫八卦陣如何?(朱武云)哥哥,此陣最高,九宫分九九八十一宫,八卦分八八六十四卦。(公孫勝云)軍師説的是。此陣又有變法,是天、地、風、雲、龍、虎、鳥、蛇,堪可破遼兵也。(吴用云)既然議定,着聚將鼓響。這早晚大小衆將敢待來也。

---

① 多作"朱武",底本中"朱""諸"混用。

② 底本原作"諸",塗改爲"朱",下同。

(外扮韓滔、彭起①上)(韓滔云)

久住梁山好戰争,盔纓滚滚照天紅。

新降宋國誅遼寇,定亂除危百戰功。

某乃"天目將"韓滔是也,兄弟是"百勝將"彭起。俺今降大宋,累建其功也。(彭起云)將軍,俺今屯兵於涿州境外,要與兀顔受交戰。今日哥哥陞帳,俺見哥哥去來。可早來到也。小校報復去,道有韓滔、彭起來了也。(卒子云)理會的。喏!報的元帥得知:有韓滔、彭起來了也。(宋江云)道有請。(卒子云)理會的。有請。(韓滔、彭起見科)(韓滔云)哥哥,衆將軍,某韓滔、彭起來了也。(宋江云)二位將軍且少待,等衆將來全時,自有主意。這早晚敢待來也。

(外扮秦明、索超上)(秦明云)

保助華夷歸宋都,梁山頭領顯機謀。

狼牙棒舉誅賊寇,報國忠勤大丈夫。

某"霹靂火"秦明是也,這位將軍是"急旋風"索超。俺同宋公明梁山聚義,今歸大宋,奉命征遼,累建大功也。(索超云)將軍,今日俺兵屯涿州地方,與遼兵交戰。今日哥哥陞帳,俺須索走一遭去。可早來到也。小校報復去,道有秦明、索超來了也。(卒子云)理會的。喏!報的元帥得知:有秦明、索超來了也。(宋江云)道有請。(卒子云)理會的。有請。(秦明、索超見科)(秦明云)哥哥,衆弟兄,秦明、索超來了也。(宋江云)二位將軍來了。等衆將來時,有事商議。這早晚敢待來也。

(外扮朱仝、雷横上)(朱仝云)

獨霸豪傑武藝通,殺場征戰顯英雄。

濟州都頭無人對,梁山綽號"美髯公"。

某"美髯公"朱仝是也,兄弟是"插翅虎"雷横。俺二人同鄉同里,結交梁山宋公明。自降宋朝之後,奉命征遼,立下大功數件也。

---

① 多作"玘"。

(雷横云)哥哥,俺梁山壯士共義同心,覷大遼草寇一鼓而下。哥哥今日陞帳,可早來到也。小校報復去,道有朱仝、雷横來了也。(卒子云)理會的。喏!報的元帥得知:有朱仝、雷横來了也。(宋江云)道有請。(卒子云)理會的。有請。(朱仝、雷横見科)(朱仝云)哥哥,衆弟兄每恕罪,朱仝、雷横來了也。(宋江云)二位將軍,等衆將來全時,有事商議。這早晚敢待來也。

(盧俊義上。云)

幼年富貴忒奢豪,因上梁山名目高。

敢戰敵兵坐下馬,天下無對鴈翎刀。

某乃"玉麒麟"盧俊義是也。今歸大宋,封某爲副帥征遼總兵,與宋公明哥哥累建其功。今日陞帳,須索走一走遭去。可早來到也。小校報復去,道有盧俊義來了也。(卒子云)理會的。喏!報的元帥得知:有盧俊義來了也。(宋江云)道有請。(卒子云)理會的。有請。(盧俊義見科。云)宋公明哥哥,學究先生,朱武軍師,某來遲也。(宋江云)哥哥請坐,且少待,衆將敢待來也。

(外扮陳達同楊志上)(陳達云)

雄鎮梁山施英武,上陣奪旗能擠鼓。

今歸大宋定華夷,綽號威名"跳澗虎"。

某乃"跳澗虎"陳達是也,這位將軍是征遼先鋒"青面獸"楊志是也。(楊志云)陳達,俺自離梁山,今歸大宋,不負我祖先餘蔭。我祖公公乃是金刀教首楊令公,某原爲宋將京都御林指揮使,今日還歸宋朝,非同容易也。(陳達云)將軍的遠祖,某已得知。今日征遼,哥哥陞帳,須索走一遭去。可早來到也。小校報復去,道有楊志、陳達來了也。(卒子云)理會的。喏!報的元帥得知:有楊志、陳道①來了也。(宋江云)道有請。(卒子云)理會的。有請。(陳達、楊志見科)(楊志云)哥哥,衆弟兄每,某同陳達來了也。(宋江云)二位將軍,等衆將來全時,有事商議也。

(外扮杜千、宋萬上)(杜千云)

① 應爲"達"。

威風赳赳敢當先，躍武揚威武藝全。

梁山頭領英雄將，綽號英名“摸①着天”。

某乃“摸着天”杜千是也，這位將軍是“雲裏金剛”宋萬。俺在梁山聚義，今歸大宋，共破遼兵也。（宋萬云）將軍，俺梁山將校，都有功勞。今日哥哥陞帳，俺須索走一遭去。可早來到也。小校報復去，道有杜千、宋萬來了也。（卒子云）理會的。喏！報的元帥得知：有杜千、宋萬來了也。（宋江云）道有請。（卒子云）理會的。有請。（杜千、萬②見科）（杜千云）哥哥，衆弟兄，杜千、宋萬來了也。（宋江云）將軍少待，衆將敢待來也。

（解珍、解寶同上）（解珍云）

昔年獵射打山獐，弩箭倭弓謹謹防。

梁山結義豪傑輩，今爲宋国報君王。

某乃“兩頭蛇”解珍是也，兄弟是“雙尾蝎”解寶。俺祖貫青州獵户。自上梁山結義，今歸宋国也。（解寶云）哥哥，俺今到宋朝，奉命征遼，非同容易也。（解珍云）兄弟説的是。今日俺見哥哥去。可早來到也。小校報復去，道有解珍、解寶來了也。（卒子云）理會的。喏！報的元帥得知：有解珍、解寶來了也。（宋江云）道有請。（卒子云）理會的。有請。（解珍、解寶見科）（解珍云）哥哥，俺弟兄兩箇來了也。（宋江云）二位將軍，待衆將來全，有事商議也。

（外扮薛永、施恩同上）（薛永云）

梁山猛將好相持，今扶宋国列征旗。

同心協力征遼寇，捨死忘生敢戰敵。

某乃“病大蟲”薛永是也，這箇是“金眼彪”施恩。俺同在梁山聚義，今降大宋，奉命征遼国也。（施恩云）哥哥，俺梁山衆將，箇箇英雄，累累得勝也。今日哥哥陞帳，俺須索一走遭去。可早來到也。小校報復去，道有薛永、施恩來了也。（卒子云）理會的。

---

① 底本原作“摩”，塗改爲“摸”。

② 應爲“宋萬”。

喏！報的元帥得知:有薛永、施恩來了也。(宋江云)道有請。(卒子云)理會的。有請。(薛永、施恩見科)(薛永云)哥哥,薛永、施恩來了也。(宋江云)二位將軍少待,衆將來全時,有事商議也。

(外扮鄭天壽、王矮虎同上)(鄭天壽云)

鎧甲征袍金介胄,英雄不落他人後。

梁山出衆有威名,則某是"白面郎君"鄭天壽。

某乃鄭天壽是也,這箇將軍是王矮虎。俺今歸大宋,奉命征遼也。(王矮虎云)將軍,今日哥哥陞帳,俺見哥哥去來。可早來到也。小校報復去,道有鄭天壽、王矮虎來了也。(卒子云)理會的。喏！報的元帥得知:有鄭天壽、王矮虎來了也。(宋江云)道有請。(卒子云)理會的。有請。(做見科)(王矮虎云)哥哥,俺二將來了也。(宋江云)衆將都在此。某今奉命征遼,蒙恩非淺。某今要排一陣,是九宫八卦陣,要拏番將。八卦上八員大將,九宫上九箇英雄。衆將都來全了麽?(卒子云)止少李逵未來哩。(宋江云)學究哥哥,你看李逵波,他是先鋒,聚將來遲,更待干罷?小校望者,若李逵來時,報復某知道。(卒子云)理會的。

(正末上。云)某李逵是也。同宋江哥征兀顔受去。昨日在二仙山受了羅真人一場氣,今往營中見宋江哥,走一遭去也。

【中吕】【粉蝶兒】自從我離了山岡,辦着片盡忠心共扶皇上,捨殘生安定邊疆。今日箇領雄兵、排戈甲、西除東蕩,我量那兀顔受有甚高强?試看這李山兒再施勇壯。

【醉春風】憑着我雙斧敢迎敵,單身自去當,覷他那大遼人馬似微塵,不怕他來攘、攘。到來日兩陣之間,三軍擺住,我着他萬夫難傍。

(正末云)可早來到也。小校報復去,道有李逵來了也。(卒子云)理會的。喏！報的元帥得知:有李先鋒來了也。(宋江云)着他過來。(卒子云)理會的。過去。(做見科)(宋江云)李逵,你是先鋒,怎生這早晚纔來?(正末云)哥也,你兄弟巡營去來。(宋江云)李逵,俺如今降了宋朝,你還似梁山上的性兒?我不看着結義的情,定不饒你也。(正末云)我那里受的這等氣也!

【迎仙客】你道是歸宋朝，不似俺在山塲。受不的忒拘束，忒拘束的我心内痒。

(吴用云)兄弟也，這国朝的軍令，難同俺山寨上的號令，俺須隨時而行也。(唱)

你則待要趁時行，全無那當日强。我這里仔細思量，

(帶云)自從降了宋呵，(唱)

無一日心舒暢。

(宋江云)李逵，我且不用你哩。靠後！學究哥，衆將都全了，怎計較？(吴用云)朱武軍師，俺恰纔説的那九宫八卦陣，軍師支撥衆將咱。(朱武云)學究哥，我怎敢支撥衆將也！(盧俊義云)軍師雖然用智，還是宋江哥支撥衆將也。(朱武云)言者當也。宋江哥，某有幾箇紙帖兒與哥，一卦上一箇，一宫上一箇，散與衆將者。(宋江云)衆將近前來！韓滔、彭起。(韓滔云)有。那厢使用？(宋江云)您二將近前來，一人與您箇紙帖兒。韓滔守坎卦，彭起守艮卦。您各領人馬，看計行兵。(彭起云)得令。(正末云)你且住！哥，我守此卦去。(宋江云)李逵，你是箇勇夫，壞了我的大事，你去不的也。(正末云)我既是前部先鋒，怎生不要我去？

【紅繡鞋】你將我再三阻當，惱的我氣夯胸堂。便教我守着八卦有何妨？不要我當先去，又不曾犯商量！您則待要顯英才、論智廣。

(宋江云)李逵，我不用你，靠後！您二將即便長行也。(韓滔云)俺整點人馬便行也。(彭起云)則今日守卦排兵走一遭去。

豪傑聚會梁山上，今扶宋主圖名望。

韓滔、彭起去排兵，纔顯英雄"百勝將"。

(同下)(宋江云)朱仝、索超近前來，一人與你一箇紙貼兒。朱仝守震卦，索超守巽卦。小心在意，看計行兵。(正末云)今番我可走一去？(宋江云)且住，你去不的，悮了軍情事也。(正末云)兀的不氣殺我也！

【滿庭芳】我當初梁山要强，受不的閑言剩語、數短論長；到今日將我忒欺誑，不由我腹熱腸狂。我也曾戰滄州平除逆黨，殺的那高太尉三

敗着荒,本是一箇英雄將。

(宋江云)你也近不過那兀顔受也。(唱)

我覷那兀顔受小量,我着目下一身亡。

(宋江云)你且靠後。您二將即便行也。(朱仝云)得令。俺去整点軍馬,便索前行也。(索超云)朱仝哥,俺去來。

巽震卦上俺排兵,刀劍叢中顯志能。

今番不破大遼国,陣内誰知"急旋風"。

(同下)(宋江云)二將去了也。雷横、秦明,一人與您箇紙帖兒。雷横守离卦,秦明守坤卦。您兩箇看計行兵。(秦明云)得令。俺領兵守卦、排陣去來。(雷横云)大小三軍,跟俺排陣,走一遭去。

敢戰相持施英武,平生慷慨隨衙府。

坤离位上整軍兵,是看這"霹靂火"同"插翅虎"。

(同下)(吴用云)哥哥,李逵一時性勇,着哥哥動念。他今日做箇先鋒,看俺衆將之面,怎生用他一遭,可不好也?(宋江云)學究哥,我本不用李逵,看您衆弟兄面皮。李逵,你近前來。(正末云)哥也,你不用我,叫我做甚麼?(宋江云)李逵,我看學究哥、衆將的面皮,用你走一遭去。如今守乾卦排兵,則你手裏要擒兀顔受也。(盧俊義云)兄弟着意者。(正末云)哥,你教放心也。

【十二月】聽説罷心中氣爽,你看我施展些箇剛强。俺哥哥先前可便間阻,可怎生用我承當?你着①我今番這場,定着他箇箇遭亡。

(宋江云)李逵,若不是學究勸諫,我定不用你也。

【堯民歌】呀,你恰纔衷心不用鐵衣郎,倒將這李逵名將暗埋藏。我將這如風霜斧更添鋼,我着那逆黨遼兵盡着荒。度也波量,看着乾地上,那一箇合死的先來撞。

(宋江云)楊志,你守兑卦排兵,同李逵便索長行也。(楊志云)得令。李逵兄弟,俺同去守卦排兵去來。兄弟也,你休賭氣,用心些也。(正末云)哥哥,我知道了也。

---

① 應爲"看"。

【尾聲】乾卦上排戰軍，大營前施會莽，今番一陣煙塵喪，少不的將受高官士卒賞。

(同楊志下)(宋江云)李逵去了也。軍師，我恰纔着八員將守把八卦，還有九宫之陣未曾分撥軍將里！(朱武云)哥哥，這九宫在八卦之内，必須用名將所守也。(宋江云)杜千、宋萬，您兩箇近前來。(杜千云)有。那里使用？(宋江云)您二將領軍，與你這箇紙貼兒，守天稱、天蝎二陣。小心在意者。(杜千云)得令。宋萬將軍，俺去來。(宋萬云)則今日俺二將領兵前去，守天稱、天蝎二陣，走一遭去。

全按兵文八卦同，今降宋主要成功。

驅兵領將離營去，把住天蝎、天稱宫。

(同下)(宋江云)他二將去了也。解珍、解寶。(解珍云)有。那里使用？(宋江云)你兄弟二人，與你這箇紙貼兒，領軍去守巨獬、獅子二陣。小心在意者。(解珍云)得令。兄弟，俺去來。(解寶云)哥哥，則今日便去守巨獬、獅子宫二陣，走一遭去。

虜寇起心生忿惡，離梁山歸降義云早。

奉令守巨獬二宫，方顯俺解珍、解寶。

(同下)(宋江云)他二將去了也。薛永、施恩近前來。(薛永云)哥哥，俺二將有，那里使用？(宋江云)您二將領軍去，與你這箇紙帖兒，守白羊、人馬宫二陣。小心在意者。(薛永云)得令。將軍，只今便去來。(施恩云)薛永，俺則今日便去守白羊、人馬二陣，小心在意者。(薛永云)得令，將軍只今便去來。(施恩云)薛永，俺則今日便去守白羊、人馬二陣，走一遭去。

謀略深懷武藝强，梁山將校敢相當。

槍刀劍戟離軍陣，人馬宫中戰一場。

(同下)(宋江云)他二將去了也。鄭天壽、王矮虎近前來。(鄭天壽云)俺二將有，那里使用？(宋江云)你兩箇將軍，與你這箇紙帖兒，領軍去守雙魚、雙女宫二陣去。小心在意者。(鄭天壽云)得令。將軍，俺去來，務要成功也。(王矮虎云)鄭將軍，俺則今日領兵，去守雙魚、雙女二陣，走一遭去。

歸降宋國盡其忠,把隘關河大地雄。

梁山將校施威武,牢把雙魚、雙女宫。

(同下)(宋江云)他二將去了也。陳達近前來。(陳達云)有。那里使用?(宋江云)陳達,你領軍去,我與你這箇紙帖兒,你守寶瓶宫陣。九陣之首,全在你變,小心在意者。(陳達云)得令。則今日領兵守寶瓶陣,走一遭去。

報国相持斬將能,梁山諸將各施功。

今朝此去排戈甲,九九宫中一陣贏。

(下)(宋江云)軍師,衆將此去平川坡下擺開此陣,未知遼寇來敢來打陣麽?(公孫勝云)哥哥,此陣雖然易打,他不知貧道還有变法在内。我先去陣前作法,走一遭去。

施神通道法精强,四面排敢戰兒郎。

到陣前分兵排陣,放心都着他人馬皆亡。

(下)(朱武云)哥哥,公孫勝師父去了也。某去陣上,四面支撥着衆將,休失信地,不要走了賊將也。(宋江云)軍師先行,某便至也。(朱武云)則今日去陣前調衆將,拏兀顏受走一遭去。則我這:

妙策神机不可敵,排兵布隊有誰及?

九宫八卦迷魂陣,那其間方知朱武機神疾。

(下)(吴用云)哥哥,俺今日四面分兵排陣,某去陣前等待遼兵,看衆將交戰去也。(宋江云)則今日去陣前,迎敵遼兵走一遭去。(吴用云)

扶真主四海寧安,用機謀大破遼兵。

軍前排九宫八卦,則一陣必定都贏。

(下)(宋江云)盧俊義哥哥,此一陣未知成功否麽?(盧俊義云)哥哥,此陣非比尋常,虧兄長記的親切。公孫勝去作法變陣,俺衆將以准成功也。(宋江云)盧俊義哥哥,既然這等,俺着人倒襲涿州。俺去那高阜處,看衆將排陣去來。

統雄兵箇箇威儀,到陣前捨死相持。

若得破遼兵一陣,凱歌聲齊唱方回。

(同下)

楔　子

(宋江、朱武、公孫勝躧馬兒領卒子上)(宋江云)某乃宋江是也,今與兀顔受交鋒,排九宫八卦陣破他,未知若何也。(朱武云)哥哥,這兀顔受他也知的幾箇陣勢也!(公孫勝云)量他到的那里!(宋江云)等衆將來全,俺擺陣。這早晚敢待來也。

(正末同楊志、朱仝、雷横、索超、秦明、韓滔、彭起躧馬兒上)(正末云)衆弟兄每,今日宋江哥哥排九宫八卦陣。俺將軍馬擺定也,見哥哥去來。(楊志云)軍馬已定,則等宋江哥哥傳令哩。(做見科)(正末云)哥哥,俺來了也。(宋江云)還有九宫上人馬未至哩。等來了,俺擺陣也。

(杜千、宋萬、解珍、解寶、施恩、薛永、陳達、鄭天壽、王矮虎躧馬兒同上)(杜千云)某乃杜千是也。今日宋江哥排九宫八卦陣,俺弟兄九箇守九宫。見哥哥去來。(王矮虎云)俺將人馬屯住了也,同見宋江哥去來。(做見科)(杜千云)哥哥,俺來了也。(宋江云)兄弟每都來了也。您各守宫位,小心在意者。(朱武云)弟兄每,各領兵依宫、卦擺住者!(公孫勝云)李逵兄弟,若敵兵來打陣,你則看我手裏的黄旗招動,你向前就拏兀顔受也。(正末云)您兄弟知道。遠遠的不是人馬來也?

(兀顔受同净戴真慶、李金吾躧馬兒上)(兀顔受云)某乃兀顔受是也。今統兵與宋江交戰去。大小三軍,擺開陣勢者。(戴真慶云)元帥放心,我手裏務要拏了宋江也!(李金吾云)元帥,前面敢是宋江的人馬來也!(做對陣科)(宋江云)來者何人?(兀顔受云)某乃大遼国上將兀顔受是也。你是何人?(宋江云)某乃新降大宋朝梁山上頭領宋江是也。你來者何人?(兀顔受云)宋江,我和你略鬬幾合又。(諸武云)兄弟,你則守着你的地方者。(兀顔受云)宋江,你怎麽不出陣來?(宋江云)兀顔受,俺衆將若與你戰,量你到的那里也?我如今擺一箇陣,你若認的,就算你强也。(兀顔受云)我看你擺什麽陣?(宋江云)大小三軍,各依方位,勿得有失也。(衆云)得令。(正末云)哥也,且休擺陣,我先拏了兀顔受罷。(公孫勝云)李逵,你守乾位,小心在意,休離左右也。(衆做排陣科)(兀顔受云)量你這箇陣勢,打甚麽不緊?(戴真慶云)元帥,休問他陣勢好不好,俺打去來。(兀顔受云)宋江,我來打陣。(公孫勝云)李逵,他來打陣也,全在你這乾卦上成功哩!我招動旗,就要變陣也。(正末云)您兄弟知道。(兀顔受云)您二將左右下攻,某當先去。(李金吾云)元帥,俺殺將去來。(兀顔受、李金吾、戴真慶做入陣科)(公孫勝摇旗科)(正末同衆圍住三人科)(兀顔受云)可怎生東南西北不知了?往那厢出去的是?(正末云)兄弟每,休着走了這厮也!

【賞花時】今日箇難比交逢單戰争,則見他來往荒張無處行。你可也難敵俺衆雄兵,你今日身亡在這地境,這一陣衆人驚。

(兀顔受云)這事不中,我往空便處走、走、走!(下)(衆做拏賊戴真慶、李金吾科)(戴真慶云)不干俺事,正頭兒走了也!

【么篇】他可也纔見梁山虎將能,

(宋江云)倒走了兀顔受也。(唱)

則見那敗走的軍卒尋大營。

(宋江云)雷横、朱仝,您二將趕兀顔受去。(雷横云)得令。(唱)

您二將便登程。

(宋江云)今日得勝也!收軍回營去來。(唱)

俺哥哥威風可便自逞,他可也誇①認的這一箇宋公明。

(下)(雷横云)俺二將趕兀顔受去來。(朱仝云)大小三軍,跟俺去來。

領三軍飛電而行,看朱仝敢勇多能。

兀顔受今番大敗,管教他送了殘生。

(同下)(公孫勝云)俺衆將今日得勝,則走了兀顔受也。(宋江云)二將去必然擒了他也。俺回營中去來。

奉聖命親征大遼,衆弟兄都見功勞。

---

① 應爲"纔"。

排九宫八卦陣勢，破敵兵得勝回朝。

（同衆下）

第四折

（宿太尉領卒子上。云）

舉薦賢良來輔佐，滅遼興宋定乾坤。

小官乃太尉宿元景是也。自因舉薦梁山泊宋公明、盧俊義等歸降宋朝，有大遼兀顔受統軍，興兵犯界，遣他大的箇孩兒兀顔受、李金吾、戴真慶領兵來索戰，單搦宋江等交戰。小官奉聖人的命，着他統兵前征。此人盡心報国，取了四州，排了箇九宫八卦，破了兀顔受，衆將成功也。聖人大喜，着小官直至宋江營中，與他衆將加官賜賞。走一遭去。

梁山義士施謀智，衆將成功皆出力。

親持詔命到營中，加官宋江、盧俊義。

（下）

（盧俊義領卒子上。云）

梁山義士遵朝命，大破遼邦一陣功。

某乃"玉麒麟"盧俊義士①也。是自歸大宋，奉命征遼。俺宋公明哥哥與某等累累建功，着衆將排一箇九宫八卦陣，衆將成功。某今在大營中預備下筵席。這早晚衆將敢待來也。

（宋江同吴用上）（宋江云）

學成戰策驅軍隊，排兵布陣破遼邦。

某乃宋公明是也。學究先生，今日俺奉命征遼，成了功也。（吴用云）哥哥，此一陣皆是哥哥之能，衆將都同心協力，以此上報国安民也。（宋江云）學究，俺到大營中見盧俊義去來。可早來到也。小校報復去，道有某同學究來了也。（卒子云）理會的。喏！報的將軍得知：有宋元帥、吴學究來了也。（盧俊義云）某親自接

---

① 應爲"是"。

待哥哥去。(做接科。云)哥哥征戰不易也。(宋江云)盧俊義,於国盡忠,豈避艱險也!(吴用云)哥哥,到營中共話也。(宋江云)俺待衆將來全時共話。這早晚敢待來也。

(公孫勝同諸武上)(公孫勝云)

道法精嚴驅將校,排兵神術理乾坤。

貧道公孫勝是也。今奉命征遼,陣上施展手策神機。軍師,俺哥哥好陣勢也!(諸武云)先生,恰纔陣上,衆將都竭力報国,亦無怠慢之心。俺見哥哥去來。(公孫勝云)可早來到也。小校報復去,道有公孫勝、朱武來了也。(卒子云)理會的。喏!報的元帥得知:有公孫勝、朱武來了也。(宋江云)道有請。(卒子云)理會的。有請。(公孫勝、朱武見科)(朱武云)哥哥,俺二人來了。好陣勢也!(公孫勝云)哥哥,遼兵衆將豈能敵大國之兵也!(宋江云)二位先生請坐,待衆將來全時,共同商議。這早晚敢待來也。

(韓滔、彭起上)(韓滔云)

坎、艮卦上施謀略,擒捉遼兵立大邦。

某乃"天目將"韓滔是也,這箇是"百勝將"彭起。奉哥哥將令,排陣成功也。(彭起云)將軍,哥哥好陣勢也,方顯俺梁山英雄!俺見哥哥去來。可早來到也。小校報復去,道有韓滔、彭起來了也。(卒子云)理會的。喏!報的元帥得知:有韓滔、彭起來了也。(宋江云)道有請。(卒子云)理會的。有請。(韓滔、彭起見科)(彭起云)哥哥,俺二將排陣成功也。(宋江云)兩箇將軍少待,衆將敢待來也。

(朱仝、索超上)(朱仝云)

刀法寰中無對手,排兵震、巽顯吾能。

某乃"美髯公"朱仝是也。奉哥哥的將令,排震、巽二陣,成功而回也。索超,俺見哥哥去來。(索超云)哥哥説的是。俺宋公明哥哥好陣勢也,遼兵就不曾展的手!俺見哥哥去來。可早來到也。小校報復去,道有朱仝、索超來了也。(卒子云)理會的。喏!報的元帥得知:有朱仝、索超來了也。(宋江云)道有請。(卒子云)理會的。有請。(朱仝、索超見科)(朱仝云)哥哥,俺二將守把震、巽二陣，成功而回也。(宋江云)二位將軍少待，衆將敢待來也。

(雷横、秦明上)(雷横云)

曾施手策軍前闘，歸順天朝累建功。

某乃"插翅虎"雷横是也。奉哥哥將令，俺排陣勢，被秦明將軍一棒打死兀顔受也。(秦明云)將軍，俺陣上如何走的脱，也是這厮合死也。今日俺成功也，見俺哥哥去來。小校報復去，道有雷横、秦明來了也。(卒子云)理會的。喏！報的元帥得知：有雷横、秦明來了也。(宋江云)道有請。(卒子云)理會的。有請。(雷横、秦明見科)(雷横云)哥哥，俺二將守坤、离二陣，秦明打死兀顔受也。(秦明云)哥哥，某一狼牙棒，成功打死兀顔受也。(宋江云)二位將軍，其功不小也！待衆將來全時，共同商議。這早晚敢待來也。

(杜千、宋萬上)(宋萬云)

天稱、天蝎驅兵隊，顯出梁山捉將能。

某乃"雲裏金剛"宋萬是也。奉哥哥將令，排九宫八卦陣成功也。杜千，俺見哥哥去來。(杜千云)將軍，俺哥哥好陣勢也，遼兵人一陣皆亡。可早來到也。小校報復去，道有杜千、宋萬來了也。(卒子云)理會的。喏，報的元帥得知，有杜千、宋萬來了也。(宋江云)道有請。(卒子云)理會的。有請。(杜千、宋萬見科)(杜千云)哥哥，俺二將排九宫陣成功而回也。(宋江云)二位將軍少待，衆將來全時，一同商議。這早晚敢待來也。

(解珎、解寶上)(解珎云)

鋼叉無對手，降宋鎮華夷。

某乃解珎是也，兄弟解寶。俺弟兄兩箇，奉哥哥將令，排陣成功而回也。(解珎云)哥哥，今日衆將成功也。俺見宋公明哥哥去來。可早來到也。小校報復去，道有解珎、解寶來了也。(卒子云)理會的。喏！報的元帥得知：有解珎、解寶來了也。(宋江云)道有請。(卒子云)理會的。有請。(解珎、解寶見科)(解寶云)哥哥，俺兄弟兩箇排陣成功也。(宋江云)兩箇將軍少待，衆將敢待來也。

(施恩、薛永、陳達同上)(施恩云)

平安寨裏爲頭將,綽號英雄“金眼彪”。

某乃“金眼彪”施恩是也。這二位將軍是“病大蟲”薛永、“跳澗虎”陳達。俺三人奉令,成功而回也。(薛永云)將軍,俺宋江哥好机謀也,不枉了梁山寨頭一箇英雄也!(陳達云)俺陣上殺那遼兵,不曾走了一箇,都皆成功。俺見哥哥去。可早來到也。小校報復去,道有施恩、薛永、陳達來了也。(卒子云)理會的。喏!報的元帥得知:有施恩、薛永、陳達來了也。(宋江云)道有請。(卒子云)理會的。有請。(施恩、薛永、陳達做見科)(施恩云)哥哥,俺三人親奉將令,排九宫八卦陣,得勝而回也。(宋江云)三位將軍少待,衆將來全時,共同商議。衆將敢待來也。

(王矮虎、鄭天壽、楊志同卒子拏賊戴真慶上)(楊志云)

名傳祖輩無敵將,新佐天朝立國基。

某乃“青面獸”楊志是也,這兩箇將軍是王矮虎、鄭天壽。俺三員大將,奉哥哥將①,排陣成功而回也。(王矮虎云)楊將軍,俺哥哥内藏着這等機謀的陣勢,量大遼到的那里也!(鄭天壽云)兩箇將軍,恰纔陣上楊將軍活拏了戴真慶成功,休滅了俺梁山上志氣也。(戴真慶云)三位老叔,不干我事,都是兀顔受那風弟子孩兒使我來。您饒了我罷!(楊志云)小校拏牢着,休教走了這厮!可早來到也。小校報復去,道有俺三將來了也。(卒子云)理會的。喏!報的元帥得知:有楊志、鄭天壽、王矮虎來了也。(宋江云)道有請。(卒子云)理會的。有請。(三將做見科)(楊志云)哥哥,俺三將擺陣成功,某活拏將戴真慶來了也。(宋江云)三位將軍成功也。少待片時,將戴真慶且拏在一壁者。衆將都來了也,還少誰里?(卒子云)則有李逵未曾來里!(盧俊義)哥哥,您兄弟備辦下筵席,俱各停當,待李逵兄弟來時,一同慶功也。(宋江云)小校轅門首望者,若李逵來,報某知道。(卒子云)理會的。

---

① 應有一“令”字。

(正末領卒子拏李金吾上。云)某李逵是也。奉宋江哥哥的將令,着我破遼兵,排陣守着乾坤①。有兀顔受來打陣,被秦明棒打死了兀顔受。有李金吾來打陣,被某一陣生擒將來了也。(李金吾云)將軍,我不曾敢厮殺,我來看排陣耍子兒來。(正末云)小校,將着這厮獻功去來。

【雙調】【新水令】我如今倒干戈得勝報功來,指望待要争一件紫袍金帶。畢罷了梁山落草心,今日在宋国顯胎孩。受了這軍令親差,則一陣殺的那遼兵敗。

(正末云)可早來到大營也。小校報復去,有李逵得勝回營也。(卒子云)理會的。喏! 報的元帥得知:有李逵得勝回營也。(宋江云)着他過來。(卒子云)理會的。過去。(正末云)小校,將這厮拏在一壁者,我叫您拏過來,您便拏過來。(卒子云)得令。(正末見科。云)衆位哥,李逵得勝回營也。(宋江云)好兄弟也,我着你守着乾地排兵,您怎生用意成功來? 你説一遍,俺衆將聽咱。(正末云)衆位將軍,聽我説一遍,您是聽咱:

【鴈兒落】自從將九宫八卦排,他那里忿怒起離了營寨。就和他到垓心戰了數合,他又早撥轉馬先虧敗。

(楊志云)李逵兄弟,你與我共做先鋒,你建的功勞在何處也? (正末云)小校,將那厮拏過來者。(卒子云)理會的。(卒子拏李金吾見科)(宋江云)這箇是誰? (李金吾云)在下是李金吾。

【得勝令】呀,則他是名將大英才,

(盧俊義云)你可怎生活拏將來? (唱)

他今日性命也合該。

(吴用云)你可也英雄也! (唱)

他纔識俺英雄漢,方知是將相才。

(朱武云)李逵兄弟,我的妙法如何? (唱)

論妙法奇哉,超越出乾坤外。

(公孫勝云)這場功勞不淺也! (唱)

---

① 應爲"卦"。

我心下明白,端的是功勞寬似海。

(宋江云)兀那李金吾,俺這里都是天兵在此,你説李逵英雄麽?(李金吾云)説一箇英雄里！則一箇九宫八卦陣,把我們些好漢都殺敗了。我就不曾敢强,把我和戴真慶都拏將來了也。(戴真慶云)我又不曾動手。(宋江云)既是這等,小校,將這兩箇賊將殺壞了者。(李金吾云)戴真慶,我死也。前日一箇陰陽算我,説今日有些晦氣。(戴真慶云)我昨日眼跳了一日也。(李金吾云)罷、罷、罷！死的着也。

我做元帥本不濟,跟着别人閑争氣。

今日鋼刀響一声,罷,丢了腦袋倒爽利。

(同下)(朱武云)斬了李金吾、戴真慶也。(卒子云)斬了也。(朱武云)李逵兄弟,我的這八卦陣如何?(正末云)哥哥,好陣勢,好陣勢！聽李逵慢慢的説一遍咱:

【川撥棹】兩壁厢陣初開,則見將軍兵密密擺。俺將這八卦安排,施展雄才,見一箇小將軍冲將陣來。走將來,無處猜。

(宋江云)我將九宫八卦陣排定了,我到後來變了陣勢,你們敢有些慌麽?

【七弟兄】陣擺到後來變排,諕的人眼難開。

(諸武云)你可在那里來?(唱)

占乾方不敢那一蕎,領兒郎則索暗藏埋,斧雙輪舞到有那十餘解。

【梅花酒】呀,李金吾猛到來。

(宋江云)他撞將來,你可怎生敵他來?(唱)

在我行施乖,賣弄他雄才,顯耀些胎孩。

(盧俊義云)我聞的這李金吾也是箇英雄好漢也。(正末唱)

李金吾不算强,呀,敢俺根前怎寧柰,我將他會刮劃。

(盧俊義云)小校,安排筵宴,我與衆將慶功咱。(唱)

忙把這玳筵開,今日箇聚英才。拚沉醉,且開懷。拚沉醉,且開懷。

(宋江云)李逵兄弟也,誰匡今日,俺衆頭領都皆得志,定有加官賜賞也。

【收江南】呀,指望待居官進禮受宣差,爲臣作宰轉阡堦,受皇恩福禄一齊來。願皇圖萬載,則願的天長地久永無災。

(宿太尉上。云)小官宿太尉是也。奉聖人命,與宋江等加官賜賞。可早來到大營也。小校報復去,道有使命至此也。(卒子云)理會的。喏!報的元帥得知:有使命至此也。(衆做接科)(宋江云)呀、呀、呀!太尉來了,恕衆將接遲之罪。(宿太尉云)您衆將望闕跪者,聽聖人的命,與您加官賜賞。(衆做跪科)(宿太尉云)

為大遼變亂城都,侵州郡不肯歸伏。
宋江等梁山義士,降大宋統領征夫。
排九宫八卦之陣,領衆將施展兵符。
盧俊義北京總管,有朱武廣設機謀。
宋公明滄州節度,因功大破滅無徒。
公孫勝"一清真人",吴學究廣看兵書。
二將軍滄州大尹,理王事皆要無辜。
"百勝將"韓滔、彭起,"插翅虎"、秦明心毒。
"青面獸"、朱仝、索超,"黑旋風"李逵誰如!
"摩着天"杜千、宋萬,鄭天壽快使鋸鋙。
"兩頭蛇"解珎、解寶,"跳澗虎"陳達彪軀。
王矮虎、施恩、薛永,一箇箇狀貌非俗。
殺虜寇望風奔走,平遼国一陣皆除。
都封爲指揮僉事,賜百兩寶貝金珠。
將醜虜市曹斬首,定太平衆將平胡。
聖明君加官賜賞,朝帝闕拜謝鑾轝。

題目:公孫勝展三略六韜書
正名:宋公明排九宫八卦陣

附:

宋公明排九宮八卦陣雜劇穿關

頭　折

兀顏統軍

狐帽　蟒衣曳撒　毛襖　闊粧茄袋　帶劍　三髭髯

番卒子

練垂帽　虎兒斑丟袖貼裏　皮條茄袋　刀

兀顏受

狐帽　膝襴曳撒　毛襖　闊粧茄袋　帶劍　三髭髯

李金吾

練垂狐帽　皮襖　戰裙　皮條茄袋　刀

戴真慶

練垂狐帽　皮襖　戰裙　皮條茄袋　刀

宿太尉

一字巾　補子圓領　帶　三髭髯

卒子

紅碗子盔　青布釘兒甲　褡膊劍

宋江

麥簷帽　蟒衣曳撒　袍　項帕　直纏　褡膊　帶　帶劍　三髭髯

盧俊義

鳳翅盔　膝襴曳撒　袍　項帕　直纏　褡膊　帶　帶劍　三髭髯

楊志

鳳翅盔　膝襴曳撒　袍　項帕　直纏　褡膊　帶　帶劍　三

髭髯

吴用

唐巾　補子圓領　帶　帶劍　三髭髯

公孫勝

散巾　邊襴道袍　執袋　絲兒　三髭髯　裙扇

正末李逵

包巾　皂補納　錦襖　項帕　法墨韃　直纏　褡膊　腿綳護膝　八答鞋　猛髯　斧

第二折

兀顏受、李金吾、戴真慶

同前

羅真人

全真冠　邊襴道袍　執袋　絲兒　三髭髯　裙扇

道童

雙髻髫髮陀頭　邊襴道袍　絲兒

公孫勝

同前

戴宗

鳳翅盔　膝襴曳撒　袍　項帕　直纏　褡膊　帶　帶劍　三髭髯

正末李逵

同前

第三折

諸武

鳳翅盔　膝襴曳撒　袍　項帕　直纏　褡膊　帶　帶劍　三髭髯

卒子

同前

宋江、吴用、公孫勝

同前

韓滔

鳳翅盔　膝襴曳撒　袍　項帕　直纏　褡膊　帶　帶劍　三髭髯

彭起

鳳翅盔　膝襴曳撒　袍　項帕　直纏　褡膊　帶　帶劍　三髭髯

秦明

鳳翅盔　膝襴曳撒　袍　項帕　直纏　褡膊　帶　帶劍　猛髯

索超

鳳翅盔　膝襴曳撒　袍　項帕　直纏　褡膊　帶　帶劍　三髭髯

朱仝

鳳翅盔　膝襴曳撒　袍　項帕　直纏　褡膊　帶　帶劍　三髭髯

雷横

鳳翅盔　膝襴曳撒　袍　項帕　直纏　褡膊　帶　帶劍　三髭髯

盧俊義

同前

陳達

鳳翅盔　膝襴曳撒　袍　項帕　直纏　褡膊　帶　帶劍　三髭髯

楊志

鳳翅盔　膝襴曳撒　袍　項帕　直纏　褡膊　帶　帶劍　三髭髯

杜千

鳳翅盔　膝襴曳撒　袍　項帕　直纏　褡膊　帶　帶劍　三髭髯

宋萬

鳳翅盔　膝襴曳撒　袍　項帕　直纏　褡膊　帶　帶劍　三髭髯

解珍

鳳翅盔　膝襴曳撒　袍　項帕　直纏　褡膊　帶　帶劍　三髭髯

解寶

鳳翅盔　膝襴曳撒　袍　項帕　直纏　褡膊　帶　帶劍　三髭髯

薛永

鳳翅盔　膝襴曳撒　袍　項帕　直纏　褡膊　帶　帶劍　三髭髯

施恩

鳳翅盔　膝襴曳撒　袍　項帕　直纏　褡膊　帶　帶劍　三髭髯

鄭天壽

鳳翅盔　膝襴曳撒　袍　項帕　直纏　褡膊　帶　帶劍　三髭髯

王矮虎

鳳翅盔　膝襴曳撒　袍　項帕　直纏　褡膊　帶　帶劍　猛髯

正末李逵

同前

楔　子

宋江、諸武、公孫勝、卒子

同前　𨇾馬兒

正末李逵、楊志、朱仝、雷横、索超、秦明、韓滔、彭起

同前　𨇾馬兒

杜千、宋萬、解珍、解寶、施恩、薛永、陳達、鄭天壽、王矮虎

同前　𨇾馬兒

兀顔受、戴真慶、李金吾

同前　蹡馬兒

第四折

宿太尉、卒子

同前

盧俊義、卒子

同前

宋江、吴用

同前

公孫勝、諸武

同前

韓滔、彭起

同前

朱仝、索超

同前

雷横、秦明

同前

杜千、宋萬

同前

解珍、解寶

同前

施恩、薛永、陳達

同前

王矮虎、鄭天壽、楊志、卒子拏戴真慶

同前

正末李逵、卒子拏李金吾

同前

新編黑旋風仗義踈財（宣德刊本）

【劇目簡介】

雜劇，明初朱有燉作。《也是園書目》《百川書志》《今樂考證》《曲録》《遠山堂劇品》《寶文堂書目》等多有著録，現存明宣德間刊本、脈望館鈔校内府本、《酹江集》本、《雜劇十段錦》本等。小説《水滸傳》中無類似劇情。

明宣德間刊寫刻本，標題爲"新編黑旋風仗義踈財"，有"全賓"字樣，題目爲"趙都巡强娶裙釵，李㰖古感嘆傷懷"，正名爲"張叔夜平鑾掛榜，黑旋風仗義踈財"，前有署名"錦窠老人"的《黑旋風仗義踈財傳奇引》。未分折，每頁十行，每行約二十字。

劇演趙都巡下鄉催糧，在古廟中遇到欲入城賣兒繳糧的李㰖古一家，看中其女兒千嬌，百般逼勒，要强娶千嬌。李逵和燕青下山到東平府買糧，路見不平，拔刀相助，打跑趙都巡，并將買到的糧食贈給李㰖古。趙都巡再次到李㰖古家里逼親，李㰖古到梁山告狀，李逵扮作新婦，燕青扮作媒婆，將趙都巡教訓一番，并將其罪狀申明。元帥張叔夜到東平府招安梁山衆人，在李㰖古的勸説下，李逵、燕青回梁山與宋江商量，最終歸順朝廷。梁山衆人隨張叔夜征討方臘，李逵生擒方臘，獲立大功。

（净孤辦①趙都巡引公吏人上。開云）自家是趙都巡，今蒙上司差遣，下鄉去催趲秋粮。（做唤公吏人上）（净云）伴當每，我這一遭下鄉去催粮，好歹多問那欠粮的百姓討些錢物來也。（下）

（外辦李㰖古引卜、旦、二倈上。云）老夫姓李，家住在東平府劉

① 即"扮"。

家村。老夫平日直實,因此上人喚老夫做"李懒古"。嫡親的四口兒,這是我渾家崔氏,這是我女兒千嬌,年長一十八歲,這兩箇是我兒,孩兒李寬、李裕,一箇十二歲,一箇十一歲。爲因老夫家貧,拖欠了官粮五十餘石,官府催併收納,老夫無奈,將這兩箇小兒子前去東平府城内賣了,换些粮米納官。行到半路,天色晚了,兀的前面一座古廟。老妻,俺向廟中宿一夜,明日入城去也。(做到廟科了)

(净辦孤引公吏人上。云)自家是趙都巡,因爲催粮到此,天色昏晚,此處無有人家,且去兀那廟中歇一歇馬。(做見外科)(問外,備説云云了)(净背云)催粮到且不打緊,兀的一箇好女子。(净問云)老丈丈,這箇女兒是你甚麽人?(外云了)(净問婚了)(外云了)(净云)你今欠粮五十餘石,也不緊要,我只將你欠的粮,洒派在别的户兒身上,替你納官便了。小官有句話敢説麽?(外云)官人説有何妨?(净趨蹌云)老丈丈,你這女兒千嬌,小官要取做娘子,未知丈丈意下如何?(外云)老夫只這一箇女兒,年紀幼小,官人來催粮,老夫欠的粮不敢不納官去,老夫豈肯將女兒買囑官人,不納官粮,却將粮洒派與他人,苦害貧民?這話依不得官人説。(净怒云)伴當,吊起這老子。(吊科)(净云)伴當,將酒來喫,唤過那女子千嬌來,與我把盞。(做飲酒科)

(二末辦"黑旋風"李逵、"浪子"燕青上。云)我是宋江的兄弟李山兒,這箇是"浪子"燕青。蒙宋江哥哥差往東平府,糴買粮食。今糴了一百餘石,趕着五輛大車,天色晚了,前面無店。遇着這清秋時月,路途中是好景致也。(二末雙唱)

【仙吕】【點絳唇】看了這一帶青山,兩行白鴈,秋空晚,楓葉凋殘,籬菊迎霜綻。

【混江龍】平堤古岸,小舟閑却釣魚竿,黄蘆野水,紅蓼沙灘。遥聽犬聲行客喜,倒騎牛背牧童還。趁半竿斜日把後車催,望幾家燈火將前村盼,正投林鳥倦,出岫雲閑。

(末云)路遥車重,好費心力也。(二末唱)

【油葫蘆】千里驅馳兩鬢斑,風露寒,猶勝如烟波名利大家難。經了些羊腸古道行程趲，看了些馬頭風月吟鞭懶，亂石堆高嶺峎，断橋横淺水灣。正值這滿川黄葉郊墟晚，呆答孩的斜倚寶雕鞍。

（末云）天色晚了，前無客店，且在此古廟前，將拽車的頭口放喫些草，到半夜早行。（二末唱）

【天下樂】時復高歌把劍弹，入得門闌。

（末做望科。唱）

遥望着古廟間，見佳人手擎着村務盞，狂容被歌酒迷，好花教風月僝，一箇箇蹙愁眉淹淚眼。

（二末做入廟科。云）官人，這兩三箇老的小的，爲甚事來吊在樹上？（净云）不干你事，你休管！（末又問外）（外云了）（又云）爲官人要取我女兒，我不肯與，因此吊着俺。（末背云）這厮好是無禮也！古人説"路見不平人，拔刀與相助"。我且向前，先勸他一勸。（末向前告净）（末云）這老的是俺親人，小人將着一百石粮食，今就替這老叔叔還了五十石，官人放了他罷？（净云）你是他的親，你肯保這親事，教他將女兒與我爲妻？（末云）官人要時，等他納了官粮，却使媒人來説親，却不好？（净云）怎地等的到明日？今夜便要在這廟後成親。我一石米也不要他納官。（二末怒云）好是强騙人閨女，這等無道理呵！（二末打。唱）

【醉扶歸】打這厮忒淫濫污官宦，將百姓苦傷殘。

便做你催粮呵，

不曾教你倚着勢把平人婦女奸，這是你將公事能迭辦。

（净云）伴當上前來救一救，打壞小官了。（末唱）

打這厮左右人幫閑鑽懶，那些兒肯救濟民塗炭？

（公吏人來相打，都被二末打番，各皆走了）（二末唱）

【金盞兒】我見他數十箇逞着兇頑，我子一二合打的彎跧，子我這莽拳頭上實無眼，打的他四零星散恰便似癲瘸，打的他七林侵尋鬼窟，荒篤速拜神壇。

（净云）廟裏上聖救一救，金鞭指路，聖手遮攔咱。（二末唱）

他剗自叫金鞭來指路，聖手與遮攔。

（净一行皆走下）（二末解放外并俫了）（外拜云）若不是兩箇哥哥

救了老夫,險被那官人打壞老夫,又奪了千嬌女兒,敢問貴姓?是何處人?(二末云)俺是梁山寨上宋江家兄弟,我是李山兒,兄弟是"浪子"燕青。老叔叔姓李,山兒也姓李,就在此結義。叔叔,受山兒四拜。(做拜科)(末云)老叔叔回家去,將我這兩車粮食與叔叔,將去納完了官粮,休去城中賣孩兒去罷。(外云)多謝!兩箇哥哥是大恩人!老夫又恐趙都巡再到老夫家中炒閙。(二末云)若再來欺負你女兒時,你來俺梁山寨上,只告宋江哥哥與你整理。(二末唱)

【賺尾】我子待一念濟孤貧,半世扶危難,怎肯把仗義踈財意懶。試看山兒這一番,直教那潑無徒膽戰心寒。

(燕青云)與了人粮食,到山寨上恐怕哥哥怪。(山兒唱)

若回還,俺哥哥喜笑開顔,便與了五十石粮食有甚罕?

(外云)老夫敢不敢將這粮食回去?(二末云,唱)你將去不妨。

若那厮再要你女兒擎臺過盞,再若是强奸厮犯,

(帶云)你來告俺宋江哥哥,差了我呵,(二末唱)

把那趙都巡的濫官銜番做鬼門關。

(下)

(净引二樺老上)(净云)下官前日在古廟裏,見那李㦬古有一箇好女子,我一心待取他,不想走將兩箇生漢子來,着實打了我一頓,又解放了李㦬古那父子每去了。今日自引伴當,到他門上,好歹要取了他那女兒。(下)

(外同旦、卜、俫上)(外云)老夫自前日被那兩箇哥哥救了我女兒,又與了我五十石粮,教我納官。今日只得將着這五十石粮,去城中交納去也。婆婆,若有宋江家那兩箇哥哥來時,好生管待他,老夫今日納粮去也。(外先下)

(净引樺老上)(净云)前日被那兩箇强漢打了我一頓,今到李㦬古家,好歹要搶奪了他女兒去也。(做與卜相見,云云了)(卜云)官人,等老身夫主納粮回來,明白用媒人娶去,却不好?(説三四次,不肯了)(净云)這婆子也説的是,等我過三四日來取你女兒。(净下)(卜云)女兒,上緊着親的每入城唤你父親來,往梁山濼告

宋江去。(下)

(辦宋江上。云)前日兄弟李山兒、燕青去買粮食,路上遇見箇欠粮的老百姓,又被趙都巡强要他女子。他兩箇救了那百姓,就將我糴的粮食接濟了貧的,我十分歡喜。今日安排下一席酒,唤兩箇兄弟來,賞他同飲數杯。(做唤二末科)

(二末上。唱)

【中吕】【粉蝶兒】這幾日閑坐在山營,猛聽得唤一聲李山兒急忙答應。我將這加鋼斧磨的來耀日争明,遮莫是差咱去探官軍劫牢獄救人之命?我怎敢消停,忙把這茜紅巾額頭上拴定。

【醉春風】我這里整頓了黑油鎗,提掇起紅衲領,出門來,呸,聞不得一陣家血風腥,將咱這膽量來逞、逞。

(衆又做唤山兒、燕青科)(二末唱)

他那里一片聲叫着浪子燕青,更叫着山兒名姓,受不得他恁般催併。

(二末做與小幫老相見了)(幫云)你試猜哥哥唤你怎的?(二末唱)

【紅綉鞋】莫不是出水寨與人争競?

(幫云)不是,不是。(二末唱)

莫不是下梁山打探民情?

(幫云)不是,不是。(二末唱)

莫不是有冤屈告狀要分明?

(幫云)不是,不是。(二末唱)

莫不是方臘賊來作耗?

(幫云)也不是,也不是。(二末唱)

莫不是蔡太師忒胡行?

(幫云)也不是。(二末唱)

莫不是大金家侵界境?

(幫云)你都猜不着,你再猜!(二末唱)

【么】莫不是護俺那宋官家去李師師家遊幸?

(幫云)你猜不着,不是,不是。(二末唱)

莫不是護俺那宋官家上元驛裏私行?

(幫云)不是,不是。(二末唱)

莫不是護俺宋官家黑樓子上聽弹箏?

(幫云)不是,不是。(二末唱)

莫不是護俺宋官家趙玄奴家開小説,楊太尉家按新聲?

(幫云)都不是,你猜不着。(二末唱)既不是沙,

却怎地唤您黑爹爹不住程?

(幫云)哥哥宋江唤你兩箇,干俺甚事?(做過去相見)(宋江云云了)(飲酒了)(小娄羅唱舞了)

(外上告狀了)(云云備説了)(二末唱)

【石榴花】聽説罷氣撲撲惡向膽邊生,直恁地將百姓忒欺凌,便做他倚官挾勢莽施呈,也有箇三媒六證,問肯方成,便做是窮庄家不敢違尊命,也存些天理人情,却怎生走將來不下些花紅定,平白地奪了箇女娉婷?

【鬬鵪鶉】實是那趙都巡的短倖難容。

(宋江問云)你敢去雪他這冤麽?(末唱)

這雪冤李山兒親身愿領。

(宋江問云)你和誰去?(末唱)

我合着浪子燕青。

(宋江云)你怎生去救他?(末唱)

我將那機謀暗整。

(宋江云)你有甚機謀去救他?(末唱)

我打扮做箇嬌娃窄步兒行,向轎兒裏乘,暫學些抹粉搽胭,權做箇油頭粉頸。

(宋云)你先敷演怎地拿他。(二末唱)

【上小樓】那廝他必然衙中厮等,將俺簾兒揭定,入得前門,到得中庭,坐列幃屏,會衆賓鼓樂聲,花紅滿徑,你看我扭扭捏捏地騎鞍驀勝。

(宋云)你再敷演怎生拿他。(二末唱)

【么】一覺地揭了盖頭,見了我醜形,我將一隻手揞住頭梢,摔下堦基,打碎他天靈,我直教諕得一城,鬧到五更,不知名姓,俺到來日安安穩穩地哥哥前復命。

(宋云)既是兩箇兄弟有不平之氣,一心要去與這李老做主,救他

女兒。李老便索根這兩箇兄弟上緊去也。（二末唱）

【耍孩兒】這一塲雪冤報恨無乾净，直打的那濫官吏潛踪滅影。

（宋云）撥幾箇小娄羅，送兄弟下山寨。（二末唱）

也不須小嘍羅相送下山程，只消得黑旋風、浪子燕青向人叢，若見他喝一聲骨突突江河沸，到城市若共他併一合忽剌剌山岳驚，憑着俺雙拳硬，一條鎗神輸鬼磨，一把斧月根風生。

【尾聲】不是李山兒誇大言，俏燕青敢自逞，要活的呵恰便似餓狼兒般綁縛的難敵挣，要死的呵恰便似死狗兒般拖將來寨兒下等。

（下）

（净上。云）自家是趙都巡，昨日差了家中人，去李慽古家娶他女兒，日早晚不見來。我唤箇官媒去，再催他去。（做分付唤媒婆）

（燕青辦媒上。云）自家是“浪子”燕青。今聞知趙都巡尋媒婆，我辦做箇媒婆，與他取親去。（做見净了。云云了。下）（净唤厨子整辦筵席科）

（貼净辦厨子，折了）（净云）怎地還不見新娘子來？

（二末上）（燕青扶李逵旦辦上。唱）

【正宫】【端正好】搽畫得我頬腮紅，拴搐得我腰身細，學婆娘苫眼鋪眉。

（末做下轎科。唱）

下轎來一跳有十石力，忍不住英豪氣。

【衮綉毬】辦做箇婦女每，跟定箇豹子媒，那里取畫堂春一團嬌媚。我從來不慣喫裙帶上衣食，你看我撇道兒勾一尺，爪老兒墨定黑，把盖頭遮了我一撲叢髭髫，那里取傾城色玉骨冰肌，恰便似三門前娶得箇金剛女，本是箇梁山寨生成的豹子妻，知他是甚娘喬爲？

（媒扶拜堂科）（末做男子拜）（媒云云了）（末唱）

【倘秀才】拜堂時險忘了婆娘的禮體，

（做喫交盃酒科）（末唱）

合巹處改不了村沙樣勢。

（净趨蹌笑科）（末唱）

他將箇笑臉兒來迎我怒面皮，不曾見這色情緊潑東西，是甚道理？

（媒扶末做入房科）（末唱）

【衮綉毬】不付能入綉幃,

(净脱衣科)(末唱)

他又早脱了衣,

(净調戲科)(末唱)

聽不得他濫淫聲痛憐輕惜,便守親呵也要箇撒帳官媒。

(净云)有,有,媒人靠前,上緊撒帳,便要見喜哩。(末唱)

你道是就這里,要見喜,

你來,你來,

我和你房門外調一回把戲,忍的我渾身上熱汗淋漓。

(媒揭盖頭了)(净做怕科)(末取出刀。唱)

你見了黑爹爹忙提秋水刀三尺,休想是嬌姐姐細看春風玉一圍,你悔後應遲。

(李山兒末脱女衣)(燕青末脱媒衣)(唱)

【叨叨令】子我這做娘子的脱下了羅衣袂,做媒人的丢調了油鬏髻,將那火守親來的諕的他呆癡着立。子你這做新郎的顯不得帽兒光光地,俺向前去打這厮也麼哥,俺向前去打這厮也麼哥,打這厮害窮民倚仗着官威勢。

(二末打净)(二末唱)

【伴讀書】你、你、你到這里休回避,我、我、我按不住心頭氣,打的他肉綻皮開無絲力,打的他荒忙哀告伏在田地,打的他口聲聲叫道知情罪,他、他、他可撲的跪在堦畿。

【笑和尚】打的他軟兀剌難掙起,打的他俏没促無支對,打的他手脚弯跧如昏睡,俺、俺、俺打的他歪了嘴,俺、俺、俺打的他綻了皮,來、來、來綁縛了與他那濫令史做一箇傍州例。

(二末將净綁了。又將一二公吏綁了。卧在地下科)(二末云)俺試去搜他家中,有害民要的錢物。(二末虚下)

(擡上箱子四五箇)(二末云)這箱内看了,原來都是金銀,苦害百姓得來的物,俺不爲做賊貪財而來,只因他倚官挾勢,苦害良民,要與貧民做主,出俺不平之氣。如今將這十數箇箱子,上寫"黑旋風李山兒封記",放在他中庭,將這趙都巡我不殺他,只綁縛了,也放在中庭。待明日官府來看,審問明白,自治他罪。兄弟燕青,點把火來,尋的筆來,我在他庭中白壁上寫下四句,明日上司官府來,要箇明白。(末寫科。念云)

都巡倚勢把民欺,賣免官粮娶艷姿。

要問夜來端的事,梁山寨上唤山兒。

(末云)寫下這四句,俺出城去也。(二末唱)

【尾聲】我將他金銀搬到有十餘櫃,這是他苦害平民落得的,俺也不愛你家財做小賊,俺也不殺壞你這荒淫餘濫職。不是俺貪錢到這裏,只爲你欺心忒强爲,將一箇年老的公公打拷只,把一箇年小的佳人奪做妻。你不怕人善人欺天不欺,你不怕報應從來有早遲。

(净、衆叫云)再不敢了,放了俺罷,有的財物,哥哥每都將去,都將去。(二末唱)

你今日發露了如何再悔的,到明日清正官司有鑒識。不道的輕輕素放伊,若問你姓甚的强人把您凌替,你道是八百里梁山濼的李山兒探望你。

(下)

(辦朗孤上。云)吾乃大宋元帥張叔夜,如今有東平府行文書來,爲因趙都巡强取百姓閨女,又賣放官粮,被强人李山兒、燕青毆打傷重,綁縛在本家,又將他金銀錢物封記不動。官裏差我來這東平府,招安宋江家這火强盜。然此三十六人,好生勇猛,多能拳棒,今張掛榜文,肯來自首,與他官做,免了他罪,封他都做巡檢,差他前去擒捉方臘。左右人,便張掛起招安的榜者。(左右人應了)(皆下)

(二末改辦貨郎擔兒上。云)自家是李山兒、燕青,爲因前日打傷了趙都巡,這幾日不知東平府信息。蒙哥哥宋江差俺去東平府打探事情,俺辦做箇小貨郎兒,擔着擔兒,便入城去走一遭。(二末唱)

【雙調】【新水令】將我這蛇皮鼓摇響入城闉,打扮做箇貨郎兒不辭勞困,穿一件青胯褶,戴一頂黑頭巾,賣着些百様時新,俺入城去怕盤問。

(末摇鼓兒云)調搽官粉、蜜蠟胭脂、尿葫蘆帶解粥杓兒。(守門

軍喝云)這兩箇貨郎兒那去?(二末唱)

【駐馬聽】俺每日價撞幢沿門,走遍了南村共北村。小人每安貧守分,發脱了一兩得的十文。

(守門云)放您進去。(二末唱)

轉過小隅頭铺面列的均匀,我向那大牌樓街道行的安稱。

(辦一旦引倈上唤科)(二末唱)

猛見箇嬌艷人,倚門兒唤俺索胭粉。

(旦一件件問)(末、旦問答)(末唱)

【鴈兒落】也有那真珠冠翠朵雲,也有那瑪瑙盞纏絲暈,也有那金厢成玳瑁梳,也有那玉碾就連環印。

【水仙子】也有那琉璃落索恰如真,也有那錫蠟釵環白似銀,也有那鳳頭鞋底剛三寸,也有那蠟胭脂香蛤粉。子這洞庭柑噀手香薰,青州棗甜如蜜,鄭州梨重一斤,陝州葱帶葉連根。

(旦問答云云)

【沽美酒過太平令】也有那麝香茶各等分,也有那食香藥性皆温,也有那澡豆盒兒洗面盆,也有那松江的手巾,也有那長頭髭木犀潤,也有那揚州鑄青銅古鏡,也有那福建綉彩色羅裙,也有那象牙靶刀兒鋒刃,也有那累絲做抹金掩鬢。姐姐你自忖,俺便肯,還的價兒要穩,但説的都皆隨順。

(旦云)我只要這一對掩鬢兒,等我丈夫回家來時還你錢。(末問云)姐姐,你丈夫那里去了?(旦云)看榜去了。(末云)看甚麽榜?(旦云)前日有兩箇賊在城裏打劫了趙都巡,如今官司出榜招安他,自首免罪。(末云)是甚麽賊?(旦云)却是梁山濼的"黑旋風"李山兒和"浪子"燕青。這幾日四門上緊,正是爲這兩箇賊弟子孩兒。(末云)你休駡他,俺也去看一看榜去也。(虚下)

(辦掛榜一人張榜科)

(四五人看榜科)

(二末擔擔上。問科)(衆云云了)(衆云)那黑入娘賊,不争他在趙都巡家閙了一夜,這幾日城門上賣的菜也無一担進來。虧你兩箇大哥,怎地得進來?(末云)誰是黑入娘賊?(衆云)是宋江

一火的李山兒，那剁頭該剮的，剔髓抽筋的，明日拿住那厮，碎剮了他。（末唱）

【川撥棹】猛聽的説原因，罵的那李山兒實是狠，他罵道剮骨分身，剔髓抽筋，好教人耳熱燒輪，怒氣氤氳，到教人阿叱，阿叱，打了幾箇涕噴，也得你那黑爹爹强自忍。

（衆下）（二末看榜了，要回科）

（外上。云）老夫是李懺古，爲我家中女兒，這幾日鄉村中都巡捕盜賊，聽得出榜，來看一看。（做撞見二末，先不認得，問了，方認得科）（二末云）俺山中快樂，風高放火，月黑殺人，千自由，百自在。如今官府裏招安，許俺做官，俺怎地肯出來？（外云）你兩箇哥哥差見了，老夫平日直實，不會趍諂閧人，你兩箇哥哥又是我大恩人，我將好心勸你：你每這三十六箇好漢，都是有本事、有膽量好漢子，似那“智多星”吴加亮，又有智謀，何不因這機會，出來首官，與官裏盡忠，南征北討，得了功勞，做箇大官，封妻蔭子，喫堂食飲御酒，不强似你每在那牛皮帳房裏？每日殺人，又不安穩，那賊名兒幾時脱得？如今南方方臘家正作耗，你回去和宋江哥哥商量了，首官出來，與官家出氣力，盡忠報國，十分好也。（二末拜外了。唱）

【梅花酒】我這里聽議論，喜色津津，便出城門，跋涉紅塵，改過從新。到山寨勸大哥情愿首做良民，我如今也自忖，也自忖愿隨軍，愿隨軍報深恩，報深恩向南閫，向南閫敵蠻人，敵蠻人建功勳，建功勳報捷聞，報捷聞到楓宸，到楓宸聽絲綸，聽絲綸做官人，做官人列重裀，列重裀衣禄凖。

（外云）你悔過了却不好？（二末唱）

【收江南】呀，這的是一朝官裏一朝臣，憑着俺能争敢鬬蕩烟塵，管教那四方寧静樂千春，俺三十六人活擒方臘見明均。

（外云）如今你回去，早來歸順，都要除做巡檢哩。（二末唱）

【尾聲】做巡檢的職分須忠順，比俺那窬窟剜墻的到穩，從今後賊見賊不相饒，

（二末云）老叔叔，别了你回去也。（末唱）

俺子是恩酬恩,報了本。

(下)

(𬣙朗孤上。云)吾乃元帥張叔夜,今蒙官裏差統軍士,來南方收捕海賊方臘。昨日與他對敵,不曾羸的,他今又來搦戰,誰敢去走一遭?

(净扮小將蔡守堅云)小將是蔡守堅,今愿往破賊去。(云了)(衆下)

(𬣙方臘上)

(净上相持,做敗了科)

(𬣙宋江一行上)(末唱)

【賞花時】【楔子】不是山兒敢自誇,我覷的賊兵如戲耍,只消得多半晌一時霎,鞭丢棒打,恰便似風力捲殘霞。

(做戰鬪勝了)(末唱)

【么】戰勝的官軍膽力加,戰敗的賊兵險諕煞,如砍瓠似切瓜,捉拿了方臘,奉獻與宋官家。

(下)

(𬣙問探子)

(外上。云云了)

(探子上。唱)

【黃鍾】【醉花陰】馬兒上掇肩氣吁喘,走的緊争知路遠,過了些高峻嶺、大平川,到得軍前,細細地重敷演。

【喜遷鶯】兩家將對着征駞,看俺那黑旋風軍中將武藝展,有宋江機變,更有箇吴加亮膽智雙全。聲傳鼓角喧,百萬隊貔貅列的圓,在陣前忽剌剌狂風捲地,昏蘉蘉土雨遮天。

【出隊子】與他那南蠻交戰,呀、呀、呀,先輸了蔡守堅,子見那大刀關勝敢争先,浪子燕青馬驟圓,更合着李海、朱仝英氣全。

【么】一箇箇升回斗轉,呼延綽使鐵鞭,神行太保似風旋,浪裏白跳占住船,更有箇赤髪鬼劉唐把定咽。

【刮地風】霹靂火秦明將雲霧捲,一箇箇虎臂熊肩,把賊兵殺得難回轉,散走郊原。鎗對鎗寒光如電,刀迎刀雪鋒似練,弓拽圓弩放弦,透金盔喝聲着箭，裙襴透甲葉穿，見南蠻卧滿平川。

（問云）可曾捉得賊首方臘麽？（末唱）

【四門子】黑旋風不捨心無倦，凱征鞷再向前，把蠻兵隊裏搜尋遍，方臘賊難放免，溝澗裏行，林浪裏穿，蕩殘軍殺的似一道烟，馬又乏人又喘，望着俺中軍偌遠。

【水仙子】到江邊恰撞見，鎖子鎧鐵頓項身上穿，勒住馬雄糾糾當先，明晃晃獸袋中彎弓插箭，見吉丁的火尖鎗忙去刺雙肋腹前，見可擦的三停刀劈將去帶耳連肩，見踈剌的虎眼鞭兩臂上着一剪①，見可塔的把方臘活挾離錦鞍韉。

【尾聲】這一場掃蕩烟塵把功獻，從今後四海安然，將他那黑旋風李山兒名越顯。

題目：趙都巡强娶裙釵　李慠古感嘆傷懷
正名：張叔夜平蠻掛榜　黑旋風仗義踈財

① 應爲"箭"。

附:

黑旋風仗義疎財傳奇引

嘗謂仁義之道,在天地間,人人皆具此心,但以物欲交蔽,而有不善存焉。所以南華真人而有《盜跖》之篇,不可謂之寓意空談也。予昔居於滇南,聞有爲盜者,竊一富家之財,見有爲其母造佛像經典之銀數十兩。至苐二夕,默送其銀,并其老母之衣一大袱,置於其屋上以還之。又予曾經五溪,聞彼土人言,山中蠻獠,晝常出没,劫奪行客之財者甚衆,獨遇儒服與僧道、貧困、老幼之人,並不截取。此可見天理人心,雖下愚夷狄,亦未嘗泯絶於仁義之道也。小説多載宋徽宗時,有宋江之徒者,亦義賊也。惟名李逵者,尤能疎財仗義,後者皆歸順於宋朝,除武功大夫,分注諸路巡檢使,後以平方臘有功,封節度使,《宣和遺事》中載之甚詳。予乃戲作《偷兒傳奇》一帙,使伶人搬演歌唱,觀其輕健驍捷之勢,以取歡笑。雖爲佐樽而設,然亦可使人知彼下愚無賴之徒,尚能知仁義忠順之一端耳。世之君子,忍能違一毫於仁義忠順耶?

宣德八年季冬良日　錦窠老人書

黑旋風仗義疏財(《酹江集》本)

【劇目簡介】

雜劇,明初朱有燉作。小説《水滸傳》中無類似劇情。

《新鐫古今名劇酹江集》本,標題作"黑旋風仗義疏財",署名"明周籓憲王著　孟稱舜評點　劉啓胤訂正",正目作"趙都巡强娶裙釵,李㦬古感嘆傷懷。張叔夜平鑾掛榜,黑旋風仗義疏財"。五折一楔子,每頁九行,每行二十字。有眉批。

劇情與宣德刊本較爲接近,結局處作宋江、李逵等人擒獲方臘,按功受賞。

第一折

(浄孤扮趙都巡引公吏人上。開云)①自家是趙都巡,今蒙上司差遣,下鄉去催攢秋粮。(做唤科)伴當每,我這一遭下鄉去催粮,好歹多問那欠粮的百姓討些錢物來也。(下)

(外扮李㦬古引正旦、二俫上。云)老夫姓李,家住在東平府劉家村。老夫平日直實,因此上人唤老夫做"李㦬古"。嫡親的四口兒,這是我渾家崔氏,這是我女兒千嬌,年長一十八歲,這兩個是我兒,孩兒李寬、李裕,一個十二歲,一個十一歲。爲因老夫家貧,拖欠了官粮五十餘石,官府催併收納,老夫無奈,將這兩個小兒子前去東平府城内賣了,换些粮米納官。行到半路,天色晚

① 【眉批】憲王諸劇于音律格調俱諧,亦俱有老氣,而微少警語,然古人正以不事雕刻爲勝,今則警調時有而元氣盡以琢矣。

了,兀的前面一座古廟。老妻,俺向廟中宿一夜,明日入城去也。(做到廟科)

(浄孤引公吏人上。云)自家是趙都巡,因爲催粮到此,天色昏晚,此處無有人家,且去兀那廟中歇一歇馬。(做見外,問科)(外備説云了)(浄背云)催粮倒且不打緊,兀的一個好女子。(回云)老丈丈,這個女兒是你甚麽人?(外云了)(浄問婚了)(外云了)(浄)你今欠粮五十餘石,也不緊要,我只將你欠的粮灑派在别的户兒身上,替你納官便了。小官有句話敢説麽?(外)官人説有何妨?(浄趨蹌云)老丈丈,你這女兒千嬌,小官要娶做娘子,未知丈丈意下如何?(外)老夫只這一個女兒,年紀幼小,官人來催粮,老夫欠的粮不敢不納官去,老夫豈肯將女兒買囑官人,不納官粮,却將粮灑派與他人,苦害貧民?這話依不得官人説。(浄怒云)伴當,弔起這老子。(做弔科)(浄)伴當,將酒來喫,唤過那女子千嬌來,與我把盞。(做飲酒科)

(二末扮"黑旋風"李逵、"浪子"燕青上。云)我是宋江的兄弟李山兒,這個是浪子燕青。蒙宋江哥哥差往東平府,糴買粮食。今糴了一百餘石,趕着五輛大車,天色晚了,前面無店。遇着這清秋時月,路途中是好景致也。(同唱)

【仙吕】【點絳唇】看了這一帶青山,兩行白鴈,秋空晚,楓葉凋殘,籬菊迎霜綻。①

【混江龍】平堤古岸,小舟閒却釣魚竿,黄蘆野水,紅蓼沙灘。遥聽犬聲行客喜,倒騎牛背牧童還。趁半竿斜日把後車催,望幾家燈火將前村盼,正投林鳥倦,出岫雲閒。

(李)路遥車重,好費心力也。

【油葫蘆】(二末)千里驅馳兩鬢斑,風露寒,猶勝如煙波名利大家難。經了些羊腸古道行程趲,看了些馬頭風月吟鞭懶,亂石堆高嶺峴,斷橋横淺水灣。正值這滿川黄葉郊墟晚,呆答孩的斜倚寶雕鞍。

---

① 【眉批】通折寫墟原旅景及壯夫聲口,已到五六分矣。但出李山兒口,尚須再矗莽爲妙,較元人"負荆"劇殆爲遜之。

(李)天色晚了,前無客店,且在此古廟前將拽車的頭口放喫些艸,到半夜蚤行。

【天下樂】(二末)時復高歌把劍彈,入得門闌。

(做望科)

遥望着古廟間,見佳人手擎着村務盞,狂容被歌酒迷,好花教風雨僝,一箇箇蹙愁眉淹淚眼。

(做入廟科)官人,這兩三箇老的小的,爲甚事來吊在樹上?(浄)不干你事,你休管!(李又問外科)(外云了。又云)爲官人要娶我女兒,我不肯與,因此弔着俺。(李背云)這厮好是無禮也!古人説"路見不平人,拔刀與相助"。我且向前,先勸他一勸。(向前告浄科)這老的是俺親人,小人將着一百石粮食,今就替這老叔叔還了五十石,官人放了他罷?(浄)你是他的親,你肯保這親事,教他將女兒與我爲妻?(李)官人要時,等他納了官粮,却使媒人來説親,却不好?(浄)怎地等的到明日?今夜便要在這廟後成親。我一石米也不要他納官。(二末怒云)好是强騙人閨女,這等無道理呵!(做打浄科)

【醉扶歸】打這厮忒淫濫污官宦,將百姓苦傷殘。

便做你催粮呵,

不曾教你倚着勢把平人婦女奸,這是你將公事能迭辦。

(浄)伴當上前來救一救,打壞小官了。(李)

打這厮左右人幫閒鑽懶,那些兒肯救濟民塗炭?

(公吏人共打,被二末打番,各皆走了)

【金盞兒】(二末)我見他數十個逞着兇頑,我子一二合打的彎跧,子我這莽拳頭上實無眼,打的他四零星散恰便似癲癇,打的他七林侵尋鬼窟,荒篤速拜神壇。

(浄)廟裡上聖救一救,金鞭指路,聖手遮攔咱。(二末)

他剗自叫金鞭來指路,聖手與遮攔。

(浄一行皆下)(二末解放外併倈科)(外拜云)若不是兩個哥哥救了老夫,險被那官人打壞老夫,又奪了千嬌女兒,敢問貴姓,是何處人?(李)俺是粱山寨上宋江家兄弟,我是李山兒,兄弟是"浪子”燕青。老叔叔姓李,山兒也姓李,就在此結義叔叔,受山兒四拜。(拜科)老叔叔回家去,將我這兩車粮食與叔叔,且將去納完了官粮,休去城中賣孩兒去罷。(外)多謝! 兩個哥哥是大恩人! 老夫又恐趙都巡再到老夫家中炒鬧。(李)若再來欺負你女兒時,你來俺梁山寨上,只告宋江哥哥,與你整理。

【賺煞】我子待一念濟孤貧,半世扶危難,怎肯把仗義疏財意懶。試看山兒這一番,直教那潑無徒膽戰心寒。

(燕)與了人粮食,到山寨上恐怕哥哥怪。(李)

若回還,俺哥哥喜笑開顔,便與了五十石粮食有甚罕?

(外)老夫敢不敢將這粮食回去?(二末)你將去不妨。

若那厮再要你女兒擎臺過盞,再若是强姦厮犯,

你來告俺宋江哥哥,差了我呵,

把那趙都巡的濫官銜番做鬼門關。

(同下)

第二折

(浄引二樺老上。云)①下官前日在古廟裏,見那李懺古有個好女子,我一心待娶他,不想走將兩個生漢子來,着實打了我一頓,又解放了李懺古那父子每去了。今日自引伴當,到他門上,好歹要娶了他那女兒。(下)

(外引旦、卜、倈上。云)老夫自前日被那兩個哥哥救了我女兒,又與了我五十石粮,教我納官。今日只得將着這五十石粮,去城中交納去也。婆婆,若有宋江家那兩個哥哥來時,好生管待他,老夫今日納粮去也。(先下)

(浄引樺老上。云)前日被那兩個强漢打了我一頓,今到李懺古家,好歹要搶奪了他女兒去也。(做與卜相見,云云了)(卜)官人,等老身夫主納粮回來,明白用媒人娶去,却不好?(説三四

① 【眉批】二折、三折聲口俱厮似。

次,不肯了)(浄)這婆子也説的是,等我過三四日來娶你女兒。(下)(卜)女兒,上緊着親的每入城喚你父親來,往梁山泊告宋江去。(下)

(扮宋江引隨從上。云)前日兄弟李山兒、燕青去買粮食,路上遇見個欠粮的老百姓,又被趙都巡强要他女子。他兩個救了那百姓,就將我糴的粮食接濟了貧的,我十分歡喜。今日安排下一席酒,唤兩個兄弟來,賞他同飲數杯。(做唤二末科)

(二末同上。唱科)

【中吕】【粉蝶兒】這幾日閒坐在山營,猛聽的唤一聲李山兒急忙答應。我將這加鋼斧磨的來耀日争明,遮莫是差咱去探官軍劫牢獄救人之命?我怎敢消停,忙把這茜紅巾額顱上拴定。

【醉春風】我這里整頓了黑油鎗,提掇起紅衲領,出門來,呸,聞不得一陣家血風腥,將咱這膽量來逞逞。

(衆又做唤山兒、燕青科)(二末)

他那里一片聲叫着浪子燕青,便叫着山兒名姓,受不得他恁般催併。

(做與小幫老相見科)(幫)你試猜哥哥唤你怎的?

【紅綉鞋】(二末)莫不是出水寨與人争競?

(幫)不是,不是。(二末)

莫不是下梁山打探民情?

(幫)不是,不是。(二末)

莫不是有冤屈告狀要分明?

(幫)不是,不是。(二末)

莫不是方臘賊來作耗?

(幫)也不是,也不是。(二末)

莫不是蔡太師忒胡行?

(幫)也不是。(二末)

莫不是大金家侵界境?

(幫)你都猜不着,你再猜!

【幺】(二末)莫不是護俺那宋官家去李師師家遊幸?

(幫)你猜不着,不是,不是。(二末)

莫不是護俺那宋官家上元驛裏私行?

(幫)不是,不是。(二末)

莫不是護俺宋官家黑樓子上聽彈箏?

(幫)不是,不是。(二末)

莫不是護俺宋官家趙玄奴家開小説,楊太尉家按新聲?

(幫)都不是,你猜不着。(二末)既不是沙,

却怎地喚您黑爹爹不住程?

(幫)哥哥,宋江喚你兩個,干俺甚事?(二末做與宋相見科)(宋云云了)(做飲酒科)(小妻儸唱舞科了)

(外上告狀科)(云云備説了)

【石榴花】(二末)聽説罷氣撲撲惡向膽邊生,直恁地將百姓忒欺凌,便做他倚官挾勢莽施呈,也有個三媒六證問肯方成,便做是窮庄家不敢違尊命,也存些天理人情,却怎生走得來不下些花紅定,平白地奪了個女娉婷?

【鬭鵪鶉】實是那趙都巡的短倖難容。

(宋)你敢去雪他這冤麽?(李)

這雪冤李山兒親身顧領。

(宋)你和誰去?(李)

我合着浪子燕青。

(宋)你怎生去救他?(李)

我將那機謀暗整。

(宋)你有甚機謀去救他?(李)

我打扮做個嬌娃窄步兒行,向轎兒裡乘,暫學些抹粉搽胭,權做個油頭粉頸。

(宋)你先敷演怎地拿他。

【上小樓】(二末)那厮他必然衙中厮等,將俺簾兒揭定,入得前門,到得中庭,坐列幃屏,會衆賓,鼓樂聲,花紅滿徑,你看我扭扭捏捏地騎鞍驀勝。

(宋)你再敷演怎生拿他。

【幺】(二末)一覺地揭了蓋頭,見了我醜形,我將一隻手揝住頭梢,摔下

堦基,打碎他天靈,我直教諕得一城,鬧到五更,不知名姓,俺到來日安安穩穩地哥哥前復命。

(宋)既是兩個兄弟有不平之氣,一心要去與這李老做主,救他女兒。李老便索跟這兩個兄弟上緊去也。

【耍孩兒】(二末)這一埸雪冤報恨無乾浄,直打的那濫官吏潛踪滅影。

(宋)撥幾個小僂儸送兄弟下山寨。(二末)

也不須小僂儸相送下山程,只消得黑旋風、浪子燕青向人叢,若見他喝一聲骨突突江河沸,到城市若共他併一合忽刺刺山岳驚,憑着俺雙拳硬,一條鎗神輸鬼磨,一把斧月様風生。

【尾聲】不是李山兒誇大言,俏燕青敢自逞,要活的呵恰便似餓狼兒般綁縛的難敵挣,要死的呵恰便似死狗兒般拖將來寨兒下等。

(同下)

第三折

(浄上。云)自家是趙都巡,昨日差了家中人去李㦖古家娶他女兒,日蚤晚不見來,我唤個官媒去再催他去。(做分付唤媒科)

(燕青扮媒上。云)自家是"浪子"燕青,今聞知趙都巡尋媒婆,我扮做個媒婆與他娶親去。(做見浄科。云云了。燕下)(浄唤厨子整辦筵席科)

(貼浄扮厨子折了)(浄)怎地還不見新娘子來?

(燕青扶李逵扮旦上)

【正宫】【端正好】(李)搽畫得我頰腮紅,拴搐得我腰身細,學婆娘苫眼鋪眉。

(做下轎科)

下轎來一跳有十石力,忍不住英豪氣。

【滚綉毬】扮做個婦女每,跟定個豹子媒,那里取畫堂春一團嬌媚。我從來不慣喫裙帶上衣食,你看我撇道兒勾一尺,爪老兒墨定黑,把蓋頭遮了我一撲叢髭髯,那里取傾城色玉骨冰肌,恰便似三門前娶得個金剛女,本是個梁山寨生成的豹子妻,知他是甚娘喬爲?

(燕扶李拜堂科)(李做男子拜科)(燕云云了)

【倘秀才】(李)拜堂時險忘了婆娘的禮體,①

(做喫交杯酒科)

合卺處改不了村沙樣勢。

(淨做趨蹌笑科)(李)

他將箇笑臉兒來迎我怒面皮,不曾見這色情緊潑東西,是甚道理?

(燕扶李入房科)

【滚綉毬】(李)不付能入綉幃,

(淨做脱衣科)(李)

他又蚤脱了衣,

(淨做調戲科)(李)

聽不得他濫淫聲痛憐輕惜,便守親呵也要個撒帳官媒。

(淨)有,有,媒人靠前,上緊撒帳,便要見喜哩。(李)

你道是就這里要見喜,

你來,你來,

我和你房門外調一回把戲,忍的我渾身上熱汗淋漓。

(燕揭蓋頭科)(淨做怕科)(李拔出刀科)

你見了黑爹爹忙提秋水刀三尺,休想是嬌姐姐細看春風玉一圍,你悔後應遲。

(李末脱女衣科)(燕末脱媒衣科)

【叨叨令】子我這做娘子的脱下了羅衣袂,做媒人的丢調了油鬏髻,將那火守親來的諕的他呆癡着立。子你這做新郎的顯不得帽兒光光地,俺向前去打這廝也麽哥,俺向前去打這廝也麽哥,打這廝害窮民倚仗着官威勢。

(二末打淨科)

【伴讀書】你、你、你到這里休回避,我、我、我按不住心頭氣,打的他肉綻皮開無緣力,打的他慌忙哀告伏在田地,打的他口聲聲叫道知情罪,他、他、他可撲的跪在堦墀。

---

① 【眉批】描寫機關妙。

【笑和尚】打的他軟兀剌難挣起,打的他俏没促無支對,打的他手脚彎跧如昏睡,俺、俺、俺打的他歪了嘴,俺、俺、俺打的他綻了皮,來、來、來綁縛了與他那濫令史做一箇傍州例。

(二末將浄綁了。又將一二公吏綁了。臥在地下科)(二末)俺試去搜他家中有害民要的錢物。(虚下)

(擡上箱子四五箇科。云)這箱内看了,原來都是金銀,苦害百姓得來的物,俺不爲做賊貪財而來,只因他倚官挾勢,苦害良民,要與貧民做主,出俺不平之氣。如今將這十數個箱子上寫"黑旋風李山兒封記",放在他中庭,將這趙都巡我不殺他,只綁縛了也放在中庭,待明日官府來看,審問明白,自治他罪。兄弟燕青,點把火來,尋的筆來,我在他庭中白壁上寫下四句,明日上司官府來,要箇明白。(做寫科。念云)都巡倚勢把民欺,賣免官粮娶艷姿。要問夜來端的事,梁山寨上唤山兒。(云)寫下這四句,俺出城去也。

【尾聲】(二末)我將他金銀搬到有十餘櫃,這是他苦害平民落得的,俺也不愛你家財做小賊,俺也不殺壞你這荒淫餘濫職。不是俺貪錢到這里,只爲你欺心忒强爲,將一個年老的公公打拷只,把一個年小的佳人奪做妻。你不怕人善人欺天不欺,你不怕報應從來有蚤遲。

(浄、衆叫云)再不敢了,放了俺罷,有的財物,哥哥每都將去。

(二末)

你今日發露了如何再悔的,到明日清正官司有鑒識。不道的輕輕素放伊,若問你姓甚的强人把您淩替,你道是八百里梁山濼的李山兒探望你。

(同下)

第四折

(扮朗孤上。云)吾乃大宋元帥張叔夜,如今有東平府行文書來,爲因趙都巡强娶百姓閨女,又賣放官粮,被强人李山兒、燕青毆打傷重,綁縛在本家,又將他金銀錢物封記不動。官裡差我來這東平府,招安宋江家這火强盜。然此三十六人,好生勇猛,多能拳棒,今張掛榜文,肯來自首,與他官做,免了他罪,封他都做巡檢,差他前去擒捉方臘。左右人,便張掛起招安的榜者。(左右應了。同下)

(二末改扮貨郎擔兒同上。云)自家是李山兒、燕青,爲因前日打傷了趙都巡,這幾日不知東平府信息。蒙哥哥宋江差俺去東平府打探事情,俺扮做箇小貨郎兒,擔着擔兒,便入城去走一遭。

【雙調】【新水令】將我這蛇皮鼓摇響入城闉,打扮做箇貨郎兒不辭勞困,穿一件青袴褶,戴一頂黑頭巾,賣着些百様時新,俺入城去怕盤問。

(做摇鼓兒科)調搽官粉、蜜蠟胭脂、尿葫蘆帶解粥杓兒。(守門軍喝云)這兩個貨郎兒那去?

【駐馬聽】(二末)俺每日價撞幢沿門,走遍了南村共北村。小人每安貧守分,發脱了一兩得的十文。

(門軍)放您進去。(二末)

轉過這小隅頭鋪面列的均匀,我向那大牌樓街道行的安穩。

(扮一旦引倈上唤科)(二末)

猛見個嬌艶人,倚門兒唤俺索胭粉。

(旦一件件問科)(二末回問科)

【鴈兒落】也有那真珠冠翠朵雲,也有那瑪瑙盞纏絲暈,也有那金鑲成玳瑁梳,也有那玉碾就連環印。①

【水仙子】也有那琉璃落索恰如真,也有那錫蠟釵環白似銀,也有那鳳頭鞋底剛三寸,也有那蠟胭脂香蛤粉。子這洞庭柑噀手香薰,青州棗甜如蜜,鄭州梨重一斤,陝州葱帶葉連根。

(旦又問,答云云)

【沽美酒過太平令】(二末)也有那麝香茶各等分,也有那食香藥性皆温,也有那澡豆盒兒洗面盆,也有那松江的手巾,也有那長頭髭木犀潤,也有那揚州鑄青銅古鏡,也有那福建綉彩色羅裙,也有那象牙靶

① 【眉批】小行貨賣弄聲口絶似。

刀兒鋒刃，也有那累絲做抹金掩鬢。姐姐你自忖，俺便肯，還的價兒要穩，但説的都皆隨順。

（旦）我只要這一對掩髩兒，等我丈夫回家來時還你錢。（二末）姐姐，你丈夫那里去了？（旦）看榜去了。（二末）看甚麽榜？（旦）前日有兩個賊在城裡打劫了趙都巡，如今官司出榜，招安他自首免罪。（二末）是甚麽賊？（旦）却是梁山泊的黑旋風李山兒和浪子燕青。這幾日四門上緊，正是爲這兩個賊弟子孩兒。（二末）你休駡他，俺也去看一看榜去也。（虚下）

（扮掛榜一人上，張榜科）

（扮四五人上，看榜科）（二末挑擔上問科）（衆云云了。衆）那黑入娘賊，不争他在趙都巡家閙了一夜，這幾日城門上賣的菜也無一擔進來。虧你兩個大哥，怎地得進來？（二末）誰是黑入娘賊？（衆）是宋江一火的李山兒，那剁頭該剮的，剔髓抽筋的，明日拿住那厮，碎剮了他。

【川撥棹】（二末）猛聽的説原因，駡的那李山兒實是狠，他駡道剮骨分身，剔髓抽筋，好教人耳熱燒輪，怒氣氤氲，

倒教人阿叱，阿叱，

打了幾箇涕噴，也得你那黑爹爹强自忍。

（衆下）（二末看榜了，要回科）

（外上云）老夫是李懺古，爲我家中女兒，這幾日鄉村中都巡捕盜賊，聽得出榜，來看一看。（做撞見二末，先不認得，問了，方認得科）（二末）俺山中快樂，風高放火，月黑殺人，千自由，百自在。如今官府裡招安，許俺做官，俺怎地肯出來？（外）你兩個哥哥差見了，老夫平日直實，不會趨諂関人，你兩個哥哥又是我大恩人，我將好心勸你：你每這三十六個好漢，都是有本事有膽量好漢子，似那“智多星”吴加亮又有智謀，何不因這機會，出來首官，與官裏盡忠，南征北討，得了功勞，做箇大官，封妻廕子，喫堂食飲御酒，不强似你每在那牛皮帳房裡？每日殺人，又不安穩，那賊名兒幾時脱得？如今南方方臘家正作耗，你回去和宋江哥哥商量了，首官出來，與官家出氣力，盡忠報國，十分好也。（二末拜

謝科)

【梅花酒】我這里聽議論喜色津津,便出城門跋涉紅塵,改過從新。到山寨勸大哥情願首做良民,我如今也自忖,也自忖願隨軍,願隨軍報深恩,報深恩向南閩,向南閩敵蠻人,敵蠻人建功勳,建功勳報捷聞,報捷聞到楓宸,到楓宸聽絲綸,聽絲綸做官人,做官人列重裀,列重裀衣禄準。

(外)你悔過了却不好?

【收江南】(二末)呀這的是一朝官裹一朝臣,憑着俺能争敢鬪蕩煙塵,管教那四方寧静樂千春,俺三十六人活擒方臘見明均。

(外)如今你回去,蚤來歸順,都要除做巡檢哩。

【尾聲】(二末)做巡檢的職分須忠順,比俺那竊窟剜墻的到穩,從今後賊見賊不相饒,

老叔叔,别了你回去也,

俺子是恩酬恩,報了本。

(同下)

楔　子

(扮朗孤上。云)吾乃元帥張叔夜,今蒙官裹差統軍士來南方收捕海賊方臘。昨日與他對敵,不曾嬴的他,今又來搦戰,誰敢去走一遭?

(浄扮小將蔡守堅上。云)小將是蔡守堅,今願往破賊去。(云云了。衆下)

(扮方臘上)

(浄上相持,做敗了科)

(扮宋江一行上)

【賞花時機子】(李)不是山兒敢自誇,我覷的賊兵如戲耍,只消得多半晌一時霎,鞭丢棒打,恰便似風力捲殘霞。

(做戰鬪,勝科了)

【幺】戰勝的官軍膽力加,戰敗的賊兵險諕煞,如砍瓠似切瓜,捉拿了

方臘，奉獻與宋官家。

（下）

第五折

（扮朗孤上。云）①下官引兵征勦方臘，已差新降頭領宋江等三十六人去與賊人交戰，未知勝負如何，偌蚤晚不見探子回也。

（扮探子走馬上。唱科）

【黄鍾】【醉花陰】馬兒上掇肩氣吁喘，走的緊争知路遠，過了些高峻嶺、大平川，到得軍前，細細地重敷演。

（孤）探子回了？你把兩家厮殺的勢慢慢説來。

【喜遷鶯】（探子）兩家將對着征駞，看俺那黑旋風軍中將武藝展，有宋江機變，更有個吴加亮膽智雙全。聲傳鼓角喧，百萬隊貔貅列的圓，在陣前忽剌剌狂風捲地，昏鄧鄧②土雨遮天。

【出隊子】與他那南蠻交戰，呀、呀、呀先輸了蔡守堅，子見那大刀關勝敢争先，浪子燕青馬驟圓，更合着李海、朱仝英氣全。

【幺】一個個升回斗轉，呼延綽使鐵鞭，神行太保似風旋，浪裏白跳占住船，更有個赤髮鬼劉唐把定咽。

【刮地風】霹靂火秦明將雲霧捲，一箇箇虎臂熊肩，把賊兵殺得難回轉，散走郊原。鎗對鎗寒光如電，刀迎刀雪鋒似練，弓拽圓弩放弦，透金盔喝聲着箭，裙襴透甲葉穿，見南蠻臥滿平川。

（孤）可曾捉得賊首方臘麽？

【四門子】（探子）黑旋風不捨心無倦，凱征鼙再向前，把蠻兵隊裏搜尋遍，方臘賊難放免，溝澗裏行，林浪裏穿，蕩殘軍殺的似一道煙，馬又乏人又喘，望着俺中軍偌遠。

【水仙子】到江邊恰撞見，鎖子鎧鐵頓項身上穿，勒住馬雄糾糾當先，明晃晃獸袋中彎弓插箭，見吉丁的火尖鎗忙去刺雙肋腹前，見可擦的

---

① 【眉批】通折敷暢。

② 【眉批】鄧，音鄧。

三停刀劈將去帶耳連肩,見疏剌的虎眼鞭兩臂上着一箭,見可的把方臘活挾離錦鞍韉。

【尾聲】這一場掃蕩煙塵把功獻,從今後四海安然,將他那黑旋風李山兒名越顯。

(孤)喜的賊人已平,一面申奏朝廷,將宋江、李逵一行人加官陞賞便了。(仝下)

黑旋風仗義疎財雜劇(脈望館本)

【劇目簡介】

雜劇,明初朱有燉作。小説《水滸傳》中無類似劇情。

脈望館鈔校本古今雜劇本,署名"周王誠齋",標題作"黑旋風仗義疎財雜劇",題目作"趙都巡行兇倚勢",正名作"黑旋風仗義疎財"。四折,每頁十行,每行約十七字,後有穿關。

劇演趙都巡下鄉催糧,要强娶李撇古女兒千嬌,李逵和燕青拔刀相助,打跑趙都巡,并將買到的糧食贈給李撇古。趙都巡再次逼親,李撇古到梁山告狀,李逵與一丈青化妝下山,大鬧洞房,打跑趙都巡。武松和雷横遵宋江令下山協助李逵等人,于寺廟中碰到逃脱的趙都巡,將其擒回梁山處死。情節與宣德刊本差異較大。

頭　折

(冲末宋江同吴學究領僂儸上)(宋江云)

幼小鄆城爲司吏,因殺娼人遭迭配。

姓宋名江字公明,綽名"順天呼保義"。

某姓宋名江字公明,綽名"順天呼保義"。某曾爲鄆州鄆城縣把筆司吏,因帶酒殺了匪妓閻婆惜,被巡軍拏某到官,脊杖六十,迭配江州牢城營。路打梁山過,有某八拜交的晁蓋哥哥知某有難,引半垓來小僂儸下山救某,將監押人打死,救某上山,就讓我坐第二把交椅。晁蓋哥哥因打曾頭市①身亡之后,衆弟兄讓某爲頭領。某聚三十六大夥,七十二小夥,半垓來小僂儸,嘯聚在此八百里梁山。寨名水滸,泊號梁山,縱橫河港一千條,四下方圓八百里。東連大海,西接濟陽,南通巨野、金鄉,北靠青、齊、兖、鄆。有七十二道深河港,屯數百隻戰艦艨艟;三十六座宴臺,聚百萬軍糧馬草。聲傳宇宙,五千鐵騎敢争先;名播天庭,三十六員英勇將。某聲傳宇宙三千里,名播華夷四百州。俺這梁山上離東平府不遠,爲因缺少糧米,今差浪子燕青、山兒李逵多將些錢物,去東平府糴些糧米,與衆食用也。(吴學究云)哥哥主鑑萬無一失也。(宋江云)小僂儸説與山兒李逵、浪子燕青,着他二人收拾便行,路上小心在意,疾去早來。

傳令今朝即便行,二人莫得暫消停。

將那軍糧飯米多糴買,恁時方見顯功能。

(同下)

(李懺古同卜兒領旦兒、兩箇倈兒上)(李懺古云)

急急光陰似水流,等閑白了少年頭。

月過十五光明少,人到終年萬事休。

老漢東平府利家村人氏,姓李,平日間心直口快,人皆唤我做"李懺古"。嫡親的五口兒家屬,這箇是我的婆婆崔氏,女孩兒千嬌,長年一十八歲,這兩箇是我的孩兒,大的十二歲,小的十歲。爲因老漢家貧,拖欠了官糧五十餘石,官府催併收納,老漢無計所柰,將這兩箇孩兒前去東平府城内賣了,買些米糧納官。行到這半途之中,天色晚了也,兀的前面一座古廟。婆婆,俺都入這廟中宵宿一夜,明日入城,未是遲里。(卜兒云)俺去來。(同入廟科)(李懺古云)俺來到這廟中也,看有甚麼人來。

(净趙都巡領张千上。云)

倚仗權豪害百姓,全憑勢力敢欺人。

街下小民聞吾怕,則我是權豪勢要趙都巡。

---

① 底本原爲"三打祝家庄",塗改爲"打曾頭市"。

小官姓趙，人見我利害，都唤我做"趙老虎"。做着箇都巡，誰不怕我？如今上司的言語，着我在這東平府一路催糧，引着伴當每，一者催糧，我也刁蹬他來麤米，少好問他要些東西。無糧的不必說，我要了他錢物，還問他要米，若無米時，着他家典兒賣女，也要納糧。又一件，我若見人家好器皿甑好，我便要；若有那好兒好女，我問他要。若與我呵，我將他那糧米也饒了；若不與我呵，我着他加倍兒納糧。今日走了一日，張千，將着些酒食，天色晚了，也趕不上城門。前面一箇廟兒，俺去那里宵歇一夜，明日早入城去，也未遲里。張千，你廟裏看去。（張千云）理會的。我入的這廟來。（見科。云）有這幾箇鄉民在這里，我回報大人去。（做見趙都巡科。云）大人，有一箇老子和他婆婆，領着箇女孩兒，又有兩箇小孩兒，大小共五口兒，都在廟中哩。（凈趙都巡云）我試看去。我入的這廟來。（做見李㦬古科。云）你是甚麽人？（李㦬古云）老汉姓李，是李㦬古，婆婆崔氏，女孩兒千嬌，有兩箇孩兒。老汉家貧，因拖欠官糧五十餘石，官府催併，收納無計所柰，將這兩箇小的前去東平府城内賣了，買些糧米納官。來到這半路，天色晚了，也來到這廟中，宵宿到天明，來日入城去。（凈趙都巡云）兀那老子，你不認的我？我是催糧的趙都巡，你這庄家十箇九箇不肯納糧，則說窮，我兒也，你若糧遲了，你也知道趙都巡的名兒。我把你這庄家每打殺了。（李㦬古云）老漢不認的相公，我是窮百姓，則爲無錢納糧，我如今賣了我這孩兒，得些小錢物，買來①納官。老漢若有錢呵，怎肯賣了我的孩兒？（凈趙都巡云）你有兩箇兒，一箇女？（做看科。云）好箇女孩兒，好東西兒，我正少箇夫人里。我有心要這箇女兒，我難開口說。張千，你和那老子說去，他賣那小兒呵，誰肯買？你說我正少箇夫人哩，他若將他那女孩兒與我做箇夫人，我就不要他納糧，則憑我，你說去。（張千云）大人，則怕他不肯麽。（凈趙都巡云）不妨事，你則說去。（张千云）理會的。（做見李㦬古科。云）兀那老

① 應爲"米"。

子,俺大人説來,你如今賣這兩箇小孩兒也無人肯買,俺大人少箇夫人,你若肯將你那小姐與俺大人做箇夫人,就不要你納糧。你可意下如何?(李撇古云)你好不曉事!我賣孩兒是我無計所柰,爲納官糧,兩箇裏賣了一箇。這女孩兒若是與人家,也要箇三媒六證,這黑天暮地,問親可是甚麽道理?我斷然的不肯。我這女孩兒不嫁他。(張千云)你既然不肯,我回大人話去。(做見趙都巡科。云)大人,小人問那老子説此親事,他則賣他那兩箇孩兒納糧,不肯嫁他那女孩兒。(净趙都巡云)他不肯,我自和他説去。兀那老子,你也有福,我與你做箇女婿,將你這女兒與我爲妻,我也不辱末你。(李撇古云)相公,老漢眼睛一對,臂膊一雙,則看着這箇女孩兒,我的糧可散與别人?老漢納不起,便和别人一般,我情願賣了這兩箇小的納糧,我這女孩不嫁你。(净趙都巡云)若與我做夫人,把你這五十石米也不問你要,就饒了你。(李撇古云)相公,是何言語,怎麽强要我的女孩兒,准折官糧?那里有這箇道理,還虧你爲官哩!(净趙都巡做怒科。云)這箇老弟子孩兒可無禮也!你還不知道我的名兒,則我便是趙老虎,你又不納糧,又罵我!張千,將這老的和那小厮都吊在樹上。(張千云)理會的。(做吊李撇古、卜兒、大倈兒科)(净趙都巡云)休諕着他女兒,是我的夫人里。將我那帶來的酒食着他女兒與我遞一鍾。(張千云)理會的。酒在此。(旦兒做把盞哭科)(净趙都巡云)姐姐,你休啼哭,我也不辱末你。(李撇古云)天那,可着誰人救我也!

(正末扮山兒李逵同燕青上)(正末云)這里也無人,自家山兒李逵的便是,這箇是“浪子”燕青。奉俺宋江哥的將令,因爲梁山上缺少糧米,差俺兩箇往東平府糴買一百餘石糧,趕着五輛大車,行至半途,天色晚了也,前面又無村房道店。時遇秋天凉月,迢迢路途中是好景致也。(燕青云)哥哥,俺自離了東平府糴了米糧,一路無事,時遇秋天,你看那:

三秋美景最堪憐,靄靄凉風下碧天。

紅葉滿山鋪蜀錦,黄花遍地綻金錢。

荷減緑，柳衰顔，碧梧飄葉漸凋殘。

秋光佳興宜觀賞，丹青堪寫畫屏間。

端的是好景致也！（正末云）兄弟也，你説的是，好秋景也呵！

【仙吕】【點絳唇】看了這一帶青山，兩行白鴈，秋空晚，楓葉凋殘，籬菊迎霜綻。

（燕青云）哥也，你看那古岸邊，翠萍鋪水面，渡口纜魚船，白蘋紅蓼宜秋景，騎牛頂笠牧童歸，是好景致也。

【混江龍】平堤古岸，小舟閑却釣魚竿，黄蘆野水，紅蓼沙灘。遥聽犬聲行客喜，倒騎牛背牧童還。趁着這半竿斜日把①後車催，遥望見幾家燈火將前村盼，正投林鳥倦，山岫雲閑。

（燕青云）哥哥，俺這一遭奉着宋江哥將令，差俺弟兄兩箇去東平府糴買米糧，路途遥遠，煞是費心勞力也。

【油葫蘆】千里驅馳兩鬢斑，風露寒，猶勝如煙波名利大家難。經了些羊腸古道行程遠，看了些馬頭風月吟鞭懶，亂石堆高嶺環，斷橋横淺水灣。正值着滿川黄葉郊墟晚，呆答孩斜倚寶雕鞍。

（燕青云）哥哥，天色晚也，俺前不着村，後不着店，前面一座古廟，嗒且入廟中宵宿一夜，明日早行，不知哥哥意下如何？

【天下樂】我可甚時復高歌把劍弾，入得這門也波闌。

（做望科）（唱）

遥望見古廟間，我這里見佳人手擎着村務盞，狂客被歌酒迷，好花教風雨殘，一箇箇蹙愁眉淹淚眼。

（燕青云）哥也，你看那一箇人領着他那從人，吊着幾箇人打，那箇女孩兒在傍邊啼哭，不知爲何？俺向前問他咱。（正末云）你是問他去。（燕青云）官人支揖，這三口兒爲是麽吊在這樹上打？（净趙都巡云）一箇好大漢也。那裡走的他來？我這裡幹官事哩，你問他怎的？你去休管他！（燕青云）他也説的是，哥也，俺休管他，則看着嗒米糧去也。（正末云）等我問那老的去。（做見李懒古科。云）兀那老的，你爲何着他吊着打？（李懒古云）官人

① 底本原作“將”，塗改爲“把”。

不知,老漢是李懒古,東平府人氏,因爲缺少官糧五十餘石,我無計所柰,要將這兩箇小的賣了陪納官糧,不想到此廟中,遇着這箇官人强要我女孩兒爲妻。官人,你怎生救我咱?(正末云)這厮無禮也!古人説“路見不平,拔刀相助”。(正末做攧净科。云)官人勿罪也。(净趙都巡云)你是甚麽人?(正末云)這老的是俺親眷,將着一百石糧,就替這老的還了五十石,官人放了他罷?(净趙都巡云)你是他的親眷?好、好、好!我如今要娶他的女孩兒做夫人,你肯替我保此親事,我便放了他。(正末云)官人要時,等他納了糧,却使媒人來説,可不好?(净趙都巡云)你放屁!我如今就在這廟裏成親,我一石米也不要他納。你怎生説納了糧,使媒人來問,我怎麽等的?我如今便要成親也!(正末云)噤聲!

【醉扶歸】你這厮忒淫濫污官宦,將百姓苦傷殘。

(净趙都巡云)上司有命,着我催糧,我非是私來詐到。(正末云)你便做催糧呵,(唱)

不曾着你倚勢把平人婦女姦,這是你將公事能迭辦。

(净趙都巡云)這厮無禮,小的每打這厮。(張千云)理會的。(做搶科)(燕青云)這厮每快走,一箇上來一箇死。(做趕張千下)(正末云)我打這匹夫去。(燕青云)哥,喒休趕他。(唱)

我打這厮左右人幫閑鑽懶,那些兒肯救濟民塗炭?

(净趙都巡云)我兒也,你敢惹禍也,我敢打你也。(做打科)(正末做趓科。云)我打這厮。(打科)

【金盞兒】我見他逞兇頑,我則一頓打的你彎跧,則我這莽拳頭上舉起須無眼,打的他似零星散,恰便似顛癇,打的他刺臨侵尋鬼窟,慌篤速拜神壇。

(净趙都巡云)打殺我也,神靈救我咱!金鞭指路,聖手遮攔。(唱)

他剗的叫金鞭來指路,望聖手緊遮攔。

(净趙都巡云)不中了,我與你走、走、走!(下)(正末做解科。云)這厮走了也。我解放下這老子者。(李懒古云)若不是兩位哥哥救了老漢，那裡討我那性命來？敢問二位哥哥，通名顯姓咱？（正末云）兀那老的，你休驚莫怕。俺不是歹人也。（李慽古云）誰敢道哥哥是歹人，則是通名顯姓咱。（正末云）則我是宋江手下第十三箇頭領山兒李逵，兄弟是浪子燕青。老的也，俺不是歹人也。（李慽古背科。云）你是賊的阿公哩。多謝了二位哥哥，救了俺一家兒的性命，我如今往城裏去將這小的孩兒賣了，買些糧米納官去也。（正末云）兀那老的，你還家中去，那趙都巡再來要你女孩兒，你上梁山來告俺宋江哥哥，我與你做主。（燕青云）兀那老的，你則牢記着俺弟兄兩箇。哥也，俺回宋江哥話去來。

【尾聲】我一心待濟孤貧，半世扶危難，怎肯把仗義疎財意懶。試看山兒這一番，直教那潑無徒膽戰心寒。若回還，俺哥哥喜笑開顔。

（燕青云）兀那老的，你該納多少糧米？（李慽古云）老漢該納五十石官糧。（燕青云）哥哥，俺與他這五十石糧米上納官去。（李慽古云）老夫不敢將這糧米回去。（正末云）你將去不妨事。（李慽古云）多謝了二位哥哥！救了俺一家兒性命，又替我納了官糧。哥哥是重生我的父母，再長我的爺娘，俺一家兒口中銜鐵，背上搭鞍，報答二位哥哥也。（燕青云）哥哥，俺與了他這五十石糧米，回到山寨上，則怕宋江哥哥怪俺麽。（唱）

便與了他五十石糧食有甚罕？

（李慽古云）二位哥哥，那趙都巡再來要俺女孩兒可怎了也？（唱）

他再要你女孩兒擎臺過盞，再若是强姦厮犯，我把那趙都巡的濫官銜翻做鬼門關。

（下）（燕青云）兀那老的，你到前面有危有難，上梁山來告俺宋江哥哥來，俺便與你做主。無甚事，上梁山回宋江哥哥話，走一遭去。

到梁山説的分明，趙都巡倚勢欺人。

李慽古銜冤負屈，拏無徒斬首施行。

（下）（李慽古云）誰想遇着這箇趙都巡將老漢折磨了這一場，若不是那兩箇哥哥救了俺,可怎了也?又與了我五十石米糧,婆婆、孩兒,嗒還家中去來。

俺衆百姓身遭苦楚,半路里銜冤負屈。

遇着這二太僕仗義踈財,我將糧米城裏納去。

(同下)

第二折

(李𢡟古同卜兒、旦兒、倈兒上)(李𢡟古云)老漢李𢡟古是也。自昨日被那趙都巡强要我女兒爲妻,不想遇着兩箇哥哥救了我女孩兒,又與我五十石糧,教我納官。今日將着這五十石糧,去城中交納去也。婆婆,若有梁山上那兩箇哥哥來時,好生管待他,老漢今日納糧去也。(同下)

(净趙都巡上。云)自家趙都巡是也。我往城中催趲糧去,在廟中見一女子,他生的如花似朵,我一心要他爲妻。不想被兩箇人把我打的走了,問人來,則這一家兒便是李𢡟古家。我好歹要了他這女兒。李𢡟古在家麽?

(卜兒上。云)是甚麽人叫門?我開開這門。(做見科)(净趙都巡云)好也,你着人打的我好也!打了也罷,我如今一心要你這女兒爲妻,你若不與我呵,你一家兒性命也不饒。我明日再着人來説,擇吉日良辰,好歹要娶你女兒。我回去也。(下)(卜兒云)哎約,怎生是好也?等我那老的來家,與他説知,做何理會?天也,兀的不痛殺我也!(下)

(宋江同吴學究領僂儸上)(宋江云)

謳歌如征戰,波聲似鼓齊。

兩行蒲舞劍,一派葦摇旗。

某乃宋江是也。前者差燕青、山兒李逵去東平府糴買糧米,去則説東平府官吏好生苦害黎民。東平府有一家人家姓李,名唤做𢡟古。他有兩箇孩兒,有一箇女孩兒,因爲無錢納糧,他要將那小的箇孩兒賣了,陪糧納官。五口兒離了家中,到的半路,天色晚了，到一廟中宿歇，不想遇着一人，是權豪勢要趙都巡。那厮催糧去，也來到那廟中，見那李㰂古領着那女孩兒，他要那女孩兒爲妻，見他不肯，也將他三口兒吊起來打考追糧。不想正遇着俺兩箇兄弟燕青、李逵，勸那趙都巡，那厮不肯放，兩箇兄弟糴買的糧與了李㰂古五十石，替他納了官，救了一家兒人家。學究哥，我想兩箇兄弟，雖然與了他五十石米，可也是救人之難也。(吴學究云)他二人行的是也。(宋江云)小僂儸，一壁厢安排酒餚，與兩箇兄弟洗塵。小僂儸門首覷者，但有事報復我知道。(僂儸云)理會的。

(李㰂古上。云)

歡喜未盡，煩惱到來。

老漢李㰂古的便是，自從那一日遇着梁山上兩箇哥哥，一箇是山兒李逵，一箇是浪子燕青，救了俺一難。不想那趙都巡親自領人來説，强要我女孩兒爲妻。他是有權勢的人，我無處告他，那兩箇哥哥説來，别處也近不的他，我如今上梁山告宋江哥哥，走一遭去。可早來到也。山上有人麽？(僂儸云)那里來的？(李㰂古云)哥哥，休放狂弓冷箭，老漢是城裏來的百姓，有冤屈事特來告狀。(僂儸云)兀那老的，你是那箇城裏的百姓？(李㰂古云)老漢是東平府百姓，特來告狀。(僂儸云)你則在這里等我報復去。(做報科云)喏！報的哥哥得知，有箇東平府的百姓，特來告狀。(宋江云)他怎生不去衙門裏告狀，可怎生來俺這裡告？(吴學究云)想是貪官污吏不能分理，俺與他做主咱。(宋江云)學究哥言者當也。小僂儸，着他過來。(僂儸云)理會的。着過去。(李㰂古做見跪科)(宋江云)兀那老的，你那里人氏，姓字名誰，有甚麽冤枉？不去大衙門裏告去，來俺這梁山上告理？你慢慢的説一遍，我試聽咱。(李㰂古云)告太僕，停嗔息怒，暫罷虎狼之威，聽老漢慢慢的説一遍。老漢是東平府利家村人氏，姓李是李㰂古，嫡親的五口兒家屬，一箇婆婆，一箇女孩兒，有兩箇兒子。老漢因爲缺少官糧，欲待將我兩箇小的賣了，買這米糧納官，行至半途，天色已晚，到於古廟中撞着箇催糧的趙都巡强要我女孩兒爲妻。老漢不肯,將俺三口兒吊起來,百般打考,不想撞着兩箇大漢哥哥,救了老漢,又替我陪了官糧。老漢到的家中,那趙都巡領着人到我家中强要俺女孩兒。俺婆婆支對的去了,那趙都巡説到明日領的媒人來,要娶俺女孩兒。老漢無處告他,太僕爺爺,我這冤枉恰便似天來高、地來厚、海來深、道來長,柔軟莫過溪澗水,不平地上也高聲,懷揣萬古軒轅鏡,太僕爺爺,照察俺銜冤負屈人。(宋江云)誰是李懺古?(李懺古云)則老漢便是李懺古。(宋江云)你便是那李懺古?學究哥,恰纔説罷,他真箇來告狀。(吴學究云)哥哥,俺與他做主也。(宋江云)兀那老的,如今趙都巡要你女孩兒,我如今便差山兒李逵,這人性如烈焰,直似弓絃,我如今唤將他來,左使着機關。兀那老的,你且一壁有者,小僂儸,與我唤將山兒李逵來者。(僂儸云)理會的。山兒李逵安在?

(正末扮山兒李逵上。云)有、有、有!

【中吕】【粉蝶兒】這些時閑坐在山營,忽聽的唤山兒急忙答應。我將這夾鋼斧磨的來耀日争明,者莫差我去探官軍劫牢獄救人之命?我怎肯消停,我將這白褡膊緊緊的拴定。

【醉春風】我這里整頓了茜紅巾,提掇起納襖領,我出門來聞不的,呸,一陣血風腥,將咱這膽量來逞逞。

(僂儸云)山兒李逵,哥哥呼唤。(唱)

他那里高叫連聲不住的唤吾名姓,您這般把咱催併。

(正末云)報復去,道有山兒李逵來了也。(僂儸云)理會的。喏!報的哥哥得知,有山兒李逵來了也。(宋江云)着他過來。(僂儸云)理會的。過去。(正末做見科。云)喏!哥唤山兒李逵,那廂使用?(宋江云)兄弟也,我唤你來,有一樁事,你是猜咱?(正末云)您兄弟試猜咱。

【紅繡鞋】莫不是探水寨與人争競?

(宋江云)不是。(唱)

莫不是下梁山打探軍情?

(宋江云)不是。(唱)

莫不是有冤屈告狀人要分明？

(宋江云)也不是。(唱)

莫不是方臘賊來作耗？

(宋江云)方臘他怎敢犯我邊境？不是。(唱)

莫不是蔡衙内忒胡行？

(宋江云)也不是。(唱)

莫不是有官軍來侵俺界境？

(宋江云)你都猜不着,這里有一箇人,你和他相見咱。(正末云)哥也,是甚麽人？(宋江云)小僂儸,唤將那老的來。(僂儸云)理會的。兀那老的,俺哥哥唤你里。(李慽古云)哥哥,唤我做甚麽？(宋江云)山兒,你認的他麽？(正末云)兀的不是李慽古？那趙都巡又來欺負你來麽？(李慽古云)太僕哥哥,被趙都巡欺負殺老漢也!(正末云)哥也,則他便是李慽古。(李慽古云)前者多虧了哥哥替我納了官糧,他强要我女孩兒爲妻,見我不肯,也百般的欺負老漢。我無處去告他,我一徑的上山來告,太僕怎生與老漢做主咱。

【石榴花】聽説罷氣撲撲惡向膽邊生,直恁地將百姓每忒欺凌,便做他倚官挾勢莽施呈,也有箇三媒六證問肯方成,便做是窮庄家不敢違尊命,也存些天理人情,却怎生走將來不下些花紅定,平白地强奪了箇女娉婷？

【鬭鵪鶉】堪恨那廝短幸難容。

(宋江云)你敢與他雪冤報讎去麽？(唱)

這雪冤讎我與你便親身願領。

(宋江云)你獨自一箇可也去不的,我再差史進、徐寧和你去。(唱)

也不要史進、徐寧。

(宋江云)我着武松、魯智深同你去。(唱)

也不要武松、魯智深。

(宋江云)依着你可要那一箇頭領去？(唱)

我則要那敢戰官軍一丈青。

（宋江云）你要一丈青去？他是箇女將，你和他去，他有甚麽見識？（唱）

我扮做箇女娉婷，也學些抹粉搽胭，權做一箇油頭粉頸。

（宋江云）小僂儸，與我唤將一丈青來者。（僂儸云）理會的。一丈青安在？

（一丈青上。云）

巡山伏路爲活計，打家截道覓營生。

隨定這越嶺爬山王矮虎，則我是敢戰官軍一丈青。

自家一丈青的便是。正在後山中，有小僂儸來唤，不知有甚事，須索走一遭去。小僂儸，報復去，道有一丈青來了也。（僂儸云）理會的。喏！報的哥哥得知，有一丈青來了也。（宋江云）着他過來。（僂儸云）理會的。過去。（一丈青做見科。云）宋江哥，喏！哥唤一丈青有何事也？（宋江云）唤你來，别無甚事，則爲這東平府李懒古來告狀，有箇權豪勢要的趙都巡强要他女孩兒爲妻，他無處申訴，因此來告我。我如今差山兒李逵去，他盡知這庄事。你如今和山兒兩箇下山擒拏趙都巡，走一遭去。（一丈青云）理會的。（宋江云）山兒，你這一去，怎生拏那趙都巡？你先敷演一遍，我試聽咱。（正末云）哥也，您兄弟着這李懒古領我到他家裏，着他那女孩兒藏開，我扮做他的女孩兒，穿了婦女的衣服，將盖頭盖了我頭臉，着一丈青扮做箇媒婆，與趙都巡家題親。他必然將轎子擡的我去，到那趙都巡家，我自有箇主意。（宋江云）兄弟此計大妙，則要你小心在意者。

【上小樓】那厮他在家中坐等，他將那簾兒揭定，我若是入得前門，到的中庭，坐列幃屏，他那里會衆賓，鼓樂聲，將花紅滿徑，你看我便扭扭捏捏的騎鞍驀鐙。

（一丈青云）哥哥此計大妙。（宋江云）他若認出你來，你再怎生計較？

【么篇】一覺地揭了盖頭，見了我醜面形，我一隻手揝住頭稍，摔下堦基，打碎他天靈，我直教諕的满城，鬧五更，不知名姓，到來日俺安安穩穩的便上山來復命。

(宋江云)既然兩箇兄弟有不平之氣,一心要去與李撇古做主,救他女孩兒,两箇兄弟,則要您小心在意者。(一丈青云)哥哥放心,俺这一去,必然拏將那厮來也。(宋江云)則怕他手下有是麽英雄好汉,你可怎麽近他也?

【耍孩兒】這一場雪冤報恨無乾浄,我打的那濫官吏潛踪滅影。

(宋江云)我撥幾個小僂儸送你下山寨去。(唱)

也不索小僂儸相送下山程,只消得黑旋風、一丈青的英雄,向人叢裏若見他喝一聲骨突突江河沸,到城市裏若見他喝一聲骨突突江河沸,到城市裏若共他併一千合忽剌剌山嶽崩,憑着我雙拳硬,一條鎗神出鬼没,夾鋼斧月樣風生。

(宋江云)您兩箇則今日離了山寨,擒拏趙都巡去,兄弟也,則要你道的應的也。(正末云)哥也,你放心也。

【尾聲】不是這李山兒誇大言,這一丈青敢自逞,我若見那倚官强害百姓的無乾浄,我將那厮死狗般拖將來,恁時證了本。

(下)(一丈青云)哥哥放心,俺這一去,必然成功也。

不用長槍和巨斧,准備細索蔓麻繩。

舒出捉將挾人手,這一去活拏賊子趙都巡。

(下)(宋江云)兀那老的,你則今日跟着兩箇兄弟到你家中,他必然與你報了讎也。我再差人接應去也。(李撇古云)多謝了太僕。老漢則今日先回家中去也。(下)(宋江云)小僂儸,山兒去了也?(僂儸云)去了也。(吴學究云)哥哥,你再有何計較也?(宋江云)哥也,我如今再差“鐵棒”雷横和武松接應他去。無甚事,後山中飲酒去來。

李撇古負屈銜冤,趙都巡倚勢挾權。

差李逵拏上上寨,將首級斬在坡前。

(同吴學究、僂儸下)

第三折

(净趙都巡領張千上)(净趙都巡云)

洞房花燭夜,金榜掛名時。

自家趙都巡是也。我今日使箇媒人娶夫人去,他怎敢不與我?今晚就要過門成親也。人有所願,天必從之。張千,門首覰者,看有甚麽人來。(張千云)理會的。

(一丈青上。云)這里也無人,自家一丈青是也。下的山來到這東平府城裹,我打扮做箇媒人,我自在趙都巡家門首前後走,他必然着人尋箇媒婆。門首立着箇祗候人。哥哥,這箇是趙都巡相公家麽?(張千云)則這里便是。(一丈青云)既然是趙都巡大人家,你報復去,道有媒婆來見。(張千云)理會的。大人,有媒婆在門首。(净趙都巡云)着他過來。(張千云)理會的。過去。(一丈青見科。云)大人萬福。(净趙都巡云)你是甚麽人?(一丈青云)我是媒婆。(净趙都巡云)兀那媒婆,我使你去李懺古家説親事去,可是如何?(一丈青云)官人放心,我這一去,便娶將來。成了親事,多多的賞賜我。(净趙都巡云)不打緊,則要你幹事的當着。(一丈青云)我知道。則今日便去李懺古家問親,走一遭去。(下)(净趙都巡云)媒婆去了。張千,唤箇山人來者。(張千云)理會的。出的這門來,則這箇便是山人家門首。山人在家麽?趙都巡大人有請。

(净扮先生上。云)

我做先生性磨拖,選日合婚事業多。

若發課常川不准,論筭命多裹撈摸。

自家是箇二宅先生。正在家閑坐,相公呼唤,不知有甚事。(見張千科。云)哥,相公呼唤在下,有何使令?俺見相公來。(張千云)來到也。等我報復去。(報科云)大人,山人來了也。(净趙都巡云)着他過來。(張千云)理會的。過去。(净先生見科)(净趙都巡云)兀那山人,今晚間娶親過門,用甚麽東西?你説與張千，一一准備。（净先生云）理會的。（净趙都巡云）張千便與我安排酒食。這早晚不見來到，兀的不鼓樂響，敢待來也。

（一丈青領鼓樂、轎子擡正末上）（一丈青云）你慢慢的行，休要顯出來。（正末云）我知道。

【正宮】【端正好】搽畫得我頰腮紅，拴束得我腰身細，學婆娘苫眼鋪眉。

（一丈青云）哎約，請下轎兒來行。（正末做下轎科。唱）

下轎來一跳有十石力，忍不住麤豪氣。

（一丈青云）不要顯出來。（正末云）我知道。

【滚繡毬】扮做個婦女每，跟定箇豹子媒，那里取畫堂春一團嬌媚。我從來不慣喫裙帶上衣食，你看我撇刀兒勾一尺，

（一丈青云）呀，拽下那裙兒來者。（唱）

爪老兒墨定黑，

（一丈青云）呀，遮了你那手者。你盖了臉者。（唱）

把蓋頭遮了我一部髭髯，那里取傾城色玉骨冰肌，恰便似三門前娶得箇金剛女，本是箇梁山寨生成的豹子妻，知他甚娘喬爲？

（一丈青云）可早來到也。夫人，請入家裏來。（入門科）（净先生云）一步一花開，二步二花開。鋪展黄道席，先請新人下轎來。（正末與净趙都巡做並立住科）（净先生喝拜科）（正末同净趙都巡拜科）（净先生又喝拜科）（正末做男子拜科）（一丈青云）呀，夫人，好好的拜堂。

【倘秀才】拜堂時險忘了婆娘的禮體，合巹處改不了村沙的這勢力。

（净趙都巡做喜笑科。云）山人，誰想有今日也！（做笑科）（唱）

他將箇笑臉兒來迎我怒面皮，不曾見這色情緊潑東西，可是甚娘的道理？

（净趙都巡云）媒人，臨了我多有賞錢與你。（一丈青云）山人，着夫人去臥房中去撒帳。（净先生云）二位新人請坐，等我撒帳。（做撒帳科。云）

撒帳東，撒帳東方甲乙木，萬事和合增百福。

撒帳南，撒帳南方丙丁火，新人丈人便是我。

撒帳西,撒帳西方庚辛金,新郎臉兒似猢猻。

撒帳北,撒帳北方壬癸水,養的孩兒學調鬼。

撒帳中,撒帳中央戊己土,養的孩兒會擂鼓。

【滚繡毬】不付能入繡幃,

(净趙都巡脱衣服科)(唱)

他又早惱躁起,

(净趙都巡云)我脱了衣服罷,姐姐。(唱)

聽不得濫淫声痛憐輕惜,便守親呵也要箇撒帳東西。

(净趙都巡云)有、有、有! 媒人婆靠前,我要道喜。(唱)

你道是就這里要道喜,合當匹配渾身上冷汗淋漓。

(一丈青云)我與你揭了盖頭者。(净趙都巡云)哎呀! 怎生變做了這等嘴臉,張飛剃了胡子,好喜茶兒!(净先生云)

新郎心下自栽劃,新人今日過門來。

若是新人惱犯了,打出新郎腦子來。

(下)(唱)

你見了黑爺爺忙提秋水刀三尺,休想是嬌姐姐細看春風玉一圍,你悔後應遲。

(一丈青做脱衣服科。云)我脱了這衣服,兀那厮,少走,認的俺麽?(净趙都巡云)你是誰? 媒人婆如何脱了衣服,小的每,都在那里?

【叨叨令】則我這做娘子的脱了羅衣袂,做媒人的丢吊了油鬏髻,將那夥守親的諕的他呆癡着立。你看這做新郎的顧不得帽兒光光的,我向前去打這厮也波哥,打這厮也波哥,我打這厮害窮民倚仗着官威勢。

(做打净趙都巡科)(净趙都巡云)怎生是好? 他兩箇堵着這門,我往那里趓去?

【伴讀書】你、你、你到這里休回避,我、我、我按不住心頭氣,打的他肉綻皮開無筋力,

(一丈青云)休着走了趙都巡也!(唱)

打的他慌忙哀告伏在田地,打的他聲聲高叫知情罪,他、他、他可撲的

跪在堦基。

【笑歌賞】打的他軟兀剌的難挣起，悄促促無支對，他、他、他手共脚如昏睡，打的他歪了嘴，打的他綻了皮，來、來、來與他那濫官吏做一箇傍州例。

(净趙都巡云)老叔，可憐見，你要的金銀財寶錢物都將的去，你則饒我命咱。(一丈青云)哥哥，休殺壞了他。活拏的見哥哥去來。兀的麻繩子將這厮捓在廳上。(正末云)兄弟將繩子來，將這厮捓在這廳上。(做捓净趙都巡科)(一丈青云)哥哥，則怕這厮有人來救，喒走了罷。(正末云)我寫下四句詩，便有人知道，不敢來趕我。

都巡倚勢攢家私，賣免官糧娶艷姿。

要問夜來端的事，梁山寨上唤山兒。

哥哥，俺回山寨去來。(正末云)兄弟説的是。

【尾聲】我將這金銀撇到有十餘櫃，這的是他苦害平民落得的，俺也不爱你家財做小賊，俺也不殺壞你這荒淫餘濫賊。不是俺貪財到這里，則爲你欺心忒强爲，將一箇年紀老的穷民又打拷只，把一箇年小的佳人奪做妻。到明朝清正官司有見識，不道的輕輕素放伊。你道是梁山上的李山兒來探望你。

(同一丈青下)(净趙都巡云)救人也，救人也！

(净街坊上。云)

兩鬢白髮似雪霜，手拏大钁去開荒。

一日不死一日過，誰肯抄手等無常。

老漢姓李，是這趙都巡的街坊。便是他吉日良辰娶了箇渾家，歡樂了一日，夜晚唤街坊不止，不免看一看去。來到也，大開着門，我入去看咱。(做見科。云)你唤俺怎的？(净趙都巡云)您不知道，我使媒人問這李㦬古的女孩兒，我要做夫人。不知他怎麽擡將箇人來，争些兒要殺壞了我，虧那箇媒人勸住了他，要活拏的我去。他見您街坊人每多，他將我捓在這前廳上，你與解一解兒。(净街坊云)哦！你着我與你解一解兒，我不敢解，則怕他尋着我。(净趙都巡云)不妨事，他去的遠了也。(净街坊云)我與你解咱。(做解科。云)你後房中自在去。老漢無甚事,回我家中喫疙疸茶去來。(下)(净趙都巡云)衆街坊去了也。誰想被這賊漢打攪了我一夜,他又寫下四句詩,不知寫着的是甚麽言語,我試看咱:

都巡倚勢攢家私,賣免官糧娶艷姿。

要問夜來端的事,梁山寨上見山兒。

原來是梁山上好漢,我不敢惹他。若是别人好整理他,我這里也不敢住,我且去别處趓幾時去。(下)

(雷横上。云)

孤松靠道臨崖住,門外荆棘林稠。

往來客旅喪荒坵,悲風寒滲滲。

殺氣冷颼颼,饅頭裹面包人肉。

自造酒殺私牛,家前院後垛骷髏。

這壁廂猫拖着人肝肺,那壁廂狗咽着死人頭。

某"鐵棒"雷横是也。祖居乃鄆州鄆城縣人氏,某在縣中當着五衙都首領,慣使一條鐵棒,武藝熟滑,能跳丈二闊山澗,人口順都稱某爲"插翅虎"。因某枷打死白秀英,被巡軍捉到官中,將某申送到鄆州定罪去。多虧了朱仝哥哥將某半途中釋放,逃其性命,自投上梁山宋江哥哥麾下,爲第十七箇頭領。俺宋江哥專一替天行道,與民除害,專報不平,喜的是孝子賢孫,爱殺的是濫官污吏、不公之人。頗柰趙都巡無禮,倚勢挾權,欺壓良民,强奪人幼女爲妻,有李懺古上梁山來告狀,某奉宋江哥的將令,先差李逵、一丈青擒拏趙都巡去了,猶恐未能成功,奉學究哥的將令,又差某與同武松下山,一來接應李逵、一丈青,二來就拏趙都巡,與李懺古報讎。不敢久停、久住,直至東平府擒拏逆賊,走一遭去。

則爲這趙都巡意狠心毒,欺良人强做妻夫。

那李懺古梁山告狀,我東平府先殺無徒。

(下)

第四折

（净行者上云）

老老禪僧不下堦，兩條眉似雪分開。

有人問我年多少，兩箇耳朵一箇歪。

貧僧是這彌陀寺一箇和尚，我師父化瓦糧去了，不見回來。天色晚了，也看有甚麽人來。

（净趙都巡上。云）走、走、走！誰想有這場事。我本待要娶那李撇古女兒爲妻，不想走將梁山上的箇好漢來，唤做山兒李逵，扮做他的女孩兒，與我成親，把我一頓險些兒不打殺我。早是不曾殺壞了我，他把我掷在我家前廳上，不想街坊衆人來轟趕了他，救了我。我也不敢在家中住，我且城外庄兒上趓幾日去。出的這城來，天色晚了也，我去這彌陀寺裏覓一宵宿。和尚開門來，開門來！（净行者云）誰唤門？我試看咱。（開門科。云）官人問訊。（净趙都巡云）你不認的我？（净行者云）貧僧不認的。（净趙都巡云）則我便是趙都巡。（净行者云）貧僧不認的。那邊相公，那里公幹？（净趙都巡云）我各處催糧去來。（净走者①云）可怎生伴當也無一箇？（净趙都巡云）你不知道，我走的快，伴當趕不上，後面來也。有乾净的僧房，與我一間宵宿。（净行者云）别無僧房，則有這一間乾净。（净趙都巡云）我在那里宵宿，與我點箇燈來。（净走者云）我點將燈來。大人，喫些茶飯。（净趙都巡云）我也不喫茶飯，你睡去，休着人來打攪我。我歇息也。（净行者云）大人，你歇息，貧僧理會的。這早晚走將來，他是權豪勢要的人，着他這里睡一夜罷。我關上這門，看有甚麽人來。

（正末扮武松醉上科。云）這里也前後無人，我行不更名，坐不改姓，自家武松的便是。奉俺宋江哥的將令，差我和雷横接應山兒李逵、一丈青。雷横後面慢慢的來，我恰纔飲了幾盃酒，在那柳

① 即“行者”。

陰直下乘凉,猛醒起來。天色晚了,遠遠的是箇小寺兒,我去那里覓箇宵宿去。

【黃鍾】【醉花陰】則爲這酒力騰騰倦,扒起兩隻脚登山也那渡水,打聽的有些消息,不避驅馳,我恰纔向柳陰下權時睡,猛然間被風吹,可又早日落西沉煙霧黑。

(正末云)我試喚門咱。和尚開門來!(净行者云)是誰喚門里?我開開這門。(見科)(正末云)問訊。(净行者云)一箇匾頭的和尚,你是何人?(正末云)貧僧是個客僧,天色晚了也,覓一宵宿。(净行者云)住、住、住!則一件雖然是箇客僧投寺宵宿,我這寺兒裏小無閑房兒。則一間房有客官占了。(正末云)是那里的客官?(净行者云)你悄悄的,他是權豪勢要的趙都巡。你休要惹他。(正末云)是趙都巡?他是我的朋友,在那一間僧房裡?(净行者云)在這間僧房裡。(正末云)在這間僧房裡?和尚,你歇息去,我自喚他。(净行者云)中也,不中!他利害,你休要惹他。(正末云)不妨事,他是我朋友哩。(净行者云)好波,好波。既是你的朋友,你自喚他,我歇息去也。(下)(正末云)不想這厮在這裡!他點着箇燈,我喚他咱。客官有燈麽?點一箇。(净趙都巡云)這早晚睡下了,討燈這箇是那一箇小和尚?我起去撚一箇紙撚點着,門縫較寬,兀的不是燈?(正末接燈吹科。云)呀,風大刮殺了也。再點一箇。(净趙都巡云)這和尚打攪人,兀的不是燈。(正末又吹死燈科。云)風大,又刮殺了也。(净趙都巡云)這箇秃厮,打攪殺人,我開開這門。(開門科)(正末入門科)(净趙都巡云)哎約,一箇好醜和尚!你是誰?

【喜遷鶯】我可便特來這裡尋覓。

(净趙都巡云)這厮兩回三吹打攪人,好無礼也!(唱)

我見他惡哏哏唱叫揚疾,不索你疑惑叫天吖地。

(净趙都巡云)你是甚麽人?(唱)

你問我是何人姓甚的,我和你説就裏。

(净趙都巡云)這厮是箇野和尚。(唱)

我不是風僧遊客,做甚麽話不投機。

（净趙都巡云）這厮不認的我，我根前你説嘴説舌的！我是箇精細伶俐、有權勢的人，倒着你這箇和尚來捉弄我？

【出隊子】賣弄你千般伶俐，你道你有權豪有勢力。

（正末云）你這厮是箇賊！（净趙都巡云）我怎麽是賊？（唱）

你是箇倚豪强壞法度的害民賊，你是箇苦百姓落官錢的陋面賊，你是箇强奪人家幼女荒淫，是一箇喫劍賊。

（正末打科）（净趙都巡云）打殺我也！我是箇忠孝正直的人。

【刮地風】你道你爲國於家忒正直，你可是麽見賢思齊，鋼鈎般五指揪住頭髻，打的他鮮血淋漓。

（正末打科）（净趙都巡云）打殺我也！那里趓的是？（唱）

你可也無處趓避，則除是上天入地。着這厮喫我會脚踢拳搥，你比那金睛獸可又皂省我些氣力，滴溜撲丢下堦基，則一拳打一箇合撲的來這潑殘生一命虧。

【四門子】俺哥哥對我言端的，我不拏住你誓不歸，不索你哭，不索你悲，你苦哀哀磕頭道饒過你，不索你哭，不索你悲，則你那殘生傾刻。

（净趙都巡云）可憐見，是我的不是了也。

【古水仙子】來、來、來怎趓避，你、你、你毒害的心腸甚所爲，待逃來難逃，待悔來怎悔，到如今還報，你眼睁睁怎的支持，要逃生則除插翅飛，急慌慌恰似忘魂鬼。

（净趙都巡云）不中，我與你走、走、走！

（雷横冲上。云）那里去？（打科）（净趙都巡倒科）（唱）

又撞着這鐵棒的惡相知。

（雷横云）拏住趙都巡這厮也！俺見宋江哥哥去來。（雷横同正末拏净趙都巡虚下）

（宋江仝吴學究領僂儸冲上）（宋江云）某乃宋江是也。我差雷横和武松接應李逵、一丈青同拏趙都巡去了。小僂儸，若來時，報復我知道。（僂儸云）理會的。

（雷横同正末拏净趙都巡上。見科）（雷横云）哥，您兄弟拏住趙都巡也！（宋江云）拏住趙都巡也。兀那厮，因爲你强奪人家女孩兒，違天害理，將這厮拏出去，殺壞了者。

俺梁山聚會英才,發豪氣貫滿襟懷。
因寨中缺少糧草,遣李逵親領金帛。
在途中正逢古廟,遇都巡苦害民災。
假追糧施威殘暴,强要人二八裙釵。
黑旋風心生憤怒,恨不平須見明白。
將軍糧盡皆棄捨,救良民横禍非災。
赴蘭堂持刀仗劍,殺都巡命喪塵埃。
勇武松生擒賊子,這的是李山兒仗義疎財。

題目:趙都巡行兇倚勢
正名:黑旋風仗義疎財

附：

黑旋風仗義踈財雜劇穿關

頭　折

宋江

萬字巾　蟒衣曳撒　項帕　直纏　褡膊　帶　帶劍　三髭髯

吴學究

唐巾　補子圓領　帶　三髭髯

僂儸

萬字巾　錦襖　項帕　法墨搋　直纏　褡膊劍

李㦬古

攢頂　補納直身　縧兒　蒼白髯　拄杖

卜兒

塌頭手帕　眉額　補納襖　裙兒　布襪　鞋

旦兒

花箍　襖兒　裙兒　布襪　鞋

兩箇倈兒

銀錠　青衣　項帕　褡膊

趙都巡

紗帽　圓領　帶

張千

攢頂　圓領　項帕　褡膊

正末山兒李逵

攢頂　補納直身　項帕　褡膊　猛髯

燕青

攢頂　藍直身　項帕　褡膊　三髭髯

第二折

李慠古、卜兒、旦兒、倈兒

同①

趙都巡

同前

卜兒又上

同前

宋江、吴學究、僂儸

同前

李慠古又上

同前

正末山兒李逵

萬字巾　皂補納　錦襖　項帕　法踅墨　直纏　褡膊　腿繃護膝　布襪　八答鞋　猛髯　斧

一丈青

手帕　結彩襖　褡膊　裙兒　布襪　鞋

第三折

趙都巡、張千

同前

一丈青

鬏髻　手帕　比甲　襖兒　裙兒　布襪　鞋

先生

方巾　青直身　絛兒

一丈青又上

同前　鼓樂轎子

---

① 應爲"同前"。

正末李逵

盖頭　手帕　襖兒　裙兒

街坊

雙簷氈帽　綿布直身　縧兒　拄杖

雷橫

萬字巾　膝襴曳撒　項帕　直纏　褡膊　帶　帶劍　三髭髯
鐵棒

第四折

行者

僧帽　僧衣

趙都巡

同前

正末武松

鬅髮陀頭　皂補納　錦襖　項帕　法墨莛　直纏　褡膊　猛髯

雷橫

同前

宋江、吴學究、僂儸

同前

雷橫、正末武松拏趙都巡又上

同前

新編豹子和尚自還俗（宣德間刊本）

【劇目簡介】

雜劇，明初朱有燉作。《百川書志》《寶文堂書目》《也是園書目》《今樂考證》《遠山堂劇品》《曲録》等多有著録，現存明宣德間原刊本、《雜劇十段錦》本等。小説《水滸傳》中無類似劇情。

明宣德間刊寫刻本，標題爲"新編豹子和尚自還俗"，有"全賓"字樣，題目爲"修行辦道僧做僧，厮打相争賊見賊"，正名爲"虎皮客人胡索債，豹子和尚自還俗"，前有署名"錦窠老人"的《豹子和尚自還俗傳奇引》。未分折，每頁十行，每行約二十字。

劇演宋江率三十六人聚義梁山泊，其中魯智深因擅殺平人被責打而負氣爲僧。宋江欲派人前去勸魯智深重新入夥，山兒李逵主動請纓前往。李逵先用言語相激，魯智深不聽；又唤其妻兒相勸，仍是不聽，並寫休書以決情意；再唤其母勸他歸山，還是不聽，並將老母留到張善友家以資奉養。梁山上小僂羅前去挑釁，裝作要打魯智深母親之狀，魯智深大怒之下放棄戒律，宋江、李逵及時出現勸阻，魯智深遂歸山重拾舊業。

（外辦宋江引衆邦老上）（外念云）

家住梁山濼，平生不種田。
刀磨風刃快，斧蘸月痕圓。
强劫機謀廣，潛偷膽力全。
弟兄三十六，箇箇敢争先。

吾乃姓宋名江字公名①,是宋朝宣和年間落草强寇。自從當日鄆城縣夜間殺了閻婆惜,一向逃避,嘯聚山林,結義了弟兄三十六人,在於梁山濼内居住,專以劫掠人的錢物爲生。俺弟兄三十六人的名姓,我試從頭數一遍咱:(外念)

第一名,智多星吴加亮;第二名,鐵大王晁盖;
第三名,玉麒麟李義;第四名,青面獸楊志;
第五名,混江龍李海;第六名,黑旋風李逵;
第七名,九紋龍史進;第八名,入雲龍公孫勝;
第九名,浪裏白跳張順;第十名,活閻羅阮小七;
第十一名,霹靂火秦明;第十二名,立太歲阮小五;
第十三名,莽二郎阮進;第十四名,大刀關必勝;
第十五名,豹子頭林沖;第十六名,小旋風柴俊;
第十七名,金槍手徐寧;第十八名,撲天鵰李應;
第十九名,赤髮鬼劉唐;第二十名,一撞直董平;
第二十一名,插翅虎雷横;第二十二名,美髯公朱彤;
第二十三名,神行太保戴宗;第二十四名,賽關索王雄;
第二十五名,病尉遲孫立;第二十六名,小李廣花榮;
第二十七名,没羽箭張青;第二十八名,没遮攔穆横;
第二十九名,浪子燕青;第三十名,鐵鞭呼延綽;
第三十一名,急先鋒索超;第三十二名,行者武松;
第三十三名,拚命二郎石秀;第三十四名,火船攻張岑;
第三十五名,摸着雲杜千。

這些弟兄今皆在此。又有"花和尚"魯智深一人,爲因他擅自殺害了平人,我打了他四十大棍。他受不得這一口氣,走往清溪港清静寺内,削髮爲僧。累次使人勸他,唤他回來,他不肯來。今又半年了也。想俺兄弟結義時,曾有誓願云:"來時三十六,去後十八雙。若還少一箇,定是不還鄉。"這箇誓願,怎敢違了?今日只少他一箇。這衆弟兄内,誰敢勸化他,唤他回來,依舊做賊?

---

① 一般水滸故事中作"公明"。

(付末辦李逵云)兄弟李山兒願往。(云云了)(衆下)

(正末辦僧人,合掌上。念云)一切有爲法,如夢幻泡影,如露亦如電,應作如是觀。好話兒呵!貧僧姓魯,俗名智深,原是南陽廣慧寺僧人,因幼年戒行不精,被師嗔責,還俗爲民。根①着宋江哥哥,在梁山濼内落草爲寇。帶着我親母,如今年老,朝夕奉侍。自去年被我哥哥宋江,打了我四十大棍,我受不得這一口氣,走來這清溪港清静寺内,出家做箇和尚。看了這修行辦道的人,不强如那做賊的也呵!(末唱)

【仙吕】【點絳唇】我如今打疊起踈狂,收拾了莽撞,爲和尚。我將這經咒宣揚,每日價端坐在禪床上。

【混江龍】想起那昔時模樣:身穿着短裙窄袴,手搭着黑油鎗,風高時殺人放火,月黑時窬窟剜牆。想當日提着膽驚着心施勇力,常子是側着身躡着足暗潛藏;想當日睡時呵不曾安稳,覺來呵常是荒獐,每夜價披星帶月,逐朝價卧雪眠霜。到如今改做了清閑自在僧伽相,早晨間山門前掃地,到晚來佛殿裏焚香。

(付末辦李山兒上)(做相見了)(勸末科)(末唱)

【油葫蘆】感謝你黑旋風哥哥來問當。

(付末云)宋江哥哥的將令來勾你,如何不回山寨去?(末唱)

休道是宋江,你便是追魂索命惡閻王,怎勾得魯智深再入梁山蕩!空教你李山兒來到清溪港。既受了持戒師,既做了善傑郎,

(付末云)你忘了你以前也是和尚來,怎生也曾跟俺做賊?(末唱)

不比那英雄舊日花和尚,休看做賊也似歹行藏。

(付末云)你根俺去來。俺做賊的有金銀。好男子,白着手得人財物。(末唱)

【天下樂】你將這柳盗跖的門風自忖量,参詳,是甚麽好勾當!

(末云)你那做賊的驚心怕膽,這邊哧哧地,那邊哧哧地,跳過人家墻。有些人警覺了,番身又跳出墻來;若還出不來,被人拿住,

---

① 應爲“跟”,朱劇中多有將“跟”作“根”者。

（末唱）

似你這做賊的有一日拿住贓，

（末學帶枷軀老就唱）

大沈枷髆項上搨，麤麻繩脊背後梆①，那些箇男兒當自强！

（付末云）似你做僧人，每日辛苦，持齋喫素的，有甚好處？俺做賊的，十分快樂，趲家私，幹衣食，又不犯本錢。我只説俺做賊的好。（末云）俺僧人每清閑快活。你聽我説：（末唱）

【那吒令】化一缽瓦粮，把葷腥不嚐；穿兩件布裳，把鎗刀不摚；受十方供養，把錢財不想。做賊心改做了辦道心，搊搜相變做了慈悲相。似您劫牢房，争如俺獨宿在僧房！

（付末云）你坐禪修行，乾受了苦，又熬了淡，有甚好處？俺做賊的好，根俺去來！（末唱）

【鵲踏枝】你子待坐枷床，我子愛坐禪床；您向東岳上燒香，俺在佛殿裏焚香。

（末云）您那做賊的都是我做過的歹勾當。（末唱）

你子待把着風行兇放黨，

（末云）您入的人家，側着身，東趔一趔，西趔一趔，這邊打聲咴咴，那邊打聲咴咴。（末唱）

常子是打咴咴暗地裏潛藏。

（付末云）你也只是軟弱，膽兒小，不是好男子！俺這幾年的偷營劫寨、殺人放火的功勞，你也不曾有一些兒。（末怒，揎起袖云）誰説我無功勞？誰説我膽小軟弱？（末做軀老唱）

【寄生草】憑着我施英猛，逞力强；憑着我拔山舉鼎狻猊像，翻江攪海蛟龍量，飛簷走壁猿猱樣，

（末用手摸頭，兩摸，云）險些忘了我是和尚了！（末云）問訊，問訊。（末不做軀老，却合掌唱）

再不願忘生捨命受熬煎，且落得修真養性無魔障。

（付末云）根俺去來，宋江哥哥在山寨等你哩。（末云）問訊，問

① 應爲“綁”。

訊。我一世不去做賊了。(付末云)你也只是怕死,如今年紀老了,不敢去了。便去呵,功勞簿上,也無你的一件功勞。(末又做怒科)(末做軀老唱)

【么】你道我年紀大,我道是膽氣剛。我也曾黄花峪大鬧把强人擋,也曾共黑旋風夜劫把猱兒喪,也曾共赤髪鬼悄地把金釵颺。

(末又用手摸頭,兩摸,云)又忘了是和尚也!(末又云)問訊。(末不做軀老,却合掌唱)

再休題睁眉豎眼做箇殺人賊,常子是方袍圓頂是箇真僧相。

(付末云)你這裏做和尚有甚好處,受用甚麽?(末云)我的快樂處,你這賊每怎生知道!(末唱)

【醉中天】對一帶翠靄靄高屏嶂,住一所緑蔭蔭小山房,卧一榻清陰九夏凉,聽萬壑松風響,我閑來時汲澗水煎茶味香。閑遥遥的情况,是非心無半點相妨。

(付末做扯正末回科)(正末云)問訊。貧僧不去了。(末唱)

【賺尾】我既是跳出了殺人場,又怎肯再打入漫天網!拜稟與哥哥宋江,

(末云)你休扯我。兀的我修行的好了,景象來也。(末東指一指,西指一指)(付末云)指甚麽?(末唱)

我如今半載修行的見些景象。

(付末云)甚麽景象?説與我。(末唱)

頭直上有萬道毫光。

(付末云)那里有箇毫光?敢是佛殿上燈影熒煌!(末唱)

你道不是放毫光,是燈影熒煌?兀的不頹氣了俺僧家好勾當。

(付末云)依我説,還回去做賊罷。你怎生熬得清淡?(末唱)

我再怎肯去剜穴、跳墻、輪鎗、舞棒,争如我跏趺合掌坐禪床!

(下)(付末云)我也勸不省他,唤不回去。我今回去山寨上,宋江哥哥前回話去也。(下)

(外辦宋江引小娄羅上)(外云)使了“黑旋風”李山兒,去唤魯智深,偌早晚不見他來。

(付末上。云云了)(外云)我有一計,你去唤他渾家,就引着他的

孩兒一同去唤他,好歹他肯來也。

(付末唤旦引倈上。云云了)(下)

(正末上。念云)一切有爲法,如夢幻泡影,如露亦如電,應作如是觀。好話兒呵!貧僧是魯智深,自從到這寺中,清閑快樂。看了這青山緑水,是好景致也!(末唱)

【越調】【鬬鵪鶉】列一帶寺後青山,映兩行門前緑柳,種五粒澗下蒼松,栽幾箇園中翠竹,聽了些鶴唳猿啼,看了些烏飛兔走,閑來時琴一張,困來時茶一甌,喫了些淡飰黄虀,抵多少肥羊法酒。

(末云)我如今修行,不惹是非,好快樂也!(末唱)

【紫花兒序】我子待偏衫中袖手,方丈内安身,破衲裏藏頭;不知冬夏,不管春秋。休,休,我將那薄利虚名一筆勾,恰便似野雲出岫,舒卷無心,到大來悠游。

(末云)我將這僧房門關上,向這禪床上静坐一回。

(旦引倈上)(做叫開門科)(末驚云)這是那邪魔外道,見我修的真至了,來覺①我也!(旦又唤開門科)(末云)是箇婦人的聲氣!莫不山下施主人家請我早齋哩?(末唱)

【金蕉葉】是誰將草户柴門叩久?

(末做開門科。唱)

原來是稚子山妻問候。

(旦云)你來了半年多了,你的孩兒也會走了。(末唱)

慚愧波孩兒會走,安樂麽慈親皓首?

(旦云)你母親好,只是想你,如今老了。(末做哭科)(旦云)兀的你這賊孩子也每日想你。從你來了,我是箇婦人家,無處尋飰喫。你這等狠心腸,去了我,不顧妻子了!(末抱倈兒)(末唱)

【小桃紅】把孩兒摟抱着淚凝眸。問别來抛閃的山妻瘦!

(末用手摸兩摸頭了。云)我又忘記出家了也!婆婆你靠後,休扯我!(末放下倈,推與旦了)(末唱)

我已自世事塵緣盡參透,

---

① 應爲"攪"。

(末云)問訊。(末唱)

便合休。

(旦云)你不回去,家里少柴無米,房子又漏了,教我怎生過日子?(末唱)

不管你少柴無米房兒漏,

(旦向前扯住)(末唱)

你休將咱領揪,莫牽咱衫袖,休想道勸的我肯回頭。

(旦云)你不回去時,留下你這賊孩子。你教的他會做賊了,送還我,養活我。(旦推倈與末)(末云)我不教他。你送與宋江哥哥教他去。(末推倈與旦)(旦又推倈與末,云云了)(末又推倈與旦,云云了)(旦云)你真箇要修行不回去?(末唱)

【調笑令】我如今得修,樂清幽。我如今收了孛籃罷了斗。怕的是紅塵碧海龍蛇鬭,是非場無了無休。

(旦云)你獨自一箇修行,誰與你做伴兒?(末唱)

我如今看經念佛同善友,每日家相伴着瓦鉢磁甌。

(倈叫云)爹爹,你聽娘勸,回去罷!爹爹,從你來了,我没有這們大的燒餅兒、這們長的棗糕兒喫,餓壞俺娘兒每了!(末做揩眼淚,向前抱起倈)(末唱)

【禿厮兒】抱着我孩兒在手。

(末哭科。唱)

又想起我老母心憂。

(旦又勸末喚回科)(末唱)

他那里絮叨叨勸的咱不住口,好教人難判剖!淚交流,盈眸。

(旦扯住末云)你不肯回去呵,我在家引着箇小孩子,那里尋飰喫?你真箇要修行時,寫與我一紙休書,我別去嫁人,尋箇着衣喫飰處。(末唱)

【聖藥王】他那里要索休,你教我怎地休?他便待别尋箇着衣喫飰的下場頭!

(末用手摸頭了。唱)

我待要不愀,怎不愀?須和你五十年夫婦意相投!

(末云)放手!(末唱)

我其實難割捨鳳鸞儔。

(旦云)你又不肯與我休書,我回去怎生尋覓飰喫?你留下這箇賊孩子,你教的他會做賊了,送還我,養活我。(旦推倈兒與末)(末云)我是箇修行的人,養箇兒子在寺裏也不好看,你還引回去。(末又推倈兒與旦)(旦云云了,又推與末云)(末云云了,又推與旦)(將倈兒推來往七八次了)(末唱)

【青山口】把孩兒推到這頭、那頭,教孩兒怎禁受!

(倈兒叫末,云云了)(末唱)

你聽他口兒裏百事有!

(末用手摸頭兩摸了。云)這寺院裏,你箇婦人走來,啼天哭地的,甚麽樣子!(末唱)

我害羞怕羞委實羞,這婆娘怎解救?看來忒弄醜,教人難措手。行裏坐裏相趁逐,這壁那壁廝扯揪,信口胡謅,話不相投。引起我搊搜,留也麽留,莫遲留,休也麽休,便合休。莫問緣由,索把書休,再不戀恩情深厚,到如今一筆都勾!

(末云)將紙筆來,我寫與你休書,你去了罷!(旦云)我怎地肯要你休書?我是賺你回去來。你既不肯去,我回去宋江伯伯處回話去也。(下)(末唱)

【尾聲】入僧房一任你把柴門叩,割斷了兒女情腸罷手,常子在清静寺中修,永不到梁山寨上走。

(下)

(外引小娄羅上)(外云)使了魯智深的渾家同他孩兒去了,不見來。

(旦引倈兒上,云云了)(外云)别人將着也勸不回他來,只除是着他娘去勸他。這兄弟却孝順,他見他母親去唤,他必然根他母親來也。(唤卜科)

(卜上。云云了)(外下)

(末上。念云)一切有爲法,如夢幻泡影,如露亦如電,應作如是觀。好話兒呵!貧僧今有山下施主張善友家請我齋,我去了便

回來。分付小行者看守我這房咱。(下)

(行者上。云云了)

(辦卜上)(做與行者相見了,云云了)(行者云)師傅不在家,山下施主請去了。妳妳且在他僧房坐一坐,師傅便來也。

(末上云)早晨張善友家請我去齋。急急回來,山路難行,又早晚了也。(末唱)

【正宫】【端正好】我子見碧澄澄、青湛湛、遠天邊、高嶺上、漸漸地綵霞收,翠巍巍、光閃閃、暮雲端、西山凹、晻晻地紅輪墜。行了些石槎枒、松夭矯山路嶢崎。我子怕忽剌八、小沙弥、頑行者可答撲早把山門閉,因此上荒篤速、氣撲撲走得我無絲力。

(末云)好箇張善友,請了我飽齋一頓!(末唱)

【衮綉毬】早晨間喫了頓酸溜溜、甜甘甘一鉢頭黄菜虀,滑出出、水泠泠兩碗來素匾食,又喫了香噴噴、顫巍巍、新蘑菇、嫩豆腐合來的半盆清汁,更有那脆生生、辣簌簌暴醃的芥菜蘿葍,脹膨膨的飽了我這大肚皮。氣哎哎的打了幾箇嗳噎,挣得我七林林、骨椿椿、行不動恁般死勢。這齋飰比不得戰欽欽、心怯怯吕泰候的筵席。投至我黑塔窟、悄没促的僧歸禪室花香細,却又早明滴溜、光燦爛的月到寒窻竹影移,撲魯魯把宿鳥驚飛。

(末云)來到這房外。甚人開着這門?(卜做申①吟科。云)哀耶!哀耶!(末做聽科)(末唱)

【倘秀才】是誰在僧房中哀耶哀耶的嘆息?莫不是山寺中妖魔鬼祟?

(末云)待道是鬼,又不是鬼。(末唱)

待道是深夜剜牆簥窗賊,我又無甚希奇物,我又無甚好東西,他偷我箇甚的!

(卜又云)哀耶!哀耶!(末云)這箇多是鬼祟,我念箇真言攝住他。(末做軀老念咒。一遍了)(卜又云)哀耶!哀耶!(末云)第一遍咒攝不住,法力不到。(末又做軀老念咒了)(卜又云)哀耶!哀耶!(末云)奇怪也,怎生兩遍咒攝不住他?等我再念咒,今番

① 應爲“呻”。

必定攝住他也。(末又做軀老念咒了)(卜又高聲云)哀耶!哀耶!(末云)咒也不濟事,不如進房去打上幾錫杖。(末入房拿起錫杖便要打科)(卜叫云)休打,是你母親來看你。(末丢下錫杖,跪下,扯住卜,哭了)(末唱)

【衮綉毬】你孩兒忒五[1]逆,不知道老親娘到這里。妳妳,怎生的走了些許多田地?妳妳,可曾得今日的晚飦充飢?

(卜云)我喫了飦了,你放心。我來勸你,根我回去罷,你哥哥不怪你了。(末唱)

妳妳,勸你兒疾便回,教你兒怎地回?子被那做賊的一箇箇見放着榜州之例,拿住呵,怎禁他六問三推!

(末云)那做賊的,官司裏拿將去,喫不過拷問,索招了賊贓,拿去號令,帶箇沉枷,向那大街上,三棒鼓間一聲鑼,獄吏劊子,兩邊監押着。(末唱)

看了他兩行劍戟前頭擺,休猜做一部笙歌出入隨。妳妳呵,那其間連你也哭哭啼啼。

(卜云)你不肯做賊呵罷,只回山寨上住去,看營守寨也好。(末云)那般又不好。(末唱)

【倘秀才】我若是守着箇賊營坐地,怎當那做賊的干連帶累!

(末云)若是竊盗小賊兒呵,也趓過了;若是强劫殺人賊呵,不分首從,都是該死。(末唱)

便守寨的也少不得雲陽血染衣。我將那賊心腸都改變,賊手脚盡收拾,做一箇小闍黎省了些是非。

(卜云)做和尚的受苦,有甚好處?你根我回去,山寨上養活我去。(末云)妳妳,這做賊的不好,不如那做和尚的十分好。(末唱)

【衮綉毬】做和尚的從早起到晚夕,常念着波羅揭諦,子他那善根芽廣種了些佛果菩提。喫着的是施主食,穿着的是施主衣,又不費半星兒本利,那一遍做齋時不受些布施東西?子他那化來的米麵真强如盗,白

---

① 應爲"忤"。

得的錢財更勝似賊,比那去偷的多少便宜?

(卜云)孩兒,你年紀小時做好漢來,如今這等軟善了!你哥哥每在山寨上都笑話你,説你軟弱尫羸,又無一些功勞;説你無一些功勞哩,不如黑旋風李山兒!(末云)誰説你兒没功勞?(卜云)山寨上的都説你無功勞,不如李山兒!(末做怒科)(末脱了袈裟,做軀老唱)

【呆骨朵】惱得我撲登登按不住心頭氣,我那些兒軟弱尫羸?不信這花和尚智深,不如那黑旋風李逵?若説我鬬鞭簡偏能使,論鎗劍諸般會。我惱了呵,赤力力掷番了大地軸,忽剌剌攪渾了滄海水!

(末用手頭上摸兩摸了。云)又忘了我修行出家了,又做這般様子!(末連忙穿上袈裟。云)妳妳,問訊,問訊!妳妳,俺爲僧的不將那勇猛爲念了。(末唱)

【醉太平】我子待趓紅塵是非,向翠嶺幽棲,小僧房相稱紙窻低,編一遭兒竹籬,閑身分落一覺囫圇睡,窮衣鉢不受那腌臢氣,淡生涯常與這水雲期。想人生有幾?

(末云)妳妳,你也休回去了,出家了罷!(末唱)

【么】想人生有幾?看兔走、烏飛,迅指間鬢邊白髮老來催。好光陰似逝水!昨朝恰遇親兄弟,今朝又送新昆季,明朝不見舊相識,怎教人不嘆息!

(末云)妳妳,這人世上事我都參透了也!(末唱)

【尾聲】想世情嚼蠟真無味,怕日月擲梭去較疾。常言道且盡生前有限杯,莫把心懷苦用機。但得清閑少是非,便是修行路不迷。撇罷了蝸角蠅頭那些名利,笑傲向雲山畫圖裏。

(卜云)似你這般説呵,你便不去了,看誰養活我?(末云)妳妳,你今休回山寨去了。這寺中也不是妳妳住處。此間有一張善友家,十分好善,又與你兒子相熟,多曾得他布施。我今送妳妳到他家,借一間房兒妳妳住。兒子隔三兩日下寺,看妳妳一遭。(卜云)這里山中荒村野店,又無人烟,怎生居住?(末云)此處强如山寨上。試聽兒子説一遍。(末唱)

【窮河西】拜請你尊堂且休歸,你便向施主人家永相依。他都是我最知心的好相識。你便索離僧寺，怎地敢久稽遲？這寺院較孤恓，那村務有衣食。

張善友房屋十分闊，李施主宅院盜賊稀。

狗村裹集上人烟廣，陳員外鋪内有珠翠。

趙大公門前好清酒，二百文兩碗醉如泥。

小劉屠賣着肥羊肉，一貫鈔一付整頭蹄。

郭橐駝園裹菜蔬美，瘸王二飫店有茶食。

馬回回燒餅十分大，黄蠻子米爛味清奇。

何仙姑相法明如鏡，楊大姐筭命最奪魁。

丁娘子家傳能織布，秦二嫂專一會行醫。

褚師婆跳神爲第一，鄭媽媽蒸作世無敵。

雷八姨提賣諸般賤，陸姐姐針線快如飛。

劉老娘收生實安穩，蘇媒婆説合便依隨。

他那裹歲稔年登風俗美，水甜人義好相知，不説謊，不虛脾，非詭詐，是真實。妳妳，你休愁休怨，休慮休疑。妳妳，你若是但肯安身，十分自在，有穿有喫，無是無非。百年快樂，一世清閑，托賴着天的福蔭，佛的慈悲，孩兒每永遠團圓，那時節纔顯得你親兒花和尚，不曾將、不曾將孝道虧。

(同下)

(外引小婁羅上)(外云)吾乃是宋江。半月前使了魯智深的母親去唤他兒子回來，到今還不見來。昨日他媳婦來説，被他夫主就留他母親在近寺山下人家住了。我今有一智量，必然勸的他回來也。今差兩箇小婁羅，粧辦做客人，去那村里胡索債，到他母親住處，尋些事，打他母親。魯智深聞知有人打他母親，必來救也。我親自後去，好歹賺他回來。(唤小婁羅分付了)(衆下)

(辦張善友上。云)老夫姓張，名原亮，人見我好善奉佛，唤我做張善友。半月前，清静寺魯和尚送他母親來老夫家内，寄居於此。有我兩箇閨女，與他老人家作伴。今日捍了些麵，請出魯婆婆來，着我女兒伴着喫些麵咱。

(卜、小旦上。云云了)

(小婁羅辦客人上。云)這是張善友家。説那魯娘娘在此。來到此處,果然正在堂屋裏喫飦哩。(婁羅做相見了)(卜問)二位客官,往何處去?(婁云)俺來這村子里索債。放了些綿花被,你這老婆子們賴了不還。(卜云)老身是寄居的,不是這村里人。(婁云)罵你一句直甚頹!(張善友云)兩箇大哥,俺又不認得你,怎生這等懆暴?(婁云)懆暴,懆暴,不曾把您娘白要!(卜云)客官怎生這等凶惡?(婁云)凶惡,凶惡,不曾把你婆子掫倒!(張善友云)俺是善人,不惹你,去了罷!(婁云)這婆子無禮,怎生罵俺?(婁打卜科)(張救科)(唤張一子來救科)(婁羅皆打倒,將卜高弔起科)

(辦衆人上,嫛囑科)(婁云)我且喫了他這些麵,再打這婆子。

(末上云)自從半月前,送母親到張善友家居住,我去探望了兩三次。今日從這小路兒抄到村里。山路難行,看了這山,好嶮峻也。(末唱)

【中吕】【粉蝶兒】山迳崎嶇。過山溪山泉鳴玉。看山光山色堪圖。跨山巔,經山嶺,來到這山巖深處。正值着山雨晴初,起一陣扇山風,吹散了滿山雲霧。

(末云)這山中好景致也!(末唱)

【醉春風】我子見山葉翠糢糊,山花紅馥郁。更有那山桃、山杏遍山峯,山坡上有仙鶴兒舞、舞,山樹杪掛着些飲澗山猿,山林中聽了些啼春山鳥,山坡上卧着些向陽山鹿。

(末云)兀的望見的是張善友家也。走、走、走!來的近了。怎生聚着偌多人?(末唱)

【紅綉鞋】我子見塵埃起遮埋了房屋,却怎生鄉村叟塞滿門閭?

(末做向前聽科)(末唱)

却怎生好人家宅院裹大高呼?

(末做見子科)(末唱)哦,

原來是强横客,端的是潑無徒,怎生將老人家凌辱的苦?

(末連忙向前解了繩子)(末忙脱了直裰上盖衣)(末做軀老唱)

【石榴花】惱得我意獐狂,手脚戰篤速,忿氣滿胸脯。我便待揎拳捋袖打這潑無徒，方信道無毒不是丈夫。

(末用手摸頭上兩摸了。云)我修行哩。罷！罷！(末唱)

又恐怕違齋破戒難修福，因此上權忍耐，自躊躕。

(末跪下。唱)

【鬬鵪鶉】告你箇前世的尊兄，休誂我今生的老母。

(妻云)你是甚麽人？姓甚麽？(末唱)

念小人舊日爲僧，俺家從來是魯。

(妻云)正好打，連這厮也打。(末云)好哥哥，息怒咱。(娄云)您少我錢債不還，教我息怒？(末唱)

越勸着他心腸越狠毒，你好忒目呼！

(娄云)你罵我目呼？你笑我是蠢物不識字？目呼做四也。正好打！正好打！(末唱)

是那村裏欠你錢財？我與你親身去取。

(娄云)我認得這婆子，放了的綿花不還我。(妻羅向前要打卜科)(末扯住云)兩箇哥哥，寧可打我。(末唱)

【上小樓】子待將親娘捶楚，却怎生將咱不顧？

(末云)哥哥每，寧可打我。(末唱)

一任你踢我胸堂，揪我頭髮，扯我衣服。

(張善友向前勸科)(妻云)這婆子是你的娘，是張善友的甚麽人？(末唱)

他是我的娘，他的姑。不比您在家時鏖妻打婦。他是箇善人家，你怎生上門欺負！

(末云)您真箇不聽我勸？我惱了也！(末唱)

【么】惱的我氣撲撲，忍的我汗淥淥。我待打碎他天靈，折拆他腰截，蹉塌他胸脯。

(張扯住末。勸云)師傅莫要性麤糙，且息怒咱。(末唱)

你勸我莫性麤，且息怒？你教我怎生息怒，便有箇四金剛也擋攔不住。

(妻云)你是箇和尚，有甚本事？敢和俺厮打？(末云)爲我的親母，孝道的心，便修行不成也罷！(末做打二妻羅科)(末唱)

【十二月】你待要尋根拔樹，我其實惡紫奪朱。

（𡟫云）俺兩箇不信打不過你。（末唱）

休誇道你强我弱，知他是誰勝誰輸？打這廝輕狂跛扈，打這廝膽大心麤。

【堯民歌】把這廝提衣領捽得他滴溜撲，揝衣襟扯得他破碌續。向鼻尖打得他血模糊，攔頰腮摑得他嘴盧都。我問你服也麽不服？子今番怕也無？

（外、付末急上。扯住末手。云）兄弟休打，破了齋素也。（末唱）

呸！兀的不頹氣了我那菩提路！

（外云）兄弟根俺回山寨去來。我實對你説：這兩箇客人，是兩箇小𡟫羅，俺智賺你來。（末唱）

【齊天樂】俺哥哥百般機謀，直恁地喬粧做，嗟吁！使了些心術，直至那野店村墟，縈紆，暗尋來僧居，那裏取債主？暗暗地説了機關，明明地顯出囂虚。

（末跪着外）（末唱）

我如今奉母親回，將兄弟恕，疾便索登途。

（外云）你肯回心了，根俺去不去？（末跪唱）

【紅衫兒】不在清溪住，徑往梁山去。我如今腆着胸脯，腆着胸脯，還把賊來做。便還俗！便還俗！

（末云）哥哥，我也無奈何了！（末唱）

一任傍人笑取。

（外云）你如今帶你母親，俺一同回山寨去來。（末唱）

【么】老母相完聚，兄弟同居處，永歡娱，永歡娱。

（外云）你忒麤糙。今後改了，不要殺害平人婦女。（末唱）

不索叨叨絮，改了麤踈，改了麤踈，再不殺良民婦女。

（外云）今日你衆兄弟都在此。直被我智勸魯智深兄弟回心，山寨上三十六人團圓了也。宰十箇羊，做箇慶喜的大筵席，便是平生願足也。（末唱）

【尾聲】我將這僧衣還寺中，齋粮還施主。我向那蓼花灘八百里梁山路。常着那昧己瞞心的多喫我些蘸金斧。

題目:修行辦道僧做僧
厮打相争賊見賊
正名:虎皮客人胡索債
豹子和尚自還俗

附:

豹子和尚自還俗傳奇引

文章之在世,有關於風教者,有不關於風教者。其關於風教者,若《原道》《原鬼》《進學》《種樹》《送窮》《乞巧》等文,皆合乎理性,精妙抑揚,無非開悟後學,使知性命之道,故有補於世也。其或有文章而無補於世,不關於風教者,若《毛穎》《革華》《天問》《河間》等篇,此乃鸿儒碩士,問學有餘,以文爲戲,但欲馳騁於筆端之英華,發泄於胸中之藻思耳。未可求夫至理,而與《原道》等文同日而語也。昔法雲道人勸黄山谷勿作小辭,魯直云:"空中語耳,不致坐此便堕惡道。"予亦云:"然暇日觀元之文人,有製《偷兒傳奇》者,其間形容模寫,曲盡其態,此亦以文爲戲,發其胸中之藻思也。"予乃效其體格,亦製《偷兒傳奇》一帙,名之曰《豹子和尚自還俗》,用是以適閑中之趣。且令樂工演之,觀其態度,以爲佐樽之一笑耳。君子耻一物之不知,欲令後學以廣其異聞焉。

宣德八年歲在癸丑臘月初吉　锦窠老人書

宋公明鬧元宵雜劇(《二刻拍案驚奇》本)

【劇目簡介】

雜劇①,明代凌濛初或者在前人的基礎上參與了修改。《今樂考證》著録,現存明崇禎尚友堂刻凌濛初編《二刻拍案驚奇》第四十卷收録本。小説《水滸傳》第七十二回《柴進簪花入禁苑　李逵元夜鬧東京》有宋江、李逵等人大鬧東京的類似劇情,但涉及周邦彦者無多,與此劇劇情差異較大。

《二刻拍案驚奇》本標題作"宋公明鬧元宵雜劇",署"《貴耳集》《甕天脞語》紀事　即空觀填詞",雖體制爲雜劇,第一折"提綱"實爲傳奇常見之"開場家門",第一折有總題"李師師手破新橙,周待制慘賦離情。小旋風簪花禁苑,及時雨元夜觀燈"。九折,每折有二字標目,每頁十行,每行二十字。有眉批。

此劇實有周邦彦作詞與宋江等大鬧東京兩條線索。劇演周邦彦拜訪李師師,恰逢道君到來,遂躲於床下親目二人剥橙、調笑之狀,作詞《少年游》。道君得知此事,心中不喜,遂準備將周邦彦逐離東京。梁山劫得一批進貢東京的花燈,宋江聽聞熱鬧,決意前往觀燈,李逵等人相伴而行。柴進偶遇宫中執事,得以借機偷入禁宫,將"四大寇"名姓中的"山東宋江"挖下。燕青奉宋江之令來尋李師師,又逢道君到來,李師師唱出周邦彦所作離詞,道君同意召回周邦彦,李師師亦同意與宋江相聚暢談。宋江與李師師飲酒之際,書寫《念奴嬌》一詞以表心事,道君與周邦彦等先後來到,李逵亦與楊太尉等人發生沖突,梁山衆人大鬧東京城。

---

① 按其體例或爲傳奇,姑以其題目暫作雜劇收録。

第一折　提綱

(末上)

【青玉案】東風未放花千樹,早吹隕、星如雨。寶馬雕車香滿路。鳳簫聲動,玉壺光轉,一夜魚龍舞。　蛾兒雪柳黄金縷,笑靨盈盈暗香去。衆裏尋香千百度。驀然回首,那人却在燈火闌珊處。

李師師手破新橙,周待制慘賦離情。

小旋風簪花禁苑,及時雨元夜觀燈。

第二折　破橙

(生扮周美成上)(用支思韵)

【仙吕引子】【紫蘇丸】窮秀才學問不中①使,是門庭那堪投止!甚因緣得逗女嬌姿?總君王禁不住相思死。

[憶秦娥]香馥馥,樽前有個人如玉。人如玉,翠翹金鳳,内家裝束。嬌羞愛把眉兒蹙,逢人只唱相思曲。相思曲,一聲聲是怨紅愁緑。自家周邦彦,字美成,錢塘人氏。才學擬揚雲,曾獻《汴都》之賦;風流欺柳七,同傳樂府之名。典册高文,不曉是翰墨林中大手;淫詞艷曲,多認做繁華隊裏當家。只得混俗和光,偷閒寄傲。見作開封監税,權爲吏隱金門。此間有箇上廳行首李師師,乃是當今道君皇帝所幸。此女風情不凡,委是烟花魁首。亦且善能賞鑒,鍾愛文人。小生蒙彼不弃,忝在相知。今日天氣寒冷,料想官家不出來了,不免步至他家,取醉一回則個。(行介)

【仙吕過曲】【醉扶歸】他九重兀自關情事,我三生結下小緣兒。兩字温柔是證明師,儘樹起鶯花幟,任奇葩開煖向南枝,這芳香自惹蜂蝶恣。

① 【眉批】“不中”二字俱作平。

（旦扮李師師上）

【前腔】舞裙歌扇烟花市，便珠宮蕋殿有甚參差？誰許輕來覷罘罳，須不是閑堦址！花衚衕排下箇海神祠，破題兒先把君王試。

奴家李師師是也。誰人在客堂中？上前看去。（相見介）呀！元來是周官人，甚風吹得到此？（生）小生心緒無聊，願與賢卿一談。想今日天氣嚴寒，官家不出，故爾造訪。（旦）既如此，小妹煖酒，與官人敵寒清話。丫鬟取酒過來！

（丑扮丫鬟持酒上）有酒。（旦送介）

【桂枝香】高賢來至，撩人清思。俺這家門户呵！假饒終日喧闐，只算做黄昏獨自。論知心有幾？論知心有幾？多情相視，甘當陪侍。

（合）

意孜孜，最是疼人處，吹燈帶笑時。

（生）

【前腔】迂疏寒士，饞窮酸子。謝娘行眼底種情，早賞識胸中奇字。論知音有幾？論知音有幾？這般憐才誰似？辦取志誠無二。

（合前）

（小生扮宋道君道服，帶二内侍上）

【賺】美玉於斯，微服潛行有所之。風流事，誰知王者必無私？

（内侍喝）駕到！（生、旦慌介）（旦）

忙趨俟，

（生）

書生俏膽無雙翅，

（躲床下介）

且向床陰作伏雌。

（小生）

聽宣示，從容衹對無遷次。

（旦拜介）

妾當萬死，妾當萬死！

（小生）賜卿平身。（旦）願官家萬歲！（小生）愛卿坐了講話。（旦謝恩介）聖駕光臨，龍體勞頓，臣妾敢奉卮酒上壽。（内作樂，旦送酒介)(小生)朕有新物,可以下酒。(袖出橙介)(旦)芳香酷烈,此地所未有也。(小生)此江南初進到,與卿同之。(旦)容臣妾手破,以刀作虀,配鹽下酒。(小生進酒介)

【棹角兒序】這新橙芳香正滋,驛傳來江南初至。須不是一騎紅塵,也煩着幾多星使。試看他,下并刀,醮吴鹽,勝金虀,同玉膾,手似凝脂。

(吹笙。合唱)

寒威方肆,獸煙裊絲。笑欣欣調笙坐對,醉眼迷眵。

(小生)酒興已闌,朕將還宫矣。(旦)臣妾有一言,向官家敢道麽?(小生)恕卿無罪。(旦附耳,作低唱)

【前腔】問今宵誰行侍私?

(小生笑介)不要管他。(旦)

這些時猶煩脣齒。聽嚴城鼓已三撾,六街中少人行止。試看他露霜濃,騎馬滑;到不如,休回去,着甚嗟咨?

(合前)

(小生)愛卿愛朕,言之有理。傳與内侍,明早還宫。(摟旦肩介)

【尾聲】留儂此處歡情恣,抵多少昭陽殿裡夢迴時,

(合)

怎知道行雨行雲在别一司。

(仝下)

(生作床下出介)奇哉,奇哉!嚇殺我也!僥倖殺我也!你看他剖橙而食,促膝而談,欲去欲留,相調相謔。若有史官在傍,也該載入起居注了。小臣何緣,得以親見親聞?不免將一時光景,作一新詞,以記其事。[詞寄少年遊](念介)并刀如水,吴鹽勝雪,纖手破新橙。錦幄初温,獸煙不斷,相對坐調笙。　　低聲問,向誰行宿?城上已三更。馬滑霜濃,不如休去,直是少人行。詞已寫完,明日與師師看了,以博一笑。

【皂羅袍】偶到陽臺左次,遇東皇雨露,正洒旁枝。新橙剖出傲霜姿,玉笙按就纖纖指。低聲厮諢,含嬌帶嗤。不如休去,殷勤致辭,怕官家不押箇鴛鴦字?

未許流鶯過院墻,天家於此賦《高唐》。

大鵬飛在梧桐上,自有傍人説短長。

第三折　訊燈

(外扮宋公明,領從人上)(用江陽韵)

【中吕引子】【粉蝶兒】四海無人,誰知俺滿懷忠壯！這些時且自埋藏,借山東煙水寨,三關興旺。問誰當？這横行一時無兩。

一水窪中能出令,萬山深處自鳴金。包身義膽奇男子,也自稱名在禄林①。我乃山東宋江,表字公明,現爲梁山寨主,替天行道,人多稱我爲"及時雨"。目下天氣嚴寒,不知山下有甚事體。且待衆兄弟到來,試問則箇。

(衆扮梁山泊好漢,浄扮李逵,照常上場詩,通姓名,相見介)(外)衆兄弟,山下有甚事來？(衆)啓哥哥得知,朱貴酒店裡,拿得一班萊州府燈匠,往東京進燈的。未敢擅便,押在關前聽令。(外)休得要驚嚇他,押上堂來我問咱。(衆)得令。

(雜扮燈匠挑燈上)朝爲田舍郎,獻燈忠義堂。寨主本無種,男兒當自强。(衆)燈匠當面。(外)

【中吕過曲】【尾犯序】率土戴君王,豈是吾儕,不曉倫常？諂佞盈朝,致閭閻盡荒。燈匠,無非是繁華景物,纔顯出精工伎倆。争知道,脂膏盡處黄雀覰螳螂！

(雜叩頭介)

【前腔】(换頭)應當,燈鋪乃官行。里甲排門,痛比錢糧。

今年官家大張燈火,慶賞元宵,着落本州解造五架好燈。這燈呵！

妙手雕鏤,號玲瓏玉光。

(外)我多取了你的,你待如何？(雜)

驚惶！若還是山中盡取,難銷破京師業帳。

(作悲介)

---

① 應爲"綠林"。

從何處,重尋兒女更一度哭爹娘!

(外)聽之可傷!我逗你耍來。若取了你的,恐怕你喫苦,不當穩便。只取你小的一架,值多少價錢?(雜)本錢二十兩。大王跟前,不敢説價。(外)就與你二十兩。其餘的你們自解官。(雜)多謝大王。雙手劈開生死路,一身跳出是非門。(下)(外)衆兄弟,據燈匠所言,京師十分好燈,我欲往看一遭。

【前腔】(换頭)京華靡麗鄉,少長山東,未得徜徉。改换規模,到天邊日旁。

(衆)

斟量,若還遇風波競險,須難免干戈鬧嚷。分明是,龍居淺地索是要隄防。

(外)我日間只在客店裡藏身,夜晚入城看燈,不足爲慮。且聽我分撥:我與柴進、戴宗、燕青一路,史進與穆弘一路,魯智深與武松一路,朱仝與劉唐一路。只此四路人,暗地相隨,緩急策應。其餘兄弟,盡數在家守寨。(浄李逵云)説東京好燈,我也要去走一遭。(外)你如何去得?(浄)我如何去不得?(外)你生性不善,面龐醜惡。(浄)幾曾見我那裡嚇殺了别人家大的小的?若不帶我去,我獨自一箇,先趕到東京殺他一場,大家看不安穩。(外)既然要去,只打扮做伴當,跟隨着我,不許惹事便了。

【前腔】王都本上邦,須勝似軍州,馬壯人强。此去私游,要行踪斂藏。

(衆)

須仗,一隊隊分行佈擺,一步步回頭顧望。從今日,長安夢裡攪起是非場。

(外)明日黄道吉日,就此起行。(衆)得令。

且解征袍脱茜巾,洛陽如錦舊知聞。
相逢何用通名姓,世上于今半是君。

(衆調陣下)

第四折　詞忤

(旦扮李師師上)(用唐青韻)

【南吕過曲】【一江風】是生來落得排場勝,那箇曾紅定?但相逢,便有姻緣,暮雨朝雲暫主巫山令。嫦娥不恁撑,君王取次行,是風流占盡無餘剩。

妾身李師師。前日正與周美成飲笑,恰遇官家到來,倉忙避在床下。後來官家語言動止,盡爲美成所見。美成填作一詞,眼前説話,盡作詞中佳料。似此才人,真堪愛敬。今日無事在此,且把此詞展玩一遍則個。

(小生道服,扮道君上)

【前腔】離宫闈喜踏閒花徑,種下風流性。但相從可意冤家,别樣温柔,反似多傒倖。知他是怎生?拚傾若個城,任朝端絮不了窮三聖。

已到師師家了。師師那裡?(旦迎駕介)臣妾候迎聖駕,願官家萬歲!(小生)賜卿平身。愛卿,朕因元宵將近,暫息萬機。乘此清閒,訪卿夜話。(旦)臣妾潔除几席,專候駕臨。(小生看案上介)愛卿在此看些甚麽?(見詞介)元來是一首詞。(念前詞介)此乃前日與卿晚夕的光景,何人櫽括入詞?(旦)不敢隱瞞,實出周邦彦之筆。(小生)周邦彦爲何知得這等親切,似目見耳聞的一般?(旦)臣妾萬死。前日偶與周邦彦在此閒話,適遇駕到,邦彦無處躲避,竄伏床下。故彼時官家與臣妾舉動言語,悉被窺見,作此詞以紀其事。(小生怒介)輕薄如此,可恨!可恨!

【鎖寒窗】是何方劣相酸丁,混入花叢舉止輕!看論黄數黑畫影描形。機關逗處,唇鎗斯逞,怎當他風狂行徑!

(合)

思量,直恁不相應,便早遣離神京。

(旦跪介)邦彦之罪,皆臣妾之罪也。望天恩寬宥!(起介)

【前腔】念他們白面書生,得見天顔喜倍增。任一時風欠寫就新聲,知他那是違條干令?總歌謳太平時境。

(合)

思量,有恁不相應,便早遣離神京?

(小生)這個斷難饒他。明日分付開封府,逐他出城便了。

(旦)一曲新詞話不投,(小生)明朝謫遣向邊州。

(合)是非只爲多開口,煩惱皆因强出頭。

第五折 闖禁

(末儒巾扮柴進,貼小帽扮燕青,仝上)(用齊微韵)

(末)金吾不禁夜,玉漏莫相催。則俺是梁山泊上第十位頭領"小旋風"柴進。這箇兄弟是第三十六位頭領"浪子"燕青。隨俺哥哥宋公明下山,到東京看燈。哥哥在城外住下,俺和這箇兄弟,先進城來探聽光景,做一番細作。早已入城來了也。

【北正宫】【端正好】却離了水雲鄉,早來到繁華地。路傍人不索猜疑,滿朝中不及俺那山間位,衡一味懷忠義。

(貼)哥哥,來到東華門外。你看街上的人,好不多也!(末)

【滚綉毬】景色奇,士女齊。滿街衢遊人如蟻,大多來肉眼愚眉。

(手指介)兄弟,

你看那戴翠花,着錦衣,一班兒紛紛濟濟,走將來别是容儀。多管是堂中珠履三千客,須不似山上兜鍪八面威,煞有蹺蹊。

兄弟,俺到酒坊中坐下。你去看那錦衣花帽的,與我賺將一箇來者。(貼)理會得。

(丑扮王班直上)花有重開日,人無再少年。俺乃穿宫班直老王的便是。方纔宫中承應出來,且到街上走一走。(貼迎揖介)觀察,小人聲喏!(丑作不認介)你是何人?咱不認得。(貼)小人的東人,和觀察是舊交,特使小人來相請。觀察莫不姓張?(丑)俺自姓王。(貼)小人倉慌失錯了。正是叫小人請王觀察。(丑)你主人是誰?(貼)觀察同小人去,見面就曉得。(丑)而今在那里?(貼)在這閣兒裡。(走到介)(對末云)請到王觀察來了。(末迎介)

【倘秀才】見説着良朋遇值，

（揖介）

忙舉手當前拜禮。

（丑還禮介）在下眼拙，失忘了足下，願求大名。（末笑介）

俺是恁二十年前一舊知，這些時離别久，往來稀，今朝廝會。

（丑想介）其實一時想不起。（末）小弟且不説，等兄長再想。想不出時，只是罰酒。（雜送酒肴上）（末送酒介）

【滚綉毬】俺這里殷勤待舉觴，尊兄且莫推。誰教你貴人忘記？辭不得罰盞淋漓。

（丑）在下喫不得急酒，醉了須悮了點名。（末）正要問兄長，頭上爲何戴這朵翠花？（丑）官家慶賞元宵，我們左右内外，共有二十四班，每班二百四十人，通共五千七百六十人。每人皆賜衣襖一領，翠葉金花一枝，上有小小金牌一箇，鑿着“與民同樂”四字，因此每日在這里點視，如有宫花錦襖，便能勾入内裡去。（末）小弟却不省得。

元來是打扮喬，入内直。

便飲一醉不妨。

總無過隨行逐隊，料非關違悮了軍機。

小的每，鏇一杯熱酒來，奉敬兄長者。（貼取酒下藥介）（末奉酒介）兄長飲此一杯，小弟敢告姓名。（丑）在下實想不起，願求大名。（末灌酒介）（丑飲介）（末）

你早忘眼底人千里，且盡尊前酒一杯，則交我含笑微微。

（丑作醉倒介）（末）早已麻倒了也！且脱他錦衣花帽下來，待俺穿戴了，充做入直的，到内裡看一遭去。（换衣帽介）兄弟，你扶他去床上睡着。酒保來問時，只説這觀察醉了，那官人出去未回。好生支吾者。（貼）不必分付，自有道理。（扶丑下）（末）俺如此服色進内去，料没擋闌也呵。（行介）

【倘秀才】本是箇水滸中魔君下世，權做了皇城内當筵傀儡。抵多少壯士還家盡錦衣。從此去，到宫闈，没些兒廻避。

呀，你看禁門上竝無阻碍，一直到了紫宸殿。殿門上多有金鎖鎖着,進去不得。且轉過凝暉殿。殿旁有路,轉將入去,元來又是一箇偏殿,牌上金書"睿思殿"三字。側首一扇硃紅槅子,且喜開着,不免閃將入去。

【滚綉毬】幸逢着殿宇開,闖入箇錦繡堆,耀人睛簾垂翡翠,看不迭案滿珠璣。則見架上籤,盡典籍,奚超墨龍文象筆,薛濤箋子石端溪。御屏上山河一統皆圖畫,比及俺水泊三關也在範圍,這的是帝王宏規。

轉過御屏後邊,元來這是素面,却有幾箇大字在上,待我看者。(念介)山東宋江,淮西王慶,河北田虎,江南方臘。呀,好不利害也!

【叨叨令】御屏上寫得淋淋侵侵地,多是些緑林中一派參參差差諱。列兩行墨印分分明明配,俺哥哥早占了高高强强位。

(拔刀介)

俺待取下來也麽哥,俺待取下來也麽哥!

(作挖下,走介)

急抽身且自慌慌忙忙退。

已把四字挖下,急走出殿門回去者。

【滚綉毬】這事兒好駭驚,這事兒忒罕希,到那帝王家一同兒戲,俏一似出函關夜度鳴雞。

(貼上,接介)哥哥來了也。看得如何?(末)

且禁聲,莫笑嘻,幹着的一樁機密,免教他姓字高題。

(將字與貼看介)

略施萬丈深潭計,已在驪龍頷下歸,落得便宜。

(貼)請問哥哥,這是甚麽意思?(末)此處耳目較近,不便細説,到下處見了大哥,自知明白。且脱下衣帽咱。(换衣帽介)(貼)這人還未醒,把衣服交與店家罷。(叫介)酒保!

(酒保上)官人有何分付?(末)俺和這王觀察是兄弟,恰纔他醉了,俺替他去内裡點名了回來。他還未醒,俺却在城外住,恐怕誤了城門。剩下的酒錢,多賞了你。他的服色號衣,多在這里,你等他醒來,交付還他。俺們自去了。(酒保)官人但請放心,男女自會伏侍。(笑介)這樣好主顧,剩錢多賞了我。明日再來下

顧一下顧。若要號衣用時，我在戲房中借一付與你。（下）（末）

【尾聲】俺入宫的俏冥冥已將望帝春心遞，那醉酒的黑魆魆兀自莊周曉夢迷。却不道他是何人我是誰，借得宫花壓帽低，天子門庭去復回，御墨鮮妍滿袖攜。少不得驚動官家心下疑，索盡宫中甚處追？空對屏兒三嘆息，怎知俺小旋①風爺爺親身來看過了你？

（仝下）

（丑吊場上）一覺好睡也。酒保，方才請我的官人那裡去了？（内應）他見你醉了，替你去點了名回來，你還未醒。恐怕悮了城門，他出城去了，留下號衣在此還你。（丑）好没來繇！又不知姓張姓李，説是我的故人，請我喫得酩酊，敢是拐我當酒喫的？酒保，他會鈔過不曾？（内）會鈔過了。（丑）奇怪！酒錢又不欠，衣服又在此，他拐我甚麼？我不是落得喫的了？看來我是箇刷子，他也是箇痴人。詩云：有人請喫酒，問着不開口。灌我醺醺醉，他自往外走。這樣好主人，十番撞着九。好造化！好造化！（笑下）

第六折　折柳

（生扮周美成上）（用先天韵）

【雙調引子】【搗練子】愁脉脉，意懸懸，奪去微官不值的錢。只恨元宵將近矣，嫦娥從此隔天邊。

桃溪不作從容住，秋藕絶來無續處。人如風後入江雲，情似雨餘粘地絮。下官周美成，只因今上微行妓館，偶得竊窺，度一新詞，致觸聖怒。宣示蔡京丞相，着落開封府，要按發我課税不登。府尹説："惟有此官，課額增羨。"蔡京道："聖意如此，只索遷就屈坐。"劾上一本，隨傳聖旨："周邦彦職事廢弛，日下押出國門。"好不冤枉也！我想一官甚輕，不做也罷。只是元宵在即，良辰美景，萬民同樂，獨我一人不得與觀。這也猶可，怎生撇得下心上

① 【眉批】旋，去聲。

李師師呵！他着人來説，要到十里長亭，送我起程。敢待來也？

(旦上)

【海棠春】何處是離筵？舉步心如箭。

呀，美成已在此了。(相見介)(旦)官人風波忽起，離别須臾。無限衷情，特來面語。(生)賢卿遠至，足感深情。只是我事出無端，非意所料，這分别好難割捨呵！(旦)小妹聊具一杯，與君話别。(生)生受你。想小生呵，

【仙吕入雙調過曲】【園林好】書生命隨方受遭，書生態無人見憐。投至得娘行繾綣，傒倖煞竝香肩，平白地降灾愆。

(旦)

【前腔】遇君王承恩最偏，遇多才鍾情更專。强消受皇躬垂眷，一謎裡慕英賢，怎知道事相牽！

(生)想那日呵！

【江兒水】寒夜挑燈話，爐中火正燃。君王驀地來游宴，躲避慌忙身還顫，眼睁睁饞口涎空嚥，剗地芳心思展。

(合)

一曲新詞，到做了"陽關"三轉。

(旦)

【前腔】當日心中事，君前不敢言。誰知驀地龍顔變，判案些時無情面。笑啼兩下恩成怨，教我如何過遣！

(合前)

(生)

【五供養】窮神活現，一箇新橙剖出冤纏。開封遵聖意，不論羨餘錢。官評坐貶，端只爲床頭銓選。一霎分離去，怎俄延！

(合)

何日歸來舊家庭院？

(旦)

【前腔】君王不辨，掃煞風光當甚傳宣？知心從避地，無計可回天。奴身命蹇，禁不住淚痕如線。愁看元宵月，兩地自爲圓。

(合前)

(旦)君家以詞得名,以詞得罪。今日之别,豈可無詞?(生)小生試吟一首,以紀折柳之情。詞寄[蘭陵王](念介)柳陰直,煙裡絲絲弄碧。隋堤上,曾見幾番,拂水飄綿送行色。登臨望故國,誰惜京華倦客?長亭路,年去歲來,應折柔條過千尺。閒尋舊蹤跡,又酒趁哀弦,燈照離席,梨花榆火催寒食。愁一箭風快,半篙波煖,回頭迢遞便數驛。望人在天北。　　悽惻,恨堆積。漸别浦縈回,津堠岑寂,斜陽冉冉春無極。念月榭携手,露橋吹笛。沈思前事,似夢裡,淚暗滴!

【玉交枝】題詞一遍,謝承他舉賢薦賢。而今再把詞來顯,真箇是舊病難痊。鴛鴦拆開爲短篇,長吟只怕還重譴。

(合)

拚今宵孤身自眠,又何妨重重寫怨!

(旦)

【前腔】心中生羨,看詞章風流似前。雖經折挫留餘喘,尚兀自揮灑聯翩。本是連枝竝頭鐵石堅,到做了伯勞東去西飛燕。

(合前)

(生)俺和你就此拜别。(拜介)(生)

【川撥棹】辭卿面,記平時相燕婉。再不能整宿停眠,再不能整宿停眠。立斯須三生有緣。

(合)

怎教人着去鞭?任從他足不前。

(旦)

【前腔】(换頭)訴不了離愁只自煎,揾不了啼粧只自湮。從此去度日如年,從此去度日如年,願君家長途保全。

(合前)

(生)

【尾聲】臨行執手還相戀,歸向君王一句言,道床下人兒今去的遠。

一番清話又成空,滿紙離愁曲未終。

情到不堪回首處,一齊分付與東風。

第七折　賜環

(貼扮燕青上)(用齊微入聲韵)

【商①調引子】【遶地游】來游上國,到處無人識,向章臺尋消問息。

白雲本是無心物,又被清風引出來。俺"浪子"燕青,前日隨着柴大官人進城探路。被柴大官人計入禁苑,挖出御屛上四字。俺宋公明哥哥,曉得官家時刻不忘,思量尋箇關節,討箇招安。那角妓李師師,與官家打得最熟。今欲到他家飲一巡兒酒,看取機會,着我先去送贄見之禮。來到此間,不免扯箇謊哄他。裡面有人麽?(丑扮媽媽上)談笑有鴻儒,往來無白丁。是那箇?(貼拜介)是我。(丑)小哥高姓?(貼)老娘忘了?小人是張乙兒的子②張閒便是。從小在外,今日方歸。老娘怎不認得了?(丑想介)你不是太平橋下的小張閒麽?(貼)正是。(丑)你那里去了?許多時不見。(貼)小人一向不在家,不得來看老娘。如今伏侍箇山東梁客人,是燕南、河北第一個有名的財主,來此間做買賣。一者就賞元宵,二者要求娘子一面。怎敢説在宅上出入,只求同席一飲,稱心滿意。光③送一百兩金子爲進見之禮,與娘子打些頭面器皿。若得往來往來,還有罕物相送。(出禮物介)(丑看,伸舌介)好赤金也,火塊一般的!只一件,我女兒今日爲送周監税,出城去了,却不在家,怎麽是好?(貼)少不得回來的,小人便閒坐一坐,等箇回音。

(小生上)

【遶地遊後】和風麗日,憶嬌姿來相探覓,是光陰怎生閒得?

自家道君皇帝便是。前日睿思殿上,失去了"山東宋江"四字,想城中必有奸細,已分付盤詰去了。心下好生不快,且與師師閒話

---

① 應爲"商"。下同。

② 應爲"的兒子"。

③ 應爲"先"。

去。(内喝)駕到!(丑慌介)官家來了,怎麽好!女兒不在,誰人接待?張小乙哥,便與我支應一番則箇。(貼)我正要認一認官家,借此機會上前答應去。(叩頭介)男女萬死,叩頭陛下,願陛下萬歲!(小生)師師怎麽不見?(貼)師師城外去了。(小生)你是何人?(貼)男女是師師中表兄弟,一向出外,今日回來。(小生)擡起頭來我看。(貼擡頭介)(小生)怪道也一般俊秀的。你既是師師兄弟,必有技藝。(貼)男女吹彈歌舞,多曉得些。(小生)賜卿平身,唱曲奉酒。(貼送酒。隨意唱時曲一隻介)(小生)此時已是更餘,師師還未見到,可惱!可惱!

(旦愁妝上)

【憶秦娥】愁如織,歸來别淚還頻滴。還頻滴,翠幃春夢,江南行客。

(見介)(貼暗下)(小生)

更餘兀守方岑寂,何來俏臉添悲慼?添悲慼,向時淹潤,這番狼藉。

(怒介)你看啼痕滿面,憔悴不勝。適自何來,意態如此?(旦)臣妾萬死!臣妾知周邦彦得罪,押出國門,略致一杯相别。不知得官家來此,接待不及,臣妾罪當萬死!(小生冷笑介)痴妮子!只是與那酸子相厚。這酸子輕口薄舌,專會做詞。今日你去送别,曾有詞否?從實奏來。(旦)有《蘭陵王》調一詞。(小生)你起來唱一遍看。(旦)容臣妾奉一杯,歌此詞爲官家壽。(小生)使得。

(旦送酒介)

【商調過曲】【二郎神】柳陰直,在煙中絲絲弄碧。曾見隋隄凡幾歷,飄綿拂水,從來專送行色。無奈登臨望①故國,誰憐惜京華倦客!算長亭②,年來歲去,柔條折過千尺。

【集賢賓】閒尋舊日踪與跡,趁哀絃燈照離席。榆火梨花知在即,一霎時催了寒食。風高箭急,待回首,迢遥多驛。人在北,怎生不恨情堆積!

【琥珀猫兒墜】縈回别浦,津堠已岑寂,冉冉斜陽春景極。念相攜素手

① 【眉批】望,平聲。

② 【眉批】亭,借轉入韻。

露橋笛。悽惻,前事沉思,暗淚空滴!

(小生笑介)好詞,好詞!關情之處,令人淚落,真一時名手!怪不得他咬文嚼字。明日元宵佳節,正須好詞,不免赦其罪犯,召他轉來爲大晟樂正,供應詞章。傳旨與兩府施行去。(旦叩頭介)如此多謝天恩。(小生笑介)連你也歡喜了。

【尾聲】道一聲赦也歡交集,詞去詞來還則是詞上力,

(旦)

可正是成敗蕭何一笑值。

(旦)新詞動聽不爭多,成也蕭何敗也何。

(小生)遇飲酒時須飲酒,得高歌處且高歌。

(下)

(旦弔場)

(丑引貼見旦介)小乙哥,過來見了姐姐。(旦)我正要問,這是那一箇?(丑)兒,這是太平橋張小乙哥。他引了一箇大財主,是山東梁員外,送了一百兩金子爲見禮,要與你喫一杯兒酒。因你未回,留他在此。恰遇聖駕到來,無人接待,虧得他認做了你的中表兄弟,支持答應,俄延這一會,等得你回來。也是箇道地人兒!(貼)小人有幸,得瞻天表,且候着了娘子。小人回去,回覆員外,還着他幾時來?(旦)明日是元宵,駕幸上清宫,必然不來,却請員外過來少敘便是。(貼)小人理會得。正是:

嫦娥曾有約,(丑、旦)明夜早些來。

(仝下)

第八折　狎游

(外宋江上)(用蕭豪韵)

【雙調引子】【梅花引】留連客舍已元宵,誰能識恁根苗?

(末柴進上)

憑是宫庭,魚服曾行到。

(合)

宿衛重重成底事？待看盡鶯花春色饒。

(外)不入虎穴，焉得虎子！差之一時，失之千里。俺宋江不到東京看燈，怎曉得御屏上寫下名字？虧得俺柴進兄弟取了出來。這兩日聞得城門上隄防甚緊，却是人山人海，誰識得破？俺一來要進去觀燈，二來要與當今打得熱的李師師往來一番，覷箇機會。昨日燕青兄弟已到他家，約定了今日，又兼得見了官家回來。俺想若得我宋江遇見，可不將胸中之事表白一遍？討得箇招安，也不見得。(末)哥哥，招安也不是這樣容易討的。借這機會，通些消息，或者有用，也未可知。目今且落得去游耍一番。(貼燕青上)欲赴天邊約，須教月下來。哥哥，此時正好進城了。(外)我與柴大官人做伴，同去走遭。戴宗、李逵兩箇兄弟，扮做伴當，遠遠跟着便了。(同行介)

【仙吕入雙調過曲】【六么令】官街亂嘈，趁着人多，早過城壕，無人認識大英豪。齊胡混，醉酕醄，鎮聞滿市皆喧笑，鎮聞滿市皆喧笑。

(貼)從此小街進去，便是李家瓦子了。(衆行介)

【前腔】笙歌院落，煞是撩人，一曲魂消，君王外宅貯多嬌。燈光映，月輪高，畫欄十二珠簾悄，畫欄十二珠簾悄。

(旦仝鴇、女童上)

【前腔】遊人似潮，昨日相期，佳客游遨，此時月色上花梢。

(貼)

近前去，把門敲。

(旦出見，迎外、末介)(外、末)

慕名特地來相造，慕名特地來相造。

(相見禮介)(貼向旦指外介)這位就是員外。(旦)昨日張閒多談大雅，又蒙厚賜；今辱左顧，綺閣生光。(外)山僻之客，孤陋寡聞；得覩花容，生平願足。(旦)這位官人，是員外何人？(外)是表弟華巡簡。(旦)多是貴客。夙世有緣，得遇二君，草草杯盤，以奉長者。(外)在下山鄉，未曾見此富貴。花魁娘子，名播寰宇。求見一面，如登天之難；何況促膝笑談，親賜杯酒？(旦)員外獎譽太過，何敢當此？丫鬟，將酒過來！

【二犯江兒水】【五馬江兒水】①逢霽色皇都春早,融和雪正消。看争馳玉勒,競覩金鰲,賽蓬萊結就的島。迤邐御香飄,羣仙不待邀。樓接層霄,鐵鎖星橋,大家來看一箇飽。
【朝元歌】幸遇着風流俊髦,厮覷了軒昂儀表。
【一機錦】不枉了兩相輝燈月交。

(外)多蒙厚款。美酒嘉肴,清歌妙舞,鄙人遇此,如在天上。不勝酒狂,意欲亂道一詞,盡訴胸中鬱結,呈上花魁尊聽。(末)哥哥,花魁美情,正當請教。(外)待不才先訴心事呵!

【前腔】問何處堪容狂嘯?天南地北遥。借山東煙水,暫買春宵,鳳城中春正好。薄倖怎生消?神仙體態嬌。

(起介)

想汀蓼洲蒿,皓月空高,雁行飛三匝繞。

(做裸袖揎拳勢介)

誰識我忠肝共包,只等待金雞消耗。

(拍桌介)

愁萬種醉鄉中兩鬢蕭。

(末)表兄從來酒後如此,娘子勿笑。(旦)酒以合歡,何拘于禮?只是員外言語含糊,有許多不明處。(外)借紙筆來,寫出請教。(旦)取筆硯過來,向員外告珠玉。(外寫介)詞寄[念奴嬌](念介)天南地北,問乾坤、何處可容狂客?借得山東煙水寨,來買鳳城春色。翠袖圍香,絳綃籠雪,一笑千金值。神仙體態,薄倖如何消得?　　想蘆葉灘頭,蓼花汀畔,皓月空凝碧。六六雁行連八九,只等金雞消息。義膽包天,忠肝蓋地,四海無人識。離愁萬種,醉鄉一夜頭白。(旦)細觀此詞,員外是何等之人?心中有甚不平之事?奴家文義淺薄,解不出來,求員外明言。(外欲語介)(内叫)聖駕到後門了!(旦慌介)不能相陪,望乞恕罪!(急下)(外對末、貼介)我正要訴出心事,却又去接駕了。我們且未可去,躲在暗處瞧一回。(末、貼)大哥有些酒意了,小心些則箇。

---

① 【眉批】北本南調也,今皆以北調唱之,則須增疊句。

(外)曉得。

始信桃源有路通,這回陡遇主人翁。

今宵賸把銀缸照,猶恐相逢是夢中。

(各虚下)

第九折　鬧燈

(浄扮李逵大帽青衣内抹額束腰,雜扮戴宗隨上)(用東鍾韵)

(浄)浩氣沖天冠斗牛,英雄事業未曾酬。手提三尺龍泉劍,不斬奸邪誓不休!俺"黑旋風"李逵便是。俺大哥好没來繇,看燈看燈,竟與柴大官人、燕小乙哥走入�衏人家喫酒去了。却教我與戴院長扮做伴當,跟隨在門外坐守。這可是俺耐煩的?不要惱起俺殺人放火的性子來,把這家子來殺箇罄盡!(做勢介)(戴)哥哥怎生對你説來?(浄)只怕大哥又説我生事,俺且權忍片時也呵。

【北雙調】【新水令】①看長安燈火照天紅,似俺這老蒼頭也大家來胡哄。恕面生也花世界,少拜識也錦衚衕。偌大英雄,偌大英雄,替他每守門闌太知重!

(虚下)

(小生、旦上)

【南仙吕入雙調過曲】【步步嬌】三五良宵冰輪湧,帝輦宸游動。

(旦)今日該駕幸上清宫,

歡情那處濃?

(小生)朕今日幸上清宫方回,教太子在宣德殿賜萬民御酒,御弟在千步廊買市,約下楊太尉同到卿家。久等不至,只得自來。(旦)

不道餘恩又得陪從。

① 【眉批】此曲以□爲□□□傳板,人□者皆相□有板,故□時點之前,正宫曲亦然。

(小生)今日佳辰,宜有佳詞。傳旨宣周邦彦。(旦)

斟酒泛金鍾,這些時值得佳詞供。

(生上)小臣周邦彦。聞得陛下在此,特來獻元宵新詞。(小生)念與朕聽。(生念介)詞寄[解語花]風銷焰蠟,露浥洪罏,花市光相射。桂華流瓦纖雲散,耿耿素娥欲下。衣裳澹雅,看楚女纖腰一把。簫鼓喧人影參差,滿路飄香麝。　因念帝城放夜,望千門如晝,嬉笑游冶。鈿車羅帕相逢處,自有暗塵隨馬。年光是也,惟只見舊情衰謝。清漏移飛蓋歸來,從舞休歌罷。(小生)好詞!好詞!得景得情。良辰美景,才子佳人,俱在朕前。可喜,可喜!周邦彦陞爲大晟樂府待制,賜與御酒三杯。(生飲酒謝恩介)(同唱)

斟酒泛金鍾,這些時值得佳詞供。

(仝下)

(浄上,戴隨上)(浄)

【北折桂令】漸更闌,古寺聲鐘。等的人心熱腸鳴,坐的來背曲腰躬。須知俺兄弟排連,盡多是江湖志量,怎走入花月樊籠?一壁厢主人情重,那堪俺坐客心慵。折倒威風,做啞妝聾。這的是黑爹爹性格温柔,今日里學得箇舉止從容。

(下)

(外、末、貼上)

【南江兒水】萬里君門遠,乘輿驀地逢,天顔有喜親承奉。

(外)

何不急趁樽前無攔縱,把一生忠義多相控。

(末、貼)這箇使不得。

便親寫下招安何用?打破沙鍋,少不得受那奸邪搬弄。

(下)

(浄、戴上)(浄)

【北雁兒落帶得勝令】俺則待向章臺猛去衝,

(戴)這裡頭没你的勾當。(浄)

莽兒郎認不得鸞和鳳,俺則待踏長街獨自游,

（戴）我不與你去，你須失了隊。（净）

急忙裡認不出桃源洞。因此上權做個不惺憁，酩子裡且包籠。困騰騰眼底生春夢，實丕丕心頭拽悶弓。難容，無明火渾身迸！

宋公明也！

尊兄，這踳兒也算不公！

（坐場上介）

（丑扮楊太尉上）

【南僥僥令】君王曾有約，游戲晚來同。

（作走進門，戴走避，净坐不理介）（丑）

是何處兒郎真懵懂，見我貴人來不歛蹤！

（問净介）你是那裡的狗弟子孩兒？見了俺楊太尉，站也不站起來。從人拿住者！（净大喊，脱衣帽，露内戎裝介）

【北收江南】呀，要知喒名姓呵須教認得黑旋風！

（將丑打倒介）

一拳兒打箇倒栽葱。

（丑跌介）（戴勸介）使不得，使不得！（净）

方纔洩俺氣填胸。

（放火介）

不是俺性兇，不是俺性兇，只教你今朝風月兩無功。

（净大喊介）梁山泊好漢全夥方在此！

（外、末、貼急上）

【南園林好】聽喧鬧魚游釜中，急奔脱鳥飛出籠。渾一似山崩潮湧，

你看官家也從地道走了。

驚鳳輦，離花叢。回首處，隔巫峰。

（内喊介）休教走了黑旋風！（外）燕小乙哥，黑厮性發了，只怕有失，你是他降手，快去接了他出城！（净舞介）

【北沽美酒帶太平令】誰人來犯俺鋒？誰人來犯俺鋒？

（貼撲净跌介）（净看貼，起笑介）

元來是舊降手又相逢。

（貼）不要生事，隨哥哥去罷！（净隨衆走介）

恁道是保護哥哥第一功,頓金鎖走蛟龍。須知是做郎君要擔怕恐。

(扮高俅追敗下)

(五虎將上接介)(浄同衆唱)

看明晃晃旌旗簇擁,雄糾糾貔虎相從。宋公明翠鄉一夢,楊太尉傷司告訟。俺呵,一班兒弟兄逞雄,脱離着禍藪,呀,這的是鬧東京一場傳誦。

【北清江引】宋三郎豈是柔情種?只要把機關送。惹起黑天蓬,好事成虚閧,則落得鬧元宵一會兒哄。

周美成蓋世逞詞豪,宋公明一曲《念奴嬌》。

李師師兩事傳佳話,合編成粧點《鬧元宵》。

戴院長神行薊州道雜劇(《大云樓集》本)

【劇目簡介】

雜劇,清初張韜作。未見著録,現存康熙時期刻《大云樓集》附録本。小説《水滸傳》第五十三回《戴宗智取公孫勝　李逵斧劈羅真人》有類似劇情。

此劇向無單行本,《大云樓集》附録本爲"績四聲猿"之第二種,標題作"戴院長神行薊州道雜劇",署"紫微山人填詞"。未分折,每頁九行,每行約二十二字。有眉批。

劇演梁山攻打高唐州受阻,戴宗與李逵奉命前往尋回公孫勝,途中李逵不聽戴宗勸告,喝酒吃肉。戴宗借機懲治規勸,李逵只得改正。

(正末上)詩云:梁山太保舊知名,手捧軍書曉夜行。踏徧九州烟水路,一鞭直至薊州城。俺乃梁山泊"神行太保"戴宗是也。今爲宋公明哥哥攻打高唐州,爲妖法所困,不能取勝,因此奉吴軍師將令,到薊州去尋訪公孫勝回來,破他妖法。俺奉令前行,争柰李逵這廝,死命趕上,定要同去。這兩日來,要行他偏不肯行,要住他偏不肯住。一路彆拗,可不誤了軍機大事? 今日待他無理,俺且作個法兒,耍他一耍。李逵走動。

(浄上)詩云:板斧蘸鋼鋒,梁山黑旋風。殺人徧地血,放火滿天紅。喒李逵狀貌猙獰,性格粗莽,山寨中那個不怕喒家? 叵耐戴宗那廝,喒依他甲馬法兒耍耍,多少粧喬做勢。今日再若如此,喒便送他一頓拳頭,跑回山寨中去。喒自走喒的路,他自走他的路,誰耐煩受他鳥氣! (趲行科)院長哥哥慢行,等喒一步。(正末云)軍機大事,不可耽閣,快走! 快走!

【雙調】【新水令】紅雲紫炁,擁神威展風輪日行千里。俺胸前藏太乙,足下踏河魁,電掣星移,插雙翅半空起。

(净云)院長哥,您今日打扮的繡領花袍,黄播豹尾,茜紅巾,抹緑靴,好不齊整也!(正末唱)

【駐馬聽】您道俺顫巍巍繡領斜披,穿一件霞閃龍鱗嫣紫綺,厮琅琅金鈴牢繫,掮一柄風播豹尾赭黄旗,頭直上茜紅花壓帽簷低,脚底下鴨青雲鎖轔帮細,雙拴的甲馬疾,恰便是焰摩天上魔君隊。

(净云)好走也!兩日有多少路了?(正末云)自前日離了高唐州,今日遠遠地已望見薊州城了。兩日來遮莫有一千多里哩!

【沉醉東風】乍回首高唐雨翳①,猛擡頭早望見薊北雲迷。

(指科)

那夕照中、殘烟裡,這便是古燕城宫闕崔巍。忽剌剌鞭稍倏轉移,一霎時千山萬水。

(净云)院長哥,想是要奈何喒麽?爲甚這般要緊?便略停一刻何妨?(正末云)説那里話!這是哥哥將令,限三日到薊州接取公孫先生,救其圍困,誰敢有違?

【雁②兒落】非是俺戴院長行踪似箭波疾,只爲那吴學究將令如雷波激,調得個白虎離山道士來,好救這黑雲壓陣將軍急。

(净喘氣云)這一會兒一發奔得慌,走不動了。(正末唱)

【得勝令】您看他雙足步蹺蹊,徧體汗淋漓,臉上凶眉皺,喉間喘氣逆。

(净叫云)院長哥,怎只顧趲行?(正末唱)

慌急,現捧着及時雨調兵檄。

(净云)喒一定要歇歇兒。(正末摇手科。唱)

休息?直待要入雲龍歸寨日。

(正末背云)這厮喫不得素,昨日瞞着俺,在飯店裡切一盤牛肉喫,俺且把幾句話打覷他。(轉身云)兄弟,俺想您在山寨裡,大碗喫酒,大塊喫肉,好不受用。(净云)便是。(正末唱)

---

① 【眉批】此高唐非楚地,"雨翳"字借用。

② 應爲"雁"。

【喬牌兒】您把那濁醪如海吸，肥肉似山積。

(帶云)但喫得不快活波，

黑爺爺霜花板斧排頭劈，把饅頭來裹着人肉喫。

(正末云)您兩日喫的是清湯淡飯，幾碗豆腐皮兒，如何熬得？(浄云)哥哥如此，做兄弟的敢不如此？(正末唱)

【甜水令】喫的是一碗羹湯，一甌淡飯，一杯清水。

(帶云)要好波，

加着些豆腐五香皮。餓得您鬼臉傴僂，饑腸谷碌，饞涎滴瀝。

(帶云)那里是黑旋風，分明一個餓鬼！

敢消盡您猛勢雄威。

(正末云)您敢熬不得，偷喫些葷麽？(浄云)那個偷喫葷呀？(正末背云)這厮還要口硬，俺且作起法來。(浄遶場急走科。云)呀，不好了！怎一會兒怪風起處，烟塵烈烈，灰沙滚滚，耳邊如天崩地塌之聲，喒兩隻脚似有人推動一般，要住住不得，要立立不得，全不由喒作主，好不苦那！(正末唱)

【折桂令】怪風吹一陣寒威，見烈烈烟塵、滚滚沙灰。耳邊厢樹倒山摧，江翻海潰，地塌天頹，戰篤速心驚胆碎。

(帶云)看他兩脚波，

好一似弦上丸飛，機上梭擲，百蟒騰空，萬馬攢蹄。

(浄叫云)哥哥救喒一救！喒走得慌又餓得苦也！(正末云)好奇怪！俺今日也收不住脚。俺也饑餓，没柰何，袖裡有幾個燒餅，且喫了者。(喫科)(浄云)哥哥喫燒餅，也與喒一個兒。(正末遞科)來，來，您接了去。(浄接不着科。云)哥哥住一步，喒好上前來。(正末云)俺今日不知爲甚的，一步也住不得哩！

【錦上花】不由人不疾走如飛，忙催急遞。

(帶云)可煞作怪，

俺佩着玄①女靈符，平日裡百神遠避。

(頓足科)

① 底本此字作"玄"，爲缺筆，避康熙名諱。

怎今日亂擊銅牌,頻敲鐵鎚,争柰這道法無靈,是何來神鬼弄虚脾?

(正末云)呀,是了!莫非是你破了俺法,喫了牛肉麽?(浄慌云)喫牛肉便怎麽?(正末云)俺的法最忌牛肉,但喫一片,要走十萬八千里方纔得住。(浄怕科。云)是喒的不是了。昨夜瞞着哥哥喫了一盤牛肉。可有甚法兒解救得麽?(正末云)救不得,救不得!若真個喫了牛肉,

【么】西走波,直跑去吐番;東走波,須投至高麗;南走波,要趕到朱厓①;北走波,待行過鐵勒。躧破芒鞋,踏盡天涯。您若要少住些時,須還他十萬里。

(浄云)苦也,苦也!哥哥,喒再不敢喫了,救了兄弟的性命罷!(正末云)您真個不喫了麽?俺救您則個。(指浄云)住!(浄喜云)却是好也,喒有歇息的時候了。呀,又不好了!這脚兒又象個釘兒釘在地上的一般,一些兒移動不得,怎麽處呀?(呆立科)(正末唱)

【碧玉簫】您看他形狀呆癡,睁着眼吃驚嚇②。精神惛③迷,又着手木僵直。却便是紙描成墨鍾馗,泥裝就墨太歲,且教您脚不提,釘兒釘地。

(帶云)您要移動,除非西方是日出哩。

若要動移,待等出西方日。

(浄云)院長爺爺,鐵牛再不敢了。(正末云)也難信您,敢賭個咒麽?(浄云)喒賭,喒賭!(合掌科。云)神聖在上,鐵牛再喫牛肉波,神聖便打斷鐵牛的筋,剥下鐵牛的皮,喉嚨裡生拳頭般戟刺,口嘴邊害碗大樣疔瘡。(正末云)這不是當要的。

【鴛鴦煞】您對着監齋神聖宣盟誓,便有個功曹值日來登記,道打斷牛筋,剥下牛皮,戟刺當喉,疔瘡着嘴。只見合掌皈依,再休題一星肉嘗滋味,您若是從今後不作非爲,

---

① 【眉批】厓,音移。

② 【眉批】嚇,叶音笞。

③ 【眉批】惛,去声。

（拂净科。云）去！（净走科。云）好了，這纔是喒的脚了。（正末唱）

還了您鐵牛兩隻腿。

（同下）

附:

續四聲猿題辭

猿啼三聲腸已寸斷,豈更有第四聲,況續以四聲哉? 但物不得其平則鳴,胸中無限牢騷,恐巴江巫峽間應有兩岸猿聲啼不住耳。徐生莫道我饒舌也。

紫微山人志感

十字坡(《古柏堂傳奇》本)

【劇目簡介】

雜劇①,清中期唐英作。《曲考》《曲録》著録,現存《古柏堂傳奇》刊本。小説《水滸傳》第二十七回《母夜叉孟州道賣人肉　武都頭十字坡遇張青》有武松大鬧十字坡的類似情節,但細節處多有不同。

此劇向無單行本,《古柏堂傳奇》刊本標題作"十字坡",署"蝸寄居士填詞"。未分折,每頁九行,每行約二十字。

劇演孫二娘於十字坡開店,貨郎前來住店,見其貌美孤身,欲圖調戲,反被孫二娘用蒙汗藥藥倒,被當成畜牲開剥賣肉。武松被押解前往孟州,亦于店中落脚,因發現情況不對,未曾飲用其藥酒,并大鬧十字坡酒店。張青碰巧趕到,與武松結識并相約共赴梁山。

(小旦扮孫二娘上)

【一串鈴】奴奴青春年二八,髩邊斜插海棠花。拉硬弓,騎劣馬,流星梢棒當頑耍。好喫人肉孫二娘,江湖綽號"母夜叉"。

(白)家住十字坡,鐵漢也難過。瘦的包饅首,肥的熬湯喝。奴家孫二娘,同丈夫張青在十字坡開張酒店,用蒙汗藥藥倒來往客商,劫取金銀,不饒性命。看案頭上饅頭,都是人肉做的。生人進門,死魂出店。俺老娘替天行道,功勞真個不小也!(唱)

【粉蝶兒】粉面英豪,真個是粉面英豪。鐵芳心殺人如草,善良輩水米

① 清代多有以"十字坡"爲題材的劇作,多爲適合劇場演出的折子戲。此劇收録於《古柏堂傳奇》,姑作雜劇輯録。

無交。

(白)前番殺了三人,内中有無名姓頭陀一人,留下人項骨數珠一串,鑌鐵戒刀兩把。誰想此刀近日在匣内晝夜嘯吟不止,光華閃爍,想必今日又有買賣上門也。(唱)

吏奸貪商狡獪命財總要。非是俺殘忍貪饕,也只爲替天行道。

(旦坐椅上招客介)

(副扮貨郎執博浪鼓,背箱上。唱)

【泣顔回】生性喜妖嬈,到處尋芳覓竅。

(旦白)歇店的這裏來。(副)你看那邊坐著一位風流女娘,可不愛煞我也!(唱)

看他塗脂抹粉,滿面春風堆俏。

(旦白)那送死的早來也!(副唱)

勾情饞眼,喜今日得遇多嬌貌。

(副白)大娘子。(旦白)嗄,客官可是投宿的?(副)正是。(旦)可有行李?(副)没有行李,只有這個箱箱兒。(旦)没有行李,只有這個箱兒?待我與你拿進去。(副)待我自己拿罷。(旦拿箱。白)這裏來。(副)多謝大娘子。(旦)客官請坐,待我取茶來。(副)有勞大娘子。(旦)好説。(旦下)(副白)妙嗄!我一進店來,他就替我背箱子,又進去拿茶與我喝,一定心裏有了我了。你看他風流俊俏,態度温存。嗳呀,這一會我的魂靈都飛到望鄉臺上打能能去了。我好樂!我好樂!(唱)

倘得片刻相親,似仙姬會合蓬島。

(旦捧茶上。唱)

【石榴花】纔烹得龍團蟹眼試輕濤,權作個饑猫戲鼠假籠牢。

(旦白)客官請茶。(副作醜態。白)有勞大娘子,把小子折壽的渾身都酥麻了。(旦)好説,請問客官貴姓高名,仙鄉何處?(副)大娘子問我麽?聽告:家住陜西朝邑縣,貿易江湖已有年。精細省儉多本分,一生好使買花錢。綽號叫作"吴道理",風月行中我占先。(旦)哦,原來是吴官人了。(副笑,作醜態介)不敢,不敢!大娘子,你開這店鋪,家裏還有何人?(旦)客官,一言難盡。

(副)也要請教。(旦唱)

不幸俺兒夫命短中道相抛,撇得我慘悽悽苦度昏朝。

(副白)原來當家的没有了。(旦)正是。(副)大娘子,我有一句話要對大娘子說,恐怕大娘子著惱。(旦)我是不惱的,請說。(副)大娘子果然不惱?(旦)不惱。(副)待我作個揖。(旦)何必如此?請說罷了。(副欲說,又咬指摇頭介)不好說,不好說,老大的不好說!大娘子,你當真的不惱?(旦)我當真的不惱。(副)你果然的不惱?(旦)我果然的不惱。(副)待我再作個揖,索性嗑①上個頭。(旦)太多禮了。(副)我耐不得了,說了罷!大娘子,我鰥你寡兩堪憐,千里姻緣一線牽。若肯與我成婚配,先送花銀二兩三。(副跪,送銀介)(旦)這一錠銀子,就想做親?(副)若是嫌少,明日再找一弔老官板。没攤邊,不短底,足串白銅錢。(旦)客官不嫌奴家容貌醜,今夜良辰了宿緣。(副狂笑,跪,叩頭介)謝大娘子的隆恩。快取酒來,我們夫妻兩個喫個合巹杯兒,好幹正經事。(旦)客官請坐,待我去取酒來。(副)嗳呀,救命王菩薩,快著些兒罷!我這一會樂的要死,有些活的不奈煩了。(旦)不要忙,待我打發你。(背介)呀,好笑這廝!(唱)

癩蝦蟆妄想天鵝,癩蝦蟆妄想天鵝。輕輕墮入俺圈和套,慢慢的將他開剥。

(旦下)(副)妙嗄,他與我結了親,少不得我就是大掌櫃的了。我在行多著呢,戥子會稱,銀子會看,算盤會打,成家發財,這樣好事,就像作夢的一般。哈哈哈,今年今月今日,想必是我的終身大結果了!阿呀,他進去了這半日,怎麽還不出來?嗄,想是在裏邊喫杯酒兒,蓋了臉,好做親。我和他既是夫妻,我也進去,凑他個趣兒何妨?(進介)

(旦上)那裏去?(副)我當你在裏邊喝酒兒呢!我也進去,撞個太歲兒頑頑。(旦)你的太歲撞著了。不用進去,在外邊喫罷。(副)裏邊喫是一樣的。(旦)還没做親,到底有些不好意思。

① 用同"磕"。此戲曲中均作"嗑",後不復贅。

(副)是嗄,還没做親。也説得有理。你看他滿面春風,許多恩愛。大娘子,你這樣待我,打我、罵我,就是殺了我,我也是情願的。只求快些罷,我等不得了。(作醜態介)(旦打臉介)(副)抓哩?當真的打起來了?(旦)客官,請喫酒罷。(副)一個杯子,咱夫妻兩人怎麽樣喫呢?(旦)奴家是不會飲酒的。(副)爲何不會飲酒?(旦)喫了酒臉紅。(副)紅了臉纔有些趣。(旦又打介)(副)抓哩?爲何只管打我?(旦)不是嗄!我見你行路辛苦,與你捶打捶打,可好麽?(副)好是好,只是有些怪疼的呢。(旦)待奴家奉敬一杯。(副)不敢,不敢!謹領,謹領!(旦唱)

今日個狹路天緣,今日個狹路天緣,肉案上鸞顛鳳倒,早約你肉泥血浪到藍橋。

(副作蒙汗酒醉,昏介)(旦)啐!你這瞎眼的爪牛羊,燥了老娘多少脾!待老娘打發你個受用,衆夥計快來!

(四雜上)世上夜叉多粉黛,坡前過客總牛羊。二娘有何吩咐?(旦)快拿出刀、鈎、梃、杖來,將這頭牲口開剥了。(衆應,殺副)(作杖梃打,開剥,抬下介)

(旦上。唱)

【上小樓】俺這裏張羅設網虎狼巢,專等那呆蟲獃鳥惡相交,那怕他逞痴蠻張牙舞爪。皮肉嫩,當肥羊;筋骨老,充太牢。莽犧牲報答天公,莽犧牲報答天公,感格的神歡人樂。

(内末、丑白)武二哥,走嗄!(旦白)你看,送死的又來了,妙呀!(唱)

忙碌碌,擔財送肉過山凹。

(生、末、丑上。唱)

【泣顔回】三叉纔過又溪橋,觸目總堪憑眺。

(旦)歇店的這裏來。(丑)阿喲!(生唱)

聽聲嬌態冶,真個是月箭花刀。森森羅刹,笑盈盈眼底排圈套。

(丑白)二哥,我們行路辛苦,就在這店中歇息了罷。(生)你們不知道,聞得這十字坡常常殺害行人,不可著他的道兒。(唱)

密匝匝暗地機關,不隄防入坑窖。

(丑)二哥,我們行路辛苦,不要管他,有我們三人在此,怕什麼?(生)既如此,前去踊店。(丑)我去。(向旦介)店家!(旦)客官,做什麼?(丑)我們是來你家睡覺的。(旦)啐,什麼説話!敢是投宿的麽?(丑)睡覺纔來投宿,投宿原爲的是睡覺。你店中可有潔浄房屋,什麽飯食?(旦)有嗄!薄餅捲臘肉,饅頭共香茶。上房多潔浄,小房更幽雅。客官住一晚?(生)多少銀子?(旦)只要二錢八。(丑)三錢也不多。(生)既如此,引道。(旦引介)客官這裏來。(丑與旦作鬼臉戲弄介)在那裏?(旦)在這裏。(旦向内介)小二,收了門前幌子罷!(生)店家,你這裏敢是黑店麽?(旦)怎見得是黑店?(生)諾!兩旁擺列這些器械。(旦)客官有所不知,我這裏相近梁山不遠,這器械是防家的。(生)哦,是防家的。(旦)是。(丑)店家,你店中可有大饅頭麽?(旦)我店中專賣的是大肉饅頭,客官要用,我去拿來。(丑)你快些拿來。(旦)是。(旦下)(丑)二哥,我肚裏餓了,先喫他幾個饅頭罷。(生)有理。

(旦捧饅頭上。唱)

【黄龍衮犯】雖不是美饌佳餚,雖不是美饌佳餚,療饑腸堪充一飽。且按納猛勇雄心,且按納猛勇雄心,奉承些眉歡眼笑。請嘗這五味馨香出籠包,

(丑)快拿來。(旦)來了。(唱)

還有那解勞愁美香醪。

(丑)好大饅頭,我先歹①他一個。(末)二哥還没有喫,你倒先喫了!(生剥饅頭介)二位,這饅頭喫不得,真乃黑店也!(丑)怎見得?(生)這饅頭都是人肉包的。(旦)怎見得是人肉包的?(生)這不是,你看裏邊還有人指甲?(遞與旦看介)(旦)客官認差了!羊肉包子賣完了,這是鴨子肉的。這不是人指甲,乃是鴨子嘴兒。(生)若是鴨子嘴,爲何這樣又薄又小?(旦)是小鴨兒。(丑)是小鴨兒,喫得,喫得,不要多疑。(旦唱)

---

① 歹,取一個喫的意思。

只見他虎嘯狼飡,只見他虎嘯狼飡,頃刻赴陰司途道。

(旦下)(生)二位,你看他巧語花言,必定店中還有蒙汗藥酒!(末)如此,我們不要在此住宿,另换一家罷!(生)不妨,有我在此。

(旦送酒上)客官,有酒在此。(生)不用了,我們安歇在那裏?(旦)客官是上房,這裏來。(旦拿燈引生,彼此互相打量介。作隄防窺探介)(丑)我們在那裏?(旦)你們在那邊,隨我來。(丑拿錢與旦,作調戲諢介)大娘子,你要錢就是錢,要銀子就是銀子。只要你開包兒,咱們頑耍頑耍。(旦啐,下)(生)你看這婦人眉來眼去,必非善良之輩。今晚須要隄防他。(生拿燈四面照看過,閉門桌上睡介)

(旦上。唱)

【上小樓犯】我笑他莽裝喬,我笑他充老到。頃刻裏切剁砧刀,頃刻裏切剁砧刀,肉分肥瘦,配調作料。

(旦撬門入)(生醒,桌上跳下,黑暗打拳一套)(旦下)(生又閉門睡)

(旦持刀又上。唱)

不隄防抖擻威風,不隄防抖擻威風。草撥蛇驚龍騰虎跳,須索要同心擒剿。

(旦持刀入門,作砍生不著,二人對打,旦作敗下)

(又持棍上,打生,被奪棍,打旦敗下)(生下)

(旦)衆夥計快來!

(衆上)二娘子,爲何這般光景?(旦)不要説起,今日來了三個行貨,一時擒他不住。你們來相帮,一齊動手!(衆)説得有理。(同唱)

【叠字令】忽地山崩崖倒,不亞雷轟電掃。拳飛處棍舉拋,棍到處殘生了,紛紛雜雜,似驚林飞鳥。百忙裏顯英豪,那怕他卞莊、存孝。掙得個你我低高,掙得個你我低高。誓滅强梁,剪除兇暴。好一似昆陽血戰把兵鏖。

(衆與生打,一二轉下)

(净上)眉粗眼大性剛强,十字坡前霸一方。綽號人稱“菜園子”,張青更配狠婆娘。咱昨夜在朋友家賭錢喫酒,未得回家。今早歸來,已是自家門首。夥計們在那裏?阿,都往那裏去了?渾家在那裏?

(旦上)嗄,你回來了!(净)你爲何這般模樣?(旦)不要説起,昨晚來了三個行貨,一時竟擒他不住,四個夥計都被他打敗了。(净)有這等事!難道天下還有强似你我的?看①我的梢棍來,我去擒他!(净與生打,被生將净、旦打倒。脚踏、棍拄介)(净)好漢,請留名姓!(生)我乃打虎武都頭!(净)呀,原來是都頭,失敬了!(生)你二人是誰?(净)我乃“菜園子”張青。(旦)我乃“母夜叉”孫二娘。(生)原來是兩位好漢,請起相見。(互相三人見禮介)(净)請問都頭,到此何幹?(生)我因犯罪,發配孟州。(净)何不同上梁山?(生)無人引進。(净)我夫妻二人送都頭,同上梁山便了。(生)如此多謝。(生)兩個解差,放他出來。(净、旦)何不殺之?(生)他二人一路待我甚好,不可傷他們的性命,打發他們回去罷。

【尾聲】相逢握手心傾倒,肝膽雪霜相照,同到那梁山去聚義高。

(生)嫂嫂,方纔幸喜是我,若是别人了不得!(旦)叔叔,不要説了。(同下)

---

① 看,拿的意思。

國家古籍整理出版專項經費資助項目

山東省水滸文化研究基地建設項目

山東省魯西南區域文化傳承與創新文科實驗室建設項目